Der Schwur

Das Buch
Exjunkie Joss Lane steht vor Rätseln: Warum interessiert sich seine Therapeutin so sehr für das Lieblingslied seiner Mutter? Wer bezahlt seine teure Entziehungskur? Warum gibt ihm sein Vater die Schuld am Tod seiner Mutter? Und wer hat sie wirklich umgebracht? Die Fragen führen ihn vor die Tore der Sekte Millennium-Kirche. Deren charismatischer Führer steht wegen Vergewaltigung vor Gericht. Bei den Ermittlungen kommen Rechtsanwalt Mark Mason, Joss und seine Freundin Greta allmählich den finsteren Machenschaften Millenniums auf die Spur, einer Sekte, die schon ihre Mitglieder nicht lebendig aus den Fängen läßt. Gnade Gott ihren Feinden ...

Der Autor
Hinter dem Pseudonym Rankin Davis verbergen sich zwei britische Anwälte, die in Newcastle und Durham praktizieren. Sie trafen sich erstmals 1987 als Gegner vor Gericht; seitdem schreiben sie gemeinsam erfolgreiche Justizthriller.

In unserem Hause sind von Rankin Davis außerdem erschienen:

Der Geschworene
Gegen das Gesetz
Im Zeichen der schwarzen Orchidee

Rankin Davis

Der Schwur

Roman

Aus dem Englischen
von Anke Grube

List Taschenbuch Verlag

List Taschenbuch Verlag 2000
Der List Taschenbuch Verlag ist ein Unternehmen der
Econ Ullstein List Verlag GmbH & Co. KG, München
Deutsche Erstausgabe
© 2000 by Econ Ullstein List Verlag GmbH & Co. KG, München
© 1999 by Keith W. Rankin and Anthony J. Davis
Titel der englischen Originalausgabe: The Oath (Hodder and Stoughton, London)
Übersetzung: Anke Grube
Redaktion: Lothar Strüh
Umschlagkonzept: HildenDesign, München – Stefan Hilden
Umschlaggestaltung: DYADEsign, Düsseldorf
Titelabbildung: Mauritius, Frankfurt
Gesetzt aus der Caslon
Satz: Josefine Urban – KompetenzCenter, Düsseldorf
Druck und Bindearbeiten: Ebner Ulm
Printed in Germany
ISBN 3-612-65064-5

Dieses Buch ist dem Andenken an Tsutsumi Sakamoto gewidmet, dem kämpferischen Menschenrechtsanwalt aus Yokohama, der 1989 zusammen mit seiner Frau Satoko und seinem einjährigen Sohn Tatsukiko von der berüchtigten Aum-Sekte entführt und ermordet wurde.

Schwur, der; -[e]s, Schwüre:

1. feierliche Beteuerung, Bekräftigung eines Versprechens, Gelöbnis, oft unter Anrufung Gottes zum Zeugen der Wahrheit

2. Eid (vor einer Behörde o. ä.)

3. in älterer Sprache für lästerlichen Eid, Fluch, Verwünschung

Die wahre Bedeutung von Religion ist demgemäß nicht einfach Moral, sondern vom Gefühl beeinflußte Moral.

Matthew Arnold (1822–1888), aus: *Literature and Dogma* (1873)

Prolog

Mark Mason, Anwalt der Krone, sah mit stiller Belustigung zu, wie der Aufnahmeleiter geschickt über die endlosen Schnüre störrischen schwarzen Kabels hüpfte. Sie lagen über den Boden des Studios verteilt wie schlaffe Spaghetti, gelegentlich durchsetzt mit großen schwarzen Kreuzen aus Isolierband, die die Kamerapositionen markierten. Für die Zuschauer zu Hause war das alles natürlich nicht sichtbar, aber von seiner leicht erhöhten Position auf dem Expertenpodium aus konnte Mark den Glanz hinter den Kulissen in all seiner Gloria erkennen.

Die Werbepause war für die unzähligen Studiomitarbeiter das Signal, geräuschvoll hinter den Kulissen hervorzukommen und mit hektischer Aktivität ihren Aufgaben nachzugehen. Es war nicht das erste Mal, daß Mason das chaotische Innere eines Fernsehstudios zu Gesicht bekam: Seine regelmäßigen Fernsehauftritte als Rechtsexperte waren ihm schnell zur Gewohnheit geworden. Ein- oder zweimal hatte er sogar zuzugeben gewagt, im geheimen, daß er seinen Status als »führender Menschenrechtsanwalt«, ein Schlagwort, mit dem die Medien ihn mittlerweile ausnahmslos titulierten, durchaus genoß.

Der Aufnahmeleiter tauchte plötzlich aus der Dunkelheit hinter dem Teleprompter auf und verkündete lautstark, in dreißig Sekunden seien sie wieder auf Sendung. Die Visagistin, die rechts neben ihm stand, konnte nicht widerstehen und betupfte ein letztes Mal die Stirn des Moderators mit bronzefarbenem Puder, bevor sie ihren fuchsienroten Plastik-Kosmetikkoffer zuschnappen ließ. Sie trabte nach links ab, und Robert Blake, Oberboß von eigenen Gnaden für aktuelle

Fragen im Nachmittagsfernsehen, wandte sich automatisch Kamera eins zu und setzte den nachdenklichen Gesichtsausdruck auf, den nur er beherrschte. Er schob seine überdimensionale Kinnlade vor und blickte entschlossen mit seinen großen Augen unter einem fragenden Stirnrunzeln hervor, was das Publikum glauben machen sollte, er sei jemand, mit dem man rechnen müsse. In Wahrheit war er ein intellektuelles Leichtgewicht.

Mark Mason, der ihn scharf beobachtete, gelang es nur mit Mühe, ein Grinsen zu unterdrücken, als der Moderator seinen riesigen, biegsamen Mund öffnete. Er befeuchtete seine großen, fleischigen Lippen, bereit, sie um die Worte zu schürzen, die auf dem Teleprompter in der Mitte des Studios abliefen. Er erinnerte Mason an einen ungewöhnlich grimmigen Guppy, den er einmal in einem Aquarium im Zoo im Regent's Park gesehen hatte. Der Techniker fuhr hektisch den Applaus der Studiogäste hoch und bewahrte Mason damit vor der Peinlichkeit, live im Fernsehen lauthals loszulachen.

»Schön, daß Sie wieder da sind«, sagte Blake und wandte sich für eine Großaufnahme Kamera zwei zu, als das Klatschen erstarb. »Für die Zuschauer, die sich gerade eben dazugeschaltet haben, heute fordern wir in *Getting Even*, der Diskussionssendung, in der das Publikum die Fragen stellt, die hochbezahlten Anwälte auf, sich zu rechtfertigen.«

Die anderen Diskussionsteilnehmer zeigten sich angemessen, wenn auch wenig überzeugend verwirrt darüber, daß es jemandem auch nur im Traum einfallen konnte, eine derartige Haltung einzunehmen. Anwälte, die sich selbst rechtfertigen sollten: Das fehlte noch! Wenn nur mehr es tun würden, dachte Mason. Er fragte sich, ob seine Mitgäste wohl eine geheime Befriedigung empfanden, da ihre Anwesenheit im Studio ja implizierte, daß sie zu der gefährdeten Art Anwalt gehörten, die die goldene Sahne von der juristischen Untertasse leckten.

Weiterer Applaus wurde der Menge entlockt, aber nicht der einzigen Person, die Mark Mason beobachtete. Wer war der Mann? Jedesmal wenn Mark zum Publikum hinsah, starrte er ihn unverwandt an, ihn und niemanden sonst. Mark wandte die Augen ab, konzentrierte sich aber auf das ausdruckslose Gesicht, das ihm so bekannt vorkam. Wo konnten sie sich nur schon begegnet sein? Denn er war mittlerweile sicher, daß ihre Wege sich bereits gekreuzt hatten, irgendwann, irgendwo.

Blake spulte schnell seinen Sermon ab, wobei er einen Tonfall von Bedürftigkeit fabrizierte.

»Irgendwann braucht jeder mal einen Anwalt, aber sind Anwälte auch ihr Geld wert? Zu Gast sind heute vier Spitzenanwälte mit verschiedenen Arbeitsschwerpunkten, die vor parlamentarischen Sonderausschüssen und bei richterlichen Untersuchungen zweifellos eloquent genug die gewaltigen Summen erklären können, die das System den Steuerzahler kostet. Aber können sie es auch, wie es in juristischen Kreisen so schön heißt, dem Mann auf der Straße erklären, meine Damen und Herren? Nun, heute vor unseren Livegästen im Studio repräsentieren Sie und ich diesen Durchschnittsbürger.«

Schnell fuhr Blake zu der ziemlich schüchtern wirkenden Frau am anderen Ende der Diskussionsrunde herum, schob seinen Kiefer vor und fragte herausfordernd: »Nun, können Sie es erklären, Marianne Taylor? Stimmt es nicht, daß in Ihrem Fachgebiet, dem Patientenrecht, die Anwaltshonorare in einem einzigen Fall oft erheblich höher liegen als das jährliche Gehalt unserer Chirurgen im staatlichen Gesundheitswesen?«

Marks Gedanken schweiften erneut ab, und er begann sich zu fragen, was er hier überhaupt machte. Wenn nur seine Frau Tamara ihn nicht bei dieser Wohltätigkeitsveranstaltung in angetrunkenem Zustand den übrigen Dinnergästen als »Staranwalt« vorgestellt hätte, als er ganz unmodern verspätet eingetroffen war, wäre er gar nicht hier. Blake und seine Showbiz-Gattin waren ebenfalls bei dieser Veranstaltung gewesen, und es hatte nicht lange gedauert, bis Mark sich selbst die Einladung annehmen hörte, in dieser dämlichen Sendung aufzutreten, nur wegen der Andeutung, daß er elitär sein könnte. Nicht zum ersten Mal in seinem Leben bereute er, daß er nie gelernt hatte, nein zu sagen.

Die Patientenanwältin, die ein schweres Spiel hatte, ackerte sich mit unverdrossener Höflichkeit durch Blakes giftige Kommentare. Mark warf einen schnellen Blick ins Publikum.

Er war immer noch da. Starrte ihn an.

Blake hatte schnell das Mikrofon für Fragen der Studiogäste freigegeben, und eine Reihe von Händen schoß in die Höhe. Mark atmete erleichtert auf, als die erste Frage nicht an ihn ging, wurde aber ein wenig nervös, als er sah, daß der Mann, der ihn beobachtet hatte, den Arm hob. Selbst während der Experte links neben Mark auf bewundernswerte Weise auf die heikle Frage von Erfolgshonoraren einging – bei Unterliegen des Mandanten würde kein Honorar fällig werden –, saß der Mann mit erhobenem Arm da, vollkommen aufrecht und mit stiller Beharrlichkeit. Mark wußte, wer als nächstes drankommen würde.

»Ja, Sir, Sie, in der dritten Reihe: gelbes Hemd, blaue Krawatte. Ich sehe, daß Sie sehr bestrebt sind, sich an der Diskussion zu beteiligen.«

»Danke, Mr. Blake«, erwiderte der Mann ein wenig zu laut, was den Tonassistenten mit der Mikrofonangel zwang, nach oben auszuweichen. Er sprach mit nüchternem nordenglischen Akzent: harte Vokale, abgehackte Konsonanten. »Ich würde Mr. Mason gern fragen, ob er wirklich glaubt, was er bei vielen Gelegenheiten öffentlich verkündet hat, nämlich daß jeder, der eines Verbrechens angeklagt ist, ein Recht auf die bestmögliche Verteidigung hat.«

»Natürlich«, stammelte Mark unbehaglich, während Kamera eins ein wenig näher rollte.

»Nun, wenn das der Fall ist, besteht dann nicht die Gefahr, daß die Justiz die Schurken dieser Welt straffrei davonkommen läßt, einfach weil sie mehr Geld auf dem Konto haben als der Rest der Bevölkerung?« bedrängte ihn sein Inquisitor.

»Bei allem Respekt, Sir, aber ich glaube, daß Sie meine Motivation mißverstehen, überhaupt eine derartige Aussage zu machen.« Mark bemühte sich, nicht in pompöses Gerichtslatein zu verfallen, und scheiterte kläglich. »Lassen Sie mich eins klarstellen: Ich bin der festen Überzeugung, daß ungeachtet der Natur der ihm zur Last gelegten Tat, der persönlichen Eigenschaften und, ja, des gesellschaftlichen Rangs des Angeklagten dieser berechtigt ist, die gegen ihn vorgebrachten Beweismittel anzufechten. Dies ist schlicht und einfach einer der wichtigsten Grundsätze der Rechtsstaatlichkeit, die wir hier in diesem Land genießen. Die Anklage bringt den Fall vor Gericht, und daher trägt die Anklage die Beweislast. Die Tatsache, daß einige Anwälte großzügiger honoriert werden als andere, spielt dabei überhaupt keine Rolle. Wie ich hoffe, ist bekannt, daß meine eigene Kanzlei auf kooperativer Basis gegründet wurde und wir mindestens fünfzig Prozent unserer Mandanten vertreten, ohne ein Honorar von ihnen zu verlangen. Geld ist kein Ansporn für mich, fürchte ich. Ich bin viel mehr daran interessiert, Unrecht wiedergutzumachen.«

»Das ist sehr lobenswert, Mr. Mason«, unterbrach Blake ihn. »Aber hat dieser Herr recht, wenn er sagt, daß Kriminelle der Strafe entgehen, weil das Gleichgewicht in der Justiz gestört ist? Sind Polizei und Staatsanwaltschaft nicht unterbezahlt im Vergleich zu diesen hochbezahlten Anwälten, die Honorare von bis zu einer Million Pfund pro Besprechung fordern können?«

»Dazu kann ich unmöglich einen Kommentar abgeben, denn es fällt nicht in meinen Verantwortungsbereich, über die Prioritäten zu moralisieren, die unsere Gesellschaft setzt, oder mich über die Ausgaben der öffentlichen Hand zu äußern. Aber eins weiß ich, nämlich, daß es in der Praxis keine großen Unterschiede in der Qualität der Prozeßanwälte zu geben scheint, die die Fälle vor Gericht vertreten. Schließlich werden die meisten Barrister mal als Anklagevertreter, mal als Verteidiger tätig.«

»Aber Sie nicht, Mr. Mason«, erklärte der Mann aus dem Publikum lautstark, begleitet von ermutigendem Gemurmel um ihn herum. »Das stimmt doch, nicht wahr? Sie arbeiten ausschließlich als Verteidiger. Glauben Sie nicht, daß Opfer von Verbrechen es auch verdient hätten, daß Anwälte wie Sie, mit strengen Grundsätzen und hochbezahlt, sie vor Gericht vertreten?«

»Ich bin nicht ganz sicher, ob das als Kompliment gemeint war.« Mark rutschte auf seinem Stuhl hin und her und versuchte, bescheiden so zu tun, als sei er sich seines Rufes nicht bewußt. Er wußte aber genau, daß die meisten seiner Kollegen in den Anwaltskanzleien der Inns of Court sich seine Vorstellung ansehen würden und zweifellos schon ihre Sticheleien für später einübten.

»Sie erinnern sich nicht an uns, nicht wahr, Mr. Mason?« sagte der Mann und wies auf die Leute um ihn herum. Forschend musterte Mark ihre Gesichter und wurde wieder von einer höchst vagen Erinnerung heimgesucht, aber es hatte keinen Sinn. Er war während seiner Anwaltslaufbahn mit so vielen Menschen zusammengetroffen. Es könnte irgendwer sein.

»So leid es mir tut, nein«, gestand er schließlich.

»Vor fast zwei Jahren haben Sie uns alle vertreten, als eine sogenannte Religionsgemeinschaft in East London uns der böswilligen, strafbaren Sachbeschädigung und der Nötigung beschuldigte.«

Plötzlich kehrte die Erinnerung zurück. Die Millennium-Kirchen-Affäre, wie sie den Fall in der Kanzlei damals genannt hatten. Gütiger Himmel, seit damals hatte sich einiges geändert. Er erinnerte sich, daß er den Fall von der kostenlosen Rechtsberatungsstelle übernommen hatte, die von seiner Kanzlei geführt wurde. Der Fall hatte sein Interesse erregt, und er hatte sich darangemacht, die Staatsanwaltschaft davon abzuhalten, weiter gegen eine Gruppe protestierender Eltern vorzugehen, die behaupteten, ihre Kinder seien von einer Sekte und nicht von einer Kirche entführt worden.

Die Kirchenoberen hatten die örtliche Polizei unter Druck gesetzt und zum Handeln gezwungen, indem sie nach einem kürzlich verabschiedeten Gesetz wegen Nötigung und bösartiger Belästigung um Schutz vor der ständigen Beleidigungskampagne der Eltern nachsuchten. Die Kronanwaltschaft hatte eine gerichtliche Verfügung gegen die Gruppe erlassen, aber Mason konterte, indem er mit einer extrem teuren Anfechtung beim Europäischen Gerichtshof für Menschenrechte drohte. Er brachte vor, daß das Verfahren nichts weiter sei als die staatliche Sanktionierung des Versuchs, Kritiker zum Schweigen zu bringen. Er schloß einen Handel mit der Krone ab, indem er den Standpunkt einnahm, jedes Vorgehen gegen die Elterninitiative sei als Versuch zu werten, das unangreifbare Recht auf freie Meinungsäußerung zu umgehen. Die Steuerzahler würden es wohl kaum verstehen, daß ihr Geld dafür ausgegeben wurde, eine obskure Gruppe radikaler Kirchgänger zu schützen. Er hatte die Auseinandersetzung gewonnen. Aber was hatte dieser Mann hier zu suchen? Und was noch wichtiger war, was wollte er?

Blake wollte gerade zum nächsten Thema übergehen, als Mason seine Antwort bekam. Der Mann im Publikum erhob sich. »Ich kann mir nicht helfen, Mr. Mason, aber ich glaube, was die Prinzipien angeht, sind Sie nicht besser als die Politiker. Sie wechseln ihre Prinzipien ebensooft wie Ihr Hemd. Ich muß hier sitzen und mir Ihre leere Andeutung anhören, daß Sie nur daran interessiert sind, Unrecht wiedergutzumachen, und doch haben Sie meine flehentlichen Bitten um Hilfe konsequent abgelehnt...«

»Ich fürchte, daß unsere Diskussionsteilnehmer keine Kommentare zu individuellen Fällen abgeben können«, warf Blake in dem hastigen Versuch ein, ein potentielles Problem für die Verleumdungsanwälte des Senders zu zerstreuen. Mason war verwirrt und fühlte sich eindeutig unbehaglich, aber er wollte wirklich gern wissen, was zum Teufel hier eigentlich los war. Er konnte sich nicht erinnern, je mit der ganzen Gruppe zusammengetroffen zu sein, geschweige denn, seit Abschluß des Falls von ihnen gehört zu haben.

»Ich fürchte, ich habe nicht die geringste Ahnung, wovon Sie überhaupt reden, Mr. . . .«

»Moody, Geoff Moody, und ich glaube, Sie wissen es sehr wohl, Mr. Mason. Ich habe mehrmals die kostenlose Rechtsberatungsstelle Ihrer Kanzlei aufgesucht und um Rat in Zusammenhang mit einer Privatklage gegen die Millennium-Kirche wegen Entführung und Vergewaltigung meiner Tochter nachgesucht . . .«

»Ich denke, Sir, Sie hatten jetzt Gelegenheit, Ihre Meinung zu äußern«, sagte Blake, der gegen die Tirade des Regisseurs im Kontrollraum in seinem Ohrhörer ankämpfte.

». . . und ich wurde fortgeschickt, weil Sie ja keine Opfer vertreten, nicht wahr, Mr. Mason? Sie verteidigen ja heutzutage nur die Schuldigen. Wenn Sie so daran interessiert sind, Unrecht wiedergutzumachen, warum helfen Sie mir dann nicht? Helfen Sie meiner Tochter.«

Als die Sendung wieder für eine Werbepause unterbrochen wurde, wünschte Mason zum zweiten Mal an diesem Tag inbrünstig, daß er gelernt hätte, nein zu sagen.

Kapitel eins

Sie standen in der Kapelle, die die Mitte des Hafens bildete, und nahmen die Bilder auf dem gewaltigen Bildschirm in sich auf, der als Altar diente. Die Kirche hatte ihnen diesen flüchtigen Einblick in die Außenwelt lediglich als Lektion auf ihrem Weg zum Heil gestattet. Wie eine große pulsierende Wand des Glaubens beobachteten sie die unglücklichen Seelen auf dem Fernsehbildschirm, die nicht gerettet werden konnten.

Die Kirche hatte ihnen das gesagt.

Die Kamera schwenkte langsam über den Bauplatz, der die Millennium-Kuppel in London war. Versprechen einer goldenen Zukunft triefen aus dem Mund des Kommentators. Urplötzlich wurde zum Trafalgar Square übergeblendet, als die Neonleuchtwerbung dort blitzartig aufleuchtete, mit der Heftigkeit einer Explosion, und verkündete:

»Noch 10.800 Sekunden bis zum Ende des Jahrtausends.«

Ein schneller Kameraschnitt, und die aufgeregte Menge war zu sehen, und diese war im Zustand kriecherischer Ekstase des Wohlwollens gegenüber allen Menschen. Eine systematisch choreographierte Umarmungsorgie! Das sollte für die Nationen der Welt stehen, die sich in Erwartung einer glorreichen Zukunft vereinten.

Aber die Gemeinde, die das alles beobachtete, wußte, daß die britische Regierung, wie andere Regierungen überall auf der Welt, nur zynisch dieses modischste aller Medienkonzepte förderte: die »neue Weltordnung«. Eine Weltordnung, in der Frieden und Harmonie die politische Plattform prägen sollten, nachdem Konflikte und Unruhen seit nunmehr zweitausend

Jahren so wenig Früchte getragen hatten. Eine neue Ordnung, die bequemerweise zudem die Fehler ihrer Vorgänger entschuldigen konnte.

Die Gemeinde wußte das, weil die Kirche es ihnen gesagt hatte.

Die Gläubigen der Millennium-Kirche hatten nichts übrig für diese neuerworbene Philosophie. Ihre Erwartung wurzelte in der Unklarheit der zweitausendjährigen biblischen Überlieferung. Ihre Hoffnung war eine andere Hoffnung.

Während auf dem ganzen Planeten ausgelassene Zecher geräuschvoll Silvester feierten, besoffen von der berauschenden Mischung aus Champagner und Hoffnung, warteten diese Gottesdienstbesucher ernst, schweigend und ehrfurchtsvoll darauf, daß der Meister ihnen seine eigene Millenniums-Vision vortragen würde.

Der Bildschirm wurde für einen Augenblick schwarz, während die Satellitenverbindung mit Hochdruck arbeitete, um die transatlantischen Verbindungen aufrechtzuerhalten. Eine einzige, süße hohe Note summte aus der Surround-Anlage, und dann hörten sie ihn sprechen. Es war eine Stimme mit vielen Klangfarben, manchmal dunkel und gewaltig, mit einer unbeirrbaren Aufrichtigkeit, als würde sie einen Stachel ins Hirn des Empfängers treiben. Zu anderen Zeiten konnte sie sanft und beruhigend sein, wie begleitet von den zarten Tönen einer Konzertharfe; dann schlüpfte sie geschickt in willige Ohren und nistete sich tief im Kortex ein. Das Charisma dieser Stimme war es vor allem anderen, das offensichtlich war für all diejenigen, die sich gezwungen sahen zuzuhören; sie höhnte und zog die Lauschenden dichter und dichter an sich heran.

»Und ich sah den Himmel aufgetan«, begann die Stimme im Flüsterton, mit bedeutungsvoller Befriedigung jede Silbe betonend. »Und siehe, ein weißes Pferd, und der darauf saß, hieß: Treu und wahrhaftig« – die Tonhöhe stieg jetzt zu einem durchdringenden, zuversichtlichen Marschton an – »und richtet und streitet mit Gerechtigkeit. Seine Augen sind eine Feuerflamme und auf seinem Haupt viele Kronen; und er trug einen Namen geschrieben, den niemand wußte als er selbst.«

Das Schweigen lastete schwer auf der Brust aller, die einmütig in Erwartung seiner Worte dasaßen.

»Wie ihr heute abend gesehen habt, liebe Brüder, ist die Zeit nahe, wo es uns offenbar werden wird, wie die Bibel es vorhergesagt hat. Die Unreinen können nicht gerettet werden, soviel ist klar.« Ein Gemurmel der Zustimmung ging durch die Versammlung wie eine La-Ola-Welle. »Lest nun gemeinsam mit mir. Bejaht unsere Zukunft.«

Wie aus einer Kehle begann die Gemeinde eine vertraute Passage aus Kapitel sieben der Offenbarung herzusagen, die sie als ihren Glauben angenommen hatten.

»Und ich sah einen anderen Engel aufsteigen vom Aufgang der Sonne, der hatte das Siegel des lebendigen Gottes und rief mit großer Stimme zu den vier Engeln, welchen gegeben war, Schaden zu tun der Erde und dem Meer, und er sprach: Tut nicht Schaden der Erde noch dem Meer noch den Bäumen, bis daß wir versiegeln die Knechte unseres Gottes an ihren Stirnen. Und ich hörte die Zahl derer, die versiegelt wurden: hundertvierundvierzigtausend, die versiegelt waren von allen Geschlechtern Israels.«

Die Gemeinde setzte sich wieder, alle scheinbar in ihrer eigenen sauer verdienten Epiphanie verloren. Männer, Frauen und Kinder, selbst kleine Kinder, hatten denselben Gesichtsausdruck: Die träumerischen Augen, glasig durch die Ekstase der Erleuchtung, waren auf irgendeinen wertgeschätzten inneren Punkt gerichtet.

Der Zelebrant fuhr fort. »In den vor uns liegenden Monaten, wenn wir uns unserem Schicksal nähern, werden viele versuchen, euch Versuchungen in den Weg zu legen. Die Unreinen werden bestrebt sein, euch zu überreden, dem Heil den Rücken zuzukehren.«

Plötzlich zerriß ein Ruf die Atmosphäre: »Niemals«, schnell gefolgt von einem weiteren und noch einem weiteren, bis die ganze Gemeinde in ihr neues Mantra der Bekräftigung hineingezogen wurde.

»Niemals, niemals, niemals«, riefen sie, während der Meister, unsichtbar für sie, wartete. Innerlich war er gerührt von dieser spontanen Bestätigung des Glaubens. Des einzigen Glaubens, der eine Rolle spielte: des Glaubens an ihn.

»Ich höre euch, liebe Brüder, aber glaubt mir, wenn ich euch sage, daß es solche unter uns gibt, die heute mit uns beten, aber im Augenblick der Wahrheit straucheln werden, wie andere es taten. Ihr wißt, daß ich die Wahrheit sage«, rief er. Es folgte eine lange Pause, in der alle sich erinnerten. Wie könnten sie das vergessen?

»Die gefallene Frau«, fuhr er fort, »diejenige, die unter uns lebte, der wir alle als einer der Dienerinnen Gottes vertrauten, strebt danach, uns von unserem Weg abzubringen. Seid versichert, daß ihr Name von den Wänden des großen neuen Tempels getilgt wurde. Aber trotzdem wird sie weiter ihre Lügen verbreiten. Die Unreinen werden viele tückische Lügen vorbringen, damit ihr fallt wie diese Frau. Die Unwürdigen werden bestrebt sein, euren Glauben zu untergraben, indem sie diese schändlichen, gottlosen Lügen wiederholen. Laßt das nicht zu, trotz aller zersetzenden Propaganda in den Medien. Ich habe keinen Zweifel daran, daß ihr vielleicht aufgerufen sein werdet, in dem vor uns liegenden Kampf große Opfer zu bringen, Opfer, die notwendig sind, wenn wir am Tag des Jüngsten Gerichts triumphierend in den neuen Himmel und die neue Erde einziehen wollen.«

6. Januar 2000

Mark Mason sprang aus dem Taxi und eilte zur Sicherheitskontrolle direkt hinter den Eingangstüren des Gerichts. Die Schlange war lang, also kehrte er gegenüber dem ersten Sicherheitsbeamten, der die Besucher filzte, seine Stellung als Barrister heraus. Der alte Mann war nicht in Stimmung für einen Streit und erlaubte ihm, seine Taschen und Papiere ganz vorn auf dem Band abzustellen, wo Handtaschen und Rucksäcke das glänzende Auge des Röntgenapparats erwarteten. Nur gut, daß sein Gesicht hier bestens bekannt war, dachte er und lächelte verschwörerisch dem hübschen jungen Mädchen in Uniform zu, die oberflächlich den Metalldetektor über seinen Körper schwenkte. Sie zwinkerte ihm zu, bevor er die Tasche mit seinem Seidentalar vom Förderband nahm, durch die Halle eilte und durch die Doppeltüren am hinteren Ende hastete, auf denen stand: »Nur für Rechtsanwälte«.

Er warf einen Blick auf die Uhr: fünf vor zehn. Und er hatte versprochen, sich um neun im Café um die Ecke mit Greta Larson, der jüngsten Juniorgerichtsanwältin aus seiner Kanzlei, zu treffen. Nicht gut, dachte er, diese Verspätung, besonders da er um ihre Hilfe bitten wollte. Mehr noch, er mochte Greta. Er hatte entscheidend dazu beigetragen, daß sie überhaupt in die Bürogemeinschaft aufgenommen wurde, indem er ein oder zwei Kollegen auf seine Seite gezogen hatte, die ein wenig skeptisch hinsichtlich ihrer Einstellung und Motivation waren. Es gab nur ein einziges Problem, das er bereit war einzuräumen, und das war ihre Ungeduld im Umgang mit Dummköpfen. Das konnten manche nur schwer ertragen, aber ihm ging es nicht so. In den letzten beiden Jahren hatte er angefangen, nicht nur seine juristischen Probleme mit ihr durchzusprechen, sondern auch seine persönlichen. Die Tatsache, daß sie erst fünfundzwanzig war, volle neunzehn Jahre jünger als er, hielt ihn nie davon ab, ihren Rat bezüglich der neuesten Entwicklungen in seinem ehelichen Zermürbungskrieg einzuholen. Vielleicht mochte er sie ein bißchen zu gern. Nicht nur brachte sie einen Hauch von politisch inkorrektem Glamour in die Kanzlei, sondern sie besaß eine Direktheit und einen Fleiß, die sie geradezu zum Erfolg prädestinierten. Eines Tages, das wußte er, würde sie eine erstklassige

Verteidigerin abgeben, und er wollte ihr dabei helfen, dieses Ziel zu erreichen. Aber heute vertrat er die Anklage. Wie hatte er das vergessen können?

Auch fiel ihm plötzlich ein, daß er vorgehabt hatte, ihr während der Feiertage die Unterlagen für die heutige Anhörung vorbeizubringen, aber die Kinder und Tamara hatten ihn so in Anspruch genommen, daß er einfach nicht die Zeit dafür gefunden hatte. Herrgott, sie hatte noch nicht einmal die vom Solicitor zusammengestellten Informationen zu Gesicht bekommen, und vor den Feiertagen hatte er nicht gewagt, ihr zu erzählen, um welchen Fall es ging. Als er das Anwaltszimmer des Gerichts betrat, sah er sie in der hinteren Ecke über ihr Kreuzworträtsel gebeugt. Noch bevor er bei ihr angelangt war, sagte sie, ohne aufzublicken, wobei sie seinen breiten nordenglischen Dialekt nachäffte: »Um neun, Greta, ich verspreche es hoch und heilig.« Sie blickte auf und zog die Augenbrauen hoch.

»Tut mir leid, Greta«, murmelte er. »Heute morgen war irgendwie schrecklich viel los.«

»Wirklich«, entgegnete sie bissig. »Ich sage mir, Mark Mason soll vor zehn bei Gericht erscheinen? Nein, er muß sich irren, er kommt nie vor zehn. Nein, nein, er sagt: ›Greta, ich schwöre dir, ich werde um neun dasein, und dann wirst du auch Zeit genug gehabt haben, die Unterlagen durchzusehen, denn ich werde sie dir sogar über Weihnachten vorbeibringen. Vielleicht könnten wir dann was trinken gehen oder so was.‹«

»Ja, ich weiß, das tut mir auch leid. Ich war irgendwie...«

»Sag es nicht, Mark, es war nicht zufällig zwei Wochen lang irgendwie schrecklich viel los?«

»Ja, irgendwie schon, du weißt schon, was ich meine, Camellia mußte zum Reiten gebracht werden und Edwin zum Rugbytraining, und dann waren Tamaras Eltern länger bei uns als Tamara... äh... ich meine, als wir geplant hatten.«

»Herrgott, Mark, man merkt, daß heute der erste Tag der Sitzungsperiode ist. Höchste Zeit, daß du wieder an die Arbeit kommst. Mich dünkt, du warst zu lange auf eurem Anwesen. Du hast nicht zufällig Millie und Ted gegen neue Kinder eingetauscht?« Sie lächelte wissend, und er kam sich vor wie ein Idiot, weil er ihr bei der Weihnachtsfeier von seinem heimlichen Kampf mit Tamara über die Namen der Kinder erzählt hatte. In angetrunkenem Zustand hatte er geschworen, als Vorsatz für das neue Jahr die snobistischen Ambitionen seiner Frau für immer aus seinem Dasein zu verbannen.

»Sehr witzig«, zischte er.

»Na, macht nichts, Schwüre sind wohl dazu da, gebrochen zu werden. Jedenfalls wollen wir hoffen, daß das nächste Jahrhundert ebenso lebhaft wird wie das letzte, oder hast du das wegen deiner häuslichen Arrangements auch verpaßt?«

»Lieber Himmel, sind wir heute morgen aber bissig!« Er setzte sich neben sie in den Sessel. »Auch dir ein frohes Jahr 2000.«

»Ja, ja. Also, um was geht es? Irgendwas Interessantes? Sollte es besser sein, denn du hast mich von diesem Ladendiebstahl ferngehalten, der vor dem Amtsgericht von Wimbledon verhandelt wird.«, sagte sie und lehnte sich zurück, immer noch ihr Kreuzworträtsel wie eine Schmusedecke umklammernd. Ihre embryonische Anwaltspraxis führte sie selten zu den höheren Gerichten, so daß sie viel Zeit damit zubrachte, auf U-Bahn-fahrten zu den entferntesten Handelsposten Londons, wie Mason die Amtsgerichte bezeichnete, Kreuzworträtsel zu lösen. Sie knickte das Zeitungsblatt in die von dem erfahrenen Profi bevorzugte Position, auf ein Viertel zusammengefaltet.

»Es ist der Fall Rose Moody gegen die Millennium-Kirche und Reverend Perry Jon Rivers«, erwiderte Mason so beiläufig, wie er konnte.

»Sehr witzig, Mark. Du kannst dich ja beim diesjährigen Wohltätigkeitsball um die Rolle als Slapstickkomiker bewerben«, entgegnete sie, ohne aufzublicken. »Was ist das hier, was meinst du, bevor du mir erzählst, was wir wirklich hier machen?«

»Nur zu, wie lautet die Frage?«

»Zwanzig waagerecht, sechs Buchstaben. Da steht nur ›HOO‹«, verkündete sie irritiert. »Was ist das für ein Wort: ›Hoo‹?«

»Gib's mir mal rüber, während du das hier liest«, sagte Mark und schob ihr die Akte hin. Er beobachtete sie, während sie das sauber getippte Deckblatt las. Da stand genau das, was er eben gesagt hatte: Es war tatsächlich der Fall Rose Moody.

»O nein, bloß das nicht. Ich kann es nicht glauben, Mark, nicht nach all dem Scheiß, den ich durchgemacht habe«, begann sie und schob die Unterlagen wieder zurück.

»Es tut mir leid, Greta, aber du warst der erste Mensch, der mir in den Sinn kam, als ich da hineingeschliddert bin. Komm, du weißt doch Bescheid über diese Leute. Das wird mir helfen, einen Ansatzpunkt zu finden, und ich weiß, daß ich den bitter nötig habe«, bat er. Er verließ sich dabei ganz auf seinen Charme, aber er wußte, daß ein wenig mehr erforderlich sein könnte, um sie zu bewegen, an Bord zu kommen. Der Grund war, daß Greta, als er vor zwei Jahren die protestierenden Eltern vertreten hatte, Referendarin bei ihm gewesen war. Sie hatte an dem Fall mitgearbeitet, und er hatte sie ermutigt, anonym an einem der Einführungswochenenden teilzunehmen, die von der Millennium-Kirche veranstaltet wurden, einfach um zu sehen, ob etwas Wahres an den Behauptungen der Eltern war. Sie hatte es vierzehn Stunden auf einem Landsitz in Somerset in Gesellschaft sogenannter Kirchenältester ausgehalten, bevor sie das Haus mit dem einzigen Taxi im Umkreis verließ, das es wagte, sich dem Ort zu nähern. Sie war unfähig gewesen, auch nur eine einzige weitere Feuer- und Schwefel-Predigt zu verkraften, und zudem war sie dort auf den Vater eines Freundes gestoßen, was die ganze Übung zu einem absoluten Debakel machte. Ihre Erfahrungen hatten jedoch für große Erheiterung in der Kanzlei gesorgt.

»Ich werde keine Minute mehr mit diesen Psychomutanten in ein und demselben Raum zubringen.«

»Wie wäre es dann mit einem Gerichtssaal, Greta? Sieh mal, dieser Fall ist anders: Laß mich dir davon erzählen. Rose Moody ist ein fünfzehnjähriges Kind, ein normales, glückliches, keineswegs ungewöhnliches jugendliches Mädchen, und wie alle Jugendlichen hat sie so ihre Probleme mit ihren Eltern. Eines Tages läuft sie von zu Hause weg, und dreizehn Monate später ist sie ein Wrack. Und niemanden außer ihren Vater scheint das groß zu kümmern. Wie ist es dazu gekommen? Wie können die Leute so was zulassen, Greta?

Sie sagt, daß sie sexuell belästigt und vergewaltigt wurde, alles im Namen Gottes. Und trotzdem will ihr niemand zuhören. Die Polizei stellt ein paar minimale Ermittlungen an und gibt die Akte weiter, und dann überprüft die Staatsanwaltschaft flüchtig die erhobenen Anschuldigungen und beschließt, den Fall nicht vor Gericht zu bringen. Warum? Wenn wir mal für einen Moment lang annehmen, daß sie die Wahrheit sagt, wie könntest du ihr dann nicht helfen, frage ich dich? Ich meine, findest du es richtig, daß ihr die Möglichkeit verwehrt werden soll, Gerechtigkeit zu fordern? Wenn die Anklageschrift den Tatsachen entspricht, können diese Leute sicher nicht verbergen, was sie dem Kind angetan haben. Erst nehmen sie ihr durch psychische Manipulationen ihren freien Willen, dann entfremden sie sie ihrer eigenen Familie, und schließlich schänden sie ihren Körper, alles, weil Gott sagt, daß es ganz in Ordnung ist, so was zu tun.«

Er merkte, daß er sich bemüht hatte, so leise zu sprechen, daß seine Stimme sich nicht über das allgemeine Stimmengewirr im Raum erhob, und als er sich auf Greta konzentrierte, sah er, daß sie ihn anlächelte.

»Mistkerl«, sagte sie leise, denn sie wußte, daß sie ihm seine Bitte nicht abschlagen konnte.

»Ich ziehe Streiter gegen das Unrecht vor, Miss Larson«, erwiderte er mit gekünstelter Feierlichkeit, so pompös, als stünde er im Gerichtssaal.

»Jetzt erinnere ich mich. Alles nur wegen dieser albernen Fernsehsendung, stimmt's?«

»Ich fürchte, ja.«

»Ist der Vater der Mann, der dich mit deinen eigenen Prinzipien so vernichtend geschlagen hat?«

»Eben der. Er hat nicht gelogen, als er sagte, daß er von unserer Rechtsberatungsstelle weggeschickt wurde.«

»Wie kam das?«

»Der Referendar, der zu der Zeit das Büro besetzte, hat die Sache total versaut und ihm mitgeteilt, es sei eine Politik unserer Kanzlei, nie die Anklage zu vertreten. Also habe ich die Akte erst zu Gesicht bekommen, als ich mich nach der Sendung mit Moody getroffen habe. Wir stecken ganz schön tief im Schlamassel.«

»Wie ist er denn so?«

»Geoff Moody? Oh, ich weiß nicht, er ist ein bißchen ruppig, aber er ist ein ehrlicher Mann, der seine Tochter sehr liebt, und er braucht unsere Hilfe. Es ist eine Privatklage, und bei dem Versuch, den Fall vor Gericht zu bringen, hat er so gut wie alles ausgegeben, was er besitzt.«

»Wie ist der Spielstand jetzt?«

»Die Millennium-Kirche hat so ziemlich alle Koryphäen aus Giles Callows Kanzlei im Temple beauftragt, und im Augenblick sind sie diejenigen, die kurzen Prozeß mit Moodys juristischen Prinzipien machen. Heute beantragen sie Einsicht in die das Verfahren betreffenden Sachakten, Roses medizinische Unterlagen.«

»Ich nehme an, wir berufen uns auf das Persönlichkeitsrecht und den Datenschutz.«

»Selbstredend, aber natürlich sind das Unterlagen dritter Parteien, die sich in den Händen der zuständigen Krankenhäuser oder der Behörden befinden, beispielsweise des eingeschalteten Jugendamts. Das heißt, wir haben zwar ein Mitspracherecht, aber ich bezweifle, daß wir mit unseren Einwendungen durchkommen. Ihre Verteidigungsstrategie ist, Rose als psychisch labil hinzustellen, ihre Geschichte für pure Einbildung zu erklären und die Vermutung zu äußern, daß Rose wahrscheinlich schon früher absurde Anschuldigungen erhoben hat.«

»Steht etwas in den Akten, das ihre Glaubwürdigkeit gefährden könnte?« fragte Greta und runzelte die Stirn, während sie die Unterlagen durchblätterte.

»Ich habe nicht alle selbst eingesehen, aber nach dem, was ich vom Anwalt des zuständigen Jugendamts gehört habe, hat sie vor ihrem Verschwinden aus ihrem Elternhaus zweifellos eine schwierige Phase durchgemacht. Geoff Moody scheint nur ungern über das Leben zu sprechen, das sie mit ihm geführt hat, er hält das für absolut irrelevant. Tatsache ist, daß er auf ein einziges Ergebnis fixiert ist, und das ist ein Schuldspruch.« Mark warf wieder einen Blick auf die Uhr: zwanzig nach zehn.

»Komm«, sagte er, »schnapp dir eine Handvoll Akten. Wir gehen jetzt besser in den Sitzungssaal.«

Er ging voran und nickte grüßend ein paar bekannten Gesichtern zu. Er hielt Greta die Tür auf, und als sie an ihm vorbeiging, sagte er: »Wasser.«

»Was meinst du damit, Wasser? Hol dir gefälligst selber welches. Ich bin nicht mehr deine Referendarin, weißt du«, explodierte sie.

»Nein, ich meine zwanzig waagerecht: die Antwort ist Wasser. Hoo. Begreifst du nicht? H zwei O, sechs Buchstaben: Wasser. Es ist wirklich ganz einfach. Du wärst nie eine gute Chemikerin geworden, Greta.« Mit einem Augenzwinkern ging er voran, während sie immer noch versuchte, schlau daraus zu werden.

Geoff Moody trauerte um eine Tochter, die nicht tot war, es aber ebensogut hätte sein können. Er saß in der Zuschauergalerie von Sitzungssaal 5 im Old Bailey, wartete unruhig auf Mason und zupfte an der strapazierten Haut seiner Fingerkuppen. Diese Finger hatten ein Leben lang für den Aufbau eines Eisenwarenladens gearbeitet, der nun zu einem Schleuderpreis verkauft worden war, um die Privatklage gegen den Führer der Millennium-Kirche, P.J. Rivers, zu finanzieren. In den vergangenen zwei Jahren hatte er seine Tochter verloren, wiedergefunden, was von ihr übrig war, seine zweite Ehe unter dem ständigen Druck seines Strebens nach Gerechtigkeit zerbrechen sehen und zwei leichte Herzanfälle erlitten.

Mason, dessen langes schwarzes Haar unter seiner ergrauenden Perücke hervorlugte, drehte sich um und nickte Moody langsam zu, als er den Gerichtssaal betrat. Moody erlaubte sich ein wundes Lächeln, das erstarb, bevor es seine trockenen Lippen erreichte, denn es gab nichts zu lächeln. Zwei langsame, schmerzliche Jahre hatte es gedauert, den Fall so weit zu bringen, und bis zur Hauptverhandlung waren es immer noch drei Monate. Moody wandte seine Aufmerksamkeit den Anwälten des Angeklagten zu und versuchte, sich selbst einzureden, daß sie nur ihre Arbeit machten, aber seine Bitterkeit über diejenigen, die von diesen Anwälten vertreten wurden, trübte seinen üblichen Gerechtigkeitssinn. Kronanwalt Giles Callow, ein Amerikaner, der vor fünf Jahren auf der Szene erschienen war, erwiderte seinen Blick mit einem überheblichen Rümpfen seiner dicken Nase und wandte sich wieder seinen Akten zu. Der transatlantische Anwalt war so ungehobelt, wie sein Verstand scharf war. Die Liebe zum englischen Recht und zur britischen Küche hatte seinen Körperumfang und sein Bankkonto zu ungeheuerlichen Ausmaßen anschwellen lassen. Rötlichbraunes Haar sproß an den Seiten seiner abgenutzten Perücke hervor wie rotes Unkraut, und seine blühende Gesichtsfarbe hatte beinah dieselbe Färbung. Er schien prädestiniert für die fürsorglichen Bemühungen eines ärztlichen Wiederbelebungsteams, aber Mason wußte, daß Callow Herz, Langlebigkeit und Appetit eines Alligators besaß.

Moody schnitt eine Grimasse. Er hatte alles, was er besaß, in diese Privatklage investiert, aber es ging hier nicht um ihn, es ging um seine Rose. Sie hatten sie ruiniert, sie befleckt und so manipuliert, daß sie sich gegen sich selbst und ihre Familie gewandt hatte, bis nur noch die leere Hülle der liebevollen Fünfzehnjährigen übriggeblieben war, die nach einem vermeidbaren Familienstreit das Haus verlassen hatte und in der Millennium-Kirche verschwunden war. Es hatte ihn acht Monate gekostet, sie in einem Schulungszentrum der Kirche in den schottischen Highlands aufzuspüren, und weitere sechs Monate, ihre gewaltsame Befreiung zu finanzieren und zu organisieren. Vielleicht würde sie immer in Therapie bleiben müssen. Aber diese Klage hier stand für eine andere Art von Heilung. Er war kein rachsüchtiger Mensch, aber er wollte nicht, daß andere Eltern so leiden mußten wie er, während ihre Kinder von P. J. Rivers und seinen geistesgestörten Anhängern korrumpiert wurden.

Diese Verhandlung wurde als »Antrag auf Indemnität unter dem Gesichtspunkt des öffentlichen Interesses« bezeichnet. Geoff hatte Mark Mason gefragt, was das denn bedeuten solle, und wie immer sprühte dessen Antwort vor gesundem Menschenverstand und Klarheit.

»Also, im wesentlichen wollen Rivers und seine Verteidiger Einsicht in Roses medizinische Unterlagen und die Akten der Sozialarbeiter, und wir wollen nicht, daß sie die zu sehen bekommen, also bitten wir den Richter, sich uns unserer Ansicht anzuschließen, während die sagen, daß er das nicht kann.«

Moody hatte sich mittlerweile an das Gesetz und seine perversen Anachronismen gewöhnt. Er griff nach seinem Asthma-Inhalator und sog gierig einen beruhigenden doppelten Lungenzug Luft ein. Vor zwei Jahren hatte er einen gutgehenden Eisenwarenladen besessen und geführt, jetzt hatte er nichts mehr. Aber er würde es bis zum Ende durchfechten. Die Welt mußte erfahren, was mit Rose geschehen war. Seine einzige Hoffnung war der Mann da unten, der eine Perücke trug.

Mason konnte das Gewicht von Moodys Erwartung spüren,

als er sich auf dem für Anwälte reservierten Platz im Gerichtssaal niederließ, während Greta sich in die Reihe für Juniorgerichtsanwälte hinter ihm setzte. Als er seine Papiere auf der Bank vor sich ausbreitete und die kleine Messingplakette freilegte, auf der »Anklagevertretung« stand, war er bestürzt. Das brachte Erinnerungen an das erste und einzige Mal zurück, in der er in einer ähnlichen Position gewesen war, Erinnerungen, die er bis zum Tag seines Todes nicht würde von sich abwälzen können, ja vielleicht nicht einmal dann.

Es war im Sommer 1975 gewesen, als er, nur zwei Monate nach Abschluß seiner Ausbildung, als Juniorgerichtsanwalt in einem berüchtigten Fall auf seiten der Anklagevertretung gesessen hatte und stolz darauf gewesen war. Ein junger Mann namens John Wilkinson war in der Blüte seines Lebens von dem verärgerten herumziehenden Obdachlosen Reggie Routledge in betrunkener Rage brutal in Stücke gehackt worden. Die Beweislage war erdrückend. Obwohl es dunkel gewesen war, gab es einen guten Augenzeugen, und Routledge war mit der Mordwaffe in der Hand aufgefunden worden. Die Verhandlung hatte ganze vier Tage gedauert, und der Angeklagte hatte keine Chance gehabt, dafür sorgte das vereinte Gewicht eines Top-Staatsanwalts und eines Richters, der immer noch nicht verstehen konnte, wieso die Todesstrafe abgeschafft worden war. Mason hatte zugesehen, wie Routledge von der Anklagebank weggeführt wurde, die erschreckten Augen feucht vor Angst und Hilflosigkeit.

Zu der Zeit war er sich rechtschaffen vorgekommen. Sie hätten einen gefährlichen Mörder verurteilt, hieß es in der Presse, und seine Eltern waren so stolz auf ihn gewesen. Die Opfer, die sie gebracht hatten, um ihm eine gute Ausbildung zu ermöglichen, hatten sich ausgezahlt. Seine Mutter hatte gewissenhaft Rabattmarken gesammelt, damit sie fünf Pfund pro Woche bei den Lebensmitteleinkäufen sparte. Sein Vater hatte seine Angeltouren aufgegeben und das gesparte Geld auf ein Postsparbuch eingezahlt, damit sein Sohn nicht wie er in der Fabrik würde arbeiten müssen. Damals war Mason alles so richtig vorgekommen.

Die Siegesfeier, an der sogar der Verhandlungsrichter teilnahm, abgehalten in einem privaten Club ganz in der Nähe der Greys Inn Road, war wunderbar gewesen. Er war entzückt, als der berühmte Kronanwalt, der das Team geleitet hatte, ihm ein Kompliment über seine Rolle in dem Prozeß machte. Das sei so gut wie ein Fingerzeig gewesen, sagte sein Vater. »Es wird nicht mehr lange dauern, Sohn, dann werden alle Schurken in England vor Angst schlottern, weil du da bist.« Er wußte, daß sein Vater im Pub sein würde, berstend vor ruhigem Stolz, und nur darauf wartete, daß ihn jemand fragen würde, was sein Sohn denn so machte, nachdem er jetzt Barrister war. Als er den Club an dem Abend verließ, hatte er den Bauch voller Portwein und eine große Zukunft vor Augen gehabt. Er hatte sofort Tamara Havering einen Heiratsantrag gemacht, deren Eltern es gar nicht erwarten konnten, sie loszuwerden, besonders an jemanden, der, wie Tamara ihnen versicherte, zweifellos auf dem besten Weg war, den respektablen Titel »Staatsanwalt« zu erringen.

Zwei Monate später hatten sich alle Zielvorgaben geändert.

Es war am Tag vor seiner Hochzeit, als die Nachricht bekannt wurde, die den Verlauf seines gesamten Lebens verändern sollte. Als die Polizei routinemäßig mit einem Durchsuchungsbefehl ein Haus in Greenford, Nord-London, nach mutmaßlichem Diebesgut durchsuchte, entdeckte sie die Überreste zweier Leichen, die unter den Fußbodendielen begraben waren. Bei einer großangelegten Polizeiaktion kamen auf dem Gelände verteilt insgesamt acht Leichen ans Tageslicht sowie zahlreiche Gegenstände, die den Besitzer des Hauses mit einer Serie unaufgeklärter Mordfälle in Verbindung brachten. Ein goldener Siegelring mit den Initialen JW wurde gefunden. Durch diese Entdeckung wurde ein kleineres Rätsel gelöst, das über der Überführung von Reggie Routledge gehangen hatte. Der Besitzer des Hauses gestand schließlich den Mord an John Wilkinson und teilte den Polizeibeamten mit, daß er in der Nähe des Tatorts auf Routledge gestoßen war, der zusammengesunken auf einer Bank hockte. Es war eine einfache Sache gewesen, ihm die Machete in die Hand zu drücken. Als endlich jemand dazukam, sich nach Routledges Ergehen zu erkundigen, wurde festgestellt, daß er sich vier Tage nach seiner Verurteilung wegen eines Mordes, den er nicht begangen hatte, das Leben genommen hatte. An seinem Hochzeitstag legte Mason zwei Eide ab, einen am Altar und einen vor sich selbst. Er schwor sich, daß er nie wieder zur Verurteilung eines anderen Menschen beitragen würde. Aber heute brach er einen dieser Schwüre, und als Greta ihm eine Kopie des Antrags der Verteidigung reichte, wünschte er ernsthaft, daß er den Mut hätte, auch den anderen zu brechen.

Er blätterte die Akte durch und suchte nach der provisorischen Strategie, die er sich vor einiger Zeit zurechtgelegt hatte, wenn auch ohne rechte Überzeugung. Schon nach dem ersten Zusammentreffen mit Geoff Moody war ihm klargewesen, daß jeder Verteidiger stracks auf die Vorgeschichte des Mädchens lossteuern würde. Er selbst hatte Greta eben dies gelehrt. Er konnte noch hören, wie er zu ihr sagte: »Wenn du als Verteidigerin in einem Sexualprozeß mit der nicht bekräftigten Zeugenaussage einer Klägerin zu tun hast, stell sie als Lügnerin hin und versuch dann zu beweisen, daß sie pathologisch ist.« Er warf einen Blick auf Giles Callow, der munter mit dem Solicitor plauderte, der ihm das Mandat im Namen des Mandanten angetragen hatte, und vollkommen zuversichtlich wirkte. Wahrscheinlich bekam Callow zweitausend Pfund für diese Anhörung, die nicht länger als zwei Minuten dauern würde, dachte Mason, und wahrscheinlich genehmigte er sich anschließend ein gutes Mittagessen.

Ein scharfes Klopfen an der schwarzen Eichentür hinter der Richterbank kündigte die Ankunft von Richter Withnail an.

»Das Gericht erhebe sich.«

Moody kam schwerfällig auf die Beine. Auch alle anderen standen auf, als der Richter zur Richterbank stolzierte. Zuvor hatte Mark Mason in seiner knappen Art seine Beurteilung von Withnail so ausgedrückt:

»Ein Verstand wie eine Stahlfalle und eine Haltung wie ein verwundeter Bär. Er haßt Privatklagen, er sagt, sie unterminieren den Staat.«

Withnail würde in weniger als drei Monaten der Vorsitzende Richter bei der Hauptverhandlung sein. Er war groß und robust, mit geröteten Wangen, geziert durch schwarze viktorianische Koteletten, und sein düsteres Lächeln lag wie winterlicher Frost auf Geoff Moodys Hoffnungen. Auf Masons auch. Withnail war eine schlechte Ziehung aus dem Reservoir der dienstältereren Richter. In seinen paranoiden Momenten glaubte Mason, daß die Berufung Withnails ein vorsätzlicher Versuch war, den Prozeß zu sabotieren. Withnail war immer noch verärgert über ein Urteil des Revisionsgerichts vor einigen Monaten, in dem er wegen seiner ständigen Unterbrechungen während eines Prozesses scharf kritisiert worden war. Mason hatte die Revision begründet und erwartete daher wenig Wohlwollen in dieser mündlichen Verhandlung über den Antrag der Verteidigung.

»Mr. Callow«, bellte Withnail, womit er sich an den einzigen der drei von Rivers, dem ferngebliebenen Beschuldigten, mit der Vertretung seines Falls betrauten Kronanwälte wandte, der heute anwesend war. »Warum genau wünschen Sie Einsicht in die das Kind Rose Moody betreffenden Sachakten?«

Callow, der eingestellt worden war, weil er alle Verfahrenstricks kannte, nickte nachdenklich.

»Die gegen Mr. Rivers, den Führer einer anerkannten Religionsgemeinschaft, erhobenen Anschuldigungen...«

»Sekte«, flüsterte Mark Mason. Callow ignorierte ihn.

»...basieren ausschließlich auf der Aussage eines einzigen

Mädchens, einer Minderjährigen, die schwer verhaltensgestört ist und psychische Probleme hat. Wir legen dar, daß keine unabhängigen Beweise zur Untermauerung ihrer Behauptungen vorliegen. Es ist daher von allerhöchster Bedeutung, daß die Geschworenen in der Lage sind, die Glaubwürdigkeit des Mädchens richtig einzuschätzen. Wir wissen aus der Gerichtsakte, daß sie Gegenstand von Untersuchungen durch das zuständige Jugendamt und von Medizinern war. Der Angeklagte vertritt die Ansicht, daß ihm erlaubt werden sollte, die Ergebnisse dieser Untersuchungen zu erfahren. Wenn ihm das nicht gestattet wird, bedeutet das eine Beeinträchtigung der Verteidigung.«

Withnail überlegte, aber Mason wußte, daß das nur Show war. Roses Wort stand gegen das von Rivers. Er war der Führer einer mächtigen Religionsgemeinschaft, und sie war ein verletzter Niemand aus Nirgendwo. In seinem Herzen wußte er, daß er den Fall genau aus diesem Grund übernommen hatte. Er wußte auch, wie vernichtend die Informationen sein würden. Mason rappelte sich hoch.

»Sie ist minderjährig, Mylord. Zwar hat jeder Angeklagte Rechte...«

»Ja, und normalerweise sind Sie derjenige, der sie einfordert«, sagte Withnail mit leicht zusammengebissenen Zähnen.

»Diese Rechte müssen aber gegen die Rechte des Kindes abgewogen werden, die, wie das Gesetz festlegt, ›vorrangig sind‹.«

»Wie wahr, wie wahr. Aber vorrangig heißt nicht uneingeschränkt. Es ist eine Frage des Abwägens der Interessen«, fuhr der Richter fort, der bereits entschieden hatte, welche Seite der Gleichung er bevorzugte.

»Nein, Mylord«, unterbrach Mason ihn scharf, »es ist ein unerlaubter Beweisfischzug. Die Verteidigung weiß nicht, wonach sie sucht.«

»Aber«, sagte Withnail, eine Hand erhoben, um weitere Diskussionen abzuwürgen, »im Gegensatz zur Verteidigung habe ich die Unterlagen gelesen, in die sie Einsicht verlangt, und ich kann sehr gut verstehen, warum sie sie sehen will.«

»Aber mein verehrter Kollege will nur seinen Angelhaken ins Wasser hängen und sehen, was er fangen kann, und das ist kein Grund und kann es nie sein, dem Antrag meines werten Kollegen zuzustimmen.«

»Aber ich weiß, was sie fangen werden, Mr. Mason«, fuhr der Richter fort, der seinen neuen Status als Freund des Angeklagten genoß. »Sie wollen die Geschworenen von der Schuld eines Mannes überzeugen, dem Sie brutale Verbrechen zur Last legen. Alles auf das Wort eines Mädchens hin, das bestenfalls emotional labil ist und dessen seelische Gesundheit schlimmstenfalls für immer angegriffen bleiben wird. Und dennoch führen Sie aus, daß die Verteidigung nicht berechtigt ist, ihre Patientenakten einzusehen. Sie erklären, daß sie geistig gesund ist, und Sie wollen, daß die Geschworenen sich einzig auf ihr Wort verlassen.«

»Sie ist nicht verrückt«, brüllte Geoff Moody, den es wütend machte, wie leichtfertig der Richter seine Rose abtat. Alle im Saal hielten den Atem an. Mark Mason seufzte. Callow grinste. Geoff Moody spürte, wie ihm die Röte ins Gesicht stieg. Withnail wies mit dem Finger auf ihn.

»Mr. Moody, ich nehme an, Sie haben einen Barrister, der den Fall Ihrer Tochter vor Gericht vertritt. Sie haben kein Rederecht in dieser Sache, und ich kann Sie jederzeit aus dem Saal weisen lassen.«

»Aber...«, begann Moody.

»Schweigen Sie«, donnerte Withnail, während Mark Mason sich umdrehte und den Finger auf die Lippen legte. Seine dunkelbraunen Augen funkelten nachdrücklich. »Weitere Ausbrüche werde ich nicht tolerieren. Mr. Mason, wenn Sie dem Vater Ihrer Mandantin nicht Einhalt gebieten, werde ich es tun. Habe ich mich klar ausgedrückt?«

Der Barrister nickte. Er wußte, falls sie je die Hoffnung

gehabt hatten, den Antrag zu Fall zu bringen, konnten sie sie jetzt begraben.

»Nun, um die Angelegenheit formal zum Abschluß zu bringen, ich stehe auf dem Standpunkt, daß der Verteidigung Einsicht in sämtliche Sachakten gewährt werden sollte. Eine Ablehnung des Antrags käme der Heraufbeschwörung eines Justizirrtums gleich.«

»Beschwerde zugelassen?« drängte Mason, in der Hoffnung, daß dieser zeitsparende Kunstgriff ihm und Greta einen Berg juristischer Kleinarbeit ersparen würde und Moody etwas von dem bißchen Geld, das er noch besaß.

»Nein, Mr. Mason. Wie kann ich eine gerichtliche Verfügung erlassen und dann sofort feststellen, daß sie falsch ist?«

»Weil sie falsch ist, Mylord.«

»Versuchen Sie nicht, mich als töricht hinzustellen. Das Revisionsgericht hat festgestellt, daß die Richter den Anwälten viel zuviel durchgehen lassen.«

Mason hob eine Augenbraue.

»Ich hoffe, Euer Lordschaft hat das nicht als persönliche Kritik aufgefaßt.«

Die geistreiche, verletzende Bemerkung saß.

»Wir sehen uns bei der Verhandlung, Mr. Mason.« Withnail kniff die Augen zusammen. »Ich freue mich darauf, da können Sie sicher sein.« Er nickte Callow zu, der die Geste erwiderte, erhob sich dann und fegte von der Richterbank. Geoff Moody starrte auf seine Hände herunter. Sein Ausbruch war sie teuer zu stehen gekommen.

Mark und Greta verließen den Gerichtssaal, um draußen im Korridor mit Moody zusammenzutreffen. Callow strahlte breit. Ohne Zweifel freute er sich auf eine leichte Verhandlung für gutes Geld, wo Withnail jetzt Farbe bekannt und sich unwiderruflich festgelegt hatte. Mason blickte ihn an. Callow sah aus wie eine fette Katze, die den Sahnetopf leergeleckt hatte.

Moody wartete auf sie.

»Machen Sie sich keine Vorwürfe, Geoff«, sagte Mark Mason sanft. »Wir hatten ohnehin keine Chance. Ich hätte an seiner Stelle die gleichen Argumente vorgebracht.«

»Es war nur das, was er über Rose gesagt hat...«

»Ich weiß, aber wir haben das doch schon besprochen: Bei der Verhandlung werden sie noch weit Schlimmeres sagen, besonders jetzt.«

Geoff schauderte bei der Aussicht, aber sie mußten weitermachen; es gab jetzt kein Zurück mehr.

»Ich werde nicht noch einmal die Beherrschung verlieren.«

»Es ist nicht Ihre Beherrschung, die mir Sorgen macht«, flüsterte Mason, und Geoff verstand seine Besorgnis. Der Ausgang des Prozesses hing ausschließlich von Roses Aussage ab, und sie war zerbrechlich wie eine Blume und so schwer geschädigt, daß es keine Hoffnung auf Wiederherstellung gab.

»Tue ich das eigentlich für mich selbst oder für Rosie?«

»Sie tun es, weil es das Richtige ist«, erwiderte Mason, »und der richtige Weg ist oft der schwerere Weg.«

»Sie werden nicht einmal bezahlt, Mr. Mason.«

»Nein, aber ich versuche, ein Unrecht wiedergutzumachen.«

Mason schüttelte ihm die Hand und ging, und Geoff folgte ihm unglücklich. Er war nur ein kleiner Mann mit einem kleinen Leben, nicht irgendein verwegener Held des Volkes. Sein Blazer war an den Ärmelaufschlägen abgetragen, seine Hose zerknittert und seine gestreifte Marks & Spencer-Krawatte nach einem einsamen Frühstück in seiner Pension in Paddington mit Ei befleckt. Geoff Moody war nie ein religiöser Mensch gewesen, obwohl er Weihnachten liebte und den Weihnachtsgottesdienst, wenn Rose im Chor mitsang, aber auf dem Schlachtfeld, wenn die Kugeln flogen, wurden aus Atheisten Bekehrte. Er schloß die Augen und betete um ein Wunder.

Kapitel zwei

Weiß. Alles weiß und rasend schnell. Ein schmerzendes Vakuum kalter Luft und heißer Atem, seinem bis zum äußersten angestrengten Körper geraubt von dem starken Frost. Eine Wand aus verblüffend blauem Eis, hoch aufgetürmt; sein Körper im rechten Winkel dazu, gehalten nur durch die Zentrifugalkraft und schiere Geschwindigkeit. Seine Skier kämpften darum, einen guten Angriffspunkt auf dem spröden, unnachgiebigen Schnee zu finden. Die Knie gebeugt und seitwärts gedrückt, die Skistöcke unter schwitzende Achselhöhlen gerammt.

Die Wand fiel jetzt etwas ab, aber es war noch nicht vorbei. Joss verlagerte seinen Schwerpunkt, um die Veränderung des Geländes auszugleichen, und spürte, wie er ins Rutschen geriet. Das hatte er erwartet, und er nutzte den Seitwärtsschwung, um seine Balance wiederzufinden. Als er den Fuß des riesigen Buckels erreichte, übersprang er die Geländekante und wurde wie ein menschliches Geschoß aus einem Katapult auf die gegenüberliegende Seite geschleudert.

»Halt ihn, Joss«, murmelte er, als sein Außenski am Rand des Abhangs kurz mit dem Unheil flirtete, aber ein winziger Hüftschwung bewahrte Joss von einer schweren Verletzung. Als er über die Spitze der Welle sauste, sah Joss die drohenden Berggipfel der österreichischen Alpen in den unmöglich azurblauen Himmel ragen.

»Nicht heute«, rief er. »An keinem Tag.« Das war besser als der Schnee, den er gewöhnt war. Dieselbe Farbe, aber eine andere Form von Abhängigkeit.

Joss Lane, der vierundzwanzig Jahre alt war, sich aber fühlte wie fünfundsechzig, spürte, wie eine Hand sanft seinen Arm rüttelte, und erwachte dann ruckartig, mit wildem Blick und verloren im Inneren der 747. Er richtete die Augen auf das besorgte Gesicht der Swiss-Air-Stewardeß.

»Sir, ist alles in Ordnung?«

Joss nickte und warf einen Seitenblick auf seine Sitznachbarn, die sich von ihm abwandten. »Tut mir leid, ich bin nur in Gedanken Ski gelaufen«, erklärte er, obwohl ihre unbewegten Gesichter keinerlei Verständnis zeigten. Er konnte ihnen das nicht übelnehmen; selbst Menschen, die ihn kannten, hatten ihre Schwierigkeiten mit dieser Art Freizeitbeschäftigung. Joss Lane beobachtete, wie die Stewardeß sich mißtrauisch entfernte, während der Flug seinen Weg nach London, Heathrow, fortsetzte. Er atmete langsam aus, betrachtete die weichen Wolkenkissen, die unter der Tragfläche vorbeizogen wie hirnvernebelnde Kokainschwaden, und fragte sich, wie viele Kumuluswolken er vor der Reha wohl geschnupft hatte und wie viele dunkle Schlackenhaufen Heroin er sich vor der Kur bei Kristina Klammer in der Complott-Klinik gespritzt haben mochte.

»Kur!« Fast hätte er laut gelacht, erinnerte sich dann aber an die wachsende Furcht seiner Gangkameraden und hustete seinen ironischen Humor weg. In den letzten achtzehn Monaten war Dr. Klammer seine Suchtberaterin, sein Guru, seine Freundin und schärfste Kritikerin gewesen. Er konnte sie im Geist vor sich sehen: Schwarze Locken milderten die verhärmte Konzentration ihres vergeistigten Gesichts. Eine schlanke Figur und ein messerscharfer Verstand, eher ein Bett voller Nägel als ein Nadelkissen.

Achtzehn lange Monate in einem antiseptischen Gefängnis, anderthalb Jahre qualvoller Schmerzen und unerfüllter Gier, bis er für geheilt erklärt und entlassen worden war. Dr. Klammer hatte ihren Patienten als dreckiges Gespenst mit Rasta-Locken übernommen und ihn die Klinik fit wie ein Turnschuh und mit Kurzhaarschnitt verlassen sehen, innen und außen sauber. Seine verkümmerte Muskulatur war durch endlose Wanderungen,

Klettertouren und Telemark-Skilaufen gestählt worden. Er war etwas über einsachtzig, und die krumme Haltung des Süchtigen war durch einen geraden, schmalen Rücken ersetzt worden. Aber die Schwachpunkte in seinem Kopf waren geblieben.

Der Gedanke an einen Schuß ließ ihn vorübergehend schwach werden, bis er sich auf die Lippen biß und sich an seinen erbärmlichen Zustand erinnerte. Eine gewaltige Lache aus Schweiß, Scheiße und Selbstekel. Keine Freunde, nur Dealer. Sein Lieblings-T-Shirt fiel ihm ein, das er bei einem Straßenhändler in Burma gekauft hatte. Es trug die Abbildung eines Außerirdischen zur Schau, der einen Joint rauchte, und darunter stand: »Bring mich zu deinem Dealer.« Joss hatte das damals zum Schreien komisch gefunden, hip und voll im Trend, Rotz ins Auge seines Vaters Callum Lane und des Rests dieser jämmerlichen Spießer, die ihre kostbare Freiheit gegen eine Hypothek, einen Zweitwagen und eine Woche mit den Kindern im Center Parc eintauschten. Als er sich einige Zeit in Magenkrämpfen gewunden und vor Gier nach Stoff verzehrt hatte, ohne ihr nachzugeben, lernte er, daß er selbst dieser Außerirdische gewesen war, eine traurige, verkümmerte Kreatur aus einer anderen Welt, verloren in der unbekannten Landschaft chemischer Sucht. Jetzt hatte er, zumindest für den Augenblick, eine Art Perspektive.

Die Angst vor der Rückkehr in sein altes Leben stürzte ihn in solche Verwirrung, daß er sich vorkam wie eine Steppenhexe, die kopfüber, kopfunter durch die Wüste getrieben wird. In Momenten wie diesen hatte Klammer ihm eine geistige Übung aufgezwungen, die ihm Ruhe und klares Denken bringen sollte. Er langte in seine Hosentasche und zog drei kleine, abgegriffene Spielsteine des fernöstlichen Go-Spiels aus Knochen hervor, die vom vielen Gebrauch ganz glatt waren. Jeder der Steine stand für einen anderen Aspekt seines Lebens. Er atmete tief ein und legte den ersten Spielstein sanft auf das Plastiktablett, das an dem Sitz vor ihm befestigt war. Der Stein war beschriftet mit dem Ideogramm, das Liebe bedeutete. Joss konzentrierte sich und dachte an Greta Larson. Wieder langte er nach unten, griff in seinen unter dem Vordersitz verstauten Rucksack, der mit ihm um die Welt gereist war, und zog Gretas Brief heraus. Der Brief war seine erste Verbindung zu seiner Vergangenheit, seit das Amsterdamer Gericht ihm freigestellt hatte, eine Therapie zu machen oder ins Gefängnis zu gehen. Er hatte nicht lange gebraucht, um seine Entscheidung zu treffen, obwohl er sie in der Klinik in regelmäßigen Abständen bereut hatte. Die Schrift auf dem Umschlag war eindeutig die seiner Freundin. Seiner Exfreundin, korrigierte er sich. Joss hatte sie seit dem gerichtlichen Verfahren zur Untersuchung der Todesursache seiner Mutter weder angerührt noch zu Gesicht bekommen. Er schauderte und legte schnell den zweiten Go-Spielstein hin, der für die Vergangenheit stand. Joss konzentrierte sich auf inneren Frieden, während ihr freundliches Gesicht vor seinem getrübten inneren Auge erschien. Jennie Lane. Seine Mutter, die vor zwei Jahren gestorben war. Und trotz aller Gegenargumente seiner Ärztin ausschließlich durch seine Schuld.

Joss hörte das Quietschen des Getränkekarrens näherkommen und erwiderte das leere Lächeln der Make-up-verkrusteten Servierin, die ihn mit eintöniger Stimme fragte, ob er etwas wünsche. Er bestellte zwei Whisky und ein Bier zum Nachspülen, um sich zu beruhigen, bevor er Gretas Brief noch einmal las. Greta war seine »Wonderwall« gewesen; als Noel Gallagher den Song schrieb, hatte er ganz sicher eine ganz besondere Frau im Sinn gehabt, eine Frau wie Greta. Sie hatten sich auf der London School of Economics kennengelernt. Joss, der Wirtschaftswissenschaften studierte, war im letzten Studienjahr, und sie studierte im zweiten Jahr Jura und war für ein Leben als Strafrechtlerin bestimmt. Allerdings waren sie sich nicht im Hörsaal begegnet, sondern bei der Ausübung gefährlicher Sportarten, denn beide liebten sie die Gefahr, aufregende Erfahrungen und athletischen Sex. Aber es war mehr als das gewesen, jedenfalls für ihn. Er hob sein Glas Chivas Regal zum Gedächtnis an die übrigen Mitglieder von In Extremis, ihrem Extremsportclub, und an seine Freunde Ben, Barney und Tom, selbst Geister aus einem anderen Leben, aber sie wurden nicht durch Spielsteine vertreten.

Nun zog er Gretas Brief aus dem Umschlag und legte ihn flach auf das Plastiktablett, neben die Bierdose.

Lieber Joss, zu fragen, wie es Dir geht, scheint ziemlich banal, aber auf die Gefahr hin, widerwärtig süßlich zu klingen, hoffe ich, daß es Dir gut geht, wirklich gut, geistig und körperlich. Die Bilder in der Zeitung, auf denen Du vor dem Amsterdamer Drogengericht zu sehen bist, zeigen Dich nicht von Deiner besten Seite, obwohl man das auch von Deinen jüngsten Heldentaten sagen könnte.

Joss schnitt eine Grimasse. Typisch Greta Larson, eine Zuckerpille mit bitterem Überzug.

Ich würde Dir nicht schreiben, wenn es nicht unbedingt notwendig wäre. Als Du nach der amtlichen Leichenschau einfach verschwunden bist, habe ich akzeptiert, daß Du Freiraum und Zeit brauchtest, um Dich zu sammeln, damit Du Dich der Vergangenheit und der Zukunft stellen kannst, aber was sein muß, muß sein. Es hat sich vieles geändert.

Joss nickte und nahm einen Schluck von dem feurigen Whisky. Sie war immer zielstrebig und beharrlich gewesen, und er war stolz darauf, daß sie sich davon nie hatte abbringen lassen.

Ich habe mit einem Fall zu tun, von dem du wissen mußt. Es geht um Vergewaltigung, und eine religiöse Sekte, die sich Millennium-Kirche nennt, ist in die Sache verwickelt. Joss, dein Vater ist Mitglied dieser Sekte. Ich weiß es mit Sicherheit. Die Einzelheiten kann ich dir später mitteilen, aber glaub mir, es ist eine üble Bande, die mit Bewußtseinskontrolle arbeitet, und Callum hat sich von ihnen einfangen lassen. Bislang gibt es noch keine Hinweise darauf, daß er mit dem Mißbrauch zu tun hat. Die ganze Angelegenheit ist verzwickt und ziemlich häßlich. Wir müssen uns sehen.

Es folgten ihre Telefonnummern von zu Hause und von ihrem Büro. Joss hatte bereits eine Nachricht auf ihrem Anrufbeantworter hinterlassen und eine Nachricht beim Bürovorsteher in der Kanzlei.

Du hast schon Deine Mutter verloren; ich könnte es mir nie verzeihen, wenn Du auch noch Deinen Vater verlieren würdest. Er steckt da ziemlich tief drin. Bitte ruf mich an, Joss.

Sie hatte mit ihrem Namen unterschrieben, und Joss war bestürzt gewesen, weil sie einfach »mit besten Wünschen« geschrieben hatte und nicht »in Liebe«, obwohl er wohl kaum Anlaß hatte, sich darüber zu beklagen.

Joss stopfte das Schreiben wieder in den Umschlag und lehnte sich in seinem Sitz zurück. Die beiden Spielsteine lagen nebeneinander vor ihm: Liebe und Vergangenheit. Zwei Frauen, die er mehr geliebt hatte als das Leben selbst, und beide waren durch seine selbstsüchtigen Gelüste für ihn verloren. Er mußte Greta wiedersehen, er mußte einfach. Als der Entzug am härtesten gewesen war, war ihr Bild ein Talisman gegen die Verzweiflung gewesen. Aber bevor er sich auf die Suche nach ihr machen konnte, mußte er bei Niall Robertson vorbeischauen. Bei Onkel Niall, dem Anwalt der Familie und getreuen Geschäftspartner seines Vaters. Wenn irgend jemand wußte, was hier wirklich vorging, dann der gepflegte irische Solicitor. Joss spürte, wie sein Gesicht sich zu einem Lächeln verzog, als er sich den geschäftigen kleinen Anwalt vorstellte, der umherschoß wie ein nervöser

Maulwurf, während die unverwechselbaren dichten, grauen Locken und die dicke Brille mit der Stahlfassung verstohlen mitwippten. Er schien pausenlos zu reden und nie innezuhalten, um Luft zu holen. »Es gibt viel zu sagen, Junge, und die Zeit ist knapp«, war eine seiner ständigen Redensarten. Wenn er jedoch mal jemanden zu Wort kommen ließ, wußte man, daß er aufmerksam zuhörte, als wolle er einen wirklich verstehen. Niall gehörte zur Familie, und Joss wußte, daß sein Vater unbegrenztes Vertrauen zu ihm hatte. Beim Gedanken an seinen Vater starrte Joss angestrengt auf die Ideogramme auf den winzigen beinernen Spielsteinen. Liebe und die Vergangenheit, aber wo war Callum Lanes Platz? Während Joss' gesamter Kindheit war er eine distanzierte Figur gewesen, fast kühl. Joss hegte wärmere Empfindungen für seinen Onkel Niall, der immer dagewesen war, bei Hochzeiten, Beerdigungen, Taufen und Familienkonferenzen, immer mit dem gleichen verschwörerischen Lächeln und einem Augenzwinkern für seinen Lieblingsneffen. Es war Onkel Niall gewesen, der sie früher auf ihren Auslandsurlauben begleitet hatte. Und wahrscheinlich war es auch Niall gewesen, der Joss als erster bei der Ausübung gefährlicher Sportarten unterstützt hatte. Eine seiner frühesten Erinnerungen war eine Reise nach Rosas in Südspanien am Fuße der Pyrenäen, wo er seine Eltern angebettelt hatte, zu erlauben, daß er das Fallschirmsegeln ausprobierte, von einem Rennboot im Mittelmeer aus. Seine Mutter und sein Vater hatten kategorisch abgelehnt, aber Niall gelang es schließlich, sie zum Nachgeben zu bewegen. Gleichermaßen war es ihm gelungen, den Eigentümer des Rennboots zu überzeugen, daß Joss alt genug war, um hundert Meter in den Himmel hochgezogen zu werden. Niall Robertson konnte sehr überzeugend sein. Wahrscheinlich war er deshalb Anwalt geworden. Allerdings war es schwer, sich ihn als etwas anderes vorzustellen – bei der Klappe!

Joss wußte, daß Callum und Niall zusammen an der Universität von Dublin studiert hatten; er hatte die alten Schwarzweiß-

Fotos oft genug gesehen. Aber er konnte die Geschichten, die er von Niall über ihre gemeinsamen jugendlichen Eskapaden zu hören bekam, kaum glauben, wenn er an seinen Vater dachte, wie er in seinem grauen Lieblingsanzug auf seinem Lieblingssessel saß und sein auf lachsrosa Papier gedrucktes Lieblingswirtschaftsblatt las. Während Niall sich stets ein mutwilliges Funkeln in den tiefgründigen grünen Augen bewahrt hatte, waren die Augen von Joss' Vater im Laufe der Jahre immer stumpfer geworden, bis sie an dem Tag, nachdem es geschah, ganz tot wirkten. Niall würde ihm sicher ein paar Antworten geben können, und wo sonst sollte er schließlich mit der Suche anfangen.

Als eine Ansage die Passagiere informierte, daß sie in zehn Minuten landen würden, zog Joss den einsamen dritten Stein des Go-Trios hervor und legte ihn behutsam auf die Ablage. Er stand für die Zukunft und war so schwer entzifferbar wie das Gesicht seines Vaters. Der Stein sollte ihn zwingen, über die Antworten nachzudenken, die sich aus der Vergangenheit ergaben, um eine Richtschnur für die Zukunft zu haben. Eine Antwort hatte Joss bereits, und mittlerweile würde Dr. Klammer wissen, daß er das Schloß ihres Aktenschranks aufgebrochen hatte, um das Geheimnis aufzudecken, das ihn während seines gesamten Aufenthalts in der Complott-Klinik beunruhigt hatte. Seit Monaten hatte er ihr die Frage gestellt, wer seine Rechnungen bezahlte und warum, und seit Monaten war Kristina Klammer seinem forschenden Blick mit ihrem typischen ausdruckslosen Gesichtsausdruck begegnet, ohne ihm eine Antwort zu geben. Seine unerlaubte Durchsuchung des Aktenschranks hatte eine Antwort zutagegefördert, die genau zu dem Inhalt von Gretas Brief paßte. Die Millennium-Kirche hatte über eine Viertelmillion Pfund für seine Behandlung lockergemacht. Für ihn, Joss Lane, einen verrückten Fixer. Er mußte in Erfahrung bringen, warum. Die drei beinernen Spielsteine enthielten das Geheimnis, da war er sich sicher, und er mußte ihre Bedeutung entschlüsseln. Aber einstweilen war die Zukunft noch ungewiß und lag im dunkeln.

Und er war nicht der einzige, der Fragen gestellt hatte. Klammer hatte ebenfalls ihre Fragen an ihn gehabt. Sie hatte damit versucht, ihn von den Schuldgefühlen zu befreien, die ihn plagten, seit seine Mutter den Tod im Wasser gefunden hatte, aber es gab eine ganz bestimmte Frage, mit der Klammer ihn anderthalb Jahre lang verfolgt hatte. Immerzu sang sie ihm das Lied vor, raunte es ihm zu, wenn er vor Erschöpfung fast zusammenbrach.

»Joss und Jill den Berg bestiegen
Wo ist denn der Joss geblieben
Mutter sucht ihn sehr
Plumps, fiel er in ein tiefes Loch
die Mutter hinterher.«

Ständig hatte er ihr erklärt, bis zur Erschöpfung, das sei das Lieblingswiegenlied seiner Mutter gewesen, und seine Mutter hätte es ihm als Kind immer vorgesungen. Kristina war jedoch immer unzufrieden mit dieser Antwort gewesen und hatte nachgehakt:

»Ja, aber was bedeutet dieses Lied für Sie?«

Joss konnte immer noch nicht mit einer Antwort darauf dienen, und er konnte sich beim besten Willen nicht erklären, wieso Kristina ihn so eifrig nach einer so unbedeutenden, nur vage erinnerten Einzelheit aus seiner Kindheit ausfragte. Wie ein Student, der es versäumt hat, sich auf eine wichtige Prüfung vorzubereiten, hatte er zu viele Fragen und nur unzureichende Antworten.

Er trank die Reste seiner Drinks aus und machte sich zum Handeln bereit. Er steckte die Spielsteine wieder in die Hosentasche, und dann schnallte Joss Lane, mutterloser Sohn, Ex-Junkie und einst fanatischer Betreiber gefährlicher Sportarten, sich an, und das Flugzeug sank in die dunklen Wolken hinab, die unheilvoll über der Hauptstadt seines Landes dahintrieben.

Kapitel drei

März 2000
Mark Mason fuhr sich beunruhigt mit den Fingern durch das dunkle Haar, während er sich eine weitere Notiz zum Fall »P. J. Rivers« machte. Es war der Vorabend des Prozesses, und Mason war besorgt. In den zwei Jahren, die er jetzt Anwalt der Krone war, war die Lage oft kritisch gewesen, aber so hoffnungslos wie jetzt hatte es noch nie ausgesehen.

Er kippte den letzten Rest seines Kaffees herunter. An den Wänden des beengten Raums in der Gemeinschaftskanzlei am Pump Court stapelten sich zerfallende Bände von Entscheidungs- und Urteilssammlungen, und der Fußboden war übersät von verstreuten Schriftsätzen. Das Büro war so unordentlich, wie sein Verstand klar war. Es war sein ureigenes Chaos-Ablagesystem.

Draußen in dem winzigen Wartezimmer saß Charmers, Moodys Solicitor, und wartete, aber bislang noch keine Spur von Rose und ihrem Vater. Mason seufzte. Es hatte bereits vier gescheiterte Versuche gegeben, mit Rose ihre Aussage durchzugehen, aber aus dem einen oder anderen Grund war Rose zu keinem der vereinbarten Termine erschienen. Ja, es sah ziemlich düster aus: Ohne Rose würden die Millennium-Kirche und Rivers gewinnen, und die Moodys wären ruiniert. Mason konnte sich nicht erlauben, sich auszumalen, was für eine Auswirkung das auf das zitternde Mädchen haben würde.

Sie spielten um den höchsten Einsatz, und die Beschuldigten würden alles tun, was in ihrer Macht stand, um die Anklage zu Fall zu bringen. Sie hatten bereits viel erreicht. Es war das erste Mal, daß es je zu einem Prozeß gegen die Millennium-Kirche gekommen war; alle anderen Klagen, ob nun zivil- oder strafrechtliche, waren mit Hilfe von Angstmacherei und cleveren Verfahrenstricks abgeschmettert worden. Rivers und seine Kompagnons hatten das Geld und konnten die besten Anwälte mit ihrer Vertretung betrauen.

Die Beschuldigten hatten drei Kronanwälte in ihren Diensten. Callow, der bei der Verhandlung über den Antrag auf Offenlegung von Informationen gegen Mason aufgetreten war, war auf das persönliche Beharren von Rivers hinzugezogen worden. Er besuchte immer noch regelmäßig die Vereinigten Staaten, war Mitglied der kalifornischen Anwaltskammer und besaß ein doppeltes Recht zum Auftreten in der mündlichen Verhandlung, in Kalifornien sowie in England und Wales. Er sah sich selbst als rechtlicher Neuerer und würde zweifellos noch vor Ende des ersten Prozeßtages die Berufungsbegründung entwerfen. Rory Fannon war ein hochrespektierter Strafrechtler, dessen seidene Stimme und vernünftiges Auftreten als taktische Notwendigkeit in einem Schwurgericht galten. Die Verteidigung würde ihn gegen Ende des Prozesses einsetzen, um die Geschworenen auf ihre Seite zu ziehen. Das heißt, wenn sie überhaupt soweit kamen. Schließlich war da der schonungslos brillante Kronanwalt Thynne, der schlimmste von allen. Niemand rief ihn je beim Vornamen. Mason bezweifelte, daß den überhaupt jemand wußte. Selbst das Verzeichnis der zugelassenen Prozeßanwälte deckte ihn nicht auf. Seine Kreuzverhöre galten als Lehrbeispiele für gerissene, beleidigende Unterstellungen und bombastische Demontierungen von Zeugen. Jedes seiner Kreuzverhöre war so individuell wie der Fall selbst. Seit Jahren hatte er keinen Prozeß mehr verloren. Manche behaupteten, das läge daran, daß er sich nur Gewinner aussuchte, aber Mason hatte den verschlagenen Darstellungskünstler in Aktion erlebt und wußte, daß seine Fähigkeiten beim Kreuzverhör die Grundlage seines Erfolgs waren. Mark machte sich Sorgen um Rose. Thynne hatte monatelang Zeit gehabt, sich auf die Attacke vorzubereiten. Er nahm keine Gefangenen; er exekutierte die Zeugen entweder in aller Öffentlichkeit, oder er zwang sie, sich im Zeugenstand selbst zu vernichten. Wie sollte Mason Rose auf einen brutalen öffentlichen Angriff vorbereiten, wenn sie sich weigerte, zu einer Vorbesprechung in der Kanzlei zu erscheinen?

Greta saß hinter ihm an dem kleinen, vor dem Fenster plazierten Schreibtisch. Mark streckte sich in seinem Bürostuhl zurück und tippte sie auf die Schulter.

»Hast du schon alles Wichtige rausgeschrieben?« fragte er und bezog sich auf die Akte, die das Belastungsmaterial von den behördlichen Ermittlungen direkt nach Roses Anschuldigungen enthielt.

»Alles außer dem Abschlußbericht der schottischen Staatsanwaltschaft. Ich sah nicht viel Sinn drin; du mußt eigentlich nur eine Zeile im Gedächtnis behalten.«

»Und die wäre?«

»Kein hinreichender Tatverdacht. Das wurde in großen roten Buchstaben auf den Aktendeckel gestempelt.«

»Und was hältst du davon?«

»Sie werden uns in der Luft zerreißen, und die Geschworenen können zugucken.«

»Ich weiß, was du meinst. Wenn die Straftaten, die sie ihm vorwirft, alle entweder in England oder in Schottland stattgefunden hätten, hätte es ganz anders aussehen können. Als Geoff Moody damals in das Polizeirevier in Edinburgh marschierte, Rose fest umklammernd, wußte niemand genau, wo ein Teil der von ihr geschilderten Ereignisse stattgefunden hatte. Sie war sicher, daß sie in England entführt worden war, und die Schilderung ihres Vaters über ihr Verschwinden bestätigte dies. Aber wohin sie danach gebracht worden war, blieb ein Rätsel. Die Polizei wußte nur, daß ihr Vater behauptete, sie aus einem Schulungszentrum der Millennium-Kirche auf der Isle of Skye gerettet zu haben, das ›der Hafen‹ genannt wird. Ihre Erinnerung an die ersten Tage und Wochen war in diesem Stadium sehr bruchstückhaft. Laut Geoff kehrt die Erinnerung jetzt langsam wieder zurück, seit sie eine Therapie macht, aber wie verläßlich sind diese Erinnerungen, wenn man in Betracht zieht, daß die Verteidigung behaupten wird, daß es sich dabei lediglich um das evozierte Erinnerungssyndrom handelt?«

»Und solche Erinnerungen finden im Augenblick vor Gericht kaum Glauben«, sagte Greta nachdenklich. »Es gibt jede Menge Präzedenzfälle, die gegen uns sprechen.«

»Genau«, antwortete Mark und erinnerte sich an das kürzlich in Mißkredit geratene Vorgehen der Behörden. Anklagen wegen zwanzig Jahre zurückliegenden sexuellen Mißbrauchs wurden von den Gerichten abgeschmettert, wegen des Risikos, das darin lag, den Beschuldigten aufgrund von Beweismaterial zu verurteilen, das durch vergleichbare Techniken zur Wiedererlangung von Erinnerungen zutage gefördert worden war. Gegenwärtig war es Mode, daß die Verteidigung Experten in den Zeugenstand rief, die überzeugend dieses ganze Gebiet der forensischen Psychiatrie in Zweifel zogen. Mark beschloß, die Sache erst mal auf sich beruhen zu lassen und zu versuchen, die Höhen und Tiefen seiner Beweisführung zu klären.

»Gehen wir noch mal den Ablauf der Ereignisse durch, nachdem Rivers im ›Hafen‹ verhaftet worden war«, lud er Greta ein. Sie begann:

»Bei seiner ersten polizeilichen Vernehmung wurde er unter schottischem Strafrecht festgehalten, nach dem sechs Stunden Verhör das Maximum sind. Er hat alle Hauptanschuldigungspunkte freimütig und kategorisch geleugnet.«

Mark nickte. »Und das alles ohne Anwalt. Die Verteidigung wird behaupten, daß das ein weiterer Beweis für seine Unschuld ist. Weder zeigte er Angst, noch verweigerte er die Kooperation. Im Gegenteil, er lud die Polizei ein, die persönlichen Unterlagen in seinem Büro durchzugehen, und nannte ihnen die genauen Daten seiner Weltreisen.«

Greta rieb sich den Kopf. »Beim Durchlesen der Vernehmungsprotokolle hatte ich den Eindruck, daß die Polizei einfach nicht interessiert war. Dieser Mann war amerikanischer Staatsbürger und beteuerte seine Unschuld, und sie hatten ihn in eine dreckige Zelle gesperrt. Ich nehme an, sie konnten es gar nicht erwarten, ihn da rauszubekommen, ehe die Botschaft sich einmischte.«

»Daher die Entscheidung, weder Rose noch den Beschuldigten von einem medizinischen Sachverständigen untersuchen zu lassen.«

»Richtig. Gleichermaßen wurde nicht in Erwägung gezogen, Mittel dafür aufzuwenden, forensische Proben von anderen Personen zu nehmen, die sich in dem Schulungszentrum aufhielten. Ich vermute, daß sie Rose in dem Stadium bereits abgeschrieben hatten.«

»Also schön, wir haben einen sehr schwachen Polizeibericht, der an die schottische Staatsanwaltschaft ging, die unabhängige schottische Staatsanwaltschaft, die dem Kronamt untersteht, der obersten Justizbehörde für Schottland. Wissen wir, ob der schottische Generalstaatsanwalt, der Beauftragte der Krone, die Akte je geprüft hat?«

»Es gibt keinerlei Anzeichen dafür, daß er sie persönlich zu Gesicht bekommen hat, aber es gibt Aktennotizen, die darauf hinweisen, daß die Akte bei der Staatsanwaltschaft geprüft wurde. Der zuständige Staatsanwalt kam zu demselben Schluß wie alle anderen: kein hinreichender Tatverdacht. Es wurde keine Anklage erhoben. Es gab potentielle Probleme wegen der Zuständigkeit der schottischen Gerichte. Geoff Moody wurde mitgeteilt, daß er sich vielleicht mit der englischen Polizei in Verbindung setzen sollte, wenn er nach Hause zurückkehrte, aber der Zeitpunkt war verstrichen.«

Mason wanderte zu Gretas Schreibtisch hinüber und blickte auf die Straße hinunter. Der ihm wohlvertraute alte Mann, der jeden Abend die ornamentalen Gaslaternen auf dem kleinen

Platz anzündete, ging seiner Arbeit nach, und Mark überlegte, daß er gerade jetzt nichts dagegen hätte, mit ihm zu tauschen. Der Fall schien absolut hoffnungslos zu sein, aber Mark mußte ebenfalls Farbe bekennen und sich unwiderruflich festlegen, bevor der Abend zu Ende ging.

»Also gut«, fuhr er fort, »laß uns die Hauptpunkte durchdenken. Wo müssen wir die Geschworenen überzeugen? Wir fangen mit Entführung und Freiheitsberaubung an. Was haben wir in der Hand?«

»Zuerst lassen wir Geoff die Hintergründe schildern und die Umstände, unter denen Rose an dem Abend aus dem Haus lief. Er hat sie als vermißt gemeldet, der Polizeibericht liegt uns vor. Wir haben die Aussagen von Jugendlichen, die gesehen haben, wie sie in der Spielhalle mit einigen Unbekannten redete, aber keine Hinweise darauf, daß ein Kampf stattgefunden hat.

»Wir müssen beweisen, daß sie gegen ihren Willen entführt wurde. Dabei kommt alles auf Rose an, und ihre Aussage ist da ziemlich lückenhaft. Eine Minute ist sie sicher, daß sie nach einer Weile darum gebeten hat, gehen zu dürfen, aber festgehalten wurde, und in der nächsten Minute schon nicht mehr. Das ist ein entscheidender Punkt: Ihre Aussage muß eindeutig sein. Wenn wir die Geschworenen bereits zu Beginn verlieren, werden sie unsere subtileren Argumente hinsichtlich der Körperverletzung aufgrund geistig-seelischer Verletzung während der Zeit ihrer Freiheitsberaubung niemals schlucken. Wir müssen sie schnell auf unsere Seite ziehen und dann den Groll, den sie in diesem Stadium gegenüber dem Beschuldigten empfinden sollten, nutzen, um sie zu überzeugen, daß Rose durch rechtswidrige psychische Manipulationen ihrer Willensfreiheit beraubt worden war«, schloß Mark würdevoll.

»Klingt im Prinzip einfach, aber bist du dir sicher, daß wir uns darauf verlassen können, daß die Geschworenen mit einer natürlichen Antipathie gegenüber dem Angeklagten ins Gericht kommen?«

»Das war noch in keinem Prozeß anders«, entgegnete er besserwisserisch. »Ist mit den Aussagen der Psychologin und des Ernährungsexperten alles klar?«

»Soweit ich sehen kann, ja, aber was die Sachverständigen angeht, hat die Verteidigung uns ganz klar überboten.«

»Vergiß das jetzt erst mal: Noch haben wir sie nicht ins Kreuzverhör genommen. Gut, dann bleibt noch der zentrale Anklagepunkt des sexuellen Mißbrauchs von Schutzbefohlenen, einschließlich des wichtigsten Anklagepunkts, der Vergewaltigung durch Rivers. Wir haben die Anklageschrift so aufgesetzt, daß sie den Zeitraum von ihrem Verschwinden bis zu ihrer Rettung abdeckt.«

»Ja, aber sie kann sich nicht auf ein bestimmtes Datum festlegen.«

»Na und? Wir sagen, daß nicht das genaue Datum relevant ist, sondern die Tatsache, daß es überhaupt zu der Vergewaltigung kam.«

»Schön und gut, aber es ist zu einer entscheidenden Frage geworden, weil die Verteidigung darauf vorbereitet ist, Beweise dafür vorzulegen, daß Rivers sich gerade ganz woanders aufgehalten hat, und zwar bei jedem beliebigen Datum, das Rose nennt. Die Verteidigung meint, es würde uns ziemlich schwerfallen, innerhalb des in der Anklageschrift genannten Zeitraums überhaupt irgendwelche Daten zu finden, an denen er sich in dem schottischen Schulungszentrum aufgehalten hat. Er reist ständig um die ganze Welt, und sie haben die Flugpläne seines Privatflugzeugs, minutiöse Besprechungsprotokolle, Presseberichte: einfach alles. Für mich hört sich das so an, als seien sie überzeugt, daß Rose sich das alles nur ausdenkt. Warum sollten sie sonst ein solches Risiko eingehen?«

»Mag sein, daß es für dich so aussieht, aber für mich schmeckt es nach gefälschten Beweisen. Wie dem auch sei, was ist mit unserer medizinischen Sachverständigen? Ist die Ärztin vorgewarnt, daß sie zum Prozeß geladen wird, und ist sie bereit, vor Gericht auszusagen?«

»Ja, aber ich glaube nicht, daß uns das sehr viel weiter bringen wird«, erwiderte Greta und schüttelte langsam den Kopf.

»Wieso? Wir haben das gynäkologische Gutachten, das beweist, daß eine Penetration stattgefunden hat. Das ist die rechtliche Grundlage für eine Anklage wegen Vergewaltigung.«

»Eine andere Voraussetzung ist aber, daß es kein einvernehmlicher Geschlechtsverkehr war.«

»Sie war unter sechzehn, Greta. Laut Gesetz kann es sich gar nicht um einvernehmlichen Geschlechtsverkehr handeln.«

»Aber ihr sechzehnter Geburtstag fiel in die Zeit, in der sie in der Kirche war«, erinnerte sie ihn. »Was ist mit ihrer Behauptung, daß sie gegen ihren Willen routinemäßigem Gruppensex unterworfen wurde?«

»Was soll damit sein?« fragte er.

»Das könnte möglicherweise ein gefundenes Fressen für die Verteidigung werden und alle Beweise dafür, daß eine Penetration stattgefunden hat, vollkommen irrelevant machen. Sie sagen praktisch: Na und? Das beweist, daß sie Sex hatte, aber nicht, daß sie Sex mit Rivers hatte. Je mehr Geschlechtsverkehr wir zweifelsfrei nachweisen können, desto besser für die Verteidigung.«

»Warum?«

»Weil sie vorbringen können, daß nach ihrem sechzehnten Geburtstag jeder nachgewiesene Geschlechtsverkehr einvernehmlich gewesen sein könnte. Sie war nicht in der Lage, die beteiligten Personen zu identifizieren, so daß niemand vernommen wurde. Wäre das der Fall gewesen, hätten sie die Frage der Einvernehmlichkeit wohl damals schon aufgeworfen.«

»Das spielt keine Rolle. Ich mache Rivers verantwortlich für die Handlungen seiner Anhänger: Das fällt unter die Haftung für Fremdverschulden. Und es geht hier nicht darum, ob der

Geschlechtsverkehr einvernehmlich war, weil man sie durch psychische Manipulationen der Willensfreiheit beraubt hatte«, sagte Mason langsam. Er war ganz zufrieden mit dieser Formulierung, aber letztendlich hing bei diesem Verfahren alles von der Aussage eines verängstigten, zerbrochenen Mädchens ab, von dem gegenwärtig nichts zu sehen war.

Er warf einen Blick auf die Uhr. Schon sieben, und sie war immer noch nicht aufgetaucht. In fünfzehneinhalb Stunden würde er den Geschworenen alles erzählen und die schrecklichen Anschuldigungen gegen die Millennium-Kirche und Rivers umreißen. Es wäre katastrophal, wenn Rose es versäumte, in ihrem eigenen Verfahren als Klägerin aufzutreten.

Die Bürohilfe der Kanzlei schob die Tür auf und lächelte munter.

»Mr. Moody ist gerade gekommen. Mit einer Dame.«

Mason lächelte und stieß einen Seufzer der Erleichterung aus.

»Danke, Sandra, führen Sie sie herein.«

Eine Sekunde später betrat Charmers den Raum, ungewöhnlich nervös und aufgeregt, gefolgt von einem ängstlichen Geoff Moody und einer völlig unbekannten Frau.

»Wo ist Rose?« fragte Mason.

Charmers verdrehte die Augen. Geoff Moody zuckte die Achseln und wandte sich zu Mason um.

»Das ist Susan Morris, die uns mit Rose geholfen hat.«

Sie streckte eine schlanke Hand aus. Er schüttelte sie und spürte, daß ihre Haut überraschend rauh war für eine Frau und ihr Händedruck überraschend fest. Mason begegnete einem wissenden, wachsamen Blick. Ein eleganter schwarzer Hosenanzug, der eng um die schlanke Taille anlag, verstärkte ihre Ausstrahlung, die sagte: »Seht her! Ich bin ein ernstzunehmender Mensch.«

»Aber ich habe meine Sache nicht besonders gut gemacht. Haben Sie das nicht gerade gedacht?« Ihr halbes Lächeln enthüllte erstaunlich weiße Zähne. Mason schüttelte den Kopf und hielt dann inne. Sein uneingeschränkter Glaube an das Recht rührte daher, daß er stets auf absolute Ehrlichkeit beharrte. Jedenfalls wollte er selbst niemals unehrlich sein, auch nicht, um die Gefühle dieser Frau zu schonen.

»Ich weiß, wie wichtig Sie für Rose sind«, begann er. »Geoff hat mich über ihre Fortschritte informiert. Aber sie ist immer noch nicht hier, oder?«

»Offensichtlich nicht«, entgegnete die Frau ohne eine Spur von Sarkasmus. »Aber ich garantiere, daß sie morgen vor Gericht erscheinen wird.«

»Ich möchte nicht unhöflich wirken, Miss Morris, aber würden Sie mir noch mal Ihre Qualifikationen in Erinnerung rufen?«

»Ich bin gelernte Therapeutin und auf Suchtarbeit spezialisiert.«

»Also keine Professorin für Psychiatrie?«

»Ich kenne Rose«, konterte die Frau und ignorierte die versteckte Andeutung.

»Und Sie werden als Zeugin für sie aussagen. Das Verteidigungsteam hat ein halbes Dutzend Sachverständige aufgeboten, dessen Qualifikationen länger sind als eine Boa Constrictor und doppelt so tödlich. Macht Ihnen das keine Angst?« Mason war besorgt, daß auch Susan Morris zu einem der Opfer von Thynnes Kreuzverhören werden könnte.

»Ich kann auf mich selbst aufpassen«, sagte sie liebenswürdig. »Es ist Rose, um die ich mir Sorgen mache.«

»Wie wir alle«, entgegnete Mason und schüttelte den Kopf. »Was läßt Sie zu der Ansicht gelangen, daß sie es durchziehen wird? Ich meine, sie hämmert ja nicht gerade an die Türen des Gerichtssaals.«

»Sie ist bereit, mehr nicht. Aber ihre Kraft reicht nur aus, es einmal durchzustehen.«

»Ich war heute länger mit ihr zusammen«, fügte Geoff Moody

hinzu. »Es gibt wirklich eine Veränderung. Sie schien mir mehr wie meine alte Rosie zu sein. Gestern hat sie sogar einmal gelacht.« Er zwang sich ein Lächeln ab. Mason konnte nichts als Mitgefühl für die angeschlagenen Überreste von Moodys Familie empfinden.

»Wir haben keine Wahl«, sagte Charmers, der Solicitor. »Wir haben uns zu weit gewagt, um auch nur in Erwägung zu ziehen, die Klage zurückzuziehen. Aber Rose muß anwesend sein.« Er wandte sich der Therapeutin zu. »Miss Morris, wir wissen, daß Sie es gut meinen, aber ich kann gar nicht genug betonen, wie wichtig es ist, daß Rose persönlich im Zeugenstand erscheint, um ihre Anschuldigungen im Gerichtssaal vorzubringen. Sie muß ihre Geschichte in ihren eigenen Worten erzählen.«

»Sie wird die Wahrheit sagen«, erwiderte sie eisig und durchbohrte ihn mit einem wütenden Blick.

»Natürlich wird sie das«, beschwichtigte Mason, »das war es, was Mr. Charmers meinte.« Aber den Solicitor hatte ihr Ausbruch verärgert. »Wir stehen alle unter großem Druck, und niemand mehr als Rose«, fuhr Mason fort. »Aber der Prozeß muß konkrete Gestalt annehmen, dann wird es auch irgendwann enden, so oder so.«

»Nicht für Rose«, murmelte Geoff Moody schwermütig. Die Frau streckte die Hand aus und berührte seinen Arm. Mason kam sich hilflos vor.

Bald, nur zu bald, würde das Mädchen öffentlicher Demütigung ausgesetzt werden, ihre Wunden würden aufgerissen unter den kalten Blicken der Millennium-Kirche und P. J. Rivers'. Deren Religion war eine Religion ohne Gnade. Sie würden Rose ihren Verrat nicht vergeben.

Später, als die anderen gegangen waren und Mason seine Unterlagen für den morgigen Prozeß zusammenpackte, hörte er einen dumpfen Aufprall an der Scheibe. Als er zum Fenster ging, sah er, daß ein kleiner Spatz gegen das Glas geflogen und auf das Fenstersims gefallen war. Er öffnete das Fenster und langte hinunter. Der Vogel war warm – und trotzdem so tot. Kronanwalt Mark Mason schauderte es. Er war zu praktisch veranlagt, um an böse Omen zu glauben, aber trotzdem schauderte es ihn.

Kapitel vier

Am folgenden Morgen gingen Mark und Greta die kurze Strecke von der Kanzlei zum Justizgebäude zu Fuß. Ein feiner Nieselregen hing in der Luft, legte sich auf Marks Gesicht und klebte in feinen Tröpfchen an seinem Anzug. Der Geruch nach nasser Wolle stieg ihm in die Nase und erinnerte ihn an die Bergwanderungen, die er in seinem heimatlichen Peak District so geliebt hatte. Heute jedoch würde er eine andere Art von Berg erklimmen müssen.

Nach der gestrigen fruchtlosen Besprechung ohne Rose ließ sich einfach unmöglich vorhersagen, ob sie bei Gericht erscheinen würde oder nicht. Das Engagement ihres Vaters hing wie ein Damoklesschwert über dem gesamten Prozeß. Sein unerbittliches Streben nach Gerechtigkeit war sicher bewundernswert, aber um welchen Preis geschah es, reflektierte Mark und dachte an den Druck, den Geoff Moody auf seine Tochter ausüben mußte. Wenn sie unter diesem Druck zusammenbrach und sich weigerte, vor Gericht zu erscheinen, würde die Verteidigung sich eifrig jedem Versuch widersetzen, den Beginn der Hauptverhandlung zu verschieben. Er konnte vorhersehen, daß sie behaupten würden, ihr Nichterscheinen vor Gericht sei schlicht eine Widerspiegelung der Tatsache, daß ihr Vater die eigentliche treibende Kraft hinter der Klage sei.

Als sie, aus der Fetter Lane kommend, um die Ecke bogen und auf den Strand traten, konnten sie die Menschenmenge sehen, die sich vor dem Haupteingang des Justizgebäudes versammelt hatte. Er zählte mindestens fünf Fernsehkameras und begann unbewußt, seinen Nadelstreifenanzug glattzustreichen. Greta lächelte, als ihr das auffiel.

»Keine Sorge, du siehst gut aus«, sagte sie.

»Was?« entgegnete er zerstreut.

»Ich sagte, du siehst gut aus«, wiederholte sie und wies auf die Fernsehkameras vor ihnen.

»Ich fühle mich aber nicht so«, sagte er unglücklich. »In gewisser Weise hoffe ich, daß sie nicht auftauchen wird.«

»Das meinst du nicht ernst«, stellte sie fest.

»Doch, Greta. Ich fürchte, daß sie Hackfleisch aus ihr machen werden. Was ist, wenn sie sich nie wieder davon erholt? Wessen Verantwortung wäre das letztendlich? Ich hätte gegenüber Moody energischer auftreten müssen. Ich hätte ihn überzeugen müssen, die Klage fallenzulassen.«

»Du kannst als Anwalt nicht mehr tun, als dich an die Weisungen deines Mandanten zu halten. Zumindest hast du mir das immer beigebracht.«

»Habe ich das? Wie saumselig von mir.« Er zwinkerte ihr spielerisch zu, aber tief in der Magengrube konnte er den echten Stich der Hoffnungslosigkeit fühlen.

Gerade als sie sich dem Rand der Menschenmenge näherten, konnte Mark einen amerikanischen Nachrichtensprecher hören, der vor dem prächtigen Bühnenhintergrund des steinernen Torbogens, der zu den Law Courts führte, direkt in die Kamera sprach. Er schoß sofort auf Mason zu.

»Mr. Mason, Mr. Mason, Sir.« Sein schriller Westküstenakzent durchbohrte die Luft wie eine Sirene und zog eine Anzahl weiterer Reporter an. »Mr. Mason, ich bin Dale Winters, CBS, und berichte über den Moody-Prozeß. Sie wissen vielleicht, daß der Prozeß in den Vereinigten Staaten mit großem Interesse verfolgt wird. Reverend Rivers behauptet, Opfer eines völlig unfairen Rechtssystems geworden zu sein. Unsere Rechtsexperten heben den Fall als Beispiel für die inhärenten Schwächen des antiquierten englischen Rechts hervor. Was sagen Sie dazu?«

»Kein Kommentar.« Mason winkte ihn weg.

»Wie wir gehört haben, ist es unwahrscheinlich, daß die Klägerin heute auftauchen wird. Bedeutet das das Ende des Prozesses gegen die Millennium-Kirche?« Der Reporter schob Mason das große runde Mikrophon unter den Kiefer.

»Ich fürchte, da sind Sie falsch informiert. Die Klägerin ist gerade auf dem Weg ins Gericht. Wenn Sie mich jetzt bitte entschuldigen würden, Sie verstehen sicher, daß wir viel zu tun haben«, erwiderte Mason zuversichtlich.

»Werden die Geschworenen heute vereidigt werden?« drängelte der Reporter, als ein Strauß von Mikrophonen anderer Journalisten Mason den Ausgang versperrte.

»Natürlich werden die Geschworenen heute vereidigt. Ich erwarte, noch vor der Mittagspause in die Beweisaufnahme eintreten zu können.«

»Wird die Verteidigung die Geschworenen nicht ins Kreuzverhör nehmen, um die Möglichkeit der Voreingenommenheit auszuschließen?«

»Sie kann es gern versuchen«, lächelte Mason, »aber damit wird sie nicht weit kommen. Ich darf Sie daran erinnern, daß wir hier nicht in den Vereinigten Staaten von Amerika sind. Eins der meiner bescheidenen Meinung nach großartigsten Prinzipien, für das dieses unfaire System, wie der Angeklagte sich auszudrücken beliebt, weltweit den größten Respekt genießt, ist die gelassene Schnelligkeit der Geschworenenauswahl.«

»Reverend Rivers ist wohlbekannt für seine umstrittenen Zukunftsvisionen, Mr. Mason. Er vertritt die Ansicht, daß es keine faire Verhandlung geben kann, wenn das Gericht keine Vorsicht bei der Zulassung von Geschworenen walten läßt, die möglicherweise eine entgegengesetzte religiöse Überzeugung vertreten. Was sagen Sie dazu?«

»Das Entscheidende ist ja gerade, daß wir nichts über diese zwölf Personen wissen. Es darf uns nicht kümmern, welche Meinungen sie vertreten, wie es mit ihrer Schulbildung aussieht oder was ihre Hobbys sein mögen, und besonders wichtig ist es, daß wir ihnen zubilligen, ihre geheimsten Gedanken für sich zu behalten. Je anonymer sie bleiben, desto besser, damit ein unparteiisches und unanfechtbares Urteil aus diesen sehr geheimen Überlegungen und Beratungen erwachsen kann. Dem Angeklagten kann nur versprochen werden, daß ihm Gerechtigkeit widerfahren wird, wenn es keinerlei Verbindung zwischen ihm und den zwölf Gesichtern gibt, die über die Schuldfrage entscheiden. Wenn Sie mich jetzt entschuldigen würden, meine Damen und Herren«, sagte Mason energisch und ließ keinen Zweifel an seiner Absicht, jetzt zu gehen.

Wie aus dem Nichts bildete sich eine Gasse. Mason schritt rasch durch die Lücke, und Greta folgte ihm, innerlich lächelnd. Mason mochte seine Zweifel haben, was diesen Fall anging, aber er hatte ganz sicher nicht vor, sie mit irgend jemandem außer ihr zu teilen.

Sie wurden schnell durch die Sicherheitskontrolle geschleust und stiegen die Steintreppe hinunter, die zu den Ankleidezimmern führte. Am Fuß der Treppe war Greta gezwungen, sich nach links zu wenden und durch eine Tür zu gehen, auf der »Anwältinnen« stand, und Mason dachte kurz über die eben erhobene Anschuldigung nach. Das war wirklich ein antiquiertes System. Der Pförtner stand stramm und schenkte Mason sein übliches fröhliches Grinsen.

»Wichtiger Fall heute, Sir. Hier, lassen Sie mich Ihre Tasche tragen«, sagte er und griff nach Masons schwerem Pilotenkoffer aus schwarzem Leder.

»Ja, das ist er ganz gewiß, Charlie. Ist die Gegenpartei schon da?« erkundigte er sich.

»Im Anwaltszimmer, Sir«, erwiderte der alte Mann über die Schulter hinweg. Er bog vor Mason um die Ecke, hinter der die Reihen hölzerner Spinde mit den glänzenden, einheitlichen, blankpolierten Namensschildern aus Messing standen. Mason entdeckte das gegnerische Team, über Papieren brütend, in der hinteren Ecke des Raums.

Er hatte eine Attacke seiner Gegner erwartet, aber nicht so

früh. Als er neben dem Spind stand und seinen Seidentalar glattstrich, spürte er eine Bewegung hinter sich. Ohne sich umzudrehen, flüsterte er:

»Keine außergerichtliche Einigung diesmal, meine Herren.«

Mason zog seine Perücke aus dem schwarzgoldenen Perückenbehälter aus Blech, auf dem sein Name stand, und zwar, seitdem er vor achtzehn langen Jahren das Geld zusammengespart und sie bei einem Perückenmacher in der Chancery Lane gekauft hatte.

»Sind Sie so sicher, daß das klug ist?« Mason erkannte den singenden Tonfall. Rory Fannon. Sie hatten ihren freundlichsten Abgesandten geschickt, um sanften Druck auf ihn auszuüben. Sein munteres, vor Wohlwollen gerundetes Gesicht sagte alles. Er hätte die menschliche Verkörperung des Blarney-Steins sein können. Fannon war hellhaarig und heiter, und selten verfehlte er es, die haarsträubende Ironie zu erkennen, die darin lag, daß er so gut für etwas bezahlt wurde, das er am besten konnte: reden. Seine Robe war von gemütlicher Schäbigkeit, sein Klappenkragen alles andere als makellos rein und seine Perücke gelbgefärbt vom Nikotin der Zigarillos, die er oft mit Mandanten rauchte, die noch viele Jahre würden warten müssen, bis ihr Fall vor die Kommission für bedingte Haftentlassungen kam. Mason mochte ihn. Sie hatten schon in einigen Fällen gemeinsam die Verteidigung übernommen, und die Zusammenarbeit war immer angenehm und erfolgreich gewesen, aber heute standen sie auf verschiedenen Seiten. Mason begrüßte ihn mit einem kurzen Nicken.

»Sie würden jetzt nicht mit mir reden, wenn Sie vollkommen sicher wären.«

Fannon lächelte. »Ich sehe es ungern, daß Sie einen schlechten Karrierezug tun, Mark, das ist alles.«

»Wie rührend.« Er warf einen Blick in die Ecke, wo Callow und Thynne, die anderen Kronanwälte, finster miteinander murmelten. Drei schweigende Juniorgerichtsanwälte, die dazu da waren, den drei führenden Anwälten zu assistieren, sammelten Bündel von Unterlagen zusammen.

»Was für ein Team«, murmelte Mason, während er sein Haar zurückstrich und sich die uralte Perücke auf den Kopf setzte. »Ich kann verstehen, warum die beiden da mitmachen, Rory, aber warum Sie?«

»Was sein muß, muß sein, mein lieber Mark. Steuern und Schulgebühren haben so eine Art, das Gewissen abzustumpfen.«

»Was einem eine dicke Brieftasche beschert«, rügte Mason. Fannon zuckte die Achseln.

»Das wird ein Schlachtfest, Mark. Es kann nichts Gutes dabei herauskommen.«

»Sie werden ja in jedem Fall bezahlt«, schnappte Mark, verärgert über Fannons Wiederholung des Offensichtlichen.

»Es muß doch noch Spielraum geben, bevor wir anfangen.«

Mason wirbelte herum. »Callow ist hier der Boss, das wissen wir doch beide. Was sollen Sie mir ausrichten?« Fannon schien sich zurechtgewiesen zu fühlen und wirkte beschämt über Masons zutreffende Einschätzung hinsichtlich der Hierarchie des Verteidigungsteams.

»Die Millennium-Kirche und Rivers möchten verhindern, daß das Mädchen durch den Prozeß noch schlimmere Narben davonträgt.«

»Ein bißchen spät dafür, finden Sie nicht?«

Fannon schüttelte den Kopf. »Noch haben wir die Tür des Sitzungssaals nicht durchschritten.«

»Ihre Mandanten fürchten sich doch nur vor der schlechten Publicity. Wenn Rivers verurteilt wird, bekommt er mindestens zehn Jahre.«

Masons verbale Tapferkeit paßte nicht zu seinem Auftreten, und Fannon spürte das.

»Diesen Prozeß werden Sie nicht gewinnen, Mark. Sie ist zu

schwer geschädigt, und Thynne wird sie endgültig fertigmachen. Tun Sie ihr einen Gefallen, und raten Sie ihr, nicht auszusagen.«

Mason nickte nachdenklich. Das war kein Kompromiß, das war ein juristisches Lynchen.

»Was ist mit den Prozeßkosten?«

Fannon schnitt eine Grimasse. »Das ist ein Stolperstein, Mark.«

»Lassen Sie mich raten. Geoff Moody stimmt zu, alle Prozeßkosten einschließlich der Anwaltsgebühren zu übernehmen, bis er mittellos ist und daher aus dem Ring genommen wird? Wie hoch wird Ihre Rechnung sein? Eine halbe Million, eine Dreiviertelmillion?«

»Wesentlich mehr«, sagte Thynne hinter seiner Schulter. Seine Stimme triefte wie saurer Honig. »Sagen Sie, hat Miss Moody uns heute schon mit ihrer Anwesenheit beehrt? Wie ich höre, war es ziemlich schwierig, Weisungen von ihr entgegenzunehmen.« Seine dicken Lippen schürzten sich wie zwei sich paarende Schnecken.

»Ja, natürlich ist sie hier«, entgegnete Mason und zwang sich zu einem zuversichtlichen Tonfall. »Bereit, gewillt und...«

»Geistig verwirrt«, schloß Thynne. »Schön, auf Ihre Verantwortung. Offengestanden tut mir das Mädchen leid. Sie wird ganz offensichtlich von ihrem Vater dazu gedrängt. Trotzdem freue ich mich auf eine kleine Plauderei mit ihm.«

»Ich bin sicher, Sie werden mit einem viel besseren Verständnis der Zusammenhänge belohnt werden«, entgegnete Mason unbeschwert. Er genoß es immer, Beleidigungen mit Thynne auszutauschen.

»Wie ungemein komisch, Mason«, knurrte der. »Was mich am meisten beeindruckt, ist dieses plötzliche Interesse an der Anklagevertretung. Nach all diesen Jahren. Ein ziemlicher Rollentausch, finden Sie nicht auch?«

»Oh, Sie wissen ja selbst, wie das ist«, schalt Mason. »Nach diesem Prozeß werde ich vielleicht öfters die Anklage vertreten. Es ist ja wirklich nichts dabei.«

»Sicher nicht – der große Verteidiger wird zum Inquisitor. Das fehlte noch!« Thynne lächelte selbstgefällig. »Aber Ihnen ist doch wohl klar, Mason, daß mehr dazu gehört als die schwache Leistung, die Sie bei den Vorverfahren an den Tag gelegt haben. Aber andererseits ist das wahrscheinlich nicht nur Ihre Schuld. Bei dem alten Findlay haben Sie natürlich nicht die Ausbildung erhalten, die Sie zum Anklagevertreter qualifizieren würde.«

»Das könnte man vielleicht sagen, aber andererseits habe ich oft genug zugesehen, wie mein alter Meister Ihnen den Hintern versohlt hat, wenn er gegen Sie angetreten ist. Qualifiziert mich das ausreichend?« fragte Mason und zog eine Augenbraue hoch, um die Beleidigung zu unterstreichen.

»Ich glaube schon, daß er ein oder zwei Siege verzeichnen konnte. Viel mehr wohl nicht.« Die Kränkung nagte an Thynne. »Wie geht es dem alten Teufel denn so?«

»Er ist kerngesund, aber Sie sind doch nicht hergekommen, um über Tom Findlay zu reden, Thynne, also sollten wir besser zusehen, daß wir weiterkommen«, sagte Mason und befestigte den gestärkten Klappenkragen an dem Messingknopf, der hinten an seinem Hemdkragen angebracht war.

»Unbedingt, mein lieber Junge, aber bevor wir das tun, wäre es gut, sich die Worte von Richter Avery ins Gedächtnis zu rufen. Der Anklagevertreter sollte nicht...« Thynne wurde von hinten von der tiefen, schleppenden transatlantischen Stimme unterbrochen, die Giles Callow gehörte.

»...darum kämpfen, ein Urteil gegen den Gefangenen zu erwirken, sondern sich vielmehr als Priester der Gerechtigkeit sehen, der dazu beiträgt, daß Recht gesprochen wird. Ein bewundernswertes Konzept, das Sie zweifellos im Auge behalten werden, Mark.« Herausfordernd musterte Callow ihn kurz, bevor er sich, dahinschreitend wie in einem Leichenzug, entfernte, einen umfangreichen Aktenordner unter den Arm geklemmt.

Während die anderen Callow aus dem Raum folgten, knotete Mason sorgfältig die Bänder seiner alternden Perücke zusammen und rückte sie zurecht. Er warf einen Blick auf sein Spiegelbild und wünschte dieses eine Mal, er würde einen Sturzhelm tragen.

Kapitel fünf

Mason stieg die Treppe hinauf und traf auf Greta, die sich über die Balustrade lehnte und auf das Schachbrettmuster des schwarzweiß gefliesten Bodens im Hauptflügel des grandiosen Bauwerks hinuntersah.

»Bereit?« fragte sie ruhig.

»So bereit, wie ich je sein werde, Greta. Los, packen wir's an. Hast du Rose schon eintreffen sehen?«

»Nein. Charmers ist unten, direkt hinter der Sicherheitsschleuse, aber Geoff oder Rose habe ich noch nicht gesehen. Tut mir leid, Mark.«

»Sie wird kommen, sie muß einfach. Außerdem erwarte ich, daß das juristische Vorgeplänkel den größten Teil des Vormittags in Anspruch nehmen wird, also ist noch Zeit. Wir müssen noch einige Präzedenzfälle aus der Bibliothek holen. Callow wird zweifellos irgendwelche obskuren Anträge stellen, bevor wir anfangen können.«

Müde gingen sie den langen, mit Steinplatten ausgelegten Flur entlang, der das königliche Gericht im ersten Stock umgab. Am Ende des Flurs wandten sie sich nach rechts und steuerten auf die Hauptbibliothek zu. Dort angekommen, brachten sie eine halbe Stunde damit zu, in dem uralten Raum Gerichtsakten aus den Regalen zu fischen. Masons Ansicht nach würde Callow eine Reihe von Anträgen stellen, bei denen es um die Zulässigkeit bestimmter Beweismittel ging. Der Verhandlungsrichter würde dann in diesem frühen Stadium des Verfahrens über die einzelnen Anträge entscheiden, um sicherzustellen, daß die Kontinuität der mündlichen Hauptverhandlung nicht zu oft unterbrochen wurde, wenn sie erst mal begonnen hatte. Sie stapelten die Bücher auf einen der bereitstehenden Handwagen und gingen schnell zu Sitzungssaal zehn.

Galerie und Pressetribüne waren bis auf den letzten Platz gefüllt, und ein Schild an der Tür untersagte weiteren Einlaß. Mason beschloß zunächst, nicht zu dem Angeklagten hinüberzusehen, der ungezwungen mit seinen Verteidigern plauderte. Aber der Ruf des Mannes und Masons Wissen um das Übel, das er über Rose Moody gebracht hatte, verlangten, daß er dem Vieh ins Gesicht blickte.

Mark hatte viele Fotografien von Reverend Rivers gesehen. Das Schwarzweiß der Presseaufnahmen verlieh seinem Gesicht eine verschwommene Qualität, wie bei einem Bild aus dem Automaten, das von einem aufgeregten Daumen verschmiert worden war. Die Wirklichkeit war völlig anders. Die Sepiatöne waren jetzt mit Leben erfüllt. Er hatte die vulgäre lebhafte Gesichtsfarbe des an Leib und Seele Gesunden. Sein ovales Gesicht wirkte seltsam freundlich und wohlmeinend, fast wie das eines Arztes, der gute Nachrichten mitzuteilen hat. Falten zogen sich über seine hohe Stirn und die Wangen, aber sie vermittelten eher den Eindruck von tiefer Anteilnahme als von Sorge oder Ausschweifungen. Er war in Körperbau, Größe und Breite durchschnittlich, trug aber die Würde seiner Stellung in der Welt mit wissender Ungezwungenheit. Der dunkelblaue Anzug schrie geradezu vor Wohlanständigkeit, während eine schwarze Krawatte mit einem verwegenen roten Schrägstrich ein gewisses Augenzwinkern versprach. Der Mann war eindrucksvoll, das mußte Mason zugeben. Er sah nicht aus wie das tobende Monster aus dem bibelfesten amerikanischen Mittelwesten mit einer Schwäche für junge Mädchen, sondern wie ein frommer Mann, der von einer verstörten jungen Frau fälschlich gegeißelt wurde. Mark sah, wie Rivers zu ihm hinblickte und lächelte. Rivers' Blick fixierte ihn, nagelte ihn fest wie eine seltene Motte auf das Brett eines Schmetterlingssammlers. Mark fühlte sich wie gelähmt durch die schiere Macht dieses Blicks und zwang sich wegzusehen. Mason blickte zu der Gruppe der potentiellen Schöffen hinüber, die von den für sie zuständigen Gerichtsdienern hereingebracht worden waren. Sie saßen in dem speziell für sie vorgesehenen Bereich des Sitzungssaals, gegenüber der Richterbank, aber unsichtbar für das Publikum. Er studierte nacheinander jedes der zwölf Gesichter, wobei er über die Frage nachdachte, die der amerikanische Journalist draußen vor dem Justizgebäude aufgeworfen hatte.

Die Geschworenenliste wird zusammengestellt, indem man ihre Namen und Adressen durch das Zufallsprinzip aus der Wählerliste heraussucht. Wenn der für die Auswahl der Geschworenen zuständige Beamte die braunen Umschläge verschickt, die mit dem Wappen des Lordkanzlers Ihrer Majestät abgestempelt sind, hat er keine Ahnung, ob irgendeiner dieser Leute einer bestimmten Kategorie angehört: Es könnten Sträflinge sein oder Geistliche. Er muß sich auf ihre Ehrlichkeit verlassen, wenn sie bei Gericht erscheinen und um Befreiung von der Berufung zum Geschworenenamt bitten. Sollte ein potentieller Schöffe durch bestimmte Umstände automatisch für das Geschworenenamt disqualifiziert sein und versäumen, das zu enthüllen, gibt es keine Möglichkeit, diese Umstände aufzudecken. Es würde ein Lügner unter den Geschworenen sein. Marks Ansicht nach trug dieses Auswahlverfahren dazu bei, daß ein echter Querschnitt der Gesamtgesellschaft auf der Geschworenenbank saß. Es war eben, dachte Mason, das beste System auf der ganzen Welt.

Wenn die potentiellen Geschworenen versammelt sind, mischt der Gerichtsbeamte die Karten, auf denen ihre Namen stehen, und ruft die ersten zwölf auf. Callow war bekannt dafür, ein glühender Befürworter des amerikanischen Ausleseprinzips zu sein und ein lautstarker Kritiker der Einschränkungen, denen die Ablehnung von Geschworenen in England unterworfen ist. In den Vereinigten Staaten waren die Gerichte so sehr auf der Hut davor, irgend jemanden als Geschworenen zuzulassen, der möglicherweise eine Meinung irgendeiner Art besitzen könnte, daß sie es zuließen, daß Wochen mit dem Kreuzverhör potentieller Geschworener zugebracht wurden – mit der Absicht, alle Denkenden auszusieben. Masons Überzeugung nach hatte sich dieses verheerende System durch die Bemühungen übereifriger und manchmal skrupelloser Anwälte entwickelt, die sich einbilden, ihre Aufgabe bestehe darin, sicherzustellen, daß ein von ihnen gutgeheißenes Komitee über ihren Mandanten urteilte statt zwölf redliche und treue Menschen.

Plötzlich ertönte ein scharfes Klopfen an der Tür hinter der erhöhten Richterbank, die zum Richterzimmer führte.

»Das Gericht erhebe sich«, rief der Gerichtsdiener, als Richter Withnail mit elastischen Schritten zur Richterbank eilte und sich schnell und mit einem kurzen Nicken in Richtung der Anwälte setzte.

Der Gerichtsbeamte intonierte den traditionellen Ausgangspunkt für alle Gerichtsverfahren. »Wer ein Anliegen vor die Richter Ihrer Majestät der Königin zu bringen wünscht, trete nun näher und finde sich vor Gericht ein.«

»Sind wir bereit zur Aufstellung der Geschworenen, Mr. Mason?« erkundigte sich Withnail in ungewöhnlich höflichem Tonfall.

»Ja, Mylord, die Anklage ist bereit für die mündliche Verhandlung, obwohl Euer Lordschaft sicher weiß, daß meine werten Kollegen den Richterspruch Eurer Lordschaft in verschiedenen Präliminarien erwarten, und ich rechne damit, daß einer dieser Anträge die Vereidigung der Geschworenen betrifft«, erwiderte Mason bestimmt.

Withnail war wahrscheinlich erstaunt, daß der Fall nach seinen Kommentaren bei dem mündlichen Vorverfahren im Januar noch vor Gericht anhängig war, und obwohl Rose immer noch nicht eingetroffen war, ging Mason davon aus, daß die gegen ihn gerichteten richterlichen Zornausbrüche hinausgeschoben werden konnten, bis Callow sein Fett weg hatte. Ganz bestimmt würden seine Prozeßgegner versuchen, einige der Geschworenen abzulehnen, und damit würden sie sich zwangsläufig die Empörung des Richters zuziehen.

»Stimmt das, Mr. Thynne?« fuhr Withnail ihn an.

»Mylord, mein verehrter Kollege Mr. Callow wird sich mit den Präliminarien befassen«, erwiderte Thynne und setzte sich hastig wieder.

»Wird er das. Na, das werden wir ja sehen«, knurrte Withnail und bedeutete dem Gerichtsbeamten mit einem Nicken, mit der Aufstellung der Geschworenen zu beginnen.

Mason hatte richtig kalkuliert: Withnail mochte zwar ein zorniger und unangenehmer Richter für diejenigen sein, die vor ihm erschienen, aber vor allem anderen war er Traditionalist. Es war sein unantastbarer Grundsatz, daß seine Aufgabe darin bestand, die Geschworenen zu unterstützen und sie um jeden Preis zu schützen. Alle juristischen Abschweifungen der Verteidigung auf ihre Kosten, da war Mason sich sicher, konnten nur seine Chancen verbessern, den Richter auf seine Seite zu ziehen.

Es war seit langem Gesetz, daß die Verteidigung nicht das Recht hatte, irgendeinen der potentiellen Geschworenen ohne Angabe von Gründen abzulehnen. Nur wenn sie beweisen konnte, daß gute Gründe dafür vorlagen, eine bestimmte Person auszuschließen, war eine solche Ablehnung möglich. Der Gerichtsbeamte verlas nacheinander zwölf Namen, und schließlich saßen acht Männer und vier Frauen nervös auf der Geschworenenbank in dem für Anwälte bestimmten Teil des Gerichtssaals. Callow erhob sich langsam, als der erste Schöffe, ein Mann mittleren Alters, der einen Blazer und eine graue Hose trug, den Geschworeneneid ablegen sollte.

»Ich stelle einen Ablehnungsantrag«, rief Callow.

»Auf welcher Basis, Mr. Callow, wollen Sie diesen Mann als Geschworenen ablehnen?« fragte Withnail und warf seinen Füllfederhalter auf sein aufgeschlagenes rotes Notizbuch.

»Wegen Voreingenommenheit«, erwiderte Callow ruhig. Es war offensichtlich für Mason, daß Callow eine gewisse Feindseligkeit des Richters erwartet hatte und nicht vorhatte, sich ködern zu lassen.

»Die Beweislast liegt bei Ihnen, Mr. Callow, und Sie müssen einen *prima-facie*-Beweis über Ihre Gründe erbringen, bevor ich Ihnen erlauben werde, in dieser Richtung weiterzumachen.«

»Ich bitte Euer Lordschaft nach dem *voir dire* respektvoll um Erlaubnis für eine Vorvernehmung dieses potentiellen Geschworenen, um seine Eignung festzustellen und die genaue Basis für meine Ablehnung zu ergründen. Nach Auffassung der Verteidigung ist bei diesem Angeklagten ein fairer Prozeß nur möglich, wenn alle Geschworenen bereit sind, ihre individuelle religiöse Überzeugung offenzulegen, um jede Möglichkeit eines Vorurteils gegen unseren Mandanten auszuschließen.«

»Abgelehnt, Mr. Callow. Es ist seit langem Gewohnheit dieser Gerichte, wie Sie sehr gut wissen, derartigen Versuchen zur Umgehung des natürlichen Prozesses einen Riegel vorzuschieben. Ich nehme nicht an, daß Sie eine sichere Grundlage für Ihre Behauptung hinsichtlich dieses oder eines anderen Geschworenen haben. Lord Parker hat bereits 1964 festgestellt, daß es unter solchen Umständen nichts nützt, einfach zu sagen, daß dieser Mann oder diese Frau mir übelgesonnen zu sein scheint, weswegen sie nicht als Laienrichter über die Schuldfrage entscheiden sollten. Gleichermaßen können Sie vor diesem Gericht, trotz der Praxis, die in Ihren heimatlichen Gefilden üblich geworden ist, nicht einfach vorbringen, daß er oder sie ein heimliches Vorurteil gegen die Religion hegen könnte.«

»Die Autorität, auf die sich Euer Lordschaft beruft, ist mir bestens bekannt, jedoch mag es mir gestattet sein, das Argument vorzubringen, daß in diesem Fall ungewöhnliche Umstände vorliegen, die eine Abweichung von den üblichen Gepflogenheiten rechtfertigen. In dem berüchtigten Prozeß gegen die Krays von 1969 wurde es der Verteidigung gestattet, die Geschworenen zu befragen, ob sie bestimmte Zeitungsartikel gelesen hatten, durch die die Angeklagten in Verruf gebracht worden waren. Im vorliegenden Fall sind viele solcher unflätigen Artikel in der Presse erschienen, in denen die religiösen Überzeugungen und gottesdienstlichen Riten unseres Mandanten verunglimpft wurden. Ich kann dem Gericht zahlreiche Beispiele dafür vorlegen.« Mr. Callow bedeutete dem desinteressierten Rory Fannon, einen dicken Aktenordner, vollgestopft mit den anstoßerregenden Artikeln, weiterzureichen. Er wurde dem Richter übergeben, der sich nach der Lektüre des ersten Artikels nicht einmal die Mühe machte weiterzublättern.

»Mr. Mason, was haben Sie dazu zu sagen?« fragte er.

»Mylord, das ist Sache des Gerichts, aber bei allem Respekt vor der Argumentation meines verehrten Kollegen, es fällt mir schwer zu erkennen, wie er zeigen will, daß irgendeiner der Geschworenen diese Artikel gelesen und innerlich verarbeitet hat, ganz zu schweigen davon, ob irgendeiner sich davon hat beeinflussen lassen. Der Fall der Krays war historisch eine absolute Ausnahme, und dieser Fall ist es nicht. Außerdem wäre ich überrascht, wenn die Verteidigung bei irgendeinem der Geschworenen auf spezifische Informationen hinweisen könnte, die ihren Ablehnungsantrag stützen würden.« Mason verließ sich auf die Tatsache, daß Withnail in diesem Punkt gegen die Verteidigung eingestellt war, und jedes Eingeständnis, welches nahelegen könnte, daß sie die Geschworenen bereits heimlich einer Überprüfung unterzogen hatten, würde mit einem Aufschrei der Empörung wegen dieses Eindringens in die Privatsphäre beantwortet werden.

Er warf einen Blick auf die Verteidigung und sah, wie Rivers leicht den Kopf schüttelte, ein klarer Hinweis an Callow, die Sache nicht weiterzuverfolgen.

»Ich stimme Ihnen vollkommen zu, Mr. Mason«, sagte Withnail. »Vielleicht könnten wir nun ohne weitere nutzlose Debatten mit dem Prozeß fortfahren.«

Mason hatte festen Boden unter den Füßen, aber nur für den Moment. Schnell kritzelte er etwas auf einen Zettel und reichte ihn der hinter ihm sitzenden Greta. Darauf stand nur »Rose?«.

Zwei der Schöffen entschieden sich dafür, eine eidesstattliche Erklärung abzugeben, statt den Eid auf die Bibel abzulegen, was keinem der Anwälte, die die Prozedur beobachteten, entging. Keiner bat darum, vom Schöffenamt befreit zu werden, und Withnail wies die Geschworenen darauf hin, daß er ein solches Gesuch sowieso auf jeden Fall ablehnen könnte. Daraufhin teilte er ihnen mit, welch schwere Verantwortung auf ihnen lastete und daß sie sie allein tragen mußten, da sie mit niemandem über den Fall sprechen durften.

»Am größten ist die Gefahr, wenn Sie vom Gericht nach Hause zurückkehren. Auf keinen Fall dürfen Sie Familienangehörigen oder Freunden gestatten, Ihnen ihre Ansichten über den Fall mitzuteilen. Sie können sich untereinander besprechen, wenn das Verfahren fortschreitet, aber nur, wenn alle Geschworenen anwesend sind und alle hören können, was jeweils gesagt wird.« Withnail erläuterte das alles mit dem onkelhaften Charme eines Urgroßvaters, und es schien Mason, daß die Schöffen sichtlich dankbar für die klare Belehrung waren.

Mason beobachtete die Geschworenen, während sie dem Richter zuhörten; er konnte nur raten, wer sie sein mochten. In der vorderen Reihe saß eine Frau mittleren Alters, die einen gehobenen Beruf auszuüben schien und intelligent und aufmerksam wirkte. Sie trug teure Kleidung und diskreten Schmuck. Eine andere war wahrscheinlich eine Hausfrau in den Dreißigern, von Sorgen gezeichnet, aber fröhlich dreinblickend. Zwei der Männer neben ihr waren korpulent, weißhaarig und weit über sechzig, während die nächsten beiden knapp über zwanzig waren. Einer trug drei Ohrringe und der andere ein leuchtend grünes Hemd mit button-down-Kragen. Mason wußte, daß sie sich im weiteren Verlauf des Verfahrens unter diesen unnatürlichen Umständen zusammenraufen würden, augenblicklich geadelt durch das Vertrauen, das in sie gesetzt wurde.

Sobald der Richter seine einführenden Bemerkungen beendet hatte, wurden die Schöffen hinausgeschickt und ins Geschworenenzimmer geführt, damit Callow seine juristische Argumentation abschließen konnte. Er begann sofort, indem er einen Antrag auf sofortige Verfahrenseinstellung stellte, mit der Begründung, gegen das Kardinalprinzip der Fairneß, das die Grundlage des Strafrechts bilde, sei bereits durch die Verzögerung bei der Einleitung des Verfahrens verstoßen worden. Auch darüber machte sich Mason keine großen Sorgen. Unter allen Umständen würde Withnail eine öffentliche Hauptverhandlung zulassen, trotz der Feindseligkeit, die er bei den Vorverfahren gezeigt hatte. Es war eine wohlbekannte Tatsache, daß Withnail Ambitionen auf ein höheres Amt hegte, und eine Möglichkeit, zu der hohen Position des Lordoberrichters aufzusteigen, war die erfolgreiche und schnelle Abwicklung von öffentlichkeitswirksamen Prozessen wie diesem.

Withnail hörte sich aufmerksam die Argumente hinsichtlich der Öffentlichkeit des Verfahrens, der Verzögerung und des Umstandes an, daß dem Angeklagten keine Gelegenheit gegeben worden war, Einzelheiten über sein Alibi vorzubringen. Seine abschließenden Bemerkungen jedoch waren geschickt dazu angelegt, sicherzustellen, daß niemand im Zweifel darüber blieb, für welches Amt er seiner Meinung nach bestimmt war.

»Die Fähigkeiten meiner Richterkollegen am Berufungsgericht und den höheren Instanzen liegen mir klar vor Augen. Sollte ich in einer meiner Entscheidungen fehlgegangen sein, bin ich überzeugt, daß sie nicht zögern werden, meinen Fehler zu korrigieren.«

Und damit holte er die Geschworenen in den Sitzungssaal zurück und ließ Mark Mason sich erheben.

Im Gerichtssaal wurde es still. Nur das Ticken der Uhr war zu hören, als Mason mit der Vorstellung der beteiligten Barrister anfing. Dann war es an der Zeit, die Spieler vorzustellen.

»Sie werden Rose Ann Moody sehen und von ihr hören.«

Der Richter hatte zuvor seinen Antrag abgelehnt, Roses Aussage auf Video aufnehmen zu lassen und ihr sogar einen Sichtschirm verweigert, der es ihr erspart hätte, dem Mann gegenüberzutreten, den sie anklagte. Dann drehte Mason sich um, um Rivers vorzustellen, den Angeklagten, der den Geschworenen offen zunickte. Kein Lächeln, sondern der bekümmerte Gesichtsausdruck eines Gottesmannes, der vor seiner Gottheit verleumdet worden war.

»Meine Damen und Herren«, fuhr Mason fort, »bei diesem Fall geht es um Freiheit; um das Recht auf ein Leben frei von Mißbrauch, geistigem, physischem und spirituellem. Rose Moodys Recht. Wir alle kennen die Millennium-Kirche. Oder etwa nicht? Wir sind nicht hier, um die Glaubensüberzeugungen dieser Religionsgemeinschaft in Frage zu stellen. Uns geht es nur um die Methoden, die sie anwendet. Die Religionsfreiheit ist in einer multikulturellen Gesellschaft wie der unseren von entscheidender Bedeutung. Das könnte nicht besser ausgedrückt werden als mit den Worten von Richter Latey. Ich zitiere:

›In einer offenen Gesellschaft wie der unseren steht es den Leuten frei, zu glauben, was sie wollen, sich zu einer Gruppe zusammenzuschließen und ihre Lehre zu verbreiten. Wenn sie glauben, die Erde sei flach, gibt es nichts, was sie davon abhalten könnte, das zu glauben, das zu sagen und sich zusammenzuschließen, um andere davon zu überzeugen.‹«

Withnail schnitt eine Grimasse. Er hatte geplant, diesen Teil von Lateys Urteilsbegründung bei seiner Zusammenfassung der vorgebrachten Tatsachen und Argumente selbst anzubringen. Mason fuhr fort:

»Schöne, elegante, liberale Sätze, aber das ist nicht alles.« Er beugte sich vor, um seinen Worten größeren Nachdruck zu verleihen. »Diese Rechte müssen innerhalb des vorgegebenen Rahmens des geltenden Straf- und Zivilrechts ausgeübt werden. Und Rose hat diesen Prozeß angestrengt, weil die Millennium-Kirche genau das nicht getan hat. Nicht durch Fahrlässigkeit, sondern mit Absicht und Vorsatz.«

Mason hielt inne und musterte die Geschworenen. Sie hörten zu und warteten darauf, daß er mit dem Katalog der Greueltaten begann, die Rose zugefügt worden waren. Wie bei einer guten Pointe würde der Aufbau die Wirkung verstärken.

»Wir denken alle, wir wüßten Bescheid über die Kirche des Millenniums, aber am Ende dieses Prozesses werden Sie die ganze finstere, schockierende Wahrheit wissen, und die Krebszelle im Herzen dieser Wahrheit ist P. J. Rivers.«

Mason hörte ein Gemurmel von Callow, aber der gewiefte Thynne, der die Geschworenen zu diesem frühen Zeitpunkt nicht gegen sich aufbringen wollte, brachte ihn zum Schweigen. Sie waren zu dritt, und Mason war allein. Die Engländer liebten Underdogs und verachteten Leute, die andere schikanierten.

»Aber was wissen wir von Rose? Wir wissen, daß sie siebzehn Jahre alt ist und einen Vater hat, der sie liebt. Aber Sie werden jetzt hören, wie sie, nachdem sie mit fünfzehn nach einem unwichtigen Streit ihr Elternhaus verließ, Greuel und Erniedrigungen erdulden mußte, die Sie schaudern lassen werden, wenn Rose sie in ihrer Zeugenaussage schildert. Was genau geschah mit Rose Moody in den Händen der Kirche und insbesondere in denen von P.J. Rivers, bevor sie von ihrem Vater aus deren Klauen gerettet wurde? Es war nichts weniger als der Mord an ihrer Seele, das Hinschlachten der Unschuld eines Kindes. Sie werden ein mitleidregendes Geschöpf vor sich sehen.«

Er wollte Rose eigentlich nicht so beschreiben, aber wenn sie irgendeine Hoffnung haben wollten, den Prozeß zu gewinnen, mußte ihre Argumentation zumindest teilweise auf einem Hinweis auf die schweren physischen Schäden beruhen, die ihre Erfahrungen nach sich gezogen hatten.

»Früher pflegte sie mit ihren Freunden zu lachen, heute lacht sie nicht mehr. Sie war eine begeisterte Sportlerin, heute verläßt sie selten die enge Mietwohnung ihres Vaters. Sie hatte einen Freund – tragischerweise war es ihr damaliger Freund, der die Ursache für den Streit war, der sie bewog, an dem Tag, an dem sie von der Millennium-Kirche ins Verderben gestürzt wurde, aus dem Haus zu stürmen. Jetzt scheut sie sogar vor jedem zufälligen Kontakt mit einem Mann zurück. Was geschah mit der lebhaften, beliebten, hübschen jungen Frau, die an diesem Tag verschwand? Welche Greuel mußte sie durch die schändlichen Hände von Rivers und dessen Anhängern erdulden?«

Mason stählte seine Stimme, ließ sie zu einem Flüstern absinken und begann.

»Es war schlimmer, weit schlimmer, als sie es sich hätte ausmalen können...«

Kapitel sechs

Joss stieg an der U-Bahn-Station Temple aus und blickte die Themsepromenade, das Embankment, hinunter. Er nahm die Großstadtlandschaft in sich auf, während er im Geist die schneebedeckte Schönheit, die in den Alpen seine Heimat gewesen war, schroff mit dem gewaltigen Käfig verglich, der ihn jetzt umgab.

Die Sonne hing niedrig und schwer hinter ihm am Himmel, und Lichtstrahlen prallten wie orangefarbenes Schrapnell vom Fluß ab, auf die Stadt zu. Die glitzernden Glastürme der Hochhäuser hinter Blackfriars Bridge bildeten einen scharfen Kontrast zu der schaurigen Fabergé-Kuppel von St. Paul's, und schrecklich viele Autos krochen die Straßen in Richtung Westminster entlang.

Er stieg die Treppen hoch, wandte sich nach links und ging durch die Gärten des Inner Temple, um dann die Fleet Street zu überqueren. Der ungewöhnlich milde Londoner Winter und der frühe Frühling hatten die Blumenzwiebeln zu Nestern wilder Farbenpracht hochgetrieben, was Joss ein gewisses Vertrauen darin zurückgab, daß die Natur in der Großstadt doch nicht ganz vergessen war. Bald erreichte er Bell Yard an der Ostseite der Royal Courts of Justice und ging weiter zur Serle Street.

Während er Lincoln's Inn durchquerte, mußte er wohl hundertmal in sich hineingelächelt haben, wenn er einen flüchtigen Blick auf die Angehörigen der Inns of Court warf, die sich ihren Geschäften widmeten. Eine Gruppe Studierender aus dem nahen King's College ging an ihm vorbei. Joss blieb einen Moment stehen. Was für eine Ironie. Mehr als alles andere verblüffte ihn, wie weit verbreitet das Tragen von Sportkleidung mittlerweile war. Praktisch jede Farbe des psychedelischen Spektrums war in Hülle und Fülle vertreten. Seltsam: Als er als Jugendlicher eben diese Straßen entlanggegangen war, von Kopf bis Fuß in grünen und gelben Berg-Chic gehüllt, hatte er alle Blicke auf sich gezogen, aber jetzt schien es, daß alle so angezogen waren, trotz des Mangels an Wildnis.

Es dauerte nicht lange, und er stand vor der cremefarbenen Stuckfassade von Nummer 8, Lincoln's Inn Fields. Auf dem diskreten ovalen Messingschild stand schlicht: Robertson, Bartlett und Hurst, Solicitors.

Das alles wirkte so maßvoll und zurückhaltend in dem stillen Innenhof, und doch wußte er, daß auf der anderen Seite der eleganten Wände Niall Robertson hektisch umherlief und alles durcheinanderwirbelte wie ein Minitornado. Eine Sekunde lang blieb Joss auf der Türschwelle stehen, dann drückte er auf den kleinen blankgeputzten Knopf der Gegensprechanlage.

»Guten Morgen. Robertson, Bartlett und Hurst«, sagte die gesichtslose Maschine.

»Richtig, äh, Guten Morgen. Ich möchte mit Niall Robertson sprechen«, sagte Joss nervös.

»Haben Sie einen Termin, Sir?« erkundigte die Stimme sich mißtrauisch.

»Nein, sollte ich?«

»Aber ganz gewiß. Mr. Robertson ist ein vielbeschäftigter Mann.«

»Glaub ich gern.«

»Bitte?«

»Egal, aber es ist ziemlich dringend«, bat er mit seiner jüngsten Stimme.

»In welcher Angelegenheit wünschen Sie uns aufzusuchen?«

»Mein Name ist Joss Lane.«

»Es tut mir leid, Sir. Sagten Sie Joss Lane?«

»Das ist richtig: Jocelyn Lane. Ich bin Mr. Robertsons Neffe, sozusagen.«

»Einen Augenblick, Sir.«

Ein leises Zischen wies darauf hin, daß die Gegensprechanlage noch offen war, und Joss' hörte, wie die Absätze der Empfangsdame rhythmisch klickend in irgendeine unbekannte Ferne verschwanden.

Die kurze Stille, die darauf folgte, wurde plötzlich von einem Stuhl unterbrochen, der kreischend über einen Holzfußboden schrammte, und der fast tröstliche, immer noch fast unverständliche County Donegal-Rap von Niall Robertson persönlich zerriß den Äther.

»Joss, bist du das? Ich dachte, du wärst tot.«

»Letztes Mal, als ich nachgesehen habe, funktionierte alles noch, Onkel Niall.« Joss lächelte in sich hinein.

»Warum hast du meine Briefe nicht beantwortet?«

»Was für Briefe?«

»Die ich dir geschickt habe, du Genie.«

Joss wurde plötzlich klar, daß er sich immer noch mit einem Messingkasten unterhielt.

»Onkel Niall, es ist ziemlich unbequem hier draußen«, deutete er an.

»Was meinst du damit?«

»Ich meine, kriege ich dich zu sehen, oder muß ich mir einen Termin geben lassen?«

»Oh, um Himmels willen, natürlich brauchst du keinen Termin.«

»Also.«

»Was also?«

»Hast du vor, mich reinzulassen?«

»Oh, tut mir leid, ich war einen Augenblick ganz in Gedanken. Komm rauf. Sicher, es ist viel zu tun...«

»Und die Zeit ist knapp«, beendete Joss den Satz für ihn.

Die Tür summte wütend, Joss stieß sie auf und kam in eine kreisförmige Eingangshalle. Schwerer, dicker, feudaler Axminster-Teppichboden, fliederfarben, bedeckt mit einer chinesischen Brücke mit auffallenden purpurroten Glyzinien und gelben Rosen, dominierte den Fußboden. Die Stuckverkleidung, die den Blick die Treppe hinauflenkte, war in tiefem Königsblau gestrichen, die Marmorwände in einem blassen Austernton gehalten. Alles stank nur so nach Geld.

Er trat in den Empfangsbereich und stellte seinen Rucksack vorsichtig am Fuß eines Kleiderständers aus Mahagoni ab. Eine grauhaarige Frau mit unglaublich dünnen, dunklen Lippen blickte vage in seine Richtung, wobei sie es fertigbrachte, mit einem Auge weiter die neueste Ausgabe von *Country Life* zu studieren. Joss lächelte befangen in ihre Richtung. Da öffnete sich hinter dem leeren Schreibtisch eine andere Tür, und Niall Robertsons Brillengläser, dick wie Marmeladengläser, wurden sichtbar. Er sah noch genauso aus, wie Joss ihn in Erinnerung hatte, und kam in hektischem Tempo auf ihn zugestürzt. Joss streckte ihm die Hand entgegen, aber der kleine Ire fegte sie sofort zur Seite und umarmte ihn herzlich.

Joss spürte den Druck in seinem Kreuz, als Niall ihn in einen Flur zur Linken führte. Bald waren sie in einem Büro, das mit einer traditionellen irischen Tartan-Tapete dekoriert war: grüne und gelbe Quadrate mit einer schwarzen Kreuzschraffierung. Überall Messing. Jagddrucke schmückten die Wände, und ein ziemlich traurig aussehender ausgestopfter Fuchs stand starr vor einem ornamentalen Ofenschirm.

»Du stehst wohl auf wildlebende Tiere.«

»Was?«

»Der Fuchs.«

»Ja, hab' ihn selbst gefangen.«

»Du machst Witze.«

»Würde ich so was tun?«

»Ja.«

»Okay, okay. Ich habe ihn in Shepherds Bush gekauft. Beeindruckt die Börsenspekulanten.«

Joss lächelte und wanderte hinüber zu dem perfekt proportionierten Erkerfenster mit den fünfzehn Millimeter dicken Bleiverstrebungen und zweihundert Jahre alten gewölbten Glasscheiben. Der prächtige Platz unten sah herrlich aus. Manikürte Blumenbeete, übervoll von goldenen Narzissen und Wellen dunkelpurpurner Traubenhyazinthen. Die uralten, noch unbelaubten, aber vor Kraft strotzenden Eichen, die den Hof interessanter gestalteten, wirkten großartig durch ihre schiere Würde. Er wandte sich Niall zu, der an seine Seite getreten war.

»Was ist mit Vater passiert, Niall?«

»Lange Geschichte.«

»Als ob dich das je abgehalten hätte«, witzelte Joss, während er bemerkte, daß Niall sich heimlich davongemacht hatte und nun mit sorgenvollem Gesichtsausdruck in den Kamin blickte. »Was ist los?« fragte er.

»Du setzt dich besser, Joss.«

»Was ist los, Niall?«

»Setz dich bitte«, bat der Anwalt inständig.

Joss legte die kurze Distanz zu den beiden grünen Lederbänken zurück, die auf Messingstangen zu beiden Seiten des Kamins gesetzt waren, offenbar für intime Winterkonferenzen bestimmt. Er setzte sich, ohne den Blick von Niall Robertson zu wenden.

»Geht das so in Ordnung, oder ziehst du die Couch vor?« fragte Joss und breitete die Arme weit aus.

»Wie ich sehe, ist es dir gelungen, deine Frechheit wiederzufinden«, bemerkte Niall, als er ihm gegenüber Platz nahm. »Weißt du, fast hätte ich erwartet, dich nie wiederzusehen, junger Mann. Du siehst gut aus.«

»Besser als das letzte Mal, als du mich gesehen hat, das ist mal sicher. Wie hast du das damals nur geschafft?«

»Es war nicht nur mein Verdienst, Joss. Dein Vater hat viele Gefallen eingefordert, um dich aus diesem Schlamassel herauszuholen.«

»Ich kann mich nicht mehr an allzuviel erinnern.«

»Aber ich, und glaub mir, du warst kein hübscher Anblick.«

»Erinner mich bloß nicht daran.« Joss blickte kurz zur Seite; das war etwas, das er nicht hören wollte.

»Da hast du wohl recht.«

»Was ist los, Niall? Sag's mir einfach.«

»Dein alter Herr...« Niall zögerte und wich Joss' Blick aus.

»Spuck's aus«, drängte Joss.

»Also...« Niall unterbrach sich erneut und suchte nach Worten. »Ich nehme an, man könnte sagen, er ist ein völlig anderer Mensch geworden.«

»Wieso?«

»Er muß wohl kurz nach dem Tod deiner Mutter beschlossen haben, ein ganz anderes Leben zu führen.«

»Was willst du damit sagen?« Joss stellte seine Beine wieder nebeneinander und beugte sich vor.

»Er hat seine Rechentabelle an die Wand gehängt und ist aus der Hauptströmung der Gesellschaft ausgeschert.«

»Niall, hör zu: Ich weiß, du hast mich aufwachsen sehen und all das. Also warum würgst du dir jetzt derartig einen ab? Ich bin schon groß, glaub mir.« Joss stieß einen frustrierten Seufzer aus. »Was ist mit meinem Vater passiert?«

»Er hat Gott gefunden.«

»Blödsinn.«

»Kein Blödsinn, Joss. Realität.«

»Lächerlich, er ist ein Zahlenmensch, ein Naturwissenschaftler. Er hatte nie etwas übrig für irgendwas, das man nicht sehen oder zählen konnte. Ich meine, eine der wenigen Sachen, die wir je zusammen gemacht haben, als ich klein war, bestand darin, uns den Start der Mondraketen anzusehen. Er meinte, es gebe so viele Planeten zu erforschen, daß ein einziger Gott unmöglich für alle verantwortlich sein könnte. Zu mir hat er immer gesagt, er wäre Atheist, um Himmels willen.« Joss erhob sich.

»Unbeabsichtigt, hoffe ich«, bemerkte Niall.

»Was?«

»Du sagtest gerade: Ein Atheist, um Himmels willen.« Niall schnaubte sardonisch, während er den neuen Joss Lane vor sich abschätzte. »Du mußtest wohl irgendwann wiederauftauchen; das hast du immer getan.« Er schüttelte langsam den Kopf, und auf seiner Stirn blieb eine Falte zurück.

»Warum hat er sich denn nicht mit mir in Verbindung gesetzt, während ich in der Klinik war?«

»Er muß wohl gedacht haben, du würdest einfach wieder verschwinden, wenn du je wieder aus deinem Loch herauskommen würdest. Und es sah auch nicht gerade vielversprechend aus, glaub mir.«

»Also, jetzt geht es mir besser. Versuch nicht, mir Schuldgefühle einzujagen«, fauchte Joss. »Du mußt mich nicht daran erinnern, daß ich viele Leute im Stich gelassen habe. Ich weiß das, und ich will es wiedergutmachen. Ich hatte lange genug Zeit, darüber nachzudenken.«

»Das ist eine Untertreibung, Joss. Wann wirst du es je lernen?« Nialls Reaktion war scharf. »Du weißt, er hatte dich schon vor dem Debakel in Amsterdam aufgegeben. Er wollte auf niemanden hören. Du bist nach der amtlichen Leichenschau verschwunden, aber ich wußte, daß du irgendwann zurückkehren würdest. Und zurückgekehrt bist du ja, Joss, fast in einem Leichensack und in Handschellen. Was sollte er denn denken, Joss? Hast du je darüber nachgedacht, daß du zwar deine Mutter verloren hast, er aber seine Frau? Und dann, gerade wenn er es am wenigsten brauchen kann, läßt sein Sohn ihn im Stich und wird ein ausgeflippter Junkie. Damals wirkte er, als hätte er alle Zielstrebigkeit und alle Energie verloren, das kann ich dir sagen, und wer könnte ihm das verdenken?«

»Also hat er damals zu Gott gefunden, oder was?« gab Joss ebenso scharf zurück. »Erzähl mir nicht, daß er jetzt jeden Sonntag zum Gottesdienst geht und sich Christ nennt. Oder etwa doch? Ich nehme an, er baut darauf, im Gegenzug die ewige Erlösung zu erlangen. Bring mich nicht zum Lachen, Niall. Wahrscheinlich betrachtet er das Ganze als Vertrag.«

»Ich fürchte nicht, Joss. Er hat sich einer Gruppe von Leuten angeschlossen, die sich selbst Millennium-Kirche nennen.«

»Also doch«, sagte Joss ruhig und erinnerte sich an die Papiere im Aktenschrank der Klinik und Gretas Brief. Aber er beschloß, diese Informationen im Augenblick für sich zu behalten. Niall war ihm zu nervös, zu aufgeregt. Die Willkommensfreude war nur von kurzer Dauer gewesen; es mußte einen Grund für Nialls Unruhe geben.

»Was hast du gesagt?« fragte Niall scharf.

»Egal, red weiter.«

»Sie haben einen starken, festen Glauben, diese Leute, und dein Vater fand es wichtig, sich der Kirche ganz zu verschreiben.«

»Was meinst du damit, ›sich der Kirche ganz zu verschreiben‹?« fragte Joss vorsichtig.

»Er hat der Kirche sein gesamtes Vermögen übertragen, einschließlich deines Elternhauses und seiner Firmenanteile. Er hat alles liquidiert und sich der Gemeinschaft angeschlossen.«

»Gütiger Himmel.«

»Es kommt noch schlimmer.«

»Erzähl.«

»Seine Kunden mußten schwere Verluste hinnehmen.«

»Das waren keine Kunden, das waren gemeinnützige Körperschaften«, unterbrach Joss ihn barsch. »Ihr beide habt doch zusammengearbeitet.«

»Ich habe ihn nur beraten, mein Sohn, nicht die Knöpfe gedrückt. Gelder sind verschwunden, ziemlich viel, aber es war eine Gesellschaft mit beschränkter Haftung, das hat sie ihm vom Hals geschafft.«

»Was ist mit dem Betrugsdezernat?« fragte Joss.

Niall zuckte die Achseln. »Mißwirtschaft, Vernachlässigung der Geschäfte, schlechte Investitionen; er war nachlässig, nicht kriminell.«

»Mein Vater würde sich nie so verhalten.«

»Joss, mein Sohn, er ist nicht mehr der Mann, der er mal war.«

»Wie kann ich Kontakt mit ihm aufnehmen?«

»Keine Ahnung, wo er sich im Augenblick aufhält. Ich habe lange nicht mehr mit ihm gesprochen.«

»Du mußt doch irgendeine Vorstellung davon haben, wo er ist, Niall.«

»Im Augenblick ist die Situation ziemlich heikel.« Niall wandte kurz den Blick ab.

»Was?«

Niall ging zum Schreibtisch und griff nach der Zeitung, die oben auf einigen dicken Aktenordnern lag, und warf sie Joss zu.

»Ich nehme an, du wirst es bald genug erfahren.«

Die fette Schlagzeile lautete: »Privatverfahren gegen Rivers eröffnet«. Schnell überflog Joss den Artikel, in dem das Eröffnungsplädoyer des Anklagevertreters, Kronanwalt Mark Mason, wiedergegeben wurde. Niall musterte ihn schweigend, während er zu Ende las, die Zeitung sorgsam wieder zusammenfaltete und ihm zurückreichte. Das mußte der Prozeß sein, den Greta in ihrem Brief erwähnt hatte.

»Ich möchte meinen Vater sehen, Niall. So bald wie möglich«, sagte Joss kategorisch. Sein ausdrucksloses Gesicht verbarg seine Verwirrung.

»Ich kann nicht garantieren, daß ich ihn aufspüren werde.«

»Und ich kann nicht glauben, daß du es zugelassen hast, daß er sich mit einem Haufen Irrer einläßt. Er muß nicht mehr ganz bei Verstand sein.«

»Nicht laut der eidesstattlichen Erklärung, die er damals abgegeben hat.«

»Sie haben ihn etwas unterschreiben lassen?«

»Ja, ich habe es mit eigenen Augen gesehen.«

»Ich muß mit ihm sprechen.«

»Laß es gut sein, Joss. Er muß glücklich sein, wo er ist. Seine Entscheidung für die Kirche ist eindeutig.«

»Ich will ihn nur mit eigenen Augen sehen. Ich meine, verdammt noch mal, er ist mein Vater. Außerdem, wenn das Ende der Welt naht und er etwas darüber weiß, glaubst du nicht, daß er wünschen würde, diese Information an seinen Sohn und Erben weiterzugeben?« sagte Joss schnodderig.

»Gut, daß du mich daran erinnerst.«

»Noch mehr gute Neuigkeiten? Was ist los? Bist du zum Moonie geworden?«

Niall, ganz der geschäftsmäßige Anwalt, ignorierte den Kommentar. »Deine liebe Mutter ist gestorben, ohne ein Testament zu hinterlassen.«

Das war Joss in der Tat neu. Seine Mutter hatte immer gewitzelt, daß sie ihn enterben würde, wenn er nicht aufhörte, mit seinem Leben zu spielen. Sie hatte eigenes Vermögen besessen.

»Natürlich gab es ein Testament. Ich habe es gesehen.«

»Nun, jedenfalls wurde keins gefunden, mein Sohn. Es tut mir leid. Dein Vater hat als Nachlaßverwalter und Vermächtnisnehmer fungiert. Es ist nichts mehr übrig.«

»Das Geld interessiert mich einen Dreck. Ich muß Callum sehen.«

»Du hast keine Ahnung, mit wem du es da zu tun hast, Joss. Das ist keine Mickey-Maus-Sekte, ist dir das klar? Die Organisation hat drei Millionen fanatische Anhänger, die alle Vorbereitungen für die Apokalypse treffen. Das sind sehr ernsthafte Leute: Adventisten, nur mit Leidenschaft erfüllt.«

»Du glaubst doch nicht etwa an diesen Scheiß, oder?«

»Wer weiß heutzutage schon noch, was er glauben soll, Joss.«

»Ich weiß genug, um dir zu sagen, daß Callum Lane sich so einem Verein niemals anschließen würde, in einer Million Jahren nicht.«

»Wach auf, Joss. Hör zu, ich habe eine Nummer in einer meiner alten Akten, über die ich ihn erreichen kann. Ich werde anrufen und ihn aufspüren. Hast du übrigens schon eine Unterkunft?«

»Noch nicht.«

»Gut, du kannst bei uns wohnen, das ist das mindeste, was ich tun kann. Komm runter zur Farm; Jennifer wird entzückt sein, dich zu sehen«, beharrte Niall.

»Nein, danke. Nimm's mir nicht übel, Niall, aber ich will mich irgendwo in die Stadt stürzen. Ich muß erst mal mit dem ganzen Kram klarkommen. Außerdem will ich sehen, wo ein paar Leute abgeblieben sind.«

»Greta, nehme ich an?«

»Vielleicht.« Joss blickte weg. »Ich weiß nicht mal, ob sie noch hier in London ist«, log er, hatte aber keine Ahnung, warum er so bestrebt war, sich nicht in die Karten blicken zu lassen.

»Na komm schon, Joss.«

»Schön, sie steht auf meiner Wiedergutmachungsliste.«

»Ziemlich weit oben, schätze ich.«

»Als ich in der Klinik war, habe ich mir immer vorgestellt, es wäre ganz leicht, einfach zu ihr zu gehen, aber jetzt bin ich mir nicht mehr so sicher.«

»Ich will dir da nicht widersprechen, Joss. Du mußt damit rechnen, daß sie wütend auf dich ist, und zwar nicht nur ein bißchen.«

»Weißt du, was aus ihr geworden ist?«

»So ungefähr.« Niall sah eine Sekunde lang verschlagen aus.

»Ist sie verheiratet?« fragte Joss vorsichtig.

»Ich glaube nicht. Wie ich höre, ist sie mehr der Typ Karrierefrau.«

»Das war sie immer«, sagte Joss mit einem Lächeln der Erleichterung. »Was hat sie damals nach dem gerichtlichen Verfahren zur Untersuchung der Todesursache eigentlich gemacht?«

»Ich habe zuletzt von ihr gehört, als ich Ende vorigen Jahres von einer Gemeinschaftskanzlei im Temple um eine persönliche Referenz gebeten wurde. Greta sollte die einjährige Referendarzeit bei einem der Barrister dort absolvieren.«

Das paßte zu Gretas Brief.

»Das ist eine Ironie, auf die ich gut verzichten kann, Niall: Ich hoffe, daß ich keinen Rechtsverdreher brauchen werde.«

»Greta hat mit dem Millennium-Kirchen-Prozeß zu tun. Sie ist die Juniorgerichtsanwältin der Anklage.«

Joss blickte hinunter auf den Zeitungsartikel.

»Dann wird sie heute bei Gericht sein«, sagte er, und bei der Aussicht, sie vielleicht wiederzusehen, wurde ihm kalt. Aber gleichzeitig fühlte er sich getrieben von dem Zwang, in ihrer Nähe zu sein, sie zu berühren, sie festzuhalten, einfach bei ihr zu sein.

»Mein Rat wäre, sich von ihr fernzuhalten. Das Mädel wird genug am Hals haben.«

»Ich muß sie sehen«, rief Joss aus. »Ich werde zum Gericht gehen. Vielleicht kann ich dabei auch etwas über meinen Vater herausfinden. Würdest du in der Zwischenzeit versuchen, ihn ausfindig zu machen, und ihm sagen, daß ich zurück bin?«

»Ich werde mein Bestes tun, Joss. Hör zu, nimm das mit.« Niall griff in die Innentasche seines Jacketts und zog seine Brieftasche hervor. Er nahm eine Platinkreditkarte heraus und reichte sie Joss. »Die Nummer ist dreimal zwei sechs. Du kannst abheben, was du brauchst, bis wir die Sache geklärt haben.«

»Ich weiß nicht, was ich sagen soll.«

»Am besten gar nichts.« Niall zog sich hinter den Schreibtisch zurück und begann, etwas auf ein Blatt Notizpapier mit gedrucktem Briefkopf zu kritzeln. »Okay, da wir im Moment keinen Mandanten zu Besuch in London haben, kannst du die Gastsuite der Kanzlei im Ritz benutzen. Ich werde meine Sekretärin veranlassen, alles zu arrangieren. Reicht dir das?«

»Niall, ich kann dir gar nicht genug danken.«

»Nein, kannst du nicht. Jetzt setz dich in Bewegung. Wir hören später voneinander.«

Als Joss die Kanzlei verließ, wußte er immer noch nicht, warum er dem besten Freund seines Vaters nicht alles gesagt hatte, was er wußte, und er fragte sich, warum Niall so nervös gewesen war. Nein, das war es nicht; er war nicht nervös gewesen, er hatte Angst gehabt. Es mußte schon etwas ziemlich Ernstes sein, um diesem kleinen juristischen Straßenkämpfer Angst einzujagen. Joss mußte in Erfahrung bringen, was dieses Etwas war und wie alles zusammenpaßte; das heißt, falls es überhaupt zusammenpaßte. Er fingerte an den drei Spielsteinen in seiner Hosentasche herum und fragte sich, ob der Stein, der die Zukunft verkörperte, jetzt anfangen würde, seine Geheimnisse zu enthüllen.

Kapitel sieben

Mark und Greta saßen in der Anwaltskantine, umgeben von dem Geruch zerkochten Gemüses, und teilten sich ihren selbstgemachten Caesar's Salad. Er schob geistesabwesend die Salatblätter auf dem Teller hin und her, und Greta wußte, daß sie kein Gespräch anfangen durfte; aber sie würde zuhören, wenn er es brauchte. Er bereitete sich insgeheim auf den ersten echten Test vor, der beginnen würde, wenn die Geschworen anfangen konnten, Gesichter mit den Namen zu verbinden, von denen er ihnen erzählt hatte. Er blickte sich in dem vertrauten Raum um: genau wie in seiner alten Schule in Derbyshire mit der dunklen Eichentäfelung, die dem ganzen Raum eine düstere Atmosphäre verlieh. Große Buntglasfenster am hinteren Ende der Kantine ließen farbige Funken gebrochenen Tageslichts ein, aber der Himmel dahinter wurde schwarz. Verzweifelt warf Mark seine Gabel auf den Tisch und streckte seinen Nacken, um den Druck wegzupressen. Er wußte, daß er ein gutes Eröffnungsplädoyer gehalten hatte. Die Geschworen waren bereits auf seiner Seite, und er dachte wieder, welch ein großer Vorteil es war, ein Bild zeichnen zu können, zu dem sie eine Beziehung aufbauen konnten. Die Schwierigkeit war nur: Jetzt, nachdem er den Umriß gezeichnet hatte, oblag es seinen Zeugen, die Einzelheiten auszufüllen, aber eine Viertelstunde bevor das Gericht wieder zusammentreten sollte, waren sie noch immer nicht aufgetaucht.

»Wo zum Teufel stecken sie?« flüsterte er Greta zu.

»Sie werden schon kommen, keine Sorge«, antwortete sie in dem verzweifelten Versuch, Marks Gereiztheit unter Kontrolle zu halten.

»Sollten sie auch besser. Das letzte, was ich brauche, ist, daß ich persönlich für die Prozeßkosten haftbar gemacht werde. Es war meine Entscheidung, heute morgen weiterzumachen. Ich hätte um Vertagung bitten sollen.«

»Du hast das Richtige getan, Mark. Wenn du um Vertagung bitten mußt – na und? Withnail wird nichts unternehmen, nachdem Callow ihm derartig auf den Wecker gefallen ist. Ich glaube, er ist auf unserer Seite.«

»Damit rechne keine Sekunde, Greta.«

Gerade in diesem Augenblick erschien ein leicht verstört wirkender Chambers in der Tür. Er kam zu Mark und Greta herübergeeilt.

»Sie werden es nicht glauben, aber sie hatten einen Unfall, als sie mit dem Taxi auf dem Weg zum Gericht waren«, stieß er atemlos hervor.

»Was! Ist den beiden etwas passiert?« rief Mason aus.

»Sie sind nur ein bißchen mitgenommen. Rose ist schlimmer dran als ihr Vater, aber er wird als erster aussagen, und wir werden kaum vor Schluß der Vorstellung heute mit seiner Aussage durch sein, so daß Rose sich zumindest über Nacht von dem Schock erholen kann. Ich habe sie wieder weggeschickt, in Begleitung von Susan Morris.«

»Gut. Was ist denn passiert?«

»Irgendein Typ ist an einer Ampel in das Taxi reingefahren, ziemlich heftig, laut Geoff, und sie bekamen beide einen leichten Schock. Der Taxifahrer war der Meinung, er hätte Vorfahrt gehabt, aber der Kerl wollte nichts davon hören, und so riefen sie die Polizei, und der Taxifahrer wollte Rose und Geoff nicht gehen lassen, bevor sie ihre Aussage gemacht hatten. Der andere Mann verschwand, bevor die Polizei auftauchte. Das Fahrzeug war gestohlen.«

»Haben sie ihn erwischt?«

»Nee.«

»Klingt ein bißchen verdächtig, finde ich.«

»Genau das denkt Geoff auch. Aber Sie glauben doch nicht, daß die Millennium-Kirche so eine Nummer abziehen würde?«

»Möglich ist alles, aber im Augenblick können wir da sowieso nichts tun. Wir haben noch fünf Minuten. Schön, ist er bereit?«

»Was glauben Sie? Halten Sie nur das Streichholz ans Zündpapier.«

»Genau davor habe ich Angst.«

Withnail war als Pünktlichkeitsfanatiker bekannt, und tatsächlich, fünf Minuten später stand Geoff Moody im Zeugenstand stramm. Ein Schweißfilm bildete sich auf seiner Stirn, als er versuchte, den stechenden Schmerz in den Schultern zu unterdrücken, den er sich bei dem Autounfall zugezogen hatte. Mason verschwendete keine Zeit und eröffnete, indem er den Richter und, wichtiger noch, die Schöffen von dem Vorfall in Kenntnis setzte. Withnail begann mißtrauisch dreinzublicken, aber unter dem Druck der anteilnehmenden Mienen der Geschworenen fragte er höflich, ob Moody wünsche, seine Aussage auf den morgigen Vormittag zu verschieben. Mason hoffte, daß Moody die Sache noch ein bißchen hochspielen würde, aber typischerweise erklärte er, daß er weitermachen wolle.

»Mr. Moody, Sie sind der leibliche Vater von Rose, die dieses Verfahren als Klägerin angestrengt hat, ist das richtig?«

»Ja, Sir«, erwiderte Moody, den Blick geradeaus gerichtet, in Richtung der Geschworenen, genau wie Mark es ihm beigebracht hatte. »Sie ist das Allerwichtigste in meinem Leben.«

Zu Beginn führte Mark Moody besonnen durch seine Aussage über Roses Vorgeschichte. Er sprach von einer nicht weiter bemerkenswerten, aber glücklichen Kindheit in North Riding und zeichnete das Bild einer stabilen Familie. Obwohl ihre richtige Mutter an Krebs gestorben war, als Rose erst sieben gewesen war, hatte sich das nicht lange negativ auf sie ausgewirkt, da sie sich nach der langen Krankheit ihrer Mutter an die Tatsache gewöhnt hatte. Ihre Mutter hatte darauf bestanden, zu Hause gepflegt zu werden, anstatt einem Krankenhaus die Last aufzubürden. Es schien, daß Geoff immer derjenige gewesen war, der sich um Rose gekümmert hatte, wie auch um seine Frau, obwohl er später mit dem Segen seiner Tochter wieder geheiratet hatte.

Bei der Befragung seines Zeugen ging Mason langsam und systematisch vor. Das Anwaltsteam der Millennium-Kirche sah steinern und ohne Mitgefühl zu, während die Geschworenen weiter in das Privatleben dieser unglücklichen Familie hineingezogen wurden. Withnails Blick durchbohrte Moody, während er sprach, und nur gelegentlich machte er sich kurze Notizen. Sie gingen zu den Jahren über, in denen Geoff angefangen hatte, sein Eisenwarengeschäft aufzubauen. Moody erzählte ihnen allen von seiner glücklichsten Zeit, in der er und die zwölfjährige Rose den Laden gemeinsam geführt hatten, Seite an Seite – wenn sie nicht ihre Hausaufgaben machte, wie er obendrein hinzufügte.

»Ich hätte gerne, daß Sie den Damen und Herren Geschworenen ein wenig darüber erzählen, wie Rose als Jugendliche war.« Damit ging Mason zu den schwierigen Zeiten über und hoffte, daß Moody sich an die schriftliche Niederlegung seiner geplanten mündlichen Aussage vor Gericht halten würde.

»Sie war wie alle anderen jungen Leute, wirklich. Wir hatten unsere Höhen und Tiefen: Alle Eltern werden wissen, was ich meine.«

»Nun, würden Sie vielleicht für alle diejenigen unter uns, die diese Erfahrung nicht gemacht haben, ausführen, was genau Sie damit meinen?« sagte Mason, der sich die Sympathien der jüngeren Schöffen nicht verscherzen wollte.

»Ich meine, als sie so dreizehn oder vierzehn wurde, wollte sie ständig mit ihren Freunden losziehen und so was.«

»Und Sie waren dagegen?«

»Selbstverständlich. Ihre Stiefmutter ebenfalls. Ihr Platz war zu Hause bei mir, sie hatte Aufgaben und Pflichten in der Familie. Wir hatten einen Haushalt und ein Geschäft zu führen«, sagte Moody scharf, und Mason wußte, daß die Bemerkung bei den Jüngeren nicht gut angekommen war. Das Syndrom tyrannischer, beherrschender Eltern kam ihm plötzlich in den Sinn. Er machte schnell weiter, in der Hoffnung, den Schaden wiedergutmachen zu können.

»Ist es zutreffend, daß das Geschäft zu der Zeit in finanziellen Schwierigkeiten steckte?«

»Die Bank setzte uns ziemlich unter Druck. Ich hatte einen langen Arbeitstag, und ich gebe zu, daß ich oft einfach nicht mit Rose klarkam. Für kurze Zeit blieb sie wohl so ziemlich sich selbst überlassen.«

»Was meinen Sie damit?«

»Ich kam fast jeden Abend erst spät vom Geschäft nach Hause, und wenn ich kam, war immer dieser Freund da. Ein verdammt übler Kerl. Er hatte einen schlechten Einfluß auf sie, das habe ich ihr immer gesagt.«

»Kam es deswegen zum Streit zwischen Ihnen?«

»Ja, ich denke schon, aber irgendwie haben wir immer wieder alles ins reine gebracht. Die Sache ist doch die, das habe ich ihr immer gesagt, die Familie ist das einzige, worauf man sich wirklich verlassen kann. Obwohl meine zweite Frau zu der Zeit schon ziemlich selten zu Hause war.«

»Es ist unbestritten, daß Rose zu dieser Zeit in Kontakt mit einer Gruppe von Personen kam, die der Millennium-Kirche angehörten, aber können Sie sich noch erinnern, wann genau Sie Kenntnis von dieser Tatsache erhielten?«

»Sie kam nicht in Kontakt mit ihnen, Sir, sie wurde entführt.«

»Einspruch, Mylord«, warf Callow ein. »Der Zeuge weiß nur vom Hörensagen von dieser angeblichen Entführung.«

»Ja, da stimme ich Ihnen zu, Mr. Callow«, sagte Withnail und wandte sich an Moody. »Verstehen Sie, was der entscheidende

Punkt ist, Mr. Moody? Ich gestehe Ihnen gerne zu, daß Sie entschiedene Ansichten in diesen Fragen hegen, aber versuchen Sie bitte daran zu denken, daß dies ein Gericht ist und wir versuchen, die Fakten hinter den vorgebrachten Behauptungen herauszufinden. Das wird uns viel leichter fallen, wenn Sie im Gedächtnis behalten, daß Sie hier sind, um den Wahrheitsfindungsprozeß zu unterstützen. Hören Sie gut zu, wenn Ihr Anwalt Ihnen Fragen stellt, und versuchen Sie es zu vermeiden, wenn Sie so gut sein wollen, den Geschworenen Ihre eigene Wortwahl aufzudrängen. Haben Sie mich verstanden?«

»Ja, Mylord«, erwiderte Moody mürrisch.

»Gut. Also, Sie wurden gefragt, ob Sie sich an das genaue Datum erinnern können, an dem Rose in Kontakt mit der Religionsgemeinschaft kam?«

»Ich habe am 15. Mai 1998 zum ersten Mal von denen gehört, drei Tage nach Roses Verschwinden.«

»Und wie kam es dazu, daß sie von zu Hause weglief?«

»Wir hatten uns mal wieder wegen Greg, das war ihr Freund, gestritten, und sie stürmte aus dem Haus und kam nicht zurück, die ganze Nacht nicht. Um zwei Uhr morgens war ich völlig außer mir vor Sorge. Ich fuhr die Uferpromenade auf und ab und rief dann die Eltern all ihrer Freunde an, aber es gab keine Spur von ihr. Die Polizei suchte nach ihr, im Radio und im Fernsehen wurden Suchmeldungen gesendet, aber immer noch nichts. Ich konnte nicht essen und nicht schlafen, es war einfach furchtbar. Das würde ich meinem schlimmsten Feind nicht wünschen, dieses Gefühl der Hoffnungslosigkeit.«

»Wie hat sie schließlich Kontakt mit Ihnen aufgenommen?«

»Sie rief mich an und sagte, sie wäre bei Freunden in London. Sie weinte und sagte, daß es ihr leid täte und sie nicht bei diesen Leuten bleiben wollte, aber niemand wollte sie wieder nach Hause fahren, und sie hatte kein Geld.«

»Was taten Sie daraufhin?«

»Ich flehte sie an, sich mit mir zu treffen, aber sie schien gar nicht ganz dazusein und wiederholte ständig, ich sollte nicht so einen Aufstand machen. Es war deutlich zu merken, daß diese Fanatiker sie unter Drogen gesetzt hatten oder so was.«

»Einspruch, Mylord«, wandte Callow ein. »Der Zeuge ist bereits darauf hingewiesen worden, daß er von versteckten Andeutungen und Meinungsäußerungen Abstand zu nehmen hat.«

»Ja, stattgegeben. Ich werde Sie nicht noch einmal verwarnen, Mr. Moody«, sagte Withnail gewichtig.

»Schön, aber sie klang nicht wie sie selbst; das ist alles, was ich sagen wollte«, versetzte Moody.

»Wann haben Sie wieder etwas von ihr gehört?«

»Sie hat mich am nächsten Tag angerufen, und ich sagte ihr, die Polizei würde nach ihr suchen und es sei nur eine Frage der Zeit, wann sie sie fänden.«

»Aber die Polizei hat sie nicht gefunden.«

»Nein. Sie konnten nichts tun, da sie jetzt ganz unten auf ihrer Dringlichkeitsliste stand. Ich bitte Sie, ein fünfzehnjähriges Mädchen«, sagte Moody aufgebracht.

»Was haben Sie dann unternommen?«

»Ich fing an, mehr über die Gruppe herauszufinden, bei der sie sich aufhielt, und lernte einige Leute kennen, die ähnliche Probleme hatten. Ich habe selbst versucht, Rose aufzuspüren.«

»Mylord«, unterbrach Callow. »Die Leute, von denen der Zeuge spricht, nennen sich Sektenschutz. Allein der Name ist nachteilig für unseren Mandanten. Ungeachtet dessen sollte den Geschworenen mit Nachdruck zur Kenntnis gebracht werden, daß kein einziges Verfahren gegen unseren Mandanten oder seine Organisation auf Betreiben dieser hysterischen Panikmacher eingeleitet wurde.«

»Sind Sie fertig, Mr. Callow?« fragte Withnail scharf. »Die Plädoyers kommen gewöhnlich zum Schluß des Prozesses. Fahren Sie fort, Mr. Mason.«

Mason fuhr fort.

»Aber Sie haben Ihre Tochter aufgespürt, und zwar in einem Schulungszentrum auf der Isle of Skye, das als ›der Hafen‹ bekannt ist.«

»Das ist richtig, Sir. Die Sektenschutzgruppe hatte Hinweise darauf, daß sie sich dort aufhielt, und sie hatten recht.«

»Hat die Kirche diese Tatsache zugegeben?« fragte Mason.

»Zunächst nicht, nein. Sie haben mich angelogen, bis ihnen klar wurde, daß ich nicht weggehen würde. Ich habe ihnen mit der Polizei und meinem Anwalt gedroht, alles mögliche, bis sie schließlich zugaben, daß Rose dort war.«

»Wurden Sie ins Haus gelassen?« fragte Mason.

»Nein, nie. Sie hatten zuviel zu verbergen.«

»Einspruch, Mylord«, bellte Thynne, ohne sich die Mühe zu machen, sich zu erheben. »Moody wurde niemals ins Haus gelassen, daher handelt es sich bei dieser Zeugenaussage um reine Mutmaßung.«

»Stattgegeben«, murmelte Withnail. »Ignorieren Sie diesen Kommentar, meine Damen und Herren Geschworenen. Der Zeuge kann Ihnen nur das mitteilen, was er gesehen oder gehört hat, nicht, was er vermutet. Zügeln Sie Ihren Zeugen, Mr. Mason.«

Geoff Moody spürte, wie ihm die Röte ins Gesicht stieg. Er wußte, daß die Schweine etwas zu verbergen hatten, denn warum sonst sollten sie sich so vor der Welt abschotten?

»Aber Sie sind mit Ihrer Tochter zusammengetroffen?« fuhr Mason fort, die Hände flach auf die Bank vor sich gepreßt.

»Draußen vor dem Zaun, der das Gelände umgibt, aber es war nicht sie, es war nicht meine Rose.«

»Bitte erklären Sie das, Mr. Moody.«

»Also, es war, als hätten sie ihr etwas weggenommen, ihr das Leben ausgesaugt. Sie war wie eine leere Hülle ihrer selbst.« Moody schien den Versuch zu machen, die Erinnerung abzuschütteln.

»Wurden Sie jemals mit Rose alleingelassen?«

»Nein, nie. Darauf haben sie bestanden, sonst hätte das Treffen nicht stattgefunden. Neben dem Zaun war eine Hütte für die Wachtposten; da gingen wir hinein, zusammen mit den anderen. Sie hatte eine vorbereitete Ansprache parat, sie sagte, sie wäre hier glücklich, glücklicher als je zuvor. Ich sollte mir keine Sorgen machen, sie wäre bei Gott, und er sei die Liebe, und Rivers sei ihr Erlöser, und solchen Mist«, stieß Moody heftig hervor.

»Sie war wie ein Roboter in einem Film. Sie sprach mit völlig ausdrucksloser Stimme, und sie hat mich kein einziges Mal angesehen. Das war überhaupt nicht meine Rose. In ungefähr drei Minuten war alles vorbei. Ich habe versucht, mit ihr zu reden, ich habe sie sogar bei den Armen gepackt und sie angefleht, mit mir nach Hause zu kommen, aber sie haben sie einfach schnell weggebracht.«

Mason riskierte einen Blick auf die Geschworenen. Ihre Gesichter waren verschleiert vor Traurigkeit wegen dieses anständigen Mannes und des seelischen Aufruhrs, in dem er steckte.

»Was, wenn überhaupt etwas, beschlossen Sie zu tun?«

Moody schob das Kinn vor.

»Ich mußte sie retten, Mr. Mason. Welcher Vater hätte das nicht getan?«

Die Geschworenen schienen ihm zuzustimmen, aber Mark Mason wußte, wenn Thynne sich zum Kreuzverhör erhob, würde sich ein ganz anderes Bild ergeben.

Geoff Moody blickte sich im Gerichtssaal um. Er hatte gerade beschrieben, wie er mit Hilfe dreier bezahlter Helfer Rose aus dem Schulungszentrum auf der Isle of Skye gerettet hatte und mit einem Boot zum Festland entkommen war. Geschickt brachte Mason Moodys Zeugenaussage zum Abschluß, indem er ihn schildern ließ, wie er in Schottland Strafanzeige gestellt hatte und mit Rose heimgekehrt war.

Mark Mason hatte den Grundstock für Roses nachfolgende Zeugenaussage gelegt, indem er es ihrem Vater ermöglicht hatte, seine Seite der Geschichte in seinen eigenen Worten zu erzählen. Nun spielte Moody nervös mit einem Kugelschreiber, während Thynne müde auf die Beine kletterte. Der Kronanwalt rückte seine Halbbrille auf der Nase zurecht und nickte den Geschworenen zu, bevor er begann.

»Es kam zu Gewalttätigkeiten, als Sie Ihre eigene Tochter entführten und von dem Leben wegrissen, das sie selbst für sich gewählt hatte, nicht wahr?«

Mark Mason sprang auf die Füße.

»Es war eine Rettungsaktion, kein Entführung, Mylord. Ich erhebe Einspruch gegen diesen Gebrauch aufhetzender Sprache.«

Withnail legte die von hermelinbesetzten Ärmelaufschlägen umschlossenen Hände zusammen.

»Ob es das eine oder das andere war, ist zweifellos die Frage, über die die Geschworenen hier zu entscheiden haben; der Rest ist Semantik. Machen Sie weiter, Mr. Moody. Beantworten Sie die Frage.«

Moody schluckte hart; er hatte doch nur getan, was er tun mußte.

»Es mußte getan werden. Sie hätten sie freiwillig nicht gehen lassen.«

»Ja, natürlich«, kommentierte Thynne trocken. »Drei Männer wurden bewußtlos geschlagen, und Rose schrie Sie an, Sie sollten sie in Frieden lassen – das war es doch, was sie rief?«

»Sie war einer Gehirnwäsche unterzogen worden. Man hatte mir gesagt, daß es so sein würde.«

»Sie hatten Baseballschläger und Messer bei sich, ist das richtig?«

Moody nickte.

»Sie müssen antworten«, sagte Withnail gedehnt.

»Ja, um uns selbst zu schützen«, räumte Moody ein.

»Sie haben Waffen in ein Exerzitienhaus Gottes gebracht?«

»In den Abgrund der Hölle«, fuhr Moody ihn an.

»Ich hatte Sie doch bereits aufgefordert, Ihr Temperament im Zaum zu halten, Mr. Moody.« Withnail runzelte die Stirn. Die Geschworenen schien die Bemerkung zu verwirren. Wann denn? fragten ihre Gesichter. Aber Thynne lächelte nur. Mason trommelte leicht mit den Fingern auf das Holz der Bank vor sich; das war wie aus dem Lehrbuch, nach Schema F.

»Aber Sie zögerten nicht, diese Angriffswaffen einzusetzen?«

»Nicht, wenn es darum ging, Rose zu retten, nein.«

»Sie wollten sie zurück? Brauchten sie? Verlangten nach ihrer Rückkehr?« Thynnes Stimme war ölig und anzüglich.

»Ich wollte, daß sie nach Hause kommt.«

»Und wir wissen alle, weshalb Sie das wünschten, nicht wahr, Mr. Moody?«

Der Zeuge wirkte verwirrt, aber Mark Mason wußte genau, worauf das abzielte, und er war machtlos. Schwungvoll zog Thynne ein Blatt Papier hervor und reichte es dem in die vorgeschriebene Tracht gehüllten Gerichtsdiener.

»Nehmen Sie sich einen Augenblick Zeit, diese beeidigte Aussage zu lesen«, flüsterte er. Moody tat es. Sein gerötetes Gesicht wurde erst grau und dann weiß, als er mit zitterndem Zeigefinger den Inhalt des Dokuments verfolgte.

»Ich ... das sind alles Lügen. Das ist falsch, ich habe niemals...«

»Also«, sagte Thynne mit ernstem Gesicht. »Sie können bestätigen, daß diese Erklärung von Ihrer Tochter Rose unterzeichnet wurde. Datiert ist sie drei Wochen vor ihrer Entführung durch Sie, ist das richtig?«

»Ja, aber...«

»Sie haben Ihre Tochter sexuell mißbraucht, seit sie dreizehn war, nicht wahr, Mr. Moody? Deshalb ist sie fortgelaufen, und deshalb wollte sie nicht zu Ihnen zurückkommen.«

Moodys Mund öffnete sich. Ihm fehlten die Worte. Dann brüllte er los.

»Dieser üble Schweinehund muß sie gezwungen haben, das zu unterschreiben.« Er stürmte auf Rivers los, der ernst auf der Anklagebank saß. Ein Gerichtsdiener versperrte ihm den Weg. Moody wollte ihn zur Seite stoßen, überlegte es sich dann aber anders.

»Räumen Sie den Gerichtssaal«, knurrte Withnail. »Die Sitzung wird vertagt, bis alles wieder in vernünftige Bahnen gelenkt ist.«

Mark Mason schlug hart mit der Hand auf die Anwaltsbank. Er hatte sich entschieden und die falsche Entscheidung getroffen. Er wußte von der Existenz der Erklärung und kannte ihren Inhalt, aber er hatte sich darauf verlassen, daß Moodys fassungslose Unschuld die Unrichtigkeit der schmutzigen, gemeinen Beschuldigungen aufzeigen würde. Statt dessen hatte Moodys Versäumnis, sich dazu zu äußern, ihn schuldig im Sinne der Anklage wirken lassen. Die verhärteten Gesichter der Schöffen bestätigten seine Vermutung. Die Anklage hatte einen schweren Schlag hinnehmen müssen. Mason betete nur, daß er sich nicht als tödlich erwies.

Kapitel acht

Der Weg von Niall Robertsons Kanzlei in Lincoln's Inn Fields zum Justizgebäude am Strand dauerte nicht länger als zehn Minuten, und Joss legte ihn nachdenklich zurück. Callum Lane mußte irgendeine Art von Zusammenbruch erlitten haben. Das war die einzige vernünftige Erklärung. Er lächelte grimmig in sich hinein. Callum. Sein Vater. Aber die Distanz zwischen ihnen war die Folge einer lebenslangen Zuneigungssperre, und das war wahrscheinlich der Grund, aus dem er ihn beim Vornamen nannte, wenn er an ihn dachte, und nicht Dad. Es hatte keine vertraulichen Trinkgelage unten im Pub gegeben, als er noch zu jung war, um Alkohol trinken zu dürfen. Keine gemeinsamen Nachmittage im heimischen Fußballstadion und keine Ausflüge zu den Auswärtsspielen, versorgt mit einer Thermoskanne schwacher Brühe und altbackenen Schweinefleischpasteten. Nur eine frostige Begrüßung und immer die Arbeit, Callums Arbeit, Arbeit im Finanzwesen, die jetzt in Millionen monetärer Scherben zersprungen war. Sein Vater war alles, was Joss geblieben war, und bislang wußte er nicht sicher, ob selbst diese dürftige Verbindung mit der Vergangenheit zu retten sein würde. Joss konnte einfach nicht glauben, daß Callum – der pragmatische, gottleugnende Callum – auf die leeren Versprechungen einer Pseudoreligion wie der Millennium-Kirche hereingefallen sein sollte. Das war, als würde einem jemand erzählen, Madonna wäre ein Mann oder Keanu Reeves ein guter Schauspieler. Er mußte es mit eigenen Augen sehen.

Joss näherte sich dem strengen schwarzen Geländer, das die neogotischen Royal Courts of Justice umgab. Direkt vor den gewaltigen schmiedeeisernen Türen des Justizgebäudes, wo sich normalerweise erfolgreiche Prozeßparteien vor der wartenden Presse brüsteten, hatte sich eine größere Menschenmenge versammelt. Sie hielten traurige, schlechtgemachte Transparente Marke Eigenbau hoch und skandierten müde und monoton: »Wo sind unsere Kinder? Wo sind unsere Kinder?« Auf einigen der Transparente wurde die Frage rot auf weiß wiederholt, andere erwähnten die »Vermißten 32«. Sie hatten sich eingehakt und wiegten sich im Rhythmus des hypnotischen Sprechgesangs. Es war eine sonderbare Mischung von Leuten, als wären frühmorgens die Mitreisenden irgendeiner beliebigen U-Bahn auf den Stufen des Gerichts abgeladen worden. Jung und alt, manche gutgekleidet, manche in schäbigen, abgetragenen Kleidungsstücken, Asiaten, Schwarze und Weiße: Alle waren sich einig in ihrem Anliegen. Sie wurden gerade von einer Legion von Pressevertretern gefilmt, fotografiert und interviewt, aber ihre Hauptkonzentration galt dem Haupteingang des Justizgebäudes. Ganz offensichtlich glaubten sie ganz fest, daß Gerechtigkeit die eine Sache war, die ihnen verwehrt werden würde.

Joss schüttelte den Kopf. Das waren ganz gewöhnliche Leute, nicht die politisierten Fanatiker, die sich manchmal zu Publicityzwecken versammelten. Sie schienen Traurigkeit auszustrahlen; die Luft war von Verlust durchzogen.

Er näherte sich einem Fotografen in einer Lederjacke, der gerade einen neuen Film einlegte, und fragte, worum es denn ginge. Der Mann fixierte ihn spöttisch. Sein Blick schien zu sagen: »Wo bist du denn gewesen?« Joss wartete geduldig. Der Fotograf zuckte die Achseln, bevor er antwortete.

»Die haben alle Kinder oder Verwandte, die in der Millennium-Kirche verschwunden sind, wie sie sagen. Sie behaupten, sie hätten sie nie wieder zu Gesicht bekommen. Bestimmt ein Haufen Ausreißer. Gehen sicher anschaffen, wenn Sie mich fragen.«

Joss nickte und sagte dann: »Obwohl sie gar nicht aussehen wie Spinner, oder?« Der Fotograf betrachtete die Protestierenden ausnahmsweise mit seinen eigenen Augen anstatt gefiltert durch das profitmachende Objektiv.

»Vermutlich nicht«, gab er zu und hob dann wieder schamlos die Kamera.

»Nicht mein Problem«, murmelte er und ging auf ein Knie herunter, um den Schnappschuß eines kleinen Jungen zu ergattern, der sich an die Taille seiner Mutter schmiegte und kaum fähig war, die Tränen zurückzuhalten. Joss fragte sich, ob es wohl zu seinem Problem werden würde.

Er warf einen Blick auf die Uhr: halb fünf. Der heutige Verhandlungstag würde bald vorüber sein. Nervös wartete er. Als er Greta das letzte Mal gesehen hatte – Joss biß sich auf die Lippen, so schmerzlich war die Erinnerung. War das wirklich er gewesen? Als er bei dem gerichtlichen Verfahren zur Untersuchung der Todesursache als Zeuge ausgesagt hatte, hatte er ein einfaches Flugticket in der Tasche gehabt, während seine Mutter in ihrem Grab lag. Er hatte mit niemandem gesprochen, nachdem er seine Aussage gemacht hatte, sondern einfach seinen Rucksack genommen und war gegangen. Er blickte nicht zurück, weil er wußte, daß er gehen mußte. Keinen einzigen Blick hatte er für Ben, Tom oder Barney gehabt, die in der ersten Reihe der Publikumsgalerie saßen; nicht einmal Greta und sein eigener Vater wußten, daß er nicht zurückkehren würde. Es war damals die einzige Möglichkeit für ihn gewesen, mit der Sache fertigzuwerden. Die Frage war: Was sollte er jetzt tun, nachdem er doch zurückgekehrt war? Was würde Greta tun, trotz ihrer Einladung an ihn, wieder an einem Teil ihres Lebens teilzuhaben?

Kann man so einfach in das Leben anderer Menschen zurückkehren?

Kannst du es, Joss?

Nach allem, was geschehen ist.

Kannst du es wirklich?

Minuten später kamen Anwälte mit dicken Aktentaschen

heraus, gefolgt von einer Phalanx stämmiger Gorillas im schwarzen Anzug, die eine Gestalt in ihrer muskulösen Mitte verbargen.

Der Sprechgesang wurde lauter, die trostlose, sich wiederholende Frage erfüllte die Luft. »*Wo sind unsere Kinder? Wo sind unsere Kinder?*«

Die Presse schoß vorwärts, aber die Gruppe der Protestierenden wich und wankte nicht. Das waren keine Anarchisten, nur besorgte Eltern und Familien, die mit verzweifelter Dringlichkeit eine Antwort auf eine simple Frage brauchten. Der Anblick ihrer unschuldigen, stoischen Leidenschaft rührte Joss, und er wußte, daß auch seine Mutter, wenn sie noch am Leben gewesen wäre, diesen friedlichen, tiefempfundenen Protest gebilligt hätte. Joss bewegte sich mit dem Presseansturm, glitt zwischen Kameras und Mikrofonen hindurch, um näher zu kommen und den Mann zu sehen, auf den sich ihr kontrollierter Zorn konzentrierte. Aber innerhalb von Sekunden war eine Fluchtroute gebildet, und die unsichtbare Gestalt wurde in einen wartenden Wagen geschleust und schleunigst weggebracht.

Joss sah sich nach einer plötzlichen Eingebung um, während die Pressevertreter mit ihren Filmcrews sprachen oder hastig telefonische Berichte an hungrige Redakteure durchgaben. Dann plötzlich sah er sie: Greta. Er blieb stehen, für einen Augenblick wie erstarrt. Greta. Als er sie das letzte Mal gesehen hatte, hatte sie ihn in einem gedrängt vollen Gerichtssaal finster angeblickt, während der Coroner widerstrebend auf Tod durch Unfall befand. Greta.

Die zwei Jahre, die mittlerweile vergangen waren, hatten ihre Züge um die Augen herum leicht verhärtet, als sei Vertrauen durch ein Bedürfnis nach Beweisen ersetzt worden. Er war es gewohnt, sie in Jeans und gefütterten Jacken zu sehen, wie sie sich zielstrebig in sportliche Gefahren stürzte, und jetzt entfernte sie sich auf hohen Absätzen und in einem eleganten, aber zurückhaltenden Kostüm mit großen Schritten vom Schauplatz.

Halluzinierte er? Joss kniff sich brutal ins eigene Fleisch, aber das Kribbeln, das er fühlte, war real genug.

Diesen Kopfschwung kannte er zu gut, ein Irrtum war ausgeschlossen. Während seines langen Aufenthalts in der Rehabilitationsklinik war sie sein lebendiges Ziel gewesen, und nun war sie hier, nur zwanzig Yards entfernt.

Fast vergaß er das Atmen, als er hastig auf sie zuging. Sie stand am Straßenrand, einen Arm erhoben, um ein schwarzes Taxi anzuhalten, ganz auf ihre Aufgabe konzentriert. Er konnte ihr schönes Profil sehen. Sie warf ihm einen Seitenblick zu, schaute wieder weg und wandte sich ihm dann langsam zu, blinzelnd, als wehre sie ebenfalls die Furcht ab, er könne ein Phantom sein. Sie begann zu lächeln, aber das Lächeln erstarb schnell. Sie ließ den Arm sinken. Er flüsterte: »Greta«, und ihre Hand pfiff durch die Luft und kam einen Zentimeter vor seiner Wange zum Stillstand.

»Ich habe mir geschworen, daß ich das nicht tun würde«, seufzte sie unglücklich.

Joss trat von einem Bein aufs andere.

»Du hast es nicht getan. Großartige Selbstbeherrschung. Außerdem habe ich es verdient.«

Ihre Augen durchbohrten ihn. »Nein, du hast etwas viel Schlimmeres verdient, aber im Augenblick ist dafür keine Zeit.«

Joss lächelte innerlich, denn das, was sie eben gesagt hatte, konnte möglicherweise bedeuten, daß es vielleicht ein Später für sie beide gab.

»Du hast meinen Brief bekommen?«

Joss nickte und klopfte an seine Brusttasche. Greta schüttelte konsterniert den Kopf.

»Du hast immer noch keine Vorstellung, wie verdammt ernst das ist, Lane. Laß uns doch ausnahmsweise mal so tun, als wären wir erwachsen.«

Joss spürte seine Wangen heiß werden wie bei einem Jungen,

der eine Frau bittet, mit ihm auszugehen, und durch ihre Gleichgültigkeit und ihren Spott beschämt wird.

»Können wir irgendwo hingehen und uns unterhalten? Ich habe mehrere Nachrichten hinterlassen«, flüsterte er und blickte weg.

»Jetzt nicht. Ich hab' zuviel zu tun, wegen des Prozesses. Ich muß Mark zu einem Arbeitsessen treffen.«

»Mark?« flüsterte Joss und spürte eine brennende Lanze der Hoffnungslosigkeit durch seinen leeren Magen schneiden.

Greta schnaubte mißbilligend, milderte dann aber ihren Ton. »Hör zu, er ist der Kronanwalt, unter dessen Führung ich arbeite. Ich habe dir geschrieben, weil ich dachte, du solltest wissen, daß dein Vater mit dieser Religionsgemeinschaft zu tun hat. Diese Leute sind Gift, pures Gift. Ich hatte das Gefühl, dir das schuldig zu sein.« Sie begann, nach einem anderen Taxi Ausschau zu halten.

»Du schuldest mir gar nichts«, murmelte er unglücklich. Das war nicht so, wie es sein sollte. Er hatte sich vorgestellt, daß sie ein bißchen herumschreien würde, ihm vielleicht ein paar Klapse versetzen, sich durch jede Menge zutreffender Beschimpfungen und dann durch Tränen Luft machen würde, aber statt dessen war sie geschäftsmäßig und fast gleichgültig. Joss zügelte sein kindisches Selbstmitleid.

»Ich muß meinen Vater finden, Greta. Kannst du mir dabei helfen?«

»Ich werde tun, was ich kann.« Ihre Stimme klang seltsam rauh.

Ein Taxi hielt und hupte. Greta winkte es weg.

»Ich bin hergekommen, um Rivers nach meinem Vater zu fragen.«

Greta lächelte trostlos. »Immer noch der alte Joss. Tapfer wie ein Angehöriger eines Kommandotrupps, naiv wie ein Kind. Hör zu, ich sollte nicht mit dir über den Fall reden, aber diese Leute sind gefährlich, Joss. Callum ist Mitglied dieser Sekte.

Sein Name ist in Zusammenhang mit dem Prozeß ständig aufgetaucht. Es könnte sein, daß er mittlerweile in ernsthafteren Schwierigkeiten steckt als nach der Pleite seiner Firma. Ich kann jetzt nicht reden, es gibt andere Dinge, um die ich mich kümmern muß. Außerdem bin ich einfach noch nicht bereit, dich zu sehen: Ich weiß nicht, ob ich es je sein werde.« Sie schüttelte den Kopf, kämpfte darum, ihre Selbstbeherrschung nicht zu verlieren. »Wo bist du untergekommen?«

»Niall hat mich in der Firmensuite im Ritz untergebracht.«
Greta hob wieder den Arm.

»Schlag mich, ja?« sagte er, ein spielerisches Lächeln auf den Lippen.

»Dadurch würdest du dich nur besser fühlen«, erwiderte sie, streckte die Hand aus und strich ihm sanft über die Wange. »Du siehst dünn aus, Joss.«

Er wollte seine Hand auf ihre legen, aber sie schubste sie weg.

»Du mußt wissen, mit was du es zu tun hast. Ich habe einen ganzen Berg von Zeitungsausschnitten und Artikeln über die Millennium-Kirche gesammelt. Ich werde sie dir später ins Hotel schicken.«

»Danke, Greta.« Er wollte die Hand auf ihren Arm legen, aber sie zuckte instinktiv zurück.

»Dank mir erst, wenn du mehr über Rivers und die Millennium-Kirche weißt.« Sie wies mit dem Kopf auf die Transparente schwingenden Demonstranten. »Frag sie, die armen Teufel. Sie kennen die Wahrheit.«

Als diesmal ein Taxi anhielt, stürzte sie hinein und knallte die Wagentür zu. Er beugte sich hinunter, um ihr nachzuwinken, aber Greta blickte stur geradeaus. Joss nickte. Er hatte noch einiges an Entschuldigung zu erledigen; vielleicht zuviel für ein einziges Leben, aber das hieß ja nicht, daß er es nicht versuchen konnte.

Kapitel neun

Joss ging weiter den Strand hinunter. Der Bürgersteig war von den lärmenden Demonstranten völlig verstopft. Wütend brüllten sie über die aufgezwungene Trennlinie hinweg die Objekte ihres Hasses an. Er blickte durch die geschlossene Reihe der Polizisten hindurch und musterte die Mitglieder der Religionsgemeinschaft, die mit ihrem geordneten Auftreten im Kontrast zu den wütenden Protesten fast gütig wirkten. Die schiere Normalität und Gemütsruhe der zurückstarrenden Gesichter war seltsam beunruhigend, und er bemühte sich, sich durch die niederhagelnden Beschimpfungen hindurch noch selbst denken zu hören.

Sind diese Leute dazu bestimmt, Psychomutanten zu sein, Joss?
Ist nicht dein Vater einer von ihnen?

Er schüttelte den Gedanken ab und machte sich zur Bushaltestelle vor dem Bahnhof Charing Cross auf. Auf den Straßen drängten sich die Theatergänger, die aus den Matinee-Vorstellungen der West-End-Musicals strömten. Der sanfte Nieselregen schwebte unaufhörlich aus dem dunkel werdenden Himmel herab und grenzte Joss' Sichtfeld ein, als er so untröstlich die Straße entlangtrottete. Bei einem Fußgängerübergang blieb er einen Moment stehen und versuchte, sich auf die neue Lage einzustellen. Er rückte die Kapuze seiner wattierten Jacke zurecht und zog sie sich fest ums Gesicht, denn der Regen wurde stärker. Die Euphorie seiner Rückkehr in die wirkliche Welt war nur von kurzer Dauer gewesen.

Was, wenn er wirklich an diesen ganzen Millennium-Kram glaubt?
Was dann, Joss?

Kein Plan. Keine Eltern. Kein Zuhause.
Keine Greta?

Auf dem Weg versuchte er, seine Gedanken zu ordnen. Er wich dem Fußgängerverkehr aus, indem er die Straßenrinne entlanglief, während er ein Auge auf die zahllosen Fahrradkuriere gerichtet hielt, die gefährlich nahe am Bürgersteig vorbeisausten. Im Geist beschwor er Greta herauf und konnte jede Linie und jeden Umriß ihres Gesichts sehen, so als sei es nie fortgewesen. Trotz des Schocks waren ihre Augen weniger versöhnlich gewesen als je zuvor, soweit er sich erinnern konnte. Aber was konnte er schließlich erwarten, nachdem er vor zwei Jahren einfach gegangen war?

Sie würde kein Verständnis aufbringen, soviel war klar; aber schlimmer noch, er hatte das Gefühl, daß sie es nicht einmal versuchen würde. Er hätte sich ohrfeigen können und begann langsam zu verstehen, was Niall ihm vorhin hatte sagen wollen. Er hatte vielen Leuten wehgetan, das wußte er, aber alles, was er wollte, war eine Chance, es zu erklären, sie wissen zu lassen, wie es für ihn gewesen war; dann würden sie es einsehen.

Sein Selbstmitleid hielt jedoch nicht lange vor, und binnen kurzem hatte er die Lage rational erklärt. Als er bei der Bushaltestelle ankam, hatte er sich sogar dämlicherweise selbst davon überzeugt, daß es ihn nicht länger kümmerte. Er verschwendete keinen Gedanken an den kastanienbraunen Kleinbus, der die Straße entlangkroch und zwanzig Yards hinter ihm anhielt.

Der Bus Nummer 43 nach Piccadilly und St. James Park war bereits gerammelt voll mit Studenten und Touristen, die lautstark und aufgeregt um Redezeit wetteiferten. Plötzlich sehnte Joss sich nach dem schlichten Kokon, den er in Österreich zurückgelassen hatte.

Als er anfing, den Wert von Kristina Klammers Unterschrift auf dem Attest anzuzweifeln, mit dem sie ihn als geheilt entlassen hatte, langte er nach dem St. Christopherus-Medaillon, das er um den Hals trug. Elsa, seine Krankenschwester, ganz Busen und derber Frohsinn, hatte es ihm gegeben, als er die Klinik verließ.

Die Gespräche um ihn herum wurden in einem Sprachengewirr aus Französisch und Deutsch abgehalten, das zu einer Kakophonie des Unverständlichen verschmolz.

»Reden Italienisch«, murrte der alte Mann, der auf der anderen Seite des Gangs saß.

»Ja, stimmt«, erwiderte Joss, der nicht pedantisch sein wollte. Der überhaupt nicht reden wollte. Er saß ruhig da und schaute aus dem Fenster, nahm die feuchten grauen Londoner Bürgersteige in sich auf. Die Frau neben ihm war in die schlaffen Seiten der neuesten Ausgabe von *Big Issue* vertieft und machte mit einem dicken Filzschreiber Kreise um in Frage kommende möblierte Zimmer. Scheinbar eine Ewigkeit lang konzentrierte Joss sich auf die Regentropfen, die draußen auf die schwarzen Schirme niederprasselten.

Dann drängte sich aufgeregt eine andere Gruppe, Japaner diesmal, in den Bus. Wasser tropfte von der Überfülle bunter Gore-Tex-Regenkleidung. Eine große Provianttasche, unsicher auf einem jungen Rücken schwankend, streifte Joss' Gesicht und lagerte eine frische Schicht Regen auf seiner Haut ab. Der Taschenträger, der weiter den Gang entlangtrottete, während verschiedene Passagiere gezwungen waren, den Tragegurten und lose herabhängenden Laschen des unberechenbaren Gepäckstücks auszuweichen, war sich des Problems offensichtlich nicht bewußt.

Als Joss sich das Gesicht mit einem Papiertaschentuch abwischte, das er aus seiner Tasche gefischt hatte, sah er, wie sie ihn beobachtete. Das war das zweite Mal, daß ihre Blicke aufeinanderprallten. Schon an der Bushaltestelle waren ihm ihr gemessener Gang aufgefallen und ihre trotz des langen braunen Wachsmantels, den sie zum Schutz vor der Witterung eng zugeknöpft trug, geschmeidigen Bewegungen.

Sie war mindestens einsachtzig. Strähnen unmöglich blonder, aber eindeutig natürlicher Haare guckten unter einem seltsam unpassenden grünen Jeanshut hervor, der mit einem stilisierten gelben Gänseblümchen geschmückt war. Joss überprüfte es noch einmal, geschützt von dem zerfetzten Papiertaschentuch. Nein, es stimmte, sie konnte ihre königlich blauen Augen nicht von ihm abwenden. Er veränderte leicht seine Position und tat so, als wäre er momentan abgelenkt, weil er etwas in seiner Tasche suchen mußte. Dennoch folgten ihre Augen jeder seiner Bewegungen, wie die von Mona Lisa.

Joss spürte, wie sich langsam eine Beklemmung in seinem Magen aufbaute. Es war wie die flaue, mulmige Erwartung vor der ersten Talfahrt auf der Achterbahn. Es gelang ihm nicht ganz, die Sache in den Griff zu bekommen, aber als er plötzlich zu ihr aufblickte und ihr noch einmal in die Augen sah, war es fast, als würde irgendwo etwas in ihm erwachen. Alle Spuren seiner langerwarteten Wiederbegegnung mit Greta waren vorübergehend verschwunden. Etwas regte sich in ihm, was sich so lange nicht gerührt hatte, daß er das natürliche Hochgefühl vergessen hatte, das dadurch ausgelöst wurde.

Der Bus näherte sich der Haltestelle Dover Street gegenüber dem Ritz, und Joss geriet in Panik. Sollte er in dem Versuch, diese keimende Romanze voranzutreiben, unnötigerweise im Bus sitzen bleiben, oder sollte er die Sache einfach vergessen? Normalerweise schlug er letzteren Kurs ein. Mit einer schnellen Bewegung erhob er sich von seinem Sitz, hängte sich sein Gepäck über die linke Schulter und strebte auf die Türen und den Regen zu.

Solltest du bleiben, Joss?
Oder sollst du gehen?

Er wollte gerade aussteigen, als ihn ein letzter Impuls bewog, einen Blick über die Schulter zurückzuwerfen. Er drehte sich zu schnell um, da er vorübergehend seinen Rucksack vergessen hatte, und stieß augenblicklich mit etwas zusammen. Er hörte jemanden leicht nach Luft schnappen und sah etwas zu Boden fallen, ein Aufblitzen von Grün. Er bückte sich, um den Hut wieder aufzuheben, und kam rasch wieder hoch. Er wollte den Mund aufmachen, um etwas zu sagen, aber da stand sie, wenige Zentimeter von seinem Gesicht entfernt, mit einem herausfordernden, aber ziemlich schüchternen kleinen Grinsen auf den vollen Lippen. Das ließ sie sogar noch schöner aussehen.

»Es tut mir schrecklich leid«, stieß er hervor, als er ihr den Gänseblümchenhut zurückgab.

»Macht nichts.« Sie hatte einen singenden skandinavischen Tonfall in der Stimme, die fast so tief war wie seine eigene. In dem kurzen Schweigen, das folgte, wurde das Grinsen zu einem Lächeln, das vollkommen ebenmäßige Zähne enthüllte, die sich weißschimmernd gegen die leicht gebräunte Haut abhoben. Schließlich wies sie mit dem Kopf über seine Schulter hinweg, aber er stand einfach still da, träumerisch verloren in ihrem Lächeln.

»Entschuldigen Sie, aber ich glaube, der Bus wartet«, drängte sie und nickte erneut.

»Schei... äh, ja... ich meine... tut mir leid... natürlich, der Bus... ja.« Hastig machte er sich davon, den Gang entlang, und entschuldigte sich bei jedermann, während sie folgte. Die Studenten, die sich auf dem Trittbrett versammelt hatten, kicherten, als es ihm schließlich gelang, aus dem Bus auszusteigen, nicht ohne sich vorher in einem Kleiderbügel zu verheddern, der achtlos aus dem für Papier bestimmten Abfalleimer hervorragte. Die oberste Tasche seines Rucksacks riß auf, und eine Kaskade von Socken und Unterwäsche fiel auf den nassen Bürgersteig.

Der Regen trommelte noch heftiger herunter, während er verzweifelt versuchte, seine Würde wiederzufinden. Er fragte sich, was um alles in der Welt er als nächstes sagen sollte, als sie ihm seine mit Bart Simpson bedruckten Lieblingsboxershorts reichte.

»Zumindest sind sie sauber«, brachte er vor.

»Ich bin entzückt, das zu hören«, erwiderte sie und griff nach einem verirrten Baumwolltaschentuch. »Passiert es Ihnen oft, daß Sie in öffentlichen Verkehrsmitteln die Kontrolle verlieren?«

»Also, das ist unfair.«

»Finden Sie?«

»Aber ja. Schließlich stoße ich nicht jeden Tag im 44er Bus mit schönen Sirenen zusammen«, sagte er. Er wußte genau, wie billig sich das anhörte, aber er baute darauf, daß ihre kontinentaleuropäische Naivität sie sich geschmeichelt fühlen lassen würde.

»43«, sagte sie schlicht, ohne eine Miene zu verziehen.

»Was?«

»Der Bus. Es ist der 43er.«

»Oh, stimmt.«

»Aber trotzdem vielen Dank für das Kompliment. Es tut mir leid, daß ich Sie in Verlegenheit gebracht habe.«

»Aber überhaupt nicht. Es würde mich allerdings in Verlegenheit bringen, wenn ich Sie zu einem Drink einladen würde und Sie nein sagten.« Joss trieb die Angelegenheit jetzt energisch voran. Alle Einwände kümmerten ihn nicht mehr. Greta hatte ihren Mark und ihren Beruf. Ihr Miss Jean Brodie-Benehmen hatte jede gemeinsame Zukunft so gut wie ausgeschlossen. Oder rationalisierte er, um sein Verlangen nach der Unbekannten zu rechtfertigen?

»Natürlich werde ich«, sagte sie.

»Ich fass' es nicht.«

»Wie bitte?«

»Entschuldigen Sie, aber haben Sie gerade ja gesagt?«

»Ja.«

»Was? Ich kann es nicht glauben. Sie erklären sich bereit, etwas mit einem Fremden zu trinken, den Sie gerade im Bus kennengelernt haben. Meine Großmutter hat mich vor Frauen wie Ihnen gewarnt.«

»Und mein Großvater hat mich vor Männern wie Ihnen gewarnt.«

»Was hat er gesagt?«

Joss lächelte, während er sich den Rucksack über die Schulter warf.

»Er sagte, such dir immer einen Mann mit sauberer Unterwäsche aus.«

»Touché«, lachte Joss. »Klingt so, als sei er in Ordnung.«

»Das war er. Er starb an Durchfall in einem philippinischen Bordell.«

Joss brach in Lachen aus. »Ich bin Joss«, sagte er und streckte ihr die Hand hin. »Es ist immer ein Vergnügen, jemanden mit einer ebenso großen Klappe zu treffen. Ich könnte etwas Aufmunterung gebrauchen. Sie ahnen ja nicht, was für einen Tag ich hinter mir habe.«

»Ich glaube, ich kann es erraten«, erwiderte sie, nahm seine Hand und hielt sie sanft fest. Wieder konnte Joss diese Regungen fühlen, als sie ihn unter der Krempe ihres durchweichten Huts hervor anlächelte. »Monica«, sagte sie besänftigend.

»Ehrlich, Monica, versuchen Sie es erst gar nicht. Sie würden ausrasten.«

»Gut. Wo gehen wir hin?«

»Wieviel Zeit haben Sie?«

»Alle Zeit der Welt. Ich bin auf Reisen, aber im Augenblick wohne ich bei Freunden in Earl's Court.«

Joss zerrte an ihrer Hand, ein Signal dafür, durch eine Lücke im Verkehr auf die andere Straßenseite zu wechseln.

»Okay, großartig, gehen wir in mein Hotel.«

»Sie haben's aber eilig, Joss.«

»So habe ich es nicht gemeint.« Er wurde rot.

»Ich auch nicht«, entgegnete sie. »Ich meinte, über die Straße zu kommen.«

»Oh, tut mir leid«, sagte er und errötete noch tiefer. Sie traten unter die mit einem grünen Baldachin überdachten Ritz-Arkaden und gingen am Vordereingang des Kasinos vorbei.

»Sie entschuldigen sich zu oft. Ich habe Sie nur geneckt. Wo ist denn Ihr Hotel überhaupt?«

»Direkt hier.«

»Wo?«

»Hier«, erwiderte er und wies mit einer schwungvollen, theatralischen Handbewegung auf den prächtigen Bogengang, der in die elegante Hotelhalle des Ritz führte.

»Wohl kaum«, sagte sie entschieden.

»Großes Pfadfinderehrenwort«, sagte er und legte die Hand aufs Herz.

Sie sah ihn zweifelnd an und zuckte dann resigniert mit den Schultern. »Wer A sagt, muß auch B sagen.«

Der Portier in grüner Livree hielt ihnen pflichtbewußt die Tür auf, mit einem verächtlichen Blick, den er ausschließlich für jene reservierte, die seiner Ansicht nach die Privilegien nicht verdienten, die ihnen in die Wiege gelegt worden waren. Joss zwinkerte ihm frech zu, als sie zur Rezeption gingen. Onkel Niall hatte zu seinem Wort gestanden und das Zimmer für ihn reserviert, und nachdem Joss sich angemeldet hatte, gingen sie in die Bar.

Der Kir royal schmeckte wunderbar, und Monica war sogar noch attraktiver, als er zunächst gedacht hatte. Sie saßen am Fenster, blickten auf die Passanten hinunter, redeten über Reisen und tauschten Geschichten aus.

Wie alle Skandinavier legte sie großen Wert auf den Tastsinn und unterstrich ihre Worte gern, indem sie Joss die Knie oder die Hüfte streichelte. Erst nach einer Stunde oder so gelang es Joss, sich allmählich zu entspannen. Aber ihm entging nicht, daß jeder Körperkontakt länger dauerte und suchender war als der letzte. Ihre Fingernägel zwickten seine harten Armmuskeln und verweilten auf seinen Unterarmen und Händen.

Nach einigen Stunden störte sie ein perfekt manikürter Hotelpage und teilte Joss mit, daß an der Rezeption ein Anruf für ihn entgegengenommen worden sei. Joss entschuldigte sich und folgte dem Jungen durch die Marmorhalle, wo er zu einer mit Samt ausgeschlagenen Telefonzelle zur Linken der Aufzüge verwiesen wurde.

»Hallo, Joss Lane am Apparat.«

»Hallo, Joss, hier ist Niall. Hör zu, ich habe ein bißchen herumtelefoniert. Ich glaube, wir können die Sache in Gang bringen.«

»Großartig, ziehen wir's durch.«

»Moment, erzähl mir erst, wie es bei Gericht gelaufen ist.«

»Ich habe Greta gesehen.«

»Und?«

»Nichts und.«

»Hör schon auf damit, Joss. Du redest mit einem Mitglied der Familie.«

»Wir hatten kaum Gelegenheit, uns zu unterhalten, sie hatte ziemlich viel um die Ohren. Außerdem habe ich den Eindruck, daß wir vor so langer Zeit verschiedene Wege eingeschlagen haben, daß kein Weg zurückführt«, sagte er mit gezwungener Nonchalance.

»Tut mir leid, das zu hören, Joss. Ich weiß, daß sie dir viel bedeutet hat, aber, wie du schon sagtest, du hast eine ganze Menge wiedergutzumachen. Jetzt hör mal zu: Ich habe gute Neuigkeiten. Ich warte noch auf einen Rückruf, vielleicht kommt er heute ganz spät, wahrscheinlicher aber erst morgen früh. Ich kann dir nicht garantieren, daß du Callum zu sehen bekommst, aber sie werden ihm mitteilen, daß du zurück bist.«

»Nach dem, was ich bei Gericht gehört habe, geben diese Leute keine Garantien, sie nehmen sie. Und alles andere, was sie in die Finger bekommen können: Versicherungspolicen, Bankkonten, Kinder, Mütter, Väter, Elternhäuser und, und, und. Es gibt jede Menge sehr zorniger Leute da draußen, die bereit sind, das zu bezeugen.«

»Ich kann nur die Informationen weitergeben, die ich bekommen habe, Joss. Erschieß nicht den Boten, mein Junge.«

»Ja, okay, tut mir leid, Niall. Ich steh' einfach ziemlich unter Strom.«

»Ist schon gut. Unternimm nichts, bis du von mir hörst.«

»Danke, Onkel Niall, danke für alles.«

»Dank mir lieber erst, wenn es vorbei ist, Joss. Wie ist die Unterkunft denn so?«

»Ganz okay«, lachte er.

»Undankbarer Bengel. Hör zu, entspann dich, geh aus und amüsier dich, und morgen melde ich mich, so Gott will.«

»Ob der will, interessiert mich im Augenblick eigentlich nicht so sehr.«

»Und was soll das bitte bedeuten?«

»Spielt keine Rolle, Onkel Niall. Wir sehen uns morgen.« Joss legte den Hörer wieder auf die Gabel, und zum ersten Mal seit seiner Rückkehr nach England spürte er das warme Leuchten der Hoffnung.

Als er durch die Hotelhalle zur Bar zurückkehrte, machte sich eine andere warme Hoffnung in ihm breit, aber sie verschwand schnell wieder, als er sah, daß Monica nicht mehr da saß, wo er sie verlassen hatte. Er ließ sich auf den leeren Stuhl sinken und starrte unglücklich auf die Spuren ihres pfirsichfarbenen Lippenstifts am Rand der Champagnerflöte aus Kristall. Da bemerkte er das eine Wort, das mit demselben Lippenstift auf die Serviette unter seinem Glas geschrieben war.

Da stand schlicht: »Badezeit!«

Seine Hoffnungen kehrten schlagartig zurück, als ihm klar wurde, daß Monica nicht das einzige war, was fehlte. Sein Zimmerschlüssel war ebenfalls verschwunden.

Sie hatte die Tür geschickt mit einem dazwischengeklemmten Papiertaschentuch offengehalten, das das Schnappschloß nicht einrasten ließ. Als er das Zimmer betrat, konnte er den leisen Widerhall von Badewasser hören, das sanft auf der anderen

Seite des Zimmers plätscherte. Er entfernte das Papiertaschentuch und hängte das »Bitte nicht stören«-Schild sorgfältig über die Klinke.

Sie lächelte ihn an, als er die Badezimmertür aufschob und vor ihr stand. Ihre festen, birnenförmigen Brüste ragten stolz aus dem Schaum hervor, die Brustwarzen aufgerichtet von der fiebrigen Hitze der Erregung. Sie war in jeder Weise vollkommen: Die wellenförmige Kurve ihres festen Bauchs und die sanfte Wölbung ihrer langen Schenkel wurden durch die Brechung des Wassers betont.

Bald fühlte er den Ansturm des Blutes in seinen Lenden, als er durch das Wasser hinunterlangte und ihre Unterschenkel streichelte. Sie legte den Kopf auf das Handtuch, das sie auf den Badewannenrand plaziert hatte, schloß die Augen und öffnete leicht die Schenkel, als er sanft gegen ihre weichste Stelle preßte. Seine Finger erkundeten die heiße Höhle in ihr, und sie stöhnte.

»Ich will dich, Joss«, flüsterte sie, während sie mit ihren langen, schmalen Fingern seinen Nacken streichelte. Er beugte sich hinunter, um sie zu küssen. Ihre Lippen empfingen die seinen, und er konnte die Überreste ihres aromatischen Lippenstifts schmecken, was in ihm den Wunsch erweckte, jeden Zentimeter von ihr zu verzehren.

Seine Augen verließen nie ihr Gesicht, während er sich auszog, ohne eine Spur der Ungeschicklichkeit, die er zuvor an den Tag gelegt hatte, und bald kniete er zwischen ihren Beinen, bereit, zwanzig langen Monaten des Zölibats ein Ende zu setzen.

Der erste Stoß ließ ihn higher werden, als er je zuvor gewesen war, und sie wand sich unter ihm, um jeden Zentimeter von ihm in ihren Körper aufzunehmen. Bald ließ sein Rhythmus Wasserfluten auf den Fußboden schwappen, aber das kümmerte sie beide nicht.

Fünf Minuten später blieb das erste Klopfen an der Tür unbeachtet, während sie sich auf dem Boden des Badeszimmers herumwälzten.

Öffne Türen, Joss, verschließe sie nicht.

Sie flehte ihn an, das zweite Klopfen zu ignorieren, aber er konnte es nicht, und ungeschickt löste er sich aus ihrer engen Umklammerung. Auf dem Weg zur Tür hüllte er sich in einen dicken weißen Flanellbademantel, der im Schrank hing.

»Schon gut, schon gut«, brüllte er, als er die Tür erreichte, gerade als ein drittes Klopfen den Türrahmen vibrieren ließ. »Was soll die Eile?«

Er öffnete die Tür und stand dem regengesprenkelten Rückenteil eines Burberry-Trenchcoats gegenüber, der sich nach vorn beugte. Er sah die Akten in der Aktenmappe, bevor er sie sah.

»Ich habe dir das hier gebracht«, sagte Greta und wies auf die Aktenmappe.

Greta.

Verdammt.

Und was nun, Joss?

«Äh, Greta, hallo, ich hatte dich nicht so bald erwartet«, sagte er hastig und schloß die Tür zum Inneren der Suite.

»Offensichtlich«, entgegnete sie beißend und blickte zu der Stelle, wo seine beharrliche Erektion gegen den luxuriösen Bademantel preßte. Ein kühles Stirnrunzeln huschte über ihre Stirn. »Du hast ziemlich verzweifelt gewirkt, also bin ich in die Kanzlei zurückgegangen, um die Unterlagen zu holen.« Sie zögerte, ihr Gesicht lief rot an, und dann riß etwas entzwei.

»Du hast meine verdammte Welt in Stücke gehackt, und dann kommst du angetanzt wie so ein herumwirbelnder Derwisch und sagst, daß es dir leid tut. Dafür ist es ein kleines bißchen zu spät, findest du nicht?« Sie blickte ihm so fest ins Auge, wie es nur bei vollkommener Ehrlichkeit möglich ist.

»Warum bist du dann hier?« konterte er schnell, wünschte aber, er hätte es nicht getan.

»Niall hat mich angerufen und mir erzählt, wie mitleiderregend du warst, und damit hatte er absolut recht.«

Im Zimmer hinter ihm stöhnte Monica laut und flüsterte: »Komm und fick mich, Joss.«

»Du Schwein«, zischte Greta und reichte ihm die Unterlagen. »Die liest du besser, wenn du Callum zurückhaben willst. Obwohl ich doch sehr bezweifle, daß er mit einer Schlange wie dir besser dran wäre.«

Sie wandte sich von ihm ab, als Monica in der Tür erschien.

»Greta, warte, ich kann das erklären.«

Nein, kannst du nicht, Joss.

Nein, kannst du nicht.

Und Joss Lane wußte, daß ein beständiges helles Licht in seinem Leben für immer ausgelöscht worden war.

Kapitel zehn

Mark wartete an der Bar des Chester's, als Greta eine halbe Stunde zu spät ins Restaurant kam. Er konnte an ihrem Gesicht sehen, daß etwas nicht stimmte. Sie warf ihren Trenchcoat auf den ausgestreckten Arm des Kellners und ließ sich auf den Sitz neben Mark niedersinken.

»Alles in Ordnung mit dir?« fragte er ruhig.

»Natürlich ist alles in Ordnung. Ich habe nur das Wetter draußen satt. Es hat eine Ewigkeit gedauert, bis ich ein Taxi erwischt habe, und ich bin völlig durchnäßt.« Greta lächelte, blickte ihm aber nicht in die Augen. Sie wirkte erhitzt und strich sich unnötigerweise die Kleidung glatt.

»Bist du sicher, Greta? Wenn du dich nicht wohl fühlst, verstehe ich das. Du hattest eine Menge Arbeit, und glaub nur nicht, daß ich nicht dankbar dafür bin.«

»Ach, laß mich in Frieden, Mark. Habe ich mich jemals vor zuviel Arbeit gefürchtet?« brauste sie auf und warf ihm einen bösen Blick zu.

»Immer mit der Ruhe, Greta, und erzähl mir, was los ist, bitte.« Er konnte sehen, daß ihre Augen naß und gerötet waren.

»Das ist einfach typisch Mann: ›Wenn dir die Arbeit zuviel wird, Schätzchen‹«, äffte sie ihn sarkastisch nach, offensichtlich nicht in der Stimmung, sich abzuregen. »Die Arbeit ist nicht das Problem, Mark, sondern der Umstand, daß ich den ganzen Tag mit deinen verdammten Stimmungsschwankungen konfrontiert werde. Das ist es, was mir so auf die Nerven geht. Es ist nicht gerade leicht, dich ständig wieder aufrichten zu müssen, weißt du.«

»He, es tut mir leid. Beruhigen wir uns. Dieser Fall ist pures Gift, ich weiß. Ich hätte dich nie fragen sollen, ob du mir hilfst:

Es war mir nicht klar, daß es dich so mitnehmen würde.« Er machte sich mittlerweile ernsthaft Sorgen. So hatte er sie noch nie erlebt. Irgend etwas hatte sie tief getroffen.

»Vergiß es einfach, Mark«, erwiderte sie. Ihr wurde klar, daß das Paar, das ihnen gegenüber an der Bar saß, ihren Ausbruch mitbekommen hatte und sich jetzt vernünftigerweise hinter der riesigen Speisekarte versteckte, die sie gemeinsam studierten.

»Nein, ich meine es ernst. Ich muß in den letzten Tagen ein bißchen schwierig gewesen sein. Du hast absolut recht. Ich verspreche, daß ich morgen die Ruhe selbst sein werde.« Er hob die Hände und lächelte sie an.

»Nein, es tut mir leid, es war überhaupt nicht deine Schuld, es ist etwas ganz anderes. Vergiß einfach, daß ich irgendwas gesagt habe, und bestell mir etwas zu trinken.«

Er winkte dem Weinkellner und bestellte eine Flasche Weißwein, bevor er sich wieder Greta zuwandte. »Männerprobleme, wette ich«, drang er tapfer in sie. In der ganzen Zeit, die sie sich jetzt seine Probleme anhörte, hatte er niemals gewagt, sie nach ihrem Privatleben auszufragen. Und von selbst hatte sie nie was erzählt.

»Kümmer dich um deine eigenen Angelegenheiten«, sagte sie, aber er merkte, daß sie es nicht wirklich so meinte.

»Du bist meine Angelegenheit«, forderte er sie mit einem unschuldigen Blick heraus und wartete darauf, daß sie entweder den Köder schluckte oder aufstehen und gehen würde.

»Männerprobleme«, lachte sie resigniert. »Oder vielmehr Jungsprobleme. Aber was läßt dich auch nur eine Sekunde lang annehmen, daß ich dir die Geheimnisse meines Liebeslebens anvertrauen würde?«

»Oh, ich weiß nicht. Ich habe dir schließlich oft genug meine anvertraut. Geteiltes Leid ist halbes Leid und so.«

»Ja, aber deine Hälfte ist total dysfunktional.« Sie lachte.

»Probier's aus. Ehrlich, ich war in diesen Dingen ziemlich gut, bevor ich geheiratet habe.«

»Es ist eher eine Saga als eine Kurzgeschichte.«

»Ich bin Experte für Sagas. Du bist nicht die einzige, die Jilly Cooper gelesen hat, weißt du.«

»Ein andermal vielleicht«, sagte sie und griff nach der Speisekarte.

»Wie du meinst«, sagte er traurig.

»Guck nicht so, Mark.«

»Wie denn?«

»Wie ein kleines Hündchen. Es steht dir nicht.«

»Hat sonst immer geklappt.«

»Diesmal nicht. Jedenfalls, es ist sowieso endgültig vorbei.«

»Wo habe ich das nur schon mal gehört?« grübelte er und nahm betont die Pose des Denkers ein.

»Ich dachte, zwischen uns wäre wirklich etwas gewesen«, gab sie nach, »aber wahrscheinlich war es falsch von mir, an der Vergangenheit festzuhalten.«

»Tut das nicht jeder – denken, daß da wirklich etwas ist, meine ich?«

»Wahrscheinlich, aber zumindest wird es irgendwann im Laufe der Beziehung beiden klar. Der Typ ist irgendwie nie erwachsen geworden, jedenfalls nicht im selben Tempo wie ich.«

»Wer ist der Junge, Peter Pan?«

»Es spielt keine Rolle; halt nur so ein Typ«, lachte sie. Sie fühlte sich ein bißchen besser, wollte Mark aber trotzdem nicht die ganze Geschichte ihrer Beziehung zu Joss erzählen.

»Es klingt, als wäre er mehr als das, Greta. Du hast nie jemanden erwähnt: Ich dachte, du wärst, na ja...«

»Eine Nonne, eine Lesbe, oder was?«

»Nein, ich meine, du bist nicht der Typ, der je Probleme mit Männern haben könnte. Ich kann mir nicht vorstellen, daß jemand blöd genug wäre, dich mies zu behandeln.«

»Danke, Mark, aber so funktioniert das nicht. Das schlimmste ist, daß ich dachte, der Typ könnte uns helfen. Ich war es, die blöd war: Ich hätte ihm nie schreiben sollen.«

»Was meinst du damit? Wieso sollte er uns helfen können?«

»Ich weiß nicht, wahrscheinlich denkst du, ich rede Blödsinn.«

»Nein, mach weiter, bitte.«

»Es war etwas, das Rose Moody in ihrer schriftlichen Zeugenaussage erwähnt hat. Es ist wahrscheinlich nichts.«

»Woran denkst du, Greta?«

»Rose sagte, sie hätte in diesem Schulungszentrum die Verwaltungsbüros geputzt. Eine ihrer Aufgaben war es, stundenlang mit einer winzigen Bürste die Computertastaturen abzustauben. Sie sagte, sie hätten jede Menge Computer gehabt, und dazu braucht man echt Geld.«

»Und?« fragte Mark, als der Kellner mit dem Wein zurückkehrte.

»Das brachte mich dazu, über die Finanztransaktionen der Millennium-Kirche nachzudenken. Das ist eine große Organisation, von der wir da reden, mit schwer zu durchschauenden Organisationsstrukturen, und wie es klingt, haben sie jede Menge IT-Hardware, um sich darum zu kümmern. Also habe ich vor ungefähr einem Monat angefangen, mir die veröffentlichten Bilanzen anzusehen. Ich dachte mir, zumindest könnten wir Rivers' Glaubwürdigkeit untergraben, wenn da irgendein Schmu mit dem Finanzamt abläuft.«

»Aber du hast nichts gefunden, stimmt's?«

»Nein, aber das ist eine globale gemeinnützige Körperschaft, Mark, die haben Gelder überall. Es würde Jahre dauern, deren Finanzen zu entwirren, besonders, wenn jemand wie Callum Lane den Laden schmeißt.«

»Wer?«

»Callum Lane. Das ist der Typ, den ich getroffen habe, als ich an diesem verrückten Einführungswochenende teilgenommen habe. Ich habe dir von ihm erzählt, erinnerst du dich? Der Vater von einem meiner Freunde«, half sie seinem Gedächtnis auf die Sprünge.

»Ja, ich erinnere mich. Was ist mit ihm?«

»Der Mann ist ein Genie, wenn es um Zahlen geht, glaub mir. Das Merkwürdige ist, als ich ihn traf, war er vollkommen ausgebrannt. Seine Frau war bei einem Unfall gestorben, und danach hat er sich vollkommen der Millennium-Kirche verschrieben. Er war erfüllt von Rivers' Vision der Zukunft und interessierte sich keinen Deut mehr für die Außenwelt. Das zumindest hat er mir erzählt. Es fiel mir schwer, das zu glauben, aber wie du weißt, bin ich nicht lange genug geblieben, um mich der Gesellschaft anzuschließen. Jedenfalls, sein Name taucht überall in den Bilanzen auf, und ich dachte, vielleicht könnten wir irgendwie an Informationen herankommen, die uns helfen würden.«

»Und wie?«

»Durch seinen Sohn.«

»Ist das der Typ, der dir Probleme macht?«

»Er ist kein Problem mehr für mich«, sagte sie entschieden. »Jedenfalls, laß es uns einfach vergessen. Wie ich schon sagte, es ist vorbei, und er kann uns nicht helfen. Es war blöd von mir, das anzunehmen.«

»Wie du meinst.« Mason wußte, daß sie sich nicht weiter bedrängen lassen würde. Plötzlich fühlte er eine gewaltige Aufwallung von Empörung darüber, daß irgend jemand sie so sehr verletzen konnte. Ein Gefühl, von dem er seiner Frau besser nichts erzählte. Aus dem Augenwinkel warf er einen Blick auf Greta. Sie tat so, als studiere sie die Speisekarte, aber in Wirklichkeit war sie meilenweit entfernt, an einem Ort, den er nur erraten konnte.

»Wollen wir bestellen?« fragte er sanft.

Zwanzig Minuten später spielte sie mit ihrem pochierten Lachs herum und berichtete ihm von den Ergebnissen ihrer Nachforschungen. Sie hatte die Akten durchgesehen, die das zuständige Jugendamt über die Familie Moody angelegt hatte.

»Es gibt einen Stapel vertraulicher Fallbewertungen, die ungefähr zwei Wochen bevor sie ihr Elternhaus verlassen hat, erstellt wurden. Offenbar war das Jugendamt von ihrer Schule informiert worden, nachdem Rose längere Zeit die Schule geschwänzt hatte.«

»Wurde Geoff denn nicht auf das Problem aufmerksam gemacht?«

»Wie er im Zeugenstand sagte, war er zu der Zeit nicht allzuoft zu Hause. Die Briefe, in denen er zu einem Gespräch mit ihren Lehrern eingeladen wurde, wurden an seine Privatadresse geschickt, nicht ins Geschäft. Rose muß sie abgefangen haben, aber es war nur eine Frage der Zeit, bis alles auffliegen würde.«

»Und folglich ist sie weggelaufen«, schloß er und stieß einen langen Seufzer aus.

»Das zumindest wird die Verteidigung behaupten.«

Greta hatte recht. Verdammter Geoff Moody. Warum hatte er all das nicht vorher erläutert? Zumindest hätte Mark bei der ersten Zeugenvernehmung fundamentale Vorarbeiten leisten können, aber wie die Dinge standen, würde Geoff im Zeugenstand wieder Dresche beziehen, wenn das Gericht morgen erneut zusammentrat.

Kapitel elf

Seine Augen fühlten sich an wie zugeschweißt. Dicker Schlaf klebte seine Lider zusammen. Joss rieb sich das Zeug aus den Augen und verengte seinen Sichtbereich auf die andere Hälfte des Betts. Monica war schon verschwunden gewesen, als er zurückkehrte, nachdem er Greta durch das ganze Hotel nachgejagt war. Es war wild und wunderbar gewesen, frei und bedeutungslos auf bedeutungsvolle Art. Junkies gaben sich selten mit Sex ab. Heroin, Sgäg, war für sie der bedeutsame Andere, dem sie leidenschaftlich zugetan waren, und dieser Andere duldete keine zwanglosen Tändeleien mit geringeren Zerstreuungen. Es war ein gutes Gefühl, dachte Joss, diese langjährige Affäre beendet zu haben. Die Welt mochte einiges von ihrer herrlichen, chemisch erzeugten Farbe verloren haben, aber die blasseren Schattierungen wurden durch ihre Ehrlichkeit annehmbarer gemacht.

Wie konntest du das tun, Joss?
Wie konntest du das ausgerechnet Greta antun?
Nur zu, erklär es.

Die Stimme knisterte in seinem Kopf wie ein entferntes Radiosignal. Deutlich konnte er die knappe, schneidige Sprechweise von Dr. Klammer ausmachen.

»Sie stellen Ihre eigenen Handlungen nie in Frage, Joss. Sie müssen lernen, auf Ihre rationale innere Stimme zu hören. Wenn Sie die Klinik verlassen, wird diese Stimme Sie durch die stürmische See leiten, die vor Ihnen liegt.«

Er drehte sich um und vergrub den Kopf in seinem Kissen. Als er aufblickte, sah er, daß die Unterlagen, die sie ihm gegeben hatte, auf dem Toilettentisch lagen. Plötzlich wurde ihm eins klar: Was immer sie sonst noch sein mochten, sie waren ein Weg zurück zu Greta.

Er gähnte seine befriedigte Müdigkeit weg und schob das Federbett zur Seite. Ohne den übrigbleibenden Stapel zu verrücken, langte er nach der obersten Akte und ging in das marmorverkleidete Badezimmer. Er drehte die Hähne der Badewanne voll auf, setzte sich auf den Hocker und versuchte, die Augen von dem Haufen durchweichter Handtücher in der Ecke abzuwenden, der einzigen Spur, die von Monica, der Walküre, zurückgeblieben war. Er schlug den Aktenordner auf und begann zu lesen. Auf dem Deckel stand »Radikale religiöse Gemeinschaften«.

Es handelte sich um eine detaillierte Studie der Geschichte des Sektenwesens. Die Studie nannte drei zentrale Merkmale: Zerstörung bestehender sozialer Kontakte, totalitäre Einbindung der Mitglieder und das »Führerprinzip«. In den Nachrichten hatte Joss, wie jeder andere junge Mensch, den Horror von Jamestown verfolgt, die Giftgas-Anschläge der Aum-Sekte in Japan, die Berichterstattung über den geistesgestörten, mörderischen David Koresh, aber über die Logistik einer vollständigen Beherrschung des Willens anderer hatte er noch nie nachgedacht. Dazu gehörten Intelligenz und echte Willenskraft. Die verdrehten Lehren der Sektenführer, die so lachhaft wirkten, wenn man sich als Unbeteiligter über die Leichtgläubigkeit anderer mokierte, waren für ihre Anhänger so lebensnotwendig wie Essen und Trinken, so wesentlich, daß sie für sie töten und sterben würden. In so etwas also war Callum hineingeraten.

Ein anderer Aktenordner enthielt herzzerreißende Zeitungsausschnitte über Eltern, die ihre vermißten Kinder anflehen, wieder nach Hause zu kommen oder sich zumindest bei ihnen zu melden. Die vergilbten, grobkörnigen Schwarzweiß-Fotografien waren trauriges Zeugnis ihres anhaltenden Verlustes. Joss spürte ihren eindringlichen Sog. Das Leben dieser Menschen war durch eine Sekte der einen oder anderen Art zerstört worden, wie das vieler anderer. Als sich die chronologische Aufstellung der Gegenwart näherte, nahm die Millennium-Kirche eine vorherrschende Rolle in der Berichterstattung ein. Joss sah, wie die Zahl der Vermißten bis auf die gegenwärtigen 32 anstieg, während die betroffenen Familien sich zusammenschlossen und eine Interessengruppe gründeten, die allerdings keine wirklichen Druckmittel in der Hand hatte.

Im Zentrum ihres kollektiven Abscheus stand der rätselhafte P. J. Rivers: Perry John, der Sohn des Täufers. In knapp fünfzehn Jahren hatte er ein Glaubensimperium aufgebaut, das sich über die ganze Welt erstreckte. Filmstars, Musiker und nüchterne Geschäftsleute versammelten sich in Scharen unter seinem Weltuntergangs-Banner und mit ihnen ihre eigenen Bewunderer, bis die Schatzkammern gefüllt waren und die Kirchenbänke vollgestopft mit Gläubigen. Die Journalisten, die Rivers interviewt hatten, erwähnten alle die gelassene, faszinierende Art des Kirchenführers. Ein namhafter Fleet Street-Zeitungsschreiber, der stets betrunkene Bill Botcheby, hatte dem Alkohol abgeschworen, um sich ganz den Zielen der Sekte zu widmen.

Zwei Stunden später, als Joss gerade nach dem letzten Aktenordner langte, entdeckte er die Nachricht, die darunter lag. Er griff danach.

»*Danke, Joss, es hat tierisch Spaß gemacht. Ich hoffe, Du kommst dir jetzt nicht billig vor, aber einige meiner Freunde meinten, Du bräuchtest Trost. Es sind Vorkehrungen getroffen worden, Dich zu Deinem Vater zu bringen. Um zwölf wartet ein Wagen vor dem Hotel.*«

Gezeichnet Monica.

Das war ein harter Schlag. Das hinterfotzige Luder wußte offenbar genau, wer er war. Schlimmer noch, sie wußte jetzt weit mehr, als er unter normalen Umständen hätte verlauten lassen. Seine Züge verhärteten sich, und sein Gesichtsausdruck wurde finster, als ihm klar wurde, daß er seine Zukunft mit Greta für eine bloße Venusfliegenfalle aufs Spiel gesetzt hatte.

Eine Venusfliegenfalle, Joss?
Aber warum?

Dann dämmerte es ihm, daß jemand ihn beobachtet haben mußte. Wie sonst hätte Monica ihn auf so praktische Weise zufällig kennenlernen können?

Was nun, Joss?
Und wer hatte ihn beobachtet?

Schnell sah er auf die Uhr: fünf vor zwölf. Er griff nach dem Telefon und bat den Empfang, ihn mit Niall Robertson zu verbinden. Hektisch brachte er die nächsten zwei Minuten damit zu, sein Gepäck wieder in seine Reisetasche zu stopfen. Er wollte gerade das Zimmer verlassen, als das Telefon klingelte. Niemand in der Kanzlei wußte, wo Niall sich heute vormittag aufhielt, also hinterließ Joss die Nachricht, daß er es später noch einmal versuchen würde. Er legte den Hörer wieder auf und fühlte sich, nicht zum ersten Mal, sehr allein.

Kapitel zwölf

Mason saß im Sitzungssaal und wartete darauf, daß Withnail im Richterstuhl Platz nehmen würde. Greta, die hinter ihm saß, sah heute schon viel munterer aus als gestern abend, aber er wußte, daß sie trotzdem mit den Gedanken woanders war. Beim Kaffee im Ankleidezimmer hatte sie nicht viel gesagt und keinerlei Interesse an dem Kreuzworträtsel gezeigt, mit dem sie üblicherweise den Tag begann. Mason sah zu den Geschworenen hinüber, die es geflissentlich vermieden, mit irgendwelchen anderen Prozeßbeteiligten Augenkontakt aufzunehmen.

Dadurch, daß Thynne Geoff Moody des sexuellen Mißbrauchs beschuldigt und Roses Darstellung aus der Tasche gezogen hatte, war die Lage auf dem Spielfeld völlig verändert worden. Natürlich hatte Moody stets behauptet, Rose sei von der Kirche genötigt worden, diese Erklärung zu unterschreiben, nachdem die Kirchenführer mitbekommen hätten, daß sie die Sekte verlassen wollte. Sie würde nachher dem Gericht dasselbe sagen, aber die Saat war gesät: Die Geschworenen würden aufgefordert werden, den sexuellen Mißbrauch durch den Vater als Möglichkeit in Erwägung zu ziehen. Thynne hatte es als finstereres Motiv für diese lächerliche Geschichte eingeführt, die nur erfunden war, um eine Entschädigung zu kassieren.

Die Uhr schlug halb elf, und Withnail strebte strammen Schrittes zur Richterbank. Die Morgenzeitungen hatten ausführlich über den Prozeß berichtet, und das in der Öffentlichkeit gezeichnete Bild eines strengen und mitfühlenden Richters, der nur wollte, daß die Wahrheit an den Tag kam, hatte ihn offensichtlich gefreut. Der *Telegraph* hatte ihm das große Lob ausgesprochen, er würde aus dem Prozeß als ein Richter des Volkes hervorgehen. Seine Gattin war sicher froh, daß seine gewohnte finstere Miene verschwunden war. Richter Withnail genoß die Aufmerksamkeit in vollen Zügen, dachte Mason. Der Richter nickte den Schöffen grüßend zu und entschuldigte sich für das abrupte Ende der gestrigen Sitzung. In seiner Ansprache an die Barrister mahnte er sie, wegen der hochgradig brisanten Natur der Anschuldigungen und Gegenanschuldigungen mit Vorsicht vorzugehen. Er erkundigte sich, ob sich die Klägerin und ihr Vater von dem Schock erholt hätten, und forderte Mason sogar auf, sich soviel Zeit wie nötig zu lassen, bevor er Rose in den Zeugenstand rief. Mason beeilte sich, dem Gericht zu versichern, daß es Rose und Geoff gutgehe und er bereit sei, mit der Verhandlung fortzufahren.

»So sei es: Mr. Moody wird erneut aufgerufen.«

Moody, der sich nervös auf die Unterlippe biß, trat gesenkten Hauptes in den Gerichtssaal. Er stieg in den Zeugenstand und griff sofort nach dem Glas Wasser, das vor ihm stand. Thynne wartete ein paar Augenblicke länger als nötig, bevor er Moody daran erinnerte, daß er noch unter Eid stand.

»Also, Mr. Moody, wir waren bei der Frage stehengeblieben, wie Ihre Beziehung zu Ihrer Tochter aussieht, nicht wahr?« Er lächelte dünn.

»Wenn Sie das sagen«, entgegnete Moody mürrisch.

»Vielleicht könnten Sie uns erklären, warum um alles in der Welt Ihre Tochter ein derartiges Dokument unterzeichnen sollte.«

»Wie ich gestern schon sagte, diese Leute haben sie unter Druck gesetzt. Sie haben nach irgendeiner Möglichkeit gesucht, zu verhindern, daß ich mein gesetzliches Sorgerecht wieder wahrnehme. Sie war doch erst fünfzehn, um Himmels willen.«

»Druck, sagen Sie.«

»Ja.«

»Vielleicht sogar Zwang, oder gar Nötigung?« Thynne wollte ihn verwirren und weiter reizen.

»Das sind Ihre Worte, nicht meine, aber ich denke, das trifft es ganz gut.«

»Die Art von Zwang vielleicht, der sie zu Hause ausgesetzt war?«

»Wie ich schon sagte, sie hat nie durch meine Hände gelitten.«

»Sind Sie da ganz sicher, Mr. Moody?«

»Natürlich bin ich das.«

»Waren das gestern nicht Sie, der sagte, Rose hätte schon als Dreizehnjährige, wie haben Sie sich noch mal ausgedrückt, Verpflichtungen gehabt?« Er ließ das Wort nachklingen, als hätte er einen üblen Geschmack im Mund.

»Ich meinte damit, daß sie ihre Hausaufgaben zu machen hatte. Nach dem Tod ihrer Mutter waren nur noch wir beide übrig. Wir mußten uns umeinander kümmern, das ist alles.«

»Aber wenn man die Dinge von einer anderen Warte aus betrachtet, wäre es da nicht möglich, daß sie Ihnen die Gewalt, die Sie über sie hatten, ziemlich übelgenommen hat?«

»Das glaube ich nicht«, brauste Moody auf.

»Aber wieso nicht, Mr. Moody? Ein dreizehnjähriges Mädchen, das hinaus möchte, um die Welt zu entdecken – woran ja nichts Böses ist –, und Sie halsen ihr die ganze Hausarbeit auf, das Putzen und Kochen, und in Ihrem Farbenladen muß sie auch noch aushelfen...«

»Eisenwarengeschäft«, korrigierte er Thynne unnötigerweise. Er war dabei, die Sympathie der Geschworenen zu verlieren, und Mason spürte das. Sie befanden sich auf unsicherem Terrain, und Thynne impfte die Geschworenen mit versteckten Andeutungen, wie Mason es vorhergesagt hatte. Der Verteidiger stellte seine Fragen subtil und geschickt, erlaubte es den Schöffen, selbst ihre Schlüsse zu ziehen, anstatt sie mit der Nase darauf zu stoßen.

»Ja, natürlich, Ihrem Eisenwarengeschäft. Tut mir schrecklich leid. Und Rose hat mitgeholfen, sagen Sie. Auf welche Weise denn?«

»Also, sie hat an Wochenenden und in den Schulferien im Laden gearbeitet, und es hat ihr Spaß gemacht.«

»Sind Sie sich da ganz sicher, Mr. Moody?«

»Ja, das bin ich.«

»Oder ist es nicht vielmehr so, daß Sie von diesem Kind besessen waren und es immer noch sind?«

»Ich liebe mein Kind. Ich bin nicht besessen von ihr, nicht auf die Art, die Sie anzudeuten scheinen.«

»Ich will sagen, daß Rose für Sie nichts anderes war als ein Ersatz für ihre Mutter. Die Ähnlichkeit ist bemerkenswert, soweit ich weiß.« Thynne piesackte ihn weiter und ließ die Geschworenen ihre eigenen Schlüsse ziehen.

»Das ist ja krank, was Sie da andeuten.«

»Richtig. Aber ich deute es aufgrund einer beeidigten Aussage Ihrer Tochter an. Wollen wir die Details durchgehen?«

»Wenn es sein muß, aber das ist alles Blödsinn.«

»Natürlich, Sie sagen, meine Mandanten hätten sich das alles aus den Fingern gesogen und das arme Mädchen bedroht, damit sie es unterzeichnet.«

»Ich glaube meiner Tochter.«

»Ich verstehe. Wenn sie also sagt, daß sie Ihre gewalttätigen eifersüchtigen Wutausbrüche, jedesmal wenn sie ihren Freund mit nach Hause brachte, nicht mehr ertragen konnte, entspricht das der Wahrheit, nicht wahr?«

»Wie ich schon sagte, diese Erklärung ist Blödsinn. Sie verdrehen ja alles.«

»Sie sagt, Sie hätten zu der Zeit angefangen, sie sexuell zu erforschen«, bedrängte Thynne ihn weiter.

»Völliger Quatsch.«

»Tatsächlich, Mr. Moody? Ist es nicht zutreffend, daß Rose zu der Zeit ständig die Schule schwänzte und das Jugendamt bestrebt war, sie zu ihrem Schutz aus der Familie herauszunehmen?«

»So war das nicht.«

»Wie war es dann, Mr. Moody? Erzählen Sie es uns.«

»Ich habe sie vernachlässigt, das gebe ich zu. Sie wollte nur Aufmerksamkeit.«

»Und was hat sie getan?«

»Sie hat bei irgendeinem blöden Kinder- und Jugendnotdienst angerufen und sich irgendeine Geschichte ausgedacht. Die Polizei hat nie irgendwelche Beschuldigungen erhoben; es war alles erfunden.«

»Aber Mr. Moody, einerseits erzählen Sie uns, daß Sie Ihrer Tochter glauben, und wollen, daß dieses Gericht es auch tut. Und andererseits sagen Sie uns, daß sie zu Manipulationen und Täuschung fähig ist. Was denn nun?«

Es war ein geschicktes Kreuzverhör, das Moody unter dem Gewicht seiner eigenen Aussage begrub. Mason konnte nur hoffen, daß Thynne die Geschworenen gegen sich einnehmen würde, indem er Moody als Idioten hinstellte.

Aber Thynne war viel zu gerissen für eine solche Fehleinschätzung, viel zu gewieft, um ein falsches Tempo einzuschlagen. Moody begann einen Rückzieher zu machen und wurde immer streitsüchtiger, während die Anschuldigungen weitergingen. Thynne zermürbte ihn unbarmherzig. Die Geschworenen hatten zwei Alternativen: Entweder sie konnten über die Situation spekulieren, wobei sie sich an Roses eigenen Bericht hielten, oder sie glaubten an das Porträt eines verlogenen jungen Mädchens. Thynne hatte das Bild einer einsamen, unglücklichen, niedergeschlagenen Dreizehnjährigen aufgebaut, eines mißhandelten, verwirrten, manipulierenden Mädchens, das die Zeit der Pubertät ohne Mutter durchstehen mußte und mit einem Vater geschlagen war, der zu beschäftigt war, sich um sie zu kümmern; oder schlimmer noch, der sie mißbrauchte. Die Verteidigung scherte es nicht, für welche Version die Geschworenen sich entschieden, solange nur das richtige Urteil zustande kam.

Endlich ließ Thynne einen hinterrücks geschlagenen und scheinbar vernichteten Moody im Zeugenstand zurück.

Mason stand auf, um ihn erneut zu vernehmen und zu versuchen, einen Teil des angerichteten Schadens zu beheben. Er ließ Moody von den Jahren erzählen, in denen er versucht hatte, Rose ohne weibliche Bezugsperson großzuziehen, und betonte nachdrücklich die Tatsache, daß weder Roses Anruf bei dem Notdienst noch die Untersuchungen des Jugendamtes dazu geführt hatten, daß Anklage gegen ihren Vater erhoben wurde. Als Moody aus dem Zeugenstand erlöst wurde, warf er einen langen Blick auf Reverend Rivers, der starr geradeaus blickte. Seine Heiligenmiene verriet nicht einmal eine Spur von Besorgnis.

»Du Schwein«, brüllte Moody und griff nach dem Glas, das vor ihm stand. Das durch die Luft fliegende Wasser verfehlte Mason um Haaresbreite, spritzte aber jammervoll gegen die Anklagebank und tropfte sinn- und zwecklos die Holztäfelung herunter. Die Schöffen konnten den Aufruhr im Flur draußen hören, als Geoff Moody wegen Mißachtung des Gerichts festgenommen wurde.

Kapitel dreizehn

Um zwölf Uhr stieg Joss aus dem Fahrstuhl und ging die kurze Strecke zur Rezeption des Hotels. Schnell checkte er aus und blickte sich in der luxuriösen Hotelhalle um, auf der Suche nach seiner Kontaktperson.

Am anderen Ende der Hotelhalle, gleich neben den Drehtüren, stand eine große Gruppe von Frauen im Jaschmak, damit beschäftigt, die Pagen anzutreiben, die mit einer überwältigenden Menge juwelenverzierter Truhen und teuren Designer-Gepäcks kämpften. Ein paar Geschäftsleute warteten beim Eingang zum Restaurant, und links von ihnen stand ein schmächtiger junger Mann in einem strengen grauen Nadelstreifenanzug und einer schwarzen Krawatte. Er trug stolz seine Glatze zur Schau und umklammerte fest seine Chauffeursmütze. Joss fing fast augenblicklich seinen Blick auf und ging zu ihm hinüber.

»Warten Sie zufällig auf Joss Lane?« fragte er höflich, obwohl ihm schon das kleine silberne Ansteckabzeichen in Form eines Kreuzes mit den Buchstaben MC darunter aufgefallen war, das der junge Mann trug.

»Das ist richtig, Sir. Der Wagen wartet. Darf ich Ihnen mit Ihrem Gepäck behilflich sein, Sir?« erwiderte der Chauffeur.

»Danke, das schaff' ich schon. Wo fahren wir hin?«

»Meine Anweisung lautet, Sie zum Flughafen zu bringen, Sir. Ich fürchte, Ihr letztendliches Ziel ist mir nicht bekannt. Sie werden am Terminal in Empfang genommen«, entgegnete er mit ausdrucksloser Stimme.

Joss folgte dem Mann aus dem Hotel und zu dem mitternachtsblauen Daimler Souvereign, der in der zweiten Reihe geparkt war. Er stieg hinten ein, ließ sich in die cremefarbenen

Lederpolster sinken und fragte sich, wieviel von seinem einstmaligen Erbe wohl dafür draufging, dieses Monster mit Benzin zu füttern.

Die Fahrt nach Heathrow dauerte weniger als eine halbe Stunde. Alle seine Versuche, ein Gespräch mit dem Fahrer anzufangen, wurden konsequent abgeblockt.

Als der Fahrer ihn am Eingang von Terminal eins absetzte, führte ihn wie versprochen ein anderer, ähnlich gekleideter junger Mann zum Warteraum für Privatflieger am östlichen Ende des Flughafengebäudes. Dort angekommen, mußte Joss nur fünfzehn Minuten warten, bevor er zu einem Flughafenbus geleitet wurde, und nach einer kurzen Fahrt stand er vor einem eleganten weißen Douglas Rapier-Jet. Eine gepflegte uniformierte Stewardeß setzte ihn auf den mittleren Sitz und teilte ihm mit, sein Ziel sei Bradford auf der Isle of Skye.

Es war Joss klar, daß er während des Fluges von der Crew keine großen Enthüllungen zu erwarten hatte, also lehnte er sich zurück und holte den letzten von Gretas Aktenordnern aus seiner Reisetasche. Fünfzig Minuten später blieb ihm nur noch, über das erschreckende Ergebnis nachzudenken, zu dem sie bezüglich der steigenden Popularität der Millennium-Kirche und ihrer vielen Nachahmer gekommen war.

Der kalte Krieg ist Geschichte, und wir lassen eine seltsame Stabilität hinter uns, die garantiert wurde durch das einstige Gleichgewicht des Schreckens. Zu der Zeit war die Welt durch die kommunistische und die kapitalistische Supermacht in zwei bestens kontrollierte Lager aufgeteilt, die beide die Fähigkeit besaßen, sich gegenseitig zu vernichten. Der Terrorismus war im großen und ganzen staatlich finanziert und politisch motiviert. Jetzt, im neuen Jahrtausend, stehen wir vor einer neuen Bedrohung, der Bedrohung durch hemmungslose Mörder und abtrünnige Staaten, die mit den tödlichsten Substanzen der Welt bewaffnet sind.

Das Geheimnis ist gelüftet. Collegeausbildung, eine einfache

Laborausrüstung und aus dem Internet heruntergeladene Rezepte – zum ersten Mal können ganz gewöhnliche Menschen außerordentliche Waffen herstellen. Die Technologie samt entsprechender Ausbildung ist mittlerweile einfach zu verbreitet, zu dezentralisiert. Eine künftige Ära von selbstgebastelten Maschinen für den Massenmord wird nicht zu verhindern sein. Wir erreichen ein neues Stadium des Terrors, in dem die Fanatischsten und Labilsten unter uns sich die gefährlichsten Waffen besorgen können.

Ende 1995 sah sich ein ständiger Unterausschuß des US-Senats für innere Sicherheit die weltweit erfaßten Weltuntergangs-Aktivisten einmal genauer an. Die Ergebnisse waren erstaunlich, selbst für diejenigen Ausschußmitglieder, die sich bereits intensiv mit Terrorismus und organisiertem Verbrechen auseinandergesetzt hatten.

Die Aum-Sekte, verantwortlich für den Giftgas-Anschlag mit Sarin auf die U-Bahn von Tokio, ist nur ein Beispiel für das, was sich möglicherweise als stärkste Bedrohung unserer nationalen Sicherheit herauskristallisieren wird. Senator Sam Nunn, der Ausschußvorsitzende, stellte im Anschluß an die Studie in einem nichtöffentlichen Hearing abschließend fest, daß die Zunahme dieser Sekten uns allen zur Warnung gereichen sollte. Nunn ist einer der führenden Verteidigungsexperten im Kongreß: Welch besseren Gewährsmann könnten wir uns wünschen, damit wir eine strengere Überwachung und eine Kontrolle der Ausbreitung radikaler religiöser Gemeinschaften zumindest in Erwägung ziehen?

Diese Gruppen sind fähig, im Dienste einer von ihnen so wahrgenommenen höheren Berufung großen Schaden anzurichten. Sie sind nur Gott und der Heiligen Schrift verantwortlich und fühlen sich losgesprochen von den Gesetzen und Wertvorstellungen, die uns übrige leiten. In diesem Sinn gehört die Millennium-Kirche, wie auch die Aum-Sekte, zu einer Gruppe, der auch islamische Fundamentalisten, andere apokalyptische christliche Sekten und messianische Juden zuzurechnen sind. Die Gewalt, die sie ausüben, überschreitet die Grenzen der Erfahrung und der sinnlich erkennbaren Welt und wird zu einem sakramentalen Ritus, einer von Gott aufer-

legten Pflicht. Solche Glaubenslehren rechtfertigen den Massenmord, wie wir schon oft erlebt haben.

Im Jahr 2000 hat die Zahl apokalyptischer Sekten in außerordentlichem Maße zugenommen. Laut dem zutreffend benannten Weltuntergangs-Prophezeiungs-Report existieren allein in den Vereinigten Staaten 1 100 solcher Sekten. Die Massenmorde der Davidianer im texanischen Waco (1993) und die Selbstmorde des Sonnentemplerordens ein Jahr später in Frankreich, Quebec und der Schweiz sind lediglich zwei extreme Beispiele für das Phänomen. Derartige Gruppen sind nicht auf den Westen beschränkt. 1995 zog ein Polizist namens Vissarion, der in Sibirien eine Gemeinschaft von Intellektuellen aufbaute und sich selbst als Christus bezeichnete, die Aufmerksamkeit der russischen Medien auf sich. In China wurden im selben Jahr fünfzehn Mitglieder einer Jüngstes-Gericht-Sekte festgenommen, die sich Bei Li Wang nennt. In Thailand durchsuchte die Polizei das Hauptquartier der Sri-ariyia-Sekte, deren Guru sich als Meister des Himmels im »Tausendjährigen Reich Christi« bezeichnet.

Noch besorgniserregender sind die islamischen Fundamentalisten, die ihre eigene Form des akokalyptischen Gerichts zum Tragen bringen. Diese Anhänger der Jihad haben wieder und wieder unter Beweis gestellt, daß sie bereit sind, für Allah zu töten und zu sterben. Die Fanatiker, die 1993 den Anschlag auf das World Trade Center in New York verübten, beabsichtigten ganz offensichtlich einen Massenmord, und wie sich herausstellte, war dieser Anschlag nur als erster einer koordinierten internationalen Terrorkampagne geplant, zu der angeblich Bombenanschläge, politische Morde und die Zerstörung der Vereinten Nationen gehörten.

Die schwerbewaffneten evangelikalen Miliz-Bewegungen in den Vereinigten Staaten zeigen vergleichbare Reaktionen auf die Welt. Dutzende dieser Graswurzel-Armeen sind entstanden; als Beispiel zu nennen wären die Miliz von Montana und die Hillsborough Troop of Dragoons in New Hampshire. Beunruhigend ist, daß sie einer Überlebenskampf-Philosophie der Überlegenheit der weißen

Rasse und des Antisemitismus anhängen. Viele Mitglieder der sogenannten Millennium-Kirche sind unzufriedene Miliz-Mitglieder, denen eine tiefverwurzelte christlich-fundamentalistische Sichtweise der Welt gemeinsam ist, verbunden mit der intensiven Paranoia, mit der die Aum-Sekte und die Davidianer so tief infiziert sind.

Die Millennium-Kirche wurde um 1827 gegründet und ist eine der endzeitgeprägten christlichen Sekten, die blind und vorbehaltslos an die sichtbare Wiederkunft oder das leibliche Kommen Christi glauben. Dieser Glaube stützt sich auf die biblische Überlieferung, insbesondere auf die neutestamentliche Offenbarung des Johannes und einige jüngere alttestamentliche Prophetenbücher wie das Buch Daniel. Die Millennium-Kirche teilt einige Anschauungen mit den Christadelphians und der standhaften Gospel Alliance. Im wesentlichen ist ihre Weltanschauung vom Chiliasmus geprägt, der Vorstellung, daß Christus auf die Erde zurückkehren wird, um eintausend Jahre lang über die Menschheit zu herrschen. Zahlreiche Endzeittermine sind bislang errechnet worden, aber bislang hat sich selbstredend keiner als zutreffend erwiesen.

Die Millennium-Kirche ist der jüngste Ableger eines Trios christlicher Sekten. Sie behauptet, nicht nur mit Sicherheit zu wissen, daß der Tag des jüngsten Gerichts nahe bevorsteht, sondern auch vertrauliche Informationen über den genauen Zeitpunkt zu besitzen. Ihre Anhänger glauben, daß Armageddon, der letzte Kampf zwischen Gut und Böse, sie berechtigen wird, mit Christus über ein neues Universum zu herrschen, während der weniger glückliche Rest der Menschheit dem Vergessen überantwortet wird. Zentrale Lehre der im amerikanischen Pittsburgh gegründeten Kirche ist, daß genau 144 000 Gerechte, bekannt als die »Gesalbten des Herrn«, auf der Schnellstraße zum Himmel auffahren werden, während die übrigen fünf Millionen Kirchenmitglieder ein irdisches Paradies bevölkern werden. Die Mitglieder pflichten der alten Kanzelrhetorik des Arius bei: Die heilige Dreieinigkeit existiert nicht, sondern der Begriff »ein Gott« meint, was er sagt. Sie glauben auch, daß Christus lediglich das sterbliche Abbild des Allerhöchsten ist.

Die Millennium-Kirche hat sich konsequent auf Voraussagen des unmittelbar bevorstehenden jüngsten Gerichts als wirksamstes Mittel zur Anwerbung neuer Mitglieder verlassen. Für ihre Anhänger ist die Bibel ein wörtlich zu verstehender Text, weshalb sie davon ausgehen, daß alle wichtigen Momente der Erlösung oder der Katastrophe durch eine Zeit großer Drangsal angekündigt werden. Der letzte Krieg vor Beginn des jüngsten Gerichts wurde abwechselnd für 1914, 1925 und zuletzt für 1975 vorausgesagt.

Der amtierende Führer der Kirche, Reverend Perry John Rivers, hat prophezeit, daß die Welt im Spätherbst 2000 untergehen wird.

Joss holte tief Luft und atmete dann aus. Sein Kopf dröhnte, so umwälzend waren die Glaubenslehren der Sekte.

Callum.
Das ist es, was er glaubt.
Kannst du ihn retten?
Will er gerettet werden?

Das Signal, das darauf hinwies, daß er sich anschnallen sollte, leuchtete auf, begleitet von einer Melodie. Er würde es bald herausfinden.

Kapitel vierzehn

Rose trat in einen totenstillen Gerichtssaal. Sie trug ein einfaches, schwarzweiß gestreiftes Kleid, das ihre Blässe unterstrich. Ein symmetrischer, kurzer schwarzer Bubihaarschnitt umrahmte ihre Wangenknochen; ihre elfenhafte Erscheinung ließ sie jünger wirken als ihre siebzehn Jahre.

Mason beobachtete, wie sie direkt vor den Augen der Geschworenen den Gerichtssaal durchquerte. Sie verfolgten jede ihrer Bewegungen, als sie den Eid ablegte, wobei sie die Bibel fest umklammerte. Der Gerichtsdiener wies sie an, die Worte auf der Karte vorzulesen, und zum ersten Mal hörte das Gericht sie sprechen.

»Ich schwöre bei Gott dem Allmächtigen, die Wahrheit zu sagen, die ganze Wahrheit und nichts als die Wahrheit.«

Ihre Stimme war kaum vernehmbar, und einige Schöffen mußten sich bereits jetzt anstrengen, um sie akustisch zu verstehen. Reverend Rivers, die Augen geschlossen, schien tief ins Gebet versunken und weigerte sich, zur Kenntnis zu nehmen, daß Rose nur wenige Meter von ihm entfernt stand, bereit, seinen Ruf zu zerstören.

Mason erhob sich und sagte ihr, sie solle die Geschworenen ansehen und so laut wie möglich sprechen. Er sah sie an und wünschte, daß sie Erfolg haben würde, denn letzten Endes glaubte er dem Mädchen. Was sie zu sagen hatte, war von solch unausrottbarer Traurigkeit, daß er wünschte, ihr könne diese Tortur erspart bleiben, diese Enthüllungen und Erniedrigungen.

Mason begann mit Fragen über ihre Beziehung zu ihrem Vater, da er bestrebt war, die Behauptungen der Verteidigung, die bei Geoffs Zeugenaussage für solche Schwierigkeiten gesorgt hatten, direkt anzugehen. Er mußte es so wenden, daß die Geschworenen sahen, wie nahe Vater und Tochter sich standen.

»Ist es richtig, daß Ihr Vater Sie nach dem Tod Ihrer Mutter ganz allein großgezogen hat, Rose, obwohl er wieder geheiratet hatte?«

»Er hat einfach alles für mich getan. Meine Stiefmutter hatte nie großes Interesse an mir«, antwortete sie sanftmütig. »Ich hätte mir keinen besseren Vater wünschen können«, fügte sie hinzu, ohne daß er nachhelfen mußte. Trotz aller Bedenken hinsichtlich ihres Gesundheitszustands wirkte sie im Augenblick recht stabil, und Mason wollte schnell weitermachen, solange sie sich noch wohl zu fühlen schien. Es war, als sei für sie endlich der Tag gekommen, an dem sie sich von der Last befreien konnte, die sie so lange getragen hatte.

»Hier vor Gericht ist angedeutet worden, daß er ein besitzergreifender und eifersüchtiger Mann ist, jedenfalls, was Sie angeht.«

»Das ist nicht fair. Er wollte nur mein Bestes. Ich war ein Kind und wußte es nicht besser«, sagte sie, aber ihre Antwort klang ein wenig zu einstudiert.

»Sie beziehen sich darauf, daß Sie einmal seinetwegen beim Kinder- und Jugendnotruf angerufen haben?«

»Ja.«

»Waren Ihre Anschuldigungen wahr?«

»Nein, nichts von all dem stimmte. Ich wollte nur Aufmerksamkeit«, sagte sie, aber erneut sorgte Mason sich, daß ihre Worte für die Geschworenen so klangen, als hätte ihr Vater das Drehbuch geschrieben.

»Aber diesmal sind Sie hier, um die Wahrheit zu sagen?«

»Ja, das werde ich. Damals war damals, und heute ist heute«, sagte sie eindringlich.

Mason wollte nicht wieder auf die strittige beeidigte Erklärung eingehen, die Thynne Geoff Moody unter die Nase gehalten hatte. Damit würde er sich später befassen, wenn die Geschworenen mit den Vorstellungen vertraut waren, die er nach Roses Einführung in die Religionsgemeinschaft diskutieren würde.

»Was geschah an dem Abend, Rose, an dem Sie Ihr Elternhaus verließen?«

»Ich hatte meinen Freund Greg von der Schule mit nach Hause gebracht. Mein Vater war noch nicht von der Arbeit zurück, und meine Stiefmutter war wieder losgezogen, um zu trinken, also spielten wir ein paar Schallplatten und machten uns etwas zu essen. Ich hatte nichts für meinen Vater zum Abendessen vorbereitet, und als er kam, gab es deswegen Streit. Er schmiß Greg raus und gab mir Hausarrest, aber statt dessen habe ich mich rausgeschlichen.«

»Sie haben ihm nicht gesagt, wohin Sie gingen?«

»Nein, ich war zu wütend auf ihn. Ich wünschte, ich hätte getan, was er mir gesagt hat. Ich wünschte, ich wäre nie weggegangen.«

»Wo sind Sie hingegangen?«

»Runter zu den Spielhöllen an der Uferpromenade. Ich wollte sehen, ob welche von meinen Freunden da waren.«

»Und trafen Sie Ihre Freunde?«

»Nein, es war niemand da. Es war schon ziemlich spät.«

»Was haben Sie dann getan?«

»Ich habe ein paar Männer und eine Dame um etwas Kleingeld gebeten, weil ich Greg anrufen wollte.«

»Und dann«, drängte Mason und bat sie innerlich, eine glaubwürdige Erklärung des Kidnappings abzugeben, an das sie sich erst seit kurzem wieder erinnerte, obwohl die Einzelheiten noch unklar und vage waren. Er hatte keine Ahnung, ob die Verteidigung Zeugen für die Entführung aufrufen würde, da Rose nie jemanden hatte identifizieren können.

»Anfangs waren sie nett, oder schienen es zu sein. Sie sprachen mit mir und fragten mich, ob ich Hilfe brauchte. Ich nehme an, ich sah immer noch ein bißchen aufgewühlt aus.«

»Fahren Sie fort, Rose, bitte«, lud Mason sie sanft ein, redete ihr gut zu, sich an die Fakten zu erinnern.

»Ich habe versucht, Greg anzurufen, aber seine Mutter sagte, er wäre schon im Bett. Da habe ich sie gefragt, ob sie mich bei mir zu Hause vorbeifahren würden.«

»Und taten sie das?«

»Sie brachten mich zu einem Kleinbus, und ich kann mich erinnern, daß sie mir etwas zu trinken gaben. Einige Zeit später fuhren wir an der richtigen Abzweigung vorbei, und ich fing an, mir Sorgen zu machen. Ich bat sie, mich direkt nach Hause zu bringen, aber sie sagten, sie müßten erst noch woandershin. Ich muß dann eingeschlafen sein, denn das nächste, an das ich mich erinnern kann, ist, daß sie mir sagten, ich sei in einem Haus irgendwo in London.«

»Haben Sie nicht protestiert?«

»Zuerst ja, aber ich fühlte mich so sonderbar. Ich kann es nicht erklären. Es war fast so, als würde ich dorthin gehören, es fühlte sich alles so richtig an. In einer Minute waren sie schrecklich nett zu mir, in der nächsten richtig ekelig.«

»Haben Sie sich nicht bei Ihrem Vater gemeldet?«

»Sie sagten, sie würden das für mich tun. Ich hatte auch Angst, wieder nach Hause zu gehen, weil es so viel Ärger gegeben hatte.«

»Hatten Sie irgendeine Möglichkeit, ohne Hilfe nach Hause zu kommen?«

»Nein.«

»Wann haben Sie schließlich Ihren Vater angerufen?«

»Am dritten Tag, glaube ich.«

»Haben Sie da gesagt, daß Sie wieder nach Hause wollten?«

»Ja, aber ich war wie gelähmt vor Schreck, als mein Vater sagte, daß die Polizei nach mir suchen würde.«

»Was geschah dann?«

»Sie schlugen vor, daß ich für eine Zeitlang verschwinden sollte.«

»Haben Sie zugestimmt?«

»Ich wußte damals überhaupt nicht, was ich tat; ich war wie benebelt. Ich war ganz durcheinander.«

Thynne machte sich während ihrer Aussage keinerlei Notizen, sondern zog es vor, den Kopf zu schütteln oder einem seiner Kollegen etwas zuzumurmeln. Rose beobachtete ihn, sich der Gefahr bewußt, die er darstellte. Sie wußte, welche Wirkung seine Behandlung ihres Vaters hervorgerufen hatte. Mason ging zu ihrem Aufenthalt in dem schottischen Schulungszentrum über.

»Wir wissen, daß Sie schließlich in Schottland gelandet sind, in einem Schulungszentrum, das dem Angeklagten gehört. Wie sah Ihre erste Erfahrung dort aus?«

»Ich wurde untersucht.« Sie senkte den Blick, während sie antwortete.

»Bitte geben Sie uns nähere Informationen«, ermutigte Mason sie sanft.

»Hier unten.« Sie wies schamhaft mit dem Kopf auf ihren Unterleib. »Sie legten mich auf einen Untersuchungstisch im medizinischen Trakt und steckten ihre Finger in mich rein.«

»Warum? Wie wurde Ihnen das erklärt?«

»Ich bekam gesagt, daß Gott sehen wollte, ob ich gut sei; ob ich noch intakt sei.«

»Eine Jungfrau, meinen Sie«, forschte Mason.

»Ja«, flüsterte sie.

»Ich möchte nicht indiskret sein, Miss Moody, aber waren Sie noch Jungfrau?«

Ihre Augen flammten und erstarben dann zu schwacher, geschlagener Glut.

»Damals war ich es!« Sie starrte Rivers an, der sie mit dem Zeichen des Kreuzes segnete. Mason merkte, daß die Geschworenen den Austausch bemerkt hatten, entschied sich aber, keinen Einspruch zu erheben. Er wußte immer noch nicht, was sie von Rivers hielten.

»Gehörten diese Leute zum ärztlichen Personal?«

»Sie sagten ja.«

»Warum haben Sie ihnen erlaubt, das mit Ihnen zu tun?«

Sie zuckte die Achseln.

»Sie waren so überzeugend, so freundlich; damals.«

»Und«, fuhr Mason fort, »hat diese Haltung sich geändert?«

»Ja. O mein Gott, ja.«

Mason nickte verstehend.

»Erzählen Sie uns mit Ihren eigenen Worten, Rose, welche Behandlung Sie erfahren haben.«

Das Mädchen sog tief die abgestandene Gerichtsluft ein, um sich zu beruhigen, und begann.

»Sie wollen nicht, daß man eigenständig denkt. Sie erschöpfen einen mit Schulungen und Sport, damit man so vollständig erledigt ist, daß man nicht mehr weiß, wo oben und unten ist.«

»Bitte erklären Sie den Damen und Herren Geschworenen, wie sie das gemacht haben.«

Mason war bislang zufrieden mit ihrem Bericht. Sie hatte das richtige Maß an Verletztheit und Empörung gezeigt, als sie die repressive Natur der Sekte schilderte, aber die Geist und Körper entkräftenden Techniken, die die Leiter der Sekte anwandten, mußten fest in den Köpfen der Geschworenen verankert werden.

Ihr Vater war wieder zur Verhandlung zugelassen worden, nachdem er fest versprochen hatte, sich ruhig zu verhalten, aber die Geschworenen musterten ihn argwöhnisch.

Mason begann: »Rose, Sie waren zwei Wochen lang in den Klauen der Sekte –«

»Emotional gefärbte Sprache, Mylord«, verkündete Thynne. Withnail bekundete mit einem Nicken seine Zustimmung.

»Sie waren zwei Wochen lang bei den Sektenmitgliedern. Haben Sie in der ganzen Zeit überhaupt etwas zu essen oder zu trinken bekommen?«

»Nichts, was Sie so nennen würden.« Ihre Stimme klang voller, selbstsicherer, trotz der Bemühungen der Verteidiger, die lautstark konferierten, um sie aus dem Konzept zu bringen. »Man bekommt dünne Nahrung wie Körner und wäßrige Suppen. Das macht einen benommen, als würde man träumen und wäre gar nicht richtig da. Und Zeug mit viel Zucker drin; das macht einen high und euphorisch.«

Das war genau die Aussage, die Mason hatte hören wollen. Später würde er einen Chemiker und einen Physiologen als sachverständige Zeugen aufrufen, die beschreiben würden, welche Auswirkungen solch magere Rationen auf ein junges Mädchen von Roses Alter und Gewicht hatten.

»Und wie hat sich das auf Sie ausgewirkt?«

»Ich hielt alles, was die mir erzählten, für wahr. Ich war zu müde, um zu widersprechen, selbst wenn ich anderer Meinung war.«

»Sind Sie ungefähr zu dieser Zeit Mr. Rivers begegnet?«

Ihre Augen begannen zu verschwimmen.

»Brauchen Sie eine Minute Zeit, um sich wieder zu fassen?« fragte Mason. Sie schüttelte den Kopf und sah ihren Vater an, der sie ermutigend anlächelte.

»Ja, als er mich vergewaltigt hat«, flüsterte sie, während die Tränen ihr die Wangen herunterliefen. »Als er mich im Herrenhaus nahm und mir sagte, das sei Gottes Wille und ich sei seine Dienerin.«

Mason schwieg kurz. Zwar hatten die Geschworenen die Anschuldigung schon in seinem Eröffnungsplädoyer zu hören bekommen, aber dies war ihre erste Gelegenheit, aus erster Hand das tiefe Leid des Opfers bei der Erinnerung an den schrecklichen Vorfall mitzuleben. Sie blickten von Rose zu P. J. Rivers, der tief ins Gebet versunken blieb, zu verschlagen und zu gut vorbereitet, um auch nur mit einem Wort die Tat zu leugnen.

»Hat er sie entjungfert, Miss Moody?«

»Wieder und wieder, bis es keine Rolle mehr spielte.« Ihre Stimme war so flach wie eine neue Straße.

»Ich fürchte, wir müssen die Einzelheiten durchgehen, Rose, damit alle genau verstehen, wie es sich abgespielt hat. Sind Sie in der Lage, jetzt weiterzumachen?«

»Ja, das bin ich.«

»Wie lange waren Sie schon im ›der Hafen‹ genannten Schulungszentrum, als das geschah?«

»Ich kann es nicht genau sagen.«

»Bitte versuchen Sie es.« Er brauchte zumindest ein ungefähres Datum.

»Es schien ein paar Monate nach meiner Ankunft zu sein, aber ehrlich, ich habe keine Ahnung. Ich war immer ganz benommen, nicht ganz da.«

»Kam Reverend Rivers oft nach Skye ins Schulungszentrum?«

»Soweit ich weiß, war es das erste Mal seit meiner Ankunft, daß er dort einen Besuch abstattete. Alle waren in großer Aufregung deswegen.«

»Sie auch?«

»Ja, wahrscheinlich. Man konnte im Zentrum nichts tun, ohne seine Stimme über die Lautsprecheranlage zu hören, sein Bild zu sehen oder seine Worte zu lesen. Es war wundervoll, daß er persönlich dort stand, um mit uns zu beten.«

»Was geschah nach seiner Ankunft?«

»Es gab eine große Versammlung, die stundenlang dauerte: Wir beteten und hörten zu, wie er zu uns sprach.«

»Wie haben Sie das empfunden?«

»Es war, als hätte er alle hypnotisiert.«

»Sie gefangengenommen, sie gefesselt?«

»Ich bin sicher, die Geschworenen wissen, was sie meint, Mr.

Mason. Hören Sie auf, Suggestivfragen zu stellen«, unterbrach Withnail.

»Es tut mir leid, Mylord. Rose, was geschah nach der Versammlung?«

»Später, irgendwann in der Nacht, wurde ich in meinem Schlafsaal von einem der Ältesten und dem Barackenführer geweckt. Sie sagten, ich solle zum großen Haus hinübergehen, wo ich erwartet würde. Sie sagten, der Reverend persönlich hätte mich auserwählt. Ich sollte zu ihm gehen, um spezielle Instruktionen zu empfangen.«

»Einen Augenblick, Rose«, sagte Mason, der wollte, daß die klinische Beschreibung der Mentoren des Mädchens in den Köpfen der Geschworenen verankert war, bevor sie dazu überging, genau zu beschreiben, was mit »spezielle Instruktionen« gemeint war. »Gingen Sie freiwillig?«

»Ja, Sir. Es sei ein Privileg, sagten sie.« Ihre Antwort war emotionslos.

»Was geschah, als Sie ins Herrenhaus kamen?«

»Ich wurde in einen Raum geführt, in dem sich bereits drei andere Leute befanden, der Reverend und zwei Mädchen in meinem Alter. Eine von ihnen fing an, mich auszuziehen, und ich wußte nicht, was ich tun sollte. Ich war wie gelähmt.« Ihre zaghafte Stimme erstarb, und doch gelang es ihr, bis in jede Ecke des Gerichtssaals vorzudringen. »Das andere Mädchen fing an, mich überall zu berühren, auch zwischen meinen Beinen. Ich schrie, damit sie mich gehen ließen, aber keiner konnte mich hören.

Der Reverend hatte einen Schleier in der Hand, den er mir über den Kopf warf. Der Stoff wurde mir um den Kopf gewickelt, bis ich nichts mehr sehen konnte. Ich bekam keine Luft mehr.« Sie begann zu schluchzen, räusperte sich und griff sich an den Hals, als die Erinnerung an ihre Panik zurückkehrte.

»Lassen Sie sich Zeit, Rose«, sagte Mason leise

»Mir wurden die Hände auf dem Rücken gefesselt, und dann hat er mich vergewaltigt.«

»Kam es zur Penetration? Ist er mit dem Penis in Sie eingedrungen?«

»Ja.«

»Mit Ihrer Einwilligung?«

»Nein. Ich habe geschrien und geschrien, bis ich ohnmächtig wurde. Ich kam wieder zu mir, als einige der Ältesten mich in einen anderen Raum führten. Er war voller Männer, die ich von Zeit zu Zeit im Zentrum gesehen hatte.«

»Was geschah in diesem Raum, Rose?«

»Es war furchtbar. Ich wurde auf den Boden geworfen. Zwei von ihnen hielten mich fest, und die anderen haben mich der Reihe nach vergewaltigt.«

»Also das war Ihre Initiation in die Millennium-Kirche?« Mark wußte, daß das ein Kommentar war und keine Frage. Er brauchte nicht lange zu warten. Callow erhob sich.

»Mylord, es ist nur recht, daß die Geschworenen erfahren, daß die schottische Polizei und die schottische Staatsanwaltschaft damals gründlich in dieser Angelegenheit ermittelt haben. Es wurde keine Anklage gegen meinen Mandanten erhoben.«

Withnail war mehr als nur ein bißchen verärgert über den Kronanwalt. Die Verteidigung würde zu gegebener Zeit Gelegenheit haben, ihre Beweisführung vorzubringen.

»Es scheint mir, Mr. Callow, daß jetzt die Anklage Grund zum Einspruch hat. Bitte unterlassen Sie es in Zukunft, die Aussage der Zeugin zu unterbrechen.«

Wie Mason befürchtet hatte, war Rose durch die Erinnerung an die fruchtlose polizeiliche Ermittlung aus dem Konzept gebracht worden.

»Die haben mir auch nicht geglaubt«, stammelte sie und begann zu schluchzen.

»Niemand glaubt Ihnen«, flüsterte Thynne mit einem traurigen Kopfschütteln in Richtung der Geschworenen.

Mason unterdrückte seine Enttäuschung und bat um eine erneute Vertagung der Verhandlung.

Kapitel fünfzehn

Die spröde Schönheit der schottischen Landschaft hatte sich vor seinen staunenden Augen entfaltet. Die schneegesegneten Gipfel katapultierten seine Gedanken zurück zu den österreichischen Alpen und Kristina. Die Landebahn befand sich nahe am Ozean, der Jet rollte gemächlich aus und kam reibungslos neben einem wartenden Range Rover Discovery zum Stehen. Ein Mann lehnte an der Fahrertür des Wagens, die Arme gekreuzt, das Gesicht unbewegt.

Joss verabschiedete sich von der Crew, stieg gelassen die fünf Stufen hinunter und betrat die glatte Rollbahn. Eine kühle Highland-Brise durchpeitschte ihn, als er sich dem Ein-Personen-Empfangskomitee näherte. Der Mann lächelte dünn. Er sah aus wie jemand, der es nicht gewohnt war, seine Zähne in freundlichem Willkommen zu zeigen. Er war ungefähr fünfundvierzig, klein und untersetzt, fast vierschrötig, und verströmte eine Aura spürbarer Macht. Sein schwarzer Anzug, das weiße Hemd und die strenge Krawatte bildeten einen starken Gegensatz zu Joss' dickem Arranpullover und seinen ausgeblichenen Jeans. Die Haut des Mannes war blaß, als sei er lieber drinnen als draußen, lieber im Dunkel als im Hellen. Die haselnußbraunen Augen waren wachsam. Joss kannte diesen Blick. Er hatte ihn in den Augen von Alleinbergsteigern gesehen, denen, die die größten Risiken eingingen und sich so einen Namen machten. Der Mann streckte seine kräftige Hand aus. Joss drückte sie fest.

»Harrison Trainer.« Die Stimme war tief, der Akzent amerikanisch. »Wer zum Teufel sind Sie, und was haben Sie im Jet des Reverends zu suchen?« Das waren kaum Worte des Willkommens, und Joss hatte den Eindruck, taxiert zu werden.

»Wo ist mein Vater?«

»Wenn Sie mir sagen, wer Ihr Vater ist, könnte ich Ihnen vielleicht eher behilflich sein.« Trainer strotzte nur so vor gewalttätiger Energie.

»Callum Lane«, erwiderte Joss, ohne den Blick von dem gedrungenen Amerikaner zu wenden. Ein Augenblick verstrich, während Trainer anscheinend die Information verarbeitete.

»Ich dachte, Sie wären tot. Joss, nicht wahr?«

»Oder sein heiliger Geist. Wo ist mein Vater?«

Trainers Lächeln sollte warm sein, wirkte aber bedrohlich. »Gehen wir erst mal aus diesem Wind raus«, erwiderte er ausweichend.

»Wann kann ich ihn sehen?«

»Nachdem ich selbst ihn gesehen habe«, knurrte er. Offensichtlich war er verärgert darüber, daß Joss' Auftauchen ohne sein Wissen arrangiert worden war. »Dann«, fügte er nachträglich hinzu, »wenn die richtige Zeit gekommen ist.«

»Und wann wird das sein?«

Trainer ergriff Joss' Reisetasche und warf sie in den Range Rover.

»Das habe nicht ich zu bestimmen«, erwiderte er schließlich und ließ den Dieselmotor aufheulen. Joss schnallte sich an und verschränkte die Arme.

»Ich brauche Antworten«, sagte er unverblümt.

»Brauchen wir das nicht alle, Joss, brauchen wir das nicht alle? Für den Augenblick reicht es, wenn Sie erfahren, daß ich Sie zum Hafen fahren werde; dort wird man Sie unterweisen.«

»Der Hafen?« fragte Joss unschuldig, obwohl das Schulungszentrum der Millennium-Kirche eine herausragende Rolle in Gretas Akten eingenommen hatte.

»Eine Zuflucht vor der Außenwelt.«

»Abgefahren!«

Trainer wandte sein Gesicht Joss zu, die Augen ausdruckslos, der Mund dünn wie eine Narbe.

»Sie empfinden tiefen Schmerz«, flüsterte er und ließ es wie eine Drohung klingen.

Joss schluckte hart.

Trainer manövrierte das Fahrzeug von der Landebahn und begann die Fahrt zum Hafen, dem schlagenden Herzen der Millennium-Kirche.

Das Fahrzeug erklomm die steilen Gipfel der zerklüfteten Insel mit verächtlicher Leichtigkeit. Heidekraut und rostfarbener Adlerfarn ließen die düsteren Grate und steilen Abhänge der üppig grünen Landschaft weicher wirken. Die unbefestigten Straßen, die sie entlangfuhren, waren rauhe, unfreundliche Pisten aus zerfurchtem und ausgefahrenem Fels.

Sie fuhren schweigend. Joss war klar, daß Trainer sich nicht viel aus ihm machte. Das war in Ordnung. Sie sangen schließlich nicht gemeinsam im Chor. Er wollte keine Freundschaftsringe austauschen, er wollte Antworten.

Sie fuhren um ein Vorgebirge herum, hinter dem die Straße in ein großes grünes Tal abfiel. In der Mitte des Tals beherrschte ein turmhoch aufragendes Herrenhaus ein großes Gelände, auf dem mehrere neuerbaute einstöckige Nebengebäude standen. Alles war umgeben von einer großen Mauer, in die zerbrochene Glasscherben einbetoniert waren.

»Ist die dazu da, die Gäste einzusperren?« fragte Joss.

Trainer lachte.

»Sie ist dazu da, die anderen auszusperren. Es steht jedermann frei, das Gelände jederzeit zu verlassen.«

»Meinem Vater auch?«

»Natürlich.«

»Freut mich zu hören.«

Trainer steuerte das Fahrzeug durch ein bewachtes Tor, ungefähr eine halbe Meile von dem riesigen Herrenhaus entfernt. Joss konnte sehen, daß überall Menschen waren. Diese Leute waren aktiv; hyperaktiv. Das Gelände war eine einzige brodelnde Masse engagierter Betriebsamkeit. Männer, Frauen und Kinder liefen, sprangen, fuhren Rad. Einige machten Gymnastik, andere Tai Chi oder Yoga. Hunderte fitter und aktiver Vertreter der menschlichen Rasse in Trainingsanzügen und Shorts, ärmellosen Trikots und Jogginghosen.

»Eine Zuflucht, aber kein Altersheim«, kommentierte Joss, als der bewaffnete Wachmann sie durchwinkte. »Warum die Feuerwaffen?« fragte er.

»Reverend Rivers hat seit einigen Jahren Probleme mit einem Wilderer. Es ist alles vollkommen legal.«

»Klar«, entgegnete Joss beißend. »Die Waffen können ja nicht dazu gedacht sein, die Leute davon abzuhalten, über den Zaun zu springen.«

Trainer steuerte den Range Rover zu einem Nebengebäude, das zur äußersten Linken des Herrenhauses lag.

»Ich hoffe, wir können Freunde werden«, kommentierte er.

»Sind Sie ein Freund meines Vaters?«

»Natürlich.«

Das bezweifelte Joss stark. Callum Lane war ein Mann, der berühmt war für seine Fähigkeit, hinter das falsche Lächeln und die nickenden Köpfe kriecherischer Lakaien zu sehen. Aber das war der alte Callum. Das war vor dem Tod seiner Frau gewesen.

»Hat er sich sehr verändert?«

»Nur zum Besseren«, erwiderte Trainer. Es klang einstudiert.

»Wie lange ist er schon hier?« drängte Joss.

»Lange genug.«

Trainers ständiges Ausweichen begann Joss zu irritieren.

»Geben Sie jemals direkte Antworten?«

»Ständig.«

Es war zwecklos, seine Erkundigungen fortzusetzen. Die Antworten, die er suchte, würde er nicht von seinem Fahrer erhalten. Das Fahrzeug hielt vor einem langen, schmalen Gebäude. Davor saß eine Gruppe von Leuten im Gras vor einer Tafel. Ein energischer Mann mit einem Ziegenbart benutzte einen Zeigestock, um seinen Vortrag zu unterstreichen. Er hielt kurz inne, um Trainer zuzunicken, der den wortlosen Gruß erwiderte.

»Orientierung«, erklärte Trainer, während er aus dem Inneren des Range Rovers hinabkletterte.

»Sieht eher nach Desorientierung aus«, erwiderte Joss.

»Wir wissen nicht, daß wir verloren sind, bis wir gefunden werden«, bemerkte Trainer kalt.

»Goldene Worte von Perry J. Rivers?«

»Gesunder Menschenverstand.«

»Geschwafel«, versetzte Joss. »Banaler, esoterischer Unfug.«

Gute Arbeit, Joss!

»Sie werden es schon noch lernen.« Trainer lächelte, während er sprach, als könne er in die Zukunft sehen und genieße diesen geheimen Zustand.

In dem Moment kam ein atemberaubendes Mädchen in einem grauen Jogginganzug auf Joss zugestürmt, streckte die Arme aus und umarmte ihn stürmisch.

»Du bist Joss«, sprudelte sie hervor. »Ich erkenne dich. Oh, es ist einfach wunderbar, daß du endlich hier bist.«

Sie ließ ihn los. Joss wußte nicht, was er sagen sollte.

»Also... danke, ich meine...«, stammelte er.

»Es tut mir leid«, stieß sie hervor, »daß ich dich eben so gedrückt habe.«

Sie schien den Tränen nahe zu sein, und er legte ihr tröstend die Hand auf die Schulter.

»Du kannst mich so oft drücken, wie du willst«, sagte er mit seinem schönsten gewinnenden Lächeln. Das Mädchen strahlte vor Entzücken.

»Ich wußte, daß du einfach vollkommen sein würdest.« Sie wandte sich an Trainer. »Das wußte ich doch, nicht wahr, Trainer Harrison?«

»Scheint, daß jeder außer mir wußte, daß er vorbeischauen würde«, knurrte Trainer gedehnt und nickte dann mit dem Kopf. »Er ist perfekt«, pflichtete er ihr ohne jede Begeisterung bei.

»Ich bin Fiona«, sagte sie und umarmte Joss noch einmal. Eine niedliche Knopfnase ragte keck unter tanzenden blauen Augen hervor, und dunkle Wimpern senkten sich über vorspringende Wangenknochen.

Sie war perfekt, zu perfekt, und aus mehr als einem Meter Entfernung betrachtet, hätte sie Gretas eineiiger Zwilling sein können.

»Und was nun?« fragte Joss, den dieser Zufall leicht beunruhigte.

»Orientierung«, bellte Trainer und entfernte sich mit schnellen Schritten.

»Ich bin bereits bestens in Zeit und Raum orientiert, vielen Dank.«

Trainer blieb augenblicklich stehen.

»So lauten die Regeln. Spielen Sie nach den Regeln, oder gehen Sie. Ausnahmen werden nicht gemacht. Das heißt, falls Sie immer noch Ihren Vater sehen wollen.«

»Er würde dich so gerne wiedersehen«, fügte Fiona hinzu. »Ich habe heute morgen mit ihm gesprochen. O Joss, es wird wundervoll werden.«

Trainer vertraute er zwar keine Nanosekunde, aber das Mädchen mit ihrer kindischen Aufrichtigkeit schien unfähig zur Falschheit. Joss hob eine Augenbraue.

»Orientierung, Trainer Harrison?« fragte er.

»Orientierung«, erwiderten Fiona und Trainer wie aus einem Munde. Was dieses Wort beinhaltete, sollte Joss bald erfahren.

In der Sicherheit seines Büros verschaffte Trainer sich wütend Klarheit über den Ablauf der Geschehnisse. Ein Gespräch über Funktelefon mit dem Piloten des Rapier-Jets bewies, daß Callum Lane angeordnet hatte, seinen Sohn von einem der Mitglieder aus einem protzigen Londoner Hotel abholen zu lassen und ihn auf schnellstem Wege ins Zentrum zu bringen. Das war ein Verstoß gegen die Sicherheitsvorkehrungen, und jeder Verstoß gegen die Sicherheitsvorkehrungen war eine ernste Sache. Trainer erwog, den Reverend davon in Kenntnis zu setzen, überlegte es sich dann aber anders. Es würde ein schlechtes Licht auf ihn werfen, und P. J. hatte im Augenblick mehr als genug am Hals, dafür hatte diese wehleidige kleine Hure Rose Moody gesorgt. Der Prozeß und die gewaltige Aufgabe der Organisation der in Kürze stattfindenden Massenversammlung im Hyde Park erforderte seine ganze Konzentration, er konnte keine Ablenkung brauchen.

Trotzdem hatte Trainer ein ungutes Gefühl. Er war stolz darauf, eine Nase für Schwierigkeiten zu haben. Er hatte in der Vergangenheit selbst genug Ärger gemacht, und Joss Lane stand das Wort Unruhestifter auf der arroganten Stirn geschrieben. Trainer hatte Callum Lane nie ganz vertraut, obwohl der Reverend dem Finanzfachmann eine makellose Unbedenklichkeitsbescheinigung ausgestellt hatte. Lane senior war mit einer seltenen Intelligenz gesegnet, gerissen wie ein Fuchs und oberflächlich betrachtet ein wahrer Bekehrter. Diese Aktion mochte der Sorge eines liebenden Vaters entspringen, aber Trainer war nicht überzeugt davon. Er würde die Situation wachsam im Auge behalten. Mittlerweile würde Lane junior die »Orientierung« durchmachen.

Er lächelte grimmig und öffnete seine Computerverbindung zum Vorstrafenregister der Polizei.

»Also, Joss Lane«, murmelte er, »wollen wir doch mal sehen, ob du ein böser Junge bist oder ein trauriger Fall.«

Kapitel sechzehn

Fiona faßte ihn bei der Hand und führte ihn in einen Schlafsaal, in dem zwölf Betten standen. Der Raum war trist und sauber und erinnerte Joss an eine Privatschule. Die schlichten Wände waren kahl, und den Zimmerbewohnern war jede persönliche Note verwehrt. Als er aufblickte, konnte er nicht umhin, das große Bild an der Decke zu bemerken, ein Konterfei von Reverend Rivers, zwei Meter vierzig mal eins achtzig, in Schwarzweiß. Ein gütiges Lächeln zierte seine Züge. Für die Zimmerbewohner der letzte Anblick beim Zubettgehen und der erste im Morgengrauen. Eher »Großer Onkel« als »Big Brother«, aber ein klarer Beweis dafür, daß es sich hier um einen »Persönlichkeitskult« handelte.

Fiona plapperte geistlos weiter, wie »wundervoll« doch alles sei und wie »sagenhaft« alles sein würde, wo er jetzt hier war. Joss beäugte mißtrauisch das Bett, das ihm zugewiesen worden war.

»Harte Matratzen sind sehr gut für den Rücken«, dozierte sie. »Trainer Rivers sagt, daß alle Rückenbeschwerden nach ein paar Tagen hier kuriert wären.«

»Was soll dieses ›Trainer‹-Gerede?« erkundigte Joss sich, warf seine Tasche aufs Bett und bemerkte, daß sie die Zementkonstruktion kaum eindellte. Fiona lächelte und wirkte leicht verlegen.

»Du wirst dich daran gewöhnen.«

»Werde ich das?«

»Ich weiß, es kommt einem anfangs albern vor, aber es soll eigentlich bedeuten, daß wir alle hier im selben Team spielen. Er sagt, wir seien seine spirituellen Sportler und er sei unser –«

»Trainer«, beendete Joss den Satz. »Ich hab's begriffen. Er hat die großartige Strategie für das Spiel im Himmel, und ihr seid hier, um die Pokale nach Hause zu bringen.«

Fiona sah geknickt aus. »Bist du immer so zynisch?«

»Tut mir leid, das ist alles ein bißchen...« Er zuckte die Achseln und kämpfte gegen seinen natürlichen Drang an, offen seine Meinung zu sagen.

»Anders?«

»Anders ist es bestimmt.«

Fiona langte unter das Bett und zog eine Sporttasche hervor. Sie zog den Reißverschluß auf und legte ihm eine Garnitur Sportkleidung heraus.

»Du wirst sehen, die Sachen werden dir wie angegossen passen. Dein Vater hat sie selbst ausgesucht.« Sie lächelte und wies mit einem Nicken auf ihn und die Kleidungsstücke.

»Was ist?« fragte er.

»Zieh dich um.«

»Ich treff dich dann draußen«, entgegnete Joss.

»Wir haben hier keine Geheimnisse voreinander, Joss, keine Komplexe. Unser Körper ist das Fahrzeug unserer Seele. Er muß gewartet werden, poliert und blankgeputzt, bis er in der Sonne glänzt.«

Joss zog sich den Pullover über den Kopf.

»Die klugen Worte von Chefmechaniker Rivers oder Schmiermaxe Harrison Trainer?«

»Wieder dieser Zynismus.«

Sie guckte ungeniert zu, während er sich bis auf die Unterwäsche auszog.

»Du hast einen schönen Körper«, bemerkte sie beifällig.

»Es sind schon ein paar Meilen auf dem Tacho, aber es ist ein netter kleiner Flitzer. Nur der Besitzer ist leichtsinnig.«

Fiona lachte anerkennend. »Du bist komisch, aber langsam fängst du an, eine ungefähre Vorstellung zu kriegen.«

Er zog eine dunkelblaue Jogginghose, ein himmelblaues

ärmelloses Trikot und protzige Joggingschuhe mit Mustern in schrillen Farben an.

»Mein Vater hat die Sachen ausgesucht, sagst du?«

»Höchstpersönlich.«

»Sein Geschmack hat sich geändert.«

»Dieser Ort verändert einen.«

Das bezweifelte Joss keine Sekunde.

»Was nun?«

Sie griff nach seiner Reisetasche.

»Wir werden das irgendwo aufbewahren, wo es sicher ist.«

Joss riß ihr die Tasche aus der Hand.

»Bei mir ist sie sicher.«

»Es ist uns nicht erlaubt, eigene Sachen zu besitzen.«

Sie versuchte, ihm die Tasche zu entwinden. Ihr Gesicht war starr vor Entschlossenheit.

»Nein. Hör zu, Fiona, ich will nicht, daß du meine Sachen nimmst, und ich werde sie dir nicht geben.«

»Dann habe ich versagt und verdiene es, bestraft zu werden.«

Sie nahm das einfach so hin; ihre Augen waren nicht verängstigt.

»Wovon zum Teufel redest du?«

»Bitte, Joss.«

»Laß mich einen Augenblick darüber nachdenken. Wir treffen uns draußen vor der Tür.«

»Ich soll dich nicht allein lassen.«

»Entweder oder.«

Zögernd und unglücklich entfernte sie sich aus seiner Sichtweite. Joss fand es gruselig. Dieses Zentrum, diese Leute waren unheimlich; was zum Teufel hatte Callum mit denen zu schaffen? Er mußte die raffinierten Pläne, die er immer verfolgt hatte, vergessen haben, daß er sich mit diesen bekloppten Mondkälbern im Gemeinschaftshimmel herumtrieb.

Schnell zog er den Reißverschluß seines Gepäcks auf, holte seinen Paß und die Brieftasche heraus und sah sich dann nach einem sicheren Versteck um. An anderen Ende des Schlafsaals befand sich ein Gemeinschaftsbadezimmer. Joss blickte hoch und stellte fest, daß die Decke aus einzelnen Styroporplatten bestand. Er kletterte auf ein weißes Porzellan-Toilettenbecken und zog an einer der Styroporplatten, bis sie sich löste. Er schob den Paß, seine Kreditkarten, die glückbringenden Go-Steine und Gretas Aktenordner hinein, setzte die Deckenplatte wieder ein und sprang gelenkig hinunter. Es schien in hohem Grade wahrscheinlich, daß der mißtrauische Trainer ziemlich bald sein Gepäck durchsuchen und anschließend überprüfen würde, ob er irgendwas in seinem Bett versteckt hatte. Es war keine perfekte Lösung, bei weitem nicht, aber das Beste, was unter den Umständen möglich war. Er verließ den Schlafsaal und reichte Fiona die Reisetasche.

»Joss, das ist eine Freundlichkeit, die ich nicht vergessen werde.«

»Was jetzt?«

»Wir gehen zum medizinischen Trakt.«

Sie ging voran, und Joss folgte wachsam. Auf dem Weg grüßte sie jede Menge glücklich strahlender Leute und blieb jedesmal stehen, um ihn vorzustellen. Es war ihm äußerst peinlich, daß er von jedem unbefangen umarmt wurde; gleichzeitig war es ziemlich überwältigend, aber das sollte es wohl auch sein.

Der medizinische Trakt lag hinter dem imposanten Herrenhaus und war von der Architektur her ebensowenig bemerkenswert wie die übrigen Nebengebäude. Am Empfang wurde er von einer rotgesichtigen Krankenschwester in einem klinisch weißen Trainingsanzug begrüßt.

»Willkommen, Joss«, begann sie, und er war entzückt, als er feststellte, daß keine Umarmung folgte. Vielleicht war das Liebesfest vorbei.

»Wir werden mit der Tretmühle beginnen. Sie werden an die Geräte angeschlossen, damit wir Ihre Lungenkapazität und die Herzfrequenz messen können.«

Er grunzte.

»Standardvorgehen. Wir haben Ihre medizinischen Unterlagen, und die müssen auf den neuesten Stand gebracht werden.«

Sie ließ nicht mit sich reden, und fünf Minuten später hämmerten seine Füße gegen die Gummifläche eines Laufbandes. Kabel hingen an ihm herunter, und an seinem Mund war ein Lungenmonitor befestigt. Fiona strahlte mächtig, als seine stampfenden Beine zwei Kilometer zurücklegten.

»Und ausruhen«, befahl die Schwester. Das Kommando hätte Joss nicht gebraucht. Sie las den Ausdruck. »Großartig«, fuhr sie fort.

»Sie waren mal starker Raucher.«

»Ich habe ein bißchen geraucht«, erwiderte er. Fiona gab einen mißbilligenden Laut von sich.

»Selbstvergiftung«, kommentierte sie traurig.

»Ihre Lungenkapazität wird irgendwann zurückkehren«, sagte die Krankenschwester mißbilligend, und obwohl er es zu verhindern versuchte, fühlte Joss sich schuldig.

Den Rest des Nachmittags verbrachte er in einem Tornado hektischer Aktivität. Zunächst wurde er zum Schwimmbecken geführt, wo er aufgefordert wurde, zusammen mit anderen eine Bahn nach der anderen zu schwimmen. Die Monotonie wurde zu einem Rhythmus, dann zur geistlosen Wiederholung. Er schwamm und dachte. Der Pulsschlag seines Tuns wurde zur langsamen Schlagzahl, als er bei jedem vierten Stoß einatmete. Die Schlagzahl entsprach dem Takt des Schlafliedes, auf das seine Therapeutin so fixiert gewesen war. Er sang es in seinem Kopf.

»*Ich, Joss, und Jill den Berg bestiegen*« – einatmen,

»*Wo ist denn nur Joss geblieben*« – einatmen,

»*Mutter sucht ihn sehr*« – Beinschlag, einatmen,

»*Plumps, fiel er in ein tiefes Loch!*« – Armzug, Kopf drehen, schwimmen.

In seiner pausbäckigen Unschuld hatte Joss das Kinderlied unmelodisch mitgesungen; die stille Verzweiflung des Textes war ihm nie aufgefallen. Wenn sie das Duett beendet hatten, hatte seine Mutter ihren »Jossie« immer umarmt und geflüstert: »Aber sie kamen schließlich gesund und wohlbehalten an einen geheimen Ort, wo niemand sie finden konnte, nicht wahr?« Als er erwachsen wurde, hatte Joss jedoch entdeckt, daß nur Lieder, Gedichte und Geschichten ein glückliches Ende nahmen, während es im wirklichen Leben eher zuging wie bei den Brüdern Grimm.

Joss spürte, wie er langsamer wurde, als ihm das Herz sank, so wie sie an jenem schrecklichen Tag versunken war. Er erreichte das Ende der Bahn und seiner Ausdauer und mußte von einer entzückten Fiona, die stolz war, daß er so weit geschwommen war, aus dem Wasser gezogen werden.

Danach wurde er zum Speisesaal des Zentrums geführt, wo ihm stolz eine magere Portion Salat und Tofu vorgesetzt wurde. Er war zu hungrig, um die Mahlzeit abzulehnen, und schlang sie wutentbrannt hinunter.

Als nächstes wurde er aufgefordert, auf einer Radrennbahn seine Runden zu drehen. Mittlerweile war er der Erschöpfung nahe. Gegen acht war er einer der wandelnden Toten. Alles verschwamm ihm vor den Augen, und er schlief vor seiner Schale dünner Brühe ein. Er wußte nicht, wie lange er eingenickt gewesen war, aber er wurde wach, als jemand ihn sanft rüttelte.

»Was? Was?« Er spürte, daß ihm ein schmaler Streifen Speichel aus dem Mund gelaufen war. So gut er konnte, konzentrierte er sich. Ein dünn lächelnder Trainer flüsterte: »Noch immer in Zeit und Raum orientiert?«

Obwohl er sich angestrengt bemühte, es nicht zu tun, erwiderte Joss: »Nein, Trainer Harrison.«

Trainer half ihm auf die Füße und trug ihn halb zum Schlafsaal, wo er ihn vorsichtig auszog, wobei ihm die alten, verblaßten Einstichstellen an den Armen auffielen.

»Wir werden dafür sorgen, daß du einem ganz anderen Drachen nachjagst«, murmelte er. Joss hörte die Worte und verstaute sie in den zerrütteten Winkeln seines Gehirns.

»Ich will meinen Vater sehen«, sagte er. Seine Zunge fühlte sich dick und fremd an.

»Es wird jetzt nicht mehr lange dauern, Joss«, entgegnete Trainer und tätschelte ihm hart den Kopf. Gar nicht mehr lange, dachte Trainer, dann werden wir ja sehen, ob du immer noch so klugscheißerisch daherkommst, Junkie-Aussteiger.

Callow, Thynne und Rory Fannon saßen im Wohnzimmer der prächtigen Suite, die Rivers und sein Gefolge sich für die Dauer des Verfahrens genommen hatten. Man hatte ihnen Tee und Kaffee gebracht, aber Fannons Wunsch nach etwas »gegen die Kälte« war von einem seiner wohlmeinenden Anhänger durch die Bereitstellung einer karierten Wolldecke entsprochen worden. Thynne grinste über das transatlantische Mißverständnis, während Callow schlicht irritiert war über die ungebührliche Inanspruchnahme seiner Zeit, bei seinem vollen Terminkalender. Sie warteten bereits eine halbe Stunde, während der Reverend seine Andacht hielt.

Fannon nippte an seinem Earl Grey. »Glauben Sie, wir werden eingeladen, uns dem Club anzuschließen?« murmelte er.

Die Tür zu Rivers' Privatquartier wurde abrupt aufgestoßen, und Rivers selbst kam mit großen Schritten herein. Das Präsidentschaftskandidaten-Image, das er im Gerichtssaal gezeigt hatte, hatte er abgelegt und gegen ein weißes Seidenhemd und Hanfhosen eingetauscht. »Meine Herren«, sagte er warm, »ich danke Ihnen für Ihre freundliche Geduld, aber die Arbeit des HERRN darf nicht wegen irdischer Belange vernachlässigt werden.«

Fannon wisperte: »Lieber Himmel«, und in Rivers' Augen blitzte es böse auf.

»Genau, Bruder Fannon.« Seine Stimme klang warm und

strafte den feindseligen Blick Lügen. »Ich nehme an, Sie wollen den Verlauf der heutigen Sitzung durchsprechen«, warf Callow unvermittelt ein.

Rivers nickte gedankenvoll und setzte sich zu ihnen an den Queen Anne-Tisch, auf den letzten leeren Stuhl. »In der Tat. In der Tat will ich das.« Er nickte und starrte dann jedem der Männer ins Gesicht, bis sie den Blick senkten. Thynne hielt es am längsten aus.

»Ich habe heute gut zugehört, meine Herren. Ich habe wie Salomo geurteilt, und dieses arme irregeleitete Geschöpf ist vor Gott für unzureichend befunden worden.«

»Warten Sie, bis wir sie ins Kreuzverhör genommen haben, dann werden Sie . . . «

Eine erhobene Hand brachte Callow zum Schweigen. »Vergeben Sie mir«, sagte Rivers. »Aber warten Sie bitte, bis ich meine Gedanken in Worte gefaßt habe, bevor Sie mir Ihre wohlerwogene Antwort zuteil werden lassen.«

Callow lief rot an, und Fannon schüttelte den Kopf; der Mann besaß zweifellos eine gewaltige Ausstrahlung. Sie hatten bereits eine Reihe von Besprechungen mit ihrem Mandanten geführt, aber bei den früheren Zusammentreffen war er bescheiden aufgetreten, zufrieden, ihre Ratschläge entgegenzunehmen.

»Wie ich vor Ihrer wohlmeinenden Unterbrechung feststellte, das Mädchen ist für unzureichend befunden worden. Der Teufel selbst hat ihr sein Ohr geliehen, so wie er ihren ruinierten Leib besessen hat; armes Wesen. Sie wird nicht gerettet werden, wenn der große Tag kommt, und ich, als der Torhüter des Heils, bedaure, daß sie verloren ist.«

Die drei erfahrenen Barrister saßen schweigend da und warteten darauf, daß er zur Sache kam und ihnen sagte, worauf er mit dieser Predigt hinauswollte. Rivers faltete die Hände, schloß die Augen und schaukelte einen Augenblick vor und zurück, immer vor und zurück. Gerade als Rory Fannon die anderen ansah und die Achseln zucken wollte, öffneten sich unvermittelt die aquamarinblauen Augen des Reverends.

»Aber verloren ist sie. Meine Herren, wir dürfen keine Bedenken haben, die Abgesandten des Teufels mit ihren eigenen Waffen zu schlagen. Sie ist das Sprachrohr des Widersachers, und wie üblich hat der Verderber gut gewählt. Sie drei sind die besten Anwälte Ihres Landes, Sie sind mir freundlich gesonnen, und in Ihrem Herzen kennen Sie die Wahrheit. Aber diejenigen, die das Urteil über mich sprechen wollen, kennen mich nicht.«

Rory Fannon sah Thynne an, der weise nickte. Callow, der von der Vorstellung fast hynotisiert schien, blickte leer drein.

»Aber das Mädchen wirkte überzeugend«, fuhr Rivers fort. »Wirklich, wenn Gott der HERR und ich selbst nicht die Wahrheit wüßten, könnte sie uns sogar mit ihrem Dreck beeinflussen.«

Thynne wartete, bis Rivers eine Pause machte. »Reverend?«

Er wurde mit einem frommen Nicken beehrt.

»Ich denke, ich spreche für uns alle hier, für Ihre Freunde und Anhänger. Sie haben uns mit der Förderung Ihrer Mission betraut, und wir nehmen diese schwere Bürde ernsthaft und mit Entschlossenheit auf uns.«

»Dafür sind Sie ja bereits reich belohnt worden«, drängte Rivers. »Mit irdischen Gütern natürlich, aber bitte kommen Sie zur Sache.«

Thynne versuchte zu lächeln, aber selbst er war leicht ungehalten über die versteckte Anspielung auf die riesigen Honorare, die sie bereits in Rechnung gestellt hatten.

»Wir sind Experten darin, in den Geschworenen zu lesen wie in einem Buch«, fuhr er fort. Rivers nickte ermutigend. »Und darin, die Wirkung einzuschätzen, die ein Zeuge auf sie hat.«

»Ich bin entzückt, Ihre Fachkenntnis noch einmal bestätigt zu bekommen, mein Freund; bitte fahren Sie fort, Ihre Worte finden Anklang bei mir«, sagte Rivers sanft.

Thynne nickte und sprach weiter. »Das Mädchen wird demontiert werden, sobald wir Gelegenheit haben, sie richtig zu befragen. Wir werden nicht davor zurückschrecken, sämtliche Mittel in unserem Arsenal einzusetzen, damit ihre Glaubwürdigkeit erschüttert wird.«

In tiefer Kontemplation schloß Rivers für lange Sekunden die Augen, öffnete sie dann langsam wieder und fixierte jeden der Männer mit einem verklärten Lächeln.

»Ja, ich glaube, das werdet ihr, meine Brüder. Ich glaube wahrlich, das werdet ihr. Im Himmel herrscht Jubel über jeden Sünder, der gerettet wird, aber die Legionen der Verdammten kreischen vor Verzweiflung, wenn einem der ihren die Maske abgerissen wird.«

Rivers stand unvermittelt auf, und wie Eisenspäne, angezogen von einem Magneten, erhoben sie sich ebenfalls. »Ich werde jetzt auf mein Zimmer gehen, um für die verlorene Seele von Rose Moody zu beten. Gute Nacht.«

Die drei sammelten schweigend ihre Siebensachen zusammen und gingen zur Tür. Als Callow sie öffnete, sprach Rivers noch einmal.

»Ich bin der Vikar des HERRN, der Torhüter der Tore des Heils und der Täufer der Erlösten.« Er machte eine dramatische Pause. »Aber ich bezahle auch den Spielmann und bestimme, welches Lied gespielt wird. Sorgen Sie dafür, daß es laut und deutlich gespielt wird, hören Sie, laut und deutlich.«

Callow ließ die anderen in den Flur treten und zu den Fahrstühlen vorgehen. Thynne war wie betäubt, Callow wie hypnotisiert von der Show, und Rory Fannon pfiff leise. Er flüsterte: »Du bist außerdem der gefährlichste und mächtigste Verrückte, der mir je über den Weg gelaufen ist.« Aber das war nur für seine eigenen Ohren bestimmt.

Kapitel siebzehn

»DER KÖRPER IST FÜR DIESES LEBEN, ABER DIE SEELE IST FÜR DIE EWIGKEIT.«

»Was zum Teufel?« murmelte Joss von seinem Bett aus. Er blickte zu Rivers' Konterfei hoch, das mit ihm zu sprechen schien, und kam zu dem Schluß, daß versteckte Lautsprecher in die Decke eingebaut sein mußten, die weiter die Dezibel herauspumpten.

»ERWACHE UND STREBE DANACH, DEINE PFLICHT UND DEINE MISSION ZU ERFÜLLEN, DANN WIRST AUCH DU VIELLEICHT FÜR WÜRDIG BEFUNDEN WERDEN.«

Draußen war es noch dunkel, aber die Neonbeleuchtung des Schlafsaals wechselte langsam von schummrig zu hell. Joss sah total fasziniert zu, wie die anderen aus den Betten sprangen und – in Unterwäsche – mit Dehnübungen begannen. Joss zog sich die dünne Bettdecke über den Kopf und drehte sich auf die andere Seite. Die Decke wurde von dem Mann zurückgezogen, den er bei seiner Ankunft so begeistert hatte dozieren sehen.

»Komm, Joss«, sagte er entschlossen. Es klang, als sei er Schwede oder Däne; Joss hatte immer Schwierigkeiten gehabt, die beiden auseinanderzuhalten, wenn sie ihr perfektes Englisch sprachen.

»Ich bin Lars, der Barackenführer. Du warst gestern abend zu müde, deshalb haben wir uns noch nicht kennengelernt. Der Tag ist jung.«

»Der Tag ist noch ein Spermium«, erwiderte Joss schläfrig. »Ruf mich, wenn er in die Pubertät kommt, dann können wir besprechen, in welche Schule wir ihn schicken wollen.«

»Aufstehen«, befahl Lars, zog die Bettdecke zurück, zerrte ihn mit einem Ruck aus dem Bett und stellte ihn auf die Füße. Fast hätten Joss' Beine nachgegeben. Durch die Anstrengungen des gestrigen Tages hatten sich seine Muskeln zu Kreuzknoten verschlungen.

»Die Dehnübungen werden die Muskeln entspannen«, sagte Lars. »Sie werden das kostbare Herz zum Pumpen bringen.«

Oben erfolgte ein Personalwechsel, und eine honigsüße weibliche Stimme begann zu zählen, während alle Schlafrauminsassen auf den Bauch fielen und mit fünfzig Liegestützen begannen. Lars beäugte ihn argwöhnisch. Joss zuckte die Achseln und ließ sich zu Boden fallen. Die ersten zwanzig Liegestütze waren schmerzhaft, dann pumpte und brauste sein Blut und pumpte Energie durch die belastete Muskulatur. Ärgerlicherweise hatte Lars recht: Joss fühlte sich tatsächlich besser, als die fünfzigste Anstrengung überstanden war.

»Frühstück«, bellte Lars. Die anderen zogen sich eilig an, die Gesichter starr wie in Stein gehauen. Es gab keine Unterhaltungen. Joss konnte nur den Kopf schütteln.

Fiona wartete im Speisesaal an einem der schlichten Holztische auf ihn. Sie strotzte geradezu vor Gesundheit.

»Joss.« Sie wollte ihn umarmen, aber er trat einen Schritt zurück und setzte sich.

»Es ist ein bißchen früh für mich. Mutter sagte immer: ›Keine Umarmungen vor sechs Uhr morgens.‹«

»Bist du aber mürrisch heute«, tadelte sie ihn spielerisch. »Bald wirst du trillern wie eine Lerche und dich fragen, wie du je den frühen Morgen so vergeuden konntest.«

»Ich kann es kaum erwarten. Was gibt es zum Frühstück?«

Sie führte ihn zu einem Tisch, der sich unter dem Gewicht von frisch ausgepreßtem Orangensaft und Körnern bog. Die Frühstücksschalen waren winzig, fast von Puppenstubenformat.

»Das ist verrückt«, sagte Joss. »Ihr verbraucht jede Menge

Energie. Ihr braucht Kohlenhydrate; energieliefernde Substanzen.« Er wies auf seine Frühstücksschale. »Durch das Zeug und den Zucker in dem Saft werdet ihr nur wirr im Kopf.«

Joss hatte diese Lektion in seinen Tagen bei In Extremis gelernt: Die Ernährung war ebenso wichtig wie Geschicklichkeit und Mut, wenn man mit den Fingerspitzen an einem fünf Zentimeter breiten Absatz hing, während es unter einem sechshundert Meter in die Tiefe ging.

»Es macht uns spiritueller.«

»Es macht euch leichtgläubiger«, erwiderte er und füllte seine Schale bis an den Rand. »Sieh dir das an. Magermilch. Himmel, das ist kaum besser als weißes Wasser.«

Er kehrte zum Tisch zurück. Fiona setzte sich neben ihn.

»Du bist aber heute morgen gar nicht gut drauf«, gurrte sie, und Joss fühlte sich an die Singsangstimme einer Sonntagsschullehrerin erinnert.

»Wie lange bist du schon hier?« fragte er und löffelte die Mixtur in sich hinein.

»Heute haben wir ein volles Programm«, antwortete Fiona.

»Zwei Tage, zwei Monate, zwei Jahre?«

»Wirklich ein volles Programm. Wenn du denkst, daß du gestern müde warst, also, heute wirst du schlafen wie...«

»Ein fröhlich Beifall klatschender Mitläufer.«

»Wie ein Baby.«

»Also, wie lange? Woher kommst du? Wo sind deine Eltern? Wie alt bist du? Wovon träumst du?«

Mit der letzten Frage hatte er ihre Aufmerksamkeit erregt.

»Würdig zu sein, erwählt zu werden.« Sie wandte ihm ihr Gesicht zu. »Man kann würdig sein, man kann erwählt werden; man kann den Schwur ablegen.«

»Den was?«

Fionas Blick huschte durch den Raum, und sie schien erleichtert, daß niemand zuzuhören schien.

»Ich hätte nichts sagen sollen.«

»Erzähl mir von diesem Schwur.«

»Welchem Schwur? Ich habe keine Ahnung, wovon du redest.«

Unvermittelt stand sie auf.

»Weiß du, ich habe wirklich getan, was ich konnte, damit du mich magst.« Sie stieß mit dem Finger nach ihm, so daß sie ihn fast ins Auge getroffen hätte, und er zuckte zurück. »Aber du mußt ja immer alles schwierig machen, oder?«

Scheinbar aus dem Nichts erschien Lars an ihrem Tisch.

»Gibt es Probleme?« Er musterte Joss kalt und lächelte dann das Mädchen an, aber das Lächeln trug wenig dazu bei, seine Züge aufzutauen. Joss zuckte die Achseln und trank seinen Saft.

»Er haßt mich, Lars«, zischte Fiona.

»Dann werden wir ihm für die Dauer seines Aufenthalts einen anderen ›Freund‹ suchen müssen«, sagte Lars, und Joss wußte, daß das eine Drohung war.

»Ich brauche keine Freunde, und was mein Hierbleiben angeht, ich werde verschwinden, sobald ich mit meinem Vater gesprochen habe. Also, wo zum Teufel ist Callum?«

Joss spürte eine muskulöse Hand wie einen Schraubstock seine Schultern umklammern. Er versuchte, den Kopf zu bewegen, aber eine Stimme, Trainers Stimme, warnte: »Ruhig!« Joss war machtlos, der Griff gnadenlos.

»Wir können nicht gestatten, daß Sie den Tagesablauf in diesem Zentrum durcheinanderbringen, Lane. Wir dulden Sie hier, weil Ihr Vater es wünscht. Es steht Ihnen jederzeit frei zu gehen, aber Sie werden ihn erst zu sehen bekommen, wenn Sie die Orientierung beendet haben. Ist das soweit klar? Verstehen wir uns?«

Joss nickte. Fiona sah mit süffisantem Entzücken zu, Lars' Blick war herausfordernd. Joss spürte, wie der Griff sich leicht lockerte.

»Sie sind Ihrem Vater kein guter Sohn gewesen«, fuhr Trainer fort. Seine Stimme klang jetzt vernünftiger. »Es ist noch nicht zu spät, das wiedergutzumachen.« Joss konnte erkennen, daß die kalte Aggression, die Trainer gestern gezeigt hatte, offenem Abscheu gewichen war, und seine Anspielung auf Joss' Versagen als Sohn war ein Beweis dafür, daß ihm Joss' bewegte Geschichte mittlerweile bekannt war. Joss nickte. Jetzt war nicht der richtige Augenblick, aber unvermeidlicherweise würde der Tag kommen, an dem er es Trainer heimzahlen würde.

»Sie würden mir am liebsten den Kopf abreißen, was, Joss?«

Trainers scheinbare Voraussicht verblüffte ihn.

»Versuchen Sie's. Sie werden scheitern, wie viele vor Ihnen.«

Fiona wirkte verstört, als sie diese Worte hörte. Trainer tat so, als würde er einen anderen Kurs einschlagen.

»Aber hier ist alles anders. Wir sind doch alle im selben Team.« Er ließ Joss' Schulter los. »Da komme ich, um Ihnen die gute Nachricht mitzuteilen, und was tun wir? Wir streiten uns.«

»Ein gutes Frühstück wäre schön«, knurrte Joss. »Was für eine gute Nachricht? Zwei Wochen als Selbstversorger auf den Hebriden, mitten im Winter? Soll ich den Kanal durchschwimmen? Ich meine, wie viele gute Nachrichten kann ein Mensch verkraften, ohne ein Liedchen anzustimmen?«

Trainer schnalzte mißbilligend. »Wenn Sie das heutige Programm durchstehen, können Sie noch heute abend Ihrem Vater beim Abendessen Gesellschaft leisten.«

Joss wollte widersprechen, aber hier ging es um ihn und seinen Vater. Sobald er mit Callum gesprochen hatte, konnte die Sache zwischen ihm und Trainer geklärt werden.

»Abgemacht«, stimmte er zu.

»Wir treffen keine Abmachungen, wir machen nur Versprechungen«, erwiderte Trainer.

»Das heißt, wenn ihr nicht zu beschäftigt damit seid, den Schwur abzulegen.« Joss sah Fiona direkt an, als er das sagte. Trainer und Lars folgten seinem Blick. Er spürte eine finstere

Freude, als er sah, wie ihr die Farbe aus dem Gesicht wich. Trainer nickte ein einziges Mal. Sie wollte etwas sagen, aber er hob die Hand, um sie zum Schweigen zu bringen. Mit gesenktem Kopf verließ sie den Speisesaal.

»Sie machen die Orientierung zu Ende, dann bekommen Sie Ihren Vater zu sehen«, sagte Trainer nachdenklich.

»Wie Sie wollen, Trainer Harrison.« Aber diesmal war die Antwort vorsätzlich, nicht die erschöpfte Reaktion von gestern abend, und Trainer wußte es.

»Lars wird Sie auf Herz und Nieren prüfen.«

»Mit Vergnügen«, erwiderte Lars und lächelte dünn.

Joss schob die Frühstücksschale zur Seite und kraxelte auf die Füße.

»Geh voran, Schneemann.«

Joss ging hinterher. Mittlerweile war nur zu klar, was für ein Spiel sie spielten: sie versuchten, den Körper zu erschöpfen und den Kopf zu lähmen. Aber es mußte noch mehr geben. Das Ganze mußte doch irgendeinen Sinn haben. Er konnte nur hoffen, daß Callum ihm eine Antwort geben konnte.

Kapitel achtzehn

Joss hatte erwartet, daß Tag zwei der Orientierung mit einem banalen, P. J. Rivers-inspirierten Vortrag über den Körper als Tempel der Seele beginnen würde, aber zunächst kam ein mörderischer Geländelauf über fünf Meilen mit Lars, der dabei kaum außer Atem geriet.

Während Joss nach Luft rang, versuchte er, diesen merkwürdigen Ort gedanklich irgendwie einzuordnen. Die Bewohner schienen glücklich genug zu sein, auf leere, blöde Weise; die Quartiere waren sauber und gut instandgehalten, die Organisation klappte glatt und reibungslos. Die Sekte hatte Geld, das luxuriöse Herrenhaus und die Parkanlagen waren ein klarer Beweis dafür, und dennoch war eine totalitäre Starre an dem ganzen Unternehmen, die er beunruhigend fand.

Verschiedentlich war er verzweifelt genug, in Erwägung zu ziehen, stehenzubleiben und eine Pause einzulegen, aber er weigerte sich, seinem grimmigen Gefährten diese Befriedigung zu gönnen. Er kämpfte sich Hügel hinauf und rannte Abhänge hinunter, watete durch klare Frühlingsbäche und plagte sich über dunkelgrauen Schiefer, bis sie endlich ihren Rundlauf beendet hatten. Lars nickte ihm zu, während er trocken würgte und, die Hände auf den Knien, die klare frische Luft einsog.

»Nicht schlecht«, kommentierte Lars. »In ein paar Wochen wirst du das als sanfte Aufwärmübung betrachten.«

Joss' Puls begann sich langsam wieder zu beruhigen. »Nein, Lars, alter Kumpel. In ein paar Wochen werde ich flach auf dem Rücken liegen, mit einem heißen Roman, einer kühlen Brise, einer warmen Frau und einem kalten Drink.«

Lars schien finster amüsiert und fast selbstgefällig ungläubig.

»Wie du willst; folge mir.«

»Aber mit dem größten Vergnügen«, erwiderte Joss. »Was jetzt? Ein schneller Triathlon und danach ein erfrischender Becher Zitronentee?«

»Nein. EKG und EEG.«

»Mein Herz und mein Gehirn sind vollkommen gesund.«

»Wir machen diese Untersuchungen alle, jeden Tag, ohne Ausnahme. Selbst dein Vater.«

Joss zuckte die Achseln. »Mein Vater sollte sich wirklich seinen Kopf untersuchen lassen. Aber wenn das hier so üblich ist, bitte.« Wenn das eine notwendige Voraussetzung dafür war, Callum zu sehen, blieb ihm keine Wahl.

Lars führte Joss über den Hof, am Herrenhaus vorbei und in ein modernes Flachdachgebäude aus getünchtem Schlackenstein. Das große rote Kreuz neben der Tür signalisierte, welchem Zweck das Bauwerk diente.

»Du meinst, die Leute werden hier tatsächlich krank? Du überraschst mich, Lars«, sagte Joss, als sie in den Empfangsbereich traten.

»Nicht sehr oft«, erwiderte Lars, »aber wir streben nach Autarkie, in Geist und Körper. Du wirst feststellen, daß wir viele gute und hochengagierte Ärzte hier im Zentrum haben.«

Joss wurde zu einem sparsam eingerichteten Wartezimmer direkt neben dem Hauptwarteraum geführt, der gedrängt voll war mit munter plaudernden Anhängern von Reverend Rivers. Joss setzte sich neben eine Frau, die er auf Mitte Fünfzig schätzte. Sie hatte lange, dünne graue Haare und ein verwittertes, tief kastanienbraunes Gesicht, das offenbar jahrelang der Sonne ausgesetzt gewesen war. Sie blickte zu ihm hin und lächelte. Ihre Augen hatten die Farbe von eisblauem Marmor und sahen aus, als hätten sie schon tausend Leben gesehen. Der eher kleine, breitschultrige Mann neben ihr, etwas älter als Joss, war in ein Buch vertieft.

»Hallo«, sagte Joss zu der Frau. »Wie lange muß man denn hier so warten?«

»Nicht lange, junger Mann. Sie sind wohl neu hier«, erwiderte sie.

»Nur auf Besuch. Ich bin gestern angekommen. Was ist mit Ihnen?«

»Oh, ich bin schon seit einiger Zeit hier. Willkommen in unserer Gemeinschaft.«

»Danke, aber ich habe nicht vor, lange zu bleiben.« Joss blickte sich um. Lars hatte den Raum verlassen, und der andere Mann starrte immer noch konzentriert in sein Buch. »Ich stehe eigentlich nicht auf diesen Sektenkram, aber was soll's, jedem das Seine«, wagte er sich höflich vor.

»Wir sind keine Sekte«, stellte sie kategorisch fest.

»Nein? Was dann?«

»Genau das, was wir zu sein behaupten: eine Kirche, was sonst?«

»Ich nehme an, Sie haben die Zeitungen nicht gelesen.«

»Das brauche ich auch gar nicht, junger Mann. Was könnte ich denn aus Zeitungen schon erfahren?«

»Die Wahrheit vielleicht.«

»Was ist die Wahrheit?«

»Sagen Sie es mir«, versuchte es Joss, wünschte aber sofort, er hätte es nicht getan.

»Wahrheit ist weder ein Gefühl noch eine Idee. Die Wahrheit finden wir in der Bibel.«

»Und was, bitte, soll das bedeuten?«

»Das heißt, wer nicht erwählt ist, wer nicht hier ist, wer die unreinen Zeitungsberichte liest, der hat ein falsches Verständnis von Gott dem Vater.«

»Und Reverend Rivers hat das richtige Verständnis, nehme ich an.«

»Das hat er ganz bestimmt, wie Sie bald genug entdecken werden.«

»Was tun die Leute denn hier alle?«

»Jeder hat bei der Vorbereitung auf den glorreichen Tag seine Rolle zu spielen.«

Gerade in diesem Augenblick kam eine streng wirkende Frau im Laborkittel aus dem Untersuchungsraum und rief den Namen Thurman auf. Der Mann mit dem Buch erhob sich und folgte ihr, ohne ein Wort zu sagen. Im Gehen warf er Joss einen schnellen Blick zu.

Eine halbe Stunde später hatte auch Joss die Untersuchungen hinter sich. Joss stellte sich mit verschränkten Armen hin und wartete auf weitere Instruktionen.

»Zum Schwimmbecken«, befahl Lars.

Einmal mehr verlor er sich in der geistlosen Wiederholung und schwamm, bis er neben dem Becken zusammenbrach. Seine Beine waren wackelig wie die eines erst eine Stunde alten Fohlens. Nachdem er sich abgetrocknet hatte, wurde er in einen kleinen Vortragsraum geführt. Auf einem winzigen Tisch stand ein Filmprojektor. Es gab nur einen Stuhl, auf den Lars sich selbstgefällig setzte.

»Was gibt's jetzt, Kino?«

»Unterweisung«, bellte Lars. »Disziplin ist richtungslos ohne Philosophie.«

»Ich habe mich schon gefragt, wann wir zur großen Gehirnwäsche kommen würden. Glaubst du, daß ich jetzt müde genug bin?« fragte Joss und lehnte sich erschöpft gegen die Wand.

»Steh gerade«, wurde ihm befohlen. Joss hob die Augen zur Decke, sagte sich aber, daß er seinen Vater nur zu sehen bekommen würde, wenn er nach ihren Regeln spielte.

»Unser Gründer, Reverend Rivers, hat diesen Film in aller Aufrichtigkeit und Demut gemacht. Wenige besitzen eine so einzigartige visionäre Kraft, wenige können sich erlauben, so offen zu sein.«

Lars drückte auf einen Schalter, und die Leinwand vor ihnen begann zu flimmern. Joss beobachtete, wie ein deutlich übergewichtiger P. J. Rivers im engen Geschäftsanzug unbehaglich unter harschem Licht schwitzte, während er einen offenbar wichtigen Vertrag unterzeichnete. Eine leise Stimme, die das »s«

schleifen ließ, begann zu sprechen. Der Ton erheischte Aufmerksamkeit und Respekt.

»Erkennen Sie den fetten Mann? Ich auch nicht. Und doch ist er ich, oder vielmehr war ich es. 1971. Beachten Sie den Schweiß, die graue Blässe, die tiefen Tränensäcke, die vom Alkohol geröteten Augen. Ich – ein trauriger, schwächlicher Fremder in einem zu engen Anzug. Es war mein letztes Auftreten in der Öffentlichkeit vor meinem Herzanfall. Ich wurde für klinisch tot erklärt, aber ins Leben zurückgebracht.«

Die Präsentation zeigte Rivers an ein Beatmungsgerät angeschlossen, offensichtlich schwerkrank.

»Es gab keinen Tunnel aus Licht, keine ausgestreckten Arme der dahingegangenen Lieben, nur den Tod: nackt, kalt und ewig.« Die Leinwand wurde schwarz, und dann formte sich in der Dunkelheit ein winziger Lichtfleck.

Langsam wurde der Lichtfleck größer, begleitet von dem zwitschernden Klang eines weit entfernten Glockenspiels. Schließlich formte er sich zu der erkennbaren Gestalt des Universums, aus dem Weltraum aufgenommen. Die spiralförmige Eleganz des Sternhaufens bewegte sich hypnotisch über die Leinwand, während Rivers' Stimme aus dem Off weitertönte.

»Als ich durch dieses kosmische Hinterland trieb, kam der HERR, unser Gott, zu mir, liebe Brüder: Er kam mit einer Botschaft. Er sagte mir, ich solle auf diese Erde zurückkehren und der Fels werden, auf den diese unsere große Institution sich gründet. Ich strebe nicht nach einer herausgehobenen Position, liebe Brüder, sondern nehme demütig meine Rolle als der Teppich an, auf dem ihr eurem Schicksal entgegenschreiten könnt. Mein einziges Bestreben ist, euch zu dienen, bis der große Tag kommt, an dem alle, die den rechten Weg gewählt haben, gerettet werden.

Die Jahrhundertwende ist da. Das Zeitalter der Fische ist zu Ende gegangen, und das Zeitalter des Wassermanns hat begonnen, die neue Morgendämmerung, und nur die Gesalbten des

HERRN werden siegreich aus dem Gericht hervorgehen. Ich bitte einen jeden von euch, sich auf die vor uns liegenden Zeiten vorzubereiten und all die Leidenschaft aufzubieten, die unser Herr Jesus Christus gezeigt hat, als er zum ersten Mal leibhaftig auf dieser Welt wandelte. Für die Unreinen kann es keinen Platz geben, denn nach seiner Wiederkehr werden nur die Gerechten unter euch ihren Platz in dem großen Tempel finden, der die Neue Welt ist.

Werft alles zuvor Gelernte beiseite, und unterwerft euch der neuen Lehre des HERRN, die Er mir offenbart hat.«

Die Leinwand füllte sich mit Licht, und der Mann, der die Intensivstation hinter sich gelassen zu haben schien, joggte in flottem Tempo durch einen belaubten Park.

»Ich wurde aus einem bestimmten Grund verschont. Der HERR hat mir den Auftrag erteilt, die Menschheit vor sich selbst und ihren schlimmsten Exzessen und Schwächen zu retten.«

Der Jogger wurde dann in eine jüngere, schlankere, fittere Version seiner selbst verwandelt, ruderte in einem Renneiner auf die Kamera zu, stieg geschickt aus dem Boot und drehte sich zum Objektiv um.

»Alles, was ihr braucht, ist der richtige Weg. Die Millennium-Kirche ist der Weg.«

Er begann fortzugehen, drehte sich dann um und streckte die Hand aus.

»Kommt, geht mit mir.«

Ein junges Mädchen kam ins Bild gerannt und nahm seine Hand, gefolgt von anderen, die bald eine menschliche Kette bildeten und entschlossen auf eine tiefstehende Herbstsonne zuschritten. Eine zutiefst ehrfurchtsvolle Stimme sprach über das lebende Bild hinweg.

»Reverend Rivers ist mit euch; gehet hin in Frieden.« Dann wurde die Leinwand schwarz, und Lars schaltete das Licht wieder an.

»Sehr raffiniert«, flüsterte Joss aufrichtig beeindruckt.

»Es ist die Wahrheit. Du hast den Beweis selbst gesehen«, flüsterte Lars, den der Inhalt des Films mit tiefer Ehrfurcht erfüllt hatte.

»Wie lange bist du schon hier, Lars?«

»Fünf Jahre«, erwiderte er träumerisch, die Abwehr momentan geschwächt durch den warnenden Kurzfilm.

»Was war dein Problem?« drängte Joss.

»Ich habe einen Mann umgebracht, bei einem Streit um Geld. Meine Familie wollte nichts mehr von mir wissen, aber die Kirche schon.«

Könnte ich wetten, dachte Joss mit einem unwillkürlichen Schaudern.

»Wie wär's mit etwas Popcorn und einem Hot Dog?«

Lars bedachte ihn mit einem Blick ungeschmälerter Verachtung.

»Dir kann sogar er nicht mehr helfen«, zischte er.

»Ich habe nie gesagt, daß ich Hilfe brauche.«

»Das ist nicht deine Entscheidung. Komm mit. Die leichten Übungen bisher haben deine scharfe Zunge anscheinend noch nicht gezügelt.«

Joss wurde durch das Gedränge vielbeschäftigter Jünger zur Sporthalle geführt, wo ihm noch eine Stunde rigoroses Zirkeltraining aufgezwungen wurde. Schließlich wurde ihm erlaubt, den Speisesaal zu betreten, um an einem isolierten Einzeltisch Weizenkeime und noch mehr übersüßen Saft zu sich zu nehmen. Er bemerkte Fiona, die ihm einen finsteren Blick zuwarf und über Wasser und Brot saß. Ganz offensichtlich hatte seine Bemerkung über den »Schwur« einen empfindlichen Nerv getroffen, und sie mußte entsprechend darunter leiden. Was immer das für ein Schwur war, nur die Gläubigen durften davon wissen. Joss grübelte über den Film nach, den er vorhin gesehen hatte. Er besaß eine Kraft, die einen erschaudern ließ. Joss begriff langsam, was für eine hypnotische Bannkraft Rivers entfalten konnte. Wenn man ihn persönlich sah, stellte er sich vor, würde die Wirkung wohl entsprechend verstärkt werden. Der Reverend behauptete, eine Offenbarung erlebt zu haben, einen Augenblick vollkommener spiritueller Wahrheit, die alles äußere Drum und Dran, alles Irdische und Banale durch die Flut des Glaubens hinweggespült hatte – oder war es schlicht das Delirium eines an Sauerstoffmangel leidenden Gehirns gewesen? Wie auch immer die Erklärung lauten mochte, seine Anhänger schienen aufrichtig überzeugt von ihm zu sein. Joss fragte sich, ob den Geschworenen bei dem Verfahren gegen P. J. Rivers wohl die gleiche Erleuchtung zuteil werden würde.

Kapitel neunzehn

Bei der Wiederaufnahme der Zeugenvernehmung hatte Rose darum gebeten, sich setzen zu dürfen, und widerstrebend hatte Withnail zugestimmt. Die Pressetribüne war immer noch randvoll, und während eine gerichtliche Verfügung die anwesenden Journalisten daran hinderte, Rose namentlich zu nennen, konnte nichts sie davon abhalten, die Beschuldigungen gegen die Angeklagten wiederzugeben. Sie kritzelten in Kurzschrift ihre Notizen nieder, während Rose mit monotoner Stimme detailliert beschrieb, wann, wo und wie Rivers und andere Männer sie immer wieder mißbraucht hatten.

Nach recht kurzer Zeit bemerkte Mason, daß die Aufmerksamkeit der Geschworenen abschweifte. Es überraschte ihn immer wieder, wie schnell die Menschen unempfindlich gegen das Unfaßbare wurden.

»Wurden diese Akte je gefilmt?« fragte Mason, und sofort war die Aufmerksamkeit der Schöffen wieder neu belebt.

»Nie mit Rivers«, erwiderte Rose. Nein, dachte Mason, der war viel zu clever, um sich auf Video festhalten zu lassen.

»Aber mit anderen ja. Oft.«

»Wo?« fragte Mason.

»Verschieden. Er hat eine Kameracrew – ›Gottes Filmemacher‹ nannte er sie. Das waren Profis, sie machten alle möglichen Filme über die Kirche. Aber das gefiel ihnen am besten, glaube ich.«

»Daran habe ich keinerlei Zweifel, Miss Moody. Sie wurden also dabei gefilmt, wie Sie Geschlechtsverkehr mit Männern hatten?«

»Nicht nur mit Männern, Sir«, erwiderte Rose, und dann

begann ihr Kinn zu zittern. Mason warf einen Blick auf Geoff Moody, der unglücklich den Kopf in den Händen vergraben hatte.

»Ich denke, es ist Zeit, daß wir die Sitzung bis nach dem Mittagessen vertagen«, verkündete der Richter und verließ schweren Schrittes die Richterbank. Greta rannte zu Rose hinüber und umarmte sie fest.

»Sie waren großartig«, flüsterte sie.

»Es ist noch nicht vorbei«, warnte Mason. Selten war er sich der Wahrheit seiner Worte so bewußt gewesen.

Es war zwei Uhr nachmittags und Zeit für eine Stunde Lektüre in der einfachen, mit auf Böcken gestellten Zeichentischen ausgestatteten Bibliothek. Lars hatte Joss mit den Worten »Nur denen, die gewillt sind hinzusehen, wird die wahre visionäre Kraft zuteil werden« einen Stapel Informationen über die Millennium-Kirche ausgehändigt.

Joss nickte nachdenklich und erwiderte: »Ich halte meine Augen stets offen.«

»Du trägst die Scheuklappen der alten Welt. Sieh in dich hinein, um die neue Ordnung der Seele zu erkennen.«

Laß gut sein, schlug seine mäßigende innere Stimme vor. *Lerne, denk nach und reagiere dann.*

Joss lächelte so warm er konnte, und Lars, obwohl offensichtlich nicht ganz überzeugt, überließ ihn seiner religiösen Erziehung.

Mehrere Anhänger saßen in tiefer Konzentration über religiöse Schriften gebeugt. Gelegentlich nickten sie bestätigend mit dem Kopf, die Gesichter glühten vor freudiger Erleuchtung. Wieder einmal war Joss beeindruckt von der Gewalt, die dieses Schulungszentrum auf den Geist seiner Bewohner ausübte. Er blickte auf seine eigenen Studien herunter. Er hatte keine Ahnung gehabt, daß Rivers ein so produktiver Autor von Büchern und Pamphleten war. Alle bekräftigten die schlichte, aber durchschlagende Aussage des Films: Das Ende ist nahe. Aber das war nur der Anfang. In dieser Literatur wurden die Gesetze einer Quasi-Religion aufgestellt, die auf Selbstaufopferung, blindem Gehorsam und persönlicher Armut basierte. Das würde die Gabe seines Vaters an die Millennium-Kirche erklären. Joss war kein Amateurtheologe, aber es war klar, daß die Religionsgemeinschaft die christliche Lehre neu definiert hatte und jetzt mit reinem Schuldgefühl und blindem Gehorsam arbeitete.

Joss tat alles weh, und er war müde. Seine Arme und Beine hatten sich noch nie derartig ausgelaugt angefühlt, so bar jeder Energie. Sein Rücken war steif und seine Schultern verkrampft von der Beanspruchung durch diese überwältigende Lebensweise. Lars kehrte zurück und führte ihn in eine Sauna, in der es stark nach Eukalyptus roch. Nackt saß er da, zu müde, um sich unbehaglich zu fühlen. Dennoch fühlte er sich seltsamerweise im reinen mit den schwatzenden Sektenanhängern, die mit ihm in der Sauna saßen, als ob die gemeinsame Erfahrung ihrer Schinderei ein ungewöhnliches, unausgesprochenes Band zwischen ihnen gebildet hätte. Es dauerte nicht lange, bis er in einen warmen, tiefen Schlaf fiel.

Kapitel zwanzig

Mason führte Rose langsam durch den Rest ihrer Aussage. Als sie von ihrer Rettung und ihrem gegenwärtigen Zustand erzählte, war er sich bewußt, daß ihre Angst immer größer wurde. Der Zeitpunkt, zu dem sie sich den Anwälten der Verteidigung würde stellen müssen, rückte schnell näher. Er hatte gehofft, die erste Zeugenbefragung kurz vor halb fünf abschließen zu können, um ihr eine Erholungspause zu geben, aber jetzt war es erst kurz nach drei.

Kronanwalt Thynne wirkte auf hinterhältige Art zuversichtlich, als er nach der barschen Aufforderung des Richters auf die teuer beschuhten Füße kam. Rose hatte den Kopf gesenkt und zitterte, trotz Masons beruhigenden Versuchen, sie zu ermutigen. Mason versuchte, ihren Blick aufzufangen, ihr ein letztes Mal zuzunicken, um ihr Mut zu machen, aber sie schien fasziniert von dem Holzgitter des Zeugenstandes. Die Geschworenen waren still, und alle zwölf Paar Augen richteten sich auf das Mädchen. Die Pressetribüne wartete mit gezückten Kugelschreibern auf den Beginn der Attacke. Die Besuchergalerie war wieder überfüllt.

Langsam blätterte Thynne die Seiten des Aktenordners um, der vor ihm auf dem Pult lag.

»Ich sagte ›ja‹, Mr. Thynne«, bemerkte der Richter, der bereits das Kinn auf die Handfläche gestützt hatte, aber Mason wußte, daß Thynne nur mehr Druck ausüben wollte und den Verweis ignorieren würde. Er hob eine Hand, um den Richter zum Schweigen zu bringen, und beugte sich vor, um seine Notizen noch einmal durchzulesen. Es sah ganz so aus, als genieße er es.

»Miss Moody«, begann er. »Als Sie in Ihrer Heimatstadt zum ersten Mal Repräsentanten der Millennium-Kirche begegneten, hatten Sie da Angst vor ihnen?«

»Nein«, flüsterte sie.

»Bitte sprechen Sie lauter. Ihre Aussage wird aufgezeichnet«, ermahnte Thynne sie. Seine Stimme klang ruhig und vernünftig.

»Nein.«

»Schon besser. Sie haben Ihnen große Freundlichkeit erwiesen, nicht wahr? Sich Ihre Probleme angehört und Ihre Tränen getrocknet?«

»Ja, die waren in Ordnung«, entgegnete sie unsicher.

»Und es war ein Streit mit Ihrem Vater, der traurigerweise dazu führte, daß sie Sie in solch einem verstörten und verzweifelten Zustand antrafen?«

Mason beobachtete, wie die Blicke der Geschworenen zu Geoff Moody huschten, der hinter ihm saß, und sich dann wieder auf seine Tochter richteten.

»Ja, aber es war eigentlich gar nichts«, murmelte sie, »wenn ich jetzt darauf zurückblicke.«

»Der Streit war heftig genug, um Sie damals zu dem Entschluß zu bringen, Ihr Elternhaus zu verlassen, nicht wahr?«

»Die haben mir gesagt, wir würden beide nur etwas Abstand voneinander brauchen, damit wir uns wieder besser verstehen.«

Thynne nickte verständnisvoll. »Aber diese Leute waren Ihnen vollkommen fremd. Sie müssen verzweifelt gewesen sein, wenn Sie sich in ihre Hände begeben haben.«

Mason bewunderte den Aufbau der Befragung. Thynne steuerte mit seinem Kreuzverhör auf ihre beeidigte Aussage zu, daß ihr Vater sie mißbraucht hatte.

»Sie schienen mich zu verstehen«, antwortete Rose.

»Während Ihr Vater Sie nicht verstand?«

»Nein, also, ja; damals kam es mir so vor.«

»Lassen Sie uns das einmal ganz klarstellen: Sie gingen aus freien Stücken mit?«

»Sie waren sehr geschickt«, fauchte Rose und hob zum ersten Mal den Kopf.

»Oder, um es anders auszudrücken, sie waren sehr fürsorglich«, sagte Thynne aalglatt. »Würden Sie mir da nicht zustimmen?«

Rose blickte wieder zu Boden und schüttelte den Kopf. Thynne nutzte seinen Vorteil.

»Kommen Sie. Ist es nicht so, daß sie sich um Sie gekümmert haben, andernfalls wären Sie doch nie mit ihnen gegangen. Sie wurden nicht entführt, nicht wahr?«

»Nein, es war kein Kidnapping. Sie haben es viel geschickter angestellt...« Sie kämpfte darum, die richtigen Worte zu finden.

»Sie wurden nicht betäubt oder geschlagen, gefesselt oder sonstwie bedroht?« Thynne bedrängte sie jetzt härter.

Rose ließ den Kopf in die Hände sinken und rief: »Nein, so war es nicht.«

»In direktem Gegensatz zu der Art und Weise, wie Ihr Vater Sie aus dem schottischen Schulungszentrum entführt hat?« bohrte Thynne gnadenlos.

»Er mußte es tun«, stieß sie hervor. »Sie hatten mich in ihrer Gewalt, sie hätten mich nie gehen lassen.«

»Aber es war anders, ganz anders, würden Sie mir da nicht zustimmen?« Seine Stimme war wieder ganz ruhig.

»Ich nehme an«, murmelte die gequälte Stimme von Rose Moody. Ihre Schultern zuckten.

»Und zu der Zeit, als er Sie entführte...«

»Rettete, Mylord«, versuchte Mason einzuwerfen, wurde aber von Withnail gestoppt.

»Danke, Mylord.« Thynne schlug das vor ihm liegende Dokument auf. »Sie haben gegen ihn angekämpft, ja, sogar sein Gesicht mit den Fingernägeln zerkratzt, ist es nicht so? Sie schrien: ›Laß mich in Ruhe, du dreckiger Perversling‹«, sagte er,

wobei er eine Aussage konsultierte, die er jetzt in der Hand hielt.
»Warum haben Sie das getan?«

»Die hatten mich davon überzeugt, daß er mich mißbraucht hatte«, rief sie, die Augen weit aufgerissen.

»Sie haben was getan?« fragte Thynne und tat so, als sei er schockiert. »Irgendwelche völlig Fremden sagen Ihnen, daß Ihr Vater Inzest mit Ihnen begangen hat, und Sie stimmen dem einfach zu?«

Rose schüttelte den Kopf.

»Ich weiß, daß es blöd klingt, aber sie haben mich dazu gebracht, alles zu glauben, was sie sagten.«

»Nein, Miss Moody. Sie erzählten Ihnen, was er Ihnen angetan hatte, und sie brachten Sie in Sicherheit, da sie Ihre Verzweiflung für echt hielten.« Thynne wandte sich an Withnail. »Mylord, dies wird zu gegebener Zeit durch Zeugenbeweise erhärtet werden.« Der Richter nickte.

Thynne kehrte eifrig wieder zu seiner Aufgabe zurück.

»Sie baten sie sogar, Sie zu untersuchen, da Sie fürchteten, er könnte Sie mit Herpes infiziert haben.«

Moody hörte einen Laut hinter sich und drehte sich hastig um. Er sah Roses Vater in die Augen und schüttelte streng den Kopf. Moody war vor Zorn blau im Gesicht.

»Mein Vater«, sagte Rose mit zitterndem Kinn, »mein Vater hat mich nie im Leben angerührt oder mir weh getan.«

»Das behaupten Sie.« Thynne schnipste mit den Fingern, und augenblicklich wurde ihm von seinem Juniorgerichtsanwalt ein Dokument gereicht.

»Aber in einer anderen Aussage, die Sie vor Ihrer Entführung unterzeichneten, versichern Sie an Eides Statt etwas völlig anderes. Bitte frischen Sie Ihr Gedächtnis auf.« Thynne reichte das Blatt einem Gerichtsdiener, der es vor Rose hinlegte. Sie weigerte sich, es anzusehen.

»Identifizieren Sie das Dokument«, fuhr der Richter sie an. Rose nahm das Blatt in die zitternden Hände.

»Ich weiß, was da drin steht«, flüsterte sie. »Aber es ist nicht wahr. Sie haben mich gezwungen, das zu unterschreiben.«

»Sie beschreiben hier genau und in allen Einzelheiten, wann und wie der Mißbrauch anfing, ist dem nicht so?« fuhr Thynne fort. »Sie beschreiben die Vorfälle im Badezimmer, wie Ihr Vater zu Ihnen ins Bett gestiegen ist und Schlimmeres. Es kam zu unsittlichen Berührungen, zu grob unsittlichen Berührungen, zu oralem Sex und schließlich zum Geschlechtsverkehr.«

»Bitte«, murmelte sie. »Bitte, es ist nicht wahr, er hat nie...« Sie wandte sich Moody zu, der in stiller Verzweiflung auf seinem Platz saß. »Papa, es tut mir leid. Ich wußte nicht, was ich tat.«

»Das ist quälend für uns alle, Miss Moody, besonders für Mr. Rivers«, sagte Thynne. Mason mußte sich nicht erst umdrehen, er konnte sich auch so vorstellen, wie der Verteidiger lobenswert besorgt um das Mädchen schien, das jetzt heftig schluchzte. Aber Thynne machte trotzdem weiter.

»Die Anschuldigungen, die Sie erhoben haben, sind sehr ernster Natur, obwohl ich keinen Zweifel daran hege, daß Ihnen das bekannt ist. Also, die Aussage, die Sie zu unterschreiben gezwungen wurden, wie Sie behaupten, ist sehr ausführlich und präzise. Ihr Tagesablauf in Ihrem Elternhaus wird erwähnt, Freundinnen und Freunde, Schule und Freizeit. Nur Sie konnten all diese Details wissen, Miss Moody.«

»Sie haben mich die ganze Zeit nach diesen Dingen gefragt, und ich war so müde.«

»Sie haben die Aussage also nicht nur unterschrieben, Sie haben bei der Abfassung mitgeholfen?« fragte Thynne triumphierend und wartete auf Antwort. Mason war machtlos. Das Kreuzverhör war hart und unbarmherzig, aber innerhalb der Regeln. Rose begann hysterisch zu weinen.

»Ich will nach Hause. Lassen Sie mich nach Hause gehen«, rief sie.

»Wir würden alle am liebsten nach Hause gehen, einschließlich Mr. Rivers«, entgegnete Thynne bissig. »Sein Name und seine Kirche sind in den Augen der Öffentlichkeit gnadenlos beschmutzt worden, wegen Ihnen und Ihrer verleumderischen Anschuldigungen, Ihrer Lügen.«

»Es sind keine Lügen«, schrie Rose.

»Was sind keine Lügen?« fragte Thynne. »Die Anschuldigungen, die Sie in Ihrer beeidigten Aussage gegen Ihren Vater erheben, oder die Anschuldigungen gegen meinen Mandanten? Es kann nicht beides richtig sein, oder haben Sie die Fähigkeit verloren, zwischen richtig und falsch zu unterscheiden?«

»Mylord«, sagte Mason und stand auf. »Das ist monströs. Ein Zeuge sollte nicht derartigen Demütigungen durch meinen werten Kollegen ausgesetzt werden.«

Withnail schien unbewegt.

»Dieses Kind ist mißbraucht worden, und es ist unmenschlich zu erlauben, daß diese Angriffe weitergehen.«

»Und dennoch sind die erhobenen Anschuldigungen in der Tat ernst, Mr. Mason. Reverend Rivers ist Geistlicher und genießt daher eine Vertrauensposition. Ich muß der Verteidigung jede Freiheit zum Vortrag ihrer Beweisführung gewähren.«

»Jede Freiheit?« schnappte Mason.

»Innerhalb vernünftiger Grenzen natürlich. Ich werde die Verhandlung unterbrechen, bis die Zeugin sich zusammengerissen hat, aber ich habe nicht den ganzen Tag Zeit.«

Mit einem kurzen Nicken in Richtung der Geschworenen verließ er die Richterbank. Mark Mason spürte, wie sich eine Hand auf seine Schulter legte.

»Das war schlimm«, sagte Geoff Moody. »Sie haben sich ja ziemlich Zeit gelassen, bis Sie dem ein Ende gesetzt haben.«

Rasch drehte Mason sich um. »Die Verteidigung ist berechtigt, die Zeugin ins Kreuzverhör zu nehmen. Es ist häßlich, aber so lautet das Gesetz.«

»Dann ist das Gesetz zum Kotzen«, zischte Moody und ging zu seiner Tochter, verfolgt von den argwöhnischen Blicken der Geschworenen.

Kapitel einundzwanzig

Harrison Trainers Augen waren noch in tiefer Meditation geschlossen, als Joss in der heißen träumerischen Atmosphäre der Sauna erwachte. Sie war jetzt verlassen bis auf die gedrungene Gestalt Trainers, der die Beine gefaltet hatte wie menschliches Origami. Urplötzlich erwachte Trainers Gesicht zum Leben, und Joss bemerkte in den harten Augen ein kaum verhülltes selbstzufriedenes Lächeln.

»Ich nehme an, Sie glauben, ich würde mich einfach auf den Rücken rollen und diese ganzen schwachsinnigen Ammenmärchen glauben«, sagte Joss, kämpfte sich in eine bequemere Position hoch und lehnte sich gegen die gerippte Holzbank.

»Ganz im Gegenteil«, erwiderte Trainer. »Ich habe vorausgesehen, daß Sie sich als störendes Element in unserer Gemeinschaft erweisen würden. Sagen wir einfach, ich habe einen sechsten Sinn dafür.«

»Ist das wahr? Monica habe ich dann wohl nicht sehr beeindruckt«, zischte Joss.

Trainers Stirn legte sich in Falten, als er versuchte, Joss' Anspielung zu verstehen.

Joss nickte; wer auch immer die Venusfliegenfalle mit der fügsamen Monica aufgestellt hatte, es war ohne Wissen seines dampfenden Gefährten geschehen.

»Hat Ihr Gott Ihnen das zweite Gesicht gegeben?« fragte Joss, um die Aufmerksamkeit von dem geheimnisvollen Mädchen abzulenken.

»Sie wissen so wenig«, erwiderte Trainer in weltverdrossenem Flüsterton.

»Während Sie so viel wissen, wollten Sie das sagen?«

»So was in der Richtung.«

»Sie sind ein Freak, Trainer, ein echter Spinner. Sie und all Ihre Leute. Sie leben zusammengepfercht in diesem gottverlassenen Loch und tun so, als würden Sie Anteilnahme zeigen, steuern aber nichts bei.«

»Genau wie Sie selbst also. Jedenfalls habe ich diesen Eindruck gewonnen«, knurrte Trainer zynisch. Ein überlegenes Lächeln huschte über sein Gesicht, während er Joss direkt ansah. Es war die Art Lächeln, bei der dem Empfänger nur ein kurzer Blick auf scharfe kleine Zähne gewährt wird.

»Ersparen Sie mir die Komplimente, seien Sie so gut. Ich weiß, wo ich war, aber jetzt bin ich zurück«, fuhr Joss ihn an, »und auf dem Weg habe ich gelernt, daß durchgeknallte Spinner wie Sie einen Warnhinweis des Gesundheitsministeriums tragen sollten. Diese ganze Organisation ist eine einzige große Krebszelle: Sobald es einen einmal erwischt hat, gibt es kein Entrinnen mehr.«

»Ich fürchte, Sie werden feststellen, daß diese Einstellung hier nicht weit verbreitet ist, Joss, oder ist Ihnen das noch nicht aufgefallen? Diese Menschen sind hier, weil sie hier sein wollen. Das ist nicht irgendein Zirkus für die Unzufriedenen. Wir wollen den Leuten einfach dabei helfen, sich weiterzuentwickeln.«

»Und zu was?«

»Sie sollen würdig werden.« Trainer erhob sich von seinem Sitz und goß sorgsam Wasser über die siedenden weißen Kohlen in der Ecke der Sauna. Dichte Dampfschwaden ließen ihn kurzzeitig aus Joss' Blickfeld verschwinden.

»Für was?« hakte Joss in dem Nebel nach, versuchte, Trainer durch Nachfragen ins Schwitzen zu bringen, denn so groß die Hitze auch war, die Haut des Mannes blieb knochentrocken wie die einer Wüsteneidechse.

»Für die Zukunft.«

»Was ist mit der Gegenwart?«

»Die Gegenwart ist lediglich ein Produkt der Vergangenheit.«

»Hören Sie auf, in Rätseln zu sprechen, Trainer.«

»Wenn Sie wüßten, was die Erleuchteten wissen, würde alles einen Sinn ergeben.«

»Ich mag die Dinge, wie sie sind und wie sie waren, und ich will nicht erleuchtet werden, weder von Ihnen noch von sonst jemandem. Ich will nur meinen Vater hier rausholen und in die Realität zurückbringen, damit er zumindest mit seinem eigenen Leben weitermachen kann.«

»Vielleicht will Ihr Vater ja überhaupt nirgendwo hingehen. Haben Sie darüber schon mal nachgedacht? Was für ein Leben könnten Sie ihm denn da draußen schon bieten? Ihre bisherigen Leistungen zeugen nicht gerade von dem Stoff, aus dem Charakterfestigkeit gemacht ist, oder?« Trainer zog das Wort Stoff in die Länge, eine kaum verhüllte Anspielung auf Joss' jüngste Vergangenheit. »Nein, ich glaube, Sie werden feststellen, daß Ihr Vater Reverend Rivers genauso ergeben ist wie wir anderen.«

»Das glaube ich erst, wenn ich es sehe«, versetzte Joss abwehrend, aber zum ersten Mal spürte er, wie Zweifel in ihm erwachten. »Was ist mit Ihnen, Trainer?«

»Was soll mit mir sein?«

»Was genau ist Ihre Aufgabe hier?«

»Ich kümmere mich um alles.«

»Sie sind sehr mitteilsam. Ungewöhnlich für einen Ami«, schnaubte Joss. »Im Ernst, ich meine, Sie sind ein gebildeter Mann, das merkt man, also wie kommt es, daß Sie auf diesen Erleuchtungsmist reingefallen sind? Wo ist Ihre Familie?«

»In den USA«, erwiderte er.

»Wo da? Das Land ist ziemlich groß.«

»An der Ostküste, wo ich angefangen habe, als Enkel jüdischer Einwanderer aus Osteuropa.«

»Sagen Sie es nicht. Sie sind in der Kleiderbranche«, spöttelte Joss. »Verwöhnter reicher Junge findet Gott.«

»Nein, ich komme aus der unteren Mittelklasse. Ich bin auf Long Island aufgewachsen, in einem Vorort. Klar, ich war gut in der Schule. In meinem Viertel waren wir das alle. Das Merkwürdige ist, selbst damals hatte ich immer das Gefühl, daß das nicht genug war.«

»Was meinen Sie? Bildung?«

»Formale Bildung, ja. Als ich aufs Rochester ging, begann ich, mich für alternative Denkweisen zu interessieren, Ideengeschichte, Mystizismus, solche Sachen.«

»Kann ich mir vorstellen. Wir haben den Typ immer die Sinnsucher genannt«, lachte Joss.

Trainer ignorierte die Kränkung. »Ich habe nach etwas anderem gesucht«, fuhr er fort. »Ich habe meinen Collegeabschluß in vergleichender Literaturwissenschaft mit besonderer Auszeichnung gemacht und kam mit einem Reisestipendium nach Europa, auf der Suche nach Antworten. Aber ich fand nur die Einsamkeit. Sie kennen ja das Gefühl, Joss.« Trainers Augen bohrten sich in die seinen, und Joss konnte spüren, wie er zu seinen eigenen seelenlosen Momenten zurücktrieb.

»Ich kenne das Gefühl«, entgegnete er unbehaglich.

»Ich war an einem Punkt meines Leben angekommen, an dem alles am Rand des völligen Scheiterns zu stehen schien, aber dann fing ich an, Beckett zu lesen, was mich stark beeinflußt hat. Ich war orientierungslos und ganz besessen von der Vorstellung einer apokalyptischen Zukunft. Wie ich also in den späten Sechzigern in Berkeley landen konnte, wird mir immer ein Rätsel bleiben. Jedenfalls wollte ich meinen Magister machen und rutschte irgendwie in die Drogenkultur rein, ähnlich wie Sie. Das veränderte meine gesamte Lebenseinstellung, und ich entwickelte eine wirre, aber radikale utopische Philosophie.«

»So high war ich auch manchmal, aber ich habe dem Gefühl nie so richtig getraut. Muß guter Stoff gewesen sein, auf dem Sie drauf waren«, kicherte Joss. Er war so müde, daß es ihn nicht kümmerte, daß er sich zum ersten Mal in Trainers Gesellschaft seltsam entspannt fühlte.

»Alle Kommunen damals hatten guten Shit – ich muß es wissen, ich habe in so einigen gelebt. Aber es war immer eine Enttäuschung für mich. Es gelang mir nie, Menschen zu finden, mit denen mich etwas verband.«

»Waren Sie in Vietnam?« erkundigte Joss sich. Trainer mußte damals so achtzehn oder neunzehn gewesen sein.

»Nein, ich bin abgehauen, als die Einberufung kam, und ging mit einem Freund eines Freundes nach Mendocino, um Jade zu schürfen. Ich hing mit allen möglichen Verlierertypen rum, und das Ganze dauerte sowieso nur zwei Monate. Ich konnte mein Leben nicht in den Griff bekommen, ich war das arbeitslose schwarze Schaf. Ich habe sogar meinen Namen geändert, damit die Behörden mich nicht finden konnten, und fing an herumzuziehen. Die meiste Zeit suchte ich nach Leuten, mit denen ich Land kaufen und eine Kommune gründen konnte, bin aber irgendwie nicht auf die richtigen Leute gestoßen.«

»Lassen Sie mich raten: Das änderte sich, als Sie Rivers begegneten.«

»Das war im Frühjahr 1972. Er hat mir die Augen geöffnet.«

»Klingt auch, als wäre das nötig gewesen.«

»Spotten Sie ruhig, aber in P. J. Rivers fand ich genau die Synthese personifiziert, nach der ich gesucht hatte. Er war gleichzeitig ein spiritueller Lehrer und ein realistischer, nüchterner Mensch. Für mich verkörpert er den ›Übermenschen‹, von dem Nietzsche spricht: Er baut diese Brücke des Übergangs zwischen dem menschlichen Tier und dem höheren Menschen. Er opfert sich selbst für die Sache, für die Überwindung, die Heraufkunft eines neuen Menschen auf vielen Ebenen.«

»Supermann, Übermensch, Seemann, Feuerwehrmann: mir scheißegal.«

»Aber Sie sollten ihn selbst erleben, bevor Sie über ihn urteilen, wie auch Ihr Vater es getan hat. Er ist ein psychischer Techniker, ein Mensch mit außerordentlicher imaginativer Gedankenkraft, die er nur zum Guten einsetzt.«

»Zu wessen Guten?« forderte Joss ihn heraus.

»Zum Guten der Gesalbten, Joss: nur einhundertvierundvierzigtausend Gesalbte werden den Tag des Gerichts überleben, das sagt uns die Bibel.«

»Und ich nehme an, Sie alle hier haben bereits Ihre Fahrkarten gekauft«, warf Joss bitter ein.

»In diesem Augenblick laufen die Vorbereitungen für einen Tag der Andacht.«

Joss schnaubte. »Was, wollen Sie losziehen wie die alten, mit Plakaten behängten Männer, die man am Samstagnachmittag auf der Oxford Street trifft?«

Trainers durchbohrender Blick schien weit über die Umgebung der Sauna hinauszudringen.

»Erweitern Sie Ihre Vorstellungskraft ausnahmsweise mal ohne Rauschmittel, Joss. Öffnen Sie Ihr drittes Auge, und sehen Sie, wie sie aus allen Kontinenten herbeigeströmt kommen: fast einhundertfünfzigtausend Gläubige, die auf den Hyde Park zusteuern, um zu beten, alle handverlesen vom Reverend wegen ihres starken Glaubens.«

»Klingt nach einer mörderischen Organisationsarbeit«, kommentierte Joss trocken.

»Nichts übersteigt die Macht des HERRN, folglich bekommt niemand einen Platz in der Neuen Welt garantiert. Alles, was wir hoffen können zu tun, ist, ihm zu dienen, zu sein, zu wachsen und zu lernen, auch das Rätsel unserer eigenen Bedeutungslosigkeit. Wir sind auserwählt worden, im Schatten der Apokalypse eine neue Zukunft aufzubauen. Sie und alle anderen sind ja nur voller Abwehr.«

»Falsch.« Wütend schlug Joss mit der Hand auf die Bank neben sich, aber er driftete bereits wieder in den Schlaf ab. »Ich will nichts mehr davon hören. Sie bilden sich nur ein, daß Sie auserwählt worden sind. Sie haben keinerlei Beweis dafür, daß Ihr Weg der richtige Weg ist«, nuschelte er undeutlich.

»Wir haben unseren Glauben, und das ist mehr wert als alles andere. Sehen Sie, ich blicke jetzt auf meine Vergangenheit zurück wie in eine andere Welt, eine tote und sterbende Welt. Ich hätte in dieser Welt Erfolg haben können, aber ich war unfähig, mich anzupassen, und sehen Sie, was in ihr aus mir geworden ist: ein desillusionierter Junkie, genau wie Sie. Ich bekam weder Hilfe noch Unterstützung von der Welt, die mich geschaffen hat, und deswegen werde ich dem Mann ewig dankbar sein, der mich aus ihr gerettet hat.«

»Ich will meinen Vater sprechen, hören Sie mich, Trainer? Ich will meinen...« Joss Stimme verlor sich, und er hörte nicht mehr, wie Trainer glaubwürdig versprach, daß er seinen Vater sehen würde. Bald.

Kapitel zweiundzwanzig

Geoff hatte zusammengesunken draußen vor dem Sitzungssaal gesessen und war nicht bereit gewesen, mit Mark Mason, Chambers oder Greta zu reden. Diese Reaktion war Mason wohlbekannt. Tausend trauernde Familien hatten ihre »Wenn nur«-Schuldgefühle schon auf diese Weise an ihm abreagiert, aber sie meinten es nicht so; es war einfach ein Symptom ihrer Verzweiflung und Machtlosigkeit gegenüber dem System.

Als Mason im Ankleidezimmer gesessen und eine Zeitung durchgeblättert hatte, war Rory Fannon gekommen und hatte ein kurzes Wort des Bedauerns geäußert, aber Mason hatte ihn mit dem Druckerzeugnis weggewinkt; es gab jetzt kein Zurück mehr.

Vor Gericht wirkte Rose, als seien ihre Kräfte aufgezehrt. Thynne hatte ihr das bißchen Leben ausgesaugt, das sie noch in sich hatte. An ihrem Hals zeichneten sich blaue Adern deutlich gegen die Blässe ihrer Haut ab. Die Geschworenen schienen Mitgefühl mit ihr zu empfinden, denn daß sie mißbraucht worden war, war unstrittig. Aber sie konnten jetzt zwischen zwei potentiellen Sexualtätern wählen. Einer genoß den Schutz des Umstandes, daß die Beweislast bei der Anklage lag, der andere stand im üblen Geruch der Überlegung »Kein Rauch ohne Feuer«. Es war paradox. So lange Zeit, in so vielen Prozessen, hatte Mason den Geschworenen diese beiden Rechtsgrundsätze eingehämmert, und jetzt nahm ihm eben die Fairneß, für die er immer eingetreten war, jede Aussicht auf Erfolg.

Dem Gericht wurde befohlen, sich zu erheben, und Withnail erschien. Nachdem er sich gesetzt und die von den hermelinbesetzten Ärmelaufschlägen bedeckten Hände gefaltet hatte, bedeutete er Thynne mit einem Nicken, fortzufahren.

»Mylord, mein verehrter Kollege Mr. Fannon wird die Zeugenvernehmung fortführen«, begann Thynne. Withnail hob eine Augenbraue. »Er wird sich auf neues Gebiet begeben; es wird keine Wiederholung bereits gestellter Fragen geben.«

»Ungewöhnlich«, kommentierte Withnail.

»Aber nicht ohne Beispiel«, stellte Thynne fest.

Der Richter, offensichtlich verwirrt durch die unerwartete Wendung der Dinge, wandte sich Mason zu. »Was meint die Anklage dazu?« Mason zögerte. Offensichtlich war das Verteidigungsteam zu dem Schluß gekommen, daß Thynnes grausame Behandlung der Zeugin die Geschworenen gegen ihn einnehmen könnte, wenn er zu weit ging, und sie waren bestrebt, eine mitfühlendere Befragung durchzuführen. Wenn er Einspruch erhob, würde er Rose weiteren Bösartigkeiten aussetzen; wenn nicht, würde Fannon mit seinem schmeichelweichen Tonfall jeden Ärger dahinschmelzen lassen, den die Geschworenen wegen des Vorgehens der Verteidigung empfinden mochten. Was er auch tat, es würde falsch sein. Er seufzte.

»Einverstanden. Aber nur, wenn dies das letzte Mal ist, daß das bezahlte Personal mitten in einer Zeugenvernehmung ausgetauscht wird«, machte er zur Bedingung.

Seine verächtliche Beschreibung der hochkalibrigen Anwälte rief bei den Geschworenen ein nervöses Gekicher hervor, bei Fannon ein gequältes Lächeln und bei Thynne ein kaltes Grinsen.

»Das scheint mir nur recht und billig, Mr. Thynne«, verkündete Withnail.

Diesmal zögerte Thynne, aber er war berühmt für seine geistige Wendigkeit. Er riß sich rasch zusammen und antwortete: »Mylord, wir sind alle nur hier, um sicherzustellen, daß sowohl dem Angeklagten als auch dieser armen mißbrauchten jungen Frau Recht widerfährt.«

»Raffiniert«, dachte Mason. Damit hatte Thynne bereits die Grundlage für Fannons emphatisches Kreuzverhör gelegt. Withnail bedeutete dem neuen Fragesteller, er solle beginnen.

»Also, Rose«, begann Fannon, mit einer Stimme, die so tief war wie die See, aber weich wie eine Baumwollblüte. »Ich darf Sie doch Rose nennen?« Das Mädchen nickte, und Fannon lächelte. »Vielen Dank. Also, Rose, wir alle wissen, daß Sie eine Menge durchgemacht haben. Mehr, als irgendein Mann von starker Konstitution, ganz zu schweigen von einem jungen Mädchen, durchmachen sollte.«

Rose schien die Schultern ein wenig zu entspannen und hob vorsichtig den Kopf, um ihn anzusehen.

»Und Sie mußten teuer dafür bezahlen, nicht wahr?« Rose blickte bestürzt und verlegen drein. »Lassen Sie mich ein wenig deutlicher werden, Rose. Ich möchte Sie in keiner Weise in Verlegenheit bringen, aber Sie waren damals nicht Sie selbst, nicht wahr?« flüsterte er. Mitgefühl triefte aus jeder Silbe.

»Wahrscheinlich nicht«, erwiderte sie.

»Sie haben bei verschiedenen Gelegenheiten versucht, sich selbst etwas anzutun, nicht wahr?«

Sie begann zu nicken und erinnerte sich dann daran, daß ihre Aussage auf Band aufgenommen wurde.

»Ja, als mir alles zuviel wurde«, stammelte sie.

»Sie haben mindestens siebenmal Tabletten genommen oder sich die Pulsadern aufgeschnitten, nicht wahr, Rose?«

Mason konnte die dicken, silbrigen Tränen das ausgezehrte Gesicht des Mädchens hinunterlaufen sehen. Einige der Geschworenen senkten verlegen den Kopf.

»Sie armes Kind«, fuhr Fannon fort. »Könnten Sie einmal den Ärmel für uns zurückschieben, Rose?«

Gehorsam wie ein geprügelter Hund tat sie schweigend, worum er sie gebeten hatte. Weißes, vertikales Narbengewebe lief wie blasse Eisenbahnschienen über ihren Arm. Die Geschworenen schienen kollektiv den Kopf zu schütteln.

»Vielen Dank, Rose, Sie sind sehr tapfer. Könnten Sie mir bei etwas helfen?« fragte Fannon und senkte die Stimme zu einem Flüstern. Sie nickte erneut, dankbar für seine unerwartete Freundlichkeit.

»Keine dieser Verletzungen haben Sie sich zugefügt, als Sie bei der Kirche waren, nicht wahr?«

»Nein«, antwortete sie ausdruckslos.

»Und keiner Ihrer Versuche, eine Überdosis Schlafmittel zu nehmen, fand während dieser Zeit statt, nicht wahr?« Sie verneinte erneut.

»Sie versuchten, Selbstmord zu begehen, als Sie wieder bei Ihrem Vater waren?«

»Ja.«

Fannon, gerissen und erfahren, beließ es dabei. Die Anschuldigung blieb unausgesprochen zwischen den Geschworenen und Geoff Moody hängen.

»Es war nicht leicht für Sie, als Sie wieder nach Hause zurückgekehrt waren, nicht wahr, Rose? Zwischen Ihnen und Ihrem Vater gab es ständig Streit?«

»Manchmal«, räumte sie ein.

»Sie wollten ihm weh tun, war es nicht so?«

»Manchmal.«

»Sie haben ihn bestohlen, nicht wahr, Rose? Sie haben ihm eine Kreditkarte gestohlen und über eintausend Pfund?«

»Ich war durcheinander«, entgegnete sie defensiv.

»Sie waren wütend, Rose. Sie wollten ihn verletzen. Warum?«

»Es war seine Schuld, ohne ihn wäre das alles nie passiert...«

»Aber es ist passiert, nicht wahr, Rose? Und dann richteten Sie Ihren Zorn gegen die Menschen, die Ihnen geholfen hatten.«

»Natürlich«, erwiderte sie, »aber ich hatte auch allen Grund dazu.«

Fannon schwieg einen Augenblick. »Aber zuerst haben Sie sich gegen Ihren Vater gewandt. Sie sind Mr. Rivers nie im Leben begegnet, nicht wahr?«

Das Mädchen schüttelte den Kopf, als hätte sie die Frage nicht richtig gehört.

»Aber Sie erklärten den Kirchenmitgliedern, daß Sie Mr. Rivers liebten, nicht wahr?«

»Mylord, bei allem Respekt«, protestierte Mason, »das sind zwei Fragen, nicht eine: Welche würde mein werter Kollege gern zuerst von der Zeugin beantwortet sehen?«

Der Richter nickte.

»Also, sind Sie ihm begegnet, und haben Sie erklärt, daß Sie ihn liebten«, schnappte Fannon. Rose hatte Zeit zum Nachdenken gewonnen, wie Mason es beabsichtigt hatte.

»Ich bin ihm begegnet, als er mich vergewaltigt hat, und später wieder, als er es wieder und wieder getan hat, und ja«, sie machte eine Pause und senkte die Stimme zum Flüsterton: »Ja, ich habe den anderen gesagt, daß ich ihn lieben würde.«

»Unerwiderte Liebe zu einem Unbekannten, dem Sie nie begegnet waren?«

»Nein, nein, nein«, plapperte sie, »sie bringen einen dazu, ihn zu lieben. So stellen sie es an, damit sie damit durchkommen...«

»Aber Rose«, fuhr Fannon fort, »arme Rose, Sie sind ein krankes Mädchen. Sie können nicht mehr zwischen Phantasie und Realität unterscheiden.«

Fannon schüttelte traurig den Kopf, schien fast eine Träne wegzublinzeln, drehte sich halb zu den Geschworenen um, nickte ihnen zu und kehrte mit trauriger Würde zu seinem Platz zurück.

Mason stieß die Luft aus. Er hatte falsch entschieden; er hätte darauf bestehen sollen, daß Thynne das Kreuzverhör fortsetzte. Mechanisch führte er eine erneute Zeugenvernehmung durch, um die Tatsache zu betonen, daß Rose immer noch darauf bestand, die Wahrheit zu sagen. Aber als er zu seinem Platz zurückkehrte, hatte er wenig Zweifel daran, daß sie schon einen enormen Punkterückstand hatten, obwohl der Kampf noch nicht einmal halb vorüber war.

Kapitel dreiundzwanzig

Joss erwachte ruckartig und versuchte, sich auf die Zimmerdecke zu konzentrieren. Er war wieder in seinem Schlafsaal und lag voll bekleidet auf dem Bett, aber wie er hierhergelangt war, blieb ihm ein Rätsel. Der berauschende Duft der Sauna klebte noch in seinem Haar, und sein Kopf schwirrte. Es dauerte einen Moment, bis er merkte, daß Trainer neben ihm saß und ihn ruhig betrachtete.

»Es wird Zeit, Joss.«

»Sie meinen, Sie werden mir nicht noch mehr Bockmist auftischen? Ich glaube Ihnen kein Wort«, erwiderte Joss und stützte sich auf die Ellbogen auf.

»Wie ich schon sagte, es wird Zeit.« Lautlos erhob Trainer sich von seinem Stuhl und bedeutete Joss, ihm zu folgen.

»Aber die Gehirnwäsche hat noch nicht gewirkt«, murmelte er. Trainer blieb stehen, drehte sich um und tippte Joss mit dem ausgestreckten Zeigefinger auf die Brust.

»Ihre Seele wollen wir transformieren, nicht Ihren Willen.«

»Die Seele meines Vaters hat also königliche Billigung erfahren?« fragte er, und ausnahmsweise schien Rivers' zungenfertiger Gehilfe um eine Antwort verlegen. Er traut Callum nicht, dachte Joss und fragte sich, ob das Mißtrauen wohl auf Gegenseitigkeit beruhte.

Als sie den Verbindungsgang zwischen den Wohngebäuden und dem Herrenhaus entlanggingen, begann Joss all die Sätze zu vergessen, die er so oft bei sich wiederholt hatte, die Sätze, die er geschworen hatte, seinem Vater zu sagen. Während der scheinbar endlosen Monate der Rehabilitation hatte er an der Vorstellung festgehalten, daß dieser Augenblick ein bestimmendes

Ereignis in seinem neuen Leben sein würde, aber dieser Gedanke schien ihn jetzt im Stich zu lassen. Er fühlte sich seltsam losgelöst und sehr allein. Was würde er wohl anstelle des Vaters vorfinden, den er gekannt hatte? Joss war erst wenige Tage in dieser spirituellen Maschinerie, und dennoch konnte er ihren beharrlichen Sog spüren. Callum war seit Monaten hier, und Joss fürchtete um ihn. Er konnte es sich nicht leisten, noch einen Menschen zu verlieren, der ihm nahestand.

Plötzlich stand er in der Halle des Herrenhauses mit ihrer prächtigen Balustrade und flackerndem Kerzenlicht. Trainer wandte sich unvermittelt nach rechts und öffnete eine schwere Tür. Joss folgte ihm in den dahinterliegenden Raum, und neben dem Bleiglasfenster bemerkte er die Gestalt eines Mannes, der von den seitlichen Kopfstützen des roten Lederohrensessels, in dem er saß, leicht verdeckt wurde. Joss ging leise auf ihn zu, während Trainer die Tür hinter sich zuzog und sie alleinließ.

Der Mann sah aus wie sein Vater, aber er war es nicht. Das war nicht der strenge Patriarch mit der Stentorstimme, der schweigend den Kopf über Joss' sportliche Exzesse geschüttelt hatte. Es war schon sein Gesicht, das heißt, wenn man ein Jahrzehnt stirnfurchender Hochfinanz von seinen Zügen wischte. Es war sein Körper, wenn man den Bauch straffer machte und die ansatzweise Gebeugtheit von den breiten Schultern radierte. Aber diese Dinge waren rein körperlich; es war gleichzeitig mehr und weniger, was seinem Sohn Sorgen machte.

»Jossie«, flüsterte sein Vater. »Jossie.« Dann erhob er sich und umarmte ihn fest.

Joss war völlig perplex. So hatte sein Vater ihn nicht mehr genannt, seit er ein kleiner Junge gewesen war. Aber er spürte, wie etwas in die Hintertasche seiner Jeans geschoben wurde.

»Es ist schön, dich zu sehen, Dad«, stammelte Joss. Der engste Kontakt, den sie früher je zuwege gebracht hatten, war ein männlicher Handschlag zu Weihnachten gewesen.

»Du hast dich verändert«, sagte sein Vater und trat einen Schritt zurück, um seinen Sohn aufmerksam zu betrachten.

»Du auch«, antwortete Joss und sah Callum tief in die Augen. Die Farbe war so, wie er sie in Erinnerung hatte – wolfsgrau –, aber das grimmige Funkeln der Verstandesschärfe, das Callum als »Player« in der Finanzwelt gekennzeichnet hatte, war verschwunden. Callum legte Joss die Hände auf die Schultern.

»Du siehst mehr denn je aus wie sie«, sagte Callum traurig.

Joss nickte stumm. Diese emotionale Ehrlichkeit kam zu schnell, zu früh, unbeschränkte Wahrheit nahm auf beunruhigende Weise die Stelle der vertrauten familiären Verhaltensregeln ein.

»Wie geht es dir, Dad?« Er sah ihn weiter intensiv an. »Du siehst, na ja, jünger aus. Bekommst du gestoßenes Rhinozeroshorn zum Frühstück?«

Callum trat ein Stück zur Seite und wirkte beunruhigt. Seine Augen huschten warnend von einer Seite zur anderen: Sie wurden beobachtet. Joss runzelte die Stirn. Was sollte dieser Mist? Er zuckte die Achseln, denn ihm war nicht klar, ob sein Vater paranoid war oder aus gutem Grund wie gelähmt vor Angst.

»Das ist kaum der richtige Moment für Schnoddrigkeit«, flüsterte Callum, und einen Augenblick lang war sein alter Vater wieder da. Dann erstarrte sein Gesicht plötzlich zu dem gezwungenen Lächeln des Showmasters einer Unterhaltungssendung. »Was bin ich nur für ein Gastgeber?« grinste er und bot Joss etwas zu trinken an. Joss nahm das Glas und nippte vorsichtig daran. Traubensaft.

»Unfermentierter Vin nouveau«, sagte Joss munter. »Dein Geschmack hat sich geändert: Früher hast du Chateauneuf-du-Pape vorgezogen.«

Callum lächelte.

»Vieles hat sich verändert.«

»Das sehe ich«, antwortete Joss. Und nicht zum Besseren,

dachte er. Sein Vater bedeutete ihm mit einer schwungvollen Handbewegung, an dem einfach gedeckten Tisch Platz zu nehmen, auf dem als Tafelschmuck ein frischer Strauß wilder Heide stand. Eine kalte Gemüseterrine mit frischem Schnittlauch bot eine kleine Erholung von der Unzulänglichkeit der Kost, die Joss bislang genossen hatte. Er griff nach Messer und Gabel.

»Warum haben sie mich erst jetzt zu dir gelassen?« fragte er.

»Die Regeln gelten für jeden.«

»Mag sein, aber was für eine Logik steckt hinter dieser ›Orientierung‹?«

Callum kaute nachdenklich.

»Wenn ich früher, in meinem alten Leben, einen Manager von einer anderen Firma abgeworben hatte, wurde er auf ein Korrekturseminar geschickt, um die Gewohnheiten auszulöschen, die sich bei seinem alten Arbeitgeber gebildet hatten. Das ist eine vergleichbare Praxis.«

»Gehirnwäsche?«

»Gehirnmanagement«, erwiderte Callum. »Das klingt nicht so finster. Es ist einfach eine Methode, neue Gehirnmuster zu bilden.«

»Klingt nach Faschismus«, bemerkte Joss in dem Versuch, mit dem Funken seines alten Vaters in Kontakt zu treten, der eben aufgeblitzt war.

»Man sieht, daß du mittlerweile von diesem Dreck runter bist, aber überleg doch mal, welche Methoden angewandt wurden, um dich zu heilen. Dein Gehirn sagte deinem Körper, daß du die Droge brauchst, bis sich neue Denkmuster herausgebildet haben. Und ich glaube kaum, daß du den Entzug als Faschismus bezeichnen würdest.«

»Es gab schon Zeiten.«

»Reine Abwehr«, stellte sein Vater fest.

»Das ist das zweite Mal in zwei Stunden, daß ich diesen Ausdruck zu hören bekommen habe«, sagte Joss und dachte an sein Gespräch mit Trainer zurück.

Sein Vater fuhr zwischen zwei Bissen fort: »Du bist also mit Harrison zusammengetroffen?«

»Einmal kennengelernt...«

»Er ist ein bemerkenswerter Mann.«

»Du nennst ihn also nicht Trainer Harrison?«

»Wir kennen uns schon ziemlich lange.«

»Wußtest du, daß ich in der Klinik war? Hast du die ganze Zeit gewußt, wo ich gesteckt habe?« fragte Joss unschuldig. Die Augen seines Vaters weiteten sich.

»Ich weiß nicht, wovon du redest, Joss«, sagte Callum kategorisch. Seine Aufmerksamkeit war jetzt auf die spartanische Tischplatte konzentriert.

Langsam stieß Joss die Luft aus.

Großartige Frage, Joss!

Die nächste könnte eine Thrombose bei ihm auslösen.

Offensichtlich war die Klinik kein Thema, das Callum weiterzuverfolgen wünschte; seine Feindseligkeit eben schien echt gewesen zu sein. Aber Joss wollte trotzdem ein paar Antworten.

»Du hast nie angerufen, mir nie geschrieben? Die ganze Zeit nicht?«

Callum schüttelte den Kopf. »Ich wußte nicht, wo du warst. Außerdem, hör dir doch mal zu, Joss. Du klingst wie deine Mutter und ich – als du ausgezogen bist und auf der Uni warst.«

»Aber du hast keinen meiner Briefe beantwortet.« Joss wurde wütend. »Ich hätte dich gebraucht!«

»Aber jetzt bin ich ja hier, und wir können wieder zusammensein. Die Vergangenheit ist eine negative Kraft; die Zukunft gehört uns, wenn wir nur an dieselbe Vision glauben.«

Joss warf seine Gabel auf den Tisch.

»Das ist doch Psychokacke. Reiner Humbug.«

Der Ausbruch schien seinen Vater aufrichtig zu bedrücken. Er preßte die Hände gegen die Schläfen, so daß seine Augen vor allen außer Joss abgeschirmt waren. Er hatte sie erneut warnend weit aufgerissen.

»War ich wirklich je so billig und banal, daß du es jetzt nicht wagst, meine Worte vertrauensvoll anzunehmen?« Er nickte traurig. »Ja, das war ich wohl. Ich bin noch dabei, damit zu Rande zu kommen.«

»Laß uns wegfahren«, sagte Joss. Seine Stimme sprudelte über vor Begeisterung. »Nur du und ich. Wir haben das früher nie gemacht. Entweder warst du zu beschäftigt, oder ich hatte keine Lust. Vielleicht auf eine griechische Insel? Wir könnten einander ganz neu kennenlernen.«

Was er wirklich meinte, war: zum ersten Mal kennenlernen.

»Ich verlasse das Zentrum selten; es ist jetzt mein Zuhause. Aber ich sag dir was, Joss. Ich muß morgen in Kirchenangelegenheiten aufs Festland reisen. Wenn ich zurückkomme, werden wir uns unterhalten.«

»Aber du sagst nicht nein?« drängte Joss. Sein Vater wirkte verwirrt, aber in dem Augenblick ging die Tür auf, und Trainer trat herein.

»Tut mir leid, Callum, es ist etwas Wichtiges dazwischengekommen.« Er unterließ es, Joss' Anwesenheit zur Kenntnis zu nehmen. »Du wirst sofort im Geschäftszimmer gebraucht!«

Callum wäre fast strammgestanden.

»Kann das nicht warten?« bat Joss, der sich bewußt war, daß Trainers Eintritt das Gespräch in einem entscheidenden Moment unterbrochen hatte.

Trainer wies auf die Tür.

»Sie kennen ja den Weg«, sagte er kalt. Joss streckte seinem Vater die Hand hin. Der betrachtete sie geistesabwesend und schüttelte sie ohne Begeisterung. Und vor einer halben Stunde hatte er ihn noch umarmt wie ein Politiker auf einer Wahlkampfveranstaltung in der Provinz, dachte Joss. Callum ging, ohne einen Blick in seine Richtung zu werfen, aber Joss tätschelte seine Hosentasche, in der das dünne Blatt Papier steckte, das sein Vater dort hineingeschoben hatte. Ganz offensichtlich war sein Vater verängstigt und fürchtete sich vor Trainer. Joss empfand ein beschützerisches Gefühl ihm gegenüber; es schien, daß der Sohn zum Vater geworden war und der Vater zum Sohn. Er schwor sich, daß alles anders werden würde, wenn sie sich wiedertrafen.

Trainer befahl Callum Lane in die Kapelle, wo er um zusätzliche spirituelle Führung beten sollte. Es hatte ihm nicht gefallen, was er auf dem Videobildschirm im Sicherheitsbüro gesehen hatte. Das Gespräch der Lanes hatte einen Subtext enthalten, den er noch ergründen mußte. Lane senior hatte nichts gesagt, was Trainer definitiv als subversiv hätte bezeichnen können, aber trotzdem war er sicher, daß es eine verborgene Unterströmung in dem Gespräch gegeben hatte. Lane junior war über die Ungerechtigkeiten der Vergangenheit ernsthaft gekränkt gewesen, hatte sich dann aber viel zu leicht beschwichtigen lassen.

Trainer ließ das Treffen, das er heimlich aufgezeichnet hatte, Bild für Bild noch einmal durchlaufen. Dann isolierte er jeden Teil des Gesprächs und versuchte, die Konfliktpunkte zu analysieren. Gegen Ende seiner ersten vollständigen, konzentrierten Analyse des Videos war er mehr denn je überzeugt, daß etwas nicht stimmte, aber bislang konnte er nur beobachten und abwarten, bis etwas Greifbareres zum Vorschein kam. Er würde die Hinweise aus dem Band herauskitzeln müssen. Der Reverend würde nicht gegen Callum Lane vorgehen, wenn Trainer keine eindeutigen Beweise gegen ihn vorlegen konnte.

Erneut zog Trainer in Erwägung, seinen Kirchenführer anzurufen, entschied sich aber, das Fort ohne Befehle von oben zu halten. Lane senior würde am Morgen zum Festland aufbrechen, in Begleitung von zwei von Trainers Männern. Trainer mußte noch entscheiden, ob Joss Lane den letzten Teil des Quartetts bilden sollte. Vater und Sohn brauchten eine gewisse Freiheit; vielleicht würden sie die Gelegenheit ergreifen und sich ihr eigenes Grab schaufeln. Trainer hoffte es. Callum war ziemlich nervös gewesen, seit er von der von Rivers angeordneten Buchprüfung erfahren hatte.

Als er das festgefrorene Bild der ungestümen Umarmung zwischen Vater und Sohn betrachtete, fiel ihm etwas auf. Trainer wollte den Bildausschnitt gerade mit dem Zoom der Videoausrüstung näher heranholen, als ein Telefonanruf ihn unterbrach. Er kam von einem der »Schläfer«-Mitglieder, der im Medienbereich arbeitete und dem Trainer ein gewisses Vertrauen entgegenbrachte. Nach dem Anruf waren alle Gedanken an eine weitergehende Untersuchung der Videoaufzeichnung vergessen. Es gab einen Verräter in ihrer Mitte, hier im Hafen, und für Verrat konnte es nur eine Strafe geben.

Joss war den Männern in die Halle gefolgt und beschloß, einen Spaziergang zu machen, um den Nebel zu vertreiben, der ihm in den Kopf gekrochen war. Als er in den Hof trat, stellte er fest, daß die Nacht schnell über das umzäunte Gelände hereingebrochen war. Es wehte eine kühle Brise, versetzt mit dem Salz der See, und der zunehmende, fast volle Mond starrte fahl hinunter. Aber das Mondlicht war zu schwach, um die geheime Nachricht seines Vaters zu lesen. Joss wollte gerade zu den Klippen hintergehen, wo die Sicherheitslampen für ausreichende Beleuchtung sorgen würden, als er bemerkte, daß Licht aus dem Hauptgemeindezentrum am entgegengesetzten Ende des Geländes strömte. Die Strapazen des Tages hatten ihn ermüdet, aber seine Gefühle wurden von einem Adrenalinstoß beflügelt: Was immer in der Notiz stand, war von entscheidender Bedeutung für Callum.

Du mußt, Joss.
Du hast keine Wahl, oder?

Leichter Rauhreif knirschte unter seinen Füßen, als er zu der Lichtquelle stapfte. In der Ferne konnte er das Wachhäuschen sehen, das ebenfalls erleuchtet war und offensichtlich vierundzwanzig Stunden am Tag bemannt. Anschwellender Lärm drang aus dem Gemeindezentrum, als er näher kam. Joss wollte keinen wie auch immer gearteten großen Auftritt und wartete, bis die Menge wieder ein lautes Gebrüll ausstieß, bevor er vorsichtig die Tür aufschob und hineinglitt.

Es mußten sich mindestens dreihundert Menschen im Raum befinden. Sie hatten ihm den Rücken zugekehrt, und er blieb ganz hinten stehen, wo es relativ dunkel war. Auf dem Podium war ein junger Mann an ein Rudergerät geschnallt. Er schwitzte heftig, während er wie wild ruderte, aber etwas war merkwürdig: Er rauchte dabei eine Zigarette. Der aus seinen Lungen gepumpte Rauch kringelte sich um seinen Kopf und schwebte auf Lars zu, der eine Packung Benson & Hedges und ein Feuerzeug in der Hand hielt. Wenn eine Zigarette bis zum Filter heruntergeraucht war, wurde sie augenblicklich von einem triumphierenden Lars durch eine neue ersetzt.

»Noch eine und noch eine. Er hat dieses unreine Gift hierhergebracht und die Gesundheit unserer Kinder gefährdet«, rief er. Der junge Mann war grün im Gesicht. »Er muß lernen, daß nicht seine individuelle Entscheidung wichtig ist, sondern der Wille der Kirche.«

Joss fühlte sich selber ganz krank, aber er wußte, daß es nicht an ihm war, hier einzugreifen.

»Der Leib ist heilig«, fuhr Lars fort. »Er wurde mit diesem Instrument der Selbstzerstörung erwischt«, sagte er und hielt die geleerte Packung hoch. »Sein Körper muß lernen, auf das Nikotin zu verzichten.«

Joss wollte etwas tun, aber was? Er war allein und stand dreihundert Fanatikern gegenüber. Wenn er sich jetzt zeigte, wenn er zeigte, was er von all dem hielt, wie sollte er dann seinem Vater helfen? Wütend und angewidert sah er zu, wie das widerliche Spektakel ein Ende fand, als der Ruderer sich übergab und dann ohnmächtig wurde.

Joss beschloß aufzubrechen, bevor die Massen sich für die Nacht zurückzogen, nachdem die Abendunterhaltung vorüber war. Als er einen Blick nach links warf, entdeckte er einen dunkelhaarigen, gedrungen aussehenden Mann, der sich im Schatten herumdrückte. Er sah genauso angewidert aus, wie Joss sich fühlte. Da erkannte Joss ihn. Es war der Mann namens Thurman, den er vorhin im medizinischen Trakt gesehen hatte. Joss ignorierte ihn, ging zu den Toiletten und schloß sich in einer Kabine ein. Er zog das Stück Papier aus seiner Hosentasche, strich es glatt und begann zu lesen.

Mein lieber Joss,
wenn du das liest, sind wir mit der Übergabe durchgekommen, aber wieviel Zeit uns noch bleibt, ist eine andere Frage. Ich bin hilflos und habe darum gebetet, daß du kommen mögest. Hilf mir, Joss. Sie haben meinen Geist verwirrt, so daß mein Urteilsvermögen die meiste Zeit getrübt ist. Nur in Augenblicken wie diesen kann ich klar denken. Du mußt mich zum Festland begleiten; du mußt mich von ihnen wegbringen. Wir müssen nach Paris, deine Dr. Kristina Klammer ist dort auf einem Symposium. Sie hat dir geholfen, also kann sie auch mir helfen. Bitte, bitte hilf mir, diesem Elend zu entrinnen, dieser schrecklichen Täuschung. Die Dinge, die sie getan haben, die ich mit angesehen habe! Vernichte diesen Brief, sonst werden wir beide sterben.
Dein Vater Callum Lane

Joss tat, worum sein Vater ihn gebeten hatte, und sah zu, wie die Papierfetzen im Strudel der Toilettenspülung herumwirbelten und dann verschwanden.

Als er das Gemeindezentrum verließ, hatte er nur einen einzigen Gedanken im Kopf. Er würde morgen mit seinem Vater aufbrechen, und keiner von ihnen beiden würde hierher zurückkehren.

Kapitel vierundzwanzig

Mark Mason rieb sich müde die Augen. Die Gemeinschaftskanzlei war verlassen. Selbst die juristischen Nachteulen waren zu den schnaufenden U-Bahnen aufgebrochen, die sie heimbrachten zu Partnern, die nervös auf die Uhr starrten, und Kindern, die längst schliefen. Roses Aussage, von Charmers aufgenommen, lag vor ihm ausgebreitet. Aber es waren nur Worte, und aus unangenehmer Erfahrung wußte Mason, daß Geschworene sich bei ihrer Einschätzung eher nach ihren Eindrücken richteten als nach dem, was die Zeugen aussagten.

Er nippte an seinem abgestandenen Javatee und zündete sich die eine Zigarre an, die er am Tag rauchte. Er fuhr mit dem Finger die Seite herunter und las weiter, aber selbst der gewissenhafte Solicitor hatte Roses schreckliches Elend nicht zum Leben erwecken können. Die Theatralik der heutigen Sitzung hatte ihrer Sache sowohl genützt als auch geschadet. Mason würde argumentieren, daß ihre emotionalen Narben ein zuverlässiger Beweis dafür waren, daß sie die Wahrheit sagte; andererseits würde die Verteidigung vorbringen, daß diese verletzte junge Frau eine gefährliche Phantastin war, die sich selbst davon überzeugt hatte, daß sie die Wahrheit sagte. Die beiden Behauptungen mußten in den Ohren der Geschworenen gleich stichhaltig klingen.

Wenn er nur irgendwelche unabhängigen Beweise hätte, irgend etwas, das ihren Bericht bestätigte. Mason tauchte tief in die verborgenen Winkel seines Gehirns ein, kam aber mit leeren Händen und leerem Kopf wieder hoch. Kein schimmerndes Fenster der Einsicht. Seit Monaten hatten sie nach Personen gesucht, die ebenfalls durch die Hand der Sekte gelitten hatten, aber die einzigen, die sie hatten finden können, waren entweder nicht gewillt oder unfähig, Roses Bericht zu bestätigen. Viele waren zu verängstigt, um in der Verhandlung auszusagen, andere waren in einem so labilen Zustand, daß sie vollkommen unzuverlässige Zeugen abgeben würden.

Mason knipste die Messingleselampe aus, die auf seinem Schreibtisch stand, und sammelte seine Unterlagen zusammen. Sie brauchten irgend jemanden oder irgend etwas, das ihnen eine Chance gab, bevor es zu spät war. Oder war der richtige Augenblick bereits verstrichen? Er wagte nicht, seine eigene Frage zu beantworten.

Es war drei Uhr nachts, als er spürte, daß einer von ihnen, er tippte auf Trainer, an seinem Bett stehenblieb und ihn mehrere Sekunden lang beobachtete. Joss ließ die Augen in vorgetäuschter REM-Schlaf-Manier hinter den geschlossenen Augenlidern hin- und herrollen. Wer immer da stand, schien zufrieden, und die Schritte entfernten sich.

Joss atmete tief, während Schnarchen und Nachtgeräusche durch den langen schmalen Raum zu wispern begannen. Er hatte seine Sachen anbehalten, als er unter die dünne Decke geschlüpft war, und die Schuhe direkt neben das Bett gestellt. Langsam begann er mit seinem nächtlichen Erkundungsgang. Lars schlief an der Kopfseite des Schlafsaals, direkt neben der Tür. Joss schob die Decke zurück und war ausnahmsweise dankbar dafür, daß die eisenharte Matratze ihn unmöglich durch ein Knarzen verraten konnte. Er langte nach seinem Schuhwerk; seine Füße steckten in dicken Socken.

Lautlos, immer nur einen Schritt auf einmal, tappte er zum Ausgang. Lars schien tief und ruhig zu atmen. Joss griff nach der Klinke und drückte sie herunter. Sie quietschte, nur ganz leise, aber für Joss klang es wie eine Trompetenfanfare. Lars wälzte sich geräuschvoll auf die andere Seite und kehrte wieder in den Tiefschlaf zurück.

Behutsam schloß Joss die Tür von außen, hüpfte leichtfüßig in eine dunkle Ecke und schnürte seine Schuhe fest zu. Vorsichtig umrundete er die stillen, dunklen Nebengebäude, wobei ihm auffiel, daß im Herrenhaus noch Licht brannte: Er hatte gehört, daß die Kirchenältesten dort oft Seminare abhielten, die die ganze Nacht dauerten. Aber es war nicht das Herrenhaus, an dem er interessiert war. Sein Ziel lag direkt vor ihm.

Der medizinische Trakt wurde durch eine einzige Nachtlampe im Empfangsbereich erleuchtet. Joss kundschaftete den Weg zur Rückseite des Gebäudes aus. Inzwischen hatte die vormals leichte Brise ihre Stimme zu einem sonoren Heulen vertieft. Joss war erleichtert, denn wenn er jetzt ein Geräusch machte, würde der brausende Wind das kaschieren. Er entdeckte ein Fenster im zweiten Stock, das einen Spalt weit offenstand, und fragte sich mißtrauisch, warum es nicht geschlossen worden war, als das Wetter sich verschlechtert hatte. Aber er hatte keine Zeit, weiter darüber nachzudenken, und studierte statt dessen kritisch das Terrain.

Joss starrte intensiv auf die Wand, die aus Highland-Steinen errichtet war. Die Regenrinne war aus Stein und schloß bündig mit der Mauer ab. Keine Griffe oder Tritte. Er hielt nach einem Weg nach oben Ausschau. Zwischen den einzelnen Steinblöcken gab es winzige Risse, wo das Salz begonnen hatte, den bindenden Zement zu zersetzen. Es war einige Zeit her, daß er geklettert war, aber er erinnerte sich an die Worte seines Freundes Ben, Gründungsmitglied von In Extremis und Sportkletterer par excellence: »Wenn du einen Daumennagel in den Fels krallen kannst, gehört die Wand dir.«

Er versuchte es. Es reichte nicht ganz, und Bens Daumenregel gab ihm weniger, als er erhofft hatte, aber so, wie es stand, blieb ihm keine Wahl. Langsam, vorsichtig, begann er den Aufstieg. Das Geheimnis war die Kraft, die man in den Fingern hatte. Ben konnte scheinbar minutenlang an einer Fingerspitze hängen, was sehr gefährlich aussah, während er den glatten, senkrechten Felsen nach den nächsten Griffen absuchte. Joss war nicht im Training, und seine Finger schmerzten beim Klettern, während der stärker werdende Wind ihn von allen Seiten durchrüttelte. Es waren nur sechs Meter, aber die Strecke kostete ihn eine halbe Stunde.

Schließlich schob er das Zielfenster auf, warf einen schnellen, verstohlenen Blick in den dunklen Raum und fiel auf die schmerzgequälten Füße. Er brachte eine Minute damit zu, sie zu massieren und das Blut zu stillen, das aus mehreren abgerissenen Fingernägeln quoll. Jetzt wurde ihm klar, warum Ben sich regelmäßig eine Maniküre gönnte.

In diesem Teil des Gebäudes war er noch nicht gewesen, und die Dunkelheit raubte ihm für eine Weile die Orientierung.

Schließlich trat er in den Gang hinaus und schlich vorsichtig weiter. Als er um eine Ecke bog, stieß er plötzlich mit einer Fahrtrage zusammen. Hastig packte er sie, um zu vermeiden, daß sie die Treppe zu seiner Linken hinunterdonnerte. Joss stieß lautlos die Luft aus, blickte auf und entdeckte das Hinweisschild »MEDIKAMENTE«; der Pfeil zeigte nach links. In dem Augenblick hörte er jemanden die Treppe herauftappen und erstarrte, den Rücken gegen die Wand gepreßt.

Ein Mann erschien, in gebückter Haltung und offensichtlich ebenso bestrebt wie Joss, eine Entdeckung zu vermeiden. Joss handelte schnell, preßte eine Hand auf den Mund des Mannes und spürte, wie der vor Angst erstarrte.

»Alles in Ordnung, ich bin ein Freund«, flüsterte er direkt in das Ohr seines Gefangenen. Der Mann versteifte sich erneut. »Andernfalls hätte ich Sie mittlerweile längst verraten.« Die Logik der Behauptung bewog den Mann, sich zu entspannen. »Ich werde jetzt meine Hand wegnehmen, und Sie werden langsam und leise ausatmen.«

Der Mann tat, wie ihm gesagt worden war. Sie sahen einander in dem Dämmerlicht an und fragten sich beide, was sie als nächstes tun sollten. Joss entdeckte eine Tür, auf der »Wäschekammer« stand, und wies darauf. Der Mann nickte zustimmend und folgte ihm. Als sie drinnen waren, zog Joss die Tür zu, zog sie aber nicht ins Schloß. Er drehte sich um: Sein Gefährte schwitzte heftig. Sie sprachen im nervösen Flüsterton.

»Ich habe Sie vorhin in der Sporthalle gesehen«, begann Joss.

»Jim Thurman.« Er war Amerikaner; von der Ostküste, schätzte Joss.

»Joss Lane«, sagte er und streckte die Hand aus. Thurman blickte ihn eindringlich an.

»Wieso schleichen Sie hier herum?« fragte Joss.

»Das könnte ich Sie auch fragen. Wie sind Sie hier reingekommen?«

»Die Wand hoch.«

»Mensch. Spiderman.«

»Und Sie?«

»Die entzückende Nachtschwester ging aufs Klo, und ich bin durch die Tür geschlüpft.«

»Sie scheinen nicht wie die anderen zu sein«, sagte Joss.

»Könnte man sagen. Verdammte durchgeknallte Spinner. Selbst David Koresh würde die für extrem halten.«

»Hören Sie, das ist gefährlich«, erklärte Joss.

»Als ob ich das nicht wüßte. Ich schwitze nicht so, weil ich im Lotto gewonnen und den Lottoschein verloren habe.«

»Wer sind Sie?«

»Freier Journalist. Ich arbeite an einem Bericht über Rivers. Die wissen nichts davon.«

»Wie lange sind Sie schon hier?«

»Zwei Wochen. Ich habe die Orientierung fast beendet und kann es kaum erwarten, von hier wegzukommen, aber noch habe ich den richtigen Aufhänger nicht gefunden.«

»Das muß ein Witz sein. Sie haben doch gesehen, was die heute abend im Gemeindezentrum diesem Typen angetan haben. Bringen Sie ihn dazu zu reden.«

»Das ist doch gar nichts! Ich rede über den wirklichen Dreck,

Mann. Die überregionalen Sender zahlen null für so'n Zeug. Ich meine die harten Sachen: All diese Millennium-Sekten sind gleich, die haben alle einen festen Plan.«

»Was wissen Sie über Rivers?«

»Er ist ein Trickbetrüger. Muß er sein, haben Sie ihn denn nie reden hören?«

»Nur in dem Film, den sie einem zeigen.«

»Echt, da haben Sie Glück, Mann, es wird schlimmer, je länger man hier ist. Schließlich kann man an nichts mehr denken außer an seine verdrehte Theologie. Diese Leute steuern auf eine Katastrophe zu, genau wie die Volkstempler-Sekte, Jonestown, die Aum-Sekte, all diese Psychomutanten. Per definitionem hat er entweder recht oder unrecht mit Armageddon. Wenn die Welt untergeht, ei, dann ist er der große Held, aber wenn nicht, gibt es ein Feuerwerk bei den Typen, die ihm geglaubt haben.«

»Wie schafft er es, all diese Leute zu überzeugen?«

»Es ist die ganze Situation, verstehen Sie nicht? Das Leben hier ist streng geregelt, es herrscht strengste Disziplin, und sie werden emotional und physisch total von anderen dominiert und pausenlos kontrolliert. Der Trick ist, daß sie es eine intentionale Gemeinschaft nennen.«

»Damit sie sich nicht mit der Anschuldigung auseinandersetzen müssen, sie hätten die Leute gekidnappt?«

»Sie haben's erfaßt, aber es ist schon dasselbe. Den Leuten hier drin, die ihm alles übergeben haben, was sie in der Welt draußen besaßen, ist nichts geblieben außer ihrer blinden Gefolgschaft. Je größer die Isolation hier ist, desto leichter kann sich die neue Heilslehre festigen.«

»Also hat er alle davon überzeugt, daß die Jahrtausendwende das Ende bedeutet?«

»Oder den Anfang.«

»Wie meinen Sie das?«

»Die Sekte ist ein Ableger der Siebenten-Tags-Adventisten:

Rivers glaubt, daß Christus nur wiederkehren wird, wenn eine genügende Anzahl von Christen sich gereinigt und geläutert hat. Er behauptet, ein Bote Gottes zu sein, der die Aufgabe hat, die Gesalbten reinzuwaschen.«

»Einhundertvierundvierzigtausend davon.« Joss erinnerte sich an sein Gespräch mit Trainer in der Sauna.

»Richtig. Er behauptet auch, daß es seine Aufgabe sei, die geheimen Informationen aus dem Buch zu enthüllen, das in Kapitel fünf der Offenbarung beschrieben wird. Es ist angeblich eine Beschreibung der Ereignisse, zu denen es nach der Wiederkunft Christi kommen wird. Die Welt, wie wir sie kennen, wird es dann nicht mehr geben.«

»Und wahrscheinlich wird man gerettet, wenn man ihm seine irdischen Güter übergibt.«

»Sie haben's erfaßt. Er hat sich vom ersten Tag an die Taschen gefüllt mit seinem astronomischen Bockmist.«

»Worum geht es dabei?«

»Er behauptet, daß mehrere Himmelsphänomene nacheinander auftreten werden und daß wir uns bereits mitten in dem Zyklus befinden, der zum Tag des Gerichts führt.«

»Zum Beispiel?«

»Das erste war das Erscheinen des Kometen Hale Bop. Am hellsten schien er am 6. April 1997, eintausend Tage vor dem Jahr 2000. Am 16. September folgte eine totale Mondfinsternis über ganz Afrika, Osteuropa und Asien. Die nächste totale Sonnenfinsternis war am 11. August 1999, und laut Rivers' Prophezeiung wird der Stern von Bethlehem, also das große Zusammentreffen von Jupiter und Saturn, im Mai des Jahres 2000 seinen Auftritt haben, und das wird der Augenblick sein, in dem die Parosie oder das Kommen Christi erfolgt.«

»Das erklärt wahrscheinlich, wieso mein Vater sich hat anwerben lassen. Das war die einzige Art, wie ihm jemand beweisen konnte, daß Gott existiert, nämlich durch die Anwendung der Naturwissenschaft«, murmelte Joss.

»Wer ist Ihr alter Herr?« fragte Thurman.

»Er heißt Callum Lane. Seinetwegen bin ich hergekommen. Ich habe die Absicht, ihn hier rauszuschaffen.«

»Ich bin ja ungern derjenige, der Ihnen die schlechte Nachricht eröffnet, Joss, aber Ihr alter Herr...« Er machte eine Pause. »Ich glaube nicht, daß er irgendwohin gehen will.«

»Sie kennen ihn nicht.«

»Brauche ich auch gar nicht.«

»Was wollen Sie damit sagen? Ich habe ihn selbst gesprochen, und wenn ich ihn nur für kurze Zeit hier rausschaffen könnte, würde er alles anders sehen«, sagte Joss ärgerlich. Er wollte gerade den Brief seines Vaters erwähnen, hielt die Information aber zurück.

Joss' vehemente Verteidigung seines Vaters schien Thurman zu bewegen.

»Okay, okay, aber nach dem, was ich weiß, sieht es verdammt danach aus, als würden ihm nicht nur seine spirituellen Interessen am Herzen liegen. Ihr Vater hat Rivers und die wenigen Auserwählten zu außerordentlich wohlhabenden Leuten gemacht. Glauben Sie wirklich, daß Ihr Vater nicht ebenfalls davon profitiert?«

»Niemals.« Joss war kurz davor zu explodieren.

»Doch. Ich recherchiere seit vier Monaten für diese Story. Kein Irrtum möglich, Freundchen: Ihr Vater schwimmt mit den Haien.«

Joss war wie betäubt. Er fand keine Erklärung für das, was er da hörte, und glauben konnte er es schon gar nicht.

»Er ist nur jemand, der in die Irre geführt wurde.«

Plötzlich ging unten ein Alarm los und hallte schrill durch den medizinischen Trakt. Thurman flüsterte »Scheiße« und stürzte zur Tür hinaus. Joss unterdrückte seine Panik und kämpfte darum, rational zu denken. Wer immer da gekommen war, würde erwarten, daß sie wegrannten. Joss schob sich vorsichtig aus der Wäschekammer und durch den Flur auf das Fenster zu, durch das er eingestiegen war, bis dröhnende Schritte ihn verscheuchten.

Über seinem Kopf sah er das Hinweisschild für die Chirurgie. Schnell ging er darauf zu. Die Tür zu einem Operationssaal gab nach, als er dagegendrückte, aber dahinter gab es keine Fluchtmöglichkeit; keine Fenster, kein Oberlicht, keine Chance.

Er wirbelte herum und wollte gerade die Tür wieder aufschieben, als er Trainers Stimme hörte.

»Bringt ihn hier rein.«

Joss konnte nirgendwohin. Trainer würde ihn kreuzigen.

Sein Kopf arbeitete mit Lichtgeschwindigkeit, und dann sah er es! Über dem Operationstisch pendelte eine längliche OP-Lampe. Er kletterte auf den Tisch, nahm seinen Mut zusammen und sprang. Der Sprung mußte perfekt klappen: Beide Beine und Arme mußten sich genau zur gleichen Zeit in den Seiten der schalenförmigen Lampe festkeilen, sonst würde er einfach auf den OP-Tisch knallen. Fast hätte er es mit seinem ermüdeten linken Bein nicht geschafft, aber es gelang ihm gerade noch, den Druck auszugleichen, bis er da hing, mit dem Gesicht nach unten, über dem Tisch schwebend.

Joss hielt den Atem an, als die Tür aufgetreten wurde und Licht den Raum erhellte. Er betete, daß sie nicht die OP-Lampe einschalten würden, da sein Körper den Lichtstrahl verdeckte. Er hörte Trainers Stimme.

»Was machen Sie hier drin?« Er hörte einen krachenden Schlag und ein Stöhnen.

»Haltet ihn aufrecht«, befahl Trainer. Joss hörte mehrere heftige Schläge niederhageln, und ihm wurde schlecht von dem unverwechselbaren Geräusch brechender Knochen.

»Ich hab' gar nichts gemacht, Mann.« Das war Thurmans seit kurzem vertraute Stimme, aber jetzt hatte er Blut im Mund. Die Schläge gingen mit magenumdrehender Monotonie weiter, bis Thurman verraten hatte, wer er war und für wen er schrieb.

»Sehen Sie nur, was Sie mit meinen Zähnen gemacht haben,

Sie Nazi-Wichser«, beschwerte sich Thurman mit seinem zertrümmerten Kiefer. »Sie und Ihre SA-Leute werden im Gefängnis landen.«

Trainer lachte humorlos.

»Knebelt ihn.«

Joss hörte ein Handgemenge. Seine Finger und Beine barsten fast vor der Anstrengung, reglos die Balance zu halten und der hartnäckigen Schwerkraft entgegenzuwirken. Einer seiner Fingernägel hatte wieder zu bluten begonnen, und er sah wie gelähmt vor Entsetzen zu, wie das Blut sich auf den Rand der OP-Lampe zuschlängelte.

»Legt ihn hierhin«, befahl Trainer. Joss blickte nach unten und sah das entstellte Gesicht von Jim Thurman zu sich hochstarren, einen Tapeverband über dem Mund. Trainer blickte auf Thurman herunter und schwang drohend ein blitzendes Skalpell.

»Wir gehen nirgendwohin, aber Sie schon.« Und ohne Zögern schnitt er ihm fein säuberlich die Kehle durch. Das letzte, was Thurman sah, war Joss, der versuchte, nicht zu fallen. Er kämpfte darum, nicht zu sterben, aber das Licht in seinen Augen erlosch.

»Tupfer!« bemerkte Trainer. Die anderen lachten.

Joss sah, wie seine eigene Blutspur das Ende ihrer Reise erreichte, sich zu einem runden Tropfen formte und herunterfiel. Genau in diesem Augenblick drehte Trainer sich zu seinen Gefährten um.

»Laßt ihn verschwinden. Wenn jemand nach ihm fragt, leitet den Anruf an mich weiter.«

Joss mußte sich weiter festhalten. Sie würden ihn mit Sicherheit ebenso bedenkenlos kaltmachen wie Thurman, wenn seine Kräfte nachließen. Ein Leichensack wurde geholt und der tote Journalist hineingeschoben.

Joss schwor sich, er würde dafür sorgen, daß sie damit nicht durchkamen, aber dazu mußte er am Leben bleiben. Der Operationssaal wurde ausgespült, dann das Licht ebenso leicht ausgelöscht wie das Leben des Reporters. Die Mörder gingen.

Endlich ließ Joss sich zitternd zu Boden fallen. Vor Empörung und Abscheu war ihm ganz schlecht. Er mußte hier raus. Erst mußte er sicher in den Schlafsaal zurückgelangen und dann aufs Festland zurück, wo er die Polizei verständigen würde. Er mußte schnell handeln, aber wenn er Trainer gegenüber irgendwie andeutete, daß er wußte, was gerade geschehen war, würde er sich ebenfalls in einem Leichensack wiederfinden, Callum hin oder her. Zunächst aber brauchte er ein paar Dinge, die in einem Krankenhaus zu finden sein würden, wie er als Exjunkie wußte.

Jocelyn Lane legte in dieser Nacht einen stillen Schwur ab, und er war entschlossen, ihn zu halten oder bei dem Versuch zu sterben. Lautlos verließ er den OP und begann seine dunkle Suche.

Kapitel fünfundzwanzig

Thurmans flehende Augen verfolgten Joss den ganzen Rest der Nacht. Das war seine neue Realität. Nicht einmal verunreinigte LSD-Tabletten hatten Dämonen heraufbeschworen, die so fürchterlich waren wie Trainer und seine munteren Helfershelfer. Es gab Zeiten, da hätte er sich auf den Weg gemacht und einen Dealer aufgetrieben, um sich einen Schuß zu setzen, aber jetzt hatte er Verantwortung übernommen, nämlich für Callum. Mehr noch, rief Joss sich in Erinnerung, Greta kämpfte gerade einen Fall vor Gericht durch, um der Welt die grausame Wahrheit über die Sekte zu zeigen. Er wollte ihr helfen, aber er hatte keine Beweise. Er kehrte in Gedanken zu dem geflüsterten Gespräch mit dem ermordeten Journalisten zurück, spulte die Filmrolle seiner Erinnerung ab. Thurman hatte was davon gesagt, er habe Recherchen über die Finanzen der Sekte angestellt, und er war überzeugt, Callum hätte die Führer der Sekte reich gemacht. Der Brief seines Vater machte deutlich, daß er aussteigen wollte: Vielleicht würde er sich als Achillesferse der Millennium-Kirche erweisen. Joss mußte sich bemühen, seinen Vater von der seelischen Abhängigkeit zu befreien, in die er durch die Gehirnwäsche-Techniken der Sekte geraten war, und dann mußte er die Wahrheit ausfindig machen. Der nebelhafte Unbekannte, den er gestern getroffen hatte, mußte vertrieben und durch seinen wahren Vater ersetzt werden.

Um sechs Uhr früh begann wieder das Morgenritual. Die gleiche aufrichtige Stimme, die gleichen banalen Worte. Widerstrebend schloß Joss sich seinen Zimmergenossen bei der Frühgymnastik an, aber er versprach sich, daß es das letzte Mal sein würde. Er sorgte dafür, daß er der letzte war, der den Schlaftrakt verließ, machte dann schnell kehrt und holte seine versteckten

Besitztümer aus der Decke des Waschraums, voller Erleichterung, daß sie noch da waren; er würde sie brauchen. Er küßte den Spielstein, der für die Zukunft stand, und steckte ihn mit seinen Gefährten zurück in die Hosentasche.

Joss stopfte soviel Frühstück in sich hinein wie möglich, bevor er zu Lars ging.

Joss wußte nur zu gut, daß er die gleiche mürrische, unkooperative Haltung an den Tag legen mußte wie gestern, sonst würde Lars mißtrauisch werden. Er erinnerte sich, daß sein Freund Ben, der jetzt Wertpapierhändler für Euroanleihen in Genf war, früher Theaterambitionen hatte. Wenn er eine schwierige Rolle spielen sollte, bei der Aggression einer der Schlüsselfaktoren war, hatte Ben sich an alles Schlechte zurückerinnert, das ihm zugestoßen war. Er nannte es seine Königliche Schauspielakademie-Ragen, und es funktionierte.

Joss konzentrierte sich auf den Tod seiner Mutter, und damit war es geschafft.

»Ja«, sagte Lars ausdruckslos. Seine klaren Augen waren unbeeinträchtigt von gestörtem Schlaf.

»Ich bin gekommen, um mich zu verabschieden. Es war einfach wundervoll.«

Lars erwog die Neuigkeiten.

»Du kannst nicht gehen, bevor du die Orientierung abgeschlossen hast.«

»Scheiß drauf«, sagte Joss lächelnd. »Für Callum mag das gut und schön sein, aber ich habe ein Leben, mit dem ich weitermachen muß.«

»Dein Leben ist hier«, fuhr Lars ihn an.

»Was ist mit ›Du kannst jederzeit gehen‹?«

»So lauten die Regeln.«

»Eure Regeln, nicht meine. Ich hab's probiert, und ich fand's gräßlich. Danke für die bewußtseinserweiternde Erfahrung, Lars. Also, ich weiß, daß mein Vater heute aufs Festland fährt; ich fahre mit ihm.«

Lars' Geduld war fast erschöpft.

»Nicht heute. Nicht...«

»Nicht irgendwann?« beendete Joss den Satz und ließ die Stimme zu einem leisen, bedrohlichen Flüstern absinken. Es klang mutiger, als er sich fühlte. »Das ist Freiheitsberaubung, oder? Schwere Anklage. Den Gerichten gefällt so was gar nicht; beeinträchtigt irgendwie die Willensfreiheit. Hohe Gefängnisstrafen.«

Lars hätte fast geknurrt. »Was du brauchst, sind Besserungshilfen«, fuhr er fort. »Ich kenne da genau die richtige Methode.«

»Ich will Trainer sprechen, sofort!«

»Ich bin hier«, sagte Trainer hinter Joss' Rücken.

Wie macht er das nur? fragte sich Joss, immer unvermittelt aufzutauchen wie ein schlechter Geruch in einem überfüllten Fahrstuhl. Er drehte sich um.

»Er will weg«, erläuterte Lars. »Und ich habe ihm gesagt...«

»Daß er gehen kann«, beendete Trainer den Satz in vernünftigem Ton. Als er sich Joss zuwandte, war er die personifizierte Traurigkeit. Der Verlust schien ihn schwer zu treffen.

»Ich hatte gehofft, daß wir einander besser kennenlernen könnten. Sie sind ein bemerkenswerter junger Mann und besitzen viele Talente. Ich habe darum gebetet, daß Sie diese Talente in den Dienst der Kirche stellen würden, aber...« Er blickte in die Ferne.

Joss war beeindruckt, und trotz allem, was er wußte, schämte er sich, weil er so egoistisch war. Er wehrte sich gegen das Gefühl; so arbeiteten diese Psychokulte. Er rief sich in Erinnerung, wie Trainer gnadenlos mit dem schimmernden Skalpell Thurmans weiße Kehle durchgeschnitten hatte.

»Hören Sie, ich bin einfach noch nicht bereit. Es gibt noch zu viele Dinge, die ich vorher klären muß.«

»Klar. Klar. Niemand wird gegen seinen Willen hier festgehalten.«

Joss unterdrückte ein ironisches Grinsen.

»Aber Sie werden ja von Zeit zu Zeit hierherkommen, um Ihren Vater zu besuchen: Er hat natürlich keineswegs die Absicht, uns zu verlassen.«

»Das würde ich sehr gern tun, Trainer, ehrlich.« Joss zwang sich, seine Stimme aufrichtig klingen zu lassen. Er streckte die Hand aus, aber Trainer ignorierte sie und schloß Joss fest in die Arme.

»In zehn Minuten müssen Ihre Sachen gepackt sein. Ein Schiff wird Sie zum Festland bringen, und dort steht ein Wagen bereit, der Sie und Callum nach Aberdeen fahren wird, von wo aus Sie den Zug nach Süden nehmen werden. Wo wollen Sie denn jetzt hin?« fragte er und entließ Joss aus seiner heftigen Umarmung.

»Nach London, ein paar alte Freunde besuchen.«

»Lebwohl«, sagte Trainer. Joss rückte näher und umarmte ihn fester, wobei er spürte, wie der Haß seinen ganzen Körper versteifte.

»Wiedersehen«, flüsterte er.

»Wir sehen uns«, zischte Trainer.

Später überprüfte Trainer seine Entscheidung, Joss Lane gehen zu lassen. Der junge Mann war ein komplizierender Faktor in einem komplexen Zeitplan. Nach dem freudigen Abschluß des Verfahrens gegen den Reverend mit einem Freispruch würde das triumphale Treffen der Auserwählten im Londoner Hyde Park stattfinden. Wenn das alles geschafft war, würde immer noch Zeit genug sein, sich mit dem halsstarrigen Lane junior zu befassen. Trainer hatte seine Männer angewiesen, wachsam zu sein. Callum würde sorgfältig überwacht werden. Er knipste die verborgenen Schalter unter seinem Schreibtisch an, die mit dem Videobildschirm vor ihm gekoppelt waren. Das Bild sprang von einem Ausschnitt des friedlichen Hafens zum nächsten: Im Augenblick war alles gut. Er würde nichts und niemandem erlauben, ihren sauer verdienten Seelenfrieden zu stören.

Sie saßen im »Scotsman 225«, der gerade die trostlose Öde des Aberdeener Bahnhofs verließ. Sie waren zu viert. Joss, sein vielbeschäftigter, abgelenkter Vater und seine beiden Aufpasser saßen im hintersten Abteil des Erste-Klasse-Wagens; der Zug war so gut wie leer. Die Überfahrt von der Insel war stürmisch gewesen, und Joss hatte erfreut bemerkt, daß den Mietlingen ziemlich unwohl zu sein schien.

Callum schien bitter enttäuscht über Joss' Abreise zu sein, aber sein Gesicht erhellte sich sofort, als Joss versprach, daß sie einander jetzt öfter sehen würden; er legte nicht ausdrücklich fest, wo das sein würde. Das Auto hatte seine schweigenden Passagiere rasch über die Berggipfel zum wartenden Zug befördert, während sein Vater an dem allgegenwärtigen Laptop vor sich hinklapperte. Die Aufpasser beobachteten ihn scharf, während er seine Rückfahrkarte nach London, King's Cross, löste.

Der Rhythmus des Zuges und die schaukelnde Fahrt durch die eindrucksvolle Landschaft hatten einen unangenehm monotonen Anklang. Joss hielt seine Tasche bereit; sie war der Schlüssel zu dem, was er vorhatte. Nachdem sie eine halbe Stunde gefahren waren, bot Joss an, Getränke zu holen, ein Angebot, das die Sektenmitglieder mit mürrischer Begeisterung annahmen.

Auf dem Weg zum Speisewagen, der sich zwischen der ersten und zweiten Klasse befand, begann Joss die Endphase seines Plans in Gang zu setzen. Er kaufte bei dem Zugbegleiter eine Mercury-Telefonkarte und tätigte, bewaffnet mit seiner Kreditkarte, eine Reihe von Anrufen, bis die Telefonkarte leer war. Als er zurückkehrte, wirkten die Aufpasser mißtrauisch.

»Hab' mich übergeben«, erklärte er, woraufhin sie an der Reihe waren, grimmig erfreut zu wirken. Sie nahmen ihren Tee entgegen und stürzten ihn schnell herunter. Sie beschwerten sich über den hohen Zuckergehalt, aber Joss beruhigte sie, indem er darauf hinwies, daß das dazu beitrug, einen revoltierenden Magen zu besänftigen.

Die Reise ging weiter, und als sie Edinburgh Waverley verlassen hatten, wußte Joss, daß die Zeit zum Handeln gekommen war. Die Männer nutzten beide die unerwartete Gelegenheit, den Schlaf nachzuholen, den ihnen das Regime im Zentrum verweigerte; sein Vater war in seine Arbeit vertieft. Joss weckte die Aufpasser mit dampfenden Plastikbechern Kaffee, der einmal mehr stark gesüßt war. Sein Vater dankte ihm mit einem starren, nervösen Lächeln.

Joss hielt den Atem an, als sie zerstreut an dem Kaffee nippten, den er mit den Medikamenten gewürzt hatte, die er gestern nacht aus dem Medizinschrank im Hospital gestohlen hatte. Eine halbe Stunde später schliefen sein Vater und die beiden Aufpasser tief und fest. Joss hatte sich genötigt gesehen, auch seinen Vater zu betäuben. Er sammelte die Siebensachen seines Vaters zusammen und nahm den Aufpassern Fahrkarten, Geld und alles, womit sie sich ausweisen konnten, aus der Brieftasche. Ihre Kreditkarten zerbrach er in nutzlose Plastikbruchstücke.

Ein Zugbegleiter erschien, und Joss reichte ihm die Fahrkarten, den Finger an die Lippen gepreßt.

»Steht der Rollstuhl für meinen Vater bereit?« flüsterte er. Der Zugbegleiter nickte und ging schweigend wieder, trotz seiner lebhaften Neugier über diesen geheimnisvollen Virus, der so unerwartet zuschlug. Der Lautsprecher verkündete, daß sie in fünf Minuten im Hauptbahnhof von Newcastle eintreffen würden.

Joss trug das Gepäck zum Ausgang und begann vorsichtig, den komatösen Callum auf die Füße zu hieven. Er hatte zwar Gewicht verloren, aber Muskeln dazugewonnen. Joss kämpfte sich ab, und der Zugbegleiter erschien wieder, um ihm zu helfen.

Als sie sich den automatischen Türen näherten, flüsterte er: »Sind Sie sicher, daß Sie keinen Krankenwagen brauchen?«

»Ganz sicher, das passiert ständig; es ist eine Art Narkolepsie.«

Sein Helfer nickte wissend, obwohl er offensichtlich keine Ahnung hatte, was das Wort bedeuten sollte.

»Steigen die anderen Herren nicht auch hier aus? Sie haben nur eine Fahrkarte nach Newcastle gelöst.«

»Neue Anweisungen von der Firma: Sie fahren durch bis London. Wenn sie aufwachen, werden sie alles mit Ihnen klären.«

Der Zug fuhr in den riesigen viktorianischen Windkanal ein, der der Bahnhof von Newcastle war. Joss steckte dem Zugbegleiter eine Zehnpfundnote für seine Hilfe zu und bugsierte Callum in den Rollstuhl. Drei Minuten später schob er seinen Vater zu dem Taxistand vor dem Bahnhof und atmete dankbar auf, als der Scotsman abfuhr.

So weit so gut. Er hatte keine Ahnung, wann die Aufpasser aufwachen würden oder sonst jemand Alarm schlug, aber er wußte, wo er hin mußte. Es gab nur einen Menschen, der ihm helfen konnte, den durcheinandergeratenen Kopf seines Vater wieder zu klären. Der Flug von Newcastle nach Paris, den er gebucht hatte, würde in knapp zwei Stunden abgehen. Als Vorsichtsmaßnahme hatte Joss alternativ einen Flug von Manchester um fünf Uhr nachmittags gebucht. Jetzt konnte er nur hoffen, daß er genug Zeit haben würde, um Trainer in völlige Verwirrung zu stürzen. Seine Finger schlossen sich um die Spielsteine, die in seiner Hosentasche gegeneinanderklapperten: Vergangenheit, Zukunft und die Liebe schoben ihn weiter, hin zu seinem Schicksal.

Kapitel sechsundzwanzig

Mason näherte sich dem Ende seiner ersten Zeugenvernehmung von Dr. James Barton, einem Sachverständigen für Physiologie. Er versuchte damit den Nachweis zu erbringen, daß der ganze Prozeß der Einführung in die Millennium-Kirche Rose ihres freien Willens beraubt haben könnte, worauf seine ganze Argumentation beruhte. Der Doktor war eine Spur jünger, als Mason es gern gehabt hätte, aber sein gutes Aussehen und sein Körperbau, der eines Rugbyspielers, machten das wieder wett. Mason ertappte die beiden jungen Frauen unter den Geschworenen dabei, wie sie sich mit erhobenen Augenbrauen ansahen, als er den Eid ablegte. Obwohl die beiden an den entgegengesetzten Enden der hinteren Reihe saßen, war ein Bündnis zustande gekommen. Mason machte sich im Geist eine Notiz.

»Also, Doktor, Sie haben Rose Moody untersucht, nicht wahr?«

»Ja, das habe ich«, erwiderte der Arzt.

»Wann?«

»Ich habe sie insgesamt dreimal untersucht, aber zum ersten Mal gesehen habe ich sie im letzten August.« Er griff nach seinen Notizen, die vor ihm lagen. »Ja, mein erstes Gutachten stammt vom fünfzehnten August 1999.«

»Vielen Dank, Doktor. Und das Ziel Ihrer Untersuchungen war die Zusammenstellung von Daten über die Ernährungsumstellung, der Rose während ihres Aufenthalts im Schulungszentrum ›Der Hafen‹ unterworfen wurde?«

»Ja. Im wesentlichen habe ich untersucht, welche Gesamtauswirkungen auftreten, wenn eine Person über längere Zeit die Art

Ernährung bekommt, die Rose ihrer Schilderung nach bekam, und dabei täglich intensiv Sport betreibt.«

»Und zu welcher Schlußfolgerung kamen Sie?«

»Daß es bei jedem Individuum, aber insbesondere bei einem Menschen von Roses Gewicht, Größe und Alter, fast mit Bestimmtheit früher oder später zum Zusammenbruch kommen mußte.«

»Nicht nur ein körperlicher Zusammenbruch?«

»Nein. In Anbetracht der extremen Versorgungsmängel, insbesondere mit Vitaminen und essentiellen Nährstoffen, würde ich nicht nur erwarten, daß physische Müdigkeit auftritt, sondern auch, daß die Versuchsperson die Fähigkeit und, was noch entscheidender ist, den Willen zu rationalem Denken verliert«, schloß er selbstsicher.

»Vielen Dank, Doktor. Wenn Sie hier warten würden, bitte.«

Thynne erhob sich rasch, was Masons Wissen nach gewöhnlich ein Hinweis darauf war, daß er die Aussage des betreffenden Zeugen so scharf wie möglich abschmettern wollte.

»Natürlich, Doktor«, höhnte er. »Die ganzen Informationen und Details, die Sie gesammelt haben, stammten von der Millennium-Kirche, weil ein Richter die Urkundenvorlage angeordnet hatte?«

»Bitte?« erwiderte der Arzt und legte sein zuversichtliches Lächeln ab. »Ich fürchte, ich verstehe die Frage nicht. Würden Sie sie bitte wiederholen?«

Mason warf über die Schulter einen Blick auf Greta, die verblüfft wirkte. Sie hatten keine Ahnung, worauf Thynne hinauswollte.

»Ich werde es anders formulieren«, fuhr Thynne fort, als hätte die Unwissenheit des Mannes ihn beleidigt. »Basiert dieses Gutachten, das Sie geschrieben haben, auf Informationen, auf die wir uns verlassen können, weil die Verteidigung sie Ihnen hat zukommen lassen?« Es war eine clevere Frage, auf die es nur eine Antwort geben konnte.

»Nein. Mein Gutachten basiert ausschließlich auf Informationen, die Rose Moody mir gegeben hat.«

»Ich verstehe. Genau wie ich dachte.« Er hielt inne, als würde er sich die nächste Frage überlegen, aber natürlich wußte er bereits genau, was er fragen wollte. »Dürfen wir das also so verstehen, daß Sie sich nicht die Mühe gemacht haben, eine Bestätigung für das zu suchen, was Ihnen von diesem jungen Mädchen erzählt wurde?«

»So würde ich es nicht ausdrücken«, entgegnete der Arzt, der unbehaglich dreinblickte, denn sein Ruf als sachverständiger Zeuge hing ausschließlich von seiner Fähigkeit ab, einem Kreuzverhör standzuhalten.

»Würden Sie nicht? Also, gehen wir es Schritt für Schritt durch. Sie haben sich nicht die Mühe gemacht, meine Mandanten um eine Bestätigung auch nur eines einzigen Details der Ernährungsweise zu bitten, die Ihnen von Rose Moody beschrieben wurde?«

»Nein.«

»Sie haben sich nicht die Mühe gemacht, meine Mandanten um Erlaubnis zu bitten, eins der Zentren aufzusuchen, die der Angeklagte in diesem Land und in anderen Ländern betreibt, nicht wahr? Dieses Gutachten, das Sie erstellt haben, dient ausschließlich der Beweisführung der Anklage und läßt sich jetzt unmöglich erhärten oder widerlegen: Ist dem nicht so?«

»Es ist nicht so, daß ich mir nicht die Mühe gemacht hätte, ich bin nur nicht instruiert worden, das zu tun, und ich wurde auch nicht darüber informiert, daß dieser Weg mir offengestanden hätte.«

»Verzeihen Sie, Doktor, aber wollen Sie damit sagen, daß die Anklagevertreter, als sie Ihnen ihre Weisungen erteilten, Sie nicht darüber informiert haben, daß Ihnen eine solche Möglichkeit in der Tat offengestanden hätte?«

»Das ist richtig«, verkündete der Doktor, der jetzt bestrebt war, jede Unterstellung von Inkompetenz von sich zu weisen.

Mason sandte einen scharfen Blick zu Charmers, dem Solicitor, der in der hinteren Reihe hinter Greta saß. Der zuckte die Achseln und formte mit den Lippen lautlos die Worte, daß er eine solche Genehmigung nie zu Gesicht bekommen hätte. Mason sprang auf.

»Mylord, die Anklage streitet kategorisch ab, je eine derartige Genehmigung von den Beschuldigten erhalten zu haben.«

»Ich kann, wenn nötig, die Kopie eines Briefes vom 16. Januar dieses Jahres vorlegen, Mylord, der an Mr. Charmers adressiert ist«, sagte Thynne und streckte mit einem verärgerten Blick in Richtung der Geschworenen die Hand aus, in der er den Brief hielt. »Wirklich, Mylord, eine solche sinnlose Unterbrechung ist höchst verunsichernd.«

»Ich kann Ihnen da nur zustimmen«, sagte Withnail, nahm den Brief und las ihn. »Mr. Mason, Ihr Solicitor erklärt, daß seine Kanzlei diesen Brief nie erhalten hat?«

»Das ist richtig, Mylord.«

»Also, das ist höchst ungewöhnlich, denn ich sehe, daß es sich um ein Einschreiben handelt, dessen Empfang von Mr. Charmers' Kanzlei bestätigt wurde. Würden Sie gern einen Blick darauf werfen?«

»Natürlich, Mylord. Vielen Dank«, sagte Mason mit zusammengebissenen Zähnen. All das wurde vor den Geschworenen verhandelt, und Withnail schien nicht in der Stimmung, sie hinauszuschicken. Er überflog schnell den Brief und reichte ihn Charmers, aber es war sinnlos: Die Unterschrift war völlig unleserlich und hätte jedermanns sein können. Der Solicitor war ganz rot vor Verlegenheit, während Geoff Moody ihnen von der Galerie aus wütende Blicke zuschleuderte.

»Ich möchte entschieden anregen, Mr. Charmers, Ihre Organisationsstrukturen gründlich zu überprüfen. Das könnte nicht nur Ihren Mandanten zugute kommen, sondern möglicherweise auch Ihrem Bankkonto, obwohl es höchst selten vorkommt, daß in einer Anwaltskanzlei ein Scheck verlorengeht«, witzelte

Withnail, an die Geschworenen gewandt, und forderte Thynne auf fortzufahren.

Der Barrister rundete die Demolierung des gelehrten Zeugen damit ab, daß er ihn in die Enge trieb und ihm das grausame Eingeständnis entrang, daß er erst zum zweiten Mal als sachverständiger Zeuge aussagte. Es würde vermutlich auch das letzte Mal sein.

Mason machte weiter und rief Dr. Robyn Odell in den Zeugenstand, eine Sachverständige für Verletzungen durch sexuelle Gewalt. Wie sie darlegte, hatte eine Untersuchung des Vaginalbereichs ergeben, daß Rose offensichtlich an regelmäßigen sexuellen Aktivitäten teilgenommen hatte. Jedoch wurde diese Aussage relativiert, als sie hinzufügte, daß es keine Anzeichen für Verletzungen des Labiums oder der Vagina gab, die bei nicht einvernehmlichem Geschlechtsverkehr normalerweise zu erwarten waren. Mason gelang es, seine Fragen so zu stellen, daß sie darlegen konnte, daß eine mögliche Erklärung für diesen Umstand die Zeit war, die zwischen der mutmaßlichen Vergewaltigung und der Untersuchung verstrichen war, und daß daher dieser Umstand allein die Möglichkeit einer Vergewaltigung nicht ausschloß. Beim Kreuzverhör durch die Verteidigung zwang Thynne Dr. Odell einzuräumen, daß die vorhandenen Verletzungen gleichermaßen vereinbar mit regelmäßigem, promiskuitivem Sex waren. Die sachverständige Zeugin räumte auch ein, daß sich aufgrund der Vergröberung des Gewebes durch regelmäßige Penetration unmöglich sagen ließ, in welchem Alter Rose Moody ihre ersten sexuellen Erfahrungen gesammelt hatte. Mason war zusammengezuckt, als er das hörte. Es war klar, daß wieder einmal Geoff Moody die Schuld in die Schuhe geschoben werden sollte.

Die dürftigen Qualifikationen der nächsten Zeugin der Anklage, Susan Morris, wurden mit einem verächtlichen Schnauben von Thynne kommentiert, und Withnail tat nichts, um diesen Bruch der Gerichtsetikette zu rügen. Sie schilderte kurz und präzise ihre Beziehung zu Rose und beschrieb, wie sich ein Band des Vertrauens zwischen ihnen gebildet hatte. Sie war bestrebt, die Geschworenen zu überzeugen, daß das von Rose durchlittene Trauma echt war. Aber die Lage hatte sich geändert, da jetzt auch Geoff Moody unter Verdacht stand. Niemand konnte bezweifeln, daß das Mädchen mißbraucht worden war; die Frage war nur, von wem.

Mark Mason wollte mehr von seiner Zeugin. Rose war während ihrer Befragung im Zeugenstand ins Schwimmen gekommen, und er wollte das Gleichgewicht wiederherstellen, indem er sie in einem anderen Licht erscheinen ließ.

»Wie geht es ihr inzwischen, Miss Morris?«

»Ein bißchen besser, obwohl ich bezweifle, daß sie je zu ihrem alten Selbst zurückfinden wird.«

Sie war gelassen, knapp und kompetent. Die blendend weiße Bluse und das gutgeschnittene marineblaue Kostüm vervollständigten das Bild einer fähigen Therapeutin.

»Und Sie haben aus nächster Nähe ihre Beziehung zu ihrem Vater beobachten können?«

Einmal mehr blickten die Geschworenen zur Galerie hin, wo die Objekte seiner Frage sichtbar Händchen hielten. Morris lächelte leicht.

»Über viele Monate hinweg, in vielen verschiedenen Situationen.«

Sie wollte das weiter ausführen, erinnerte sich aber an Masons Ratschlag, ihre Antworten kurz und sachbezogen zu halten.

»Verstanden sie sich gut?« Mason benutzte eine einfache Sprache, alltägliche Ausdrücke, die den Geschworenen mehr sagen würden als technische Fachbegriffe wie »Affektverlagerung«, »Schuldübertragung« oder »Traumaverarbeitung«.

»Ihr Verhältnis ist eng und liebevoll.«

Mason bemerkte, daß Thynne aufmerksam die Gesichter der Geschworenen musterte und auf Anzeichen von Ironie hoffte, als sie diese Beschreibung hörten.

»Überrascht Sie das?«

»Überhaupt nicht, denn vor Roses Verschwinden standen sie sich sehr nahe. Offensichtlich kam es nach ihrer Befreiung aus der Religionsgemeinschaft zu einer Phase der Wiederanpassung...«

Thynne zögerte nicht, Einspruch zu erheben.

»Mylord, das Wort ›Befreiung‹ erweckt den Eindruck, als wäre die Angeklagte eine Art Gefangene gewesen. Es liegen keine stichhaltigen Beweise vor, die diese Behauptung erhärten würden.«

Withnail überlegte, bevor er verkündete: »Miss Morris, bitte nehmen Sie Abstand davon, in Ihren Antworten eine emotionale Sprache zu gebrauchen. Halten Sie sich an die Fakten.«

Die Rüge schien sie kalt zu lassen, und sie sah dem Richter fest in die Augen – einen Augenblick zu lange, fand Mason und unterbrach eilig den Blickwettstreit.

»Was für eine Wiederanpassung?«

»In der ersten Zeit empfand sie starke Wut und Groll gegenüber ihrem Vater, aber das ist eine normale Reaktion in einer derartigen Situation.«

Mason mußte vorsichtig zu Werke gehen; das war ein entscheidender Teil von Morris' Zeugenaussage. Er konnte sehen, daß die Geschworenen an ihren Lippen hingen.

»Bitte erklären Sie uns das, Miss Morris.«

Sie nickte und bereitete im Kopf ihre Antwort vor, bevor sie seiner Bitte nachkam.

»Junge Mädchen wie Rose blicken zu ihren Vätern auf und vergleichen andere Männer mit ihnen. Sie glauben, daß ihre Väter alles können, die Antwort auf jede Frage wissen, die Geheimnisse des Lebens kennen und sie stets vor allem Übel bewahren werden. Wenn aufgrund unglücklicher Umstände klar wird, daß das ein Irrtum ist und war, kommt es oft zu Wut und Ressentiments gegenüber dem Vater oder der Vaterfigur.«

»Sie meinen, den Mädchen wird klar, daß ihre Eltern ebenso

Menschen sind wie wir alle?« Mason machte den Versuch, die Sprache auf einer gemeinsamen Basis zu halten.

»Ja, und das ist nicht alles. Rose fühlte sich dreckig und beschmutzt durch das, was mit ihr geschehen war, und sie schämte sich, weil ihr Vater von den sexuellen Aspekten des Falls wußte. Diese Gefühle brachten sie dazu, sich gegen sich selbst zu wenden und gegen den Menschen, den sie am meisten liebt, ihren Vater.«

»Lassen Sie uns eins ganz klarstellen, Miss Morris: War Rose wütend auf ihren Vater, weil er sie mißbraucht hatte?«

Die Frage schien sie zu verblüffen.

»Geoff soll Rose mißbraucht haben?« Sie schüttelte den Kopf. »Offengestanden, das ist das Absurdeste, was ich je in meinem Leben gehört habe. Wer auch immer Rose vergewaltigt und mißbraucht hat«, sie starrte Rivers unnachgiebig an, »es war nicht Geoff Moody. Sie sind beide Opfer. Nein, Sie werden schon woanders nach dem Täter suchen müssen.«

Mason sah sich um und stellte zu seiner Erleichterung fest, daß die Geschworenen vom Kaliber ihrer Stellungnahme beeindruckt schienen und hin und her rutschten, um einen besseren Blick auf die Reaktion des Angeklagten zu erhaschen. Aber Rivers blieb unnachgiebig, stumm und ausdruckslos.

»Vielen Dank, Miss Morris«, murmelte Mason und überließ sie der liebevollen Fürsorge von Kronanwalt Thynne. Der Verteidiger startete unverzüglich einen Angriff auf ihre Qualifikationen, aber Morris lächelte nur süß und stimmte ihm zu, daß »andere« zwar besser qualifiziert sein mochten, aber nicht Roses Vertrauen besaßen. Das gefiel den Geschworenen, und Thynne wurde immer bombastischer und unangenehmer in seinem Kreuzverhör. Sie wehrte seine Kritik mit liebenswürdiger Freundlichkeit und eleganter Kompromißbereitschaft ab, weigerte sich aber, in der zentralen Frage, nämlich der, ob Geoff Moody seine Tochter mißbraucht haben könnte, auch nur einen Fingerbreit nachzugeben.

»Mr. Thynne, Sie haben die beiden nicht zusammen erlebt: die Liebe, das Vertrauen, das Verständnis füreinander. Es übersteigt jedes Begriffsvermögen, daß diese Gefühle ein solches Ausmaß des Mißbrauchs, wie Sie es andeuten, überdauern könnten.«

»Aber ist es möglich?« fragte er. Die letzte verzweifelte Frage des Anwalts fiel bitter verzerrt von seinen Lippen, ein Versuch, ihr mit der ihr eigenen Fairneß eine Falle zu stellen. Das war auch Morris klar.

»Nein«, sagte sie, beging damit einen persönlichen Meineid, den sie sich allerdings sofort vergab. »Das ist unmöglich.«

»Das sagen Sie, Miss Morris, aber natürlich sind Sie unfähig, den Aussagen dieses Mädchens auch nur annähernd objektiv zu begegnen, ist es nicht so?«

»Als ihre Therapeutin bin ich natürlich stark involviert, aber meine berufliche Pflicht gebietet es mir, jederzeit objektiv zu bleiben.«

»Das sehe ich, Miss Morris, aber worauf ich hinaus will, ist folgendes: Wenn die schädigenden Folgen so groß waren, wie Sie diesem Gericht weismachen wollen, wie können wir ihr dann irgend etwas glauben?«

»Ich glaube ihr.«

»Dazu sind Sie natürlich berechtigt, Miss Morris, aber die Realität sieht doch anders aus. Miss Moody hat schon zuvor diverse Anschuldigungen erhoben, ohne irgendwelche Beweise vorzubringen.«

»Das war mir nicht bekannt, bis mir die angeblich von Rose gemachte Aussage gezeigt wurde.«

»Sollen wir das Dokument noch einmal durchgehen?«

»Ich sehe keine Notwendigkeit, auf diese fabrizierte Erklärung zurückzukommen.«

»Tun Sie mir den Gefallen, Miss Morris, bitte«, erwiderte Thynne herablassend. »In dieser Erklärung spricht sie von dem Mißbrauch durch ihren Vater, von ihrer Einsamkeit und ihrer

Verzweiflung über das Leben, das sie in ihrem Elternhaus führen mußte. Sie war ein junges Mädchen, das so unter dem Mangel an Liebe litt, daß sie alles getan hätte, um Aufmerksamkeit zu erlangen.«

»Aber nicht die Art Aufmerksamkeit, die der Angeklagte ihr hat zuteil werden lassen.« Morris blickte direkt die Geschworenen an und wußte, daß ihre Erwiderung ins Ziel getroffen hatte.

Thynne wedelte und schnappte weiter, aber der entscheidende Augenblick war vorüber, und er wußte es. Schließlich beendete er das Kreuzverhör mit einer leeren Floskel und nahm wieder Platz.

Mason war erfreut; der Sache des Angeklagten war Schaden zugefügt und das verlorene Gleichgewicht des Prozesses bis zu einem gewissen Grad wiederhergestellt worden. Aber das reichte nicht. Sie brauchten mehr.

Trainer knallte den Telefonhörer so heftig auf die Gabel, daß es krachte. Die Druckwelle ließ ein signiertes Foto des Reverends zu Boden stürzen.

»Da werden wir alle landen, wenn wir die Lanes nicht zurückbekommen«, murmelte er und hob das Bild wieder auf. Die britische Eisenbahnpolizei hatte seine Männer in Gewahrsam genommen; die Lanes waren verschwunden. Callum hatte Zugang zu allen Geldern und Finanzunterlagen der Millennium-Kirche und mußte so schnell wie möglich gefunden oder getötet werden; eine andere Möglichkeit gab es nicht. Trainer atmete tief ein und aus, um die Lage mit Meditation zu bewältigen, zischte dann: »Scheiß auf Zen« und begann, etliche Anrufe zu tätigen.

Er hatte Callum niemals so vertraut wie der Reverend. Im Gebaren und den Verhaltensweisen von Lane senior war immer etwas gewesen, als hätte er einen Freifahrtsschein, als kenne er einen geheimen, billigeren Weg, das angestrebte Ziel zu erreichen.

Trainers erster Anruf galt dem Hauptbuchhalter, der die interne Buchprüfung der Kirche durchführte. Er instruierte ihn, seine Aufmerksamkeit auf die jüngsten Transaktionen von Callum Lane zu konzentrieren und nichtautorisierte oder unerklärte Ausgaben aufzuspüren.

Das Durchforsten von Joss Lanes Akte hatte zutage gefördert, daß der frühere Fixer vor einem niederländischen Gericht erschienen und danach in eine Rehabilitationsklinik geschickt worden war, aber es fehlten Name und Adresse der Einrichtung. Als nächstes rief Trainer niederländische Mitglieder der Kirche an, die ebenfalls im Justizwesen tätig waren, und bat um ihre Hilfe.

Trainer fürchtete die Reaktion des Reverends auf das Verschwinden von Callum und Joss Lane: Die Strafe würde schnell folgen. Aller Wahrscheinlichkeit nach würde Trainer seine hohe Position verlieren und damit auch die vielen Vorteile, die sie mit sich brachte. Nein, entschied er, die Lage war ernst, aber nicht hoffnungslos.

Er begann sich leicht zu entspannen, bis das Telefon klingelte. Ein getreuer niederländischer Gerichtsangestellter hatte Joss Lanes Gerichtsakte aus dem Archiv geholt. Sie enthielt ein medizinisches Gutachten von einer Doktor Kristina Klammer aus der Complott-Klinik in den österreichischen Alpen und verschiedene Berichte über die Fortschritte bei der Entgiftung. Trainer dankte dem Kirchenmitglied und log, als er versprach, der Reverend werde von seiner schnellen Arbeit erfahren.

Also hatte Callum Lane für die Behandlung seines Sohnes bezahlt, obwohl er während seines gesamten Aufenthalts im Hafen mit keinem Wort erwähnt hatte, daß dieser auf Abwege geratene Sohn existierte. Trainers Ansicht nach kannte Callum keine Scham, also mußte die Verschleierung der mißlichen Lage seines Sprößlings einen anderen Grund gehabt haben. Er sprach noch einmal mit dem Hauptbuchhalter, der für die Buchprüfung zuständig war, und engte die Suche weiter ein.

»Gehen Sie ins Suchprogramm, und geben Sie ›Complott-Klinik‹ ein. Ich warte.«

Trainer saugte an seinen Wangen, während aus dem Hörer das Gehämmer auf der Tastatur surrte. Er hatte ein schlechtes Gefühl. Auf der anderen Seite der Leitung hörte er ein Flüstern.

»Scheiße!«

»Was ist los?« brüllte Trainer.

»Ich schicke es Ihnen rüber, Mr. Trainer«, erwiderte der Buchhalter, und Trainer zog den Bildschirm näher heran, während das Modem die Verbindung herstellte. Die Zahlen tanzten über den Bildschirm. In den letzten anderthalb Jahren waren monatliche Zahlungen geleistet worden. Jede Zahlung belief sich auf 40 000 Pfund, und jede Zahlung war aus den Finanzmitteln der Kirche beglichen worden. Callum Lane hatte die Kirche um fast eine dreiviertel Million Pfund erleichtert, und während Trainers Mund trocken zu werden begann, wußte er, daß dies möglicherweise nur die Spitze des finanziellen Eisbergs war. Als er merkte, daß die Leitung noch stand, sprach er erneut.

»Suchen Sie weiter. Sperren Sie allen Leistungsverkehr von den Konten, auf die Callum Lane Zugriff hat.«

Der Hauptbuchhalter schwieg.

»Haben Sie gehört, was ich gesagt habe?« bellte Trainer.

»Ja, aber das kann ich nicht«, erwiderte der Mann einfältig. »Er hat alle Codes für den nächsten Monat.«

»Dann ändern Sie sie.«

»Wenn ich das tue, bricht das ganze System zusammen, und es herrscht Chaos. Die ganzen Mittel, mit denen wir die Versammlung im Hyde Park finanzieren, sind festgelegt. Unsere Mitarbeiter haben Verträge unterzeichnet und sind Verpflichtungen eingegangen, denen sie nachkommen müssen. Während wir uns hier unterhalten, werden die Überweisungen getätigt.«

»Was zum Teufel wollen Sie damit sagen?«

»Es besteht kein Grund für unflätige Sprache«, rügte der Buchhalter, »aber was ich verdammt noch mal sage, Mr. Trainer, ist folgendes: Wenn wir die Codes jetzt ändern, können wir ebensogut gleich die Versammlung absagen, und irgendwie kann ich mir nicht vorstellen, daß der Reverend darüber sehr glücklich sein wird.«

»Vielen Dank für Ihre Hilfe«, flüsterte Trainer. »Ich werde es Ihnen nicht vergessen.« Und nahm sich vor, den Buchhalter zu einer erneuten »Orientierung« herzuzitieren.

Trainer überlegte: Wo würde Joss Lane hingehen? Er besaß keine Freunde, die der Erwähnung wert waren, und sein Vater war alles an Familie, was er hatte. Weitere Telefonanrufe enthüllten, daß die Lanes den Zug in Newcastle upon Tyne verlassen hatten. Kirchenmitglieder traten daraufhin an das Taxiunternehmen heran, das sie zum Flughafen in der Nähe von Ponteland befördert hatte. Trainer holte sich die Fluginformationen für die relevante Zeit auf den Bildschirm: Verschiedene Zielflughäfen waren möglich. Er suchte in seiner Sicherheitsdatei nach einem Kontakt und spürte einen Zollbeamten auf, der Kirchenmitglied war und gehorsam die Passagierlisten plünderte.

Paris. Die Lanes waren in Paris. Also was, überlegte er, könnte sie dort hinführen? Er warf einen erneuten Blick auf die astronomische Rechnung, die unwissentlich von der Kirche beglichen worden war, und traf eine Entscheidung. Andere Hinweise hatte er nicht: Er würde dafür sorgen, daß sie wenigstens etwas für ihr Geld bekamen und bei der Ärztin sondierten, wie Joss Lane am besten zu kriegen war. Er rief in der Klinik an und bat darum, mit ihr verbunden zu werden. Es folgte eine Entschuldigung und eine Erklärung: Nein, Dr. Klammer sei nicht zu sprechen, da sie auf einem Symposium in Paris einen Vortrag halte.

Trainer lächelte, als er den Hörer auflegte. Die Lage war nicht hoffnungslos – jedenfalls nicht für ihn. Für die Lanes würde

Paris kein Fest fürs Leben sein. Er würde eine ganz andere Erfahrung für sie organisieren.

Thynne, Callow und Rory Fannon saßen im Konferenzraum des Justizgebäudes. Reverend Rivers persönlich war bei ihnen und starrte sie über den Tisch hinweg an, die Finger verschränkt. Sein Gesicht war rot vor Wut, aber er rang um Selbstbeherrschung.

»Mr. Thynne, Sir«, begann er im kalten Flüsterton, »ich kenne die Herzen der Menschen und weiß, wie ich sie erreichen kann. Wenn ein Mann Haß in seiner Seele trägt, werde ich seine seelische Qual mit Balsam lindern. Wenn ein Mann zu zaghaft ist, das Werk des HERRN zu tun, werde ich den Kern seines Wesens stählen, bis Zuversicht aus ihm strahlt. Aber ich werde nicht mißverstehen, mit wem ich es zu tun habe.«

»Wir waren gut genug«, zischte Thynne.

»Schweigen Sie, Anwalt«, dröhnte Rivers. Thynne wollte etwas erwidern, aber der kalte Blick des Sektenführers ließ ihn abrupt verstummen.

»Diese Morris hat uns geschadet, habe ich recht? Geben Sie zu, daß ich recht habe.«

Callow nickte, Fannon hielt sich zurück, nicht gewillt, die Aufmerksamkeit des einschüchternden Klerikers auf sich zu ziehen. Rivers schüttelte den Kopf. »Sie haben versagt, weil Ihr Stolz verletzt war und Sie von einer unqualifizierten Zeugin geschlagen wurden. Nun, ich bin nicht von Natur aus ein unfairer Mensch, und man muß sagen, daß die Aussage des Moody-Mädchens hinweggefegt wurde, insbesondere durch die Finesse von Bruder Fannon.«

Fannon zuckte die Achseln.

Rivers schwieg einen Augenblick und fuhr dann fort: »Wenn man für mich arbeitet, gibt es keinen Raum für Irrtümer, Anwalt. Ich werde keine zweitrangige Arbeit von einem Mann akzeptieren, der den Ruf genießt, der Beste zu sein. Sagen Sie mir, sind Sie nicht mehr mit dem Herzen dabei? Haben Sie sich von den Schmeicheleien des Teufels einwickeln lassen?«

»Wie können Sie es wagen?« schrie Thynne, der es nicht gewöhnt war, von einem Mandanten angegriffen zu werden.

»Ich wage es, weil ich muß. Die Arbeit des HERRN zu tun ist wichtiger als dieser Prozeß, aber damit ich Seine Arbeit weiterführen kann, muß jedermann meine Unschuld erkennen.«

»Das werden sie«, murmelte Callow.

»Schweigen Sie«, donnerte Rivers. »Das ist eine Angelegenheit zwischen dem HERRN und Mr. Thynne. Wollen Sie Ihr Mandat zurückgeben? Denken Sie lange und angestrengt nach, bevor Sie antworten. Sie genießen einen Ruf, den Sie gerne noch ausbauen möchten. Dieser Prozeß hier ist von entscheidender Bedeutung. Es wäre ein trauriger und schrecklicher Tag für Sie und Ihre Untergebenen, wenn Sie Ihren sauer verdienten Ruf verlieren würden, nur weil Sie schlechte Laune hatten und ein schlechtes Urteilsvermögen.«

Thynne lief rot an. Er wurde bedroht von einem mächtigen Mann mit fast unbegrenzten Mitteln und dem despotischen Willen, um jeden Preis zu gewinnen.

»Nein, ich will dabeibleiben«, flüsterte er schließlich.

»Da, sehen Sie?« sagte Rivers und lächelte gütig. »Ihr Urteilsvermögen und Ihre geistige Gesundheit sind zurückgekehrt.« Er streckte die Hand über den Tisch und ergriff Thynnes feuchtkalte Rechte.

»Willkommen im Team. Nun, da wir uns unterhalten haben wie wahre Männer, weiß ich, daß Sie mich nicht wieder im Stich lassen werden.« Er strahlte die beiden anderen Barrister an. »Die Wege des HERRN sind nicht geheimnisvoll, meine Freunde. Man braucht nur die Augen zu öffnen, und die Absicht des HERRN wird über einem leuchten.«

Rory Fannon lächelte leer und flüsterte: »Halleluja.«

Kapitel siebenundzwanzig

Warmer, anschwellender Applaus kam aus den versammelten Reihen der Psychiater, Psychologen und Suchttherapeuten im barocken Ballsaal des George V. im Zentrum von Paris. Kristina Klammer neigte schüchtern den Kopf, ein kurzer Dank, griff nach ihren umfassenden, aber nicht benutzten Notizen und zog sich vom glänzenden Rednerpult zu der Reihe von Louis-quatorze-Stühlen zurück, die hinten auf dem Podium aufgestellt waren. Ihr schlichtes schwarzes Kostüm von Jaeger war streng, konnte aber weder ihre attraktive Figur noch ihre Energie verbergen. Eine einfache Diamantenbrosche war ihr einziges Zugeständnis an die Eitelkeit. Mit ihren einssechzig besaß sie den Körperbau und das gute Aussehen eines Mannequins, aber ihr forschender Geist hatte sie auf einen ganz anderen Berufsweg geführt. Das schwarze Haar war zu einem schimmernden, kurzen Pagenkopf geschnitten, der die grünen Augen in einem wissenden Gesicht betonte.

Vor dem Vortrag war sie ungewöhnlich nervös gewesen, und sie hatte sich dabei ertappt, daß ihre Stimme zu zittern begann, als sie ihr Thema »Drogenabhängigkeit durch Ablehnung« vorstellte. Es war keiner der bedeutendsten Vorträge auf dem Symposium, aber ein Markstein auf ihrem Weg zu größerer Bekanntheit in der internationalen Suchtexpertenszene.

Ihr Thema war Joss Lane gewesen. Bei ihrem letzten Zusammentreffen hatte sie ihm versprochen, seinen Namen nicht zu nennen. Aber während sie dem Publikum jedes Stadium der Behandlung erläuterte, hatte sie seine Veränderung von einem kaputten Jugendlichen zu einem gebrochenen Mann klar vor Augen. Diese Vertrautheit mit ihrem Thema hatte ihr die Kraft gegeben, ihre anfängliche Nervosität zu überwinden, während sie ausführlich darlegte, wie ein intelligenter und selbstbewußter junger Mann in einen trägen, lethargischen, abhängigen und apathischen Menschen verwandelt worden war.

Die Ablehnung, auf die sie sich bezog, war vielschichtig, aber in ihrem Vortrag konzentrierte sie sich darauf, wie Joss ein Leben lang von seinem Vater abgelehnt worden war und so schließlich den eigenen Lebenswillen ablehnte. Erst als sie sich danach wieder auf ihren Stuhl setzte, wurde ihr bewußt, wie lieb sie ihren früheren Patienten gewonnen hatte. Sie schüttelte den Kopf – typisch für einen Analytiker, daß sie jeden analysieren konnte außer sich selbst. Außerdem lag immer noch Arbeit mit ihm vor ihr, und sie hatte ständig an der Rezeption und in der Hotelhalle nach ihm Ausschau gehalten. Jetzt kam das Endspiel, und sie war gut dafür bezahlt worden. Aber sie konnte nicht anders, sie fühlte sich schuldig, weil sie in seiner Gegenwart so lange eine Maske getragen hatte.

Es wurde später Nachmittag, und die Dämmerung begann nach den Rändern der großen Fenster zu greifen. Gedämpfte Beleuchtung nahm die Stelle des natürlichen Lichts ein, als der Vorsitzende dem Publikum für seine Aufmerksamkeit dankte und alle an das Gala-Diner erinnerte, das um acht beginnen sollte. Bis dahin würde der Ballsaal zum Tanzen freigeräumt sein, und Kristina hatte einem Psychiater aus Toulouse versprochen, ihn zur Abendunterhaltung zu begleiten. Weiterer Applaus brandete auf, als den Vortragenden einzeln für ihre Mühe gedankt wurde.

Die Teilnehmer des Symposiums sammelten ihre Sachen zusammen und blieben auf dem Weg zur luxuriösen Cocktailbar des Hotels stehen, um sich in kleinen Grüppchen über verwandte Interessensgebiete auszutauschen. Kristina nickte ein paar schnelle »Hallos« und »Dankes« auf dem Weg zu eben diesem Ziel. Als sie durch den riesigen überwölbten Durchgang ging, hörte sie eine vertraute Stimme.

»Gehirnklempnerin, das war vielleicht eine Vorstellung. Mir brannten ja die Ohren.«

Kristina wirbelte herum, und da war er, die Augen so wachsam wie eh und je, ein halbes Grinsen auf dem vertrauten Gesicht.

»Joss. Was machen Sie denn hier?«

»Kein Kuß? Keine Umarmung?« Er sah verdutzt aus. »Nein, wenn ich's mir recht überlege, vergessen Sie die Umarmung. Ich hatte in letzter Zeit ganze Lastwagenladungen voll davon. Aber wie wär's mit einem Hallo?«

Als sie ihn leicht auf beide Wangen küßte, nahm sie sein vertrautes Aftershave wahr. Kristina blickte ihm forschend in die Augen und konnte abschätzen, daß die Pupillen nicht erweitert waren. Sie atmete erleichtert auf und spürte dann Gewissensbisse wegen dem, was folgen würde.

»Nein, ich habe nicht gesündigt, jedenfalls nicht auf diese Weise. Aber ich brauche Ihre Hilfe.«

Seine Augen huschten durch den Raum, als suche er etwas oder hielte Ausschau nach jemandem, der nach ihm suchte.

»Stecken Sie in Schwierigkeiten, Joss?«

»Hier ist es zu gefährlich. Können Sie mitkommen? Bitte.«

Seine Stimme klang verzweifelt und bittend. Sie nickte grimmig, wohl wissend, daß das zu ihrer Scharade gehörte. Ihre Rolle in diesem Drama war schon vor einiger Zeit geschrieben worden, aber Joss spielte ohne sein Wissen mit.

»Wo gehen wir hin?« fragte sie und wandte sich zum Ausgang.

»Ich bin in Ihr Büro eingebrochen. Ich weiß, daß die Millennium-Kirche meine Rechnungen bezahlt hat. Hat die Kirche Kontakt mit Ihnen aufgenommen?«

»Nicht seit meinem Eintreffen in Paris, warum?«

»Aber sie hat sich vorher nach mir erkundigt?«

»Sie hat die Rechnungen bezahlt; sie hatte ein Recht darauf, über Ihre Fortschritte unterrichtet zu werden.« Zumindest eins der Kirchenmitglieder jedenfalls, dachte sie.

Joss steuerte sie zu den hölzernen Drehtüren im Säulenvorbau des Hotels, wo es von Teilnehmern des Symposiums und anderen Gästen nur so wimmelte.

»Was haben Sie getan?« fragte sie und packte ihn am Arm.

»Vertrauen Sie mir, Kris«, flüsterte er, angespannt und wachsam wie die ganze Zeit schon. »Ich habe Ihnen vertraut, wissen Sie noch?«

»Am Anfang nicht«, erwiderte sie ehrlich.

»Aber wir sind einen langen Weg zusammen gegangen.«

Joss trat hastig in die sich vertiefende Düsternis hinaus; der Himmel hatte angefangen, Regen zu speien.

»Was soll ich für Sie tun, Joss?« fragte sie, während der zylindertragende Concierge ihnen die Tür eines Taxis aufhielt. Joss drängte sie hinein und bellte dem Fahrer, der auf typisch gallische Weise die Achseln zuckte, eine Adresse in den Vorstädten von Paris zu.

Joss pflanzte sich dicht neben die Psychiaterin und musterte mehrere Sekunden lang forschend die Straße hinter ihnen, ohne etwas zu sagen.

»Joss, Sie machen mir angst. Was soll ich für Sie tun?«

Er drehte sich zu ihr um.

»Ich will, daß Sie meinen Vater kennenlernen.«

Die Fahrt verging schnell, während Joss Kristina von den Ereignissen der letzten paar Tage erzählte. Als er seinen Bericht abschloß, enthüllten ihre geweiteten Augen ihr scheinbares Entsetzen über das, was er getan hatte.

»Sie haben Ihren eigenen Vater betäubt und entführt? Um Gottes Willen, Joss, was um alles in der Welt haben Sie sich dabei gedacht?«

»Ich will das Leben meines Vaters retten«, erwiderte er.

Sie gab vor, von der sorgsam inszenierten Wendung der Ereignisse überwältigt zu sein.

»Joss, Sie müssen irgendeine verzögerte Wahnvorstellung durchleben und haben es als Rollenspiel in die Realität übertragen.«

»Es klingt bizarr, aber es ist wahr. Die ganze Geschichte.«
Sie konnte nur mit den Achseln zucken.
»Sie denken, ich hab' sie nicht mehr alle, stimmt's?«
Sie starrte aus dem Fenster.
»Das Ganze ist ein ziemlicher Schock, aber ich bin sicher, daß wir der Sache auf den Grund gehen können, wenn wir nur ganz ruhig bleiben.«
»Ich bin ganz ruhig«, erwiderte er.
»Das ist es, was mir am meisten Sorgen macht«, flüsterte sie. »Ich muß sichergehen, daß Ihr Vater nicht in Gefahr ist; das heißt, wenn er überhaupt hier ist!«
Das Taxi hielt vor einem heruntergekommenen Wohnblock. Die Straßen waren mittlerweile naß, und die Straßenlaternen gingen flackernd an. Joss folgte ihrem Blick.
»Willkommen in Bedlam«, murmelte er und versorgte den finster dreinblickenden, rauchenden Fahrer mit einer Handvoll Scheine.
Kristina folgte ihm in den besudelten Hausflur, wo eine wieseläugige Frau im Morgenrock Joss finster anstarrte, als er auf den Knopf drückte, um die grauen Fahrstuhltüren zu öffnen. Achselzuckend rumpelten die Türen auf, und sie traten in den Lift.
»Sie müssen nicht mitkommen. Ich wußte nur nicht, an wen sonst ich mich hätte wenden sollen. Außerdem war es mein Vater, der vorgeschlagen hat, zu Ihnen zu gehen«, sagte er und drückte auf einen der rechteckigen Plastikknöpfe. Sie begannen ihre schweigende Fahrt in den vierten Stock.
Die Türen quietschten, als sie sich öffneten, und Joss ging voran zu Wohnung 413. Sie folgte ihm. Das Licht war schwach und einschläfernd. Sie schnüffelte in der Luft nach dem verräterischen Gestank der Drogen, konnte aber keinen der unverwechselbaren Gerüche ausmachen. Die Tapete war verblichen und trostlos, die Möbel abgenutzt und durchgesessen. Zu ihrer Rechten befand sich eine geschlossene Tür, blasig vor abblätternder Farbe.
»Warum sind Sie hierhergekommen?«

»Mir fiel sonst nichts ein. Ich habe mal in der Nähe übernachtet, als ich mit der Interrail-Karte in Paris war. Sie werden uns nicht finden: In dieser Gegend sind alle Lügner.«

»Joss, das ist ja noch schlimmer, als ich dachte. Sie leiden nicht nur unter Wahnvorstellungen, sondern sind zudem noch paranoid.«

Er öffnete die Tür und ging langsam auf das Bett zu, auf dem ein großer, grauhaariger Mann festgeschnallt war. Als sie das bekannte Gesicht sah, wußte Kristina, daß dies in der Tat Callum Lane war. Als sie näherkamen, schlug er die Augen auf und richtete sie auf Kristina.

»Joss, was haben Sie getan? Was haben Sie nur getan?« flüsterte sie und kniete neben der liegenden Gestalt nieder. »Mr. Lane? Sind Sie Mr. Lane?« fragte sie sanft. Sie wußte um die Lüge hinter ihrer Frage, als sie den Finger leicht auf seinen Hals legte, um ihm den Puls zu fühlen.

»Mein Name ist Kristina. Ich bin Ärztin und gekommen, um Ihnen zu helfen.«

Joss konnte die nervöse Angst in ihrer Stimme hören und akzeptierte mit sinkendem Herzen, daß sie ihn für gefährlich hielt. Er konnte es ihr nicht übelnehmen, aber er mußte sie überzeugen, daß er die Wahrheit sagte.

»Geben Sie mir nur eine halbe Stunde; dreißig Minuten. Wenn Sie dann noch nicht überzeugt sind, werden wir zusammen die Polizei rufen«, sagte er. Sie fuhr fort, seinen Vater gründlich zu untersuchen.

»Mr. Lane, können Sie sprechen?«

Callum fuhr sich mit der Zunge über die Lippen. Kristina griff nach dem Glas Wasser, das auf dem kleinen Tisch neben dem Bett stand.

»Was haben Sie ihm gegeben?« fragte sie, hob seinen Kopf an und ließ ihn in kleinen Schlucken trinken.

»Barbiturate«, antwortete Joss. »Ich wußte, was ich tat«, erklärte er verteidigend.

»Ich bin sicher, daß Sie davon überzeugt waren, aber das ist wohl kaum dasselbe, nicht wahr, Joss?«

Ihr Ton war jetzt berufsmäßig, gemessen und ruhig. Dann sprach Callum, mit trockener und brüchiger Stimme, aber mit der unabänderlichen, standhaften Überzeugung eines alttestamentarischen Propheten.

»Der Tag kommt: Bereut, bereut eure Sünden!«

Joss hob die Hände, als wäre dies eine ausreichende Bestätigung seiner Geschichte.

»Er steht stark unter Medikamenteneinwirkung, Joss, wahrscheinlich halluziniert er«, sagte sie ängstlich.

»Er ist so, seit wir gestern angekommen sind. Ich habe einen Tag gebraucht, um Sie aufzuspüren.«

»Entsagt den Schwächen des Fleisches, nehmt die gute Nachricht des einen und einzigen Vaters an«, donnerte Callum. Seine Stimme steigerte sich zum Gebrüll eines Zeloten.

»Das ist nicht mein Vater. Er hat lichte Momente, aber nicht viele«, flüsterte Joss traurig. »Sie haben ihn verändert, ihn gegen ein neueres, hohlköpfiges Modell ausgetauscht, können Sie das denn nicht sehen?«

»Joss, ich bin Ihrem Vater nie zuvor begegnet«, log sie, »also wie sollte ich das beurteilen? Nach allem, was ich weiß, könnte er an Barbituratvergiftung leiden, und das sind die Folgen.«

»Was kann ich tun, um Sie zu überzeugen, daß das, was ich gesagt habe, wahr ist?«

Sie stand auf.

»Lassen Sie ihn gehen.«

»Das kann ich nicht.«

»Warum?«

»Ich würde ihn verlieren. Für immer. Sie würden ihn zurückholen, und ich werde ihn nie wiedersehen.«

»Sie haben einen Mord mit angesehen. Sie müssen die Polizei verständigen«, sagte sie vernünftig.

»Oh, klasse. Sie sind angeblich meine Freundin, und trotzdem behandeln Sie mich wie Charlie Manson. Was zum Teufel glauben Sie, daß die mit mir anstellen werden?« Joss stand stocksteif da, als er diese rhetorische Frage stellte. »Ich würde in einer Zwangsjacke stecken, bevor ich die Wohnung verlassen hätte.«

»Es wird schwierig werden, das gebe ich zu, aber was erwarten Sie von mir?«

»Eine halbe Stunde, mehr nicht. Reden Sie mit ihm; allein. Sie haben die Regressionstechnik angewandt, um mich zum Ursprung meiner Drogensucht zu führen. Wenden Sie sie auch bei meinem Vater an.«

»Ich habe das mit Ihrer Erlaubnis getan. Ich habe einen Eid abgelegt, den hippokratischen Eid: Ich darf ihn nicht brechen.«

»Aber können Sie denn nicht sehen, daß er nicht Herr seiner Sinne ist? Er wollte, daß ich ihn aus der Sekte heraushole, also habe ich ihn rausgeholt. Er muß lichte Momente haben, sonst hätte er mich nicht darum gebeten.«

»Joss, das ist Wahnsinn.«

»Nein, Kristina, er ist doch mein Vater.« Er beugte sich vor und strich ihm sanft über die Stirn. »Dad. Dad, ich bin's, Joss.«

Sein Vater blickte ihn an und lächelte leicht, aber dann verhärteten sich seine Züge, als sei er unfähig, klar zu sehen.

»Erzähl mir von dem Schwur. Sag mir den Wortlaut des Schwurs, den du geschworen hast.«

»Es gibt viele Schwüre, Joss, sogar einen, den ich noch nicht kenne. Aber du bist keiner von uns, du kannst es nicht erfahren.«

»Sag es mir, Dad, sag es mir. Ich hab' dich lieb. Sag es mir um meiner Mutter willen, um deiner Frau willen.«

Die Augen seines Vater begannen in Tränen zu verschwimmen.

»Sie quälen ihn, Joss. Das können Sie nicht tun«, fuhr Kristina ihn an. Joss fühlte sich elend, aber er wußte, daß er weitermachen mußte.

»Um ihretwillen, um Jennies willen, sag es mir«, forderte er. Callums Gesicht war schweißüberströmt, er kämpfte gegen seine Fesseln an, zerrte an ihnen, und sein Gesicht lief rot an. Er begann eine Melodie zu summen und flüsterte dann mit brüchiger Stimme den Text:

Joss und Jill den Berg bestiegen
Wo ist denn nur Joss geblieben
Mutter sucht ihn sehr
Plumps, fiel er in ein tiefes Loch
die Mutter hinterher.

Plötzlich wackelte das Bett, als er von Krämpfen befallen wurde, und Kristina umklammerte Callums Kopf mit beiden Händen.

»Schnell, helfen Sie mir«, rief sie. »Er versucht, seine eigene Zunge zu verschlucken.«

Joss machte einen Satz vorwärts, während sie Callum auf die Seite legte und ihm ihre Finger in den Mund zu schieben versuchte. Seine Lippen waren fest zusammengepreßt, aber die Augen flehten um Gnade.

»Rammen Sie Ihre Handkante hier gegen diese Stelle, unterhalb des Kiefers.«

Joss fand den Punkt und tat, wie ihm befohlen worden war: Langsam, widerstrebend begann sich der Mund seines Vaters zu öffnen. Sie quetschte ihre Finger in die Mundhöhle, schnippste seine Zunge aus der Kehle und schrie auf, als Callums Zähne sich in ihr Fleisch gruben. Joss blieb keine Wahl, als seinem Vater einen Schlag gegen die Schläfe zu versetzen; er sackte bewußtlos auf dem Bett zusammen. Ungeachtet ihres eigenen Schmerzes schob Kristina Joss' Vater schnell eine Zahnbürste aus dem Badezimmer als Sperre in den Mund.

Sie plumpste neben dem Bett auf den Boden und starrte verwirrt auf ihren blutenden Finger. Joss atmete schwer.

»Glauben Sie immer noch, daß ich auf dem Holzweg bin?« fragte er und rang keuchend nach Luft. Sie schüttelte langsam den Kopf. »Werden Sie mir helfen?« drängte Joss, während sie seinem Vater den Puls fühlte. Sie nickte, immer noch stumm.

»Glauben Sie mir jetzt?« fuhr er fort. Kristina fand endlich ihre Stimme wieder.

»Ich habe davon gelesen, es aber noch nie gesehen«, flüsterte sie.

»Aber was hatte das zu bedeuten?« fragte Joss.

»Es heißt, daß er lieber sterben würde als preiszugeben, was mit ihm geschehen ist.«

Wieder schüttelte sie ungläubig den Kopf.

»Diese Melodie, die er gesungen hat ... Sie haben sie natürlich erkannt.«

»Sie haben mich schon öfters danach gefragt, Kris«, erwiderte Joss. »Natürlich kenne ich sie; meine Mutter hat mir das Lied oft genug vorgesungen. Ich weiß nur nicht, was es bedeuten soll.«

»Sie müssen sich mehr anstrengen. Das Lied muß auch für Ihren Vater irgendeine Bedeutung haben, eine entscheidende Bedeutung. Es könnte uns helfen, ihn zu retten.«

»Aber können Sie ihm auch helfen, wenn ich mich nicht erinnern kann?« bat Joss. Sie blickte auf den hingestreckten Mann nieder und versuchte vergebens, das gerade Geschehene zu rationalisieren.

»Ich weiß es nicht, Joss, ich kann es beim besten Willen nicht sagen.«

Joss Lane legte ihr die Hand auf die Schulter, ging ins Badezimmer und holte ein kleines, verschlissenes Handtuch, mit dem er ihre Hand verband. Er flüsterte: »Wir haben keine andere Wahl.«

Die Saat war gesät; Kristina war bereit, zur nächsten Phase der Operation überzugehen.

Kapitel achtundzwanzig

Nach den Aussagen der medizinischen Sachverständigen hatte Mark Mason andere Zeugen aufgerufen und verhandelte die polizeilichen Vernehmungen von P. J. Rivers. Obwohl Mason die Vernehmungsprotokolle leicht gekürzt hatte, waren es noch etliche Seiten, auf denen Rivers wortreich und schwülstig alles leugnete. Rivers hatte entschieden abgestritten, sexuelle Gewalt gegen Rose ausgeübt zu haben. Er konnte sich nicht erinnern, ob er ihr je begegnet war, obwohl er ständig wiederholte, er würde für ihre gequälte Seele beten. Mason beobachtete, wie die Augen der Geschworenen glasig wurden und sie dann vor Langeweile fast einschliefen, aber die Verteidigung hatte darauf bestanden, daß Rivers' Unschuldsbeteuerungen dem Gericht durch stumpfsinnige Wiederholung eingebleut wurden.

Nach einigen kleineren Kreuzverhören, die Rivers' volle Kooperation mit der Polizei zum Inhalt hatten – einschließlich der Bereitstellung von Blut-, Haar- und Urinproben –, schloß Mason formal die Beweisführung, und dann folgten zwei Tage, in denen in Abwesenheit der Geschworenen juristische Argumente ausgetauscht wurden und Kronanwalt Callow auf Einstellung des Verfahrens drängte.

Riesige Stöße dicker Urteils- und Entscheidungssammlungen stapelten sich auf den Anwaltsbänken, Bausteine des Vortrags der Verteidigung, daß der Prozeß nicht fortgesetzt werden sollte. Fotokopien von Entscheidungen der höheren Gerichte wurden zwischen Callow, Withnail und Mason hin- und hergeschleudert.

Callows Argumentation stand auf zwei Beinen: Erstens zog er

die Zuständigkeit dieses Gerichts in Zweifel, und zweitens erklärte er, daß die vorgebrachten Beweise so offenkundig unglaubwürdig und widersprüchlich seien, daß keine Jury auf dieser Grundlage jemanden für schuldig befinden könne.

Gegen den ersten Punkt hatte Mason ein Argument von einiger Durchschlagskraft vorgebracht. Er trug vor, daß das englische Gericht zuständig sei, da die Straftaten in England ihren Anfang genommen hatten und die bloße Tatsache, daß sie in Schottland weitergegangen seien, nicht als prozeßhindernd angesehen werden könne. Das fand Anklang beim Richter, der sich nicht gerade erfreut darüber zeigte, daß der Punkt nicht schon zu Beginn des Prozesses angesprochen worden war. Es war klar, daß der Richter bei diesem Disput zugunsten der Anklage befinden würde.

Der zweite Punkt war problematischer. Callow wies zu Recht darauf hin, daß zwar die Fakten die Domäne der Jury seien, aber dies ein besonderer Fall sei, bei dem es den Geschworenen überhaupt nicht gestattet werden sollte, über die Schuldfrage zu entscheiden. Er argumentierte mit Nachdruck, daß die gesamte Beweisführung der Anklage auf den nicht erhärteten Anschuldigungen einer geistig labilen Zeugin beruhe und daß es, falls das Verfahren fortgesetzt wurde und die Geschworenen einen Schuldspruch fällen sollten, möglicherweise zu einem Justizirrtum kommen würde. Selten war diese Behauptung mit so gutem Grund vorgebracht worden, und das wußte auch Mason. Das Gericht watete durch das gesamte Transkript von Roses Aussage, aber es lief immer noch auf die nackte Tatsache hinaus, daß sie, und sie allein, behauptete, daß der Mißbrauch stattgefunden hatte, und es absolut keine unabhängigen Beweise gab, die ihre Anschuldigungen erhärtet hätten.

Withnail war unsicher, bellte beiden Vertretern des Disputs Rügen zu und manifestierte so sein Unbehagen über die Position, in die er hineingezwungen worden war. Der sorgenvolle Richter hatte schließlich die Sitzung vertagt, um »in aller Ruhe«

über die juristischen Fragen nachdenken zu können. Mason argwöhnte, daß er mit dem Problem zu einem seiner fähigeren Amtsbrüder gehen würde, um sich mit ihm zu beraten. Letztendlich, sehr zum Ärger des Verteidigungsteams, erließ Withnail den Beschluß, den Prozeß fortzusetzen. Mason war gebührend erleichtert, denn zumindest hatte er das Verfahren über die Halbzeit hinausbekommen, und jetzt würde er eine Chance erhalten, P. J. Rivers höchstselbst ins Kreuzverhör zu nehmen.

Die Geschworenen, deutlich verwirrt, weil sie so lange von der Verhandlung ausgeschlossen worden waren, erhielten keine Erklärung, als sie ihre Plätze auf der Geschworenenbank wieder einnahmen. Mason wartete, den Kugelschreiber in der Hand, auf den nächsten Akt dieses seltsamen Justizballetts.

Die drei Weisen des Superteams der Verteidigung flüsterten laut miteinander. Withnails Entscheidung hatte sie vorübergehend überrumpelt. Thynne heftete den Blick auf Callow, der verzweifelt den Kopf schüttelte, während der Tumult Fannon halb zu amüsieren schien.

Mason lächelte; das erste Zeichen von Unsicherheit. Er drehte sich um, um einen Blick auf Rivers zu werfen, der starr geradeaus blickte, scheinbar blind gegen das Fehlen einer festen Führung. Wahrscheinlich hatten die Anwälte bereits für die Siegesfeier nach Prozeßbeendigung einen Tisch in einem teuren Restaurant reserviert, aber heute mittag würden sie Old Bailey-Sandwiches essen müssen.

Schließlich kam Fannon schwerfällig auf die Füße. Thynne versuchte, ihn mit einer krallenartigen Hand zurückzuhalten, aber sie wurde von Fannon geringschätzig abgestreift.

»Mylord«, begann Fannon, »meine Damen und Herren Geschworenen, die Verteidigung ruft Reverend Rivers in den Zeugenstand, um zu seiner Verteidigung auszusagen.«

Die Geschworenen drehten sich einhellig um, als ein Justizwachtmeister die schmale hölzerne Pforte öffnete, um dem Angeklagten den Durchgang ins Innerste des Gerichtssaals zu erlauben. Rivers' Gang strahlte Würde und Kraft aus. Sein schwarzer Anzug und das weiße Hemd waren eine perfekte Widerspiegelung der farblich abgestimmten Amtstracht der Anwälte. Eine schwarze Krawatte mit dem Markenzeichen der Sekte – einem roten Schrägstrich – an ihrer breitesten Stelle war das einzig Unkonventionelle an seiner Kleidung. In jedem Schritt schienen Frömmigkeit und Glaube an sich selbst mitzuschwingen. Rivers' Blick war weder nach oben noch nach unten gerichtet, sondern schien fixiert auf die Richtigkeit seines Tuns.

Im Zeugenstand angekommen, musterte Rivers das Gericht ähnlich einem Propheten in einem Tempel voller Geldverleiher. Mason erwartete fast, daß er um Vergebung für alle bitten würde, die an dieser schimpflichen Behandlung teilhatten. Der schwarzgekleidete Gerichtsdiener stand nervös vor ihm, scheinbar unsicher, was als nächstes zu tun war, obwohl er schon zahllose Zeugen vereidigt hatte. Mason war tief beeindruckt. Rivers besaß unleugbar eine machtvolle Ausstrahlung. Eine King-James-Bibel wurde ihm hingestreckt, aber höflich abgelehnt. Statt dessen zog Rivers ein schmales, in schwarzes Leder gebundenes Bändchen hervor, das, wie er erklärte, nur die Offenbarung enthielt.

»Ich werde einen Eid auf das schwören, woran ich glaube.« Seine Stimme, leise und stark, wie eine Glocke, die in der Ferne läutet, lud nicht zu einer Diskussion ein. Er hielt das Buch in seiner manikürten Rechten hoch.

»Ich schwöre bei allem, was heilig und wahr ist, vor meinem Erlöser und in Gegenwart der Unerlösten, daß ich heute in diesem Gerichtssaal vor dem einen Gott wahres Zeugnis ablegen werde.«

Withnail warf einen schnellen Blick auf Mason, um zu sehen, ob er Einspruch gegen die Form des geschworenen Eides erheben würde. Der Barrister zuckte unverbindlich die Achseln; es spielte keine Rolle. Wenn Rose die Wahrheit sagte, war Rivers ein Meineidiger, auf welches Buch er seine Lügen auch zu schwören beschloß. Fannon begann mit der Zeugenbefragung durch den eigenen Anwalt.

»Was bedeutet dieser Eid für Sie, Reverend?«

Der respektlose Ton der Frage bewog Rivers, leicht eine Augenbraue zu heben.

»Ich hätte angenommen, daß das offensichtlich ist«, erwiderte er.

»Für mich sicher, aber die Geschworenen hatten bislang noch keine Gelegenheit, die Stärke Ihres Glaubens zu erleben.«

»Ein Eid ist eine in diesem und dem nächsten Leben bindende Erklärung, Mr. Fannon. Wenn ich lügen würde, wäre ich für alle Ewigkeit verdammt.« Rivers' Gesicht war wie in Mount Rushmore-Stein gemeißelt.

»Wir müssen etwas über Sie und Ihre Arbeit erfahren, Reverend«, fuhr Fannon fort. »Sie waren nicht immer Geistlicher.«

»Nein, das war ich nicht, Mr. Fannon. Ich war verloren, bevor ich gefunden wurde.« Rivers blickte zum Himmel auf und legte eine Hand auf sein Herz.

»Erzählen Sie uns, wie Sie gefunden wurden«, drängte Fannon. Mason erkannte, daß die Stärke und Aufrichtigkeit von Rivers' Glauben den Grundstein der Beweisführung der Verteidigung bilden sollte. Wenn die Geschworenen von seinem Glauben überzeugt werden konnten, würden sie Rose ihre Geschichte niemals abnehmen.

»Ich war einmal ein schlechter Mensch, der Gefallen an Geld und Erfolg fand. Ich habe den Leuten Dinge verkauft, die sie weder brauchten noch sich leisten konnten. Das Elend, das ich verursacht habe, war groß. Möge ich Vergebung dafür finden.«

»Sie haben Medizinprodukte verkauft, ist das richtig?«

Rivers nickte ernst. »Das Schlangenöl von heute. Salben und Arzneitränke mit der gesundheitsfördernden Wirkung von Autoabgasen.«

Das hätte Teil von Masons Kreuzverhör bilden sollen. Die Verteidigung nahm der bewegten Vergangenheit des Angeklagten den Stachel, indem sie sie zugab und später das Thema mied.

»Waren Sie erfolgreich?«

»Gott, ja«, sagte Rivers. Seine Stimme klang schleppend vor Schmerz. »Der Teufel gab mir seinen Segen, und die Eitlen und Törichten lauschten meinen Worten mit offenen Ohren und leeren Köpfen.«

»Warum haben Sie Ihr Geschäft aufgegeben?« Fannons schmeichelweiche irische Stimme wurde gravitätisch, um den Moment der erlösenden Bekehrung anzukündigen.

»Mein Erlöser schritt ein. Sein Grimm entbrannte gegen mich, und ich wurde gestraft.«

»Wie?« Die Geschworenen lauschten gebannt; selbst die Reporter ließen die Kugelschreiber sinken.

»Durch einen Herzanfall. Ich wurde mit meiner eigenen Waffe niedergestreckt. Ich habe den Leuten Gesundheit versprochen und mein Versprechen nicht gehalten. Die Strafe war gerecht und angemessen. Ich bin in dieser Nacht gestorben. Dreimal hörte mein leeres Herz zu schlagen auf, und dreimal wurde ich ins Tal der Tränen zurückgebracht.«

»Wurden Sie operiert?« fragte Fannon im Flüsterton.

»Ich erhielt einen vierfachen Bypass. Vierzig Tage und Nächte lag ich im Koma, bis ich aus der Wildnis meiner eigenen Gier erlöst wurde.«

»Hat diese Erfahrung Sie verändert?«

»Für immer, Mr. Fannon,« dröhnte Rivers' Stimme. »Ich bin gerettet worden. Mir wurde die Chance gegeben, mich und andere zu retten. Ich sollte der Täufer sein, der Geburtsvater eines neuen Glaubens: der Millennium-Kirche.«

Die Geschworenen waren fasziniert; Mason ebenfalls. Entweder war der Mann ein begnadeter Schauspieler, oder er hatte sich aufrichtig zu seiner eigenen Religion bekehrt, und nur die Geschworenen konnten entscheiden, was zutraf.

Kapitel neunundzwanzig

Harrison Trainer saß an Bord des Privatjets der Kirche und blickte auf den Englischen Kanal hinunter. Das Flugbegleitpersonal, zwei Frauen, saß stumm hinter ihm, wohlwissend, daß eine Unterbrechung seines persönlichen Freiraums und seiner privaten Gedankenprozesse strikt gegen die Regeln der Passagierbetreuung verstieße. Das einzige Geräusch war das unaufhörliche Summen der Turbinen, die unerbittlich auf die französische Hauptstadt zuflogen.

Als sie sich dem Flughafen Orly näherten, faltete Trainer sorgsam eine Straßenkarte von Paris zusammen, die auf dem Klapptisch vor ihm lag. Mit einem Leuchtstift hatte er die Stadt in Überwachungszonen aufgeteilt. Er hatte bereits zweihundert Pariser Kirchenmitglieder antreten lassen, die, bewaffnet mit Fotos von Joss und Callum Lane, Hotels, Bars und Straßen durchkämmten, bislang ohne Erfolg. Die Situation war untragbar. Er mußte der Sache ein Ende bereiten, um jeden Preis.

In der Finanzabteilung der Kirche war das Chaos ausgebrochen, als durchgesickert war, daß Callum entführt worden war. Trainer hatte seine letzten Stunden im »Hafen« damit zugebracht, mit panischen Anrufen von europäischen Geschäftspartnern der Kirche fertigzuwerden, die sich besorgt zeigten, weil Callum zu den vereinbarten Treffen nicht erschienen war. Er hatte gelogen, um Zeit zu gewinnen, aber sie brauchten dringend entscheidende Finanzinformationen aus Callums Datenbank. Die Tatsache, daß er seine Dateien nicht gespeichert hatte, bevor er das Zentrum verließ, bedeutete nicht nur, daß er auf freiem Fuß war, im Besitz hochsensiblen und absolut unersetzlichen Datenmaterials; schlimmer noch, er wurde von einem Sohn begleitet, der aus der Hüfte schoß.

Trainer hatte es vernünftigerweise vermieden, den Reverend zu alarmieren, während die Suche noch im Gang war, aber ihm war klar, wenn er die Lanes nicht vor Einbruch der Dunkelheit fand, würde er Rivers persönlich von der Katastrophe unterrichten müssen.

Der Junge soll verdammt sein, dachte er, als das Flugzeug auf den Terminal zurollte, wo, wie er wußte, Dave Tomlin und Alan Moyne mit einem Wagen auf ihn warteten.

Tomlin und Moyne – für Trainer klang das immer nach einem leicht zweifelhaften Anwaltsbüro – waren beide mittelgroß und besaßen peitschenschnelle Reflexe, waren aber in hohem Maße unauffällig. Die meisten Leute mußten feststellen, daß es für eine Reaktion zu spät war, wenn sie den beiden begegneten. Von der Gesichtsfarbe und dem kurzgeschorenen Haar her waren sie sich ähnlich, aber Tomlin hatte die dunkelgeränderten Augen eines Sünders und Moyne den klaren Blick eines Heiligen; in ihrem Armeeregiment waren sie als »Hölle und Himmel« bekannt gewesen.

Auf dem Weg ins Stadtzentrum berichteten sie Trainer eingehend von den Anstrengungen, die sie bislang unternommen hatten. Es war ihnen gelungen, im De Gaulle mehrere Angehörige des Flughafenpersonals aufzuspüren, die sich an den gutaussehenden jungen Mann erinnerten, der seinen distinguierten Vater so liebevoll in einem Rollstuhl schob, aber niemand konnte sich erinnern, wie das Paar den Flughafen verlassen hatte. Zusammen mit anderen Anhängern hatten sie es mit Fotos und Bestechungsgeldern bei allen Hotels versucht, aber während die Francs dahinschwanden, wurde die Spur immer kälter.

Trainer hatte versucht, sich genau auszurechnen, was Joss Lane in Paris vorhatte; der junge Mann war zu klardenkend, um einfach von Ort zu Ort zu stolpern. Nein, Joss Lane mußte irgendeinen Plan haben, der mit Callum und seiner Ärztin zu tun hatte. Der alte Mann würde schwerfällig und unkooperativ sein. Joss würde Hilfe brauchen.

Aber die Stehaufmännchen des Schicksals hatten mit seinem aufschlußreichen Anruf bei der Complott-Klinik zu seinen Gunsten interveniert. Vierzig Minuten später stand er in der Hotelhalle des George V. und suchte unter den Symposiumsteilnehmern, die sich dort drängten, nach ihrem Gesicht. Der Veranstalter hatte ihnen freundlicherweise ein Foto von Dr. Klammer zur Verfügung gestellt, und Tomlin und Moyne standen draußen Wache, mit der gleichen visuellen Munition versorgt.

Trainers Erkundigungen ergaben, daß Kristina, zur Verärgerung eines bestimmten französischen Quacksalbers, ihn nicht wie verabredet zu dem Galadiner gestern abend begleitet hatte. Eine Bestechung später war klar, daß ihr Gepäck noch in ihrem Zimmer war. Also, schloß Trainer, würde sie entweder zurückkommen oder nach ihren Sachen schicken: In beiden Fällen würde ihn das zu den Lanes führen.

Kristina wirkte erschöpft.

»Er steckt tief drin«, erklärte sie Joss.

Joss saß unglücklich auf dem durchgesessenen Sofa.

»Sie müssen wissen, mit was wir es hier zu tun haben.«

»Reden Sie weiter«, forderte er sie auf.

»Das Unterwerfen des freien Willens eines anderen wird oft gedankenlos als Gehirnwäsche bezeichnet, aber dieser Begriff ist ungenau: Es ist mehr wie ein Leersaugen. Der Prozeß raubt dem Opfer die Fähigkeit, sich frei zu entscheiden. Callums Kopf ist fast leergefegt.«

»Fast?«

»Die Tatsache, daß er Sie gebeten hat, ihn zu retten, zeigt, daß der Persönlichkeitswandel noch nicht vollständig ist; aber er steht kurz davor.«

»Was können wir tun?« fragte Joss mit lebhafter Stimme, da er jetzt an eine Chance glaubte.

»Wir müssen ihm zeigen, daß alles, was er über die Sekte geglaubt hat, falsch war. Das wird nicht einfach werden.«

»Wie kann ich helfen?«

»Er erwähnt immer wieder den Reim, den er vorhin gesungen hat. Ich weiß nicht, warum: irgendeine Fixierung. Für Sie ist dieser Reim vielleicht belanglos, aber für ihn hat er eine große Bedeutung. Sie müssen versuchen, sich zu erinnern. Jede Kleinigkeit könnte helfen.«

Joss war müde; fast zu müde, um zu denken. Außerdem waren die Erinnerungen zu schmerzlich. »Ich werde es versuchen, mehr kann ich nicht versprechen.«

Callum schlief gerade. Er schien ebenfalls erschöpft zu sein.

»Ich war gezwungen, dieselben Techniken anzuwenden, die Rivers einsetzt: Schlaf- und Nahrungsentzug.«

Sie kam zu ihm ins Wohnzimmer, warf einen Blick auf die Uhr und war nicht überrascht, als sie sah, daß vierundzwanzig Stunden vergangen waren.

»Ich gebe ihm noch zehn Minuten, bevor ich weitermache. Ich komme mir vor wie ein mittelalterlicher Folterknecht«, sagte sie müde. »Eigentlich unterstütze ich ja Amnesty International.«

»Eine klare Beweisführung, daß das alles nur zu seinem Besten geschieht, würde wohl nicht helfen?«

Kristina schüttelte den Kopf.

»Mittel und Zweck, Zweck und Mittel, sein Bestes oder nicht, das sind Argumente von Historikern mit einem Magister in nachträglicher Einsicht. Ich muß mit dem Hier und Jetzt fertig werden.«

Im Raum war es still. Joss wußte, daß das, was er von ihr verlangte, gegen alles verstieß, an das sie glaubte, gegen alles, was sie für richtig und wahr hielt.

»Ich kann mir einfach nicht vorstellen, wie sie ihn sich geangelt haben«, murmelte Joss endlich. Kristina nickte, plötzlich wieder auf die vor ihr liegende Aufgabe konzentriert.

»Zu viele Menschen glauben, daß sich nur echte Verlierertypen Sekten anschließen; dem ist nicht so. Was sollten die Einsamen und die Enttäuschten auch den Sekten nützen, die ja nach Macht streben? Glauben Sie etwa, man kann Sektenmitglieder an ihrer Kleidung und ihrem Verhalten erkennen?«

Joss zuckte die Achseln.

»Oft sind es die hellsten Köpfe, die sich solchen Gruppierungen anschließen«, fuhr sie fort. »Die Scientologen rühmen sich, viele reiche und einflußreiche Leute in ihren Reihen zu haben, Leute, die niemand als Verlierertypen bezeichnen würde. Das ist das Ziel der richtigen Mitgliederwerbung, Joss; so ist eben die menschliche Natur. Wenn ein Straßenkehrer, so ehrenwert er auch sein mag, sich einer Sekte anschließt, schnalzen wir mißbilligend und schütteln den Kopf, aber wenn ein Prominenter öffentlich seine Zugehörigkeit zu einer Sekte verkündet, sehen wir ein bißchen genauer hin, schenken ein bißchen zuviel Vertrauen, und bums, plötzlich stecken wir drin.«

»Ist das mit meinem Vater passiert?«

»Er wurde angeworben und dann indoktriniert, aber sie hätten ihn nie einfangen können, wenn er nicht gerade so verwundbar gewesen wäre.«

»Sie meinen, es war meine Schuld?« fragte Joss und hatte Angst vor der Antwort. Sie bemühte sich, eine freundliche Art zu finden, die unleugbare Wahrheit auszusprechen.

»Das und die Umstände Ihres gemeinsamen Verlustes.«

»Ups.«

»Aber ich glaube, wenn Sie mit ihm über die Umstände sprechen könnten, unter denen Ihre Mutter starb, und über das, was danach geschah, könnte sich das als der Schlüssel erweisen.«

»Aber gestern hat ihn das fast umgebracht.«

»Da irren Sie sich. Sie haben ihn aufgefordert, den Wortlaut eines geheimen Schwurs preiszugeben, den er abgelegt hat, und die Erinnerung an Ihre Mutter als Waffe benutzt, um ihn dazu zu zwingen. Das wäre nicht der Sinn dieser Übung.«

»Sie meinen, wir sollten es mit einer Art Katharsis probieren statt mit Verrat?« fragte Joss.

»Genau«, entgegnete Kris. »Ich bin froh, daß Sie von selbst darauf gekommen sind.«

»Gut, machen wir's so.«

»Langsam, Joss, er ist noch nicht soweit. Zuerst muß ich weiter brechen, Gott vergebe mir, und danach wird er vielleicht bereit sein. Aber sind Sie bereit, Joss Lane? Sind Sie in der Lage, in die dunklen Winkel Ihres Gehirns einzutauchen und sich an den Tod Ihrer Mutter zu erinnern? Sind Sie bereit, ihm zu sagen, was der Reim bedeutet?«

Joss schüttelte traurig den Kopf und zuckte die Achseln. Er wollte diese Zeit nicht noch einmal durchleben. Es war schlimmer gewesen, viel schlimmer als das, was danach kam.

Kris wandte ihre Aufmerksamkeit wieder der angelaufenen Uhr auf dem Kaminsims zu.

»Ich habe Arbeit zu erledigen; halten Sie sich bereit.«

Joss war wieder allein, und er war erschöpft. Beim beruhigenden Ticken der Uhr fiel er in einen Vergessen bringenden Schlaf.

Im Schlafzimmer öffnete Callum Lane leicht ein Auge und sah sie ruhig an.

»Ist er soweit?«

»Lassen Sie ihn eine Weile schlafen, dann wird er desorientierter sein.«

»Diesmal muß er es uns sagen«, sagte Callum im Flüsterton.

»In der Klinik konnte ich nichts aus ihm herausbekommen«, erwiderte sie und blickte auf ihre bandagierte Hand hinunter. »Sie hätten mich nicht so fest zu beißen brauchen.«

»Ich durfte nicht aus der Rolle fallen. Außerdem handelt es sich um eine verzweifelte Notlage.«

»Ihr eigener Sohn«, flüsterte sie zwischen zusammengebissenen Zähnen hindurch. »Es könnte ihn zerstören.«

Callum Lane lächelte.

»Wenn ich nicht finde, was ich suche, werde ich vernichtet. Mir bleibt keine Wahl.«

Joss schreckte aus dem Schlaf hoch, als Kris laut rief: »Kommen Sie, Ihr Vater muß unter vier Augen mit Ihnen sprechen. Es geht um Ihre Mutter.«

Er hatte sieben Stunden geschlafen, während Kristina Klammer seinen Vater bearbeitete.

Das geht zu schnell
Du bist noch nicht soweit

Kristina erschien in der Tür.

»Ich weiß nicht, wie es dazu gekommen ist – der Schlaf, die Müdigkeit, alle möglichen Faktoren –, aber er hat bereits gesagt, wie sehr er Sie liebt, Joss. Das ist Ihr Augenblick, ergreifen Sie ihn, er könnte nie wiederkehren.« Die Worte klangen flach und emotionslos, fast wie einstudiert.

Joss durchschritt das grimmige Portal in dem Wissen, daß er die schlimmste Zeit seines Lebens nochmals durchleben würde. Dort warteten seine Eltern auf ihn, seine Freunde und vor allem Greta.

Von Gewohnheit und Verzweiflung dazu gezwungen, fingerte er an den abgegriffenen Go-Steinen herum, die immer noch in seiner Hosentasche steckten. »Liebe«, das waren Greta und seine Mutter, die »Vergangenheit« war der Tod seiner Mutter, und seine »Zukunft« würde sich jetzt entscheiden.

Kapitel dreißig

Juni 1996: Surrey, England.

Joss kam an die Wasseroberfläche. Von seinem Kopf tropfte das stark gechlorte Wasser des Swimmingpools. Das Sonnenlicht warf tanzende Prismen über die schimmernde Wasseroberfläche bis zu dem gekachelten Rand des Pools, wo Greta mit ihren langen braunen Beinen träge Wasser trat. Tom, Barney und Ben trieben wie sonnenbadende Haie im seichten Naß, ihre sonnengeküßten Leiber wie glitschige Seehunde.

»Angeber«, rief Greta, nachdem er seine zwei Bahnen unter Wasser erfolgreich bewältigt hatte. Joss versuchte, nicht nach Luft zu schnappen, denn das wäre nicht cool gewesen, und wie sollte man sonst sein außer cool. Greta beobachtete ihn, und ein amüsiertes Lächeln spielte um ihren feingeschnittenen Mund.

»Du darfst ruhig atmen, weißt du, schließlich bist du entfernt menschlich. Jedenfalls sagt mir das mein begrenztes biologisches Wissen.«

Sie hatte zwei Jahre des dreijährigen Jurastudiums hinter sich, und Joss betete sie an. Das war nicht schwer; sie alle beteten sie an. Greta war mit ihren dreiundzwanzig Jahren reifer, als sie vier es jemals sein würden, selbst zusammengenommen. Sie schien direkt den Seiten von Harper's and Queen *entsprungen und beschäftigte sich in ihrer Freizeit damit, die* Times Law Reports *zu lesen und durch ihre Liebe zum Extremsport im allgemeinen und zu »In Extremis« im besonderen die Muskeln ihres schlanken Körpers zu stählen. Ihr langes blondes Haar, das seine Farbe dem norwegischen Geburtsland ihrer Mutter verdankte, war naß und leicht gebleicht.*

Aus dem Ghettoblaster am Rand des Pools schmetterte Liam Gallagher »Wonderwall«, und der tiefempfundene, innige Text beschrieb genau, was Greta für Joss bedeutete. Ben, Tom und Barney schwam-

men müßig zu ihnen hinüber. Sie hatten sich durch ihre Liebe zum Sport kennengelernt, aber es gab noch etwas, das sie zusammenschmiedete: eine Vorliebe dafür, die Sache noch eine Stufe höherzuschrauben. Sie waren gerade von einem zweiwöchigen Kletter- und Snowboarding-Urlaub in den französischen Alpen zurückgekehrt. Es hatte einige haarige Momente gegeben, ganz besonders einen, als Joss gezwungen gewesen war, eine gefährlich enge Felsspalte hinunterzuklettern, um den irre kichernden Tom zu retten, den seine Lage in Lachkrämpfe versetzte. Er wurde von der Marineluftwaffe ausgebildet, Harrier zu fliegen, und würde bald sein Pilotenabzeichen machen.

Ben war der ernsthafteste der drei, ein Kletter-As, der mit akribischer Genauigkeit eine Steigroute auszuarbeiten pflegte und sie dann ignorierte, mit der Begründung, daß es zu einfach sei, um der Mühe wert zu sein, »wenn man die Sache spitzkriegen« konnte. Wenn er nicht an den Fingerspitzen an einer Felswand hing, wurde er für ein Leben in der internationalen Finanzwelt ausgebildet. Callum, Joss' Vater, schätzte ihn sehr.

Barney war der Komischste in ihrem Haufen, mit einem Humor so trocken wie Pergament. Er brachte es mit einem Wort fertig, daß sich ein ganzer Raum voller Menschen hilflos vor Lachen bog, und er konnte mit einem einzigen Blick einen Streit auslösen. Als Methode des versuchten Selbstmords hatte er das Höhlen- und Tiefseetauchen gewählt. Es war, als würde er sich in einer stillen Welt verbergen, um sich selbst zum Schweigen zu bringen.

Barney kam als erster bei ihnen an. »Lungen wie ein Alligator. Und aussehen wie einer tut er auch.«

»Ertrink, Cherub«, lachte Joss und drückte Barneys blondes, zerzaustes Haar unter Wasser.

»Du würdest ihn ein Jahrzehnt lang unten halten müssen«, sagte Ben. »Vielleicht könnten wir ihn an irgendwelche pazifischen Perlentaucher vermieten. Nur so wird er je Profit einbringen.« Man merkte ihm den angehenden Banker deutlich an.

»Die würden ihre Delphine einsperren müssen«, fügte Tom mit

seinem warmen Lächeln hinzu, während Barney wieder auftauchte und das zahnlückige Grinsen zeigte, das sein Markenzeichen war. Greta lächelte nachsichtig.

»*Wann kommen die anderen?*«

»*Zum Wasser-Rave?*« *witzelte Joss. Seine Mutter und sein Vater waren geschäftlich in der Hauptstadt und wurden erst gegen Ende des morgigen Tages zurückerwartet.* »*In einer Stunde oder so*«*, fuhr er fort, legte die Arme auf den Poolrand und verschränkte sie.*

»*Sie wollen alle noch die letzten Sonnenstrahlen erwischen, bevor sie hier ihr Rauschgift konsumieren. Spine ist voll gerüstet für den besonderen Anlaß*« *schloß Joss schnodderig. Er meinte Spineless Eric, ihren freundlichen Lieferanten für Freizeitdrogen. Greta kletterte auf die langen Beine und tauchte elegant in das klare Wasser ein, ohne daß es spritzte.*

»*Sie ist wohl nicht allzu glücklich über unseren chemischen Freund?*« *fragte Ben.*

»*Du kennst doch Greta*«*, sagte Joss.* »*Hochgefühle sind in Ordnung, ihrer Ansicht nach, solange es natürliche sind.*«

»*Es gibt nichts Natürlicheres als das große Cannabis im Himmel*«*, murmelte Tom.*

»*Es sind nicht die Gartenprodukte, die sie stören, sondern die pharmazeutischen*«*, erklärte Joss, ziemlich witzlos, da alle Gretas Ansichten kannten. Greta, die jetzt wütend ihre Bahnen schwamm, um ihren Ärger loszuwerden, hatte sich deutlich genug ausgedrückt.*

»*Da ist schon was dran*«*, sagte Barney. Sein niedliches Gesicht war ausnahmsweise ernst.* »*Wenn ich in einer Höhle tauche und den Weg nach draußen finde, ist das ein unbeschreibliches Hochgefühl.*«

»*Nein, das ist Glückssache*«*, fauchte Joss.*

»*Vorsicht, Lois*«*, warnte Barney, der sehr gut wußte, wie sehr Joss es haßte, mit dem Namen von Supermans Freundin angeredet zu werden. Joss musterte seinen Freund wachsam.*

»*Wenn ich dir die Nase breche, wirst du nicht mehr so süß aussehen. Wer weiß, vielleicht verleiht es dir sogar eine brutale Attraktivität.*«

»Geh nicht auf uns los, nur weil Greta sauer auf dich ist«, warnte Tom.

»Sei nicht so bissig, Joss« regte Ben an. *»Das steht dir ungefähr so gut wie Schlaghosen.«*

Joss riskierte ein zögerndes Lächeln und wandte sich Barney Calladine zu.

»Gutaussehend mit markanten Gesichtszügen würde dir auch gar nicht stehen; du würdest dir die Haare glattziehen lassen müssen.«

Barney zuckte die Achseln. »Ich könnte immer noch meine Nase anfeuchten und sie in die Fassung einer Glühbirne stecken.«

Aber Joss wußte, daß er einem seiner besten Freunde einen Tiefschlag versetzt hatte und Barney es mit einem müden Witz vertuschte.

»Pimms?« schlug Tom vor. »Wir sollten nicht auf leeren Magen essen.«

»Nur wenn er mit trockenem Ingwerwein gemixt und mit frischer Minze garniert ist«, sagte Ben und kletterte aus dem Pool.

»Und mit Wodka«, fügte Barney hinzu. Die anderen blickten ihn spöttisch an. »Hab' ich gestern erfunden«, erläuterte er. »Ich nenne es ›Pimestroika‹. Bringt garantiert deinen persönlichen Kremlin auf die Knie.«

»Auf die Revolution«, rief Joss.

»Stürmt den Winterpalast«, bellte Tom.

»Mix einfach die Cocktails, Genosse«, sagte Ben und lächelte seine Kameraden nachsichtig an. Greta stieg ohne ein Wort oder einen Blick aus dem Pool, und Joss sah, wie die Sonne hinter eine Wolke tauchte.

In der Pariser Wohnung beobachtete Callum Joss mit schwerlidrigen Augen, rotgerändert vom Schlafentzug, aber auch wachsam und zornig.

»Du hast deinen Leib mit diesem widerlichen Zeug gemordet. Die Kirche wird dir den wahren Weg weisen.«

Aber Joss merkte, daß das Donnern und Toben der früheren Aussprüche gnädigerweise verschwunden war. Callum wartete auf Antwort. Joss war geneigt, mit irgendeiner unpassenden, blasierten Metapher zu reagieren, aber jetzt war nicht die Zeit für Witze: Er bezweifelte, ob es das je wieder sein würde.

»Dad, die Millennium-Kirche ist vieler Dinge schuldig: insbesondere des Mordes.«

Callum schüttelte den Kopf und zog die geblümte Tagesdecke dichter um seine Brust. Es war rührend; er war wie ein Kind, das sich vor der Nacht fürchtet und vor dem, was die Träume bringen könnten.

»Die meisten Leute kamen pünktlich«, fuhr Joss fort und rieb sich die Hüfte an der Stelle, wo ein Bruch in der Kindheit ihm eine frühe Arthritis eingebracht hatte. Callum beobachtete ihn.

»Ich habe dich selbst ins Krankenhaus gebracht«, murmelte er. »Ich habe dich zum Wagen getragen. Ich fühlte mich schrecklich. Ich habe das Baumhaus gebaut, aus dem du gefallen bist.«

»Nein«, widersprach Joss sanft, »du hast das Baumhaus gekauft, aus dem ich gefallen bin. Ich hätte es mehr geschätzt, wenn du es selbst gebaut hättest.«

»Ich war dir kein guter Vater«, flüsterte Callum.

»Und ich war dir kein guter Sohn«, erwiderte Joss, »aber ich hatte nicht erwartet, daß meine Mutter so spät noch nach Hause kommen würde.«

Alles geriet außer Kontrolle. Spineless Eric hatte vertragsgemäß die Ausrüstung geliefert, und Flutlichter erleuchteten den Pool. Zwischen fünfundsiebzig und hundert Raver bevölkerten Haus und Grundstück und bewegten sich angeregt zu dem Ibiza-Sound. Die Jungs rauchten ein paar Joints, während sie ihre nächste Expedition planten: Bungee-Springen in Tirol. Greta hatte sich etwas abgeregt, und Joss, der gerade ein E eingeworfen hatte, wartete darauf, daß

Kieferkrampf und Heißhunger ihn gleichzeitig packten. Danach wurden die Dinge entschieden seltsam.

Das erwartete »loving up« wurde durch vielfarbige Halluzinationen von scheußlicher Intensität ersetzt; er hatte irgendeine Form von LSD bekommen. Das letzte, an das er sich erinnerte, bevor die Chemikalien ihn wie ein Wind durchtosten, war der Anblick seiner Mutter. Er hoffte, daß es lediglich eine Illusion war, Teil der chemischen Wirkung. Aber da war sie, ruhig und charmant wie immer. Er sah, wie sie achselzuckend zur Kenntnis nahm, wie er ihre Abwesenheit ausgenutzt hatte und einen Drink annahm, der ihr allzu schnell von dem grinsenden Spineless Eric angeboten wurde. Dann verlor er das Bewußtsein.

Als er aufwachte, waren die Polizei und der Notarzt da und versuchten verzweifelt, sie wiederzubeleben, aber es war sinnlos. Es schien, daß sie in einem späteren Stadium, als der mit Drogen angereicherte Drink ihr Gehirn verwüstete, zu dem verlassenen Pool gewandert und still und leise ertrunken war. Die Raver hatten sich hastig aus dem Staub gemacht, und Spineless Eric, der seinem Namen alle Ehre machte, hatte ein Alibi für den entscheidenden Zeitpunkt. Beim gerichtlichen Verfahren zur Untersuchung der Todesursache hatte der Coroner die Jury mangels »verläßlicher Beweise« aufgefordert, auf Unfalltod zu befinden. Sein Vater hatte von dem Tag an kein Wort mehr mit Joss gesprochen, bis sie sich im »Hafen« wiederbegegnet waren.

»Ich habe sie geliebt«, stammelte Joss. Seine Augen starrten vor Entsetzen über die Verkehrtheit des Ganzen. »So wie sie war. Die Art, wie sie alles gemacht hat, ihre Freundlichkeit, das ganze Paket.«

»Sie war kein Paket«, brüllte Callum. »Sie war meine Frau.«

»Und meine Mutter«, flüsterte Joss. »Warum wohl habe ich versucht, mich selbst zu zerstören? Glaubst du wirklich, daß auch nur eine Nanosekunde vergangen ist, in der ich mich nicht selbst gehaßt habe für das, was mit ihr geschehen ist? Glaubst du vielleicht, ich hätte mir nicht gewünscht, an ihrer Stelle am Grunde des Pools zu liegen?«

»Das habe ich mir auch manchmal gewünscht«, sagte Callum müde. »In gewisser Weise wünsche ich es immer noch, aber wo stehen wir jetzt? Wir haben doch nur noch einander, Joss.«

»Ich glaube, wir könnten anfangen, einander ganz neu kennenzulernen. Ich glaube, ich würde es gerne versuchen, aber du bist am Ball. Willst du wirklich zu diesen Leuten zurückgehen?«

»Ja und nein. Sie haben mir Trost geschenkt, als ich um euch beide trauerte, und Zuneigung, als die Welt kalt geworden war. Wie könnte ich sie verraten?«

»Sie haben dir das weggenommen, was dich ausmacht, deine Persönlichkeit. Aber wie hättest du das damals wissen sollen? Alles war so hoffnungslos. Ich kann dir keinen Vorwurf machen, aber gibst du mir die Schuld?«

»Ja und nein. Es ist zu früh.«

Sein Vater starrte in eine mittlere Entfernung, aber zumindest hatte er den Vorschlag als Möglichkeit in Betracht gezogen.

»Es gibt da etwas, was mir nicht aus dem Kopf geht, Joss. Es ist, als würde es in einer Endlosschleife in meinem Kopf ablaufen, wie ein Echo besserer Tage. Ich weiß, wenn du es mir erklären würdest, könnten wir ganz neu anfangen.«

»Das Kinderlied, das meine Mutter mir immer vorgesungen hat, als ich noch klein war?«

Sein Vater nickte. »Sie hat die Unschuld dieses Liedes geliebt.«

»Ich glaube nicht, daß wir jetzt Zeit dafür haben, Dad. Sie werden nach uns suchen, und ich glaube, wir sind in Gefahr.«

»Ich möchte es wissen.« Callums Stimme klang fordernd und kräftig.

»Ich kann dir nicht etwas sagen, was ich selbst nicht weiß.«

Die Augen seines Vaters sprühten vor Wut.

»Dann streng dich mehr an. Kannst du dich erinnern, wie sie es gesungen hat?«

Joss nickte.

»Wo hat sie es dir vorgesungen? In einem besonderen Raum oder an einem besonderen Ort?«

»Ich kann mich nicht erinnern; ich will mich nicht erinnern. Bitte sei still.«

»Wer hat hier das Sagen?«

»Kristina und ich. Es ging dir nicht gut.«

»Im Gegenteil, ich war nie in besserer Form«, sagte Callum düster. »Mein eigener Sohn hat mich entführt und ans Bett gebunden, und irgendeine Gehirnklempnerin hat mich so erschöpft, daß ich es kaum noch ertragen kann.«

»Dasselbe hat sie mit mir getan«, erwiderte Joss. Sein Vater blickte verständnislos drein und sprach dann.

»Im Hinterkopf höre ich ständig diese Botschaften. Ich verspüre den Drang, die Kirche anzurufen, alles zu beichten und dich zu verraten. Ich fühle die Angst.«

»Kannst du dagegen ankämpfen?«

»Wenn ich es nicht könnte, würde ich dir nichts davon erzählen.«

Joss dachte über diese Erwiderung nach.

»Du könntest lügen.«

»Ja, ja, das könnte ich. Du wirst mir vertrauen müssen.«

»Sollte ich das?«

»Nur du selbst kannst die Antwort auf diese Frage finden, Joss.«

»Du mußt jetzt etwas schlafen«, entgegnete Joss und steckte seinen Vater ins Bett. Er sah zu, wie die Erschöpfung Callum übermannte und blickte sich dann in dem schmuddeligen Schlafzimmer um. Als er den Laptop seines Vater auf dem ächzenden, schäbigen Sofa entdeckte, nahm er ihn schuldbewußt und schaltete ihn ein. Er mußte mehr über die Kirche erfahren und darüber, wie tief Callum in der Sache drinsteckte. Thurman, der tote Journalist, hatte eisern darauf beharrt, daß sein Vater »mit den Haien schwamm«. Joss wollte genau wissen, wie tief er geschwommen war. Thurman konnte sich irren, aber andererseits...

Man brauchte einen Benutzercode, um das Programm zu starten, und Joss erinnerte sich, daß sein Vater immer die Buchstaben BS für »Börsenspekulant« als Paßwort benutzt hatte. Er tippte die Buchstaben ein und stellte erleichtert fest, daß sein Vater ein Gewohnheitstier war. Dieses Paßwort war jedoch nur für die Systemsteuerung gedacht, nicht für eine bestimmte Software. Jedesmal wenn Joss versuchte, in eine bestimmte Datei zu kommen, wurde ihm der Zugriff verwehrt. Zu Hause hatte er zur Verärgerung seines Vaters immer den Computer im Arbeitszimmer benutzt, um zu surfen oder laute, gewalttätige Computerspiele zu spielen. Sein Vater hatte daher ständig den Code geändert, und Joss hatte ihn regelmäßig geknackt. Es war ein Trick, den er von Ben dem Banker gelernt hatte. Man drang direkt in den Internspeicher von Laufwerk C ein. Die Leute glauben, wenn eine Information erst einmal gelöscht ist, ist sie verloren. Sie haben nicht die geringste Ahnung, daß Programmierer immer Hintertüren in geschützte Programme einbauen, um eine schnelle Einsprungstelle zu haben. Joss umging die Systemsicherung, und unter Anwendung von Bens Methode war er schließlich in der Lage, die Einsprungstelle der Software zu finden, was ihm den Zugriff ermöglichte.

Joss war kein Finanzgenie, und die Arbeitsblätter und Kreisdiagramme, die er jetzt studierte, hätten ebensogut in einer fremden Sprache abgefaßt sein können. Es ging um die Finanzen der Millennium-Kirche. Joss machte Kopien aller Dateien, die er finden konnte, und speicherte sie auf Diskette ab. Zwar verstand er im großen und ganzen nur Bahnhof, aber eins war absolut klar: Alle Gelder, die auf den Konten der Kirche landeten, gingen über Zürich. Wenn Joss dafür sorgen wollte, daß Rivers Callum in Ruhe ließ, brauchte er ein Druckmittel, etwas, mit dem er verhandeln konnte. Zudem würde er vielleicht mit Insider-Informationen über die Kirche Greta helfen können.

Wenn alles wahr war, was Thurman ihm erzählt hatte, würde er dieses Schiff vielleicht doch noch zum Sinken bringen können.

In diesem Augenblick kehrte Kristina von dem Spaziergang zurück, den sie gemacht hatte, um einen klaren Kopf zu bekommen, und wandte sich ängstlich an Joss. »Und?«

»Sie haben Wunder bewirkt«, sagte Joss, beugte sich herab und küßte sie auf die Wange.

»Ich habe einen geheiligten Eid gebrochen«, stieß sie hervor. »Sie werden mir die Approbation entziehen.«

»Das bezweifle ich«, sagte Joss unbehaglich.

»Aber ich selbst muß mit der Wahrheit leben. Ich muß irgendwie mit dem zurandekommen, was ich getan habe.«

»Ich danke Ihnen«, sagte Joss, aber jeder Dank schien unzureichend und dürftig.

»Haben Sie irgend etwas über das Kinderlied herausgefunden, Joss?«

»Herr im Himmel«, zischte er, »was ist bloß mit diesem alten Lied, das alle so stark beschäftigt?«

Sie zuckte die Achseln.

»Es ist nur, daß Callum...«

»Sie reden, als würden Sie ihn kennen«, sagte er mißtrauisch.

Sie lief rot an.

»Nur als neuen Patienten«, stammelte sie wenig überzeugend.

Joss musterte sie argwöhnisch. Er hatte das Gefühl, daß hier etwas vorging, von dem er nichts wußte, irgendein geheimer Plan. Oder hatte Kristina recht? War er schlicht paranoid?

»Ich werde ins Hotel zurückgehen, um meine Sachen zu holen. Zudem muß ich noch einen sehr wütenden Doktor besänftigen.«

»Tun Sie das nicht«, befahl Joss. »Schicken Sie nach Ihrem Gepäck. Callum ist noch nicht stabil, und ich glaube, wir könnten alle großen Ärger bekommen.«

»Möglich, aber ich habe für ihn getan, was ich tun konnte. Der Rest hängt von Ihnen beiden ab.«
»Er könnte einen Rückfall erleiden.«
»Das bezweifle ich. Er ist verstört, ja, aber das bösartige Geschwür ist geöffnet worden. Aber Sie müssen dafür sorgen, daß sein Kopf immer so beschäftigt wie möglich ist. Zudem braucht er Pflege.«
»Melden Sie sich freiwillig?«
Sie schüttelte den Kopf. »Die Mitglieder der Familie Lane sind nicht meine einzigen Patienten. Aber ich habe einen Vorschlag: Elsa aus der Klinik. Sie schwärmt für Sie. Ich kann sie herfliegen lassen, damit sie Ihren Vater pflegt.«
Joss lächelte. Das wäre eine ideale Lösung des Problems.
»Phantastisch.«
Eine halbe Stunde später waren alle Vorkehrungen getroffen, und Elsa überschlug sich vor Freude über den bevorstehenden Job. An der Fahrstuhltür küßte Kristina Joss zum Abschied.
»Seien Sie vorsichtig«, warnte er.
»Ich habe nichts zu befürchten«, erwiderte sie.
»Tun Sie mir den Gefallen.«
»Wie Sie wünschen«, sagte sie naserümpfend und überheblicher, als sie vorgehabt hatte. »Rufen Sie mich später an, und lassen Sie mich wissen, wie es ihm geht. In der Zwischenzeit werde ich einen kleinen Einkaufsbummel machen und mich entspannen. Mir wird's gutgehen.«
Joss fragte nach der Nummer ihres Hotelzimmers und sah Kristina fortgehen. Er empfand eine unerklärliche Angst um sie.

Kristina Klammer betrat ihr Hotelzimmer, erschöpft von dem Vortäuschen und Schauspielern. Und das alles wegen nichts und wieder nichts. Joss weigerte sich immer noch, das Geheimnis des Kinderliedes preiszugeben. Es war achtzehn lange Monate her, daß Callum Lane ihr bei einem geheimgehaltenen Besuch einen Auftrag erteilt und sie über das instruiert hatte, was er von ihr erwartete. Sein Sohn müsse sich an etwas erinnern, das er vergessen habe, sagte er, es sei wichtig für ihn, Callum. Callum hatte nie genauer erklärt, um was es sich bei diesem Etwas handelte, aber er war von der Aufdeckung des Geheimnisses geradezu besessen und bedrängte sie ständig nach Resultaten. Die ganze Zeit, die Joss in der Klinik verbracht hatte, hatte sie sklavisch an der Lösung des Problems gearbeitet. Aber die Wölfe versammelten sich vor Callums Tür, und bevor sie die Aufgabe hatte abschließen können, war ihr befohlen worden, Joss als geheilt aus der Klinik zu entlassen. Ihr einziger Akt des Anstands war gewesen, den Brief seiner Exfreundin durch die normale Zensur zu lassen.

Diese ganze Scharade war Callums Idee gewesen. Sie war instruiert worden, ein Szenario zu entwickeln, das Joss extrem starkem Druck aussetzen würde. Eine Tour de Force von Schuldgefühlen, um seinen Sohn zu brechen, damit er sich an die Bedeutung des Gedichts erinnerte. Aber es war ihnen nicht gelungen. Kristina würde es ablehnen, ihre Rolle in diesem Unternehmen weiterzuspielen.

Sie langte nach dem Lichtschalter, aber im Zimmer wurde es hell, bevor sie ihn berühren konnte. Sie wollte schreien, als sich eine Hand fest auf ihren Mund preßte. Ein weiterer Mann, klein und gedrungen, in Schwarz gekleidet, stand vor ihr und lächelte grimmig.

»Doktor Klammer, nehme ich an«, sagte er mit breitem amerikanischen Akzent.

Sie nickte, zu verängstigt, um zu sprechen.

»Ich weiß, daß Sie die ärztliche Schweigepflicht nicht brechen wollen«, fuhr er fort. »Aber ich fürchte, einer Ihrer Patienten bereitet mir und meinen Kollegen im Moment mehr als nur ein wenig Kopfzerbrechen.«

Er kam auf sie zu und schlug sie hart und heftig in den Magen.

Sie versuchte, sich vor Schmerz zusammenzukrümmen, aber die Person hinter ihr lockerte ihren festen Griff nicht.

»Also dann, plaudern wir ein wenig über die zutiefst dysfunktionale Familie Lane.«

Drei Stunden später, als sein Vater schlief und Joss zum Zeitvertreib den kleinen Schwarzweißfernseher eingeschaltet hatte, tauchte Kristinas Bild in den Nachrichten auf.

»Morte«: Das Wort traf ihn wie ein Schwerlastzug. Joss' Französisch reichte aus, um zu wissen, was das bedeutete. Morte. Tot. Die Kamera schwenkte zum Fenster ihres Hotelzimmers hoch und dann senkrecht herunter. Die Stelle war von der Polizei abgesperrt worden. Er hörte das Wort »fenêtre« und nahm an, daß Kristina aus dem Fenster gefallen war.

Sein Mund war trocken wie die Sahara, und sein Puls raste wie ein Ibiza-Raver. Er zuckte zusammen, als sein eigenes Gesicht auf dem Bildschirm erschien und sein Name unter dem Stichwort »Verdächtiger« genannt wurde. Kristina Klammer – seine Kris, seine Freundin und seine Heilerin – war tot. Und Joss war sicher, daß er wußte, wer sie umgebracht hatte. Joss griff nach den restlichen Barbituraten, die er aus dem Zentrum mitgenommen hatte. Es hatte eine Zeit gegeben, da hätte er die Medikamente so schnell wie möglich heruntergeschluckt und auf den feigen Schlaf gewartet, aber diesmal war es anders: Er wollte hellwach bleiben, er wollte Rache. Plötzlich gab es nichts, das er nicht tun würde, um diese bewußtseinsverbiegenden Mörder in die Knie zu zwingen.

Man konnte Callum noch nicht voll und ganz vertrauen, und als sein Vater schlief, fesselte Joss ihn erneut ans Bett. Dann füllte er die zerstoßenen Tabletten in eine Spritze und injizierte sie seinem bewußtlosen Gefangenen. Callum riß plötzlich die Augen auf.

»Was tust du da?« fragte er scharf und zerrte an seinen Fesseln, um sie zu sprengen.

»Kristina ist tot. Es kann nur Trainer gewesen sein, der sie aus dem Fenster gestoßen hat«, erwiderte Joss atemlos.

»Sie wird ihm erzählt haben, wo wir sind«, nuschelte Callum; die Schlafmittel begannen zu wirken. »Du mußt mich gehen lassen«, flüsterte er.

»Ich werde auf dich aufpassen, Dad, mach dir keine Sorgen.«

»Du verstehst überhaupt nicht, was hier eigentlich vorgeht. Bind mich los!«

Joss war zu sehr vom Vorausplanen in Anspruch genommen: Er mußte seinen Vater ruhigstellen und dann Elsa, die Krankenschwester, die ihn pflegen sollte, vom Flughafen abholen.

»Sie hätte ihnen nie etwas gesagt, Dad. Ich bin in einer Stunde zurück.«

Callums Augen fingen an, glasig zu werden. Er winkte seinen Sohn zu sich heran und flüsterte etwas, und Joss beugte sein Ohr hinunter, um besser zu hören.

»Du blödes kleines Arschloch. Du wirst uns beide umbringen.«

Joss schüttelte den Kopf. Es waren die Medikamente, die aus seinem Vater sprachen; es mußten die Medikamente sein. Er brach zu seiner Mission auf.

Kapitel einunddreißig

In den weißgekachelten unterirdischen Gängen der Metro stieg Joss über einen weiteren hingestreckten, sich selbst besudelnden Betrunkenen hinweg. Er stieg in den Zug nach Norden, der zum internationalen Flughafen Charles-de-Gaulle fuhr. Endlich, als er sich auf seinem Platz eingerichtet und das Gesicht in den belanglosen Seiten eines hastig ausgewählten Magazins vergraben hatte, fühlte er sich anonym genug, um unbehindert von den ständigen Panikattacken nachzudenken, die ihn befielen, seit er seinen Vater allein in der Wohnung zurückgelassen hatte. Nun, wo Callum weitere 30 Milliliter Phenobartiton-Cocktail in sich hatte, würde er auch ein Erdbeben verschlafen.

Problem Nummer eins gelöst. Alles, was Joss jetzt noch tun mußte, war, zum Flughafen zu gelangen und Elsa abzuholen, die mit dem 21.40-Flug aus Bern eintreffen würde. Doch zuerst mußte er sich einen fahrbaren Untersatz besorgen. Die Autovermietungen am Flughafen kamen nicht in Frage. Er konnte sich ausrechnen, daß Trainers Männer oder die Polizei alle wichtigen Abfahrtsorte der Stadt bewachen würden.

Plötzlich wurden seine logischen Überlegungen von einem weiteren emotionalen Meteor durchbohrt. Kristina. Gütiger Himmel, was hatten sie ihr angetan? Sie war so sehr Teil seiner denkwürdigen Vergangenheit, daß er nie wirklich eine Zukunft ohne sie in Erwägung gezogen hatte. Er preßte die Augen zu und versuchte, ihr freundliches, nachdenkliches Gesicht aus seinem Kopf zu verbannen.

Jede Spur von Normalität war mittlerweile verschwunden. Es gab nur noch diese neue, bizarre Welt, und wieviel länger er noch darin verweilen würde, hing ausnahmsweise nicht nur von seinem eigenen unberechenbaren Selbsterhaltungstrieb ab. Trainer und seine Kumpel waren Mörder, das war von brutaler Offensichtlichkeit. Aber noch beunruhigender war eine Gewißheit: Wenn sie eine sanfte Frau wie Kristina töten konnten, würden sie seinetwegen sicher erst recht keine schlaflosen Nächte verbringen. Was immer er auch wußte oder sie dachten, daß er wußte, er machte sie ausgesprochen nervös.

Die Bahn schlängelte sich unter der Stadt hindurch, bis er in den Außenbezirken von Paris im Schnellschritt absprang, zwei Stationen vor dem Flughafen. Er ging ein Stück, dankbar für die leicht neblige Abendluft, bevor er auf eine leicht heruntergekommene Geschäftsmeile an der Rue le Bobigny stieß.

Zuerst suchte er ein die ganze Nacht geöffnetes *bureau d'échange* auf, wo er Schweizer Franken und Deutsche Mark in kleinen Scheinen eintauschte. Dann machte er die nächste Autovermietung ausfindig, und binnen einer Stunde war er im Besitz eines röhrenden kleinen Renault und mobil.

Im Parkhaus am Flughafen herrschte das übliche hektische Gedränge, aber endlich sauste er schwungvoll in eine Parklücke in der Nähe der Aufzüge. Rechts neben den Rolltreppen entdeckte er eine Telefonzelle, aber erst erkundigte er sich am Informationsschalter nach Elsas Flug. Dann rief er Greta Larson an; sie mußte erfahren, was geschehen war. Das stand alles in Zusammenhang mit der Sekte, und vielleicht würden sie in der Lage sein, einander zu helfen. Außerdem wollte er nicht, daß sie glaubte, er hätte etwas mit Kristinas Tod zu tun. Gott allein wußte, wessen sie ihn für fähig hielt, aber er mußte versuchen, ihr seine Seite der Geschichte zu vermitteln. Ihr Anrufbeantworter meldete sich mit einer kurzen Ansage, und er sprach darauf.

»Greta, ich weiß, du willst jetzt nichts von mir hören, aber diese Sache ist wichtiger als eine flüchtige Nummer mit einer Fremden. Du wirst schlimme Dinge über mich hören; sie sind nicht wahr. Aber du hattest recht mit der Millennium-Kirche. Ich bin ihnen auf der Spur, und ich melde mich wieder. Wenn ich etwas herausfinde, irgend etwas, hörst du von mir. Das ist alles. Gib auf dich acht.« Joss starrte eine Sekunde lang auf die Sprechmuschel und versuchte dann, seine Gedanken zu sammeln. Er konnte nicht sicher sein, ob Kristina ihren Mördern etwas erzählt hatte, bevor sie starb, also je kürzer er sich in der Abfertigungshalle aufhielt, desto besser.

Zumindest würde Elsas Flugzeug pünktlich landen, so daß ihm mehr als eine Stunde Wartezeit blieb. Er ging zum Wagen zurück und schaltete das Radio ein, in der Hoffnung, mehr über Kristinas Tod zu erfahren, aber es gab nur eine kurze Erwähnung in den halbstündigen Nachrichten.

Im Handschuhfach befanden sich eine Gratis-Europakarte und ein schematischer Stadtplan von Paris, mit dessen Hilfe er seinen Weg vom Flughafen aus über *le périphérique* zur Wohnung und von dort aus der Stadt heraus plante. Er saß da und machte ein paar tiefe Atemzüge, versuchte, die Anspannung in seinen Muskeln zu lösen. Er mußte klar denken und handeln.

Noch fünfzehn Minuten. Er griff nach den 3,5-Zoll-Disketten, auf denen er die Dateien aus Callums Computer abgespeichert hatte. Er hielt sie ganz fest, versuchte fast, sie durch Willenskraft zu zwingen, ihm zu sagen, was er tun sollte, und schob sie dann zurück in die Tasche seiner Jeans, wo sie in Sicherheit waren. Ihm blieb keine Wahl: Er mußte nach Zürich. Instinktiv erkannte er, daß der einzige Ausweg aus diesem unbarmherzigen Spiel ein Knockout war, und anfangen mußte er mit der Geldspur und Ben dem Banker.

Zuerst mußte er Elsa aus dem Terminal bringen, ohne die Aufmerksamkeit auf sich zu lenken, und nur für den Fall irgendwelcher Hindernisse schob er sich das Kolbenrohr vom Lenkradschloß in den Ärmel seiner Goretexjacke. Rasch ging er zu den Fahrstühlen. Es war ein gutes Gefühl, endlich aktiv zu werden.

Bleib ganz ruhig.
Aber sei wachsam!

Als er den langen Glaskorridor erreichte, der zur Ankunftshalle führte, war sein ganzer Körper in Aufruhr. Wie er diesen Adrenalinstoß liebte! Vor sich sah er die automatischen Doppeltüren, teilweise verdeckt von sechs aufgeregten Kindern, die ernsthaft ihre Mutter schikanierten. Offensichtlich erwartete die Mutter sehnlichst die Rückkehr ihres Mannes. Quieksende, kreischende Stimmen, die »Pa-pa, Pa-pa« schrien, drangen an seine Ohren, als er näher kam. Ein Schild über den Türen, zwanzig Meter entfernt, sagte alles: »*Ceux qui laissent leurs véhicules le font à leurs risques et périls.*«

Joss verzog den Mund zu einem kleinen, ironischen Lächeln, während sein Fuß gegen die Puppe eines Kindes stieß und sie den Boden entlangschliddern ließ.

»*Excusez-moi, Madame*«, sagte er in seinem schlimmsten Französisch zu der sich abquälenden Frau, die immer noch vergeblich versuchte, ihre Brut zu der Tür zu führen. Sie drehte sich zu ihm um.

»*Oui, Monsieur*«, schnappte sie, während sie gleichzeitig versuchte, einen zwischen den Kindern ausgebrochenen Zank zu beenden.

»Sie haben das hier verloren«, sagte er und reichte ihr die Figur, die sich als Action-Man-Soldat erwies.

»*Ah, merci, merci*«, sagte sie dankbar und wandte ihre Aufmerksamkeit wieder den Kindern zu, während Joss mit dem zähnefletschenden kleinen Kriegstreiber in der Hand stehenblieb. »*Henri, tu as laissé tomber ton Bruno.*«

Eins der Kinder, ein Fünfjähriger mit Buddy-Holly-Brille und stacheligem schwarzem Haar, kam angewandert und zerrte an seiner Hand.

»*Merci, Monsieur*«, sagte er mit einem Grinsen, das unverschämter war als das von Bilko.

»Gern geschehen«, erwiderte Joss, während die Mutter ängstlich zusah. »Komm, beeil dich, sonst verpaßt du noch Papas Flugzeug.« Die Frau lächelte warm, als er ihr ermutigend zunickte und dann mit Henri weiterging.

Die Türen zur Ankunftshalle waren jetzt direkt vor ihnen. Das Schlimmste, was passieren konnte, war, daß Trainer höchstpersönlich auf der anderen Seite auf ihn wartete und mit seinen Insektenaugen, die alles in sich aufnahmen, forschend jedes Gesicht musterte. Herrgott noch mal! – Joss packte die kleine Hand fester – was tat er da? Möglicherweise führte er dieses kostbare kleine Kind direkt in eine Feuerzone.

Er schob seine Paranoia beiseite und schlenderte mit gesenktem Kopf durch die Tür. Wenn jemand dort auf ihn wartete, würde er sterben. Er versuchte, die Lage rational zu durchdenken. Ganz bestimmt würde es niemand wagen, an einem so öffentlichen Ort eine Pistole zu zücken. Aber er war sich auch sicher, daß ein Heckenschütze nicht zögern würde, wenn er den richtigen Moment abpassen konnte.

Er begleitete die Familie zu den Seilen, die den Ankommenden nur einen schmalen Ausgang freiließen. Er hatte Glück, es war brechend voll, also schob er sich allein bis zum äußersten Rand der Menge durch und suchte Zuflucht an der rückwärtigen Wand.

Er checkte die elektronische Anzeigetafel, die über der Menge vor sich hinratterte. Wo war er? Der Flug, der verdammte Flug.

Athen, Budapest, London, Los Angeles... *Komm schon, wo steckst du?* Bombay, Berlin, und dann sah er es: Swiss Air SW 4532 aus Bern.

»Gelandet«, blinkte die Tafel.

Leute begannen aus der Zollkontrolle hinauszuwandern. Ein paar müde Reisende, ein paar zurückkehrende Angehörige, aber keine Krankenschwester mittleren Alters... noch nicht.

Komm schon, Elsa, die Luft ist rein. Laß uns von hier verschwinden. Jetzt sofort. Bevor uns keine Zeit mehr bleibt. Keinem von uns.

Das Hämmern in seinem Brustkorb wurde lauter, als die Passagiere einer nach dem anderen herausmarschiert kamen und ihre Lieben begrüßten. Überall aufgeregte Umarmungen, aber immer noch keine Elsa. Er packte das Metallrohr noch fester, das glatt und sicher in seiner Handfläche lag. Wenn Trainer in der Nähe war, würde er es mit einer schnellen, brutalen Bewegung herausziehen. Verdammt, was für eine idiotische Idee!

Bleib ganz ruhig, Joss.
Schön locker bleiben.

Die innere Stimme, auf die Kristina ihn gelehrt hatte zu achten, kam ihm jetzt zu Hilfe und schützte ihn. Erneut suchte er den Terminal und die Menschenmenge ab. Er löste den Griff, mit dem er seine Waffe gehalten hatte, und wischte sich die Handflächen an der Hose ab. Er konnte spüren, wie die Feuchtigkeit durch den Stoff drang. Jeder Muskel war zusammengezogen, angespannt und in Bereitschaft.

Dann sah er einen von ihnen. Ende dreißig, blonder Bürstenschnitt, gemeißeltes Kinn, schwarzer Mantel, vierzig Meter entfernt zu seiner Linken. Er kam die Treppe auf der anderen Seite der Halle hinunter. Hellwacher Gesichtsausdruck, studierte die Gesichter, nicht die Anzeigetafel.

Paranoia, Panik oder ein Plan?
Triff besser die richtige Wahl.

Er entschied sich für den Plan. Er entfernte sich von der Rolltreppe und ging auf einen Taxifahrer zu, der in der Nähe der Absperrseile stand und ein weißes Schild umklammerte, auf dem ein unaussprechlicher Name geschrieben stand. Joss, der immer noch der Treppe den Rücken zukehrte, zog einen Hundertfrancschein aus der Jackentasche. Er konnte es nicht ertragen, sich umzusehen, selbst wenn er es gewagt hätte. Er drückte dem erstaunten Mann das Geld in die Hand und machte in der Luft das Zeichen für Schreiber. Der Mann tat ihm den Gefallen, verwirrt, aber fasziniert.

Joss nahm das Schild und schrieb auf die andere Seite:

Elsa. Parkhaus Ost E., 6. Ebene, Platz 12.

Er nahm das Schild in beide Hände und demonstrierte dem Taxifahrer, wie er es zwischen Vorder- und Rückseite hin- und herdrehen konnte.

»Ah, eine Nachricht.« Der Mann zuckte die Achseln und steckte das Geld in die Tasche. »Kein Problem.«

Joss dankte ihm, zog den Kragen hoch und strebte zum Hauptausgang. Als er sich ihm näherte, mitten in der Menge, verlor er Meißelgesicht aus den Augen. So gut bist du also doch nicht, was, Trainer? dachte er. Er hatte sich zu früh gefreut.

Bei den automatischen Türen vor sich sah er den Mann wieder. Er unterhielt sich mit einem anderen Mann, kräftiger gebaut und dunkelhaarig, der ebenfalls nicht in die Kategorie »kulturbeflissener Tourist« fiel. Joss war überdurchschnittlich groß, so daß er über die Köpfe der Menschen vor sich hinwegsehen konnte. Er war sicher, daß sie nur zu zweit waren. Keine Spur von Trainer selbst, zumindest nicht an diesem Ausgang.

Verzweifelt suchte er nach Alternativen. Sekunden später schlängelte er sich nach links, verließ den Hauptstrom des Fußgängerverkehrs und ließ sich mit dem entgegengesetzten Strom in die andere Richtung treiben, auf das obere Stockwerk und die Besucherterrasse zu. Er tauchte unter der Treppe hindurch, die dort hinaufführte, und entdeckte eine Tür, auf der stand: »*Réservé au personnel de l'aéroport.*«

Er hörte etwas, das er zunächst nicht zur Kenntnis nahm – nur eine weitere Stimme in der Menschenmenge, die einen Verwandten begrüßte. Sie war nur ein bißchen lauter als die übrigen. Seine Aufmerksamkeit war immer noch fest auf seinen Fluchtweg gerichtet. Wenn der Taxifahrer seine Worte nicht so laut wiederholt hätte, hätte er sie ignoriert.

»Ich sage Ihnen, Madame, ich habe das Schild erst vor wenigen Augenblicken erhalten. Sehen Sie, da ist der Mann. Ich sage Ihnen, da ist er.«

Dann registrierte er es. Joss drehte den Kopf. Zu spät: Obwohl Meißelgesicht die Quelle des Aufruhrs nicht entdeckt hatte, erspähte er Joss und langte sofort in seine Innentasche. Joss durfte das Risiko nicht eingehen; er konnte nur hoffen, daß Elsa dem Taxifahrer endlich geglaubt hatte, ihren Mund halten und ins Parkhaus gehen würde.

Inzwischen mußte er diese beiden Schlägertypen abschütteln. Denk lieber noch mal drüber nach: Vielleicht ist es mit Abschütteln nicht getan! ging es ihm durch den Kopf. Er glitt durch die Tür, wandte sich nach links und stieg eine kleine Treppe hinunter. Sie führte zu einer Cafeteria, in der offensichtlich das durchreisende Personal der Fluggesellschaften mit Speisen und Getränken versorgt wurde. Denk nicht groß nach, führ lieber den Plan aus! Bloß keine Zeit vertrödeln. Als er gegen einen Tisch prallte, an der eine Gruppe von Stewardessen saß, und alles in Sichtweite verschüttete, blieb er nicht stehen, um sich die Protestrufe anzuhören. In seinem Kielwasser kreischten Stühle, und Gläser stürzten klirrend zu Boden, während ein paar Schreie verängstigter junger Mädchen das Chaos durchdrangen. Ach, zum Teufel, er war sowieso nicht in der Stimmung, sich mit jemandem zu verabreden.

Er hatte die Cafeteria gerade durchquert, als Meißelgesicht in den Raum stürzte, einen entschlossenen Blick in den Augen. Joss raste durch die Glastüren und kam in eine weitere große Wartehalle, von der man die makadamisierten Rollbahnen draußen beobachten konnte. Das gewaltige silberne Fahrwerk einer 747 stand unmittelbar vor den vom Boden bis zur Decke reichenden Fenstern.

Er sprintete durch die Wartehalle, in der nur ein paar Leute sich entspannten und das Bodenpersonal in seinen schwarzgelben Overalls beobachteten, das emsig seiner Arbeit nachging. Wie kleine Parasitenfische, die im Ozean um Wale herumschwimmen, umschwirrten sie den majestätischen Jumbo, der sich gigantisch gegen den Nachthimmel abhob. Joss wußte, daß das Sicherheitspersonal des Flughafens mittlerweile alarmiert

sein mußte. Er mußte einen Ausgang finden. Panisch überflog er die Hinweisschilder vor sich.
Wo entlang, wo entlang?
Die Lichter draußen hüpften auf und ab, als er rannte.
Plane, Joss!
Bingo.
Er warf einen prüfenden Blick auf das blaue Diagramm über ihm, auf dem zwei Koffer und ein Pfeil nach rechts abgebildet waren. Dann entdeckte er einen langen Gang im rechten Winkel zu ihm, fünfzig Meter entfernt. Genau in dem Augenblick, als er darauf zurannte, hörte er Rufe hinter sich und ein lautes Aufjaulen. Meißelgesicht krachte zu Boden, während ein enthusiastischer Pilot seine Füße umklammerte.

Joss ergriff seine Chance und donnerte durch den Notausgang direkt rechts von ihm, wodurch er einen flughafeninternen Alarm auslöste. Er fand sich auf einem gedeckten Laufgang wieder, der die Kontrollbereiche der riesigen Wartungshalle miteinander verband. Er nahm an, daß die Laufgänge für autorisierte Führungen benutzt wurden, also mußten sie irgendwohin führen. Glücklicherweise konnte das Bodenpersonal, das unter ihm an den Flugzeugen arbeitete, das Geklapper seiner Schuhe nicht hören, als er über das Drahtgitter raste.

Auch das erste Feuer aus der Pistole in Meißelgesichts Hand konnten sie nicht hören. Die Kugel zischte nur wenige Zentimeter an Joss' linkem Knöchel vorbei und prallte funkensprühend vom Fußbodenbelag ab. Joss rannte im Zickzackkurs weiter und tat sein Bestes, um eine möglichst geringe Zielfläche zu bieten. Das einzige, woran er denken konnte, war, warum Meißelgesicht nicht auf den Kopf gezielt hatte. Verdammt, er fing sogar schon an, wie diese Typen zu denken. Dann erspähte er durch die Lücken des Drahtgitters unter sich, ungefähr fünf Meter tiefer, ein sich bewegendes Förderband.
Keine Zeit zum Nachdenken. Führ einfach den Plan aus.
Er sprang und hoffte, hinter den Gummiklappen am Ende

des Förderbands sanft auf einer Rutsche zu den Gepäck-Containern zu landen, in die das Gepäck aus der 747 entladen wurde.

Er lag falsch.

Sirenen. Er konnte Sirenen hören. Er schüttelte den Kopf, und ihm wurde klar, daß er nach dem Sturz bewußtlos geworden war. Am Hinterkopf konnte er eine Beule fühlen. Sirenen. Gütiger Himmel, einen Augenblick lang hatte er die Sicherheitskräfte vergessen. Sie würden den ganzen Flughafen auf den Kopf stellen, um die Ursache dieses Aufruhrs zu ergründen. Er konnte nur hoffen, daß Elsa zum Auto gelangt war, bevor der Flughafen abgeriegelt wurde. Nach der Spur der Zerstörung zu urteilen, die er hinterlassen hatte, würden sie mit allem rechnen, von Terroristen bis zu Drogenschmugglern.

Direkt vor ihm befand sich ein eingefriedeter Hof für Wartungsfahrzeuge, der ihm Deckung bieten würde. Über den Hof konnte er zur Rückseite des Parkhauses gelangen, und von dort aus konnte er leicht an den soliden Regenrinnen die Außenwand des Parkhochhauses hochklettern.

Er hielt sich ran und huschte am Zaun entlang, bis er eine Stelle fand, die weit genug vom Flughafengebäude entfernt war. Im Hof fuhren Fahrzeuge hin und her, und in einigen desolat aussehenden Baucontainern hielten sich Gruppen von Schichtarbeitern auf. Niemand bemerkte ihn, als er schnell über den Zaun hechtete und unter einen Benzintankwagen robbte.

Genau in diesem Augenblick hörte er ein neues Sirenengeheul, das jede Sekunde stärker wurde. Nicht einer, sondern gleich zwei Einsatzwagen plärrten einen dissonanten Heulton, während sie heranjagten. Er konnte von seiner Position aus gerade noch das Tor zum Hof erkennen, das von einem einzigen Wachmann bewacht wurde.

Wasser spritzte in hohem Bogen, als die Polizeiwagen neben dem Eingang zum Stehen kamen. Joss bemühte sich, den hektischen Austausch zwischen den Fahrern mitzubekommen, aber was sie sagten, spielte eigentlich keine Rolle. Er wußte nur zu gut, nach wem sie suchten. Sie erhielten eine Nachricht über Funk und heizten wieder los. Ein weiterer Wagen, diesmal ein Citroen, der nicht als Polizeiwagen gekennzeichnet war, nahm ihren Platz ein. Das Aufblitzen blonder Haare, als ein Mann ausstieg, der im Fondsitz des Fahrzeugs gesessen hatte, war mehr als genug, um Joss zu verraten, daß Meißelgesicht und seine Kumpane mehr Einfluß auf die Situation hatten als er. Reichte der Einfluß der Millennium-Kirche bis in die Reihen der französischen Polizei?

Er durfte jetzt keine Zeit damit verschwenden, über diese speziellen Rätselfragen nachzugrübeln, und ganz bestimmt war er nicht gewillt festzustellen, ob er sich durch Verhandeln aus seiner Lage befreien konnte. Er mußte von hier weg, und zwar schnell. Er sah zu, wie weitere Männer aus dem Wagen quollen und in den Hof zu marschieren begannen, ungefähr hundert Meter von ihm entfernt.

Plane und führe den Plan aus.

Er plante.

Der Himmel war bleich und mondlos, aber über die Dächer der Hütten hinweg konnte Joss am anderen Ende des Hofs das schwache Leuchten der gelben, phosphoreszierenden *autoroute* erkennen, die zu dem helleren Schein der Neonlichter von Paris führte.

Er handelte.

Langsam zunächst, aber dann, als seine Sicherheit wuchs, mit größerer Geschwindigkeit, kroch er dicht am Boden entlang, unter den metallenen Bäuchen der Fahrzeuge hindurch. Achsen und niedrige Anhänger behinderten sein Vorwärtskommen, aber bald hatte er das rückwärtige Ende des Hofs erreicht und kam direkt hinter dem ersten einer Reihe von zehn oder mehr hölzernen Lagerschuppen zum Vorschein.

Plötzlich war er sicher, daß er direkt um die Ecke Schritte

hörte. Hastig suchte er Deckung im Zwischenraum zwischen dem ersten und dem zweiten Schuppen.

Die Schritte mindestens eines Mannes; wahrscheinlich waren es zwei. Sie hatten auf der anderen Seite das Gelände umrundet und schoben sich langsam zwischen dem Zaun und den Lagerschuppen vor. Da war es wieder. Joss stand bewegungslos und hielt den Atem an, als das Geräusch in der Dunkelheit näherkam. Dann blitzte eine Taschenlampe auf.

Angst durchzuckte ihn wie ein elektrischer Schock, gefolgt von einem Aufblitzen von Panik.

Sollte er losrennen?
Nein. Bleib ruhig, bis die Panik vorüber ist.
Dann beweg dich.
Stille.

Langsam und vorsichtig schob er sich zum Rand des Schuppens vor und lauschte erneut. Eine Bewegung hinter ihm veranlaßte ihn, sich scharf umzudrehen. Er duckte sich hinter ein Ölfaß. Dann entdeckte er sie – hörte und sah sie: ein Schatten auf den Stufen des dritten Schuppens. Eine zweite Gestalt gesellte sich zu der ersten, mit knarzenden Schuhen. Einen Augenblick lang geschah gar nichts, dann murmelten sie etwas und bewegten sich auf die Treppe des nächsten Schuppens zu. Als sie unter den Fenstern vorbeigingen, duckten sie sich.

Das Parkhaus war nicht mehr als sechzig Meter entfernt. Über den Zaun direkt davor konnte er ohne jede Schwierigkeit ins erste Stockwerk gelangen.

Einer der Männer durchsuchte den Schuppen, während der andere draußen Wache hielt und wartete, in der Hand das stahlblaue Schimmern einer Pistole. Sie wußten, daß er hier irgendwo war. Sie wollten ihn unbedingt erwischen. Sie waren vernünftig und effizient, und innerhalb der nächsten fünf Minuten würden sie ihn finden.

Plane und führe den Plan aus.
Es war wie eine Lähmung.

Geräuschlos und still.
Beweg dich, wenn die Zeit gekommen ist.
Sein Instinkt sagte ihm: Sei geräuschlos und still. Die Männer durchsuchten rasch einen weiteren Schuppen, dann den nächsten. Jetzt kamen sie auf den Schuppen zu, hinter dem er lag. Das gleiche Muster: Einer ging hinein, während der andere Wache hielt. Jetzt waren sie nur noch zwei Meter entfernt. Noch eine Sekunde, und es würde zu spät sein.

Die Reglosigkeit brach schnappend, als Joss sich mit seinem vollen Gewicht auf die Gestalt warf. Der Mann stürzte zu Boden, und ihm blieb kaum Zeit zu schreien, bevor Joss ihm das Rohr gegen die Schläfe hieb.

»Tomlin, alles in Ordnung?«

Eine englischsprechende Stimme, rauh, einsatzbereit. Joss drückte sich flach gegen die Schuppenwand und wartete darauf, daß der andere Mann auftauchte. Er hatte fast das Gefühl, sich für seine Wut entschuldigen zu müssen, als er dem Mann einen einzigen heftigen Schlag auf den Hinterkopf versetzte.

Noch bevor sein Opfer auf dem Boden aufschlug, rannte Joss auf den Zaun zu, und mit einer gewaltigen Anstrengung sprang er am Maschendraht hoch, packte die Zaunkrone und kletterte über den Zwischenraum in den ersten Stock des Parkhauses. Er duckte sich und sah sich um. Keine Sicherheitskräfte. Sie müssen immer noch im Flughafengebäude suchen, dachte er. Nun zu Elsa.

Im Treppenhaus schien alles klar zu sein, und er steuerte lautlos darauf zu. Fünf Stockwerke später sprang er aus der Tür und sah sie beim Auto stehen.

Gott sei Dank.

Er sprintete zu ihr hin und lächelte liebevoll.

»Danke, daß du gekommen bist. Tut mir leid, daß ich nicht dasein konnte, um dich zu begrüßen. Ich mußte mal pinkeln gehen.«

»Sieht aus, als hättest du es nicht geschafft«, entgegnete Elsa und wies auf seine Sachen, die von der Robberei auf dem Boden noch fett- und ölverschmiert waren.

»Ja, ich hab' mich irgendwie verirrt. Komm, ich erzähl' dir alles auf dem Weg.«

»Auf dem Weg wohin?«

»Das ist eine lange Geschichte. Steig ein.«

»Wo ist Dr. Klammer?« fragte sie und griff nach ihrem kleinen Koffer.

»Wirf ihn hinten rein, Elsa. Beeil dich.«

»Joss, was ist hier los?«

»Ich wünschte, ich wüßte es, ehrlich. Sie ist tot, Elsa. Kristina ist tot.«

»Was? Aber ich habe doch gerade noch mit ihr gesprochen...«

»Ich weiß, ich weiß, ich war dabei. Komm jetzt, wir haben keine Zeit.«

»Joss, bitte, ich fühle mich so... wie kann das sein?«

»Glaub mir, ich wünschte, es wäre nicht so, Elsa, aber wenn wir jetzt nicht von hier verschwinden, werden wir mit ihr an die Perlentore des himmlischen Jerusalem klopfen, fürchte ich.«

»O Joss.« Sie ließ den Koffer fallen und blieb wie angewurzelt stehen, während der Schock sich über ihr Gesicht ausbreitete wie ein Zyklon.

Scheiße, dachte er, *das hätte ich auch ein bißchen besser hinbekommen können.* Zumindest hatte er ein paar Stunden Zeit gehabt, sich an die neue Realität zu gewöhnen. Er ging um das Auto herum, legte ihr sanft den Arm um die Schultern und zog sie an sich. Sie schluckte hart, bis sie es nicht länger zurückhalten konnte. Überraschenderweise kam nicht das klagende Schluchzen, das er erwartet hatte, sondern eine wütende Flut von Schimpfwörtern. Er fühlte einen warmen Hoffnungsstrahl, da er nun wußte, daß sein Vater bei dieser bemerkenswerten Frau sicher aufgehoben sein würde. Wenigstens etwas.

Kapitel zweiunddreißig

Das Gemurmel der späten Gäste erfüllte das Restaurant im schicken Soho. Mark Mason nippte an einem Brandy und wartete auf die Rückkehr von Rory Fannon. Fannons Einladung zum Abendessen hatte ihn überrascht. Zwar hinderte Anwälte eigentlich nichts daran, während eines Prozesses zusammen zu Abend zu essen, aber die aggressive Natur dieses Verfahrens hatte eine Mentalität des »Kämpfens ohne Bandagen« erzeugt.

Der Tag hatte mit Rivers' detailliertem Bericht über die Ausbreitung der Millennium-Kirche über die ganze Welt geendet. Nach Masons Schätzung würde er mindestens noch einige Tage im Zeugenstand zubringen.

Fannon war an einem Tisch stehengeblieben, an dessen Kopfende einer der Seniorpartner einer erfolgreichen Solicitor-Sozietät saß, und hatte mit leutseligem Schulterklopfen sichergestellt, daß er eine weitere wichtige Strafrechtssache übertragen bekam. Dann kehrte der Verteidiger zu seinem Platz gegenüber Mason zurück.

»Man darf die Geschäfte nicht vernachlässigen«, murmelte Fannon, während ein silberner Kübel mit einer Flasche erlesenem Champagner auf den Tisch des Solicitors und seiner Gesellschaft gestellt wurde. Sie nickten Fannon anerkennend zu, der sein Glas hob.

»Bißchen offensichtlich, oder?« sagte Mason.

»Deshalb schwer zu übersehen, alter Junge«, erwiderte Fannon mit einem zufriedenen Lächeln.

»Ich möchte nicht unfreundlich erscheinen, Rory, aber was soll das Ganze? Ich habe ein sehr gutes Essen genossen, und wir haben ein bißchen geplaudert und uns großartige Geschichten über das Bailey erzählt, aber...«

»Aber warum habe ich Sie überhaupt eingeladen?« beendete Fannon den Satz für ihn. »Weiß ich auch nicht so genau. Thynne und Callow sind so trocken und langweilig, daß ich wahrscheinlich einfach ein bißchen menschlichen Kontakt brauchte.«

»Kommen Sie, Sie sind ein alter Hase. Sie wollen doch etwas von mir.«

Fannon schaute tief in die dicke, klebrige Flüssigkeit in seinem Brandyschwenker.

»Was glauben Sie, Mark, wie schlägt sich unser Junge?«

»Macht Ihnen irgend etwas Sorgen?« fragte Mason.

»Mein Bürochef hat mich überredet, den Fall zu übernehmen, wissen Sie. Ich selbst war gar nicht so scharf darauf.«

»Wie Sie schon am ersten Tag im Ankleidezimmer sagten: ›Die Schulgebühren müssen bezahlt werden.‹«

»Ja, das habe ich gesagt.« Fannon zuckte die Achseln. »Nächstens werde ich noch anfangen, meine eigenen Redensarten zu glauben.«

»Er wollte gar nicht aussagen, nicht wahr? Sie haben ihn dazu gezwungen.«

»Der Reverend ist gar nicht zufrieden mit mir«, entgegnete Fannon mit einem Grinsen. »Zu dem Zeitpunkt herrschte ein kleines bißchen Verwirrung. Ich dachte schon, Callow scheißt sich ein, als Withnail die Fortsetzung des Prozesses beschloß.«

»Warum haben Sie ihn in den Zeugenstand gerufen? Alles, was gesagt werden mußte, hat er bereits bei der polizeilichen Vernehmung gesagt. Rose hat beim Kreuzverhör ganz schön Federn lassen müssen, und Sie haben hundert Alibizeugen für die Tatzeiten.«

Fannons Augen schienen sich zu trüben.

»Es schien mir nicht fair, das ist alles.«

Aber Mason argwöhnte, daß mehr dahintersteckte.

»Ich meine, das Mädchen ist aus irgendeinem Grund in einem ziemlich schlimmen Zustand. Ich halte den Vater durchaus für obsessiv, aber ich bezweifle, daß er sie mißbraucht hat.«

»Ich hoffe, daß die Geschworenen diese Ansicht teilen werden«, flüsterte Mason.

»Ich habe eine Tochter im gleichen Alter, wissen Sie«, fuhr Fannon fort. »Ich kann von Glück sagen, daß ihr nichts derartiges je zugestoßen ist. Ich weiß nicht, was ich täte, wenn... Aber der Mann macht mir angst.« Seine Stimme erstarb.

»Niemand hat gesagt, daß Sie Ihre Mandanten mögen müssen. Ich meine, mit wie vielen Mördern haben Sie schon die Telefonnummern ausgetauscht?« meinte Mason vernünftig.

»Ich habe nicht gesagt, daß ich ihn nicht mag, ich habe gesagt, er macht mir angst. Der Mann hat eine unglaubliche Ausstrahlung, eine unglaubliche Willenskraft.«

»Deshalb folgen die Sektenmitglieder ihm ja auch«, bemerkte Mason.

Fannon schüttelte den Kopf.

»Ich sollte nicht über den Fall reden, aber das tun wir doch alle. Ich habe Pädophile gesehen, Vergewaltiger, Sodomiten und Sadisten, Selbstverstümmler und Kindermörder, aber Rivers... Nein, der schießt den Vogel ab. Es ist nicht die gequälte Seele eines Kriminellen, sondern das Fehlen jeglicher Seele, das mir eine Scheißangst einjagt.«

»Ein Barrister mit einem Gewissen, ist das nicht ein Widerspruch in sich?«

»Sie sind der lebende Beweis für das Gegenteil«, erwiderte Fannon. »Der einzige Dumme bin ich, weil ich diesen Fall übernommen habe.«

Mason kippte einen Schluck Brandy eilig hinunter. »Ich bedauere auch einiges«, vertraute er Fannon an.

»Scheint, daß wir heute beide zur Selbstgeißelung neigen.«

Fannon schwieg einen Moment, sah sich argwöhnisch im Restaurant um und beugte sich dann vor.

»Unser Mann«, begann er, »hat alles wunderbar im Griff, ist sehr kontrolliert. Aber ich habe ihn bei Besprechungen erlebt und ihm ein paar schwierige Fragen gestellt.«

»Rory, nicht. Sie brechen die Schweigepflicht.«

»Nur wenn ich den Inhalt wiedergebe, und so selbstmörderisch bin ich nun auch wieder nicht«, sagte der irische Anwalt. »Aber wenn Sie ihn reizen, könnten die Geschworenen vielleicht einen ganz anderen Reverend Rivers erleben.«

Er stand auf und wollte gehen.

»Ich bezahle die Rechnung vorne. Gute Nacht, Mark.«

»Danke, Rory«, sagte Mason.

»Wofür? Mittelmäßiges Essen in einer überteuerten Kantine?«

»Für Ihre Offenheit.«

»Ich? Ich habe nichts gesagt, was Sie nicht bereits wüßten. Wir haben alle unsere Schwachstellen. Finden Sie seine.« Und damit ging Fannon.

Später, als er das Licht im Schlafzimmer ausknipste, brütete Mark Mason über Fannons bitteren Worten. Es mußte einen Riß in Rivers' frommer Rüstung geben, eine Schwachstelle im Metall, die es einem Pfeil der Einsicht erlauben würde, sie zu durchdringen. Er konnte nur beten, daß er richtig zielen würde.

Kapitel dreiunddreißig

Joss hatte Elsa, deren kräftige Schimpfkanonade in Kummer umgeschlagen war, in die schäbige Wohnung gebracht. Sie hatte sofort die Vitalfunktionen seines Vaters überprüft und versprochen, sich so gut wie möglich um ihn zu kümmern. Joss war zu Kristinas Hotel gefahren, obwohl er wußte, in welche Gefahr er sich damit begab, nachdem sein Bild im Fernsehen gezeigt worden war. Aber er brauchte mehr Informationen. Joss war sicher, daß die beiden Männer, die er im Flughafen angegriffen hatte, zu Trainers Team gehörten. Das hieß, daß Kristina ihnen von Elsas Ankunft erzählt hatte, und er konnte nur hoffen, daß sie nicht verraten hatte, wo die Wohnung war, in der sein Vater sich befand. Das Gebiet um das Hotel herum war abgesperrt und wimmelte von Polizisten; es war viel zu riskant, näher heranzugehen. Er beschloß, zu seinem Vater und Elsa zurückzukehren, bevor er nach Zürich aufbrach.

Nachdem er den röhrenden Mietwagen um die Ecke geparkt hatte, kehrte er zu dem Mietshaus zurück. Als er sich der Haustür näherte, hörte er Lärm aus dem schäbigen Hausflur, duckte sich an einer dunklen Stelle und sah, wie Meißelgesicht, mit bandagiertem Kopf, aus der Tür trat. Er trug die Füße des schlafenden Callum Lane. Ihm folgte sein Kollege mit dem Rest von Joss' zusammengesunkenem Vater in den Armen. Trainer, der sich umblickte, als spüre er Joss' Anwesenheit, bildete die Nachhut. Sie warfen Callum in den Kofferraum eines bereitstehenden Wagens und heizten los. Joss war wie betäubt und unfähig zu reagieren.

Elsa! Er rannte ins Haus, ignorierte den Fahrstuhl und raste die Treppen hinauf. Als er in den vierten Stock kam, stand die

Tür der Wohnung offen, und er befürchtete das Schlimmste. Er stürzte hinein und fand sie auf dem Sofa liegend. Sie blutete aus einer Kopfwunde, atmete aber noch. Er setzte sie auf. »Elsa, Elsa, wach auf, bitte, wach auf.« Nach kurzer Zeit und zu seiner Erleichterung schlug sie die Augen auf. Sie blickte sich verwirrt im Zimmer um und versuchte sich zu erinnern, wo sie war und was passiert war.

»Diese Schweine«, zischte sie. »Ich konnte nichts tun, Joss«, fügte sie hinzu und faßte sich an den blutigen Kopf.

»Es ist meine Schuld. Ich hätte es wissen müssen«, murmelte Joss.

»Ich soll dir was ausrichten, von dem Kleinen, dem Amerikaner. Die Polizei sei auf ihrer Seite, sagte er, es wäre sinnlos, Anzeige zu erstatten. Stell dich, oder dein Vater stirbt.«

Joss säuberte ihre Wunden und dachte dabei über die Alternativen nach, die ihm offenstanden. Solange er auf der Flucht war, würde Callum am Leben bleiben. Der Augenblick seiner Kapitulation würde ihr letzter sein. Er konnte seinen Vater nur befreien, wenn er einen Trumpf in der Hand hatte, irgendein Druckmittel. Joss spürte den beruhigenden Druck der Disketten in der Tasche seiner Jeans und wußte, was er zu tun hatte.

Es dauerte nicht so lange, wie er erwartet hatte, über *le périphérique* in die Außenbezirke der Stadt zu gelangen. Obwohl dichter Verkehr herrschte, ging es schnell genug voran, und in der Dunkelheit des Wagens entspannte er sich ein wenig.

Er überquerte die Seine, steuerte das Mauthäuschen an und fuhr auf die *autoroute* N15/E7 Paris-Dijon.

Es waren gut 250 Kilometer nach Dijon, und er raste mit seinem Kleinwagen über die Betonautobahn, während er herauszufinden versuchte, was zum Teufel bei diesen Perverslingen wirklich ablief. Es leuchtete ein, daß sein Wiederauftauchen sie nervös machte, aber was war so wichtig, daß sie scheinbar jeden umbrachten, der mit Callum in Berührung kam? Wieder durchpulste ihn ein Gefühl von Angst und Dankbarkeit, als er an das Risiko dachte, das Elsa eingegangen war. Joss hatte sie in einem Nobelhotel untergebracht, wo sie sich ein paar Tage ausruhen und ihre Wunden lecken konnte.

Es überraschte ihn überhaupt nicht, daß Leute wie Rivers bestrebt waren, sich die Dienste seines Vaters zu sichern. Callum Lane war einer der weltgrößten Experten, wenn es darum ging, Steuern zu vermeiden. Er kannte alle Kniffe und Winkelzüge. Er kannte sie nicht nur, er nahm sie gierig in sich auf: jede Steueroase, jede Kapitalanlage- und Investmentgesellschaft, jede Währung. Solche Machenschaften hatte er geliebt, seit Joss zurückdenken konnte. Callum hatte so angestrengt versucht, seinen Sohn zu seinem Ebenbild zu machen. Es hatte nie geklappt. Mit vierzehn hatte Joss jede Ausrede der Welt vorgebracht, um von zu Hause weg und ins Freie zu kommen, weg von Callum mit seinen Tabellen, seiner lachsrosa Zeitung und seinem lebenslangen Kampf mit dem Finanzamt.

Wenn er nicht im Internat in Oxfordshire war, in dem sowieso mehr Wert auf sportliche als auf natur- oder geisteswissenschaftliche Leistungen gelegt wurde, organisierte er seine Ferien. Sommerlager, Abenteuerwochenenden, und einmal hatte er in den Ferien sogar Milch ausgeliefert. Sein Vater fand, daß dies von bewundernswert kapitalistischem Geist zeugte, seine Mutter dagegen hielt es für zu gefährlich. Callum war nie klargeworden, daß diese Teilzeitjobs Joss vor dem Frühstücksritual mit der *Financial Times* bewahrten, aber seiner Mutter schon. In die Vergangenheit eingetaucht, fuhr er weiter nach Dijon und dann nach Strasbourg. Bei Delle Porrentrux in der Westschweiz überquerte er die Grenze und steuerte sein Ziel Zürich an.

Trainer hielt Callum Lanes Wange mit einer Hand fest und drosch mit harten, heftigen Schlägen auf die andere Wange ein.

»Wach auf, wach auf, Bruder Callum. Zeit zur Beichte.«

Joss' Vater öffnete verschlagen die Augen.

»Gott sei Dank«, seufzte er, »ihr habt mich gefunden.«

Das Zimmer war dunkel und leer. Er erkannte Tomlin und Moyne, die sich bis auf die T-Shirts ausgezogen hatten und einsatzbereit wirkten.

»Warum habt ihr mich gefesselt?« fragte er unschuldig.

Trainer lächelte und zog sich einen Stuhl heran.

»Wir kommen jetzt zu dem Teil des Films, in dem die bösen Jungs ihren Spaß haben, Callum.« Er nickte Tomlin zu, der ein mit Nieten verziertes Gewehr hob und versuchsweise einen Schuß in die Dielenbretter abgab. Die Waffe spuckte Feuer, und das Holz wurde durch den Aufprall des Metalls zerschmettert.

»Ich dachte, etwas eher Ironisches wäre angebracht. Eine moderne Kreuzigung vielleicht.«

Callum Lane begann zu zittern.

»Ihr habt doch gesehen, wie es war«, stammelte er. »Er hat mich gefesselt und mit Schlafmitteln vollgepumpt. Ich wurde entführt.«

Trainer schüttelte den Kopf und nickte Tomlin zu. Wie ein Schraubstock legte sich Moynes Hand über Callums Mund, während Tomlin langsam Callums Schuhe auszog und mit der Waffe auf seinen kleinen Zeh zielte.

»Ich bin die Auferstehung und das Leben«, flüsterte Trainer, als die Kugel sich in Callums Fuß bohrte. Er schauderte und versuchte den Schmerz wegzuschreien, aber der Klammergriff um seinen Mund verweigerte ihm die Erfüllung dieses Bedürfnisses.

»Beichten ist gut für die Seele«, sagte Trainer.

»Und für die Fußsohle«, grunzte Tomlin in Anerkennung für diesen Kommentar. Die Hand wurde von Callums Mund entfernt.

»Warum tut ihr mir das an?« flehte Callum, das Gesicht schmerzverzerrt. »Sag mir, habe ich dir ein Unrecht zugefügt, Bruder?«

Trainer nickte erneut.

»Warte«, brüllte Callum. Trainer zögerte.

»Bruder? Aber selbst ein noch Größerer als der Reverend wurde mit einem Kuß verraten. Wie hast du uns verraten?«

Callum schluckte hart, bevor er sprach.

»Es geschah aus Liebe. Der Junge brauchte Hilfe, und ich habe ihm geholfen. Lehrt der Reverend uns nicht, daß wir Opfer bringen müssen, um wahre Einsicht zu erlangen?«

Trainer lächelte warm.

»Du hast seine Lehre für deine eigenen Zwecke uminterpretiert. Du hast kein Opfer gebracht, sondern deine Brüder und Schwestern bestohlen.«

»Dann muß ich bestraft werden, aber laß den Reverend entscheiden, wie meine Strafe aussehen soll.«

Trainer überlegte sich seine Antwort.

»Unser Kirchenführer muß sich um andere Dinge kümmern. Ich bin sein getreuer Apostel und muß es auf mich nehmen, die Strafe zuzumessen.«

Er nickte erneut, und ein weiteres Projektil bohrte sich in Callums Fuß, begleitet von einem Schrei. Diesmal wurde ihm erlaubt, dem brennenden Schmerz freien Ausdruck zu verleihen. Trainer stützte das Kinn in die Hand.

»Irgendwann werden dir die Zehen ausgehen. Dann müssen wir andere Teile deiner Anatomie in Betracht ziehen.« Er warf einen Blick auf Callums Lenden, die tropfnaß waren. »Wir haben mit der Klammer gesprochen, oder sollen wir sie die fliegende Ärztin nennen? Deine Bekehrung zu unserer Denkweise ist nur vorgetäuscht. Gib es zu oder verlier noch einen Zeh.«

Diesmal gab es kein Zögern.

»Ja, verflucht, du Giftzwerg. Ich habe mit Kirchenmitteln seine Behandlung bezahlt.«

Trainer nickte. »Schon besser, wenn auch persönlich ein bißchen beleidigend.«

Er beugte sich vor und bohrte seinen Absatz in Callum Lanes gemarterten Fuß. Callum kreischte auf.

»Vergib mir, Bruder«, sagte Trainer. »Ich werde um Vergebung für meine Boshaftigkeit beten. Ganz offensichtlich hegst du keine besondere Zuneigung zu dem Jungen, also warum hast du das getan? Blick in deine Seele, und erkenne die Wahrheit.«

»Seine Mutter hat mir vor ihrem Tod einige Unterlagen gestohlen«, sagte Callum heftig atmend. Schweiß tropfte von seiner Stirn. »In ihrem Testament hat sie einen Hinweis auf den Verbleib dieser Papiere hinterlassen, den nur Joss verstehen kann. Wenn er sie je findet, sind wir alle erledigt.«

Trainer schloß tief nachdenklich die Augen.

»Laß mal sehen, ob ich das richtig verstanden habe«, begann er. »Ich nehme an, im ehelichen Heim herrschte vor ihrem vorzeitigen Tod nicht gerade eitel Glück und Sonnenschein, und sie hat Vorkehrungen zu ihrer eigenen Sicherheit getroffen?«

Callum nickte.

»Und trotzdem starb sie, und die Zeitbombe dieser Unterlagen tickt noch?«

Joss' Vater nickte erneut.

»Und es betrifft einige deiner früheren Geschäfte mit der Kirche?«

»Ich verwünsche dich, mit Glöckchen, Buch und Kerze«, zischte Callum.

»Zufällig genau die Gegenstände, die die Römisch-Katholische Kirche bei einem Exorzismus einsetzt.«

»Ich kann euch helfen, ihn zu erwischen«, sagte Callum. »Ohne mich schafft ihr es nicht.«

»Vielleicht. Wo ist er hin?« fragte Trainer scharf.

»Ich habe keine Ahnung, aber wenn ich es wüßte, würde ich es euch sagen.«

Trainer sah seinen Gefangenen voller Verachtung an.

»Ja, ich glaube, das würdest du tun. Hat der Junge irgendeine Ahnung, auf was du aus bist?«

Lane senior schüttelte den Kopf. »Nein. Unmöglich.«

»Also wird er verhandeln«, verkündete Trainer.

»Er ist schlau genug, um nach einem Druckmittel zu suchen«, sagte Callum hilfreich.

»Und wie könnte er eins finden, frage ich mich?«

»Habt ihr meinen Laptop mitgebracht?«

Trainer warf einen Blick auf die andere Seite des schmuddeligen Zimmers. Moyne holte das fragliche Objekt. Callum nannte ihnen die erforderlichen Paßworte, und sie durchsuchten den Speicher nach kürzlich erfolgtem Zugriff. Trainer sah die Dateien durch.

»Dein Sohn weiß, wo unser Geld herkommt und wo es hingeht«, schloß er.

»Ihr braucht mich trotzdem, um ihn zu erwischen«, sagte Callum ängstlich.

Trainer nickte. »Deine Lebensspanne ist zu Ende, wenn wir deinen Sohn haben, genau in dieser Sekunde. Erwarte keinen schnellen oder gnädigen Tod.« Er drehte sich zu seinen Männern um und flüsterte: »Zürich.«

Joss war erleichtert, als er um zwei Uhr nachts die Schweiz erreichte. Als er zum letzten Mal die Limmat überquert hatte, war er als Student mit Interrail unterwegs gewesen. Seit damals hatte sich nicht viel verändert. Zürich war immer noch genau wie jede andere Stadt, wenn man von außerhalb hineinfuhr. Schwere Industriekomplexe in den Satellitenstädten huschten vorüber, und erst als er die Limmatstraße erreichte, auf der westlichen Seite des Flusses, erkannte er langsam die Häuser der Altstadt um den Hauptbahnhof herum wieder. Er umkreiste den Bahnhofsplatz und bog in den Bahnhofquai ein, vorsichtig, da ihm der äußerst präzise Fahrstil der Schweizer aufgefallen war. Sie zeigen große Rücksicht gegenüber den Straßenbahnen, die in den Straßen der Stadt herumsausen.

Joss steuerte den Wagen über die Rudolph Brun-Brücke und

fuhr auf der Suche nach einem billigen Hotel ostwärts die Mühlegasse hinunter. Die Morgendämmerung brach gerade an, als er in der Zahringerstraße auf das Hotel Martahaus stieß, wo gerade eine Gruppe Rucksackreisender die Treppe herunterkam.

Joss parkte den Wagen und nahm seine Reisetasche vom Rücksitz. Er legte den kurzen Weg rasch zurück, denn nach der bullernden Heizung in dem Renault spürte er die Kälte. Ein junger Mann saß hinter der fleckigen Rezeption und las in einer Zeitschrift. Sehr gut, dachte Joss.

»Hi. Haben Sie ein Zimmer frei?« fragte er auf englisch.

»Ein Einzelzimmer kostet sechsunddreißig Franken. Wenn es Ihnen nichts ausmacht, sich ein Zimmer mit jemandem zu teilen, kostet es Sie nur zweiunddreißig.« Der Mann antwortete mühelos in Joss' Sprache.

»Ein Einzelzimmer, bitte«, sagte Joss.

»Der Speiseraum ist da hinten. Frühstück ab sechs.«

»Danke, ich werd's mir merken, aber ich bin ziemlich müde. Ich glaub', ich hau' mich erst mal aufs Ohr.«

»Weit gefahren?« fragte der Mann und wies mit dem Kopf auf Joss' Rucksack.

»Nein, ich komme gerade aus Italien«, log Joss ungezwungen. »In ein paar Tagen fahre ich wieder zurück, ich bin nur auf der Suche nach jemandem.«

»Ah, ich verstehe. Nach einer Frau, was?« Die Augen des Mannes weiteten sich erheblich, und er setzte jenen Blick gemeinsamen Interesses auf. Schließlich befanden sie sich mitten im Rotlichtbezirk. »Ich kann Ihnen ein gutes Etablissement empfehlen: sauber, kein Ärger, wenn Sie wissen, was ich meine.«

»Vielen Dank, vielleicht später.« Das letzte, was Joss jetzt brauchte, war eine Prostituierte.

Er zahlte mit zwei Fünfzigfrankenscheinen und versprach dem Mann, die Restsumme später am Tag zu bezahlen, wenn er Geld gewechselt hatte. Diese Lügerei wurde zu einfach, dachte er, als er die Treppe erklomm, deren Wände mit wenig überzeugenden Drucken von Seen- und Flußmotiven der großen Künstler der Stadt geschmückt waren.

Das Zimmer war einfach, aber zumindest gab es eine Dusche und saubere Handtücher. Er warf sich aufs Bett, legte sich auf den Rücken und starrte an die Decke. Als er das tat, begann die Wand aus dünnen Fasergipsplatten bedrohlich zu beben. Der Heizlüfter in der Ecke lag in den letzten Zügen; als Joss den Schalter neben dem Nachttisch betätigte, setzte er sich mit einem dumpfen Knall in Gang, und der verbrannte Geruch eines Heizfadens mit Problemen wurde im Zimmer herumgeweht. Eine Weile lag Joss nur still da, aber schließlich sank er in traumlosen Schlaf.

Die Gegend um die Niederdorfstraße erwachte früh. Gegen fünf wurde er vom Klirren der Bierkästen geweckt. Die Bars und Clubs der Altstadt stockten ihre Vorräte auf. Ein paar Minuten später gurgelten lautstark die Wasserrohre, als frühaufstehende Reisende und das Hotelpersonal zu duschen begannen.

Joss lag noch eine Weile im Bett und hörte dem Gespräch zweier Zimmermädchen vor seinem Fenster zu. Die Anspannung von letzter Nacht schien jetzt seltsam fern. Er war wie abgestumpft gegenüber gewöhnlichen Menschen und ihrem Leben. Gegen sieben herrschte Hochbetrieb. Hotelgäste stampften unter fröhlichem Geplauder an seinem Zimmer vorbei zur Treppe. Da wurde Joss klar, daß die traumlosen Augenblicke des Aufschubs vorüber waren, und so stand er auf und duschte langsam. Binnen kurzem wandten seine Gedanken sich gezwungenermaßen dem Essen zu, denn er litt an beißenden Magenkrämpfen, die von der Müdigkeit noch verstärkt wurden. Er zog ein langärmeliges schwarzes Poloshirt und Jeans an und verließ das Hotel auf der Suche nach einem Frühstück. Er schlüpfte wortlos an dem jungen Mann an der Rezeption vorbei und fand sich auf der Straße wieder. Er wandte sich nach links und ging zum Sellargrabben, wo es seines Wissens eine Reihe von vierundzwanzig Stunden geöffneten Fernfahrerlokalen gab. Endlich fand er ein angemessenes Lokal und bestellte das einfache Frühstücksbuffet für zehn Franken, das den ganzen Tag erhältlich war. Er ließ sich Zeit mit dem Essen, genoß das brummelnde Geplänkel der Fernfahrer um sich herum und überlegte, was er als nächstes tun sollte.

Es lag klar auf der Hand.

Im Lokal gab es ein öffentliches Telefon, also kaufte er bei dem rundlichen Inhaber zwei Telefonkarten für vierzig Franken und rief die Auskunft an. Nicht lange, und er war mit Bens Nummer bei der Crédit Suisse in Genf bewaffnet. Während er wartete, daß jemand ans Telefon ging, dachte er bei sich, was für ein Glück es war, daß einer seiner besten Freunde den Geldmarkt ebensosehr liebte, wie sein Vater es einst getan hatte. Die Empfangssekretärin der Genfer Bank meldete sich auf englisch. Ihre Aussprache war perfekt.

»Guten Morgen, Crédit Suisse First Boston International Trading. Womit kann ich Ihnen helfen?«

»Guten Morgen. Könnte ich vielleicht mit Ben Nilan sprechen?«

»Einen Augenblick bitte.« Die Leitung summte eine Weile, dann wurde die Verbindung hergestellt.

»Ben Nilan.«

»»Winter, spring, summer or fall«, flüsterte Joss in die Sprechmuschel, die erste Zeile des Refrains von James Taylors Klassiker. Schweigen.

»Wer ist da?« wollte die Stimme wissen.

»All you got to do is call and I'll be there, yes I will: you got a...'«

»...friend«, beendete Ben den Satz und fuhr ärgerlich fort: »Was soll der Blödsinn? Wer ist am Apparat?«

»Joss.«

Schweigen.

»Ben, bist du noch dran?«

»Natürlich, du blöder Sack. Wo zum Teufel hast du gesteckt?«

»Keine Zeit, Ben, alter Kumpel. Ich brauche deine Hilfe.«

»Eine Sekunde mal, einsamer Wolf, du kannst nicht einfach erwarten, den Meister des Universums in hilfsbereiter Stimmung anzutreffen, und das vor der ersten Sitzung des Tages. Nachdem ich dir das letzte Mal unter die Arme gegriffen hatte, habe ich wie lange nichts von dir gehört? Nur zu, hilf meiner Erinnerung auf die Sprünge, wie lange? O ja, ich weiß: bis gerade eben.«

»Tut mir leid, Ben, aber es war alles ein bißchen schwierig.«

»Nennt man das heutzutage so? Egal, ich nehme an, du wirst es mir erzählen, wenn du soweit bist. Also, wo brennt's?«

»Ich brauche Informationen.«

»Wenn ich im Besitz dieser Informationen bin, kannst du sie haben. Mit Ausnahme der Frage, welche Farbe die Unterwäsche meiner Freundin hat«, witzelte er.

»Es gab eine Zeit, da haben wir sogar das geteilt.«

»Das ist lange her.«

»Schön. Ich hatte mir schon gedacht, daß du sauer auf mich sein würdest, aber ehrlich, ich hatte gute Gründe.«

»Darauf wette ich. Ich kenne dich, du wirst immer gute Gründe haben. Ich weiß nur nie genau, ob es die richtigen sind.«

»Hör zu, ich muß wissen, was sich hinter einigen Nummernkonten in Zürich verbirgt.«

»Haha.«

»Was ist?«

»Versuch's mal einige Zeit nach der nächsten Jahrtausendwende. Da kommt keiner ran.«

»Komm schon, Ben, ich bin in einer verzweifelten Lage.«

»Kann sein, aber du redest von einer ernsthaft kriminellen Handlung. Ich kann mir die Gehaltseinbuße nicht leisten, im Gefängnis zahlen sie so schlecht.«

»Es gab eine Zeit, da hätte dich das nicht gekümmert.«

»Es gab eine Zeit, da hatte ich keine Hypothek und kein Kind, für das ich sorgen muß, Joss. Wach auf und werde erwachsen.«

»Herrgott noch mal!«

»Das habe ich auch gesagt, als Christian rausgeplumpst kam.«

»Cooler Name.«

»Cooles Baby. War das Beste, was ich je getan habe, mich mit seiner Mutter einzulassen.«

»Was, besser als Bungee-Springen in Venezuela?«

»Andere Art von prickelnder Erregung. Außerdem habe ich seitdem ein paar Pfund zugelegt. Wahrscheinlich würde ich auf den Boden aufprallen.«

»Ich wäre ja immer da, um dich aufzufangen«, sagte Joss und ließ die gemeinsame Erinnerung zwischen ihnen stehen, daß er Ben tatsächlich einmal davor bewahrt hatte, sechstausend Fuß in die Tiefe zu stürzen, in den sicheren Tod. Und er wußte es.

»Wo steckst du?« fragte Ben nach einer kurzen Pause.

»In Zürich.«

»Bleib, wo du bist. Ich bin am späten Nachmittag da. Wir treffen uns um vier im Cybercafé in der Rossengasse 5, neben dem Hotel St. Georges. Hoffentlich ist deine Geschichte gut, Joss.«

»Vertrau mir, Ben.«

»Das habe ich immer getan.«

Kapitel vierunddreißig

Der erste Teil von Rivers' Marathondarbietung im Zeugenstand näherte sich seinem Ende. Nach dem ersten Tag seiner Zeugenaussage, wo sie seinen Glaubenseifer miterlebt hatten, hatte das Interesse der Geschworenen spürbar nachgelassen. Fannon, der sich kaum bemühte, seine Geringschätzung zu verbergen, hatte mit geheuchelter Ergebenheit den Katalog karitativer Einrichtungen vorgestellt, die von der Millennium-Kirche finanziert und betrieben wurden.

Die Botschaft war klar und eindeutig: Die Millennium-Kirche tut gute Taten, Rivers ist der Führer der Millennium-Kirche, folglich ist er ein guter Mann. Es war ein deduktiver Syllogismus, Logik pur. Es gab Zeiten, wo sogar die Leidenschaftlichkeit des Angeklagten nachzulassen schien, aber eine Notiz von Thynne steuerte die Befragung bald zu relevanteren Gegenständen.

Fannon hatte Rivers dann mit gewissenhafter Gründlichkeit befragt, wo er sich zur Zeit jedes einzelnen ihm zur Last gelegten sexuellen Mißbrauchs aufgehalten hatte, und Rivers hatte das anhand seines Tagebuchs der »guten Werke«, wie er es nannte, hieb- und stichfest belegt. Es gab jedesmal andere Kirchenmitglieder, die zu gegebener Zeit ebenfalls einen Eid schwören und ihrem Kirchenführer ein Alibi verschaffen würden.

Rivers konnte sich nicht an Rose Moody erinnern, sagte er. Er habe sie möglicherweise einmal gesehen, aber es gebe so viele junge Leute, die seiner Führung und seiner Ratschläge bedürften. Rose und Geoff hatten während Rivers' Aussage wie gelähmt in der Galerie gesessen. Das Mädchen wirkte bei jeder Ableugnung dünner und zerbrechlicher, ihr Vater war vor

Empörung rot im Gesicht. Mark Mason klopfte nachdenklich mit seinem Stift auf den Tisch, während Fannon mit Thynne und Callow beriet, ob alles abgedeckt worden war. Dann schaute er Rivers fest an.

»Und Sie haben die Wahrheit gesagt, Reverend Rivers?«

Den Angeklagten schien die Frage zu verärgern. Offenkundig war er der Auffassung, daß seine Worte nicht in Frage gestellt werden durften.

»Der Eid, den ich geschworen habe, ist bindend«, zischte er, aber einige Geschworene blickten mit unverhülltem Interesse zwischen Fannon und seinem Mandanten hin und her. Ganz offenbar bestand Uneinigkeit im Lager der Verteidigung.

»Bitte bleiben Sie im Zeugenstand. Ich bin sicher, daß mein verehrter Kollege noch Fragen an Sie hat.«

Fannon blickte zu Mason hinüber und zwinkerte ihm zu. Rivers sah das, und seine Augen wurden ganz schmal. Mason fragte sich, wie lange Rory wohl noch zum Team der Verteidigung gehören würde. Mason kam langsam auf die Füße.

»Ein Schlangenölverkäufer?« begann er.

Rivers blickte verwirrt drein.

»Ich verstehe Sie nicht ganz«, murmelte er.

»Zu Beginn Ihrer Zeugenaussage beschrieben Sie, was für ein Leben Sie führten, bevor Sie Ihre Kirche gründeten. Sie beschrieben sich mit genau diesen Worten.«

»Ich verstehe, und nun wollen Sie wohl andeuten, daß ich mich nicht verändert habe.« Rivers schien vor den Kopf gestoßen, beruhigte sich aber. »Aber, Mr. Mason, es tut mir leid. Sie tun ja nur Ihre Arbeit. Bitte stellen Sie jede Frage, die Sie für angemessen halten.«

»Vielen Dank. Wie nett von Ihnen, mir Ihre Erlaubnis zu erteilen«, erwiderte Mason bissig. »Aber in Ihrer Kirche ist Ihre Erlaubnis unerläßlich, nicht wahr?«

»Ich kann Ihnen nicht folgen«, sagte Rivers.

»Sie führen ein straffes Regiment. Ihr Wort ist Gesetz.

Sie sind ›der Täufer‹, ›der Geburtsvater‹ der Millennium-Kirche?«

»Ich gebe soviel Führung und Anleitung, wie ich kann.«

»In Ihrer Kirche herrscht strenge Disziplin, nicht wahr?« fuhr Mason fort.

Rivers nickte. »Viele Menschen sind schwach. Sie bedürfen der Führung durch die Starken.«

»Und Sie sind der Stärkste von allen?« fragte Mason und musterte die Geschworenen, die den Austausch gebannt zu verfolgen schienen.

»Ich wurde auserwählt. Macht und Herrschaft wurden mir vom Allmächtigen verliehen.«

»Eine neue Seele, die sich zu Ihrem Glauben bekehrt, muß in Ihrer Kirche doch Anlaß zur Freude geben?«

»In der Tat, im Himmel herrscht darüber große Freude.« Rivers faltete die Hände. Mason bemerkte, daß einige Geschworene mißtrauisch den Kopf schüttelten. Die Engländer verachten öffentliche Inbrunst, es sei denn, es geht um Fußball.

»Sie führen sicher ein Mitgliederverzeichnis der Geretteten?«

»Es sind so viele«, entgegnete Rivers.

»Genau aus diesem Grund sollte doch ein genaues Mitgliederverzeichnis geführt werden, in dem Name, Alter, Geschlecht, Herkunft und erzielte Fortschritte zu finden sind.«

»Ich habe viele, die für mich arbeiten«, sagte er vernünftig, aber Mason hörte die Verärgerung aus seiner Stimme heraus.

»Sie meinen, die für Gott arbeiten«, korrigierte Mason ihn im Ton eines Lehrers, der die linkische Antwort eines Schülers rügt.

»Das war es, was ich sagen wollte«, flüsterte Rivers.

»Wir alle haben gehört, was Sie gesagt haben, und meiner Ansicht nach geht es in diesem Prozeß um genau das: Sie haben

Ihre eigene Privatkirche zur Befriedigung Ihrer finsteren Bedürfnisse gegründet.«

Rivers preßte den Mund zu einem dünnen Strich zusammen.

»Die Kirche steht allen offen. Ich habe keine Bedürfnisse außer dem, die Menschen zum Heil zu führen. Außerdem ist bekannt, daß ich zölibatär lebe.«

»Rose Moody wird sich freuen, das zu hören«, murmelte Mason in Richtung der Geschworenen. Thynne war augenblicklich auf den Beinen, aber Withnail gebot ihm mit einer fleischigen Hand Einhalt.

»Tragen Sie zur Sache vor. In meinem Gericht werde ich kein ausfallendes Verhalten und keine voreingenommenen Kommentare dulden.«

Es sei denn, sie kommen von Ihnen, dachte Mason.

»Aber vor Ihrer – wie soll ich es nennen? Epiphanie?«

Rivers nickte. »Ausnahmsweise ist Ihre Wortwahl zutreffend.«

»– hatten Sie gewisse Schwierigkeiten mit dem Zölibat?« Mason hielt Ausschau nach einer Verfärbung im Gesicht des Angeklagten, aber der war bestens vorbereitet.

»Ich war verloren, ein Sünder. Ich habe der Versuchung nachgegeben. Kein Wunder, daß ich so hart bestraft wurde.«

»Sie hatten viele Affären?« hakte Mason nach.

»In der Tat viele. Ich habe meine Begierde befriedigt, das muß ich zu meiner bittern Schande gestehen.«

»Es dauerte ziemlich lange, bevor Ihre Schande offenbar wurde«, kommentierte Mason. Thynne machte Anstalten, sich zu erheben, aber Rivers hielt ihn mit einem erhobenen Zeigefinger davon ab.

»Ich werde mich nicht durch bloße gerichtliche Verfahrensvorschriften zum Schweigen bringen lassen.« Er wandte sich den Geschworenen zu. »Ich habe nichts zu verbergen, aber es gibt vieles, dessen ich mich schämen muß. Es gab viele Frauen…«

»Junge Frauen, nicht wahr?« fuhr Mason fort, entschlossen, dem erfahrenen Prediger nicht die Gelegenheit zu geben, sich als moralisch hochstehend darzustellen.

»Ihr Alter war irrelevant«, schrie Rivers.

Mason kontrollierte seine Atmung. Er hatte absolut keine Beweise, nichts, mit dem er seine Behauptungen untermauern konnte. Er arbeitete nur mit einer instinktiven Ahnung und dem Wissen, daß sexuelle Vorlieben sich selten zum Besseren ändern.

»Aber Sie mochten sie jung, nicht wahr? Frisch und jungfräulich, wie Rose!«

»Ich bin diesem Mädchen nie begegnet«, brüllte Rivers und begann dann ebenfalls mit Atemübungen, um seine Wut unter Kontrolle zu bringen. Rory hatte recht: Es gab einen Knopf, auf den man drücken konnte.

»Warum haben Sie untersuchen lassen, ob die Jungfernhäutchen der Mädchen noch intakt waren, bevor sie in die Kirche aufgenommen wurden?«

Rivers' Mund stand leicht offen.

»Sehen Sie, Reverend«, sagte Mason und zwang soviel Geringschätzung in den klerikalen Titel, wie er nur konnte. »Rose hat uns berichtet, wie sie im Schulungszentrum ›der Hafen‹ untersucht wurde, und dieser Teil ihrer Aussage wurde von Ihren Anwälten im Kreuzverhör nicht bestritten. Wollen Sie jetzt diesem Gericht erzählen, es geschah nicht auf Ihren Befehl hin, daß junge Mädchen sich einer solchen Untersuchung unterziehen mußten?«

Rivers versuchte, die Fassung wiederzugewinnen.

»Nur wenn wir wissen, wie tief sie gefallen sind, können wir sie retten.«

»Also geben Sie zu, daß Rose die Wahrheit sagt, wenn sie das behauptet?«

»Es klingt viel schlimmer, als es ist. Aber wir müssen über sie Bescheid wissen.«

Mason beugte sich über die Anwaltsbank, die Hände flach auf das Holz gepreßt.

»Sagt sie die Wahrheit?«

»Ja«, flüsterte er.

»Lauter.«

»Ja«, brüllte Rivers.

»Aber was sollte Ihnen ein nicht mehr intaktes Hymen schon über ein junges Mädchen erzählen? Es könnte alle möglichen Ursachen haben, die mit Geschlechtsverkehr gar nichts zu tun haben, nicht wahr?«

»Wir müssen es wissen, das ist alles.«

Die Geschworenen wirkten streng und schienen diese Haltung zu verurteilen.

»Warum haben Sie die Mädchen dann nicht einfach gefragt? Schließlich waren sie doch freiwillig bei Ihnen. Sie waren ihr Vater, ihr Kirchenführer. Sie hätten Sie nicht angelogen; oder hätten Sie ihnen so oder so nicht geglaubt?«

Rivers atmete flach.

»Es war notwendig.«

»Aber Gott wußte es, oder hat er aufgehört, sich mit Ihnen zu unterhalten? Das heißt, falls er je das Wort an Sie gerichtet hat.«

Rivers' Zeigefinger war direkt auf Mason gerichtet.

»Der HERR kennt mich und meine Arbeit. Sie sind das Sprachrohr des Zweifels, ein Advokat des Teufels.«

Thynne hatte sich wieder erhoben. Mason lächelte, und Withnail sorgte dafür, daß wieder Ordnung einkehrte. Mason erhielt eine Rüge, aber die Geschworenen hatten einen Blick ins Innere des Bottichs siedender Selbstrechtfertigung geworfen, und der Geruch, der daraus aufstieg, schien ihnen nicht zu behagen.

Die Fortsetzung des Kreuzverhörs wurde auf den nächsten Tag verschoben.

Fannon reichte ihm unter der Bank ein Briefchen.

Sie haben den Knopf gefunden. Sind Sie nicht froh, daß ich Rose nicht nach dieser Untersuchung gefragt habe? P.S. Ich glaube, meine Dienste werden nicht länger benötigt werden. R.F.

Zum ersten Mal seit Prozeßbeginn glaubte Mark Mason, daß sie vielleicht doch eine Chance hatten. Rivers beobachtete ihn mit finsterem Gesicht.

Kapitel fünfunddreißig

Das Cybercafé war, wie vorherzusehen, High-Tech. Bänke aus rostfreiem Stahl und auf Hochglanz polierte Metallfliesen auf dem Fußboden sorgten für ein rhythmisches Echo, wenn die Besucher in dem belebten Café umherhasteten. Reihen teuer aussehender Hardware in passenden mattschwarzen Wandgestellen zuckten und blinkten, lockten ihre flugunfähigen Navigatoren zu weit entfernten Orten im globalen Netz. Unter der Decke schlängelten sich freiliegende, mit Metallfolie umwickelte Heizungsrohre durch die Deckenträger aus Metall, was dem gesamten Lokal den Anstrich eines Testosteron-angetriebenen Raumschiffs gab.

Joss fand, daß es ihm gelungen war, sich unauffällig unter die Cybercafé-Besucher zu mischen. Er fiel hier nicht weiter auf. Für einige Franken erwarb er das Nutzungsrecht an einem Terminal ganz hinten, gegenüber der Eingangstür, wo er ein glänzendes Silbertelefon entdeckte. Er nahm die Gelegenheit wahr, Greta Larson in der Kanzlei anzurufen, erfuhr aber nur, daß sie bereits bei Gericht war. Seufzend nahm er sich vor, sie später anzurufen, wenn das Gericht Mittagspause machte.

Seinen kochend heißen Kaffee in der Hand, starrte er auf den Bildschirm vor sich. Er hatte nicht die leiseste Ahnung, wie die neuen Systeme zu bedienen waren. Die Jahre des Unterwegsseins auf einem anderen Superhighway im chemischen Overdrive hatten verhindert, daß er in Sachen Techno-Revolution auf dem neuesten Stand war.

Seine Verlegenheit mußte ihm anzumerken sein, da das jugendliche Mädchen am nächsten Terminal ihm einen mitleidigen Blick zuwarf und den Leuten hinter dem Haupttresen etwas zurief, selbst zu vertieft, um ihre Hilfe anzubieten.

Zu der Gruppe hinter dem Tresen gehörten drei in silbernes Lycra gekleidete junge Frauen mit identischen schwarzen Perücken im strengen geometrischen Pagenschnitt. Neben ihnen, ein Handy in der Hand, stand ein seltsam aussehendes Wesen, das Joss vorher schon auf recht affektierte Weise hatte umhertrippeln sehen.

Er hoffte, sein hilfloser Gesichtsausdruck würde die Aufmerksamkeit mindestens eines der Mädchen erregen. Er lag falsch. Sie blickten zu ihm hinüber, aber keine rührte sich von der Stelle. Das Wesen jedoch steuerte auf ihn zu, einen Raubtierblick in den Augen.

Wie sich herausstellte, handelte es sich um den Inhaber des Cafés, einen jungen Mann mit neongrün-orange gestreiftem Haarschopf, der an den Seiten abrasiert war. Seine leicht lächerlichen, schweinsähnlichen Züge wurden durch zwei goldene Ohrstecker betont, die aus seinen aufgeblähten Nüstern herausragten.

»Jungfräulicher Weltraumfahrer?« erkundigte er sich auf englisch, nachdem er Joss' Nationalität korrekt erraten hatte. War es denn derart offensichtlich?

»Ohne Helm, fürchte ich«, erwiderte Joss rasch.

»Es ist keine große Sache.«

»Für dich vielleicht nicht.«

»Im Ernst, mein Freund, du wirst dieses Baby in Nanosekunden fahren können, das garantiere ich.« Er leckte sich die Lippen, ein bißchen zu anzüglich für Joss' Geschmack.

»Ich glaube, du überschätzt meine Fahrkünste.«

»So negativ.«

»So realistisch.«

»René Hildbrand.« Der junge Mann lächelte und streckte ihm die Hand entgegen.

»David Reed.« Joss nahm sie mit einem schleimigen Lächeln,

inzwischen daran gewöhnt, bei jedem Fremden seine Persönlichkeit zu verändern. Der Caféinhaber griff sich einen der zierlichen ergonomischen Stühle und rollte ihn neben Joss. Er schob die Ärmel seines schwarzen Polohemds bis zu den Ellbogen hoch und ließ seine Finger knacken wie ein Konzertpianist. Aber Joss wurde die Vorstellung einer leicht schäbigen, wenn auch modernen Varieté-Nummer nicht los.

»Okay, David Reed, laß uns surfen«, erklärte er mit großspurigem Gebärdenspiel und in seinem besten englischen Akzent.

»Nur los, Zeitreisender«, witzelte Joss in der Hoffnung, damit im passenden Geist zu antworten.

»Diese Bildschirmoberfläche erlaubt dir den Zugang zum Netz. Zuerst mußt du dich mit deiner User-ID anmelden. Es läuft alles über das Café, also brauchst du dir wegen der technischen Details keine Gedanken zu machen. Such dir einfach einen Benutzernamen, damit andere User wissen, mit wem sie reden, wenn du einen Chatraum kontaktierst. Verstanden?«

»Klar, du meinst, ich brauche irgendeinen schicken Namen.«

»Du hast es kapiert.«

»Gut, wie wär's mit Dreamer?«

»Warum Dreamer?«

»Warum nicht?«

»Gut, also Dreamer. Gib einfach deinen Usernamen in das erste Dialogfeld hier ein, und der Computer beendet dann die Anmeldeprozedur und zeigt an, daß du hier in Zürich im Cybercafé sitzt.«

»Stark«, sagte Joss ehrlich fasziniert. Der Bildschirm piepste sich rasch durch eine Reihe von Seiten, vor einem Hintergrund aus auf sie zurasenden Asteroiden. Die Technologie hatte sich seit ihren Kindertagen enorm verändert.

»Und ob«, stimmte René zu, etwas selbstzufriedener als erträglich. »Jetzt sind wir im Cyberspace. Wo willst du hin?«

»Ich weiß nicht; irgendwohin, nehme ich an. Zeig mir einfach was Interessantes.«

»Ich weiß genau die richtige Website für einen einsamen Reisenden wie dich.« René lächelte, während seine Finger über die Tastatur tanzten. Binnen Sekunden erschienen Millionen winziger bunter Segmente auf dem Bildschirm. Joss hätte es wissen sollen. Hatte er aber nicht.

Die bunte Schlagzeile oben auf der Internet-Seite kündigte ein Gesprächsforum für Schwule und Lesben an. René warf einen Seitenblick auf Joss und wartete auf eine Reaktion. Joss' Augen weiteten sich.

»Nichts für ungut, aber diese Art Gesellschaft suche ich nicht.«
»Bißchen defensiv, hm?«
»Nicht wirklich, es ist einfach nicht mein Ding.«
»Wenn du nicht Lotto spielst, wirst du nie gewinnen.«

Joss lächelte über die Hartnäckigkeit des Cafébesitzers und wollte gerade eine angemessene Antwort formulieren, als er dankbar Ben entdeckte, der im blauen Hemd und mit einer gelben Krawatte durch die Glastüren kam und wie die Kavallerie zu seiner Rettung herbeieilte.

Joss wandte sich an René. »Danke für die Flugstunden, René, aber ich erwarte jemanden, und er ist gerade gekommen.« Er wies mit dem Kopf auf Ben, der die Gesichter der Cafébesucher inspizierte.

René blickte über die Schulter und grunzte verstimmt: »Mmm, sieht aus, als hättest du bereits verloren.« Er sprang auf und marschierte an Ben vorbei zurück zum Tresen, wobei er seinen Weg mit dem ganzen Aplomb einer hochnäsigen siamesischen Katze kreuzte.

»Was habe ich denn gesagt?« fragte Ben, als er näher kam.

»Wahrscheinlich denkt er nur, daß du nicht trendy genug für seinen Schuppen bist«, lachte Joss. »Ich meine, guck dich nur mal an. Gütiger Himmel, Mann, was ist mit dir passiert? Babybanker komplett mit Nadelstreifen-Spielanzug.«

»Gefällt es dir?« fragte Ben, streckte die Arme aus und wischte eine imaginäre Fussel von seinem eleganten Maßanzug.

»Ob es mir gefällt? Ich finde es einfach wunderbar. Es ist, als würde ich mit Gordon Gecko rumhängen.«

»Laß den Scheiß, Joss.«

»Frisch vom Schneider, großer Junge«, konterte Joss. Die natürliche Rivalität zwischen ihnen kam trotz der Jahre, die inzwischen vergangen waren, sofort wieder zum Vorschein.

»Sauer, weil ich den Jackpot gewonnen habe, oder was?« Ben grinste, als die beiden Männer sich herzlich umarmten. Ihre Freundschaft hielt immer noch fester als die Seile zwischen ihnen vor all diesen Jahren auf einem eisigen Berggipfel.

Sie standen ein, zwei Augenblicke da und taxierten einander. Beide dachten an frühere Zeiten, bis Ben in Fahrt kam.

»Also deswegen hast du mich von meinem bequemen Büro, meiner attraktiven Sekretärin, meiner sehr, sehr schönen Frau und meinem einen und einzigen gutaussehenden Erben weggezerrt?«

»Weswegen?«

»Hast du deshalb angerufen, du Pfeife, weil du drauf bist und ich nicht?«

»Oh, tut mir leid, großer Junge, ich war für eine Sekunde abgelenkt. Ich dachte, ich hätte eine Klugscheißer-Grasmücke trillern hören.«

»Nee, mein Lieber. Nur die süßen, süßen Klänge des Erfolgs.«

»Sie haben echt viel Geld gemacht, Boss, das sieht man«, nuschelte Joss spöttisch in der gedehnten Sprechweise der Amerikaner aus dem Mittelwesten.

»Ja, hab' ich, und ich werde mir nicht von einem Knacki die Party ruinieren lassen.« Sie schwiegen einen Augenblick; das Gefrotzel brachte sie nicht weiter. Joss runzelte die Stirn.

»Im Ernst, Ben, du hast offensichtlich das System geknackt. Ich würde dich liebend gern zurück an den Abgrund locken, aber ich bin sicher, daß du ein großartiger Vater bist.«

»Ich bin froh, daß du das sagst, Joss. Siehst du, ich hänge ziemlich an meiner Bewegungsfreiheit. Und ich glaube, das, worüber du am Telefon gesprochen hast, ist einem Erreichen dieses Lebensstils diametral entgegengesetzt.«

»Ich bitte dich nicht darum, irgend etwas zu tun, was ich nicht selbst tun würde, Ben. Ich stecke ziemlich tief in dieser Sache drin, und ich brauche deine Computerkenntnisse.«

»Das ist das erste Mal, daß ich dich um Hilfe bitten höre, Joss, aber die Antwort bleibt die gleiche. Das Risiko ist einfach zu groß.«

»Das ist das erste Mal, daß ich dich vor einem Risiko zurückscheuen sehe, Ben.«

»Mag sein, aber die Dinge haben sich geändert, während du auf dem Rücken gelegen und einen verdammten Bankraub geplant hast. Ich hege andere Wertvorstellungen.«

»Du glaubst, daß ich eine Bank ausrauben will?«

»Was denn sonst?«

»Ich will niemandem Geld stehlen, Ben. Wofür hältst du mich eigentlich?«

»Ich weiß es nicht so genau, Joss. Komm, nun sei mal nicht so.« Ben sah Joss bittend an. »Vergiß nicht, alles, was ich in den letzten zwei Jahren über dich gehört habe, war, daß du zu einem dämlichen, abgedröhnten Botenjungen für Drogenbosse mutiert bist. Das ist kaum die Art Freund, die man heutzutage zum Essen mit nach Hause nehmen kann, oder?«

»Gut, ich verstehe, was du meinst. Aber mal ehrlich, Ben, du mußt mir zuhören.«

»Nein, du mußt mir zuhören. Ich werde dir helfen.«

»Klasse.«

»Bevor du anfängst, Purzelbäume zu schlagen, ich habe gesagt, ich werde dir helfen, und das heißt, ich werde dich wieder auf das richtige Gleis bringen. Also, unsere Wertpapierabteilung sucht einen Trainee-Händler. Samurai-Obligationen auf dem japanischen Binnenmarkt. Ich geh' mal davon aus, daß du dich durch ein Einstellungsgespräch mogeln kannst, und von mir bekommst du eine Referenz. Was sagst du dazu?«

»Ich sage, du hast keine Ahnung.«

»Am Anfang wird das Gehalt vielleicht nicht so überwältigend sein, aber es wird Leib und Seele zusammenhalten. Und dir vielleicht eine Pontonbrücke zu deinem alten Herrn bauen.«

»Mein alter Herr ist auf Entzug, Ben, darum geht es hier doch überhaupt.«

»Sag das noch mal.«

»Um dich aufzuklären, ich habe nicht in einer kakerlakenverseuchten Zelle auf dem Rücken gelegen und darüber nachgedacht, wie ich eine Bank abzocken kann.«

»Was für eine Schande.«

»Witzbold. Mein Vater hat nach dem Fiasko in Amsterdam einen Deal für mich arrangiert.«

»Also wo bist du gewesen?«

»Ich habe einen Entzug gemacht.«

»Bist du clean?«

»Wie am Tag meiner Geburt. Ich wurde in eine Reha-Klinik in den Alpen verbannt.«

»Okay, ich kauf dir das mal ab, aber dein alter Herr: Was ist da Sache?«

»Er ist total psychotisch geworden.«

»Doch nicht Callum Lane. Himmel, er ist einer meiner verdammten Helden, Mann.«

»Dann empfehle ich ein neues Pin-up, denn er hat völlig den Verstand verloren.«

»Was ist passiert?«

»Oh, er hat sich nur mit ein paar Verrückten eingelassen, die sich Millennium-Kirche nennen. Schon mal davon gehört?«

»Irgendeine Sekte. Ja, ich habe von ihnen gehört. Also was macht er bei denen, kümmert er sich um ihre Finanzen?«

»Könnte man sagen.«

»Was meinst du damit, Joss?«

»Ich weiß nicht genau, wie sie sich ihn gekrallt haben, aber er ist kein Angestellter: Er ist ein regulärer Leutnant des Gotteskommandos.«

»Scheiße, das begreif' ich nicht. Was ist mit seiner Steuerberaterfirma?«

»Ist pleite gegangen.«

»Ich sag dir das nur ungern, Joss, er mag ja meine erste Wahl als Stürmer in einer Traum-Finanzmannschaft sein, aber er hat den Ruf, andere übers Ohr zu hauen. Bist du sicher, daß er nicht dabei ist, irgendeinen Schwindel abzuziehen?«

»Du willst es einfach nicht kapieren. Ich habe ihn aus den Händen dieser religiösen Irren befreit, und dann haben ein paar Gorillas dieser Bibel-Greifer ihn sich gekrallt, in Paris. Er wird vor einer feindseligen Meute aus seiner Trance erwachen. Ich habe sie in Aktion erlebt, und ich kann dir sagen, die machen keinen Spaß.«

»Ist er in Gefahr?«

»Wir sind jetzt alle in Gefahr.«

»Wow, was willst du damit sagen?«

»Die bringen Leute um, Ben.«

»Paßt irgendwie nicht so ganz zur Bibel, Joss. Bist du sicher, daß du nicht halluzinierst?«

»Um Gottes willen, tu mir einen Gefallen und hör mir zu. In Paris hätten sie mich fast erwischt. Ich habe mit angesehen, wie sie einen Journalisten praktisch geköpft haben, sie haben meine Therapeutin umgelegt, und dabei werden sie es nicht bewenden lassen.«

»Ganz ruhig, Joss.« Ben blickte sich wachsam im Café um und senkte die Stimme. »Tut mir leid, aber das klingt wirklich ziemlich irre. Was willst du jetzt also herausfinden?«

»Ich weiß, daß mein Vater eine wichtige Rolle für sie spielt, aber ich habe das Gefühl, daß es dabei um weit mehr geht als nur um sein Geld.«

»Zum Beispiel?«

»Ich weiß es nicht, aber ich habe diese Kontonummern, und ich muß wissen, was da vorgeht. Wenn ich Beweise dafür finden kann, daß die Millennium-Kirche Dreck am Stecken hat, könnte ich sie zu Fall bringen. Das ist die einzige Möglichkeit, meinen Vater aus der Scheiße zu holen.«

»Das ist ein paar Nummern zu groß für dich. Laß die Finger davon.«

»Das kann ich nicht.«

»Warum nicht? Dein Vater gehört zu denen, oder? Laß einfach die Finger davon.«

»Es geht nicht mehr nur um mich.«

»Einen Augenblick. Was erzählst du mir da?«

»Der Sektenführer steht gerade in London vor Gericht, und Greta hilft mit, das weiße Pferd der Anklage zu reiten.«

»Himmel, wie ist es denn dazu gekommen?«

»Lange Geschichte, aber ein früheres Sektenmitglied behauptet, daß dieser Reverend Rivers sie entführt und vergewaltigt hat. Der Prozeß läuft nicht gut, so sieht es aus. Greta braucht unsere Hilfe, Ben. Ich kann sie nicht noch mal im Stich lassen.«

»Ich höre immer ›unsere‹.«

»Gut, ich kann verstehen, daß du dich da nicht mit reinziehen lassen willst, Ben, nur wegen mir und Greta. Aber was ist mit all den anderen Opfern von dem Typen? Ich meine, ich habe deren Eltern vor dem Gerichtsgebäude gesehen. Sie haben doch sicher irgendeine Form von Gerechtigkeit verdient.«

Ben schnitt eine Grimasse und schüttelte den Kopf. »Du warst schon immer ein überzeugender Schweinehund. Ich könnte es schaffen, aber es wird nicht leicht sein.«

»Das hatte ich auch nie angenommen, aber du bist der einzige Mensch, den ich kenne, der einen Schimmer hat, wie man das anfängt.«

»Gib mir die Nummern.«

Joss reichte Ben die Disketten mit dem Material aus dem Laptop seines Vaters.

»Wie kommen wir da also ran?« fragte Joss.
»Es gibt nur zwei Möglichkeiten.«
»Schieß los.«
»Du hast wohl nicht zufällig so um die 100 000 Pfund parat?«
»Richtig.«
»Das wäre die erste Möglichkeit. Jammerschade.«
»Was, du meinst, jemanden bestechen?«
»Geld wirkt in Zürich sehr überzeugend, Joss.«
»Wundert mich gar nicht. ZUREICH. Aber vergiß es: Ich habe das Geld nicht. Wie sieht die andere Möglichkeit aus?«
»Hacken. Durch das bankeninterne Netz.«
»So gefällst du mir, Wunderknabe.«
»Es gibt keine Garantie dafür, daß wir Zugriff auf das Konto erlangen werden. Es ist bestimmt geschützt, aber wir können es ja mal versuchen.«
»Was brauchen wir dafür?«
»Eine gestohlene Kreditkarte der Crédit Suisse, vorzugsweise eine geklonte.«
»Eine was?«
»Genau was ich sage: Eine geklonte Karte. Die digitale Information wird von einer echten Kreditkarte auf eine leere Karte übertragen. Auf die Art ist sie schwerer zurückzuverfolgen.«
»Ich habe keine Ahnung, woher du das weißt, Ben, aber es klingt, als wüßtest du, wovon du redest.«
»Das ist etwas, das jeder gute Wertpapierhändler wissen sollte: Manchmal müssen wir herausfinden, ob unsere Kunden sich den Handel überhaupt leisten können.«
»Und?«
»Gelegentlich überprüfen wir ihre Nummernkonten, um festzustellen, ob sie das Geld haben. Es ist eine Verzweiflungsmaßnahme, nur für äußerste Notfälle, und logischerweise nicht von unserer Zentrale autorisiert, aber sie weiß, daß es gemacht wird.«

»Was ist, wenn einer erwischt wird?«

»Dann steht er allein da.«

»Was Sie in Ihrer Freizeit anstellen, Kumpel, Sie wissen, was ich meine.«

»So in der Richtung.«

»Also ist das Schlimmste, was dir passieren kann, daß du deinen Job verlierst, richtig?«

»Nicht direkt, aber das wäre schon schlimm genug. Wir reden hier von einem Entzug der Zulassung, von kriminellen Handlungen, dem ganzen Krempel.«

»Ich weiß, ich verlange viel von dir, Ben, du mußt mich nicht ständig daran erinnern. Aber ich weiß, daß du es schaffen kannst. Es ist, wie wenn die unwiderstehliche Gewalt auf das unbewegliche Objekt trifft.«

»Gut, also beweg mich.«

»Wie stark muß ich denn schieben? Klingt so, als würdest du dich schon bestens auskennen.«

»Schön, wider besseres Wissen werde ich es tun, aber jubilier nicht zu arg, mein Freund. Erst müssen wir die Karte besorgen.«

»Kein Problem.«

»Wie willst du das anstellen? Du kennst niemanden in Zürich. Wir müssen nach Genf zurückfahren.«

»Keine Zeit, Ben.«

»Also was hast du vor?«

»Wo es Drogen gibt, gibt es auch gestohlene Kreditkarten, Ben. Das ist eine Sache, die ich gelernt habe.«

Kapitel sechsunddreißig

Trotz seiner extremen Müdigkeit schlief Mark ganz und gar nicht gut. Seine Frau hatte sich beschwert, er würde zuviel arbeiten und hätte daher nicht genug Zeit für die Familie. Der Fall war im Augenblick alles: Das mußte so sein, jedenfalls bis zum nächsten Fall. Daraufhin war die unvermeidliche Auseinandersetzung gefolgt, zu deren Beginn er sich damit verteidigte, daß er doch nur arbeite, damit sie es nicht müsse, und an deren Ende sie ihn daran erinnerte, daß er schließlich derjenige gewesen war, der unbedingt Kinder wollte. Es war eine Auseinandersetzung, die nirgendwohin führte, ein Streit, wie sie ihn in letzter Zeit nur allzu häufig hatten.

Er döste ein und schreckte jedesmal auf, wenn die U-Bahn mit einem Ruck anhielt. Irgendwo über ihm, jenseits des stickigen kleinen Abteils, existierte eine ganze Welt, aber sie schien ihm nicht real. Seine Welt schwirrte ihm im Kopf herum, und er versuchte, sich eine Strategie zu überlegen. Er hatte Rivers gestern verärgert, aber er wußte, das würde nicht genügen. Früher oder später würde Rivers die Realität seiner Lage begreifen. Mark hatte den Nagel noch nicht auf den Kopf getroffen, er hatte noch nicht gefunden, was er brauchte, um die Geschworenen zu überzeugen. Er hatte von Anfang an recht gehabt: Hier ging es um Glaubwürdigkeit, und wenn es ihm gelang, auch nur den leisesten Zweifel in den Köpfen der Geschworenen zu wecken, hatte die Anklage vielleicht eine Chance.

Natürlich waren die Geschworenen mißtrauisch, was die Motive dieses Mannes anging. Schließlich war er, von jedermanns Standpunkt aus gesehen, nicht gerade ein durchschnittlicher Mensch. Er war ein Geistlicher, der offenkundig große persönliche Reichtümer angehäuft hatte, obwohl er diesem Reichtum ambivalent gegenüberzustehen schien. Damit, verbunden mit seiner unglaublichen physischen Präsenz, stellte er eine Bedrohung für die bloße Normalität der Menschen um ihn herum dar.

Es war jedoch undenkbar, daß die Geschworenen sich im Verlauf des Prozesses nicht für die lüsternen Berichte der Boulevardpresse interessiert hatten, und sei es nur flüchtig. Mehr und mehr Möchtegern-Prozeßführende gegen die Millennium-Kirche verkauften ihre Geschichte an hungrige Reporter. Die Artikel waren sorgfältig zusammengestellt, um nicht gegen irgendeins der Verleumdungs-Gesetze zu verstoßen, aber zumindest unterschwellig mußten die Geschworenen mitbekommen haben, daß sie hier waren, um über die Millennium-Kirche selbst in all ihrer Glorie zu urteilen.

Am Himmel türmten sich zornige Wolken auf, während Mason zu Fuß die kurze Strecke von der U-Bahnstation Temple zur Kanzlei ging. Immer wieder kehrte er in Gedanken zur gleichen Frage zurück: Wie sollten sie es anstellen, Rivers' Glaubwürdigkeit mit unmittelbaren, unumstößlichen Beweisen zu erschüttern? Eins wußte er genau: Wenn ihnen das nicht gelang, würde die Verteidigung in ihrem Schlußplädoyer die Beweisführung der Anklage in den Augen der Geschworenen in der Luft zerreißen. Er schlenderte in die Kanzlei, wo er einen hochwillkommenen Rechtsberatungs-Scheck und eine Tasse heißen Mokka aus dem Nobel-Imbiß vorfand, was beides dazu beitrug, den Druck für ein paar Augenblicke zu lindern.

Sein Bürochef knallte ihm eine Zeitung auf den Schreibtisch, kommentierte: »Sie scheinen eine Gabe für die Anklagevertretung zu haben, Mr. Mason«, und wies auf die Schlagzeile auf Seite drei. Mark griff nach der Zeitung und fand einen detaillierten Bericht über sein Kreuzverhör, aufgepeppt mit reichlich dichterischer Freiheit. Gequält lächelte er den Bürovorsteher an, der eine prozentuale Provision von jedem eingehenden Honorar erhielt und dem daher der Grundsatz der Kanzlei, nur Verteidigungsfälle zu übernehmen, nie gepaßt hatte. Je mehr, desto besser – das war der einzige Grundsatz, den er verstand.

Greta erschien in der Tür, in eine Gerichtsakte vertieft.

»Was meinst du dazu, Greta?« fragte Mason.

»Wozu?« erwiderte sie geistesabwesend.

»Zu Rivers' Darbietung gestern. Wo bist du gewesen, meine Liebe, die ganze Welt spricht davon«, sagte er in schönster dramatischer Vortragsweise.

»Ich weiß nicht recht. Du hast ihn aus der Fassung gebracht, aber irgendwann muß er zwangsläufig hinter deine Strategie kommen.«

»Was meinst du damit?« fragte Mark und sah zu, wie sie sich anmutig auf dem Erkersitz niederließ. Er wußte genau, was sie meinte, da er noch vor wenigen Minuten genau dasselbe gedacht hatte. Er wollte es sie nur aussprechen hören.

»Wenn ihm klar wird, daß du ihn nur reizt, weil du außer Rose keinerlei Munition hast, wird er – «

»Wird er was, Greta?« drängte Mark, schamlos erfreut darüber, daß er es war, der sie gelehrt hatte, über das Beweismaterial hinauszublicken und dem Prozeß quasi den Puls zu fühlen, obwohl der fragliche Prozeß ein hoffnungsloser Kandidat zu sein schien.

»– sich beruhigen und mit einem Lächeln im Gesicht nach Hause fahren.«

»Du hast vollkommen recht.« Er wandte sich an den Bürochef. »Sehen Sie, was wir hier haben?«

»Und was, Mr. Mason?«

»Sie haben sich da eine echte Klassenummer gesichert«, entgegnete er und wies auf Greta. »Sie weiß den Rhythmus einer Prozeßakte zu lesen: eine Gabe, die man nicht zu gering einschätzen sollte, wie ich Sie erinnern darf.«

»Ich weiß, Mr. Mason. Die Börsenspekulanten wollen immer häufiger von unserer Miss Larson vertreten werden.«

»Hast du das gehört, Greta?« Mark lächelte. »Welches Zutrauen unser gelehrter Bürovorsteher in deine Zukunft hat. Ich wünschte nur, meine würde ebenso rosig aussehen. Kein Wortspiel beabsichtigt natürlich.« Er zwinkerte Greta zu, die schüchtern zurücklächelte. Sie war immer dankbar, wenn einer der erfahrenen Anwälte sie vor dem Bürovorsteher lobte. Als er sie so ansah, umrahmt von dem Fenster, drängte sich ihm ein ganz anderer Gedanke auf. Einer dieser Wenn-nur-Gedanken.

»Wir gehen besser zum Gericht«, sagte Greta forsch und zerstreute die plötzliche Spannung zwischen ihnen.

»Ich werde ein Taxi rufen. Es hat angefangen zu regnen«, sagte der Bürochef und ging zur Tür. »Oh, übrigens, Miss Larson, jemand hat eine Nachricht für Sie hinterlassen. Schon wieder dieser Typ.«

»Welcher Typ?« fragte sie ein wenig ängstlich.

»Joss Lane. Ich kann nicht schlau daraus werden. Sie ist im Sekretariat. Soll ich sie Ihnen heraufschicken lassen?«

»Schon gut«, sagte sie zögernd. »Ich hole sie, wenn wir gehen.«

»Gut. Das Taxi wird auf Sie warten, wenn Sie herunterkommen.«

»Vielen Dank.« Sie machte Anstalten, ihm aus dem Raum zu folgen.

»Geht es mit deinem Liebesleben bergauf?« fragte Mark und wünschte augenblicklich, er hätte es nicht getan.

»Ich dachte, das hätten wir geklärt. Du bist der Patient, erinnerst du dich?« fuhr sie ihn an.

»Es tut mir leid«, sagte er demütig, und sie ging, ohne einen Blick zurückzuwerfen.

Dreißig Minuten später, als sie gerade nach einer schweigenden Taxifahrt das Justizgebäude betreten wollten, blickte sie ihm endlich in die Augen.

»Es tut mir leid, daß ich dich so angefahren habe. Ich war ziemlich angespannt.«

»Was du nicht sagst«, lächelte er.

»Es war wegen dieser Nachricht. Der Typ treibt mich noch zum Wahnsinn«, sagte sie und blieb in der Tür stehen.

»Der Glückliche.«

»Ich hoffe nur, daß ihn das Glück nicht im Stich läßt, Mark.«

»Was willst du damit sagen?«

»Vergiß es. Die Moodys sind es, die ein bißchen Glück vertragen könnten.«

»Wir brauchen kein Glück, Greta, sondern Beweise. Und du brauchst dich nicht zu entschuldigen. Ich weiß, daß mich dein Privatleben nichts angeht.«

»Du verlogener Mistkerl«, versetzte sie spielerisch. »Erst letzte Woche hast du mir erzählt, daß es dich sehr wohl etwas angeht.«

»Du weißt, was ich meine.«

»Ich weiß es. Mach dir keine Gedanken deswegen.«

»Beantworte mir eine Frage: Geht es um den Typen, von dem du mir erzählt hast, der, dessen Vater dieser Finanzmensch ist?«

»Ja genau. Ich glaube, er wirbelt gerade alles ein bißchen durcheinander.«

Sie betraten den Gerichtssaal und nahmen ihre Plätze ein. Galerie und Pressetribüne waren erneut bis auf den letzten Platz besetzt.

Rivers wirkte wieder vollkommen gefaßt. Er saß im Zeugenstand, wartete auf die Ankunft des Richters und las unbekümmert einen seiner eigenen geistlichen Traktate. Thynne und Callow saßen schweigend auf der Anwaltsbank. Ihre Juniorgerichtsanwälte vervollständigten das statische Tableau. Fannon, der offenbar in den strafrechtlichen Gewässern verschollen war, fehlte. Mason schlappte zu ihnen hinüber.

»Morgen, die Herren. Hat Rory seinen Zug verpaßt?«

Thynne blickte über seine silberne Halbbrille hinweg zu ihm auf. »Er wird nicht mehr benötigt. Unser Mandant war der Ansicht, daß er nicht wirklich mit dem Herzen dabei war.«

Mason lächelte dünn. Es tat ihm leid, daß ein anständiger Mann, ein Meister seines Fachs, gefeuert worden war, aber es überraschte ihn nicht. Rory war an Bord geholt worden, um die Geschworenen mit seinem Schlußplädoyer zu bezaubern, und jetzt würde eben Thynne die Verantwortung tragen.

»Werden Sie noch lange für das Kreuzverhör brauchen?« schmeichelte Thynne. »Manche Leute haben auch noch was anderes zu tun, wissen Sie.«

»Nicht mehr sehr lange«, log Mason, eine im Gerichtssaal übliche Taktik. »Es sind nur noch ein oder zwei geringfügige Sachen zu klären.«

Thynne, ein Meister der Desinformation, der einem würdigen Rivalen gegenüberstand, nickte wissend.

»Ich glaube, Sie werden ihn heute ein wenig verändert finden«, flüsterte er, während Callow verächtlich die Nase hochzog.

»Scheußliche Erkältung«, kommentierte Mason und kehrte zur für die Anklage reservierten Seite der Anwaltsbank zurück.

Die Geschworenen kamen hereinmarschiert. Mehrere warfen scharfe Blicke auf Rivers, der sich elegant verbeugte.

Übertreib's nicht, alter Junge, dachte Mason, als das Gericht zur Aufmerksamkeit ermahnt wurde.

Ein langer Tag verging mit einem klinischen Kreuzverhör. Rivers war von seinen Anwälten genauestens über die Torheit seiner gestrigen Darbietung instruiert worden, und heute behielt er die ganze Zeit einen auf niedrige Flamme geschalteten Charme und seine guten Manieren bei. Mason ging in allen Einzelheiten die zahlreichen Alibis durch, die die Verteidigung präsentieren würde. Er tat dies nicht, um Rivers zu reizen, sondern um eine feste Basis zu etablieren, auf der er die Widersprüche in den Berichten der zukünftigen Zeugen aufzeigen wollte.

Um die Mittagszeit herum ließ die Begeisterung der Geschworenen nach, und gegen Ende des Tages war die Blüte ihres Interesses fast verwelkt. Aber die langatmige Prozedur war unvermeidlich, wenn Mason ohne den Schatten eines Zweifels beweisen wollte, daß Rivers log. Kurz bevor die Verhandlung für den Tag beendet werden würde, warf Mason eine unpassende Frage ein.

»Kennen Sie einen Joss Lane?«

Rivers war von seinem selbstsicheren Kurs abgekommen und hatte einen Moment zu lange gezögert. Seine Wange zuckte, bevor er leugnete, den Namen je gehört zu haben, aber Mason wußte, daß er auf etwas gestoßen war. Beim Verlassen des Gerichtssaals nahm er Greta zur Seite und steuerte sie in eine Ecke.

»Hast du den Ausdruck auf seinem Gesicht gesehen, Greta?«

»Ich habe es gesehen. Aber woher wußtest du, daß er so reagieren würde?«

»Ich wußte es nicht, ich habe nur geraten. Ich habe mich auf das gestützt, was du mir letzte Woche erzählt hast. Ich glaube, du solltest besser anfangen, mir zu erklären, was hier eigentlich vorgeht.«

»Ich weiß es selbst nicht so genau, Mark.«

»Komm schon, Greta, wovor hast du Angst? Verbirgst du etwa etwas vor mir?«

»Das nicht.«

»Was dann?« fragte er streng.

»Es könnte sein, daß ich irgendwie dafür verantwortlich bin.«

»Sag es mir, um Gottes Willen«, flehte er.

»Es ist wegen Joss Lane. Ich glaube, er könnte meinetwegen in Gefahr sein.«

»Über welche Art Gefahr reden wir hier?«

»Ich weiß es nicht genau. Er ist nicht gerade ein Prachtkerl. Ich bin mir nicht sicher, ob ich mich auch nur auf ein einziges Wort verlassen kann, das er sagt.«

»Aber was hast du vorhin gemeint, als du gesagt hast, er wirbelt gerade alles ein bißchen durcheinander?« drängte Mark.

»Er glaubt, er ist hinter etwas her, das uns helfen könnte.«

»Spür ihn auf, Greta. Es kümmert mich nicht, was du davon hältst; ich will alles haben, was er in die Finger kriegen kann. Rivers lügt, und ich werde derjenige sein, der ihn ans Kreuz nagelt. Dein Joss bedeutet Ärger für ihn, das konnte man an dem Blick in Rivers' Augen sehen, als ich eben seinen Namen erwähnte. Etwas tut sich in ihrem Lager, und ich will genau wissen, was.«

Kapitel siebenunddreißig

Das Hauptkennzeichen von Zürichs Drogenproblem ist, daß die Fixer mehr als sonst irgendwo auf der Welt hervorstechen. Jungreisende wußten, daß man den Park hinter dem Schweizerischen Landesmuseum unbedingt meiden sollte, weil da die Rucksackreisenden leichte Beute für die Kolonie der Heroinabhängigen waren, die die Straßen durchstreiften. Schließlich gab die Stadt 1991 ihre Politik des kostenlosen Austeilens steriler Nadeln auf, als das Verbrechen in der Stadt anstieg und der Platz längst als Nadelpark berühmt war. Joss als passionierter Rucksackreisender war in die Zone abgedrängt worden.

Als er jetzt den Bahnhofsplatz betrat, stieß er auf den ersten einer Reihe abgezehrt aussehender Leiber, die an der Mauer verteilt waren, bedeckt mit den verschiedensten Lumpen und Pappen. Behelfsmäßige Räume, bezeichnet durch Barrieren aus Einkaufswagen, erstreckten sich schräg zu seiner Rechten und lenkten ganz natürlich den Blick auf eine Gruppe, die im Kreis um ein brennendes Ölfaß versammelt war. Da mußte er hin.

Jede Gruppe von Drogenkonsumenten hatte einen, der das Regiment führen mußte, egal wie beschissen ihr Leben sowieso schon war. Er war derjenige, der die Hits landete, weil er in großen Mengen von den Zwischenhändlern einkaufte und daher einen besseren Preis bekam. Er war derjenige, der die kollektive Beute verkaufte, das Diebesgut, das sich am Morgen nach der mit Einbrüchen verbrachten Nacht und dem mit Ladendiebstählen verbrachten Tag angesammelt hatte. Die anderen fanden sich damit ab, einfach deshalb, weil sie keinen Bock hatten, etwas dagegen zu tun.

Wenn man es nicht ertragen konnte, allein auf den Straßen herumzuwandern, mußte man mit dem Diktator leben oder ihn umbringen. Es war eine kapitalistische Gesellschaft reinsten Wassers, denn den Dealer aller Dealer, den Mann ganz oben auf der Leiter, kümmerte es nicht, wer den Stoff einkaufte, sondern nur, wie oft dafür bezahlt wurde. Also was tun, wenn eins der Wracks revoltierte und seinem Anführer die Kehle durchschnitt? Befördere ihn.

Mit diesem Mann mußte Joss reden.

Als er sich dem Feuer näherte, konnte er einen großen Mann in einem dreckigen weißen Sweatshirt erkennen, in der Blüte seiner Jahre, wären da nicht das verräterische Aussehen und die eingefallenen Augen des rettungslos Süchtigen gewesen. Er hackte gerade Holz, beobachtet von einer Gruppe von Nieten. Er war immer noch ein kräftiger Mann; er konnte noch nicht allzulange auf H sein, schätzte Joss. Nach seinem Gewicht zu urteilen, hatte es ihm wahrscheinlich keine großen Probleme bereitet, den vorigen König zu stürzen.

Ein einzelner Stern splitterte von der Schneide des Blatts, als der große Mann die Axt niedersausen ließ und das Scheit mit einem einzigen sauberen Schlag spaltete. Die beiden halben Scheite, das Holz der frisch freigelegten Innenseiten glitzernd gelb, bebten, wackelten und fielen. Der Anführer der Fixer griff nach einem weiteren Scheit, ohne die Augen von Joss zu wenden, den niemand daran gehindert hatte, sich in den Kreis zu drängen. Nur das Geräusch der Axt, die das Holz spaltete, und der trockene Laut, mit dem die gespaltenen Scheite fielen, störten das friedliche Knistern des Feuers. Joss hielt die Augen gesenkt.

Schließlich begann das Mitglied der Drogengemeinschaft rechts neben Joss einen langsamen Singsang. Er war weit weg in einem fernen Traumland. Aber der Anführer unternahm nichts, um die unbehagliche Atmosphäre zu unterdrücken. Er griff nach dem nächsten Scheit, hob es mühelos mit einer Hand auf und legte es sorgfältig auf dem Hackklotz zurecht. Sein Gesichtsausdruck enthüllte nur ein leeres Interesse an dem, was er hier und jetzt tat.

Ein elend aussehendes junges Mädchen, bestimmt nicht älter als siebzehn, mit dreckigbraunen, verfilzten Haaren und einem Wieselgesicht, trat vor und legte ihm eine Hand auf die Schulter.

Der Mann hörte auf, sich zu bewegen. Wie ein Geschöpf des Waldes, das urplötzlich ein Raubtier wittert, verharrte er reglos wie eine Statue, wachsam und trotzdem irgendwie leblos.

»Jemand will dich sprechen, Stephan«, sagte das Wiesel.

Als sei er eine Maschine, die aktiviert wurde, um einen Befehl auszuführen, senkte er die Axt. Das Mädchen nahm sie ihm ab und stellte sie aufrecht gegen den Hackklotz. Stephan zögerte.

Das Zögern eines Fixers, stellte Joss fest.

Er schenkte Joss diesen Tausend-Meter-Blick, der ihn aussehen ließ, als hätte er für einen Augenblick vergessen, in welcher Dimension er sich bewegte. Plötzlich wirkte er besorgt. Nervös.

Die Nervosität eines Junkies.

Der Blick des Mannes war auf den unordentlichen Berg Holz gerichtet, das er gehackt, aber nicht aufgestapelt hatte. Ohne den Blick von den Holzscheiten zu wenden, sprach er Joss direkt an.

»Was willst du?«

Zu Joss' Verblüffung sprach er ein sehr gutes, fast akzentfreies Englisch.

»Hilfe.«

»Wir brauchen alle Hilfe, Mister: Was haben Sie zu bieten?«

»Ich habe ein bißchen Bargeld.«

»Das bedeutet hier ziemlich viel.«

»Habe ich mir fast gedacht«, sagte Joss und ließ es darauf ankommen, daß der Typ gute Laune hatte.

»Du hast gesagt, du brauchst Hilfe.«

»Stimmt. Ich brauche eine Kreditkarte.«

»Geh zu einer Bank.«

»Um was geht es hier wohl, was glaubst du? Sehe ich aus wie jemand, der einfach in eine Bank spazieren und sagen kann: ›Gebt mir eine goldene Amex‹?«

»So schlecht siehst du gar nicht aus«, mischte sich das Wiesel ins Gespräch und drehte sich abrupt weg, als Joss sie anlächelte. Er wußte, er hätte es nicht tun sollen.

»Du willst also auch meine Frau, Fremder? Du kannst sie umsonst haben.« Stephan holte plötzlich aus und schlug seiner Freundin ohne Warnung ins Gesicht. Sie stürzte zu Boden und blieb wimmernd liegen, während das Blut ihr aus der Nase rann. »Schlampe«, zischte Stephan. »Was hast du gerade gesagt, Fremder?«

»Daß ich eine Kreditkarte brauche, eine geklonte. Ich dachte, du wärst vielleicht in der Lage, mir eine zu beschaffen, aber da habe ich mich wohl geirrt. Du bist einfach nur ein Arschloch.«

»Was hast du da gesagt?« fragte Stephan, die Augen durch den Adrenalinstoß weit aufgerissen.

»Falls du nicht begriffen hast, du Saftsack, ich habe dich ein Arschloch genannt.«

Die Hände des großen Mannes griffen augenblicklich nach der Axt, aber Joss war zu schnell für ihn. Er bewegte sich mit rasender Geschwindigkeit und hechtete nach Stephans Beinen, was die Gruppe ängstlich auseinanderstieben ließ. Er ließ die Faust in die Lenden des Fixers krachen und riß ihm gleichzeitig die Beine weg, fällte ihn, so daß er mit einem dumpfen Knall auf dem Kinn landete. Der große Mann schrie vor Schmerz auf, und die Axt fiel außer Reichweite.

Joss nutzte seinen Vorteil, drehte hastig den keuchenden Körper um und versetzte ihm einen heftigen Schlag ins Gesicht. Das befriedigende Knacken des Nasenbeins war lauter als das

Zischen des Feuers. Joss wollte gerade noch einmal voll die Faust in Stephans Gesicht donnern lassen, als seine Hand von hinten festgehalten wurde.

»Ich glaube, du hast deinen Standpunkt klargemacht, Fremder«, sagte Wiesel. »Laß ihn zufrieden.«

»Er ist ein Stück Dreck.«

»Aber er ist das einzige Stück Dreck, das ich habe. Hör jetzt auf.«

Joss ließ die Hand sinken und ließ Stephans Sweatshirt los. Er war ohnehin geschlagen. Joss wandte sich an das Wiesel.

»Weißt du, wo ich bekommen kann, was ich brauche?«

»Komm mit«, sagte sie. Dabei beugte sie sich herunter, um das Blut aus Stephans Gesicht zu wischen. Sanft legte sie ihn wieder auf den Boden und schob ihm ihre dünne Windjacke aus Baumwolle unter den Kopf. Als sie sich erhob, nur mit einer Weste bekleidet, konnte Joss das glatte Narbengewebe an ihren Handgelenken und den alten Schorf der Nadelstiche in ihren Armbeugen sehen. Joss schauderte bei der Erinnerung an seine eigene Abhängigkeit.

Sie sprachen nicht, während sie die kurze Strecke zu einer Kneipe zwischen einer Reihe von Geschäften gegenüber dem Bahnhof zurücklegten. Ein großer Mercedes war draußen geparkt. An der Motorhaube lehnte ein vierschrötiger Gorilla. Er musterte Wiesel verächtlich und schätzte Joss mißtrauisch mit einem Blick ab. Wiesel murmelte etwas, das Joss nicht verstand, und der Mann nickte abschätzig. Sie gingen durch die Tür.

Sobald sie drinnen waren, wußte Joss genau, wem der Mercedes gehörte. Er war der einzige Gast, abgesehen von dem obligatorischen Vamp, der an ihm hing wie eine menschliche Napfschnecke. Der mittelalte Mann mit dem kurzgeschorenen schwarzen Haar, der einen abgetragenen blauen Mohairanzug trug, saß in der Ecknische und zählte Geld.

Drogengeld.

Er war am richtigen Ort.

Als er näherkam, konnte Joss die Stapel von Geldscheinen erkennen, sorgsam nach Währungen getrennt. Ein halbaufgerauchter Joint brannte im Aschenbecher, und links von dem Mann stand ein dampfend heißer Espresso. Rechts von ihm saß die Latino-Füchsin: ein Mädchen mit unmöglich langen Wimpern und sehr großen Brüsten. Eine ihrer Hände befand sich unter dem Tisch, die andere hatte sie um die Schulter ihres Gefährten gelegt, und ihre Lippen hatten sich an seinem pokkennarbigen Gesicht festgesaugt.

Niemand sagte ein Wort.

Wiesel schob ihn vorwärts.

Die Waffe kam unter dem Tisch hervor, sobald Joss sich gesetzt hatte. Schnell hob er die Hände.

Dummer, dummer Junge.

Was zum Teufel machst du hier?

Du hast gerade einen der Straßendealer dieses Typen krankenhausreif geschlagen, und jetzt hält er dir eine Pistole vors Gesicht.

Ausnahmsweise hatte seine innere Stimme geschlafen.

»Ich habe niemanden erwartet, Eva«, sagte der Mann zu Wiesel.

»Tut mir leid, Jacques«, stotterte sie. »Der Typ hier sagt, er braucht eine Karte, und Stephan hatte einen kleinen Unfall.« Insgeheim dankte Joss ihr dafür, daß sie die Einzelheiten von Stephans Mißgeschick verschwieg.

»Was für eine Karte?«

»Eine geklonte. Maximum vierundzwanzig Stunden, bevor eine Diebstahlsmeldung möglich ist«, wiederholte Joss Bens Instruktionen.

»Von welcher Bank?«

»Crédit Suisse.«

»Fünfhundert Dollar.«

»Ich habe nur vierhundert.«

»Also auf Wiedersehen.«

»Okay, okay, fünfhundert Dollar.« Er hatte keine Zeit, um den Preis zu feilschen, aber es widerstrebte ihm, mit seinem Geld diese niedere Lebensform zu finanzieren.

»Du lernst schnell. Leg das Geld auf den Tisch, verschwinde und komm in einer Viertelstunde zurück.«

Das war ja kinderleicht, dachte Joss, als er aus der Nische aufstand.

Joss legte das Bargeld auf den Tisch und schob sich vorsichtig aus der Kneipe. Er blieb ein paar Sekunden an der Ecke stehen, bevor er am Bahnhof gegenüber einen Faxservice entdeckte. Er sprintete über die Straße, betrat den Laden und schickte ein Fax an Gretas Kanzlei.

Liebe Greta, die Jagd ist im Gange. Ich bete zu Gott, daß es noch nicht zu spät ist. Habe Kontakt zu einem alten Freund aufgenommen; morgen sollte ich ein paar Neuigkeiten haben. Es sieht sehr nach dreckiger Wäsche aus, und Callum ist jetzt bei den Lakenbeschmutzern.
Viele Grüße, Joss.

Die Nachricht war verblümt genug, um einen neugierigen Fremden irrezuführen. Er konnte nur hoffen, daß Greta sie entschlüsseln konnte und daß sie ihm vertraute.

Trainer, flankiert von Tomlin und Moyne, saß in der Suite eines Nobelhotels in der Nähe der Hausbank der Kirche. Callum Lane humpelte herum und klagte über seinen Fuß, bis Tomlin ihn zum Schweigen brachte, indem er die Gewehrmündung auf seinen eigenen Mund richtete. Trainer hatte die Tiefen von Lane seniors Kenntnissen über die trüberen Seiten der Finanzwelt ausgelotet und dann ein Treffen mit einem leitenden Bankangestellten arrangiert, der kriecherisch leugnete, daß ein unberechtigter Zugriff auf die Daten möglich sei.

Trainer war weniger überzeugt davon. Joss Lane war in sehr

kurzer Zeit sehr weit gekommen – nicht durch Glück, sondern durch Hartnäckigkeit. Ihr in Pastellnuancen gehaltenes Fünf-Sterne-Quartier bot jeden Luxus, aber Trainer fühlte sich unbehaglich. Er hatte zugelassen, daß die Situation außer Kontrolle geriet, und er würde persönlich zur Verantwortung gezogen werden, wenn noch mehr passierte. Er hatte dafür gesorgt, daß eine Leitung zur Bank geschaltet wurde und sie sofort über etwaige Transaktionen informiert werden würden. Vorerst würden sie abwarten, bis Joss seinen nächsten Zug machte, und wenn er es tat, würden sie bereitstehen und mit der ganzen Macht des Herrn und einem Sack voller Waffen gegen ihn vorgehen.

Kapitel achtunddreißig

»Voltaire hat einmal gesagt, wenn du einen Schweizer Bankier aus dem Fenster springen siehst, folge ihm, denn da ist sicherlich Geld zu machen«, meinte Ben, während er das waffeldünne Modem an sein Laptop anschloß.

»Sieht aus, als hätte er recht gehabt«, entgegnete Joss und blickte sich in dem Hotelzimmer um, in dem sie standen. Die großen Fenster, umrahmt von Stuckwerk, verliehen dem Raum eine herrschaftliche Note. Die Vorhänge bestanden aus schwerem Samt in wirbelnden Mustern aus Smaragdgrün und dunklem Gold. Der dicke Teppichboden war in einem kontrastierenden rubinsatten Weinrot gehalten, und manikürte Läufer waren strategisch auf dem Fußboden verteilt. Ein gewaltiges Himmelbett dominierte die Mitte des Raums, und Möbel mit verschlungenen Intarsien bildeten eine getrennte Sitzgruppe.

Respektvoll zog Joss seine Schuhe aus.

»Was machen wir jetzt?«

»Reingehen. Ich muß nur in das interne Fakturierungssystem des Hotels eindringen. Damit bekommen wir Zugang zu den externen Datenleitungen, über die die Konten der Hotelgäste belastet werden, wenn sie ankommen oder abreisen.«

»Und dann?«

»Reiten wir in Huckepacktechnik auf dem Modemsignal, finden die richtige Verbindung zum Rechenzentrum der Crédit Suisse, und von da aus müssen wir das Konto aufspüren. Das könnte einige Zeit dauern.«

»Die wir ...«

»Die wir nicht haben. Ja, ich weiß, Joss, aber wir reden hier von 630 Schweizer und über 200 ausländischen Banken.«

»Was spielt das für eine Rolle?«

»Wir wissen nicht, bei welcher Bank das Konto ist.«

»Und warum mußte es dann unbedingt eine Kreditkarte der Crédit Suisse sein?«

»Kein besonderer Grund.«

»Logo.«

»Schön, also ich dachte, ich könnte gleich mal einen Blick auf das Konto von einem meiner Börsenspekulanten werfen. Er steht in letzter Zeit auf etwas wackeligen Beinen, und ich glaube, er spekuliert in zu großem Rahmen.«

»Siehst du, ich habe doch gleich gesagt, es würde dir Spaß machen.«

»Frag mich noch mal, wenn ich herausfinde, daß ich tief in der Scheiße sitze, weil er durch zu hohe Kreditexpansion übermäßig belastet ist. Ich habe seinen Kreditrahmen erhöht.«

Sie warteten eine kurze Weile, bis unten von der Rezeption eine Transaktion durchging. Es dauerte nicht lange, bis Ben seinem Modem den Verknüpfungsbefehl mit dem Zentralrechner der Crédit Suisse erteilt hatte. Eine zentrale Informationsseite erschien, die den Zugriff auf die Privatkonten erlaubte, und Ben gab schnell die Angaben von der Kreditkarte ein, die Joss besorgt hatte. Unten an der Rezeption war der Empfangschef, bei dem gerade ein Gast seine Rechnung begleichen wollte, vollkommen ahnungslos über den wahren Grund, aus dem der Kartenleser die Karte nicht akzeptieren wollte, die er in der Hand hielt.

»Diese Geräte sind so launisch«, sagte er zu dem Hotelgast und zog die Karte noch einmal durch. Der Kartenleser ratterte eine gedruckte Quittung aus, blind gegenüber der Tatsache, daß Bens Phantomkarte sich noch im System befand.

»Ich wußte es«, rief Ben aus. »Hertz, dieser miese kleine Gauner.«

»Was hast du herausgefunden?« fragte Joss.

»Er hat nur zwei Millionen auf seinem verdammten Wertpapierdepot.«

»Dein Kunde, oder was?«

»Dem hacke ich den Kopf ab. Wenn ich ihm nicht ein paar gewinnträchtige Wetten anbiete, muß der Renngewinn mit noch einer Person mehr geteilt werden.«

»Komm schon, Ben, machen wir weiter. Denk daran, weswegen wir eigentlich hier sind.«

»Okay, ich geh zurück zur Optionsseite und suche nach assoziierten Banken, denn diese Zahlenfolge habe ich noch nie gesehen.«

»Und das heißt?«

»Nach der Anordnung der Zahlen des Nummernkontos zu urteilen, handelt es sich um eine ausländische Bank, eine ziemlich obskure. Wahrscheinlich sehr privat.«

»Mit Sitz hier in Zürich?«

»Eindeutig.«

»Wie kannst du das wissen?«

»Sieh dir die erste Zahlengruppe an.«

»Acht, acht, acht, sieben, sechs, sieben.«

»Richtig. Die Zahlen zeigen an, daß die Bank ihren Sitz im Kanton Zürich hat und berechtigt ist, alle Bankgeschäfte zu tätigen, also Geldeinlagen, Bargeld, Kredite, Edelmetall und ähnliches.«

»Was ist mit den restlichen Nummern?«

»Wie gesagt, wir müssen einfach die Zahlen eingeben und das Beste hoffen. Also *trial and error.*«

»Das könnte ewig dauern.«

»Geduld, Joss, ich glaube, der Computer wird nachhelfen, da die Kombination einmalig ist.«

»Was? Er wird uns doch wohl nicht den Weg zeigen, oder?«

»Irgendwie schon. Siehst du, zwischen Computern läuft die ganze Zeit Wertpapierhandel ab, ohne daß einer der Händler tätig werden muß.«

»Das glaubst du doch selber nicht!«

»Im Ernst. Hör zu, wenn ein großer Investmentfonds oder eine Versicherungsgesellschaft an den Wertpapierbörsen der

Welt spekuliert, halten sie sich gewöhnlich an strenge Richtlinien. Beispielsweise kaufen sie nur Aktien zu einem bestimmten Kurs. Als Händler kannst du dir den Mund fusselig reden, das bringt nichts. Also eliminieren sie das Problem und programmieren einfach ihre Konten, bei vorher festgesetzten Markierungen zu kaufen und zu verkaufen, und die Computer machen die Börsengeschäfte untereinander ab. Dieses Konto sieht mir wie ein sehr spezialisiertes Erfolgskonto aus. Ich denke, das Numerierungssystem wird alles verraten.«

»Setz dich dran.«

»Schön, fangen wir mit den Saudi-Banken an. Gib mir das Telefonbuch.«

Drei Stunden später beschloß Joss, seine Sachen aus seinem alten Hotel zu holen und hierher in Bens Hotel zu bringen. Ben arbeitete weiter mit seinem System. Er hüpfte von Bank zu Bank, via Zentralcomputer der Crédit Suisse, und fabrizierte mit Hilfe der geklonten Kreditkarte Transaktionen zwischen diesem Konto und den Kontonummern der Zielbank, die sie aus Callums Laptop entnommen hatten.

Als Joss über die Münsterbrücke zurückfuhr und vor dem Hotel Glockenhof parkte, hoffte er, daß Ben mittlerweile Zugriff auf das Konto erhalten hatte, aber plötzlich trat etwas anderes in sein Sichtfeld. Ein Mann, den er schon mal gesehen hatte – da war er ganz sicher – betrat gerade die Hotelhalle. Joss blieb kurz stehen und schnappte nach Luft.

Sicher hatte er sich das nur eingebildet.

Flashback, Joss. Hör auf damit.

Ein wenig unsicher stieg er die Treppe zur Eingangstür hinauf. Die Hotelhalle war, genau wie die Zimmer, teuer und geschmackvoll eingerichtet, besaß aber wenig Individualität. Funktionell.

Bleib sachlich, Joss.
Verschaff dir einen Überblick.

Der vorgeschriebene tiefrote Teppichboden hatte genausoviel

vorgebliche Klasse wie die stark herausgeputzten jungen Damen an der Rezeption. Er überprüfte die Ausgänge. Er überprüfte die Börsenspekulanten. Es herrschte ein reges Kommen und Gehen, meist Briten und Amerikaner mittleren Alters.

Wieder entdeckte er ihn oder dachte zumindest, daß er ihn entdeckt hätte, dann entschwand er aus seinem Blickfeld. Joss blieb abrupt neben einem Pfeiler stehen. Er wußte nicht, wie lange er dort regungslos verharrte. Der Mann war in die Herrentoilette gegangen, aber war er der einzige, der hier war?

War er es überhaupt?

Joss war sicher, daß es einer von Trainers Leuten aus dem Flughafen Orly gewesen war. Nicht Meißelgesicht, sondern der andere. Er blickte häufiger auf die Uhr, um festzustellen, wieviel Zeit er mit diesem Paranoia-Trip verschwendete.

Dann stierte er auf ein Gesicht, bei dem es keinen Zweifel geben konnte. Er erkannte Trainer sofort, der gerade vor der Glasfront des Hotels aus einem Wagen stieg. Hastig drehte Joss den Fenstern den Rücken zu. Er konnte Trainer ein paar Schritte entfernt vorbeigehen hören, auf die Rezeption zu. Joss schwitzte vor Angst.

Er konnte nicht hören, was Trainer zu der Empfangsdame sagte, aber es konnte kein Zufall sein, daß er hier war.

Gütiger Himmel, er mußte zu Ben.

Endlich tauchte Trainer wieder auf und nickte unauffällig dem Mann zu, den Joss korrekt als einen seiner Kumpane identifiziert hatte. Sie kamen direkt auf ihn zu und drehten erst in letzter Minute ab, um sich an einen Tisch zu setzen, der nicht mehr als einen Meter von dem Pfeiler entfernt war.

Joss atmete tief und ruhig und machte sich bereit für einen raschen Abgang durch die Eingangstüren.

Er dachte, er hätte es geschafft.

Ausweichmanöver.

Aber dann hörte er, wie jemand nach Luft schnappte, gerade als er losgehen wollte, und sein Herz blieb stehen.

Nichts geschah.

Als Trainer sich erhob, knarzte das Leder seines Stuhls leicht. Joss drehte sich gerade noch rechtzeitig um, um ihn die Hotelhalle durchqueren und am Geschenkekiosk eine Zeitung kaufen zu sehen, wobei er der Rezeption den Rücken zuwandte.

Mittlerweile befanden sich nur noch drei weitere Leute in der Hotelhalle, ein älteres Ehepaar auf dem Weg nach draußen und Meißelgesichts Kumpel, dessen Kopf mit krausen schwarzen Locken bedeckt war. Er stand an der Rezeption und füllte ein Formular aus. Die Empfangsdame reichte ihm einen Schlüssel. Der Mann ging zum Fahrstuhl, und Joss sah, wie er auf den Knopf für den sechsten Stock drückte.

Trainer warf einen Blick auf die Fahrstuhlanzeige, sah ihn im sechsten Stock stehenbleiben und trat in den anderen Fahrstuhl. Auch Joss beobachtete die Anzeige. Der Fahrstuhl blieb im sechsten Stock stehen.

Ben ist im sechsten Stock.

Joss tat, was er ursprünglich beabsichtigt hatte, ging auf dem Weg hinaus, auf dem er hereingekommen war, und sprintete um das Hotel herum zu der Seitengasse dahinter. Er mußte zu Ben gelangen, bevor Trainer und seine Kumpel das Zimmer erreichten.

Er mußte wissen, wie viele Leute hinter ihm her waren.

Er nahm die Feuerleiter. Es dauerte nicht lange, und er war im sechsten Stock. Dort stellte er fest, was er hätte voraussehen müssen: Die Feuerschutztür ließ sich nur von innen öffnen, und er konnte nicht hinein. Er sprang zum fünften Stock hinunter, hatte aber auch da kein Glück. Er kletterte die Feuerleiter weiter hoch, und als er am sechsten Stock vorbeikam, konnte er sehen, wie Trainer und der Mann mit den Kräusellocken ein Zimmer betraten, das nur zwei Türen von Bens entfernt war.

Im siebten Stock war jemand achtlos gewesen; die Feuerschutztür stand einen Spalt weit offen.

Joss steckte mühelos seine Finger in die Ritze und schob den Riegel zurück. Er befand sich im Flur.

Er war mit dickem Teppichboden ausgelegt und gnädigerweise menschenleer. Auf Zehenspitzen schlich Joss zum Fahrstuhl, drückte auf den Knopf und hielt den Atem an, falls er Pech hatte und jemand herausstürzte, den er nicht sehen wollte.

Plötzlich entdeckte er Trainer. Er stand im Flur und hatte offenbar gerade das Zimmer verlassen, in das Joss ihn eben hatte treten sehen. Er hatte den Fahrstuhl gehört und drehte sich jetzt um, um die Tür abzuschließen. Joss glitt aus dem Fahrstuhl und verschwand um die Ecke ins Treppenhaus. Als er wieder auf den Flur trat, war Trainer fort. Schnell ging Joss zu Bens Zimmer und schob den Schlüssel ins Schloß. Erleichterung strömte ihm aus jeder Pore, als er Bens vertrauten Rücken über den Laptop gebeugt sah.

»Wir müssen verschwinden, Ben. Sofort.«

»Was, jetzt sofort?«

»Gestern, Ben. Los, Mann. Zieh den Stecker raus«, befahl er und wies auf die Steckdose in der Wand.

»Hab' ich schon.«

»Was meinst du damit?«

»Ich halte hier ein Stück Papier in der Hand...«

»Du hast es geschafft«, rief Joss aus.

»Und ob.«

Ein Klopfen. Noch eins. Eine Pause, dann pfiff eine Kugel durch die Tür.

Trainer.

Meißelgesicht.

»Das Fenster«, flüsterte Joss.

Ben nickte. »Der Sims ist breit genug. Wir können zur Feuertreppe laufen.«

Als die Türklinke heruntergedrückt wurde, befanden Joss und Ben sich siebzig Fuß über den Straßen von Zürich. Sie polterten die Feuerleiter herunter, ohne einen Blick zurückzuwerfen. Joss konnte die Verfolger rufen hören, während Kugeln von den Eisenstangen um sie herum abprallten. Rennend landeten sie auf dem Boden und sprinteten die Seitengasse hinunter auf ihr Auto zu, Joss voran. Sie sprangen hinein; mit ungeschickten Fingern steckte Joss den Zündschlüssel ins Schloß, startete den Motor und raste los. Im Rückspiegel konnte er Meißelgesicht und Krauskopf erkennen. Beide gestikulierten wild; Joss zeigte ihnen den erhobenen Mittelfinger. Er und Ben verließen Zürich mit einer Ladung Dynamit in der Tasche. Das Problem war nur, sie mußten erst noch herausfinden, wie sprengkräftig diese Ladung war.

Trainer beugte sich vor, bis seine Stirn fast die von Callum Lane berührte, und flüsterte, fast ohne zu atmen: »Erzähl mir nichts von Computerviren, sag mir, was passiert ist.«

Sie befanden sich in einem Privatraum in der Kholl Bank, wo sie und die Bankangestellten wie wild versuchten festzustellen, was genau Joss und sein Freund angerichtet hatten.

»So einfach ist das nicht. Der Virus frißt alles in Sichtweite«, erwiderte Callum, senkte den Blick und entzog sich damit der Konfrontation.

»Wie wär's dann mit einer auf eine gewisse Sachkenntnis gestützten verdammten Vermutung, Bruder Lane?« bellte Trainer. Tomlin und Moyne saßen einfältig in einer Ecke des kahlen, zu hell beleuchteten Raums.

Callum zuckte die Achseln. »Bevor der Virus die Unterlagen vernichtet hat, habe ich mit der letzten Überweisung begonnen. Sie werden über die Lieferung an die Fabrik in Venedig Bescheid wissen.«

Trainer versetzte dem Tisch einen Fußtritt, so daß er umstürzte.

»Und«, fuhr Callum fort, »es fehlt Geld.«

Trainer blieb abrupt stehen, wie festgefroren.

»Wieviel?« fragte er. Seine Stimme schwankte, denn er hatte schon eine Vorahnung.

»Zuviel.«

»Wieviel, verdammt?« fragte er ausdruckslos.

»Genug, um mein Leben zurückzukaufen?«

Trainer schüttelte den Kopf. »Soviel Geld gibt es auf der ganzen Welt nicht.« Er hielt inne, um nachzudenken, und wandte sich dann an Tomlin und Moyne. »Mobilisiert alle unsere Leute. Die Diebe sind mit dem Wagen unterwegs. Blockiert jede Straße zwischen hier und Venedig. Wir brauchen sie lebendig – aber nicht unverletzt!«

Kapitel neununddreißig

Joss konzentrierte sich darauf, eine gleichmäßige Geschwindigkeit beizubehalten. Wenn er bergan zu sehr beschleunigte, überlastete das womöglich den Motor des Kleinwagens. Er zwang das Auto mit purer Willenskraft weiter die Paßstraße hinauf. Sein Blick hing auf der mit Löchern übersäten Trasse vor ihnen, suchte nach potentiellen Gefahren, denn es hatte schweren Schneefall in den Alpen gegeben. Sie waren unterwegs nach Venedig, über die Bergroute.

»Also noch mal, warum Venedig?« fragte Joss.

»Laß mich dir, mein schieres, verwegenes Genie, erklären und erläutern, wie der Virus arbeitet, dann wird alles offenbar werden«, erwiderte Ben, der durch den Adrenalinschub immer noch in euphorischer Stimmung war. Joss zuckte die Achseln. »Dreihundert Zeilen einfache DOS-Programmierung, das ist alles.«

»In allgemeinverständlicher Sprache bitte«, beschwor Joss ihn.

»Jemand hat ein Programm geschrieben, das eine Variante eines uralten Virus ist. Dieser wurde in den siebziger Jahren entworfen, um die Herstellung von Raubkopien von Computerspielen für Kinder im Fernen Osten zu verhindern.«

»Einer aus der Bank, meinst du?«

»Oder jemand, der die Konten auf dem Computersystem der Kholl Bank installiert hat.«

»Also was genau hat derjenige getan?«

»Er hat diesen alten Virus adaptiert und in ihr eigenes System eingebaut, damit die Stammdaten vernichtet werden, sobald ein unberechtigter Zugriff registriert wird.«

»Also, komm schon, was haben wir in der Hand?«

»Wie ich vermutete, handelt es sich um ein Erfolgskonto.«

»Woher weißt du das?«

»Am Ende eines jeden Börsentages geht das Saldo des Kontos auf Null zurück.«

»Und was heißt das?«

»Daß jeden Tag große Geldmengen durchgeschleust werden.«

»Woher weißt du das so genau?« fragte Joss und starrte weiterhin durch die zunehmende Dunkelheit auf die Straße vor ihnen.

»Sieh mal, ein solches Konto wird nur geführt, um Arbitragegeschäfte zu machen oder Gelder zu verbergen, von denen niemand etwas wissen soll. In beiden Fällen wird die Bank nur grünes Licht zum Wertpapierhandel geben, wenn sie eine saftige Provision kriegt.«

Joss konnte sehen, daß Bens beweglicher Geist durch die finanziellen Knotenpunkte raste.

»Kannst du sagen, wo das Geld hingeht?« fragte er. Ben kniff die Augen zusammen.

»Für mich sieht es so aus, als würde es auf die Kanalinseln gehen, wahrscheinlich nach Jersey, und von dort wird es zweifellos irgendwo anders hin transferiert. Es ist eine klassische Geldwaschanlage, und sie ist übersät mit den Fingerabdrücken deines Vaters.«

Joss ignorierte den Kommentar. Jetzt war nicht die Zeit für Schuldzumessungen; er mußte das Leben seines Vaters retten. Er stellte weiter Fragen.

»Was passiert jetzt, nachdem der Virus das Konto befallen hat? Sind noch irgendwelche Unterlagen vorhanden?«

»Das bezweifle ich. Sie werden das sehr geheim halten wollen.«

»Über wieviel Geld reden wir hier?«

»Hunderte von Millionen: mehr Geld, als du dir je vorstellen kannst. Es könnte sein, daß das Geld, das wir auf diesem Erfolgskonto gesehen haben, gar nicht der Millennium-Kirche gehört. Ich meine, Bargeldschenkungen in Höhe von fünf Millionen bekommt nicht mal der Vatikan, geschweige denn irgendein durchgeknallter Verein.«

»Also wäre es möglich, daß die Millennium-Kirche als Strohmann für irgend jemanden fungiert?«

»Oder für mehrere. Es könnte auch sein, daß sie jemand anders abzapfen.«

»Die Hände beißen, die sie füttern.«

»So was in der Richtung.«

»Also wird es in jedem Fall ein ziemliches Chaos auslösen, daß der Virus zugeschlagen hat?« fragte Joss, der immer interessierter wurde, als Ben das Ausmaß der Probleme der Sekte erläuterte.

»Das Konto ist effektiv wertlos geworden. Niemand wird sagen können, wo das Geld hingegangen ist. Niemand außer uns. Für alle anderen schwirrt es als Buchgeld irgendwo im Netz herum, aber...« Er hielt inne und schüttelte den Kopf. »Im Augenblick befindet es sich auf einem Zwischenkonto meines Arbeitgebers in Genf, unter meinem Namen.«

»Menschenskind. Es tut mir leid, Ben.«

»He, was sind schon ein paar Millionen unter Freunden? Ich kann ja sagen, daß es eine Erbschaft ist, wenn die Aufsichtsbehörde mich zu Kaffee und Keksen bittet.« Er hielt erneut inne, als ihm die Größenordnung seines Handelns in vollem Ausmaß bewußt wurde, und schien dann noch einen Schritt weiterzudenken. »He, einen Augenblick, Joss: Wenn dieses Konto das ist, wofür ich es halte, dann ist das Geld von der Sorte, das niemand haben will.«

»Was meinst du damit?«

»Hör mal, begreifst du nicht? Wenn es zur Geldwäscherei dient, dann wird jeder, bei dem es letztendlich landet, den Behörden erklären müssen, wie er zu dem Geld kommt.«

»Also?«

»Also leuchtet es ein, daß sie kaum ein großes Aufhebens davon machen werden, daß es weg ist.«

»Konntest du feststellen, woher das Geld kommt?«

»Ich habe Tausende von Quellen aufgespürt, von privaten Spendern bis zum Großkapital, von Pfennigen bis zu Millionen von Pfund. Aber das ist nicht das Entscheidende. Wichtig ist, wo es als nächstes hingeht, und deshalb fahren wir nach Venedig.«

Joss schüttelte den Kopf, der in einem Meer von Geld und Korruption schwamm. Sein Fuß, der ständig das Gaspedal niedergedrückt hielt, ermüdete langsam.

»Ben, könntest du das noch mal wiederholen, damit es auch die verstehen, die schwer von Begriff sind?«

»Spenden an eine Kirche sollten doch religiösen und sozialen Zwecken dienen. Warum also ist der Hauptempfänger die Ruga Fondamenta, eine Glasfabrik in Venedig? Von den Summen, um die es hier geht, könnte man eine Menge Buntglas kaufen. Millionen von Kirchenfenstern, um genau zu sein.«

Joss warf einen Seitenblick auf seinen Freund.

»Warum zum Teufel sollten sie einer Glasfabrik derartig viel Geld überweisen?«

Ben lächelte grimmig.

»Es war für die Opfer des Erdbebens in Sizilien vorgesehen, für medizinische Hilfsgüter, durch eine Zwischenfirma.«

»Schweinehunde«, stieß Joss hervor.

»Es ist Arbeitskapital für irgend etwas anderes, Joss. Das ist eine ziemliche große Sache.«

Joss schaltete einen Gang zurück, als der Hang steiler wurde.

»Wir haben immer noch nicht genug in der Hand, um damit zu Greta zu gehen.«

Ben schüttelte den Kopf.

»Wir haben den Beweis dafür, daß sie ihre Gläubigen abzokken.«

»Das reicht noch nicht. Ich brauche etwas, womit ich Rivers und seine Sekte so richtig festnageln kann. Es geht mir nicht nur um Callum, sondern auch um all die anderen Opfer«, sagte Joss leise.

»Was ist mit dem Geld?« fragte Ben.

»Laß es auf deinem Konto in Genf. Wir können es ja als Wiedergutmachungsfonds für die Menschen betrachten, deren Leben von der Millennium-Kirche zerstört wurde, aber eins ist sicher: Sie werden es nicht zurückbekommen. Es wird höchste Zeit, daß sie ein paar Schulden abbezahlen.«

Urplötzlich bewegte sich direkt vor ihnen ein Lichtstrahl auf und ab. Als Joss das Tempo verlangsamte, konnte er zwei oder drei Männer auf der Straße vor ihnen ausmachen. Einer signalisierte ihm, daß er anhalten sollte. Verflucht, gerade als er gedacht hatte, daß sie aus Zürich entkommen waren, ohne daß Trainer sie aufgespürt hätte.

Was nun?

Er sagte Ben, er solle sich ducken und versuchen, ungesehen aus dem Wagen zu rollen, wenn Joss im toten Winkel der Männer vor ihnen das Tempo drosselte.

Sie würden nach zwei Männern suchen.

Denk nach, Joss.

Schnell.

Eine Reihe von Felsnasen vor der Kurve sorgten für Deckung. Das würde Ben ermöglichen, hinter die feindlichen Linien zu gelangen. Als Joss die Scheinwerfer voll auf die Gesichter der Männer gerichtet hatte, die die Straßensperre bildeten, öffnete Ben leise die Wagentür und ließ sich behutsam in den weichen Schnee rollen.

Zwanzig Meter weiter brachte Joss den Wagen zum Stehen. Er erkannte keinen der Männer. Als er das Fenster herunterkurbelte, kam einer von ihnen auf ihn zu.

Plötzlich gab es einen ohrenbetäubenden Knall, und der näherkommende Mann sank in die Knie. Einer der anderen

Männer stieß einen Schrei aus, als ein zweiter Schuß losdonnerte und dann ein dritter. Joss starrte verständnislos, als die beiden Männer zur Seite kippten. Dann ging die Wagentür auf, und sein Passagier ließ sich wieder auf den Sitz fallen. Er hielt etwas in der Hand, was für alle Welt wie eine Pistole aussah.

»Menschenskind, Ben, was zum Teufel?«

»Fahr weiter, fahr einfach weiter, Mann.« Ben hielt seinen Kopf umklammert, der heftig blutete.

Joss' Reaktionsvermögen hatte ihn verlassen.

»Komm schon, Joss. Die waren hier, um uns umzubringen.«

»Aber die Pistole?«

»Ich habe sie dem Typen abgenommen, auf den ich draufgerollt bin.«

Joss drückte das Gaspedal durch, und der Wagen schoß mit einem Ruck vorwärts. Die Reifen drehten im Schnee durch. Er wandte den Kopf, um wieder etwas zu Ben zu sagen, brachte aber kein Wort heraus. Ben saß vorgebeugt, eine Hand auf dem Armaturenbrett, und spähte hinaus. Der Wagen schlidderte heftig nach links.

Joss konzentrierte sich so sehr, daß er die flackernden Lichter hinter ihnen anfangs gar nicht wahrnahm. Sie waren unter ihnen, als sie langsam weiter den Berg hinauffuhren, aber mittlerweile deutlich sichtbar.

Es waren Zwillingslichter, dicht beieinander, und jetzt konnte Joss das Dröhnen eines Vierradantriebs hören. Die Straße war plötzlich viel steiler geworden, und der Kleinwagen stockte vor einer weiteren Haarnadelkurve, bevor er mühsam wieder an Fahrt gewann. Sie schafften es gerade noch, einer abfallenden Wand aus braunem Eis auszuweichen, aus der Felsbrocken hervorragten, als sie um die Kurve sausten.

»Vorsicht, Joss.«

»Ausgerechnet du sagst mir, ich soll vorsichtig sein? Herrgott, Ben, hast du den Typen umgebracht?« schrie Joss.

»Ich habe auf die Knie gezielt. Vorsicht, Joss«, wiederholte sein Freund nachdrücklich.

Joss folgte seinem Blick und sah plötzlich den Grund für Bens Besorgnis. Ein tiefer schwarzer Graben war vor ihnen in die Straße gehauen worden. Es konnte ein Entwässerungsgraben sein; nach den Plastikrohren zu urteilen, die am Straßenrand lagen, waren die Arbeiten noch im Gange.

Zwei flache Planken, die aussahen wie Eisenbahnschwellen, lagen für sie bereit, aber Joss schätzte seine Chancen nicht sehr hoch ein.

Sein Magen schmerzte, als die beiden Scheinwerfer des Verfolgerwagens sie im Rückspiegel blendeten.

»Fahr rüber«, brüllte Ben.

»Was, was?«

»Ja, du Idiot, fahr rüber. Schnell.«

Zentimeterweise manövrierte Joss den Wagen vorwärts und betete, daß er ihn in die richtige Position gebracht hatte.

»Fahr schon«, schrie Ben, als das Rückfenster um sie herum in tausend Stücke zersprang. Es war unmöglich hinunterzusehen. Er hatte das Gefühl, über einer tintenschwarzen Leere zu schwanken. Der Motor des Verfolgerfahrzeugs war ohrenbetäubend laut.

Sie taten es einfach.

Der Wagen schnurrte über den Abgrund und ruckelte auf der anderen Seite von den Planken.

»Warte«, rief Ben, sprang aus dem Auto und schleuderte eine der Planken ins Tal, wie beim schottischen Baumstammwerfen. Er rannte neben dem mutigen kleinen Renault her, während Joss das Gaspedal bis zum Anschlag durchtrat. Ben klammerte sich an das Wagengestell und schaffte es, sich wieder in den Sitz zu hieven.

Sie sahen die Lichter des Jeeps über die Kante verschwinden, und Sekunden später hörten sie unten die Explosion.

Einen Kilometer lang holperten sie in absolutem Stillschweigen weiter die Gebirgsstraße hinauf. Plötzlich rutschte das Auto zur Seite ab, und der Kotflügel krachte in die Felswand. Sie kamen knirschend zum Stehen, denn das Vorderrad steckte in einem Bachdurchlaß fest. Joss versuchte, den Rückwärtsgang einzulegen, und als er nach hinten sah, entdeckte er die Suchscheinwerfer des Hubschraubers über ihnen.

Plötzlich kam der Wagen mit einem gewaltigen Ruck frei, schoß rückwärts und brachte sie damit aus dem Kugelhagel, der vom Himmel auf sie niederprasselte. Das Licht flackerte, und Joss bekam die in einer Kiesrinne durchdrehenden Hinterreifen wieder unter Kontrolle. Sie wurden vorwärtskatapultiert. Mittlerweile waren sie auf einer geraden Strecke, die bergab zur Stadt Ütilberg führte. Ben öffnete das Fenster und feuerte zwei Runden Blei nach hinten ab, mehr aus Hoffnung denn aus irgendeinem anderen Grund.

Sie waren nicht mehr als drei Kilometer von der Stadt entfernt, als Joss einen heftigen Aufprall spürte und Ben aufschreien hörte. Das Auto war gegen die Stützmauer am Ende der Straße gedonnert. Der Aufprall hatte das Armaturenbrett einbrechen lassen, und Ben war eingeklemmt und wurde hart gegen die Lenksäule gedrückt. Joss hatte ein paar Glassplitter im Gesicht, konnte sich aber frei bewegen.

Er sprang aus dem Auto und schnappte sich seinen arg mitgenommenen Rucksack vom Rücksitz, während der Hubschrauber über der Unfallstelle kreiste und nach einem Landeplatz suchte. In der Ferne konnte er die Sirene eines Polizeiwagens hören. Joss versteckte sich hinter einem Felsblock und spürte eine irrwitzige Erleichterung, als der Hubschrauberpilot aufgab, weil die Polizei eingetroffen war. Joss sprang in den Entwässerungsgraben neben der Straße und machte sich auf den Weg zur Stadt.

Er hatte ein schlechtes Gefühl wegen Ben, aber zumindest war sein Freund jetzt in Sicherheit. Schlimmstenfalls hatte er ein paar gebrochene Rippen davongetragen, und die Kopfwunde würde genäht werden müssen. Joss hatte die Finanzausdrucke vom Armaturenbrett mitgenommen, so daß die Polizei Ben nur zur Befragung festhalten konnte, bis sie ausgeknobelt hatten, ob es ein Kapitalverbrechen war, wenn auf einen geschossen wurde.

Kalt und naß stieg er aus dem Graben und strebte zum Busbahnhof und dem ersten Bus, der die Stadt verlassen würde.

Der Bus fuhr nach Milano.

Ja, Mailand. Das würde gehen. Zum Flughafen von Mailand, und von da nach Venedig.

Du kannst nirgendwo sonst hin, Joss.

Also auf nach Milano.

Kapitel vierzig

In der brütenden Nachmittagshitze war Joss mit dem Flug aus Mailand auf dem hektischen Flughafen Treviso außerhalb von Venedig gelandet. Die typisch venetianische Lethargie in bezug auf Zoll und Obrigkeit hatte seine Zuversicht neu belebt, und die Buslinie 6 würde ihn in einer dreißigminütigen Fahrt ins Zentrum Venedigs bringen.

Den Busfahrschein hatte er bei dem *tabacchi* direkt vor dem Ausgang des staubigen Flughafengebäudes gekauft, zusammen mit zwei dicken *tramezzini*, um seinen flauen Appetit anzuregen, aber er fühlte nichts als Beklommenheit, wenn er an seine Aufgabe dachte. Alles, auf das er sich stützen konnte, war eine Verbindung zwischen der Glasfabrik Ruga Fondamenta und der Millennium-Kirche und das Wissen, daß die Fabrik sich auf der Insel Murano befand, dem wahren Zentrum der Glasbläserindustrie.

Sein letzter Besuch in Venedig war schon einige Zeit her, aber er erwartete, daß die enorm überteuerte Piazza San Marco all ihre wunderschöne Arroganz beibehalten hatte und ihre Fähigkeit, die Unvorsichtigen mürrisch ihrer Lire zu entledigen. Die Piazza hielt die Stadt in Bewegung und war neben den Gondeln und schwankenden Tenören der überteuerte Mittelpunkt der Tourismusindustrie. Aber diesmal war Joss geschäftlich hier; in äußerst wichtigen Angelegenheiten.

Er breitete den im *tabacchi* erworbenen Stadtplan auf den Knien aus, während der Bus seine Fahrt zum Mittelpunkt der Stadt fortsetzte. Venedig besteht aus hundertachtzehn Inseln, die durch ungefähr vierhundert Brücken über das unaufhörlich vordringende Wasser miteinander verbunden sind. Sechs sestieri oder Bezirke steuern ihre eigene ausgeprägte Identität zum Ganzen bei, drei auf jeder Seite des Canal Grande.

Es war das Wasser, das ihn an Barney Calladine denken ließ, den verrückten Höhlentaucher und alten Freund. Während der Wartezeit im Mailänder Flughafen hatte er seine früheren »In Extremis«-Partner aufgespürt. Barneys Mutter hatte ihm von der Club Med-Tauchschule erzählt, wo Barney sich offensichtlich großartig amüsierte, die Männer herablassend behandelte und ihre Freundinnen bezauberte, während er unverschämt hohe Summen dafür forderte, daß er ihnen beibrachte, wie sie in den gefährlichen Gewässern des Hotel-Swimmingpools durch ein Tauchgerät atmen konnten.

Barney war von einer Grill- und Togaparty zum Telefon der Bar am Pool gezerrt worden.

»Barney Calladine, der Junge aus Atlantis, was kann ich für Sie tun?«

Zuerst war seine lebhafte Freude wie fortgefegt, als Joss leise seinen Namen sagte, aber innerhalb von Sekunden kehrte sie zurück.

»Du hast nie geschrieben, also hab' ich die Verlobung gelöst, Mann!« grunzte er. Joss hatte anerkennend gelacht und dann versucht, ihn um Hilfe zu bitten. Nach außen hin war Barney ganz der Scherzkeks, aber wie bei vielen Witzbolden verbarg sich darunter eine zutiefst ernsthafte Weltsicht. Joss informierte ihn über seine Zwangslage, wenn er auch nicht alles sagte, und schloß dann:

»Ich weiß, daß du eine gute Sache laufen hast, Barney, und ich habe kein Recht, so etwas von dir zu verlangen.«

»Gute Sache, sagst du? Kaum. Der Club Med ist so voller Scheiße, daß es wie Höhlentauchen ist, und die Frauen, na ja, die Frauen sind phantastisch. Bleib dran, ich glaube, ich habe mich gerade selbst überredet hierzubleiben.«

»Ich verstehe«, hatte Joss erwidert.

»Du verstehst gar nichts, Joss. Sag mir den Namen des Hotels, in dem ich dich erreichen kann.«

Joss kramte in der Dachkammer seines Gedächtnisses nach dem Namen der *pensione*, in der er bei seinem letzten Besuch in Venedig gewohnt hatte.

»Kannst du die ganze Ausrüstung mitbringen?«

»Ich leite die Tauchschule. Wenn sie repariert werden muß, muß sie repariert werden. Ich nehme an, es wird ungefähr einen halben Tag dauern.«

»Barney?«

»O nein, er wird mir mit dieser schmalzigen, gefühlsduseligen, aufrichtigen Stimme danken. Hör zu, dieses Gespräch geht von meiner freien Zeit ab, Lane, und es gibt da eine Friseurin aus Watford, die besonders begehrliche Blicke auf mich wirft und darauf wartet, daß ich in meiner Toga einen Handstand mache. Wir sehen uns morgen.«

Joss warf einen Blick auf die anderen Passagiere im Bus, aber sie waren im großen und ganzen nicht weiter bemerkenswert. Er konnte das Näherkommen der Stadt riechen, bevor er sie sah; dafür sorgte die ineffektive Klimaanlage des Busses.

Als er ein Kind war, hatte seine Mutter ihm einmal erlaubt, abends länger aufzubleiben, um sich den Nicholas-Roeg-Film *Wenn die Gondeln Trauer tragen* anzusehen. Von der Szene, in der der Zwerg in dem leuchtendroten Lackregenmantel den schwerlidrigen Donald Sutherland brutal ins Jenseits befördert, bekam er immer noch Alpträume. Das blieb sein vorrangiges Bild von der Stadt Venedig: Schönheit, Verderbtheit und unerwarteter Tod. Er schüttelte die Erinnerung ab.

Eine gebräunte Rucksackreisende sah zu ihm hinüber und lächelte. Joss hätte fast zurückgelächelt, aber dann fielen ihm Monica und die Venusfliegenfalle in London ein, und er warf ihr statt dessen einen finsteren Blick zu.

Der Bus brachte den letzten Teil der Fahrt im Stakkatorhythmus hinter sich; der Verkehr in Venedig war so laut und schwer wie die übelriechende Luft. Mit einem bebenden Rückstoß bog er in den Busbahnhof am Piazzale Roma ein, und Joss stieg mit den anderen Passagieren zusammen aus. Das Mädchen, das ihn vorhin angelächelt hatte, hievte sich einen schweren Bergen-Rucksack auf die breiten Schultern und beklagte sich bei ihrer Freundin, die glatt herabhängende Haare hatte, daß es hier stank.

»Das ist ein Busbahnhof, natürlich stinkt es hier«, murmelte Joss, als er sich an ihr vorbeischob.

In Venedig kam man zu Fuß schneller voran. Das gesamte Stadtzentrum und die Hauptsehenswürdigkeiten konnten in einer Stunde abgeklappert werden. Die Sonne war nur noch ein niedrighängender Feuerball und stand kurz vor ihrem täglichen Erlöschen durch die Erdrotation, als Joss am Kanal entlangschlenderte, voller Staunen über die Vision, die diese Stadt erbaut hatte, und über die Vernachlässigung, die ihr erlaubte, in das Wasser zurückzugleiten, das ihr Ursprung gewesen war.

Er war diesen Weg schon einmal gegangen. Mit Greta. Verspielt, Hand in Hand, hatten sie über die schmetternden Gondolieri und ihre asthmatischen Akkordeons gelacht. Er und Greta. Sie bekamen große Augen, als die Rechnung für zwei Kaffee und zwei Grappa die Kosten eines Abends im West End überstieg, und hatten dann gelächelt, als wären sie erfahren in diesen weltlichen Dingen, und hatten dem durchtrieben grinsenden Kellner ein stattliches Trinkgeld gegeben. Er und Greta. Nachmittags hatten sie sich in einem billigen Hotel geliebt. Er war damals reicher gewesen, als er es je wieder sein würde, aber er war zu blöde gewesen, es zu merken.

Die *pensione* in Cannaregio, das »Al Gobbo«, war noch genau so, wie er sie in Erinnerung hatte. Er und Greta hatten die Pension das »Hotel Spucke« genannt, als er es für sie beide aus dem Reiseführer ausgesucht hatte, aber für ein Ein-Sterne-Hotel war es vornehmer als die meisten seiner bescheidenen Gegenstücke bei der benachbarten Lista di Spagna, und ihr Zimmer war auf einen kleinen, aber reizenden Garten hinausgegangen. Als er und Greta in der süßen Nachglut der Liebe auf dem Bett lagen, hatten die Mimosen freudig ihren Duft dargeboten, um dem Gestank des Wassers entgegenzuwirken.

Es dauerte keine zehn Minuten, dann hatte die Eigentümerin ihn schläfrig willkommen geheißen, konnte ihm aber nicht dasselbe Zimmer geben, worüber Joss in gewisser Weise erleichtert war. Zögerlich spritzte der Wasserhahn kühles Wasser in die alte, aber peinlich sauber geschrubbte Badewanne, und Joss nahm sich eine halbe Stunde Zeit, die Rückstände der Reise abzuwaschen. Er versuchte, seinen Kopf von allem freizumachen außer der Aufgabe, die vor ihm lag, aber Gretas süßes Gesicht stand ihm ständig vor seinem inneren Auge: lächelnd, lachend, entschlossen und dann schließlich, bei der Leichenschau seiner Mutter, unversöhnlich und streng. Er bespritzte sich mit linderndem heißem Wasser, ein vergeblicher Versuch, das tiefe Kältegefühl des Bedauerns und des Verlustes wegzuschwemmen.

Das Tageslicht verlor gerade die Herrschaft über die von Kanälen durchzogene Stadtlandschaft, als Joss, jetzt in losen Freizeithosen, gelbbraunen Segelschuhen und einem weißen Leinenhemd, sich zu einer Bar in der Calle Priulli aufmachte. Die Bar, in der es lebhaft und laut zuging, war ein Treffpunkt für junge Männer in Anzügen – mit gelockerten Krawatten und Aktenmappen aus Kalbsleder vor den teuer beschuhten Füßen –, die hier ein kaltes Bier tranken und angeregte Diskussionen führten. Eine Musikbox summte Van Morrisons »Brown-eyed Girl«, fast lautlos wegen des konkurrierenden Geschnatters der Gäste. Joss bestellte ein Glas Prosecco Rosé bei dem geschäftigen Kellner, wurde aber durch ein bloßes Heben seiner dichten Augenbrauen gezwungen, eine ganze Flasche zu nehmen. Joss zuckte die Achseln: Was soll's. Barney würde am nächsten Morgen kommen, und dann konnte die Arbeit beginnen.

Gerade in diesem Augenblick erspähte er draußen eine Telefonzelle, und als ein heftig knutschendes Pärchen sie endlich geräumt hatte, schritt er hinüber, um sie in Besitz zu nehmen. Er wußte die Nummer auswendig und wählte sie mühelos.

Ihre atemlose Stimme flüsterte: »Greta Larson.« Er zögerte.

»Ich bin's«, sagte er und wartete verloren darauf, daß in ihrer Stimme eine Andeutung potentieller Vergebung mitschwang.

»Gott sei Dank«, sagte sie geschäftsmäßig. »Wo bist du?«

»In Venedig.«

»Joss, Rose Moody ist zusammengebrochen, und Rivers sah höchst erstaunt aus, als er vor Gericht nach dir gefragt wurde. Was hast du in der Hand?«

Die Schnelligkeit und Inbrunst, mit der sie ihre Informationen und die Nachfrage vorbrachte, raubte ihm fast den Atem.

»Ich bin im Besitz einiger Finanzunterlagen der Millennium-Kirche aus Zürich. Sie zocken all ihre Mitglieder ab, das Ganze ist ein riesiger Schwindel. Diese Informationen haben mich nach Venedig geführt. Sie haben Callum... Ich muß der Sache auf den Grund gehen; sie werden nicht zögern, ihn umzubringen.«

»Ich weiß nicht, was ich sagen soll«, flüsterte Greta traurig, »aber Mark und ich brauchen jede Hilfe, die wir kriegen können.«

»Das klingt fast, als wärt ihr beide ein Paar«, sagte er bitter. Sie ignorierte diesen unfairen Kommentar.

»Fax mir, was du hast, ich werde es Mark bringen. Er wird wissen, was damit zu tun ist.«

Eilig notierte er sich ihre private Faxnummer.

»Bist du in Gefahr?« fragte sie, und Joss' Herz schwang sich über Beacher's Brook empor.

»Ich habe die Sache im Griff«, entgegnete er nonchalant. Greta seufzte frustriert, als sie diese Schwarzenegger-Antwort hörte. »Ich meine, ich werde vorsichtig sein. Mach dir keine Sorgen.«

»Ich mache mir immer Sorgen um dich.«

»Meinst du das ernst?«

»Wir haben jetzt keine Zeit für so was, Joss«, sagte sie energisch und geschäftsmäßig.

»Wenn du irgendwas herausfindest, irgendwas, fax es mir. Rivers wird sonst ungestraft davonkommen, und wenn er einen Mord begangen hätte.«

»Hat er schon«, erwiderte Joss düster.

»Was?«

»Nur so eine Redewendung«, sagte er, da er ihr nicht noch mehr aufbürden wollte, als sie sowieso schon zu tragen hatte – wie sie alle. Es war genug, daß sie sich immer noch Sorgen um ihn machte; zumindest bestand noch Hoffnung.

»Wir sehen uns, Greta.«

»Sorg dafür.« Schweigen verzehrte sie beide, bis er das Summen einer toten Leitung am anderen Ende hörte.

Später, als er ihr die Unterlagen gefaxt hatte, legte er sich in seinem Zimmer aufs Bett und schwor bei sich, alles in seiner Macht und Kraft Stehende zu tun, um Greta zu helfen und sich in ihren Augen reinzuwaschen.

Kaum drei Kilometer entfernt blickte Joss' Vater von der Insel Murano zu den glitzernden Lichtern von Venedig hinüber. Trainer hatte größtenteils geschwiegen, nachdem die Nachricht von Joss' dramatischem Entkommen in den Bergen sie erreicht hatte: vier Tote, zwei Verwundete und ein junger Banker in Schutzhaft. Das Fenster, durch das er blickte, war vergittert, und der Raum war eine muffige Zelle, in der Callum gefangengehalten wurde. Sie maß zweivierzig mal zweivierzig Meter, und der Putz blätterte von den Wänden, wegen der vordringenden Feuchtigkeit des nahen Kanals. Ein Schlüssel wurde im Schloß herumgedreht, und Trainer kam herein, ein Tablett mit Oliven und Bauernbrot aus Sauerteig in der Hand. Er stellte es auf dem groben Tisch ab.

»Wir müssen dich am Leben erhalten, bis wir das Geld zurückhaben«, erklärte er.

»Bist du zu diesem Schluß gekommen oder der Reverend?« fragte Callum. Trainer lächelte verklärt.

»Er wird kommen, dein Junge. Seltsam«, grübelte Trainer, setzte sich auf den einzigen, aus harten Brettern gezimmerten Stuhl und steckte sich mit einem befriedigten Schmatzen eine glänzende schwarze Olive in den Mund. »Er hat Mut und Intelligenz. Der Apfel muß ziemlich weit vom Stamm gefallen sein, oder schlägt er eher nach seiner Mutter?«

Callum zuckte die Achseln, ohne etwas zu erwidern.

»Wir werden warten«, fuhr Trainer fort. »Er wird kommen, denn er braucht Antworten. Er denkt, er wird sie hier finden, aber alles, was er finden wird, ist Folter, bis er uns die fünfzig Millionen Pfund zurückgibt, und dann den Tod. Ich glaube, ich werde zuerst dich alles gestehen lassen, einfach um seine Seele zu brechen, bevor ich ihm das Leben nehme.«

Trainer stand auf und ging zur Tür.

»*Bon appétit*«, hauchte er, schloß sie und sperrte hinter sich ab.

Callum Lane starrte durch die Gitterstäbe seiner Zelle und wartete auf Joss.

Kapitel einundvierzig

Mark Mason hatte ein Problem. Er hatte das Fax von Greta erhalten, das hinreichende Beweise für verdächtige Kontobewegungen der Millennium-Kirche zu liefern schien, aber das warf in sich zwei Probleme auf. Erstens war Joss Lane aller Wahrscheinlichkeit nach auf unredlichem Weg an diese Informationen gekommen, und zweitens fielen sie unter das Bankgeheimnis. Er tröstete sich mit dem Gedanken, daß er die Bankunterlagen nicht zur angemessenen Zeit hatte vorlegen können, weil er nichts von ihrer Existenz gewußt hatte. Wie er dafür sorgen sollte, daß sie als Beweismittel zugelassen wurden, war eine ganz andere Frage.

Er grübelte über das Problem nach, während er darauf wartete, sein Kreuzverhör fortsetzen zu können.

Im Sitzungssaal hatte sich lustlose Lethargie ausgebreitet, wie es bei einem lange andauernden Prozeß üblich war. Wieder ein Tag im Büro, schien die hier versammelte Arbeiterschaft zu denken, die mit resignierter Verzweiflung hereingeschlurft war, wie betäubt von der langweiligen Gleichförmigkeit des Ganzen. Mason dachte, daß diese Haltung sich sehr wohl ändern könnte, wenn er mit seinem unerwarteten Angriff von der finanziellen Seite her begann. Subtilität war hier fehl am Platze.

»Mr. Rivers«, begann er, »bitte werfen Sie einen Blick auf diese Unterlagen.« Ein Gerichtsdiener brachte sie lustlos zu dem Zeugen.

»Was für Unterlagen?« fragte Kronanwalt Callow lautstark und blätterte die gelben, mit Zetteln markierten Pappaktenordner vor sich durch. Mason machte weiter.

»Sie beziehen sich auf Gelder, die von der Millennium-Kirche eingenommen wurden.«

»Was soll das, Mylord?« donnerte Callow. »Der Verteidigung sind keine Finanzunterlagen als Teil der Beweiserhebung der Anklage vorgelegt worden.« Er schwenkte zu seinem nervösen Juniorgerichtsanwalt herum, um sich das bestätigen zu lassen.

»Die Unterlagen sind uns gerade eben zur Verfügung gestellt worden. Ich stelle formal den Antrag, sie als zusätzliches Beweismittel zuzulassen«, sagte Mason mit einer selbstsicheren, schwungvollen Gebärde. Er mußte jetzt sofort zuschlagen, vor den Geschworenen. »Wieviel Geld genau haben Sie Ihren Anhängern auf betrügerische Weise abgenommen?«

Die Geschworenen waren urplötzlich hellwach, genau wie er es geplant hatte.

Withnail lief purpurrot an. Es sah aus, als stünde sein Schädel kurz vor einer vulkanischen Explosion.

»Sie mißachten die Würde des Gerichts, Mason«, stieß er drohend zwischen zusammengebissenen Zähnen hervor. »Noch ein Wort in Gegenwart der Geschworenen, und Sie landen in einer Zelle. Bringen Sie die Geschworenen in ihr Beratungszimmer. Sofort!«

Rivers war erschüttert. Thynne und Callow starrten wütend in Masons Richtung. Withnail blickte drein, als würde er ihn am liebsten mit seinem eigenen Hammer zu Tode prügeln. Die Presse kritzelte die Aufmachertitel für die heutige Abendausgabe nieder, und Mark Mason wußte, daß seine Zukunft auf dem Spiel stand.

Nachdem die Schöffen fortgeführt worden waren, hatte Thynne nur einen Kommentar vorzubringen: »Die Geschworenen müssen entlassen werden.« Seine Stimme war voll von vorweggenommenem Triumph, aber Withnail schreckte vor der Aussicht einer erneuten Verhandlung zurück, und er würde seiner Pflicht nicht entrinnen können, indem er sich für befangen erklärte.

»In all den Jahren, die ich jetzt als Richter tätig bin, Mr. Mason, habe ich noch nie eine derart eklatante Mißachtung der gerichtlichen Verfahrensregeln erlebt. Ich werde Sie natürlich bei dem Leiter Ihrer Kanzlei melden, wenn das auch kaum viel Sinn haben wird. Was weit wichtiger ist, ich werde Sie der Anwaltskammer melden. Das könnte Sie Ihre Zulassung kosten.«

»Wie Euer Lordschaft wünschen«, erwiderte Mason ruhig, »aber was diese Verhandlung angeht, schlage ich vor, daß Euer Lordschaft mir vor den Geschworenen eine Rüge erteilt, woraufhin ich mich selbstverständlich entschuldigen werde. Dann wird Euer Lordschaft es angemessen finden, den Geschworenen mitzuteilen, dieses Beweisthema gänzlich außer acht zu lassen.«

Thynne war sofort auf den Beinen. »Das ist Quatsch, vollkommener Blödsinn. Die Geschworenen müssen entlassen werden. Der Schaden für meinen Mandanten ist enorm. Entlassen Sie sie sofort!« Sobald der letzte Satz seine Lippen verlassen hatte, erbleichte Thynne, aber Withnail hatte für einen Tag genug von arroganten Anwälten eingesteckt. Mason ergriff schnell das Wort, um ihm den Nagel der Ausdrucksweise seines Gegners weiter ins Fleisch zu treiben.

»Mein werter Kollege sagte, wenn Euer Lordschaft die Geschworenen anweist, das Thema zu ignorieren, werden sie ihrerseits Euer Lordschaft ignorieren.«

Withnail fixierte ihn mit einem grimmigen Blick.

»Ich weiß genau, was seine Worte bedeuten. Ich war viele Jahre lang Barrister, müssen Sie wissen. Diese Spielchen sind mir bestens bekannt.«

»Was beabsichtigen Euer Lordschaft zu tun?« drängte Mason, aber er konnte sehen, daß der Richter nicht die Absicht hatte, das gesamte Verfahren noch einmal über sich ergehen zu lassen.

»Lassen Sie die Geschworenen zurückkommen, und machen

wir weiter«, murmelte er. »Aber lassen Sie sich eins gesagt sein, Mr. Mason, noch irgendwelche Gaunereien Ihrerseits, und die Geschworenen werden entlassen, und Sie landen auf der Anklagebank.«

Nach außen hin nickte Mason demütig, aber innerlich glühte er vor Freude, denn er wußte, daß die Geschworenen die Anschuldigung unmöglich ignorieren konnten, die er gerade erhoben hatte. Rivers war der gestreiften Gefängniskleidung einen Schritt nähergekommen.

Kapitel zweiundvierzig

Barney Calladines Haar war lang, golden und lockig und mit einem Batikband zurückgebunden. Sein walnußbraunes Engelsgesicht mit dem berühmten Grübchen grinste immer noch wissend über das ungeheure Vergnügen, das das Leben bot. Sackartig herunterhängende Surfershorts betonten den Umstand, daß er ziemlich klein geraten war, aber ein »Einstein war ein Außerirdischer«-T-Shirt mit abgeschnittenen Ärmeln lenkte die Aufmerksamkeit sofort auf seine kompakte Stärke. Er umarmte Joss.

»Du siehst aus wie der Typ aus *Midnight Express,* der aus dem türkischen Gefängnis ausgebrochen ist.«

»Das ist mein *Trainspotting*-Look«, antwortete Joss. Sie standen im vormittäglichen Sonnenschein in dem ummauerten Garten der *pensione*.

»Ich habe dir geschrieben«, erklärte Barney verteidigend.

»Ich weiß; na ja, zumindest weiß ich es jetzt.«

»Einzelhaft?« erkundigte Barney sich, ließ sich auf eine schmiedeeiserne Bank sinken und schlug die Beine übereinander.

»So was in der Art.« Joss setzte sich neben ihn.

»Du warst immer einer der verlorenen Jungs.«

Joss blickte ihn an, und Barney lächelte. »Na ja, jetzt scheinst du dich ja gefunden zu haben. Also, wie sieht der Job aus?«

»Hast du die Ausrüstung?«

»Eingeschlossen im Büro der Besitzerin. Spitzentechnik: je zwei Schilfrohre vom Flußufer und zwei handgestrickte Kopfschützer.«

»Genau das Richtige also«, erwiderte Joss mit seinem strengen Lächeln. Man konnte sich bei Barney immer darauf verlassen, daß er mit der zuverlässigsten Ausrüstung ankam, die auf dem Markt zu haben war. »Hattest du Probleme, dir den Tag freizunehmen?«

Barney zuckte die Achseln und sah mit zusammengekniffenen Augen zu der niedrigstehenden, milchigen Sonne hoch.

»Ich hab' gekündigt. Na, sie wissen es noch nicht, aber es war höchste Zeit weiterzuziehen.«

»Barney!« rief Joss aus, ehrlich gerührt über das Opfer, das sein Freund ihm brachte.

»Nun mach dir mal nicht ins Hemd. Jedenfalls, ich habe Wasser getreten, seit... du weißt schon.«

Joss nickte langsam. »Hast du mal was von den anderen gehört?« fragte er, um dem Thema auszuweichen. Er wollte nicht über den Tod seiner Mutter reden.

»Schon seit einiger Zeit nicht mehr. Ben ist in...«

»Ben habe ich getroffen«, unterbrach Joss ihn. Barney wandte leicht den Kopf und hob herausfordernd die Augenbrauen.

»Also stecken wir da alle mit drin?«

»Ich wollte es nicht«, murmelte Joss.

»Das ist meistens so«, versetzte Barney. »Also, Tom hält in Deutschland die Fackel der Freiheit hoch und fliegt mit flachshaarigen Milchmädchen in seiner Harrier herum, und Greta...«

»Ja«, drängte Joss.

»Ich habe gehört, daß sie geheiratet hat. Tut mir leid.« Barney senkte den Blick und betrachtete die blühenden Mimosen.

»Sie hat geheiratet?« Joss fühlte sich, als hätte ihm jemand eins mit dem Ochsenziemer übergebraten. Warum hatte sie das nicht erwähnt, als er sie in London getroffen hatte? Dann rief er sich zur Ordnung. Als er Greta das letzte Mal von Angesicht zu Angesicht gesehen hatte, hatte er eine nackte Frau in seinem Hotelzimmer gehabt; kaum die richtige Gelegenheit zum Austausch von Erinnerungen.

»Warum sollte sie nicht? Wenn dein Freund ein Fixer ist, der knapp der Anklage entronnen ist, seine Mutter getötet zu haben, hat es nicht viel Sinn, auf ihn zu warten, oder?«

Joss stand auf und begann auf und ab zu gehen, die Hände tief in die Taschen geschoben, die Stirn gerunzelt. Zum ersten Mal seit Monaten spürte er den Ruf des Drachen. Seine Handgelenke schmerzten ebenso wie sein schwankend-unschlüssiges Herz, sein Magen befand sich im freien Fall, Meilen unterhalb von ihm im Garten. Bis jetzt war immer diese Hoffnung dagewesen. In den schwärzesten Momenten in der Klinik, wenn selbst das Methadon es nicht schaffte, ihn wieder in Kontakt mit sich selbst zu bringen, hatte er das Verlangen nach Stoff mit seiner Sehnsucht nach Greta zusammenschmelzen lassen. Greta war seine Streiterin gewesen, seine Fürsprecherin, und jetzt war sie mit einem anderen verheiratet.

»Einzelheiten weiß ich nicht«, murmelte Barney. »Ich weiß nur, daß es sehr schnell ging.«

»Wie ein Wirbelwind. Großartig. Aber mir gegenüber hat sie kein Wort darüber verloren.«

Barney stand auf, ging zu seinem Freund hinüber, langte hoch und legte die Arme um Joss' Schultern.

»Du warst weg, Joss, du bist ohne ein Wort abgehauen, warst vermißt. Sie war außer sich. Dann vergingen die Tage, die Wochen, die Monate, und kein einziges Wort von dem großen Joss Lane. Sie ist keine Miss Haversham.«

»Scheiß auf Dickens«, zischte Joss.

»Ein sehr ehrlicher Autor, wenn auch streckenweise ein wenig langatmig«, sagte Barney nachdenklich. »Aber du mußt sie jetzt vergessen. Haben wir nicht eine Mission zu erledigen?«

Joss konnte die unerwünschte Information nicht aus seinem Kopf vertreiben, aber plötzlich spürte er einen heftigen Schlag ins Gesicht. Sein Zorn flammte auf. Barney lächelte.

»Erinnerst du dich, damals?« Joss bemühte sich, die Verbindung herzustellen. »Wir hatten uns auf dem Helvellen verirrt.«

Barney Calladine gerät in Panik und dreht durch, als der gefrierende Nebel zu Schneefall wird, Joss Lane knallt ihm eine, führt ihn über die Schneegrenze und gräbt alle beide im Schnee ein. Am nächsten Morgen werden sie gerettet – Barney mit einem blauen Auge und einem verletzten Ego.« Barney lächelte grimmig. »Aber du hast es den anderen nie erzählt.«

Joss zuckte die Achseln. »Du hättest dasselbe für mich getan.«

»Damals wohl kaum, aber gib mir heute eine Chance.«

Sie schwiegen einen Augenblick, während beide an die gemeinsam durchlebte lebensbedrohliche Erfahrung zurückdachten.

»Also«, fuhr Barney fort, »erzähl mir die ganze Geschichte, und dann besuchen wir diese Insel, wie hieß sie gleich noch mal?«

»Murano«, erwiderte Joss.

»Schön. Was kann zwei vielversprechenden Jungs mitten in einer so zivilisierten Stadt schon groß passieren?«

Joss spürte, wie ein leichtes spasmisches Zittern vom unteren Rückgrat bis zur Halswirbelsäule hinauflief, wo es seinen Nakken packte. Trotzdem begann er mit seinem Bericht.

Das *vaporetto* Nummer 52 tuckerte von der Haltestelle Fondamenta Nuove über die Lagune auf San Michele und Murano zu. Auf den Wasserwegen, dem aquatischen Gegenstück der britischen Autobahn, drängte sich der Bootsverkehr.

Es war Ebbe, und Joss konnte die *bricole* erkennen, die Pfahlbündel, die die Unvorsichtigen von den verborgenen Schlammuntiefen weglenkten, auf denen früher regelmäßig gemietete Boote gestrandet waren. Die Einheimischen nannten diese Untiefen *laguna morta* – totes Wasser. Die einstige Neuheit der Rettungsaktionen war einem deutlichen Widerstreben gewichen, begeisterten Touristen zu erlauben, in gemieteten Booten irgendwo zu stranden, aber nach einer Stunde und dem Zahlen einer hohen Kaution hatten Joss und Barney sich ein Skiff für einen wiederholten Besuch gesichert.

Barney warf den Möwen, die kreischend um das Boot herumflatterten, Brotbrocken zu. Er war schweigsam gewesen, seit ihm das Ausmaß des Problems erklärt worden war. Joss hatte ihm jede Gelegenheit gegeben, von ihrer Vereinbarung zurückzutreten, aber Barneys Entschluß stand fest, und Joss sah zu, wie er durch visuelle Zeichen in der flachen Wasserlandschaft im Kopf die Fahrrinne markierte, die sie würden nehmen müssen.

Nach einem kurzen Halt in San Michele fuhren sie über das kabbelige Wasser nach Murano weiter, der Insel der Glasbläser. Auch andere Passagiere waren dorthin unterwegs und strebten zum Glasmuseum, wo in auf Hochglanz polierten Vitrinen Objekte von ehrfurchtgebietender Schönheit mit gräßlichem Kitsch um Ausstellungsraum wetteiferten. Joss und Barney sahen sich nach einem Landeplatz um. An der südöstlichen Spitze der Insel fanden sie einen. Ein kleiner, trüber Kanal führte zur Rückseite der Ruga Fondamenta.

Alle Glasfabriken der Insel waren für das Publikum geöffnet, auch die Ruga. Eine atemberaubende junge Venezianerin, die ein fehlerfreies Englisch sprach, führte sie durch den stolz präsentierten Schauraum. Jedoch waren es nicht die ausgestellten Glasobjekte, die Joss und Barney interessierten, sondern das, was hinter der Fassade verborgen lag; irgendwelche Hinweise oder Beweise, irgendeine Weiterführung der Spur, die zurück zu P.J. Rivers und der Millennium-Kirche führte.

Nach einer halben Stunde gab Joss ihrer Führerin ein großzügiges Trinkgeld. Sie dankte ihm und fragte, wo sie untergekommen seien und ob sie noch weiter behilflich sein könnte. Barney grinste, Joss errötete, und das Mädchen lachte darüber, wie englisch er war.

Bald rumpelten sie über das Wasser zurück. Die Flut setzte ein, und wieder schwiegen sie. Im Augenblick gab es nichts zu diskutieren, nur Arbeit zu tun.

Hinten in der Ruga fragte Harrison Trainer, flankiert von Alan Moyne und Dave Tomlin, das Mädchen gründlich aus. Trainer erinnerte sich an sie. Vor zwei Jahren hatte sie einige Zeit im »Hafen« verbracht. Er freute sich über die Initiative, die sie gezeigt hatte, als sie in Erfahrung zu bringen versuchte, in welchem Hotel Joss abgestiegen war, und über ihren Versuch, sich für den Abend mit ihm zu verabreden. Aber er hatte vor langer Zeit gelernt, daß es sinnlos war, hinter dem Feind herzujagen, wenn der Feind ganz versessen darauf war, einen zu jagen. Er entließ sie mit dem Versprechen, daß Reverend Rivers höchstpersönlich von ihrer guten Arbeit hören würde, und zwinkerte seinen Waffenbrüdern zu.

»Fast Zeit, Jungs«, grunzte Moyne, während Tomlin zurückzwinkerte. Es würde also doch noch alles gut werden.

Kapitel dreiundvierzig

Joss sah mit beeindruckter Faszination zu, wie Barney drei Teller Linguini und ein ganzes Ciabatta vertilgte. Die Luft draußen vor dem winzigen Restaurant war unruhig, denn es wehte ein heißer Wind von der Lagune, und Joss war auf stille Art gereizt.

»Du mußt hohle Beine haben.«

Barney zuckte die Achseln.

»Ich muß ein Hohlkopf sein, daß ich bei dieser Sache mitmache.«

Der Rüffel war wohlverdient; es war nicht Barneys Kampf. Joss reichte ihm noch ein Brotstäbchen, und Barney nahm es und kaute nachdenklich.

»Wenn diese abgedrehten Typen so schwere Jungs sind, wie du sagst, was soll sie dann davon abhalten, uns ebenso verschwinden zu lassen wie diesen Journalisten?«

Joss zerbrach sein knuspriges Brot in kleine Stücke.

»Fünfzig Millionen Pfund sowie der kollektive Verstand und die Genialität der Lane-Calladine-Organisation.«

Barney schob seinen Teller zurück.

»Also, dieser letzte Teil macht mir angst«, sagte er und lächelte unsicher. Sie hatten den späten Nachmittag damit zugebracht, die Tauchausrüstung in das gemietete Boot zu laden. Eine saftige Bestechungssumme, an den Bootseigentümer gezahlt, verbesserte die Aussichten, daß die Sachen noch dasein würden, wenn sie zurückkamen.

»Laß uns alles noch mal durchgehen«, verlangte Barney. Das war so seine Art. Immer und immer wieder, bis die ständige Wiederholung die Einzelheiten des Plans zu einer so natürlichen Folge machte wie Einatmen und Ausatmen. Joss nahm die Karte heraus, auf der Barney die Fahrrinne durch die trügerischen Schlickuntiefen markiert hatte. An der Insel angekommen, würden sie sich nahe der Küste halten, bis sie den abgeschiedenen Landeplatz erreichten, und dann durch das trübe Wasser des Kanals zur Rückseite der Ruga Fondamenta-Glasfabrik schwimmen.

»Was machen wir, wenn wir drin sind?«

»Wir werden nach Gehör spielen und es auf uns zukommen lassen«, erwiderte Joss. »Schließlich hat das bei Beethoven auch geklappt, und der war taub.«

Barney nickte und fügte hinzu: »Aber nicht blöd.«

»Sind wir auch nicht«, schoß Joss zurück.

»Die ebensowenig«, murmelte Barney. Darauf hatte Joss keine Antwort mehr. Sein Freund hatte recht. Rivers hatte sein Imperium nicht allein durch Glück aufgebaut. Der Mann und seine Stellvertreter dachten nach, statt daherzureden, und handelten, statt die Zeit zu vertrödeln. Kristina Klammers Tod und der Mord an Jim Thurman waren der beste Beweis dafür.

»Wir werden die Beweise finden und sie außer Gefecht setzen«, verkündete Joss.

»Einverstanden«, sagte Barney und winkte dem Kellner, damit er ihnen die Rechnung brachte. »Aber vielleicht finden wir auch nur einen protzigen, aber teuren Glas-Aschenbecher.«

»Ich hoffe es, Barney, ich hoffe es wirklich.«

Barney musterte das Gesicht seines Freundes und suchte nach einem Hinweis darauf, wieviel Angst er haben sollte, und obwohl der Wind ein warmer *scirocco* war, schauderte er.

Joss ruderte ihr elf Fuß langes Boot, während Barney die Steuerkommandos flüsterte. Sie waren ohne Licht unterwegs, da sie den Inselbewohnern ihr Kommen nicht unbedingt ankündigen wollten, und einmal wären sie fast gekentert, als sie ins Kielwasser einer Fähre gerieten. Joss hatte die Bordwand umklammert und die Tauchgeräte festgehalten, während das Boot wie wild schaukelte. Fast hätte er ein Ruder verloren, aber ein Satz des behenden Barney sorgte dafür, daß es bald wieder in der Dolle steckte.

Der Mond, der nicht von Wolken verborgen war, schleuderte seine Strahlen auf sie herab; er kam Joss vor wie der Suchscheinwerfer eines Gefängnisses bei einem mitternächtlichen Ausbruch. Joss tauchte weiter behutsam die Riemen in das kalte Wasser. Der Trockentauchanzug, den er über seiner Kleidung trug, überhitzte durch die anhaltende Anstrengung.

Es dauerte gut eine Stunde, bis sie die dunklen Umrisse der Insel Murano erreicht hatten. Sie saßen schweigend da, nachdem Barney das Boot an einer festverwurzelten Silberbirke vertäut hatte, und Joss holte so lange tief Luft, bis sein Atem wieder gleichmäßig ging.

Ruhig führte Barney die vielen notwendigen Prüfungen der Druckluftflaschen, Tauchermasken, Luftschläuche und Harpunenbüchsen durch. Fachmännisch sicherte er ihr Leitseil an der Ankerkette des Bootes mit einem komplizierten Knoten, der sich, wie Joss wußte, im richtigen Moment durch einen winzigen Ruck in der richtigen Richtung lösen würde. Barney war ein Wunder in solchen Situationen. Joss rief sich in Erinnerung, daß sie noch nie zuvor in einer derartigen Situation gewesen waren, aber das beeinträchtigte keineswegs die ökonomische Art, in der Calladine seine Arbeit verrichtete. Es war, als wäre er speziell für solche Gelegenheiten geschaffen worden.

Sie schnallten sich gegenseitig die Druckluftflaschen auf den Rücken, befestigten Klemmen und Gurte. Barney schwang die Beine über die Bordkante, während Joss sich auf die andere Seite lehnte, um die Gewichtsverlagerung auszugleichen. Sobald das geschehen war, hielt Barney das Boot ruhig, während Joss es ihm gleichtat. Barney wartete, bis Joss auf die Seite herübergeschwommen war, die dem Land am nächsten war, und band sie dann beide mit einem weiteren Sicherungsseil zusammen. Barney würde führen, und Joss, sein aquatischer siamesischer Zwilling, würde folgen.

Sie befestigten ihre Mundstücke, und Joss signalisierte mit erhobenem Daumen, daß alles in Ordnung war. Barney zeigte ihm den Mittelfinger, und Joss lächelte. Er sah zu, wie sein Tauchkumpel sich noch einmal umblickte, um sich zu orientieren, auf dem Braille-Kompaß, den er zum Höhlentauchen benutzte, die Richtung überprüfte und rasch abtauchte.

Zunächst war das Wasser klar und die Sicht annehmbar, aber das war zu erwarten gewesen. Erst an dem Punkt, wo die Mündung des Kanals auf das stehende Gewässer der Lagune traf, begann der Schlick zu wirbeln, sich zu verdichten und dann blind zu machen. Bei ihrem Rundgang am Vormittag hatte Barney die Entfernung zwischen ihrem Einstieg und der Rückseite der Glasfabrik abgeschritten. Er hatte ihr Leitseil auf die gleiche Länge zugeschnitten; wenn es also nicht weiterging, wußten sie, daß sie angekommen waren. Joss hatte das Gefühl, ersticken zu müssen. Er tat es nicht – dafür sorgte die süßlich-eklige Luft aus den Druckluftflaschen –, aber die wahnsinnige Blindheit löste Angst bei ihm aus. Myriaden, Unmengen winziger Kanalschlickteilchen bedrängten sein Sichtfeld, in welche Richtung er den Kopf auch drehte.

Wie schaffte Barney das bloß? Wie konnte er in klaustrophobische Höhlen hineinschwimmen, die nicht größer waren als sein Taillenumfang und in denen die Sicht gleich Null war? Einmal hatte Joss ihn begleitet, zu einigen gutbesuchten Höhlen in Cheshire.

»Kinderkram«, hatte Barney gesagt, als sie sich auf den Tauchgang vorbereiteten. Joss hatte es zwanzig Minuten ausgehalten, bevor die weiten Wände immer näher rückten und Panik das vernünftige Denkvermögen blockierte. Barney hatte nie einen Kommentar zu dem Vorfall abgegeben, aber nach ihrer schnellen Rückkehr ans Tageslicht und in offenen Raum hatte er tiefbesorgt ausgesehen.

Joss schwamm mit langsamen, gleichmäßigen Beinschlägen und entschied, daß er ebensogut die Augen schließen konnte, wenn er sowieso nichts sah. Das half; zwar nicht viel, aber der wirbelnde Effekt, den der Schlick auf seinen Sehnerv ausübte, war weg. Barney hatte die Tiefe des Kanals auf grob fünfzehn Fuß geschätzt. Joss hatte ihn gefragt, ob die Möglichkeit bestünde, daß Luftblasen an die Wasseroberfläche stiegen und so ihre Position verrieten, aber sein Freund hatte nur bemerkt, daß es Mitternacht oder später sein würde, wenn sie die Insel erreichten, und wenn dann jemand nach Luftblasen Ausschau hielte, steckten sie ohnehin »tief in der Scheiße«. Joss mußte der krassen Einschätzung seines Freundes zustimmen.

Es schien eine Ewigkeit zu dauern, aber es konnten nicht mehr als zehn Minuten langsamen, geduldigen Schwimmens vergangen sein, als Joss den Ruck des Leitseils an seiner Taille spürte. Er hörte auf zu schwimmen. Fast augenblicklich wurde Barneys Vorwärtsbewegung durch Joss' statischen Zustand zum Stillstand gebracht. Joss spürte eine Hand auf seiner Schulter, die ihn sanft drückte, dann fühlte er eine Bewegung im Wasser, gefolgt von einem Zug an seinem Seil: Barney bewegte sich zum Kanalufer und stieg dabei auf. Joss ließ sich treiben, aber gemäß der Übereinkunft, die sie getroffen hatten, hielt er die Luft an, bis sie mit einem leisen Plätschern die Wasseroberfläche durchbrachen. Barneys Tauchermaske, das einzige sichtbare Zeichen ihrer Anwesenheit, ragte nur Millimeter über die Wasseroberfläche. Joss folgte seinem Beispiel.

Die Rückseite der Glasfabrik ragte schwarz vor ihnen auf. Die wuchtigen Umrisse türmten sich am Kanalufer über das stille Wasser empor. Ein kleines, buntbemaltes Boot, das mit einem dicken Hanftau an einem vierschrötigen Metallpoller vertäut war, tanzte auf dem Wasser. Barney führte. Sobald sie die Strecke zurückgelegt hatten, begann er seine Druckluftflasche abzuschnallen; Joss tat es ihm gleich. Sie legten die Druckluftflaschen in das Boot, wobei sie darauf achteten, sie behutsam aus dem verräterischen Wasser zu heben. Dann befestigte Barney ihr Leitseil an der unter Wasser liegenden Ankerkette des Bootes und schwamm zu den anstoßenden Stufen, die vor Jahrhunderten aus der Uferbefestigung gehauen worden waren. Vorsichtig und geduckt erklomm er sie, bis sein Kopf für einen Beobachter sichtbar wurde. Er begann sich vom Kanal fortzubewegen, in die Dunkelheit hinein: Joss folgte seinem Freund in die Finsternis.

Sobald sie sicher von ihrem Ausstieg entfernt waren, übergab Barney wortlos das Kommando über den Einsatz an Joss. Es gab drei Hauptgebäude, häßliche Zweckbauten, ohne einen Blick für die Form gebaut. Von der Besichtigungstour her wußte Joss, daß die beiden riesigen Seitengebäude Glashütten waren, von den unaufhörlich brennenden Feuern in den Schmelzöfen bis zum Schmelzpunkt erhitzt. Das Gebäude in der Mitte war die Lagerhalle. Joss hatte beschlossen, seine Suche dort zu konzentrieren.

Seine Hauptwaffe war das Überraschungselement: Wer würde schon einen mitternächtlichen Einbruch in eine Glasfabrik durch zwei Taucher erwarten? Es war schierer Wahnsinn, von niemandem vorauszusehen. Ihre Harpunen waren noch auf ihrem Rücken festgeschnallt, und obwohl die Speere steckten, war es zu gefährlich, während des Schwimmens den Auslösemechanismus gespannt zu halten. Joss sah zu, wie Barney das in Ordnung brachte.

Leise tappten sie zur Tür. Sie war verschlossen, wie er erwartet hatte, aber ein schwerer Bolzenschneider befreite sie bald von dem Vorhängeschloß, und sie waren drinnen. Joss zog eine kleine, aber extrem starke Taschenlampe mit einem bleistiftdünnen Strahl aus dem Gürtel. Vor ihnen standen gewaltige Gestelle voller Glaswaren, die glitzernd den Lichtstrahl zurückwarfen. Ziergegenstände jeder Art waren in engen Reihen in hohe Holzpaletten gestopft. Das war die legale Handelsware; Joss wollte wissen, welche illegalen Produkte hier wohl hergestellt wurden. Er hatte sich das Hirn zermartert und die Phantasie angestrengt, aber sein Versuch, die Sache logisch zu durchdenken, war bislang nicht von Erfolg gekrönt gewesen.

Sie setzten ihre Suche fort, aber jeder der Gänge führte nur zu einem anderen Gang, wie bei einem Irrgarten aus durchscheinendem Kristall. Barney war es, der die Lattenkisten entdeckte, auf denen »Frachtgut« stand. Als Ladeplatz war »Berlin« angegeben. Da dies die einzige Ware war, die nicht offen zur Schau gestellt wurde, hebelte Joss den Deckel der obersten Kiste ab. Das Kapok-Füllmaterial quoll heraus, als er das Innere durchwühlte.

Dann fühlte er es: winzige Phiolen, nicht aus Glas, wie er erwartet hatte, sondern aus einem biegsamen Kunststoff. Es waren Hunderte, alle mit einer klaren Flüssigkeit gefüllt. Joss riß einer den Deckel ab und roch daran: nichts. Er wollte die Flüssigkeit gerade probieren, um sie zu identifizieren, als Barney ihm die Phiole aus der Hand riß.

»Bist du vollkommen verrückt geworden, Lane?« flüsterte Barney mit zusammengebissenen Zähnen. »Laß mich«, verlangte er. Joss sah, wie er einen winzigen Schluck nahm und ihn auf den Fußboden spuckte.

»Schmeckt wie flüssiges Ecstasy«, sagte er, und in diesem Augenblick gingen explosionsartig alle Lichter in dem gewaltigen, glitzernden Ausstellungsraum an.

Barney duckte sich und zielte mit der Harpune auf die Hauptlichtquelle, eine Deckenlampe von furchtbarer Intensität. Joss ließ sich hinter die Kiste gleiten und legte die Hand über die Augen, um sie vor dem blendenden Licht abzuschirmen, während er wie wild die riesige Halle nach der Gefahrenquelle absuchte.

»Wie schön, Sie zu sehen, Joss«, dröhnte Trainers Stimme über die Lautsprecheranlage. Joss hätte fast geantwortet, aber damit hätte er seine Position verraten, und es war noch nicht klar, ob Trainer genau wußte, wo Joss sich befand. Er griff in die

Kiste, holte eine Handvoll der Plastikphiolen heraus und stopfte sie in eine wasserdichte Tasche.

»Sie sind zahlenmäßig und an Feuerkraft unterlegen, und das Glück hat Sie verlassen«, sagte Trainer, und Joss konnte ihn fast lächeln hören.

»Wann hast du deinen Vater zuletzt gesehen?« spottete Trainer in Anlehnung an das berühmte Gemälde. »Er muß unbedingt mit Ihnen sprechen.« Dann, herzzereißenderweise, ergriff Callum das Wort.

»Joss, mein Sohn, hier ist dein Vater. Du mußt dich ergeben, sonst werden sie uns alle umbringen.«

Joss war hin- und hergerissen, aber er wußte, daß es den sicheren Tod bedeutete, wenn er sich ergab. Anderenfalls hatten sie zumindest eine Chance. Trainer mußte in Erfahrung bringen, wo das Geld war, und das konnte er nicht, wenn Joss tot war. Er sah Barney an und bedeutete ihm, daß sie auf dem Weg zurückschleichen sollten, den sie hereingekommen waren. Sein Freund nickte und begann sich davonzuschlängeln.

»Sie haben uns einige Probleme bereitet«, sagte Trainer, »aber damit ist es jetzt vorbei. Kommen Sie raus, dann unterhalten wir uns. Tun Sie es, sonst schieße ich Ihren Vater ab, und zwar Glied für Glied.«

Also so sah es aus, dachte Joss, keine Verhandlungen. Trainer versuchte nicht einmal, ihn reinzulegen, indem er die Möglichkeit eines Unentschiedens erwähnte. Er hörte einen einzigen Schuß, gefolgt von dem gemarterten Schrei seines Vaters. Joss war von Zweifeln zerrissen. Was für ein Dilemma.

Denk nach, Joss.

Sie haben nichts mehr, mit dem sie mich unter Druck setzen können, wenn er tot ist.

Sie können ihn nicht umbringen, oder?

Trainer hatte ihnen nicht befohlen, sich still zu verhalten, und das konnte nur bedeuten, daß sie sich nicht in seinem Blickfeld befanden.

Barney hatte vor einer freien Fläche zwischen den hoch aufragenden Paletten haltgemacht. Joss wußte, was sein Freund dachte: Die offene Fläche würde Trainer klare Sicht und ein freies Schußfeld geben. Dann drehte Barney sich schnell auf den Rücken und hob die Harpune, um auf die stärkste Lichtquelle zu zielen. Er zählte bis drei, wobei er die Worte unhörbar mit den Lippen formte. Als Barney das mit Widerhaken versehene Projektil abfeuerte, warf Joss sich mit seinem ganzen Gewicht gegen den nächsten Glasberg.

Die Harpune ließ die grelle Leuchtstoffröhre mit einem explosionsartigen Knall zerspringen, aber das war wie Stille verglichen mit dem ohrenbetäubenden Keckern des Maschinengewehrfeuers, das die Verdunkelung begrüßte.

»Feuert auf die Beine«, schrie Trainer über die Kakophonie hinweg. Joss sah, wie das Holzgestell, dem er einen Stoß versetzt hatte, hin- und herschwankte, bevor es einen gewaltigen freien Fall in das nächste Gestell begann. Das wiederum stürzte in das nächste, bis die Gestelle umfielen wie kristallene Dominosteine. Glassplitter spritzten überall um sie herum, als Kugeln die nähere Umgebung zerfetzten. Holz wirbelte wie Schrapnellsplitter um ihre Köpfe, als sie sich zusammen erhoben und zum Ausgang rannten. Joss hielt seine Harpune bereit, dann stießen sie die Tür auf. Das spuckende Prasseln des Gewehrfeuers tanzte um seine fliehenden Füße herum. An der Stahltür blieb Joss kurz stehen, um einen Bolzen durch das lose herabhängende Schloß zu rammen, während Barney direkt zum Wasser hinunterlief.

Trainer hatte geglaubt, alle Möglichkeiten vorausbedacht zu haben. Alle bis auf einen Unterwasserangriff von hinten. Seine Männer waren draußen vor der Fabrik an zwei Kreuzfeuerpunkten stationiert, und er selbst hatte den Ausstellungsraum überwacht, als er die Bewegung darin gehört hatte. Entgegen seinen eigenen Befehlen hatte er die Funkstille gebrochen, um seine Männer zurück zu der Stelle zu befehlen, wo sie die beiden aufgebracht hatten. Jetzt hatte Lane die Tür verrammelt, und kostbare Sekunden verstrichen, während sie durch das zerstörte Innere zurückgingen und dann die Fabrik umrundeten.

Als sie am Wasser ankamen, setzten sie starke Suchscheinwerfer ein, was das ganze Gebiet schemenhaft hervortreten ließ. Die beiden Einbrecher hatten Taucheranzüge getragen, und die drei hielten nun nach verräterischen Luftblasen Ausschau. Trainer suchte mit dem Scheinwerfer das Kanalbett ab, wo ein grellbuntes Boot, das gerade eben noch in Bewegung versetzt worden war, sanft schaukelte. Und dort, hochsteigend durch das trübe Wasser, waren die aufsteigenden Luftblasen von den Atemzügen der beiden. Tomlin hockte sich hin und zielte mit dem Maschinengewehr auf die wäßrige Leuchtspur, aber Trainer packte ihn an der Schulter.

»Nein. Sie müssen ja hochkommen, wenn ihnen die Luft ausgeht.«

Aber nach zehn langen Minuten hatte sich noch immer nichts bewegt.

»Komm schon, komm schon, Lane, komm hoch«, flüsterte Trainer. Seine Männer beobachteten den Bereich aufmerksam. Dann hörten die Luftblasen unvermittelt auf.

»Das war's«, sagte er mit zusammengebissenen Zähnen. »Holt sie aus dem Wasser und bringt sie zurück in die Fabrik.«

Zwei weitere Minuten verstrichen, und Trainer begann den kalten Wind des Argwohns zu verspüren.

»Geh ins Wasser«, befahl er Tomlin.

»Sie haben Harpunen. Gehen Sie doch«, erwiderte Tomlin, der nicht bereit war, den Kampf ausgewogener zu gestalten, indem er in das gewählte Schlachtfeld seiner Beute eintauchte. Er warf einen Blick auf Moyne, der die Augen abwandte, zum Wasser blickte und sagte: »Sie müssen mittlerweile tot sein.«

»Schießt auf die Wasseroberfläche, jagt ihnen einen Schrecken ein, damit sie hochkommen«, befahl Trainer. Sie peitschten das Wasser mit Schnellfeuer auf. Trainer wartete darauf, daß die nach Luft schnappenden Körper hochkamen, wurde aber wieder enttäuscht. Er konnte nur annehmen, daß sie sich an die Anlegestelle gebunden hatten. Es war vorbei. Er mußte die Leichen holen und die Beweise beseitigen. Er ließ sich mit dem Wissen ins Wasser fallen, daß das gestohlene Geld unwiderbringlich dahin war. Er war erledigt.

Knapp dreihundert Meter entfernt durchbrachen Joss und Barney die Wasseroberfläche, um nach Luft zu schnappen. Sie hatten nur eine Druckluftflasche, die sie sich teilten. Barney hatte die andere an die Ankerkette gebunden und das Ventil des Atemreglers geöffnet, der jetzt langsam Sauerstoff abgab, während sie das Leitseil entlang zurückschwammen und alle dreißig Sekunden innehielten, um das Mundstück des Atemgeräts hin- und herzureichen. Joss stand jedesmal, wenn sein Körper nach dem lebensspendenden Sauerstoff verlangte, kurz vor einem Panikanfall, obwohl sein Vertrauen in die Fähigkeit seines Freundes, sie durchzubringen, die Dämonen des Zweifels in Schach hielt; aber nur so gerade eben. Barneys Gesicht war schmerzverzerrt, als er sich schweigend ins Boot gleiten ließ. Joss kletterte ebenfalls hinein und warf die fast leere Druckluftflasche über Bord.

»Alles in Ordnung?« flüsterte er. Barney wies mit dem Kopf auf seinen Fuß. Zwei Zehen waren abgeschossen worden.

»Gütiger Himmel, Barney...«

»Halt die Klappe; ich bin hier derjenige, der viel redet. Verbinde es, es sieht schlimmer aus, als es ist. Mach schnell. Dieser Trick wird sie nicht lange hinhalten. Sobald die Flasche leer ist, wissen sie Bescheid.«

Joss machte sich an die Arbeit. Beim Anblick des Blutes wäre ihm fast übel geworden, aber noch größere Übelkeit verursachte ihm der Gedanke an die lebenslange Entstellung, unter der Barney würde leiden müssen und die er mit verursacht hatte.

»Bring uns hier weg, Joss. Die haben nicht nur auf uns geschossen, um meiner Ballettlaufbahn ein Ende zu bereiten.«

Joss griff nach den Riemen und ruderte so schnell und so leise, wie sein erschöpfter Körper es erlaubte. Als Barney zu stöhnen begann, schien sich das Stöhnen in Joss' Ohren zu einem Schrei zu verstärken. Er nahm eine der Plastikampullen aus seiner Tasche und riß den Deckel ab. Er wagte nicht, auch nur mit einem Tropfen der einst so süßen Flüssigkeit seine trockenen Lippen zu benetzen, und schüttete sie seinem verwundeten Freund in den Mund.

»Träum süß, Barney«, murmelte er und begann wieder zu rudern. Er hörte, wie in einiger Entfernung das Gellen der Sirene eines Polizeiboots die Nachtluft zerriß und an Intensität zunahm. Joss begann wegzurudern, um nicht in den Kurs des näherkommenden Polizeiboots zu geraten.

Trainer räumte widerstrebend ein, daß Joss Lane ihn wieder übers Ohr gehauen hatte. Sein unwilliges Abfischen des Kanals förderte die vollkommen durchlöcherte Druckluftflasche zutage, aber keine Leichen. Er hatte die Wahl: Entweder er jagte ihnen mit einem Boot nach, womit er einen fatalen Zusammenstoß mit den Behörden riskierte und möglicherweise von Zeugen bemerkt werden würde, oder er entfernte alle Hinweise auf die Lattenkisten mit den für Berlin bestimmten Ampullen. Er entschied sich für letzteres. Lane würde die Polizei von seinem Verdacht informieren, wenn auch anonym, und die Ruga würde aller Voraussicht nach durchsucht werden. Auf seltsame Weise hatte Lane, indem er dem Tod von der Schippe gesprungen war, auch Trainers Leben gerettet, zumindest für den Augenblick. Der stets findige und einfallsreiche Joss würde seine Suche fortsetzen, und Trainer hatte mehr als eine ungefähre Vorstellung davon, wohin ihn seine Reise als nächstes führen würde. Und diesmal würde er keine Fehler zulassen.

Die Anlegestelle war verlassen, als sie zurückkehrten. Joss hatte keine Wahl. Barney war delirös vor Schmerz und durch die flüssige Droge hochgradig angetörnt. Sein Fuß, durch dessen behelfsmäßigen Verband Blut sickerte, mußte im Krankenhaus behandelt werden. Es handelte sich ganz offensichtlich um eine Schußwunde, und jeder Arzt in Venedig würde gesetzlich verpflichtet sein, das der Polizei zu melden. Joss konnte das Risiko nicht eingehen, in die Ermittlungen hineingezogen zu werden, und den Einbruch in die Glasfabrik konnten sie kaum zugeben.

»Barney, kannst du mich hören, Kumpel?«

Als Joss ihn schüttelte, begann sein Freund sich leicht zu rühren.

»Ich liebe den Klang von zersplitterndem Glas«, sang Barney unmelodisch durch seine aufgesprungenen Lippen.

»Ich bringe dich ins Krankenhaus. Dort wird man sich um dich kümmern, denn ich kann es nicht. Ich melde mich.«

»Melde dich«, murmelte Barney, der im Kopf wie wild musikalische Verbindungen zu Joss' Worten herstellte.

»Sing weiter, Kumpel«, sagte Joss ruhig und ging zu einer Telefonzelle. Dort tätigte er drei schnelle Anrufe: Er informierte die Polizei über einen großen Drogenfund in der Ruga, beschrieb dem Rettungsdienst genau den Aufenthaltsort seines verwundeten Freundes und bat Greta, Informationen über die Berliner Firma zu beschaffen, an die die Drogen verfrachtet werden sollten. Er kehrte schnell zu Barney Calladine zurück, der mittlerweile etwas wacher zu sein schien.

»Ich muß jetzt gehen, Barney. Sag ihnen nichts; der britische Konsul wird benachrichtigt, dir kann nichts passieren.«

Aber als die Worte aus ihm herauspurzelten, klangen sie hohl und unsicher. Barney wirkte verwirrt und öffnete dann kurz die Augen.

»Joss, wenn du nach Hause kommst, überprüf Spineless Eric«, murmelte er. Ihr ehemaliger Dealer.

»Wovon redest du?«

»Nur ein Gerücht, das ich gehört habe.«

Aber dann wurden Barneys Augen wieder glasig. Joss, wie betäubt und müde, verwirrt und verblüfft durch den Verlauf, den die Ereignisse genommen hatten, küßte seinen Freund sanft und flüsterte: »Ich werde es wiedergutmachen, ich verspreche es.« Dann glitt er durch die Dunkelheit davon. Er war auf dem Weg nach Berlin.

Kapitel vierundvierzig

Joss blickte auf die fedrigen Morgenwolken herunter, die wie mit zuwenig Farbe gemalte Pinselstriche über Berlin hingen. Er konnte die gezackte Narbe sehen, die sich durch die urbane Landschaft zog. Teile der Mauer waren mittlerweile von der Luft aus nicht mehr erkennbar, was an den umfangreichen Bauarbeiten in der ganzen Stadt lag, die sich bemühte, sich einem weiteren Kapitel ihrer glanzvollen Geschichte anzupassen.

Es war ihm gelungen, sich vom Flughafen Marco Polo in Venedig einen Flug zu sichern, indem er Stand-by in einem Langstreckenflug von Bahrain mitflog. Die Maschine hatte in Venedig aufgetankt und war nach Berlin und Amsterdam unterwegs. Da sie aus dem Mittleren Osten kam, landeten sie auf dem Flughafen Schönefeld im Ostteil der Stadt. Joss war der einzige Passagier, der in Berlin ausstieg, und der Flughafen war praktisch verlassen. Er mußte unbedingt mit Greta sprechen. Jemand mußte wissen, was vorging, und er mußte in Erfahrung bringen, wie der Prozeß gegen Rivers lief. Es war noch so früh, daß er sie sicher zu Hause erwischen würde. Joss warf etwas Kleingeld ein, wählte ihre Nummer und wartete besorgt, während die Verbindung hergestellt wurde.

»Greta Larson.« Ihre Stimme war belegt und hauchig, als ob er sie aufgeweckt hätte, und er wünschte verzweifelt, er könnte sie festhalten und so tun, als sei dies alles ein schlechter Traum.

»Hier ist Joss.« Sofort wurde sie munter.

»Wo bist du, Lane? Was ist passiert?«

»Barney ist angeschossen worden«, sagte er und hörte sie nach Luft schnappen. »Er wird wieder gesund. Glaube ich zumindest.«

»Was zum Teufel hast du jetzt schon wieder angestellt?«

Joss seufzte. Warum waren seine Probleme in ihren Augen immer selbstverschuldet?

»Wir haben den Drogenumschlagplatz der Sekte in Venedig gefunden. Sie werden mittlerweile alles ausgeräumt haben, aber der Drogenhandel wird von der Millennium-Kirche finanziert. Ich habe es selbst gesehen.«

»Bist du verletzt?«

»Ich hatte Glück«, erwiderte er. »Sie haben Callum, aber ich glaube, im Moment ist er in Sicherheit.«

»Erklär das bitte mal?« sagte sie, und Joss konnte fast hören, wie sie die Information geistig einordnete, um sie eventuell im Prozeß einzusetzen.

»Ich habe einen Teil ihres Arbeitskapitals freigesetzt.«

»Hast du es gestohlen?« fuhr sie ihn an.

»Ich habe nicht vor, es zu behalten«, gab er barsch zurück. »Es ist ein Druckmittel.« Aber Gretas Schweigen zeigte, daß sie nicht überzeugt war.

»Die Drogen waren für Berlin bestimmt.«

»Und da bist du jetzt?«

»Richtig«, erwiderte er. »Du mußt Niall Robertson anrufen, den Anwalt meines Vaters. Du kannst ihm vertrauen«, fuhr Joss fort. Das Anzeigefeld des Münzfernsprechers warnte ihn, daß seine Zeit und sein Geld knapp wurden.

»Nein! Du vertraust ihm, Joss«, schnauzte sie.

Die letzten warnenden Pieptöne unterbrachen seinen Wortschwall.

»Wie läuft der Prozeß? Nagelt ihr das Schwein an die Wand?«

Aber Joss hörte ihre Antwort nicht mehr, denn die Leitung war tot. Er legte den Hörer auf, ging ins Flughafencafé und bestellte sich einen Kaffee. Der Frachtbrief, den er von einer der Kisten in der Ruga Fondamenta abgerissen hatte, steckte noch in seiner Tasche. Er holte ihn hervor und studierte ihn zum x-ten Mal.

Die Warensendung ging an die KK Im- und Export GmbH am Potsdamer Platz. Joss hatte vor, der KK Im- und Export einen Besuch abzustatten, aber zunächst mußte er sich ein Versteck suchen und mit Tom Redkin Kontakt aufnehmen, dem letzten Mitglied von »In Extremis«. Er trank seinen Kaffee aus und schlenderte zum Zeitungskiosk, wo er einen VIBB-Atlas und die Frühausgabe der Londoner Times kaufte, die er auf der Fahrt ins Stadtzentrum lesen wollte. Er breitete den Stadtplan auf einem Tisch neben dem Eingang zum Busbahnhof aus und studierte das Schnellbahnnetz der Region Berlin. Er arbeitete aus, daß er den Bus 171 zur Haltestelle Flughafen nehmen konnte, wo er in die S-Bahn umsteigen und zum Bahnhof Zoo fahren konnte.

Ohne Schwierigkeiten gelangte er zur S-Bahnstation, aber bald merkte er, daß der massive Ausbau des öffentlichen Nahverkehrs nach der Wiedervereinigung, um der größeren Auslastung Rechnung zu tragen, zu großen Verspätungen führte. Egal; er setzte sich auf einen der Schalensitze auf dem Bahnsteig und beobachtete den Fußgängerverkehr, während Berlin erwachte. Es war kurz nach neun.

Nach seiner Ankunft im Zoologischen Garten, seit Jahren als Zentrum Westberlins anerkannt, verließ er die kunstvolle Bahnhofshalle mit ihrem gewaltigen, hohen Glasdach. Er brauchte nicht lange, um zur Kaiser-Wilhelm-Gedächtniskirche mit ihrem zerbröckelnden Turm hinunterzugehen, die alle an die frühere Größe der Stadt gemahnen sollte. Bald fand er sich mitten auf dem Kurfürstendamm mit seinen Nobelgeschäften und eleganten Cafés wieder und beschloß, sich in einer kleinen Seitenstraße eine Unterkunft zu suchen. Sobald er sicher in seinem Zimmer im Hotel Alpenland war, versuchte er, Tom auf dem Air-Force-Stützpunkt Gatow im Nordwesten der Stadt anzurufen.

Sein alter Freund war nicht erreichbar, also hinterließ er eine Nachricht und versank in eine Art Schlaf. Sein Kopf drehte sich immer noch.

Zeit zum Pläneschmieden, Joss.
Träume und plane.

Das Telefon weckte ihn zwei Stunden später. Das schrille Läuten ätzte sich in seine Trance.

»Ja«, antwortete er. Trockene Kehle. Eng und klebrig vor Erschöpfung.

»Mr. Joss Delaney, ein Anruf für Sie«, verkündete die Empfangsdame.

»Danke, stellen Sie durch.«

»Menschenskind, Joss, was hast du nur vor?« Es war Tom, und er hörte sich eindeutig unempfänglich an.

»Ich finde es auch schön, mal wieder von dir zu hören, Compadre«, krächzte Joss, richtete sich auf und schob sich das Kissen in den schmerzenden Nacken.

»Du hast vielleicht Nerven.«

»Hattest du auch mal. Laß mich zufrieden, Tom, ja? Ich stecke in Schwierigkeiten und brauche deine Hilfe.«

»Was du nicht sagst. Zwei verfluchte Jahre, Joss. Wir mußten das alle durchmachen, das ist dir doch wohl klar, oder?«

»Glaubst du ernsthaft, daß ich das je vergessen könnte, Tom? Sie war meine Mutter, oder ist dir das entfallen?«

»Hör zu. Du wirst von Interpol gesucht, Joss. Es heißt, du hättest möglicherweise etwas mit dem Mord an deiner Gehirnklempnerin zu tun.«

»Und was denkst du? Glaubst du das?«

»Ich weiß nicht, was ich glauben soll, Joss. Ich habe versucht, Kontakt mit Ben aufzunehmen, nur um von seiner Frau zu hören, daß er sich in Polizeigewahrsam befindet, und irgendeine heftig um sich schlagende Bank sitzt ihm im Nacken. Dann bekomme ich einen Anruf von Barneys Mutter, die mir sagt, daß er im Krankenhaus liegt, mit einer Kugel im Bein.«

»Fuß.«

»Was?«

»Es war Barneys Fuß, nicht sein Bein.«

»Oh, das ist brillant, Joss. Tut mir schrecklich leid, aber siehst du, ich achte manchmal nicht so sehr auf meine Ausdrucksweise, wenn meine Freunde angeschossen werden.«

»Ich weiß, es muß so aussehen, als wäre die Sache außer Kontrolle geraten.«

»Das ist eine Untertreibung. Mensch, wenn meine Vorgesetzten herausfinden, daß ich in Kontakt mit dir stehe, komme ich vors Kriegsgericht.«

»Hat irgend jemand dir Fragen über mich oder Ben gestellt?«

»Nur Interpol.«

»Ich habe sie nicht umgebracht, Tom.«

»Will ich auch hoffen. Was zum Teufel ist da los, Joss?«

»Du wirst es nicht glauben.«

»Stell mich auf die Probe.«

Joss brachte die nächste halbe Stunde damit zu, Tom zu erklären, was in der letzten Woche geschehen war und was ihn nach Berlin geführt hatte.

»Hör zu, du mußt dich stellen; das ist die einzige Lösung. Ich kann jetzt gleich jemanden vom Konsulat zu dir schicken. Ich werde sogar selbst kommen.«

»Ich kann nicht, Tom. Ich muß konkrete Beweise dafür beschaffen, daß diese Sekte verdorben bis ins Mark ist, und dann muß ich um Callums Leben feilschen, begreifst du das nicht?«

»Aber wie? Alles, was du hast, ist dein Wort, und das ist im Augenblick nicht viel wert, oder?«

»Vielleicht nicht, aber wenn ich zu dieser Import/Export-Firma gelangen kann, bin ich einen Schritt weiter.«

»Und was willst du von mir?«

»Ich muß sicher aus Berlin heraus und zurück nach London.«

»Du verlangst also nicht viel, was?«

»Komm schon, Tom, ich weiß, daß du mich hier rausbringen kannst. Wenn ich versuche, über irgendeinen zivilen Flughafen im Vereinten Königreich ins Land zu kommen, werde ich sicher aufgehalten.«

»Schlägst du etwa vor, daß ich dich in einen Transport der Royal Air Force schmuggle?«

»Genau. Barney hat mir erzählt, daß du alles mögliche fliegst, unter anderen diese Hercules-Transportflugzeuge. Da ist doch sicher genug Platz.«

»Sei nicht albern, Joss. Wenn du erwischt wirst, stecke ich bis zum Hals in der Scheiße.«

»Ich verspreche, dich nicht mit hineinzuziehen, wenn ich erwischt werde.«

»Du scheinst dein logisches Urteilsvermögen eingebüßt zu haben. Sie vermuten bereits, daß du versuchen wirst, Kontakt mit mir aufzunehmen. Deswegen telefoniere ich auch vom Apparat eines Freundes aus.«

»Du weißt, daß ich dich nicht darum bitten würde, wenn es eine andere Möglichkeit gäbe.«

»Weiß ich das?«

»Nun mach aber mal einen Punkt, Tom. Ich brauche dich.«

»Wie sehen deine Pläne aus?«

»Ich werde zu dieser Adresse am Potsdamer Platz gehen und ein paar Fragen stellen.«

»Bist du sicher, daß du dem gewachsen bist, Joss?«

»Ich weiß es nicht, aber ich muß es versuchen. Du weißt, wie das ist, Tom.«

»Hör zu, ich bring dich raus, aber du mußt morgen um drei Uhr früh am Nordende des Flughafens Tegel sein. Dann geht ein planmäßiger Flug zum Air-Force-Stützpunkt Brize Norton ab.«

»Danke, Tom. Das werde ich dir nie vergessen.«

»Dafür werde ich schon sorgen. Viel Glück.«

Joss konnte Tom keinen Vorwurf wegen seiner feindseligen Haltung machen, aber letztes Endes wußte er, daß Tom für ihn dasein würde. Einen nach dem anderen hatte er seine Freunde um Hilfe gebeten, und einer nach dem anderen hatte großzügig gegeben und den Preis dafür bezahlt. Er konnte nur hoffen, daß Toms Name nicht auf der Verlustliste erscheinen würde, deren Überschrift lautete: »Die Freunde von Joss Lane«.

Kapitel fünfundvierzig

Es war sehr dunkel, und Joss war ultravorsichtig. Es war ihm gelungen, das Firmengebäude der KK auf der Nordseite der neuen Piazza am Potsdamer Platz ausfindig zu machen. Die Straßenbeleuchtung, die noch installiert wurde, ließ den größten Teil des Firmengeländes im Dunkeln, und dafür war er dankbar. Das Bürogebäude, ganz Stahl und Glas, erinnerte ihn an den Szenenaufbau von *Bladerunner*. Er umrundete das Gelände und überprüfte die Position der verschiedenen Wachhäuschen, aber das Sicherheitspersonal, das darin hockte, schien hauptsächlich an den kleinen Fernsehgeräten interessiert zu sein, die in jeder Hütte obligatorisch zu sein schienen.

Er konnte die Lagerhalle ausmachen, das größte Gebäude auf dem Firmengelände, und direkt links neben dem Haupteingang sah er einen Lastwagen mit italienischem Kennzeichen.

Du bist an der richtigen Stelle, Joss.
Das heißt, es ist gefährlich.
Du könntest hier sterben.

Der Fahrer des Lastwagens wartete geduldig beim Haupteingangstor, während ein aufgelöster Wachmann in einer schäbigen blauen Uniform drinnen im Wachhäuschen ein Telefonat beendete. Schließlich trat er neben den Fahrer, und binnen Sekunden war die Fracht durchgewinkt und verschwand in der Lagerhalle.

Joss blickte wild um sich. Offenbar gab es keine andere Möglichkeit hineinzukommen als an diesem Wachmann vorbei. Da wurde die im Bau befindliche Straße zu seiner Rechten plötzlich von den Scheinwerfern eines einsamen Fahrzeugs erhellt, das nach Westen heizte. Der Fahrer warf einen Blick in seine Richtung, sah Joss aber nicht, der sich hinter einen Container duckte.

Er kauerte sich zusammen und umklammerte die Wegwerfkamera in seiner Jackentasche, die er vorhin gekauft hatte.

Denk nach, Joss.
Denke und plane.
Ihm blieb keine Zeit.

Ein Schritt zu seiner Linken. Dann noch einer, gefolgt von zwei weiteren. Er sah sie, bevor sie ihn sahen, aber eins war klar: Sie suchten ganz eindeutig nach ihm.

Woher wußten sie, daß er hier war? Er war sicher, daß ihm niemand gefolgt war. Er schob sich noch tiefer hinter den Container und wartete darauf, daß die Männer um die Ecke kamen. Dann hätten sie ihn. Joss' geballte Faust traf den ersten Mann. Hart und schnell, direkt zwischen Lippe und Nasenspitze. Das Knacken war übelkeitserregend.

Aber er ging nicht zu Boden, und jetzt waren es zwei. Der zweite Mann kam um die Ecke geschossen, die Augen hell vor raubtierhaftem Hunger. Das Messer in seiner Hand sirrte einen Rhythmus, als er es gekonnt zwischen den Fingern herumwirbeln ließ.

»Stech ihn ab«, sagte der Erste durch das Blut und den zerschmetterten Knochen hindurch. Die Pupillen des Mannes waren erweitert, als er bedrohlich näher kam und Joss zu umkreisen begann, der mit dem Rücken zur Wand stand.

Ein Ausfall, und Joss spürte, wie die Klinge die Luft vor seiner Wange durchschnitt. Er wich nach rechts aus, und der Mann kam aus dem Gleichgewicht. Joss hätte ihn jetzt leicht packen können, aber er schlüpfte davon, zum hinteren Ende der Lagerhalle und dem hinteren Lagerbereich.

Nur der Mann mit dem Messer folgte ihm; der andere war eindeutig Hilfe holen gegangen. Joss schob sich hinter einen Stapel Holzpaletten und wartete auf seinen Verfolger.

Komm schon.

Führ den Plan aus, Joss.
Er hörte die Schritte vorbeischlurfen.
Jetzt, Joss.

Er bewegte sich ruckartig nach links, während der Messermann mit der Anmut eines Akrobaten vorrückte. Das Messer fuhr im Bogen herunter, blitzend unter den Flutlichtern des Verladehofs, auf sein Gesicht zu. Joss duckte sich unter dem Arm seines Angreifers hindurch und ließ die Faust auf dessen Schulter niederdonnern. Die Waffe fiel klappernd zu Boden. Er ging in die Hocke und ließ den Angreifer über seine Schulter fliegen, angetrieben von der Wucht seiner eigenen Bewegung. Er verhakte sein Bein hinter dem Knöchel des Messermanns und kickte dessen Bein nach vorn, während er sich gleichzeitig unvermittelt aufrichtete.

Es war häßlich, aber es funktionierte.

Joss ließ den Mann mit dem Gesicht nach unten liegen, Blut spuckend, während er über den Verladehof sprintete und drei, vielleicht vier Stimmen hörte.

Verwirrte Stimmen.

Sie hatten seine Spur verloren. Aber es hatte keinen Sinn, hier unten zu bleiben: Er mußte klettern.

Du mußt diese Fotos machen, Joss.
Es sind Beweise.
Greta braucht Beweise.

Es war viel zu lange her, daß er etwas Höheres erstiegen hatte als die Wand im schottischen Schulungszentrum der Sekte, aber er hatte keine Wahl: Alle Eingänge zur Lagerhalle waren blockiert, und die Drogen mußten sich im Lager befinden.

Es war still geworden. Er konnte seinen eigenen keuchenden Atem hören und fühlte sein Herz wie eine Pauke dröhnen. Sie suchten an der falschen Stelle.

Einem geschenkten Gaul schaut man nicht ins Maul.

Neben seinen Füßen stand eine Rolle dicken Taus, das dafür verwendet wurde, die Ladungen auf den Lastwagen festzuzurren. Schnell wickelte er es von der Spule ab und eilte zur senkrechten Wand des Lagerhauses. Er schätzte sie auf gut hundertfünfzig Fuß scharfkantigen Granitquaderstein. Ungefähr zwanzig Fuß über sich konnte er einen Windemechanismus erkennen, der aus der Wand herausragte, und schleuderte das Seil darüber. Schnell knüpfte er einen Behelfsgurt, der sich sofort brutal in seine Oberschenkel einschnitt.

Glücklicherweise bot der rauhe, grobkörnige Granit ausreichend Halt. Langsam begann Joss mit dem Aufstieg, in dem Wissen, daß er, wenn er die Winde erreicht hatte, zum Metallfallrohr der Dachrinne überwechseln konnte, das ihn bis ganz zum Dach bringen würde.

Innerhalb von Sekunden war er angelangt, und ein letzter Schwung brachte ihn auf die Winde. Er sammelte das Seil ein und wand es sich um den Körper, bevor er das Fallrohr hochkletterte und sich aufs Dach schwang.

Durch das Glasatrium konnte er ins Lager hineinsehen und den Entladevorgang unten genau verfolgen. Jetzt mußte er nur noch in das verdammte Lagerhaus gelangen. Er mußte näher heran, um die Aufnahmen machen zu können.

Er hatte Glück.

Das Oberlicht war noch nicht einmal mit einem Schnappschloß gesichert. Vorsichtig ließ er sich in den Korridor auf der Ostseite des Gebäudes hinab. Jetzt hatte er alles im Griff. Keine Bedenken, nur den Willen zum Handeln.

Niemand war in Sicht. Mittlerweile waren sicher alle draußen und suchten den Verladehof ab. Er erreichte eine Tür am Ende des Gangs und riß sie auf. Eine Treppe führte hinunter.

Sieht gut aus, Joss.

Er rannte die Stufen mit einem Schwung hinunter, der ihn in jede Windung der Treppe hineintrug, so daß er von den Wänden abprallte wie eine menschliche Flipperkugel.

Rechts herum.

Schneller, Joss, schneller.

Links herum.

Endlich erreichte er das Erdgeschoß. Eine dicke Stahltür war alles, was ihn noch von der Entladezone trennte.

Ein Ruf. Von oben. Die Treppe: Sie kamen die Treppe herunter.

Beweg dich, Joss.
Sofort.

Er stürzte durch die Tür, hinein in das helle, blendende, fluoreszierende Neonlicht des Lagers. Der Lastwagen stand direkt vor ihm, und ungefähr fünf oder sechs Männer waren mit dem Entladen von Lattenkisten beschäftigt; denselben Lattenkisten, die er in der Ruga Fondamenta gesehen hatte.

Hinter ihm dröhnte ein Motor. Er wirbelte herum und sah den Gabelstapler direkt auf sich zukommen.

In die Ecke getrieben. Wie eine Ratte. Eine Ratte in Trainers Falle. Trainer spähte durch die drahtverstärkte Plexiglasscheibe auf ihn herunter. Verschwunden der beherrschte Gesichtsausdruck, den Joss kannte: Trainers Züge waren in zähnefletschender, konzentrierter Wut verzerrt. Die Lagerarbeiter spritzten nach allen Seiten davon, und Joss stand gegen die Tür gepreßt, während zwei Metallzinken auf ihn zugerast kamen.

Kein Schlachtplan, Joss.
Keine Zeit.
Nur Instinkt.
Nur In Extremis.

Er sprang auf die rechte Gabel, gerade als sie in die Stahltür hinter ihm krachte. Die Tür verzog sich unter der Wucht des Aufpralls, und Trainer wurde mit dem Kopf voran gegen die Plexiglasscheibe geschleudert. Joss hörte, wie hinter der Stahltür das Feuer eröffnet wurde, aber das würde ihnen nichts nützen; die Tür war fest verklemmt.

Eine Sekunde später erwachte Trainer wieder zum Leben und versuchte hektisch, den Rückwärtsgang einzulegen. Joss stieg über den Motorblock und rang verzweifelt nach Luft. Er ließ sich auf der anderen Seite herunterfallen, gerade als Trainer die Maschine mit einem gewaltigen Erzittern wieder in Gang brachte, und sprintete den langen Gang zu seiner Linken herunter. Der Motor heulte auf, als Trainer die Verfolgung aufnahm. Blut lief ihm in dunklen Strömen das Gesicht herunter. Die abgerissene Schutzscheibe schlug gegen die Seite des Führerhauses, während der Gabelstapler mit Höchstgeschwindigkeit dahinjagte und Joss das Ende des von Regalen gesäumten Gangs fast erreicht hatte.

Das kann nicht sein.
Du kannst nur nach oben, Joss.
Du kannst nur nach oben.

Seine innere Stimme brüllte lautstark in seinem Kopf, konkurrierte mit dem nachhallenden Hämmern seines Herzens, während Trainer bedrohlich näher kam. Als Joss etwas über Kopfhöhe eine Lücke in den Regalen entdeckte, bereitete er sich auf den Sprung vor. Drei Meter weiter sorgten aufeinandergestapelte Paletten für das nötige Sprungbrett, und Joss legte alle Kraft in den Sprung, aktivierte jeden kraftvollen Muskel in seinem Körper. Er segelte auf das zweite Regalbrett und knallte in eine Reihe von Kisten, während Trainer in die Schlackensteinwand am Ende des Gangs krachte.

Keine Zeit, Joss.
Bring es zu Ende.
Bevor er dich um die Ecke bringt.

Durch die Staubwolke, die durch die Wucht des Aufpralls aufgewirbelt worden war, sprang er aufs Dach des Führerhäuschens und kletterte zur Fahrertür runter. Trainer lag zusammengesunken über dem riesigen Lenkrad. Der Schaltknüppel hatte sich in seinen Brustkorb gebohrt. Joss zog ihn behutsamer, als er es verdiente, zurück und blickte ihm in die leblosen Augen. Trainer starrte zurück. Der Hauch eines dünnen Lächelns hatte sich in seine Mundwinkel eingegraben. Er öffnete leicht den Mund, und Joss konnte das dickflüssige Blut sehen, das sich in seiner Kehle sammelte.

Überlaß ihn sich selbst, Joss.
Sofort.
Laß ihn liegen, er ist tot.
Er tat es nicht.

Statt dessen langte er über Trainers verdrehte Beine hinweg nach der Pistole, die zu seinen Füßen lag. Es war ein Instinkt zuviel. Zwar konnte Joss Harrison Trainers letzte Handlung auf diesem Planeten nicht sehen, spürte aber die Auswirkungen.

Die Spritze bohrte sich in die Vene von Joss' rechtem Bein, und er schrie auf vor Schmerz. Er langte nach der Pistole und ließ sie mit voller Wucht gegen Trainers Schläfe donnern.

Trainer starb mit einem Lächeln auf den Lippen, das kein Gott in den Himmel lassen würde.

Joss fiel auf den Boden der Lagerhalle und umklammerte die Spritze, die sich in sein Bein gebohrt hatte. Er konnte spüren, wie das erste Hochgefühl nach der Injektion sein Bein hinaufbrannte und nach seinem Herzen suchte. Er mußte handeln, und zwar schnell. Man hatte ihm Heroin injiziert, aber er wußte nicht, wie hoch die Dosis war.

Er kroch den Gang entlang und durch eine kleine Tür hinten aus der Lagerhalle heraus. Taumelnd legte er den kurzen Weg zum Zaun zurück, der das Firmengelände umgab, aber die Droge begann bereits zu wirken.

Bleib wach, Joss.
Du mußt.

Auf dem Parkplatz vor dem Haus gegenüber konnte er einen Kleinbus erkennen, aus dessen verdunkeltem Inneren dröhnende Techno-Klänge und der Rauch zweier Zigaretten drangen. Er näherte sich von hinten und öffnete die Seitentür. Das Mädchen starrte ihn voller Entsetzen an, als er ihr die Pistole in den Mund schob und langsam in den Wagen stieg. Ihr Freund hob die Hände, während Joss die Tür zuschob und ihm bedeutete, den Motor zu starten.

»Fahr«, sagte er langsam und gab sich große Mühe, damit die

Worte richtig herauskamen. »Fahr zum Flughafen Tegel, und euch wird nichts geschehen.«

Der junge Mann nickte und legte die zitternden Hände auf das Lenkrad. Joss bemerkte die Uhr auf dem Armaturenbrett: Es war zwei Uhr nachts. Er mußte bei Bewußtsein bleiben, um jeden Preis. Er konzentrierte sich auf die Spielsteine, die er immer bei sich trug. Ja, Liebe, das waren Greta und seine Mutter; ja, die Vergangenheit stand für das Akzeptieren von Jennie Lanes Tod; und die Zukunft war wahrscheinlich sein naher Tod.

Später am selben Morgen saßen Mark und Greta im Konferenzraum, nur die Tischplatte zwischen sich. Mark merkte, daß etwas nicht stimmte.

»Ist es wegen Joss?« fragte er.

»Ja«, erwiderte sie, den Blick auf ihn gerichtet.

»Was ist passiert?«

»Ich will dich da nicht mit hineinziehen, Mark. Er steckt in großen Schwierigkeiten.«

»Der Prozeß auch, Greta. Ich werde das Risiko eingehen.«

»Du brauchst mich nicht ständig daran zu erinnern.«

»Tut mir leid, aber mach schon, Greta.«

»Er hat herausbekommen, daß Rivers Drogen schmuggelt, und die Spur nach Berlin verfolgt.«

»Klasse, wo liegt das Problem? Holen wir ihn her.«

»So einfach ist das nicht. Was mir Sorgen macht, ist die Art, wie er die Beweise beschafft hat.«

»Ohne eindeutige Beweise steht es um unsere Sache äußerst schlecht, und das weißt du.«

Mason seufzte tief und spielte mit den gestärkten Bändern seines Klappenkragens. Greta hatte die Finger verschränkt. Sie machten sich alle Sorgen.

»Du weißt nicht, wie er ist«, erklärte sie.

»Dann sag es mir«, bat er, lehnte sich zurück und kreuzte die langen Beine.

»Er ist tapfer, fast schon tollkühn. Impulsiv und stur. Ja, er ist verdammt stur, aber auch fähig, seine Gedanken vollständig und ausschließlich auf eine Sache auszurichten. Er wird nicht aufgeben, bevor alles vorbei ist.«

»Das ist das Problem; es könnte alles vorbei sein, wenn ich ihn nicht als Zeugen der Anklage aufrufe.«

»Kannst du ihm nicht mehr Zeit verschaffen?« fragte Greta.

»Wenn ich noch langsamer mache, werden die Geschworenen eines natürlichen Todes sterben«, entgegnete Mason. Er hatte die zahllosen Alibizeugen aus der Sekte gewissenhaft befragt, bis ins kleinste Detail. Ihre strahlenden, leuchtenden Gesichter, eingehüllt in Unschuld, erkauften Rivers eine »Du kommst aus dem Gefängnis frei«-Karte. Zwar waren im Verlauf der Kreuzverhöre Widersprüche aufgetaucht, aber sie reichten nicht aus, um die Geschworenen zusätzlich zu beunruhigen.

»Die Geschworenen müssen erfahren, was Joss weiß. Sie müssen ihn aus erster Hand darüber sprechen hören, was er im ›Hafen‹ und später erlebt hat.«

»Wird der Richter dir erlauben, ihn als Zeugen aufzurufen? Die Beweisaufnahme ist abgeschlossen.«

Mark überlegte: Er hatte an kaum etwas anderes gedacht, seit er Rivers' Reaktion auf Joss Lanes Namen mitbekommen hatte.

»Es gibt eine Möglichkeit. Da es sich um neues Beweismaterial handelt, kann ich ihn mit Genehmigung des Richters als Zeugen aufrufen. Wir müssen argumentieren, daß es sich um neu aufgefundene Beweismittel handelt.«

Greta nickte. »Also brauchen wir ihn.«

»Und zwar schnell«, betonte Mason. »Und er war ganz sicher, was die Drogen angeht?«

»Definitiv. Er hält es für irgendeine Form von Ecstasy.«

Mason überlegte.

»Greta, du mußt ihn für mich herbeischaffen. Um Roses willen.«

Die Last der Verantwortung ließ Greta die Stirn runzeln.

»Es geht um Gerechtigkeit, Greta. Was auch immer Joss getan hat, es kann nicht so schlimm gewesen sein wie Rivers' Verbrechen, oder?« fragte er.

»Du hast vollkommen recht, Mark. Ich weiß.«

»Aber wir dürfen es diesmal nicht vermasseln. Rose würde eine erneute Verhandlung niemals durchstehen. Ich kann nicht einfach mit etwas kommen, das ich nur vom Hörensagen weiß: Ich brauche Fakten, etwas Greifbares, das die Geschworenen bewegen wird, sich zu einer Verurteilung durchzuringen.«

In der langen Pause, die darauf folgte, saßen sie da und blickten einander an, ohne zu wissen, daß Joss Lane gegenwärtig als einziger menschlicher Inhalt eines diplomatischen Postsacks hinten in einem Transporterflugzeug der Royal Air Force nach London zurückkehrte.

Kapitel sechsundvierzig

Greta betrachtete ihn aufmerksam, nicht sicher, was sie mittlerweile für den Jungen empfand, den sie einmal geliebt hatte. Er hatte sich verändert, fast bis zur Unkenntlichkeit, als hätte ein kampfesmüder älterer Bruder, angegraut vor Erschöpfung, seinen Platz eingenommen. Sie konnte sich kaum ausmalen, was er alles durchgemacht hatte, aber sein Körper war ein lebendes Zeugnis der Wahrheit; ein gerade eben noch lebendiges Zeugnis.

Das Gericht trat am Wochenende nicht zusammen, so daß Greta sich den ganzen Tag Joss widmen konnte.

Es war der zweite Tag seines Entzugs von dem neunzig Prozent reinen Heroin, das in seinen zerschlagenen Körper gespritzt worden war. Um ein Haar wäre es mehr gewesen, als sein Organismus ertragen konnte. Seit Tom ihn mit einer Ambulanz der Air Force in ihre Wohnung gebracht hatte, hatte sie über ihn gewacht, während er vor Entzücken stöhnte, dann zitterte, schnatterte und die Dämonen der Abhängigkeit anschrie. Er war jetzt seit zwölf Stunden stabil, weigerte sich aber, etwas Sinnvolles von sich zu geben.

Tom hatte ihr erzählt, was er wußte; den Rest der Geschichte konnte sie sich aus Joss' Telefonanrufen zusammenreimen. Seitdem wachte sie über sein Leben.

Aus dem Zimmer waren alle Gegenstände entfernt worden, mit denen er sich hätte verletzen können. Alles, was blieb, waren ein Bett, dessen Kanten mit zusätzlichen Decken und Kissen gepolstert waren, und ein Stuhl, auf dem sie sitzen, ihn beobachten und nachdenken konnte.

Joss Lane. Früher ihr Joss, dann Junkie Joss, geheilter Joss und jetzt wider Willen erneut abhängiger Joss. Sie hatte sich lange Zeit schmerzlich nach ihm gesehnt, bis die vertraute Plackerei ihrer Pflichten die Kanten des Verlustes abstumpfte und der Verlust einer erträglichen Betäubtheit wich. Es war nicht so sehr wie der Phantomschmerz eines verlorenen Arms oder Beins, sondern eher wie ein Zurückkehren der Erinnerung, wie ein verletztes Bein zu bewegen war. Es hatte andere Männer gegeben: nicht viele, aber genug, um sie zu überzeugen, daß eine längere Suche erforderlich sein würde, bevor sie sich selbst durch unerschütterliche Hingabe wiederentdecken konnte.

Er schlug wild um sich und stöhnte. Sie roch seinen Gestank, wechselte sofort und klaglos die Bettwäsche und badete ihn zum siebten Mal an diesem Tag. So sah die Realität der Drogen aus: nicht das kurze, orgasmische Entzücken des Schusses, sondern das darauffolgende Erbrechen, Urin und Toxine, die aus jeder Körperöffnung schwitzten und leckten wie aus einem gebrochenen Damm.

Nachdem die Waschmaschine wieder einmal mit ihrer besudelten Ladung vor sich hin rumpelte, kehrte Greta ins Zimmer zurück. Er war wach und sah sich hastig um, in dem Bemühen, sich zu orientieren.

»Du mußt durstig sein.«

Sein Gesicht verzerrte sich erschreckt.

»Ich muß halluzinieren.« Seine Stimme klang belegt und brüchig, wie eine verdrehte Hülse. »Als nächstes werde ich noch meine Mutter sehen«, murmelte er, während die Tränen ihm langsam die stoppeligen Wangen herabrannen.

»Nein, Joss, ich bin es wirklich. Tom hat dich hergebracht.«

»Ja, klar. Und dann verwandelst du dich in einen fleischfressenden Zombie.«

»Ich bin aus Fleisch und Blut«, sagte Greta sanft, nahm seine Hand und legte sie behutsam an ihre Wange. Er versuchte, die Hand wegzuziehen, aber die letzten Tage hatten seinen Körper aller restlichen Kraft beraubt, und als er ihre blasse, warme Haut spürte, wandte er ihr das Gesicht zu.

»Greta«, flüsterte er.

»Schlaf, Joss. Dieses Zeug hat dich fast umgebracht.«

»Wie lange bin ich schon hier?«

Greta berichtete im Flüsterton von seiner Abreise aus Berlin und seiner Ankunft in ihrer Wohnung, während Joss, den Blick unverwandt auf ihr Gesicht gerichtet, schwieg. Mehrmals schien er etwas sagen zu wollen, tat dann aber die geplante Frage mit einem Achselzucken ab, den Mund weit geöffnet.

»Spuck's aus, Lane. Was immer es ist, so schlimm kann es doch nicht sein.«

Joss sah sie aufmerksam an. Er hatte auf diesen Augenblick gewartet, darum gebetet und alles und jedes versprochen, um ihn erleben zu dürfen, und jetzt, wo er gekommen war, befielen ihn Furcht und Schweigen. Sie waren sich zum ersten Mal seit Jahren nahe und vertraut, und er konnte sie sehen, wie sie wirklich war. Sie war älter geworden, aber trotzdem schöner, wie es Frauen geht, die mit Wangenknochen wie blasse, eckige Druckstellen gesegnet sind. Ihr fließendes Haar war jetzt kurzgeschnitten und im Nacken rasiert, so daß man ihren langen Hals sah, und ihre grauen Augen blickten ihn an, klug und wissend.

»Wo ist dein Mann?«

Was als freundliche Erkundigung beabsichtigt gewesen war, kam als stotternde Anklage heraus.

»Ich habe keinen... warte eine Sekunde. Du hast mit Barney Calladine gesprochen?«

Joss nickte, obwohl Krämpfe seine Eingeweide zu verzerren begannen. Greta lächelte. Es war ein schönes Lächeln. Dann lachte sie.

»Schöner Scherz«, beschwerte er sich.

»Ein Mißverständnis. Hör zu, das war eine Einwanderungssache. Ein politischer Flüchtling, den unsere Kanzlei kostenlos vertreten hat. Er sollte ausgewiesen werden, und da er in Afrika keine fünf Minuten überlebt hätte, habe ich ...«

»Hast du ihn geheiratet. Ich muß mich ausweisen lassen.«

Greta ließ den Blick auf ihren Schoß sinken.

»Hat nicht geklappt. Die Ausländerbehörde kannte den Trick.« Sie stand langsam auf. »Zwei Monate später war ich Witwe. Jedenfalls, was zum Teufel geht dich das an, Lane?«

Ihr Gesicht war jetzt so hart und streng, wie es bei dem gerichtlichen Verfahren zur Untersuchung der Todesursache seiner Mutter gewesen war.

»Wo bist du gewesen? Hast du dich in eine Ecke verkrochen? Geschmollt? Dich in Smack und Selbstmitleid vergraben? Was war mit uns übrigen? Wie sollten wir damit fertigwerden?«

»Ich weiß«, murmelte er.

»Du weißt gar nichts, sonst wärst du nicht weggerannt.«

»Greta, ich laufe nicht mehr weg. Ich habe beschlossen, statt dessen zu leben. Du hast mich am Leben gehalten, der Gedanke an dich, meine ich.«

Es entstand eine Pause. Sie sah zum Fenster, dessen Jalousien herabgelassen waren, und wandte den Blick dann wieder ihm zu.

»Weißt du, man ist nicht nur für die Toten verantwortlich. Wir schulden auch den Lebenden etwas.«

Die Krämpfe ließen sich nicht länger ignorieren, und Gretas wilde Wut ließ ihn sich elend und voller Schmerzen fühlen. Er krümmte sich auf dem Bett zusammen und merkte, daß die Kontrolle über seinen Darm zu Gelee geworden war.

»Es tut mir leid ...«

»Joss, das ist schon in Ordnung, wirklich.« Ihre Stimme war jetzt mitleidig. Seine Augen schlossen sich vor Scham und Erschöpfung, aber mitten in dem Elend erwärmte ein Gedanke sein Herz: Es gab keinen anderen, es bestand noch Hoffnung.

P. J. Rivers stand in der Sporthalle des »Hafens« vor seiner Gemeinde. Er streckte die Arme weit aus, während die Gemeindemitglieder ihrerseits das Sakrament des gemeinschaftlichen Herzschlags entgegennahmen. Die Gemeinschaft war auf über fünfhundert Seelen angeschwollen, jede von einer anderen Seele in den Schoß der Millennium-Kirche gebracht. Er sah mit entzückter Ehrfurcht zu und staunte über das Ausmaß der Ergebenheit, die sie der Bewegung und ihm, ihrem verehrten und geliebten Kirchenführer, entgegenbrachten. Bald würden sich die Auserwählten versammeln. Es würde der größte Tag in der Geschichte der Millennium-Kirche werden. Er hatte ihnen den letzten Kampf zwischen Gut und Böse versprochen, und wenn der Weltuntergang auf sich warten ließ, würde das nur an ihrer eigenen Unwürdigkeit liegen.

Er hieß sie, ihre vertrauensvollen Augen zu öffnen, und sie gehorchten wie ein Mann.

»Wir haben einen schrecklichen Verlust erlitten«, begann er, wobei er das »s« schlangenartig in die Länge zog. »Einer, der unter uns war, ist von uns gegangen.«

Alle Gesichter waren gebrochen in vorweggenommener Verzweiflung.

»Ein wahrer Geist, ein heldenhafter Diener der Sache, ist seiner Familie entrissen worden, durch die Arglist derer, die uns vernichten wollen.«

Ein leises Stöhnen schwoll im Publikum an. Er hob eine Hand, um sie zum Schweigen zu bringen.

»Aber sein Tod wird uns nicht schwächen, sondern uns stärker machen.«

Seine Verkündigung wurde mit dem Nicken Hunderter von Köpfen entgegengenommen.

»Viele von euch kannten Harrison Trainer. Wir alle wissen, daß er der Beste unter uns war. Er wird für uns alle ein leuchtendes Beispiel bleiben. Wenn ihr heute euren Pflichten nachgeht, bewahrt sein Gesicht...« Rivers winkte, und in der Mitte der Bühne wurde ein zwei Meter hohes Porträt von Trainer aufgestellt. ».. . vor eurem inneren Auge. Wenn die Aufgabe, vor die ihr gestellt seid, euch zu groß erscheint, denkt daran, daß für Harrison Trainer keine Aufgabe je zu groß war. Strebt danach, eure Pflicht und eure Mission zu erfüllen, und seid erfolgreich. Nun geht und macht ihm Ehre. Auch ihr könnt zu den Auserwählten gehören.«

Rivers sah zu, wie sie in einer Reihe abmarschierten, die Köpfe aus Ehrfurcht vor seinen Abschiedsworten gesenkt, bis die Sporthalle verlassen war. Dann kamen Tomlin und Moyne mit Callum Lane aus dem Bereitstellungsraum. Rivers fixierte ihn mit einem bösen Blick.

»Das lief ja hervorragend«, begann Callum. »Die Vorstellung von den Toten als Totem für die Lebenden ist so alt wie die Menschheit selbst«, sagte er mit kriecherischem Entzücken.

»Ich bin über deine Sünden unterrichtet, Bruder Lane«, flüsterte Rivers. »Selbst Judas Ischariot besaß schließlich den Anstand, sich das Leben zu nehmen.« Mit vorgetäuschter Scham senkte Callum den Kopf.

»Aber der Junge macht mir schon Sorgen«, fuhr Rivers fort. »Die letzte Kleinigkeit, die wir noch zu erledigen haben.«

»Mehr als das ist es nicht, P. J.; mehr war es nie«, sagte Callum und fiel ehrerbietig auf die Knie.

»Aber er ist besser, als du je sein könntest«, zischte Rivers. »Trotzdem, er hat den Tempel bestohlen und muß bestraft werden. Er muß gedemütigt und öffentlich bloßgestellt werden, damit er gereinigt werden kann. Danach werden wir mit dem Jungen sprechen.«

Callum Lane nickte zustimmend.

»Er muß erst noch von deinem Verrat erfahren«, fuhr Rivers fort und erhob die Stimme zum alttestamentarischen Vibrato. »Der Tag deines Sühneopfers ist verschoben, aber nicht aufgehoben. Alle Abenteuer müssen irgendwann enden.«

Rivers legte Joss' Vater sanft die Hand auf den Nacken und wandte sich dann Tomlin und Moyne zu.

»Tut ihm weh«, befahl er, lächelte, verließ die Sporthalle und machte sich auf den Weg zur Landebahn und den wartenden Geschworenen.

Kapitel siebenundvierzig

Es war, als hätte sein Körper, einmal von der Klinik gereinigt, sich an die unangenehme Aufgabe der Entgiftung erinnert. Joss hatte zunehmend an Kraft gewonnen, aber im gleichen Ausmaß wuchs seine Besorgnis. Greta wachte mit dem übereifrigen Auge des Amateurs über ihn, denn sie war sich voll bewußt, daß er in Lebensgefahr schwebte.

Als Joss aus einem weiteren schweißgetränkten Traum erwachte, klebte ihm das Haar an der schmerzenden Stirn. Während seiner lichten Augenblicke hatte er sich bei Greta erkundigt, was mit den anderen Mitgliedern von »In Extremis« passiert war; die Neuigkeiten waren nicht gut. Er öffnete die Augen, beunruhigt über Gretas grimmige Miene.

»So schlimm?«

Greta zuckte die Achseln. »Könnte schlimmer sein.« Sie wollte jetzt wirklich nicht näher darauf eingehen, denn Joss erholte sich zwar schnell, aber seine Gesundheit war immer noch nicht viel stabiler als eine Schneeflocke.

»Ich muß es wissen, Greta. Sag es mir.«

»Ben ist von der Bank suspendiert worden, und es wird wegen Computerbetrugs gegen ihn ermittelt.«

»Die sollten lieber gegen die Millennium-Kirche ermitteln«, schoß er zurück.

»Mag sein, aber die Behörden haben seinen Paß einbehalten. Barney ist noch in Venedig im Krankenhaus, unter Polizeibewachung. Sie halten ihn für so eine Art Terrorist.«

»Scheiße. Was ist mit Onkel Niall und dem Konsulat?«

»Ich habe mit dem Vizekonsul gesprochen. Niall hat nie Kontakt mit ihm aufgenommen.«

»Aber du hast doch gesagt, du hättest mit ihm geredet; er hat es versprochen. Gütiger Himmel, ihm muß etwas zugestoßen sein.«

Gretas Gesicht verdüsterte sich. Sie biß sich auf die Lippen und schwieg.

»Aber es scheint, daß den Leuten um mich herum alles mögliche zustößt, nicht wahr, Greta?« Seine Stimme war flach und tonlos. Greta konnte nur zustimmend nicken. »Erzähl mir von Tom.«

»Sitzt im Gefängnis. Man kann nicht einfach die Maschinen der Royal Air Force benutzen wie Daddys Auto und erwarten, damit davonzukommen, aber das wußte er. Du sollst dir keine Sorgen machen, hat er gesagt.«

Joss' Gesicht war eine Maske des Elends.

»In meiner Arroganz und Ignoranz habe ich sie alle zerstört. Schon wieder.«

»Dafür ist jetzt nicht die richtige Zeit, Joss«, schalt Greta sanft, aber er kannte sie zu gut: Wenn sie seiner schuldbewußten Schlußfolgerung nicht zugestimmt hätte, hätte sie das gesagt. Aber Joss war gedanklich bereits weiter.

»Greta, mein Vater!« Joss blickte fort zu der sonnigen Stelle, wo das schwindende Licht des Nachmittags durch das Fenster fiel.

»Denk logisch, Joss. Es ist eine klassische Pattsituation: Du hast das Geld, und sie haben deinen Vater. Sie werden Kontakt mit dir aufnehmen, sobald du wieder zum Vorschein kommst. Du mußt darauf vorbereitet sein.«

Es war fast zuviel für ihn. Er fing an, sich wie wild durch die feuchten Haare zu fahren.

»Konzentrier dich, Lane, konzentrier dich«, rief Greta. »Ich will dich nicht noch einmal verlieren.« Sie schlug ihn hart ins Gesicht, mit einem schmerzhaften Knall. »Das ist vielleicht genau das, was sie wollen, hast du darüber schon mal nachgedacht?«

Der unmittelbare Schmerz tat weh, doch er half. Aber ihre Worte; ihre Worte waren ein Echo seiner eigenen Gedanken, als er seinen Vater entführt und sich dagegen entschieden hatte, die Polizei einzuschalten.

»Wer wird schon einem Exjunkie glauben?« fragte er unglücklich.

Greta legte die Hände an seine Wangen und kam näher, so nahe, daß sich ihre Nasen fast berührten. Ihre Augen, die ihre scharfe Intelligenz verrieten, bohrten sich in die seinen.

»Ich glaube dir, und die Geschworenen werden es auch tun.«

Er hatte das Gefühl, sie küssen zu müssen, und als ob sie seine Gedanken gelesen hätte, drehte sie den Kopf, legte die feuchten Lippen auf seine rauhe Wange und ließ ihn dann los. Joss umfing seinen zitternden Leib mit den Armen.

»Wann soll ich als Zeuge aussagen?« fragte er.

»Morgen«, antwortete Greta. Joss nickte ernst.

»Aber erst muß ich zu Niall und herausfinden, warum er Barney nicht geholfen hat.«

Greta schüttelte den Kopf.

»Dem bist du noch nicht gewachsen.«

»Sie waren alle für mich da, und ich bin es leid, Leute im Stich zu lassen.«

Es war kurz nach acht an demselben Abend, als Greta und Joss die Wohnung verließen. Dicke Sturmwolken türmten sich über der Silhouette von London auf, als sie sich in Islington in das schwarze Taxi setzten. Joss wollte keine Gegenargumente hören, seit er mit dem britischen Konsulat in Venedig gesprochen hatte. Niemand hatte dort je etwas von Niall Robertson gehört, geschweige denn mit ihm gesprochen. Als die Erkenntnis kam, war es, als wäre die Landungsbrücke, die ihn mit seiner jüngsten Geschichte verband, vor seinen schmerzenden Augen verbrannt. Wieder einmal war es lediglich Gretas schiere Stärke, die ihn davor bewahrte, in ein tiefes Loch zu fallen.

Joss hatte immer über Verschwörungstheoretiker gespottet, die behaupteten, die Welt würde von irgendwelchen Außerirdischen oder unterirdisch lebenden Super-Gemeinwesen beherrscht. Er hatte sich schlapp gelacht über die Bekloppten, die sich von Außerirdischen entführt glaubten oder in Kristallkugeln guckten, über Hexen, weiße, schwarze und abwaschwassergraue, über falsche Messiasse und Antichristusse, über Leute, die aus den Schriftrollen vom Toten Meer Geheimnisse herauslasen oder mit heiligen Würfeln aus Fingerknöcheln würfelten, über zugedopte Sonnenwendanhänger. Sie befanden sich außerhalb der Hauptströmung der Gesellschaft, mehr nicht, bewiesen verbale Inkontinenz mit ihren unbeweisbaren Wahrheiten; aber dies war etwas anderes. Die Millennium-Kirche war greifbar, fühlbar, eine Kombination aus Geld, Macht und unerbittlicher Leitung. Die Sekte lebte und atmete in relativer Offenheit und beutete die natürliche Angst der Menschen vor dem Tod aus. Dies war etwas anderes, und er wußte es.

Wie beim Werfen von Runen mußte er die verborgene Absicht hinter all dem erkennen, was ihm zugestoßen war. Er mußte irgendeinen Sinn hinter dieser dunklen Folge von Ereignissen ausmachen. Vielleicht konnte der beste Freund seines Vaters ihm helfen, den Code zu entschlüsseln.

Greta hatte den Taxifahrer angewiesen, sie zu Onkel Nialls Wohnung am Canary Wharf zu bringen. Joss fröstelte, obwohl die Heizung des schwarzen Taxis die wiederaufbereitete Londoner Luft in einem Faksimile natürlicher Wärme hinausblies. Greta starrte trauernd aus dem beschlagenen Fenster hinaus. Ein leichter Nieselregen lief wie Krokodilstränen das Glas hinunter.

»Es ist schwer, sich noch auf irgend etwas zu verlassen«, flüsterte er.

»Du kannst dich auf die Jungs verlassen«, erwiderte sie, »und auf mich.«

»Ich muß immer daran denken, daß sie jetzt alle glücklich und zufrieden wären, wenn ich nicht gekommen wäre und an ihre Tür geklopft hätte«, sagte Joss und beobachtete, wie ein fetter Regentropfen das Autofenster hinunterglitt.

»Für Was-Wäre-Wenn haben wir jetzt keine Zeit«, erwiderte sie. »Laß uns mit dem Hier und Jetzt auseinandersetzen.«

Aber die jüngsten Ereignisse hatten jede echte Hoffnung vertrieben, die er gehegt haben mochte, daß irgend etwas je wieder einfach und unkompliziert sein könnte.

Vierzig Minuten später und um zwanzig Pfund ärmer stiegen sie aus dem Taxi. In dem immer stärker werdenden Regen fühlten sie sich bald klamm. Im Inneren des Chrom- und Glasbaus nahm der uniformierte Concierge ihre Personalien auf und telefonierte die Information kurz zu dem Empfänger durch, und Joss schaute den Mann an und fragte sich, ob er auch mit drinsteckte. Er tat den absurden Verdacht mit einem mittlerweile seltenen Lächeln ab.

»Was ist los?« fragte Greta.

»Ein einfacher Fall von Lane-Paranoia; nichts Ungewöhnliches.«

Der Concierge nickte in die Sprechmuschel und legte den Hörer abrupt wieder auf.

»Sie können hinaufgehen. Es ist im ...«

»Ich kenne den Weg«, sagte Joss hastig und ging auf den feudalen Schnellaufzug zu. Der dicke Wollflor des Teppichbodens war in einem Regency-Streifenmuster gehalten. Joss spürte, wie seine Turnschuhe darin versanken. Decke und Wände des Fahrstuhls waren verspiegelt und reflektierten ihre Züge in die Unendlichkeit. Joss konnte erkennen, wie abgezehrt er aussah.

Ein Ping im vierzehnten Stock ließ die Fahrstuhltüren aufspringen, und Niall Robertson stand vor ihnen, um sie zu begrüßen. Das Gesicht des kleinen Mannes war gerötet, als er ihnen die Hände schüttelte. Er kannte Greta, wenn auch nicht gut; sie waren einander anläßlich gelegentlicher Einladungen bei den Lanes vorgestellt worden. Er küßte ihr galant die Hand.

»Meine Güte, wie schön, dich zu sehen, mein Junge, obwohl ich dich schon besser in Form gesehen habe. Du siehst aus wie ein nasser Spüllappen. Kommt rein, kommt rein«, sagte er und wies auf die offene Tür, die zu seinen luxuriösen Räumlichkeiten führte. Sobald sie Platz genommen hatten und Drinks angeboten und abgelehnt worden waren, sah Joss sich im Zimmer um. Es war professionell, aber schön eingerichtet. Geschmackvolles Art deco überwog, aber es gab eine moderne Unterströmung, was ansprechend war und doch gleichzeitig seltsam unpassend.

»Nun bring mich auf den neuesten Stand, erzähl mir alles, was passiert ist, Junge, überlaß nichts dem Zufall. Etwas, das du für irrelevant hältst, könnte sich für einen alten Hasen wie mich durchaus als wichtig erweisen.« Er zwinkerte Greta zu, der es nur mit Mühe gelang, mit einem Lächeln zu reagieren.

»Warum hast du Barney Calladine nicht geholfen, obwohl du es versprochen hattest?«

Niall wurde noch röter im Gesicht.

»Vertraust du mir nicht mehr, ist es das, Joss? Haben deine Abenteuer dich denn jedes natürlichen menschlichen Zutrauens beraubt?«

Joss fing die atemlose Schärfe in seiner Stimme auf und warf einen schnellen Blick auf Greta, die die Demonstration mit zusammengekniffenen Augen verfolgte.

»Natürlich vertraue ich dir, Onkel Niall, es ist nur, daß in letzter Zeit alles so aus den Fugen geraten ist. Ein paar Informationen kämen nicht verkehrt, das ist alles.«

»Vertrauen, Joss, Vertrauen. So war das immer zwischen deinem alten Herrn und mir. Jeder sollte die Aufgabe übernehmen, für die er am besten geeignet ist. Er mit seiner Schnelligkeit war prädestiniert für Sprints und ich mit meiner Ausdauer für das Hindernisrennen. Diese Aufteilung hat uns nie im Stich gelassen.«

»Ich bin nicht mein Vater«, erwiderte Joss schnell; zu schnell.

»Ein Jammer, Junge, ein Jammer.«

»Das habe ich nicht verdient, Onkel Niall.«

Robertson fixierte ihn mit einem vernichtenden Blick.

»Du nennst mich Onkel, aber behandelst mich so verächtlich, als wäre ich ein Fremder. Das ist ein trauriger Tag für mich, Joss.«

»Er hat eine Menge durchgemacht«, sagte Greta beschützerisch.

»Junge Dame, als dieser junge Mann Sie gebraucht hätte, haben Sie ihn verlassen. Wir wollen doch unseren Schuldgefühlen nicht gestatten, unserem gesunden Menschenverstand in die Quere zu kommen.«

»Ziegenbock«, zischte sie. »Sie scheinheiliger...«

»Greta, laß«, wies Joss sie an, obwohl sein eigener Gesichtsausdruck nicht gerade versöhnlich war.

»Wie ich schon sagte, Niall«, fuhr er fort.

»Also bin ich jetzt nicht mehr dein Onkel«, bellte Niall Robertson. »So sieht es also aus. Ich hätte nie gedacht, daß ich das mal erleben würde. Deine Mutter...«

»Laß meine Mutter in Ruhe«, warnte Joss. Niall hob die Hände und bekreuzigte sich.

»Also warum hast du Barney Calladine nicht geholfen?« fuhr Joss fort. Seine träge Stimme verriet nichts von seinem inneren Aufruhr.

»Der Junge steckte zu tief drin.«

»Zu tief worin?«

»Ich habe mit dem Konsul und dem Vizekonsul über seine mißliche Lage gesprochen. Armer Junge, auch noch verkrüppelt.«

Bei der Erwähnung des Vizekonsuls konnte Joss fast spüren, wie Greta die Luft einsog, aber obwohl sein Magen bis zum Keller des Wohnblocks absackte, bewahrte er eine unbewegte Miene und einen klaren Kopf.

»Aber du hast es versucht?«

»Du weißt ja, jeder Freund von dir...«, erwiderte Niall und stand auf, um sich nachzuschenken.

»Na, dann ist es ja gut. Hör zu, es tut mir leid.« Joss spürte, wie sein Gesicht brannte. Es sah aus wie Verlegenheit, war aber blanke Wut.

»Laß mich dir alles erzählen.« Joss hielt inne, lächelte einfältig und fügte hinzu: »Onkel Niall.«

Joss hätte fast gekotzt, als der Anwalt weise nickte und sagte: »Ich bin eben ein bißchen barsch gewesen, Junge, und dafür schäme ich mich zutiefst. Also, jetzt erzähl mir die Wahrheit, die ganze Wahrheit und nichts als die Wahrheit.«

Und Joss Lane brachte die nächste Stunde damit zu, das genaue Gegenteil zu tun.

Kapitel achtundvierzig

Joss Lane starrte Rivers haßerfüllt an. Es war ein Blick offenen und nackten Abscheus, der über die Barrister, die Solicitors und die Pressetribüne hinwegstrich und die Geschworenen erwartungsvoll auf ihren Plätzen festnagelte. Mason beobachtete ihn aufmerksam. Joss mußte mit großer Vorsicht angefaßt werden. Ein Zeuge, der vor Haß kochte, war potentiell schlimmer als gar kein Zeuge. Die Beweisführung der Anklage konnte dadurch jeder Integrität beraubt und die Rechtmäßigkeit der Sache in Zweifel gezogen werden.

Joss starrte Rivers an; starrte einfach. Unbeweglich, ohne zu blinzeln, unverwandt und bereit. Mason konnte sehen, daß sein Atem streng und gleichmäßig ging. Der Junge war so aufgepulvert, daß er ganz ruhig zu sein schien. Mason blätterte die detaillierte Aussage durch, die Joss Charmers diktiert hatte; sie las sich wie der reinste Groschenroman. Die Aussage war der Verteidigung ordnungsgemäß zugestellt worden. Darauf war eine längere juristische Debatte in Abwesenheit der Geschworenen gefolgt. Withnail hatte Mason überrascht. Es schien, daß er eine gesunde Abneigung gegen Rivers gefaßt hatte, und so hatte er Thynnes und Callows Einwände gegen den späten Beweisantrag hinweggefegt.

Jetzt warteten sie auf den Richter, und die Luft war zum Zerreißen gespannt. Greta saß hinter ihm, neben Charmers, die Hände nervös zusammengekrampft. Rose und Geoff Moody saßen zusammengedrängt, Arm in Arm, und warteten darauf, daß ihr Kämpfer und Fürsprecher die Wahrheit sagte. Mason hatte nie zuvor eine derartige Anspannung verspürt; sie schnürte Kehle und Magen wie ein Schraubstock aus Fleisch zusammen.

Der Richter betrat mit großen, strammen Schritten den Gerichtssaal. Sein Talar schien besser zu ihm zu passen, als hätte der kommende Sturm dem Mann die dringend benötigte Aura von Majestät verliehen. Joss leistete den Eid ohne die religiöse Beteuerungsform. Die Bibel wurde freundlich abgetan; sein einziger Gott war das, was richtig war, und ein reines Lippenbekenntnis der Konvention wegen war für ihn unannehmbar. Der Eid, den er schwor, band ihn in seinem Herzen; er war gekommen, um die Wahrheit zu sagen.

Mason erhob sich und verbeugte sich ernst vor Withnail. Er wußte nicht warum, aber er hatte das Gefühl, als stünden sie alle dicht vor etwas Unvergeßlichem, wie die Richter bei den Nürnberger Prozessen, die Verbrechen gegen die Menschlichkeit beim Namen nannten. Withnail ergriff das Wort.

»Mr. Mason. Ich habe die Aussage gelesen, die dieser Zeuge zu machen beabsichtigt. Das zwingt mich, einer Pflicht nachzukommen, die das Gesetz mir auferlegt.«

Einen Augenblick lang musterte er Joss schweigend.

»Mr. Lane?« Joss nickte mit strengem Ernst. »Das englische Recht gesteht Ihnen ein Aussageverweigerungsrecht zu. Dieses Recht stellt sicher, daß Sie nicht gezwungen werden können, eine Frage zu beantworten, wenn Sie sich damit selbst belasten würden. Sie brauchen nur zu antworten, wenn Sie es wünschen. Verstehen Sie das?«

»Vollkommen, Mylord«, erwiderte Joss mit ruhiger Stimme. »Ich bin hier, um die Wahrheit zu sagen, die ganze Wahrheit und nichts als die Wahrheit. Das klingt wie ein Gemeinplatz, aber für mich bedeutet es etwas.«

Mason warf einen Blick auf Thynne, der in aller Gemütsruhe zuzuhören schien, und spürte ein Frösteln in den Knochen.

»Also, Mr. Lane, lassen Sie uns am Anfang beginnen...«

Vier lange Stunden berichtete Joss, was nach seiner Ankunft in London vor zwei Wochen bis zu seiner Rückkehr geschehen war. Withnail machte sich ausnahmsweise ausführliche Notizen. Die Geschworenen lauschten aufmerksam seiner lebhaften Schilderung. Von Zeit zu Zeit warf Mason einen verstohlenen Blick auf Thynne, der angesichts des Beweisstrudels unnatürlich ruhig zu bleiben schien, und erneut spürte er ein vorausahnendes Schaudern. Die Mittagspause wurde verschoben, damit Joss seine Aussage in einem Stück machen konnte.

Sie besuchten die Highlands, Paris, Zürich, Venedig und Berlin und schwitzten das Heroin aus ihrem eigenen Leib, voller Mitgefühl für Joss. Schließlich brachte die Spur der Gefahren und Entdeckungen sie und Joss zurück zum gegenwärtigen Moment.

Die Verteidigung hatte gegen keinen Teil der Aussage Einspruch erhoben. Mason, der sich des aufgeschobenen Richterspruchs, der wie ein Damoklesschwert über seiner eigenen Zukunft hing, nur zu bewußt war, war äußerst vorsichtig vorgegangen. Aber selbst Teile von Joss' Bericht, die keinerlei Chance hatten, für zulässig erklärt zu werden, wurden ignoriert.

»Und Sie haben uns wahrheitsgemäß alles berichtet, was geschehen ist?« schloß Mason.

Joss riskierte ein grimmiges Lächeln.

»Ja.«

Mason setzte sich. Nun stand Thynne auf und schob seine Halbbrille in eine gelehrt-anmaßende Position in der Mitte des Nasenrückens.

»Ihnen scheinen ja wirklich unglaubliche Dinge zuzustoßen, nicht wahr, Mr. Lane?«

Joss zuckte die Achseln.

»Ist das eine Frage?« entgegnete er.

Thynne lächelte matt.

»Vielleicht nicht«, räumte er ein. »Wann hatten Sie zuletzt Heroin im Körper?«

»Ich habe Ihnen erzählt, wann es war und wie es dazu kam.«

»Ach ja, der hartnäckige Mr. Trainer. Vielen Dank, daß Sie

uns alle daran erinnert haben. Aber Sie haben das Heroin nicht immer unfreiwillig genommen, nicht wahr?«

Joss erwiderte ausdruckslos Thynnes Blick. »Nein. Ich habe gefixt.«

»Doch sicher mehr als das?«

»Ich kann Ihnen nicht folgen«, erwiderte Joss.

»Sie waren drogenabhängig und mußten sich achtzehn Monate lang einer Entgiftung mit nachfolgender Drogentherapie in einer teuren Rehabilitationsklinik unterziehen?«

»Das wissen Sie doch«, erwiderte Joss gereizt.

»Und diese Behandlung wurde von der Millennium-Kirche bezahlt?«

»Wie ich später herausfand.« Joss sah wütend aus.

»Die Kirche wollte nicht, daß Sie es erfuhren, Mr. Lane, nicht wahr? Sie haben keinen Dank verlangt? Ihnen nie eine Rechnung präsentiert? Die Freundlichkeit der Kirchenoberen hat Ihnen das Leben gerettet!«

»Meine Ärztin hat mein Leben gerettet; die Kirche hat die Therapie bezahlt.«

»Ihre Ärztin? Ach ja, Dr. Klammer. Laut der Diagnose Ihrer Therapeutin waren Sie psychotisch und litten unter Wahnvorstellungen und Halluzinationen, nicht wahr?«

»So was in der Art«, erwiderte Joss.

»Sie litten also unter Wahnvorstellungen. Das heißt, Sie neigten dazu, Dinge für wahr zu halten, die nicht wirklich wahr waren?«

Joss saugte an seinen Wangen.

»Ich litt früher unter Wahnvorstellungen. Jetzt tue ich es nicht mehr.«

»Und alles, was Sie uns berichtet haben, ist, nach Ihrem besten Wissen und Gewissen, wirklich geschehen?«

Thynne sah die Geschworenen an, die verdutzt über die Richtung schienen, die die Befragung nahm.

»Ich weiß, daß es die Wahrheit ist.«

»Sie stehen hier, Sie haben einen Eid geschworen, und Sie glauben wirklich, daß alles, was Sie uns geschildert haben, wirklich geschehen ist?«

»Es ist geschehen. Hören Sie, ich war dabei, ich weiß es!«

»Sehr schön. Wir wollen die Frage Ihrer subjektiven Realität für einen Augenblick beiseite lassen. Sie haben lieber eine Therapie gemacht, als ins Gefängnis zu gehen, nicht wahr? Sie wurden beim Drogenschmuggel erwischt. Klasse-A-Drogen; Smack, Shit, den Drachen?«

Joss begann rot anzulaufen. »Hören Sie, ich war ziemlich tief unten.«

»Kann man noch tiefer sinken als ein Drogendealer?«

»Ich dachte nicht, bis ich auf die Millennium-Kirche traf. Diese Leute sind der wahre Abschaum.«

»Und Sie, ein Fixer, ein Dealer, der Entführer Ihres eigenen Vaters, gewalttätig, vor der Polizei auf der Flucht, Sie halten sich für etwas Besseres als eine anerkannte Religionsgemeinschaft?«

»Ich habe gesehen, was ich gesehen habe. Ich bringe keine Entschuldigungen für mich selbst vor.«

»Ihre Abhängigkeit von harten Drogen begann nach einem gewissen tragischen Ereignis in Ihrem Leben, nicht wahr?«

»Sie Scheißkerl«, flüsterte Joss mit gebleckten Zähnen.

»Beherrschen Sie sich, Lane«, verlangte der Richter.

»Und zwar dem vorzeitigen Tod Ihrer Mutter bei einer von Ihnen organisierten Drogenparty?« fuhr Thynne fort. »Sie bekam einen Drink mit einem Schuß LSD, nicht wahr?«

»Ja«, erwiderte Joss und biß sich auf die Unterlippe.

»Sie geben sich die Schuld an ihrem Tod, nicht wahr?«

»Um Gottes willen, kennen Sie denn kein Mitgefühl?« rief Joss.

»Beantworten Sie die Frage«, forderte Thynne.

»Ja, ich gebe mir die Schuld, jeden Tag, auf jede nur erdenkliche Weise.«

»Wie rührend«, kommentierte Thynne trocken. »Danach haben Sie Ihren Vater und Ihre Freunde im Stich gelassen, ja selbst die Frau, die Sie liebten?«

»Ich bin nicht stolz auf das, was ich getan habe.« Joss sah Greta an, die ihm ermutigend zunickte.

»Was für ein rosiges Resümee«, sagte Thynne. »Aber ich will noch einmal auf die eigenartige Natur Ihrer Realität zurückkommen.«

»Ich gebe zu, daß sie eigenartig ist, aber sie ist real«, konstatierte Joss fest.

Thynne drehte sich zu seinem Juniorgerichtsanwalt um und nickte. Der Anwalt nickte seinerseits dem Solicitor zu, der bei der Tür des Sitzungssaals stand.

»So real wie dies?« fragte Thynne, dessen Stimme vor Sarkasmus triefte. Joss und das Gericht drehten sich um. Einige Geschworenen verrenkten sich den Hals, um besser sehen zu können.

Callum Lane kam durch die Tür gehumpelt. Joss war fassungslos. Er hatte ja vieles erwartet, aber das nicht.

»Dad«, rief er. »Bist du in Ordnung? Haben sie dir weh getan?«

Callum ignorierte ihn, ging auf Rivers zu, schüttelte ihm fest die Hand und sagte: »Es tut mir so leid, Reverend, aber es geht ihm nicht gut. Er ist krank, sehr, sehr krank.«

Der Verlauf, den die Ereignisse nahmen, verblüffte Withnail so sehr, daß er nicht reagierte, aber Thynne erkannte seinen Vorteil und nutzte ihn. »Mr. Lane, es hat sich nichts geändert, nicht wahr? Sie sind psychotisch und leiden unter Wahnvorstellungen, und Ihre Aussage ist wertlos.«

Joss konnte nur den Mund öffnen und schließen wie ein an Land gezogener Fisch, der an dem seiner Natur fremden Sauerstoff erstickt, während Thynne seinen Angriff auf die zerfetzten Überreste der Beweisführung der Anklage fortsetzte.

»Mylord, zur gegebenen Zeit wird Mr. Callum Lane gegen

seinen eigenen Sohn aussagen. Er wurde betäubt, entführt und gegen seinen Willen von ihm festgehalten.«

Joss schüttelte den Kopf. »Dad, Dad, sag ihnen doch die verdammte Wahrheit.«

Callum Lane schüttelte traurig den Kopf. »Es tut mir leid, mein Sohn, aber genau das werde ich tun.«

Mark Mason rieb sich mit den Händen das Gesicht. Es war vorbei. Sie hatten verloren. Die Geschworenen, die mittels harter Arbeit und Rose Moodys Mut zur Unvoreingenommenheit gezwungen worden waren, hatten sich im Fall der Krone gegen Rivers wieder verschlossen.

Kapitel neunundvierzig

Joss' Kater war fürchterlich. Greta hatte ihn in eine Weinbar in der Fleet Street mitgenommen, wo die beiden sich durch Elend und Trübsal hindurch falschen Mut antranken, bis sie wieder in die Verzweiflung der Realität abstürzten und gegen sieben aufgefordert wurden, das Lokal zu verlassen.

Verschiedene Restaurants hatten ihnen den Zutritt verwehrt, bis Greta einen Taxifahrer erst bezaubert und dann bestochen hatte, sie bei ihrer Wohnung in Islington abzusetzen. Sie waren dann zu den Kauderwelsch-Gesprächen der hoffnungslos Besoffenen übergegangen, und als er aufwachte, fand er sich nackt in ihrem Bett wieder. Greta hatte auf der Couch geschlafen, und als er sie aufweckte, war sie voller Mitgefühl.

»Sie waren bereit für dich; das ist alles.«

Heute würden die Geschworenen ihr Urteil fällen. Mason zeigte volles Vertrauen und Selbstsicherheit in seinem Schlußplädoyer, in welchem er besonders die labile Verfassung von Rose Moody hervorhob. Er nahm ihr ab, wie sie es alle mußten, daß sie mißbraucht worden war; die Frage war nur, von wem. Joss war zutiefst beeindruckt von der Eindringlichkeit seines Vortrags. Ohne je seine Notizen zu Rate zu ziehen, faßte Mason kurz, knapp und präzise den Wirrwarr der Beweise zusammen, die sich die Geschworenen in den letzten beiden Wochen angehört hatten. Rose und Geoff wirkten nervös, aber hoffnungsvoll; Greta sagte wenig. Aber in den Gesichtern der Geschworenen zeigte sich keine Reaktion. Mason schloß, indem er mit seinen letzten Worten ins kollektive Gewissen der Geschworenen einzudringen versuchte:

»Beschützen Sie Rose, und Sie werden andere beschützen, die

nach ihr kommen. Ohne Ihren Mut wird der Mißbrauch immer weiter zunehmen, bis wir alle von seinen schrecklichen Folgen besudelt werden.« Aber Callum Lanes Aussage hatte der Beweisführung der Anklage schwer geschadet.

Dann richtete Thynne das Wort an die Geschworenen. Er hatte das normale Terrorregime seines Sarkasmus abgelegt und hielt eine inbrünstige Ansprache an die Schöffen. Er sprach von dem traurigen Fall dieses Mädchens, das von seinem eigenen Vater zugrunde gerichtet worden war, von der Freundlichkeit, die die Millennium-Kirche Rose Moody erwiesen hatte und von der von ihr unterschriebenen Aussage, die in seinen Worten die »schreckliche, schändliche Wahrheit« enthüllte.

Sie bekamen eine moralische Führung durch die guten Werke der Millennium-Kirche, und dann wandte er sich dem »unter Wahnideen leidenden« Joss Lane zu. Mit einem langen, knochigen Finger wies er in Joss' Richtung und eiferte:

»Immer, wenn große Männer große Werke tun, werden die Ungläubigen und die Wahnsinnigen Gerüchte erfinden, um die Rechtschaffenen vom Licht der Wahrheit abzubringen. Selbst sein eigener Vater hat Ihnen von seinem Wahnsinn berichtet, der in einem bestimmten Stadium steckengeblieben ist.«

Joss biß die Zähne zusammen, aber die Geschworenen schienen zustimmend zu nicken.

Schließlich faßte Withnail die Verhandlung und die Beweisergebnisse für die Geschworenen zusammen. Ausnahmsweise betonte er die »schwere Beweisführungslast«, die bei der Anklage lag. »Sie müssen sich ganz sicher sein.« Dann rief er ihnen ausführlich die Fehlbarkeit von Rose Moody und den Wutausbruch ihres Vaters in Erinnerung. Schließlich wies er die Geschworenen an, einen aus ihren Reihen als Sprecher zu wählen, und forderte sie auf, sich zurückzuziehen, um über ihr Urteil nachzudenken.

Vor dem Sitzungssaal machte Joss den Versuch, mit Rose zu sprechen, aber ein finsterer Blick ihres Vaters verriet ihm alles, was er wissen mußte. Er fühlte sich elend und unter aller Kritik. Mark Mason sprach ihn an.

»So was passiert. Sollte es nicht, aber es kommt vor.«

»Zu welcher Entscheidung werden sie kommen?« fragte Joss.

»Geschworene sind seltsame Tiere«, antwortete der Anwalt. »Manchmal kommen sie zurück, blicken dem Angeklagten direkt in die Augen und lächeln, und dann verurteilen sie ihn. Ein anderes Mal wirken sie nervös und unglücklich, gucken überall hin, nur nicht auf den Angeklagten, und dann sprechen sie ihn frei. Man kann es vorher einfach nicht wissen.«

Aber etwas in Masons Worten verriet Joss das Gegenteil.

»Er wird davonkommen, nicht wahr? Das Schwein wird straffrei ausgehen!«

Mason zuckte die Achseln. »Solange die Geschworenen draußen sind, ist alles möglich. Ich erinnere mich an einen Fall von vor ein paar Jahren, eine militante Ökokämpferin. Auf den ersten Blick schien Jenny Fox so schuldig zu sein wie Hindley, aber die Geschworenen kamen letztendlich zu einem anderen Schluß.«

»Aber diesmal wird es anders sein, Mr. Mason, nicht wahr?« hakte Joss nach, und Mason sah ihm in die Augen.

»Es war von vornherein klar, daß es nicht einfach werden würde. Deswegen habe ich den Fall wahrscheinlich auch übernommen. Fühlen Sie sich nicht zu schlecht deswegen; es war potentiell schon vorbei, ehe Sie Ihre Aussage machten.«

»Aber meine Aussage war nicht sonderlich hilfreich, oder?«

»Nein, ich fürchte nicht«, erwiderte Mason und wanderte davon.

Später, als die Geschworenen schon die dritte Stunde berieten, saßen Joss und Greta schweigend in der Kantine über einer Tasse lauwarmem Tee. Auf den Plastiksitzen um sie herum zankten, rauchten und prahlten die kümmerlichen Überbleibsel der Rechtspflege.

»Ich muß immer noch meinen Vater finden«, murmelte Joss, die Schultern hochgezogen und das Kinn gesenkt. »Die Schweine halten ihn irgendwo fest, aber ich werde ihn schon finden.«

»Bist du sicher, daß er gefunden werden will?« erwiderte Greta. Joss wollte gerade eine kurz angebundene Antwort geben, sackte dann aber wieder in sich zusammen und schwieg. Eine Durchsage unterbrach den Moment.

»Im Fall ›Die Krone gegen Rivers‹ kehren die Geschworenen zurück. Würden alle interessierten Parteien sich bitte sofort wieder im Sitzungssaal einfinden.«

Joss sah Greta an, die dünn lächelte, aber ihr feines Gesicht war abgehärmt vor Sorge. Er legte seine kalte Hand auf die ihre, und sie kehrten in den Bauch des Justizgebäudes zurück. Von seinem Aussichtspunkt aus konnte Joss die Rückseiten der Perücken der Barrister erkennen, deren Haarbeutel auf die rabenschwarzen Roben hinunterhingen. Der Richter saß in stiller Kontemplation da und erwartete die Rückkehr der Geschworenen. Die Presse war sensationshungrig: Wie auch immer es ausging, es würde ein heißer Stoff sein.

Joss verdrehte den Hals bei dem Versuch, einen Blick auf Rivers zu erhaschen, konnte aber nur kurz sein Haar erkennen. Rose und Geoff war gestattet worden, mit Charmers hinter Mark Mason zu sitzen.

Ein feierliches Klopfen, und die Geschworenen zogen ein. Sie blickten auf ihre Füße herunter – war das gut oder schlecht? Sie wirkten nervös – war das hilfreich oder hinderlich? Sie waren zappelig – hieß das schuldig oder nicht schuldig? In Joss' Kopf wirbelten Fragen herum, die bald beantwortet werden würden. Aber eins wußte er: Ihrer aller Leben würde in den nächsten Sekunden unwiderruflich verändert werden.

»Würde Ihr Sprecher sich bitte erheben«, sagte der Gerichtsdiener ernst. Ein hochgewachsener Mann in einem lässigen Pullover, der eine Brille mit dickem Horngestell trug, kraxelte auf die Füße.

»Beantworten Sie meine Frage mit Ja oder Nein. Meine Damen und Herren Geschworenen, sind Sie einmütig zu einem Urteil gekommen?«

»Das sind wir, Mylord«, erwiderte der Sprecher nervös stammelnd.

»Befinden Sie den Angeklagten im ersten Anklagepunkt, der Vergewaltigung, für schuldig oder nicht schuldig?«

Es schien eine Pause zu entstehen, ein Zögern, das sich endlos in die Länge zog, und Joss' Blick heftete sich auf den dünnen Mund des Sprechers, wartete darauf, welchen Konsonanten er wählen würde, eine Wahl, die ihrer aller Welt verändern würde.

»Nicht schuldig, Mylord.«

Ein Tumult erhob sich. Die auf der Galerie versammelten Anhänger von Rivers brachen in Applaus aus, wurden aber von einer Handbewegung ihres Führers zum Schweigen gebracht. Joss schüttelte stumm den Kopf, als auf jeden Punkt der Anklageschrift die gleiche Erwiderung gegeben wurde. Greta berührte seinen Arm, aber er schüttelte sie ab.

Nachdem Rivers freigesprochen worden war, ergriff Withnail das Wort.

»Das sind angemessene Urteile, wenn ich so sagen darf, meine Damen und Herren Geschworenen. Die Kosten der Verteidigung werden von der Anklage getragen. Reverend Rivers, Sie sind in den Augen des Gesetzes für nicht schuldig befunden worden. Es steht Ihnen frei zu gehen.«

Auf der Galerie erhoben sich alle wie ein Mann. Joss' Niedergeschmettertheit kannte keine Grenzen, aber da fiel ihm eine Bewegung ins Auge. Geoff Moody rannte durch den Gerichtssaal, und Joss konnte das Aufblitzen eines Messers in seinen Händen erkennen.

»Hier hast du deine gerechte Strafe, du Schwein«, brüllte er und machte einen Satz auf den Mann auf der Anklagebank zu. Aber bevor er ihn erreichen konnte, stellte ihm ein Polizist von hinten ein Bein, und er fiel als trauriges Häufchen zu Rivers' Füßen.

Während andere Amtspersonen sich auf Moody stürzten und ihm das Messer wegnahmen, beobachtete Joss Rivers' Gesicht. Matt und selbstgefällig legte er die Hand auf den Kopf des Mannes, der ihn angegriffen hatte, und segnete ihn. Da wußte Joss, daß es keinen Gott gab. Er nahm die Spielsteine, die seine Mentoren und seine Führer gewesen waren, ließ sie fallen und zertrat sie. Vergangenheit, Zukunft, Liebe; alles vorbei. Aber er mußte noch Wiedergutmachung leisten.

Kapitel fünfzig

Der Ausdruck auf Rose Moodys Gesicht hatte ihm den Rest gegeben. Nach dem Freispruch kamen Joss und Greta an Rivers vorbei, der gerade eine Pressekonferenz auf dem Bürgersteig vor dem Old Bailey abhielt. Die Eltern der »Vermißten 32« schwenkten verloren ihre Transparente, aber die Botschaft war klar: Rivers war nicht aufzuhalten. Oder doch? Joss hatte immer noch das Geld von den Schweizer Konten, und die Kirche hatte seinen Vater.

Später, in Gretas Wohnung, nahm er den Telefonhörer ab und rief im Hauptquartier der Millennium-Kirche an. Dreimal wurde er weiter durchgestellt, dann bekam er eine letzte Nummer genannt. Nach dreimaligem Läuten wurde abgehoben, und P. J. Rivers und Joss Lane unterhielten sich wie ernsthafte Männer.

Joss war ziemlich beschäftigt gewesen, nachdem er lange die ihm zur Verfügung stehenden Alternativen und Methoden auf- und abgewogen hatte. Rivers war verständlicherweise offen für den Vorschlag gewesen, sich auf neutralem Boden zu treffen, und Joss hatte einen Konferenzraum im Wembley Hilton gebucht. Rivers würde am Vorabend der Massenversammlung im Hyde Park nur höchst ungern das Risiko eingehen, daß Joss mit weiteren »wilden Anschuldigungen« zur Boulevardpresse rannte, und außerdem wollte er sein Geld zurück. Callum wäre stolz gewesen, und wenn Joss mit seinem Plan Erfolg hatte, würde er seinen Vater bald wiederhaben.

Greta war mit der Video- und Audioausrüstung, die sie in einem Laden für Spionagebedarf in der Nähe des Sloane Square besorgt hatten, im angrenzenden Zimmer postiert. Das Mikrofon war in dem Blumenarrangement verborgen, einem so offensichtlichen Versteck, daß niemand es in Erwägung ziehen würde, und die winzige Kamera in einer Uhr. Joss sprach in sein Mikrofon, das er versteckt am Leib trug, und erhielt von Greta die Bestätigung, daß es in betriebsfähigem Zustand war.

In dem spärlich eingerichteten Raum dominierten Pastellfarben: Die Wände waren in Schattierungen von fadem Rosa gehalten, und die Velours-Sitzgelegenheiten und die Seidenblumen waren ebenfalls rosa.

Ein Anruf des Empfangschefs informierte ihn, daß Rivers eingetroffen war, und sehr bald kündete ein Klopfen an der Tür von der Anwesenheit des Sektenführers.

»Herein«, sagte Joss. Seine Stimme klang tiefer und selbstbewußter, als er sich fühlte. Rivers ließ die Tür aufschwingen, und seine Reptilienaugen suchten den Raum ab. Zufriedengestellt nickte er, und rechts und links von ihm tauchten Meißelgesicht und Krauskopf auf.

»Meine Herren, wie geht es Ihnen?« sagte Joss mit einem Hohnlächeln. Beide nahmen als Reaktion eine drohende Haltung ein. »Wartet draußen«, befahl Rivers und schloß die Tür hinter sich. Joss saß entspannt da, die Beine übereinandergeschlagen, eine Hand flach auf den Eschenholzschreibtisch gelegt.

»Wird die entzückende Frau Anwältin auch zu uns stoßen?« fragte Rivers.

»Sie hat zuviel damit zu tun, die Scherben von Rose Moodys Leben aufzusammeln«, entgegnete Joss und lächelte grimmig.

Rivers nickte. »Dennoch bin ich mir sicher, daß sie nicht allzuweit entfernt ist.« Er schien fast durch die Wand hindurchzublicken und lächelte dann.

»Sie haben aus Ihren Abenteuern gelernt, Joss. Ich hatte in den letzten Wochen Gelegenheit, viel von Ihnen zu lesen und zu hören. Sie sind weniger impulsiv, handeln überlegter. Ihre jüngsten Schwierigkeiten haben Ihre Entwicklung gefördert.«

»Ihre nicht«, bellte Joss.

»Sagen Sie mir, was Sie wünschen, Joss«, fuhr Rivers fort. Sein Gesicht war ernst wie das eines Fernsehpredigers. Er ging im Raum herum und setzte sich dann gegenüber von Joss auf einen Stuhl.

»Ich will meinen Vater zurück, und ich will, daß alle Anklagen gegen meine Freunde und Geoff Moody fallengelassen werden.«

»Und was bekomme ich im Gegenzug?«

»Ich weiß, wo das Geld ist; Sie wissen es nicht. Wenn Sie es wüßten, würden Sie nicht mit mir reden.«

»Eine bequeme Schlußfolgerung, wenn auch nicht notwendigerweise wahr.«

»Aber wie sicher sind Sie sich dessen?« konterte Joss.

»So sicher, wie ich weiß, daß Sie dieses Gespräch irgendwie aufzeichnen. Nicht einmal ein unschuldiges Kind würde in diese Falle eines unreifen Jungen tappen.«

Joss spürte, wie er weiß im Gesicht wurde.

»Joss, mein lieber Jocelyn, die Position, die ich innehabe, ist mir nicht auf einem silbernen Tablett serviert worden; ich habe sie nicht bei einer Wohltätigkeitstombola gewonnen. Ich kenne die Herzen der Menschen, ihre Motive und Wünsche, ihre Methoden und ihren Wahnsinn. Diesem Wissen, und nur diesem Wissen, verdanke ich meinen Erfolg. Wie Ihr Vater habe ich mich geschult, so zu denken, wie mein Gegner denken würde, und reagiere entsprechend.«

»Wo ist mein Vater?«

»Der fromme Callum ist näher, viel näher, als Sie denken. Deswegen können wir auch ganz offen sprechen, und deshalb ist Ihre Aufzeichnung unseres Gesprächs völlig wertlos.«

Joss war verwirrt, aber wenn Freimütigkeit erwartet wurde, würde er seinen Gesprächspartner nicht enttäuschen.

»Aber warum? Warum das alles? Diese jungen Leute. Warum ihr Leben zerstören?«

Rivers sann über die Mehrfach-Frage nach.

»Warum geschieht überhaupt etwas? Warum dieser Raum? Warum Sie? Warum ich? Warum Callum? Es ist eben so. Es ist so und wird immer so sein. Deshalb.«

»Das ist es, oder? Ihre einheitliche Theorie des Universums? Weil Sie es können und niemand Sie aufhält? Klasse, ich bin bekehrt. Vergeben Sie mir, Reverend Rivers, denn ich habe gesündigt.«

Dieses eine Mal war der Sektenführer aus dem Konzept gebracht, und seine heiter-zuversichtliche Haltung geriet ins Wanken.

»Ich bin nicht hergekommen, um Ihr Bewußtsein zu erweitern, Joss.«

»Es muß auch nicht erweitert werden«, bellte Joss. »Aber ich muß wissen, ob meine Einschätzung von Ihnen richtig ist.«

»Sie können mich nicht richten«, zischte der Sektenführer.

»Jemand muß Sie richten«, erwiderte Joss. Sein Blick fand den von Rivers und hielt ihn fest.

»Nicht in dieser Welt«, flüsterte Rivers sanft. Joss schüttelte den Kopf.

»Sie glauben Ihren Scheiß ja wirklich selbst. Mein Irrtum. Da habe ich Sie nun für einen Trickbetrüger in so einem Kaftan gehalten, der darauf aus ist, Trotteln das Geld aus der Tasche zu ziehen, und dabei ist es Ihnen ernst mit dem ganzen Scheißkram.«

»Sie können überhaupt nicht einschätzen, wie ernst es mir ist, denn es ist wirklich«, donnerte Rivers mit vor Überzeugung bebender Stimme.

»Was, so wirklich wie Jim Thurman? So wirklich wie die zweiunddreißig vermißten Jugendlichen? So wirklich wie Rose Moodys Jungfräulichkeit?«

»Nein!« flüsterte Rivers, »so wirklich wie dieses hier.« Er erhob sich unvermittelt. Joss spannte sich an und bereitete sich auf einen Angriff vor. Statt dessen marschierte Rivers zornig zur Tür und riß sie auf. Im Türrahmen stand wieder einmal Callum Lane.

»Dad... Was?...«

Sein Vater kam ins Zimmer, ein starres Lächeln auf dem Gesicht.

Joss stand auf. »Wenn Sie ihm weh getan haben...«

»Warum sollte ich dem prächtigsten Diener weh tun, den die Kirche je hatte?« Rivers' Stimme war voller gehässigem Stolz.

»Dad, was zum Teufel geht hier vor?« fragte Joss und eilte auf seinen Vater zu. Callum ging um den Tisch herum, zu der Seite, wo Rivers eben gesessen hatte, und nahm Platz.

»Setz dich, Joss«, befahl er. Joss, der kaum fähig war, die dynamische Kehrtwendung der Ereignisse zu begreifen, sackte auf seinem Stuhl zusammen.

»Sehen Sie«, begann Rivers, »Sie können aufzeichnen, was immer Sie wollen, und erzählen, was immer Sie wollen, aber Sie können mich nicht vernichten. Denn wenn Sie das tun, werden Sie Ihren eigenen Vater zerstören. Und das, mein lieber Joss, ist keine Alternative, die Sie in Erwägung ziehen würden.«

Joss merkte, daß ihm der Mund offenstand, und preßte ihn zusammen.

Rivers zog einen Umschlag aus der Tasche und warf ihn auf den Tisch. »Schauen Sie sich das einmal an. Eine bestimmte junge Dame hat kürzlich gestanden, daß sie in einer bestimmten kompromittierenden Weise gefilmt wurde. Das sind Standfotos von einem von vielen solcher Kunstwerke.«

Zornig riß Joss den Umschlag auf und zog die Farbfotos mit einem Ruck heraus. Zu seinem Entsetzen sah er Callum, nackt, das Gesicht vor Lust verzerrt, und unter ihm, nackt und verängstigt, Rose Moody.

»Ich bin angeklagt und freigesprochen worden, Joss. Ihr Vater genießt diese Rechtswohltat nicht«, sagte Rivers, setzte sich und lächelte wohlwollend. Er hielt inne und schürzte die Lippen.

»Sie haben sie gevögelt, wie sie gesagt hat, Sie krankes Arschloch«, explodierte Joss.

»Es war Gottes Wille. Ich folge dem Weg, den er mir bereitet hat. Ich erwarte nicht, daß bloße Sterbliche das begreifen. Deswegen haben die Geschworenen mir auch geglaubt, während sie Callum nicht glauben werden.«

»Er wußte nicht, was er tat; er hätte da nie mitgemacht«, stammelte Joss. »Er stand unter Ihrem Einfluß. Sie haben ihn dazu gebracht.« Rivers schüttelte wohlwollend den Kopf.

»Wer weiß schon, was ein Mensch tun oder nicht tun wird, wenn er die Gelegenheit bekommt. Es geht doch nichts über junges Fleisch, um die Knochen eines alten Mannes zu wärmen. Wer würde nicht seine Seele verkaufen, um noch einmal so richtig zustoßen zu können? Für puren Sex? Warum sich nicht noch einmal jung und stark fühlen?«

Joss war sprachlos.

»Deshalb können Sie mir keinen Schaden zufügen: weil Sie damit Ihren eigenen Vater ruinieren würden.«

Joss begriff jetzt, warum Rivers so arrogant und offenherzig gewesen war. Wieder einmal hatte der Sektenführer ihn geschlagen. Wie konnte er jetzt seinen Vater retten, ohne Rivers das Geld zu übergeben? »Also gewinnen Sie«, flüsterte er.

»Man gewöhnt sich daran«, antwortete Rivers selbstgefällig. Joss starrte seinem Vater in die Augen und spürte, wie ihm die Tränen in die Augen traten. Er war gefesselt und geknebelt durch die Schuld, die er wegen seiner Mutter auf sich geladen hatte. Er schuldete ihr etwas.

»Dad ...«

»Schließ dich uns an, Joss«, erwiderte sein Vater.

»Was ist bloß mit dir passiert?«

»Ich habe den Weg gefunden, den einzigen wahren Weg.«

»Aber er hat seine eigenen Anhänger mißbraucht und unschuldigen Menschen das Leben genommen, nur um eure Lust zu befriedigen.«

»Die Unwürdigen müssen Opfer für diejenigen bringen, die würdig sind.«

»Verdammt, Dad, was...«

»Jedes weitere Gerede ist nutzlos«, sagte Rivers. »Komm, Callum, es gibt Arbeit.«

Sein Vater erhob sich gelassen und verließ den Raum. Für seinen Sohn hatte er nur ein knappes Nicken übrig.

»Ich werde Ihrer Entscheidung mit Interesse entgegensehen, Joss«, sagte Rivers. »Sie haben bis nach der Versammlung morgen Zeit. Geben Sie mir das Geld zurück, oder ich übergebe Ihren Vater den Behörden. Ist das nicht das Mindeste, was Sie für ihn tun können, nachdem Sie ihm Ihre Mutter geraubt haben?«

»Eins noch, Rivers«, sagte Joss unglücklich. »Was war das für ein Schwur, den er abgelegt hat?«

Rivers grinste ölig, bevor er antwortete.

»Ein Schwur so alt wie die Schriftrollen vom Toten Meer. Er hat geschworen, seinen Erstgeborenen als Opfer darzubringen.« Und damit überließ er Joss seinem hilflosen Elend.

Kapitel einundfünfzig

Und ein Gespräch verwandelte alles, unabänderlich und für immer.

Als Rivers und Callum gegangen waren, hatte Greta mit grimmigem Gesicht die Videoausrüstung hereingebracht, die sie sich geliehen hatten, und legte die Kassette mit dem während des Treffens geschossenen Filmmaterial auf den Tisch. Sie griff nach der Uhr, in der die winzige Kamera versteckt war, und schaltete sie aus. Sie fand keine Worte. Joss starrte ausdruckslos ins Leere. In düsterem Schweigen kehrten sie in Gretas Wohnung zurück, während unpassender Sonnenschein die schäbigen Straßen Londons erfüllte.

Sobald sie zu Hause angelangt waren, hatte Joss' Schweigen sich in wilde Wut verwandelt, die noch angefacht wurde durch die Fernsehberichterstattung über die bevorstehende Massenversammlung im Hyde Park. Experten und Kommentatoren beschrieben das Phänomen mit fasziniter Ehrfurcht. Kameras zeigten die komplexen Vorbereitungen im Epizentrum der Veranstaltung. Die ganze Umgebung war übersät mit riesigen Zelten, Erfrischungsständen und Warenartikeln, die das mittlerweile berühmte Logo der Millennium-Kirche zur Schau trugen, während ein gewaltiger Videobildschirm und eine Phalanx mattschwarzer Lautsprecher die für diesen speziellen Zweck gebaute Bühne dominierten.

Greta nickte zustimmend, während er bis in den späten Abend hinein tobte, eine Rage, die durch Verrat und Ohnmacht geschürt wurde. Und ein Gespräch verwandelte alles, unabänderlich und für immer. Er kam um zehn und entschuldigte sich, daß er ihnen so spät noch einen Besuch abstattete. Er hielt eine reliefartig geprägte Geschäftskarte in der Hand, die ihn als Kenneth Hamer vorstellte, Solicitor und Notar, befugt, Eide abzunehmen. Über den letzten Teil hätte Joss gelacht, wenn die Lage nicht so ernst gewesen wäre. Hamer war groß und kräftig, trug einen eleganten Nadelstreifenanzug und hatte eine Sanftmut an sich, die bei einem Anwalt ungewöhnlich war.

»Ich suche schon seit einiger Zeit nach Ihnen, junger Mann«, sagte er mit rollendem westenglischen Akzent.

Joss schüttelte den Kopf. »Wollen Sie mir nicht sagen, worum es geht?« fragte er. Greta musterte prüfend die Karte und erklärte, daß es sich um eine angesehene und seriöse Kanzlei handele.

Hamer warf einen Blick auf das Sofa.

»Tut mir leid«, entschuldigte Joss sich. »Bitte nehmen Sie Platz.« Der Anwalt lächelte vergebend und setzte sich. »Tut mir leid, daß sie so viel durchmachen mußten. Ich habe es in der Zeitung gelesen, aber wie ich schon sagte, suche ich seit langer Zeit nach Ihnen. Sehen Sie, ich war der Anwalt Ihrer Mutter.«

Joss blickte stumm zu Greta hin und sah dann wieder Hamer an.

»Ich dachte, Niall Robertson wäre der Familienanwalt.«

Hamer schüttelte den Kopf.

»Ich fürchte, Ihre Mutter hatte das Vertrauen in seine ... Wie soll ich mich ausdrücken? Seine Unparteilichkeit verloren. Aber es steht mir nicht zu, einen Kollegen in seiner Abwesenheit zu verunglimpfen. Jedenfalls, ich habe das ursprüngliche Testament Ihrer Mutter aufgesetzt und am Tag ihres Todes noch einen Testamentsnachtrag.«

»Sie hat kein Testament hinterlassen«, erwiderte Joss, die Stirn konsterniert gekräuselt, und dann fiel der Groschen. »Zumindest hat Niall Robertson mir das erzählt.«

Hamer zog die Augenbrauen hoch, gab aber keinen Kommentar ab.

»Das verlogene kleine Arschloch«, flüsterte Greta.

»Sie hat ein Testament hinterlassen«, fuhr Hamer fort, langte hinunter und ließ seine abgewetzte braune Lederaktentasche aufschnappen. »Ich habe es hier.« Liebenswürdig und schwungvoll zog er das Dokument hervor.

»Lassen Sie mich Ihnen zunächst ein paar Hintergrundinformationen geben«, fuhr er mit einem wehmütigen Lächeln fort. »Bis zum Tag ihres verfrühten Todes war Ihr Vater der Haupterbe. Das änderte sich, als Ihre Mutter in die Stadt kam, um mit mir zu sprechen. Jennie war aufgewühlt, ich erinnere mich gut. Sie wollte sich mit Ihrem Vater zum Essen treffen, und wenn meine Erinnerung mich nicht trügt«, sagte er nachdenklich – und Joss bezweifelte keine Sekunde, daß er sich richtig erinnerte –, »war es der Tag, an dem Sie graduiert wurden, und sie hatte vor, Sie über ihre Absichten in Kenntnis zu setzen.«

Joss schüttelte den Kopf. »Ich verstehe Sie nicht, Mr. Hamer.«

»Das werden Sie bald, fürchte ich«, erwiderte der Anwalt. »Das Kodizill, das ist ein Testamentsnachtrag, wurde ordnungsgemäß aufgesetzt, notariell beurkundet und von mir und meinem Partner beglaubigt«, sagte er und wedelte aufreizend nahe vor Joss' Gesicht mit dem Papier herum. »Es erklärt Sie zum einzigen Erben. Sie sind ein reicher junger Mann.«

»Aber mir wurde gesagt, daß mein Vater das ganze Vermögen geerbt hat«, sagte Joss.

»Zweifellos von Mr. Robertson. Ganz offensichtlich hatte Jennie gute Gründe dafür, ihren Anwalt zu wechseln. Ihr Vater hat versucht, das Testament anzufechten. Er und Mr. Robertson brachten vor, Sie wären schuld am Tod Ihrer Mutter und es dürfe Ihnen nicht gestattet werden, von Ihrem Verbrechen zu profitieren. So lautet das Gesetz, aber da Sie keines Verbrechens angeklagt worden waren, scheiterte der Versuch. Wenn Sie nicht wiederaufgetaucht wären, wären Sie nach sieben Jahren für tot erklärt worden, und Ihr Vater hätte das Erbe angetreten.«

»Mein Vater hätte so was nie getan. Ich weiß, daß er so was nie getan hätte.«

Hamer lächelte mitfühlend.

»Ich kann Ihnen nur mitteilen, was ich weiß, Mr. Lane, aber bevor Sie das Testament lesen, kommt noch mehr Kummer auf Sie zu, fürchte ich.«

Greta ging zu Joss und drückte seinen Arm.

»Spucken Sie's aus, Mr. Hamer, der Tag kann nur besser werden«, sagte Joss, beruhigt durch Gretas tröstliche Berührung.

Hamer nickte wissend. »Als Ihre Mutter mich an jenem schrecklichen Tag aufsuchte, wies sie mich auch an, Scheidungsklage gegen Ihren Vater zu erheben.«

Joss ließ den Kopf in die Hände sinken.

»Ich habe mich geirrt«, murmelte er. »Es kann noch schlimmer kommen.«

»Weshalb wollte sie die Scheidung?« fragte Greta.

Der Anwalt runzelte die Stirn. »Wir haben zu dem Zeitpunkt nicht über ihre Gründe gesprochen, nur von ihrer Absicht, die Scheidung einzureichen. Sie machte einen Termin mit unserer Familienrechtsanwältin aus. Wie ich vorhin schon sagte, Mr. Lane, es tut mir leid, daß Sie so viel durchmachen müssen.«

Der Anwalt reichte ihm das Dokument, aber Joss weigerte sich, es entgegenzunehmen.

»Nein, erzählen Sie mir, was drinsteht, Mr. Hamer«, bat er.

Der Solicitor hob die buschigen Augenbrauen.

»Schön«, begann er. »Es handelt sich um ein recht großes Vermögen. Mit den aufgelaufenen Zinsen beläuft es sich mittlerweile auf eine Dreiviertelmillion Pfund.«

»Das Geld ist mir egal«, sagte Joss. »Hat sie eine Nachricht für mich hinterlassen?«

»Eine Art Nachricht«, fuhr Hamer fort, »wenn auch ziemlich indirekt.«

»Was hat sie geschrieben?« fragte Joss eindringlich.

Hamer senkte den Blick nach unten auf die Seite, wo das Kodizill beigefügt war, und las:

»Mein liebster Joss, du mußt die Wahrheit herausfinden.«

Dann geht es weiter:
»Joss und Jill den Berg bestiegen
Wo ist denn der Joss geblieben
Mutter sucht ihn sehr
Plumps, fiel er in ein tiefes Loch
die Mutter hinterher.«

Joss' Welt explodierte in seinem Kopf. Monatelang hatte Klammer ihm mit unaufhörlichen Fragen nach diesem Lied zugesetzt. Die Instruktionen dazu konnten nur von seinem Vater gekommen sein, der ja die Testamentsbestimmungen kannte. In Paris hatten sie dann ihre gemeinsamen Bemühungen fortgesetzt, um herauszufinden, was das Lied für Joss bedeutete.

»Sagt dir das irgendwas?« fragte Greta. »Es muß irgendeine Bedeutung haben. Etwas, von dem sie nicht wollte, daß dein Vater es in die Hände bekam, vielleicht?«

»Ich komm mit all dem nicht klar. Das ist einfach zuviel«, seufzte er, ließ sich nach hinten sacken und rieb sich das Gesicht.

»Du mußt, Joss«, verlangte Greta und zog seine Hände herunter. »Denk nach. Denk nach.«

Joss dachte an Jennie, seine Mutter, zurück. Er beschwor ihr liebliches Gesicht herauf, wie es ihn ganz aus der Nähe angelächelt hatte, als er noch ein kleiner Junge gewesen war. Er konnte ihren Atem auf seiner Wange spüren und ihre Arme um seine winzige Taille fühlen, wenn sie ihn hochhob und ihn herumwirbelte wie ein Kleinkindkarussell. Früher waren seine Erinnerungen immer von Callums rächendem Geist im Hintergrund getrübt worden, aber nun hatte das Wissen um die Absicht seiner Mutter, ihre Ehe zu beenden, das Schreckgespenst hinweggefegt. Er sah sie im Park laufen, lächeln und zum Himmel hochblicken, als die Schleusen des Himmels sich öffneten und ein starker Guß sie mit warmem Regen durchnäßte. Er begann das Lied zu summen, mit einer zarten Stimme, die ein Echo des kleinen Jungen war, der zu Joss herangewachsen war. Gretas Augen füllten sich mit Tränen. »*Ich habe ein Haus, wo niemand etwas sagt – so. Niemand ist dort außer mir.*« »*Joss und Jill den Berg bestiegen. Wo ist denn der Joss geblieben?*«

Joss konnte sie vor sich sehen, im Regent's Park, stark und beschützerisch, wie sie ihn bei der Hand nahm und auf einen gewaltigen umgestürzten Baum zuzog, der hinter dichtem Gebüsch verborgen war. Der Baum war hohl, dort war es trocken, und sie drückte Joss an sich und sang den Sturm fort.

Er konnte die Tränen seine Wangen herabströmen fühlen, und seine Stimme brach zu gepeinigten Schluchzern.

»Ich weiß, wo es ist. Ihr Vater hatte die Stelle entdeckt, als er ein kleiner Junge gewesen war. Ich habe die Erinnerung seit Jahren blockiert.« Er wandte sich dem Anwalt zu, der fortblickte, verlegen wegen des Schmerzes, den er verursacht hatte.

»Vielen Dank, Mr. Hamer.«

Der anständige Mann nickte. »Sie müssen sich erst wieder fassen, Mr. Lane. Bitte melden Sie sich, wenn Sie soweit sind.«

Greta begleitete ihn zur Tür, während Joss weiterweinte. Als sie zurückkehrte, langte Joss nach seiner Jacke, die Züge zu Granit verhärtet. »Es ist spät, aber nicht zu spät«, sagte er. Greta sah ihn fragend an und wartete auf eine Erklärung. Joss' Blick war entschlossen und mit einem Ausdruck totalen Hasses auf ein unsichtbares Objekt fixiert.

»Sag mir, was du vorhast«, drang sie eindringlich in ihn.

»Wir kennen keinen Menschen je wirklich, nicht wahr? Ich

meine, nicht vollständig, nicht bis in die Knochen, die tiefen Stellen.«

»Ich verstehe nicht, Joss. Was hast du vor?«

»Ich muß es an ihr wiedergutmachen. Ich war nicht für sie da, als sie mich brauchte.«

»Du redest sinnloses Zeug«, flüsterte Greta.

»Für mich macht es Sinn«, erwiderte er.

Greta hatte Angst. Sie hatte diesen Blick unerschütterlicher Entschlossenheit schon mal gesehen, und zwar immer bevor er mit irgendeiner riskanten Eskapade sein Leben riskierte.

»Du mußt mich einweihen.«

»Es ist besser, wenn du es nicht weißt, Greta.« Er sah ihr tief in die Augen. »Es tut mir so leid, daß ich dich da mit hineingezogen habe. Das hast du nicht verdient. Du bist mir zu kostbar, du darfst nicht in Gefahr gebracht werden. Ich werde aus deinem Leben verschwinden, und diesmal kehre ich nicht zurück.«

Greta brauste auf.

»Das hier ist nicht *Zwölf Uhr mittags,* verdammt noch mal. Du bist nicht Gary Cooper, und ich bin nicht Grace Kelly. Du willst also einfach mit deinem sechsschüssigen Revolver die Hauptstraße heruntermarschieren? Na, da hast du dich aber geirrt, Sheriff.«

Joss lächelte, ging zu dem Video, das sie im Konferenzraum des Hotels aufgenommen hatten, nahm es und ließ es in seine Jackentasche gleiten. Greta begann in der Wohnung herumzuhasten, warf sich wütend Straßenkleidung über und hörte das Klicken der Tür nicht, als er ging. Greta rief seinen Namen, aber es kam keine Antwort. Sie sprintete den Korridor hinunter, aber als sie auf der Straße ankam, war er verschwunden. Es war drei Uhr nachts.

»Du Scheißkerl, Lane«, fluchte sie. »Du wirst nicht noch mal vor mir davonrennen.«

Joss fuhr mit dem Taxi zum Regent's Park. Unterwegs hielt er bei einer die ganze Nacht geöffneten Tankstelle und kaufte eine starke Taschenlampe und einen zwanzig Zentimeter langen Schraubenzieher. Er stieg über den viktorianischen Zaun und versuchte, sich in der Dunkelheit zu orientieren. Er fragte sich, ob er seiner wiedergefundenen Erinnerung trauen konnte, während er vorsichtig weiterging, bis er in der Nähe einen Musikpavillon entdeckte, an den er sich erinnerte. Joss behielt die nahe Straße wachsam im Auge, da er wußte, daß Polizeistreifen manchmal den Park nach herumziehenden Obdachlosen, Betrunkenen und Fixern durchkämmten. Aber heute nacht schien er den riesigen Park ganz für sich allein zu haben. Der Regen hatte aufgehört, und die Luft war von unglaublicher Frische. In seinem gesteigerten Gemütszustand schien er die Photosynthese riechen zu können. Seine Mutter wollte sich von Callum scheiden lassen. Er schüttelte den Kopf, während er weiterging, Stöcke unter seinen Füßen knackten und er mit der Taschenlampe auf den Weg vor sich leuchtete. In den drei Jahren vor ihrem Tod war er im Grunde nicht oft zu Hause gewesen. Immer weg, auf Reisen, an der Uni, aber hauptsächlich auf Partys – während sie unglücklich gewesen war. Was war es, das sie ihm unbedingt mitteilen mußte? Was war so wahnsinnig wichtig, daß Callum es auf keinen Fall in die Hände bekommen durfte? Joss konnte es nicht einmal erraten. Er hoffte, daß sich in den dazwischenliegenden Monaten niemand an dem Baum zu schaffen gemacht hatte. Die Hecke war noch ein solches Dickicht, wie es vor seinem geistigen Auge stand, nur noch undurchdringlicher. Die Jahre hatten den Morast von Blättern und Zweigen breiter und dichter werden lassen. Vorsichtig bahnte er sich mit Hilfe der Taschenlampe und des Schraubenziehers einen Weg ins unkooperative Innere der Hecke. Mehrere Male blieb er hängen, und Stacheln ritzten ihn, aber er machte weiter, bis er zu einer winzigen Lichtung kam. Dort lag hingestreckt der große, hohle Baumstamm. Joss krabbelte darauf zu.

Denk nach, Joss.
Wo würde sie hier etwas verstecken?

Der Baumstamm war mindestens zwölf Meter lang. Die Rinde war gespalten und moderig. Er leuchtete mit dem Strahl der Taschenlampe in die Höhlung hinein und hörte, wie irgendein kleines Nachttier, ein Maulwurf oder eine Maus, hastig den Rückzug antrat, als das Licht in ihr dunkles Nest drang. Nachdem er zehn Minuten lang den verrottenden Mulch am Boden des Baumstamms überprüft hatte, ließ er den Lichtstrahl zur Spitze des hölzernen Zylinders hochgleiten; immer noch nichts. Joss zog sich erneut zurück, um nachzudenken. Seine Mutter war intelligent genug, um zu wissen, daß sie nicht die einzigen Parkbesucher waren, die den gefällten Baumriesen entdeckt hatten. Sie würde ihr letztes Geschenk an ihn irgendwo versteckt haben, wo man nicht zufällig darauf stoßen konnte. Joss richtete den Lichtstrahl auf die Außenseite des Baums und versuchte, sich in die Lage seiner Mutter zu versetzen.

Plötzlich bemerkte er unter einem der Zweige der Eiche einen dicken, knotenartigen Auswuchs, einen toten, schwarzen Schwammpilz so groß wie eine Bowlingkugel. Er schnitt eine Grimasse, stieß den Schraubenzieher hinein und stocherte darin herum. Der Pilz gab einen starken, beißenden Geruch ab, und Joss wollte gerade aufgeben, als er hörte, wie der Schraubenzieher über Metall kratzte. Als er die Überbleibsel des Gewächses abriß, berührten seine Finger einen kleinen Metallkasten. Er zog ihn ans Licht der Taschenlampe, und sein Herz floß über, als er den Kasten als sein Eigentum erkannte. Es war sein besonderer Metallkasten, sein geheimer Aufbewahrungsort für geheime Dinge, als er noch ein Junge war. Die Worte »Joss« und »Hineinsehen verboten« waren in infantiler Schrift auf den Deckel gekritzelt. Joss nahm den Kasten, kletterte wieder in die Höhlung des Baums hinein, zog die Füße bis zum Brustkorb hoch und stemmte den Kasten behutsam auf. Darin befand sich ein Brief, zum Schutz in eine Plastikhülle geschoben, und ein kleiner Schlüssel. Er nahm die Botschaft aus der Hülle und konnte sehen, daß auf dem Umschlag stand:

»Für Joss, meinen liebsten Jungen«

Er blinzelte die Tränen fort, öffnete den Brief mit dem Schraubenzieher und begann zu lesen.

Mein lieber Joss,
Du hast Dich erinnert! Ich wußte, daß Du es nicht vergessen haben würdest. Dieser Platz ist in meiner Erinnerung immer ein ganz besonderer Platz geblieben. Wir beide, uns so nahe, so warm; zusammen. Trauriger weise bedeutet das auch, daß ich nicht mehr bin, aber es sind die Lebenden, die die Last der Erinnerung tragen müssen, nicht die Toten. Ich habe Dich immer sehr geliebt, Joss, vergiß das nicht. Er hat es auch getan, früher zumindest, bevor er sich veränderte. Callum war nicht immer so streng und barsch zu Dir, wie er dann wurde. Das war meine Schuld. Du mußt die Wahrheit erfahren. Ich hatte mich in einen anderen Mann verliebt, einen Bergsteiger. Es spielt keine Rolle, wie wir uns kennenlernten, aber es ist halt passiert. Ich wollte Deinen Vater verlassen, als ich mit Dir schwanger wurde. Der Bergsteiger starb nach einem Absturz. Er war dein richtiger Vater. Es wurde geheimgehalten, bis Du ein bißchen älter warst. Callum wollte noch mehr Kinder, und wir versuchten es immer wieder, bis ein Besuch in einer Klinik für Fertilitätsstörungen mein Untergang wurde. Callum war zeugungsunfähig, und ich mußte ihm die Wahrheit sagen. Danach hat er sich verändert.

Wie betäubt begann Joss zu begreifen; sein Vater war ihm gegenüber immer so kühl und distanziert gewesen, weil er überhaupt nicht sein Vater war. Er las weiter.

Er hatte ständig Frauengeschichten, aber ich hatte kein Recht, mich zu beklagen. Ich war glücklich, solange ich Dich hatte. Die Firma Deines Vaters eilte von Erfolg zu Erfolg. Er und Niall waren nicht aufzuhalten. Es war, als würde auf magische Weise sogar Blech in Gold verwandelt, aber schließlich habe ich die Wahrheit herausgefunden. Ihre Geschäfte basierten auf Lügen und Unehrlichkeit. Alles, was sie erreicht haben, erreichten sie durch Korruption und Bestechung. Ich weiß es, denn ich habe die Beweise gesehen. Der Schlüssel, den Du in Händen hältst, ist der Schlüssel eines Bankschließfachs, das auf den Namen meines Anwalts Ken Hamer läuft. Darin wirst du die Einzelheiten über das Unrecht finden, das sie getan haben. Ihr Hauptgeschäftspartner ist ein Amerikaner namens Rivers. Sie stecken beide bis zum Hals drin. Ich konnte nicht länger mit diesem Wissen leben, und heute abend, am Abend Deiner Graduierung an der Uni, habe ich ihm gesagt, daß ich die Scheidung will und sie alle auffliegen lassen werde. Ich habe große Angst, Joss. Vielleicht bin ich zu weit gegangen, aber ich weiß, der Mann, den Du Deinen Vater nennst, wird nicht zulassen, daß ich ihn ruiniere. Bald werde ich Dich sehen, mein Sohn, bei Deiner Examensfeier. Ich kann nur beten, daß Du diesen Brief nie wirst lesen müssen. Da Du ihn nun gelesen hast, bleibt mir nur, Dich um Vergebung zu bitten. Wir sind durch den Regen gelaufen, Hand in Hand, und ich habe Dich damals so geliebt, wie ich Dich heute liebe.

Joss konnte sich nicht länger beherrschen, und sein Körper wurde von quälenden Schluchzern erschüttert. Die Knie dicht an den Leib gepreßt, weinte er, bis er keine Tränen mehr hatte. Danach wußte er, was zu tun war.

Der Morgen brach hell und stechend klar an. Die Vorhersage des Wetteramts versprach P. J. Rivers ununterbrochenen Sonnenschein für seinen großen Tag. Aber nichts anderes durfte man von diesem Tag erwarten, sagte er sich. Die letzten Vorbereitungen waren getroffen, und Rivers hatte seine fiebrige Erregung durch ein Bad gemildert und dann ein komplettes englisches Frühstück verzehrt, wenn auch heimlich.

Callum Lane befand sich im Nebenzimmer mit einer jungen und zarten Gläubigen und genoß eine der vielen Früchte, die die Kirche bereithielt. Rivers hatte es genossen, Joss Lane gestern so kurz abzufertigen und die Bestürzung auf seinem Gesicht zu sehen. Der junge Draufgänger war erledigt, und sobald alle finanziellen Angelegenheiten geregelt waren, würde entsprechend mit ihm verfahren werden.

Ein Anruf informierte ihn, daß sein Gefolge vor dem Hotel wartete, zusammen mit der Weltpresse und hunderttausend glühenden Anhängern. Rivers trug einen einreihigen Maßanzug, petrolblau, mit einem leuchtend weißen Hemd und einer unauffälligen himmelblauen Krawatte mit dem Schrägstrich, der für das Teilen des Roten Meeres stand. So passend, sagte er sich, als er zum letzten Mal in dem Standspiegel für den Herrn sein Aussehen überprüfte und mit strammen Schritten entschlossen zu seinen Leibwächtern hinausging.

»Was für ein vollkommener Tag«, verkündete er fröhlich. Es hatte begonnen.

Joss befand sich hoch oben auf dem Gerüst, in Augenhöhe mit dem wolkenlosen Himmel, und überblickte die Szene unter sich. Die ins Auge springende Bühne direkt vor ihm war schlicht in ihrer kargen Strenge, aber erschreckend, wenn man die Absicht bedachte. In der Mitte der Bühne stand die alte Holzkanzel, ein Synonym für eine Versammlung der Millennium-Kirche. Sie sah aus, als wäre sie aus einer gotischen Kathedrale herausgerissen worden, und war zwei Meter vierzig hoch. Eine sich windende Schlange abgetretener Stufen führte ins Innere. Das blankpolierte Messinggitter der verschrammten Kanzelbrüstung glänzte warm in der Sonne.

Hinter der Kanzel ragte der gigantische Videobildschirm auf, über den Rivers in Millionen von Wohnzimmern ausgestrahlt werden würde. Darunter lief ein Spruchband, scharlachrot auf schneeweiß, auf dem in Kursivschrift stand:

»Kommt und überquert den Fluß des Glaubens mit mir!«

Darunter war die ausgestreckte Hand eines Kindes gezeichnet, rundlich und einladend. Einfach, und doch überwältigend. Wenn er über die Schutzplane aus Segeltuch hinwegspähte, hinter der er sich verbarg, konnte Joss sehen, daß jetzt, um elf Uhr morgens, die Menge sich zu versammeln begann. Alle trugen ihre »Rivers Run Deep«-Sweatshirts, Baseballjacken, Baseballkappen und Trainingsanzüge.

Das Erklettern des Gerüsts um vier Uhr morgens war relativ unproblematisch gewesen, und gerade als die Sonne über das üppige Grün des Parks gekrochen war, hatte er sich außer Sicht geduckt und nachgedacht. Nach dem Verlassen des Regent's Parks hatte er ein schwarzes Taxi angehalten und sich zur Kanzlei des Anwalts seiner Mutter fahren lassen. Er hatte sich einen Stift geliehen, eine Notiz an Ken Hamer niedergekritzelt und den Brief seiner Mutter und den Schlüssel beigefügt. Der Anwalt war ein anständiger Mann und würde dafür sorgen, daß das Beweismaterial in die richtigen Hände gelangte. Joss schüttelte den Kopf; er kämpfte immer noch darum, mit der Wahrheit fertigzuwerden. Seine Mutter hatte bei seiner Examensfeier einen mit LSD gemischten Drink erhalten, und nur eine der damals anwesenden Personen konnte das arrangiert haben. Bald würde Joss seinen Zug machen: sobald der große P. J. Rivers eintraf und sich seinen getreuen Anhängern präsentierte.

Greta ging mit dem Strom der anderen zu der Großversammlung. Sie hatte lange Stunden im Regent's Park mit der fruchtlosen Suche nach Joss verbracht. Als die Morgendämmerung anbrach, mutmaßte sie, daß Joss sich zu seinem Vater und Rivers in den Hyde Park aufmachen würde. Polizeisperren schleusten die Gläubigen zum schlagenden Herzen der Kundgebung, und Greta konnte die Intensität ihres gemeinsamen Glaubens fühlen. Ihre Aufregung und freudige Erwartung sammelte sich fast spürbar in der Luft. Reporter, unterstützt von Kameracrews, entlockten den Massen anbetende Äußerungen, und Greta konnte in dem Geschwätz ein Dutzend verschiedener Sprachen unterscheiden. Sie suchte prüfend die Menge ab, in der Hoffnung, Joss irgendwo zu entdecken. Dreimal dachte sie irrtümlich, einen flüchtigen Blick auf ihn erhascht zu haben. Aber es war nur Wunschdenken. Greta war nicht mehr als einen Kilometer von Joss entfernt, aber es hätte ebensogut ein Kontinent zwischen ihnen liegen können.

Die Limousine tastete sich vorsichtig durch die Menge, das Innere verborgen hinter den getönten Scheiben. Im Wagen saßen Rivers, Callum Lane, Tomlin und Moyne.

»Du bist weit gekommen«, sagte Callum mit kriecherischem Lächeln.

»Ja, ja«, stimmte Rivers zu. »Kommt, überquert den Fluß des Glaubens mit mir«, fügte er mit tiefer, sonorer Stimme hinzu. Seine Begleiter lachten, und er grinste. »Aber die«, er wies auf die sich langsam vorwärtsschiebende Menge, »machen es einem auch so leicht. Man nehme eine Idee – je simpler, desto besser – verpacke sie hübsch, füge eine gehörige Prise Sterblichkeit hinzu, rühre um, und Abrakadabra: Die Gläubigen fallen auf die Knie.«

»Du bist zu bescheiden«, sagte Callum. »Du hast dich voll und ganz für die Sache eingesetzt.«

»Das war Schicksal, nicht Einsatz«, flüsterte Rivers. »Es sollte so sein. Es ist mir vorherbestimmt.«

Callum sog leicht die Wangen ein. »Wie du meinst.«

»Aber deine Hilfe ist unschätzbar gewesen.«

»Es war mir ein Vergnügen«, sagte Callum und meinte jedes Wort.

»Nachdem wir die Gläubigen auf die Knie gebracht haben, wirst du Buße tun«, sagte Rivers ruhig.

Joss war nur noch vier Meter von der Technikerkabine zu seiner Linken entfernt, aber immer noch vor Blicken geschützt. Er konnte durch die Fenster sehen, wie die Techniker faul an Skalen drehten und letzte Einstellungen an ihren Mischpulten vornahmen. Nervös fingerte Joss an dem in einer Scheide steckenden Jagdmesser herum, das an seinem Gürtel befestigt war. Er hatte es einem Obdachlosen abgekauft. Er betete, daß er es nicht würde benutzen müssen, aber er wußte, er würde es tun, wenn es nötig war. Halb erinnerte er sich von der Schule her an ein Zitat, das Edmund Burke zugeschrieben wurde. Er hatte gesagt, daß »das Böse gewinnen würde, wenn genug gute Menschen nichts taten«. Joss würde tun, was nötig war.

Immer noch fand er es schwer, die letzte Botschaft seiner Mutter zu verkraften, aber ihm war etwas eingefallen, was Barney nach dem Einbruch in die Ruga Fondamenta zu ihm gesagt hatte, als er von dem flüssigen E völlig zu war: »Sprich mit Spineless Eric.« Joss' Gehirn hatte wie rasend gearbeitet, und er glaubte jetzt, daß er das Bild vervollständigt hatte. Sein Vater – fast wäre er an dieser Bezeichnung erstickt – mußte Eric den Stoff abgenommen und ihn seiner Mutter gegeben haben.

Die plötzlich tosende Menge lenkte seine Aufmerksamkeit auf die Ankunft einer blendend weißen Limousine, die gesetzt und majestätisch durch die willkommen heißenden Arme der Menge fuhr und dann zum Hintereingang der Bühne abbog. Bald würde die Vorstellung beginnen.

Falkenäugige Sicherheitsleute, handverlesen und fähig, beobachten mißtrauisch die Menge und bildeten eine Mauer spielender Muskeln, als Rivers elegant aus dem Wagen sprang. Der tosende Beifall wurde zu ohrenbetäubendem Donnern, als die aufwühlenden Töne von Beethovens *Pastorale* aus der Lautsprecherphalanx zu tropfen begannen.

Dann sah Joss ihn, unglaublich jugendlich, strotzend vor Vitalität und Energie, auf die Bühne schreiten. Die Menge jubelte, winkte und klatschte.

»Gütiger Himmel!« flüsterte Joss. »Das ist keine Religion, das ist Rock and Roll.« Und dann begann er mit seinem Angriff.

Aller Aufmerksamkeit war auf die Bühne gerichtet, nur die von Greta nicht. Sie suchte immer noch verzweifelt in der Menge nach Joss, als sie ihn plötzlich eine Gerüststange entlangkriechen sah, auf die Technikerkabine hoch über der Bühne zu.

Joss konnte zwei Tontechniker sehen, die ihm beide den Rükken zugewandt hatten, als er die Tür aufriß und hineinhechtete. Das Messer in seiner Hand blitzte böse.

»Herrgott«, rief einer der Techniker. Der andere flüsterte: »Wir haben hier ein Problem« in seinen Ohrhörer. Joss entriß ihm das Gerät und zertrat es unter den Füßen.

»Ihr kooperiert besser«, zischte Joss. Beide nickten. »Also, welches Video soll gezeigt werden?«

»Das übliche«, sagte einer von ihnen. »Die Rivers-Kassette. Es wird erwartet.«

Joss erinnerte sich an das Video. Er hatte es im Medienraum des Schulungszentrums gesehen.

»Wann?«

»Wenn der Beifall abebbt und er alle förmlich willkommen geheißen hat.«

Joss langte in seine Jackentasche und zog seine eigene Videokassette heraus. »Heute nicht«, sagte er eisig.

Greta kämpfte sich durch die Menge, fluchte und rief, daß man sie durchlassen solle. Links von ihr bahnten sich drei Männer mit Ohrhörern wie mit einer Planierraupe den Weg auf die erhöhte Kabine zu, teilten die Menge wie einen offenen Reißverschluß. Der Lärm begann abzuebben, und Greta wandte den

Kopf und sah, wie Rivers die Hände hob, um sie zum Schweigen zu bringen. Gehorsam taten sie, was er von ihnen verlangte. Greta konnte sich nicht bewegen.

»Joss«, schrie sie in die Stille hinein, und Rivers' Kopf fuhr zu ihr herum und dann zur Technikerkabine. Er nahm das Vorrücken der Sicherheitsleute zur Kenntnis und fuhr fort.

»Kommt«, rief er von der Kanzel aus, »überquert den Fluß mit mir«, während Hände sich ausstreckten und als Geste der Solidarität die ihrer Nachbarn umfaßten. Die Bewegung nahm am Fuß der Bühne ihren Anfang, und Greta war in einem Käfig aus Fleisch gefangen.

Joss hatte seinen Finger auf der Wiedergabetaste, bereit, sie mit einer einzigen Bewegung niederzudrücken. Rivers hatte hoch gepokert und verloren. Seine Arroganz und sein Stolz hatten ihn zu Fall gebracht. Er hatte geglaubt, daß Joss' Liebe zu seiner Familie ihn darin hindern würde, Callum zu vernichten. Aber das war ein Irrtum. Der Brief seiner Mutter hatte alles verändert.

»Ach, leck mich doch, Vater«, murmelte er, als Rivers seine Willkommensworte beendete und zu Joss am Steuerpult hochblickte. Joss konnte die Angst in Rivers' Augen sehen, und er war froh darüber. Er drückte auf die Taste, und vor der riesigen Menschenmenge erschien die Videoaufzeichnung ihrer gestrigen Konfrontation auf dem hundert Fuß breiten Monitor.

»Sie haben sie gevögelt, wie sie gesagt hat, Sie krankes Arschloch«, dröhnte seine eigene Stimme.

»Es war Gottes Wille. Ich folge dem Weg, den er mir bereitet hat. Ich erwarte nicht, daß bloße Sterbliche das verstehen. Deshalb haben die Geschworenen mir auch geglaubt, während sie Callum nicht glauben werden.«

Das Band lief weiter, und die Menge hörte zu, schweigend und verzweifelt.

»Wer weiß schon, was ein Mensch tun oder nicht tun wird, wenn er die Gelegenheit bekommt. Es geht doch nichts über junges Fleisch, um die Knochen eines alten Mannes zu wärmen.«

Ein angewidertes Murren begann aus der Kehle der verratenen Menge zu dringen.

»Wer würde nicht seine Seele dafür verkaufen, noch einmal so richtig zustoßen zu können? Für puren Sex? Warum sich nicht noch einmal jung und stark fühlen?«

Weil es falsch ist, dachte Joss, während die murrende Menge sich auf die Bühne zuzuschieben begann. Greta sah, wie die Aufpasser die Leiter zur Steuerkabine hochzukraxeln begannen. Der vorderste zog eine Pistole.

»Deshalb können Sie mir keinen Schaden zufügen, weil Sie damit Ihren eigenen Vater ruinieren würden«, fuhr Rivers' Ebenbild auf dem Monitor fort, während der echte Rivers die Hände hob, um die Menge zu beschwichtigen. Zunächst ließ seine Autorität das Menschenmeer zurückebben, aber der zermalmende Druck von hinten trieb sie wieder vorwärts.

»Brüder, meine Brüder, laßt mich sprechen«, verlangte er, und wieder wurde die Menge für einen Augenblick still; aber dann schob sie sich wieder auf ihn zu. Rivers' Sicherheitsleute stemmten sich vergeblich gegen den schrecklichen Druck der Leiber an. Andere Anhänger, immer noch loyal, bemühten sich, dem Reverend einen Fluchtweg zu öffnen, und vereinzelt brachen bösartige Kämpfe aus. Fäuste und Köpfe, Zähne und Fingernägel kratzten und rissen, als das Ungeheuer des Glaubens sich selbst angriff.

»Nein«, donnerte Rivers vergebens gegen die vordringende Masse an. »So sollte es nicht sein. Das ist nicht mein Schicksal.«

Er machte Anstalten, sich vor der näherkommenden Menge davonzustehlen.

Joss beobachtete das alles, wie gelähmt von dem fürchterlichen Spektakel. Das hatte er nicht gewollt, aber er war machtlos. Er konnte das furchteinflößende Ungeheuer nicht bremsen, das er in Bewegung gesetzt hatte.

Zeit zu gehen, Joss, warnte seine innere Stimme. *Du brauchst mich jetzt nicht mehr.* Leb wohl!

Die Sicherheitsleute und viele Anhänger versuchten, am Gerüst hochzuklettern, um zur Technikerkabine zu gelangen. Joss spürte, wie es durch das gewaltige Gewicht der Kletterer ins Schwanken geriet. Er warf einen Blick hinunter auf Rivers, der jetzt über dem Gewühl in der Kanzel kauerte, mit dem Finger auf die Menge wies und gestikulierte. Er befand sich zwei Meter vierzig über ihnen und hielt seine letzte Predigt.

Das Gerüst schwankte wieder, und Joss hörte, wie die Haltebolzen sich zu lösen begannen. Der Turm begann zu wackeln, und Joss konnte die Schreie der panischen Kletterer hören, als ihnen klarwurde, welches Schicksal ihnen drohte. Ein Sicherheitsmann stürmte durch die Tür in die Kabine und zielte mit der Waffe auf Joss, aber Joss sah ihn nicht, denn er war zu beschäftigt damit, zu beobachten, wie Rivers von seinen abgefallenen Anhängern aus der Kanzel gezerrt wurde. Joss' Gesicht strahlte vor Freude, daß er zuletzt doch noch etwas Lohnendes zuwege gebracht hatte.

Die erste Kugel zerschmetterte seinen Arm, die zweite durchschlug sein Bein, eine dritte seinen Brustkorb. Joss lag auf dem Boden der Kabine, immer noch lächelnd, und während das Blut ihm aus den Wunden strömte, flüsterte er ein einziges Wort: »Mutter.« Das Gerüst, das das Gewicht nicht mehr tragen konnte, begann zusammenzufallen und sich in seine Einzelteile aufzulösen. Die Technikerkabine kippte, und Joss hatte das Gefühl, wieder durch die klare Luft der österreichischen Alpen zu fliegen, als er und die riesige Konstruktion wie die Wälle von Jericho auf den letzten Ruheplatz von Rivers und Callum Lane herunterkrachten.

Bevor Joss' letzter Atemzug seine Lippen verließ, rief er ein einziges Wort: »Greta.«

Epilog

Mit einem einfachen Osterglockenstrauß in den Händen ging Greta am Kirchentor vorbei auf den gepflegten Friedhof. So vieles war seit dem schicksalhaften Tag der Massenversammlung im Hyde Park geschehen. Rivers war durch das vereinte Gewicht seiner wütenden Anhänger und des zusammenbrechenden Gerüsts zu Tode gequetscht worden. Religiöse Führer beklagten die Tragödie, stellten aber die Frage, ob es sich nicht, im Licht der nachfolgenden Enthüllungen über die Sekte betrachtet, um den »Zorn Gottes« gehandelt habe. Callum Lane und weitere siebenundachtzig Sektenanhänger hatten ebenfalls in dem verzweifelten, wüsten Gedränge und durch den fallenden Stahl den Tod gefunden. Sie selbst hatte Glück gehabt. Als die Menschenmenge auf die Bühne zugeströmt war, hatte sie sich in eine Ecke durchgeschlängelt, weg von der dichtesten Zusammenballung der Menge, bis das Gerüst eingestürzt war. Endlich war sie mühsam zu der Stelle durchgeklettert, wo Joss lag, hatte mit den bloßen Händen Leichen und Schutt weggezerrt und seine schrecklichen Wunden gesehen.

Nun war sie auf dem Weg zum Grab. In der Weltpresse war wochenlang über die Ereignisse und ihre Folgen berichtet worden. Jennie Lanes Anwalt hatte eine Pressekonferenz einberufen und die Wahrheit enthüllt. Die Welt kannte Rivers jetzt als das, was er war: ein Vergewaltiger und Scharlatan. Die Geschichte, die von der Presse Stück für Stück zusammengesetzt wurde, hatte immer weitere Kreise gezogen. Joss Lane und seine Freunde wurden als Helden bejubelt. Barney mußte jetzt am Stock gehen, war aber in der Welt der Taucher ein gefragter Mann, jemand, der »dabeigewesen« war. Ben war eine Stelle von einem internationalen Computergiganten angeboten worden, der seine Kunden vor Leuten wie ihm beschützt sehen wollte. Und Toms Verteidigung eines gefallenen Kameraden wurde von der Air Force gerühmt.

In einem Brief an Geoff Moody hatte Joss erklärt, was mit dem Geld geschehen sollte, das er von der Millennium-Kirche zurückgeholt hatte. Ein Untersuchungsausschuß war eingesetzt worden, unter Leitung von Richter Mason. Rose Moodys Geschichte fand jetzt endlich Glauben.

Greta kniete vor dem Grab nieder. Ein sanfter Wind zerzauste ihr Haar, als sie behutsam ihre Blumengabe auf die kalte Erde niederlegte. Sein Tod wäre vermeidbar gewesen, das wußte sie; das wußten alle. Greta spürte eine Träne ihre Wange hinabrinnen. Da hörte sie ein Geräusch hinter sich und drehte sich schnell um, da sie einen Augenblick lang dachte, sie hätte seine Stimme gehört. Aber es waren Ben, Barney und Tom.

»Danke, daß ihr gekommen seid. Joss und seine Mutter hätten sich gefreut.«

Sie blickten auf die Gräber nieder.

»Ich glaube, wir haben ihn nie wirklich gekannt«, flüsterte Greta.

»Aber wir haben ihn geliebt«, sagte Ben mit schwankender Stimme.

»Manchmal muß das reichen«, murmelte Tom und blinzelte seine Tränen fort.

Barney wollte etwas sagen, schüttelte dann aber den Kopf, unfähig, die passenden Worte zu finden. Greta umarmte ihn, und dann umarmte sie die beiden anderen.

»Bedenkt, wie viele Menschenleben er durch seine Tat gerettet hat«, sagte Barney schließlich.

»Effekthascherei bis zum bitteren Ende, meinst du?« sagte Ben mit einem schmerzlichen Lächeln. Es war ein unpassender Kommentar, der von Joss hätte sein können.

Toms schüchternes Grinsen schob sich durch die Regenwolken ihres gemeinsamen Elends. »Typisch Joss Lane. Begeht eine Heldentat und überläßt es uns, nach der Party aufzuräumen.«

»Verdammter liebenswerter Angeber, meinst du; Butch und Sundance in einem«, sagte Barney und wischte sich die Tränen aus seinem Engelsgesicht.

Sie lächelten einander an, zufrieden in dem Wissen, daß sie den Vorzug genossen hatten, eine Zeitlang mit einem bemerkenswerten Menschen zusammengewesen zu sein.

Wieder umarmte Greta sie alle, als könne sie Joss in seiner letzten Ruhestätte einen Schritt näherkommen, wenn sie seine engsten Freunde an sich drückte. Die vermißten Zweiunddreißig und ihre Familien würden jetzt vielleicht eine Art Frieden finden; aber wohl niemals wahren Seelenfrieden.

Und Joss Lane – mutterloser Sohn, Exjunkie und Extremsportler – würde grinsen, denn für die ganz besonderen Menschen, die er geliebt und denen er vertraut hatte, die er enttäuscht und die er gerettet hatte, würde hier und jetzt der Rest ihres Lebens beginnen.